闲拾
闲光
FREE TIME

——闲·闲·拾·光——

素年不相迟（上）

殷寻 著

文化发展出版社
Cultural Development Press

图书在版编目（CIP）数据

素年不相迟 / 殷寻著. — 北京 : 文化发展出版社有限公司, 2019.4
ISBN 978-7-5142-2557-0

Ⅰ. ①素… Ⅱ. ①殷… Ⅲ. ①长篇小说—中国—当代 Ⅳ. ① I247.5

中国版本图书馆 CIP 数据核字（2019）第 039764 号

素年不相迟

殷寻 著

责任编辑：司 璐
特约编辑：DORIA 雷晓竹
封面绘图：符 殊
版式设计：蚂蚁王国
装帧设计：46 设计

出版发行：文化发展出版社（北京市翠微路 2 号 邮编 100036）
网 址：www.wenhuafazhan.com
经 销：各地新华书店
印 刷：北京美图印务有限公司
开 本：710mm×980mm 1/16
字 数：695 千字
印 张：36.25
版 次：2019 年 4 月第一版 2019 年 4 月第一次印刷
定 价：68.00 元（全二册）
ISBN：978-7-5142-2557-0

目录

CONTENTS

目录
CONTENTS

Chapter 1

我更擅长谋算人心

▼

素叶从梦里惊醒时，有个孩子在她耳边喊了句“快逃”，急促童稚，伴着嘀嗒嘀嗒的钟表声。

6:30。

素叶盯着床头钟，良久后才察觉周身的环境，酒店。

晨光从厚重的天鹅绒窗帘的缝隙中挤了进来，稍稍凿开了记忆。她记得昨晚跟死党林要要喝了很多酒。然后呢？一声紧过一声的手机铃音吓了素叶一跳，猛地扭头，脖子不争气地扭了，她疼得龇牙咧嘴。

谁的手机？

一只大手很快伸过来拿起手机，落下的是男人低沉磁性的嗓音：“哪位？”

素叶被这嗓音蛊惑，捂着脖子吃力抬头。一丝不苟的白衬衫，伫立床边的是一米八七左右的男人。他也在打量着她，居高临下，双眼平静，微抿的唇看得出他是极严苛的男人。素叶努力回忆，最后，脑中画面定格在昨晚醉倒在男人怀里的一幕，脖子猛地疼了一下。

通话的时间不长，他惜字如金：“知道了。”紧跟着对方的啰唆被他掐断。男人将手机放到一边，抬腕系着袖扣：“醒了？”

素叶坐起：“昨晚你只是做了好心的路人甲还是不免庸俗了一把？”

男人微微挑眉时眸色显得不近人情，素叶冷笑，看穿人心这种小事儿是她必备的职业能耐，怕是他现在最想做的事就是撇清关系了。她有心捉弄：“你的样子更像是惯犯。”

他没回答，微微眯眼时像是多了一丝考量。

“我不是小女孩儿了。”素叶淡若清风地补上了两个字，“放心。”再抬眼直视他，目光的较量亦是心战的较量，她从来都不是缴枪投降的那一位。

他始终没多说一句话，抓起搭在沙发上的外套，转身离开了。素叶走到窗前，脚下已是早高峰，一辆辆车子将整条三环路包裹得如同重度脂肪肝的病患，北京这座城向来是病着的，发病大多数就在早晚高峰。只是春季来了，空气中也浮荡着悸动的味道，这种悸动的感觉，是一种要了命的暧昧。

春风好比屠龙刀，一刀一刀扫过来能要人的命。蹦极跳台旁，素叶将苹果核扔进垃圾桶，坐在踏板上支着下巴看着早就在脚踝绑好橡胶带的男人："这位纪先生，您老到底跳不跳？"

姓纪的男子生得魅惑众生，却是满头大汗，转头看向素叶："我真的恐高。"

"那你还来跟我相亲？"

男人半天挤出一句话："恐高跟相亲有什么关系？"

素叶上前将他拉起来："你先起来说话。"

男人颤颤悠悠起身，看了一眼脚底湍急的河流，紧张地咽了下口水。素叶忍住笑："才 68 米高而已。"

"然后呢？"他料到她的话没说完。

"然后我觉得，这个高度你能承受。"素叶毫无预警地一脚踹在了男人的屁股上，淡淡补上了一句，"等你有胆量玩完这轮蹦极再跟我谈相亲的事。"

山谷中传来男人歇斯底里的惊叫声，回音如同一石惊起千层浪般一圈圈漾开。

素叶重回休息室时，大屏幕上正如火如荼地播报最新的经济新闻：精石集团经过公司结构重组及资金运作等一系列紧锣密鼓的筹备，已于美国当地时间 8 点 50 分在纳斯达克上市。原集团市场部经理、具备丰富的钻石供应经验的年柏彦先生已全票通过担任集团总经理一职。在今早召开的记者招待会上，年柏彦先生已透露，集团下一步将会在北京建立 D 会所，成为继香港、上海之后的第三家高级会所。精石集团是以钻石起家，从钻石的供应到品牌零售旗舰店均有涉猎，现如今已发展成高端珠宝品牌代表……

素叶面无表情，背包的带子被她越攥越紧，直到勒得手心生疼。上市了？上天真是不长眼啊。

"想什么呢？傻站在这儿都石化了吧。"一只手落在素叶的肩头上。

寒意倏然被驱散。

"在想你啊。"素叶下意识又看了一眼大屏幕，已转为某品牌的洗发水广告，心底的烦躁也一扫而空，她一向认为林要要就是自己的福星。

林要要冲着她嘻嘻笑着："我觉得你更像是要邀请我度假一晚的节奏。"

林要要，跟素叶同一所大学不同专业的同窗兼死党，素叶读的是心理专业，林要要考上的是中文专业。新生入校的第一天，她和林要要坐的计程车在同一时间停在了大学校园门口，紧跟着那些所谓的"热心"学长争先恐后地替她们两个拿行李，结果将她们两人的行李送错了寝室，最后行李调回来了，两人也就一见如故了。

素叶性子冷、挑剔而理性，林要要性子温，脑子热，感性，一冷一热倒是绝好的朋友搭子。再后来素叶到国外拿下博士学位，林要要读研的时候改了专业，一心扑在珠宝鉴定上，用林要要的话说就是：鉴定师的手要比戴珠宝的手贵气多了。

素叶慢悠悠地打破了她的"宏愿"："林姑娘你想多了，我的车子抛锚了。"

空气中有香甜的味道，是花香。林要要的摩托车停靠在一棵玉兰树下，后座铺了几片零落的白色花瓣。

"前晚是你把我给撇了？"素叶看了看油量后，将盔帽戴在头上，将另一只盔帽递给林要要。

"你先发制人了，前天你回国，说好晚上咱们一同庆祝的，你倒好，趁着酒劲跟一帅哥特黏糊，结果我去洗手间的工夫你就跟他走了。"

素叶的柳叶眉几乎快拧成麻花了：我主动勾搭的？

"那男的谁啊？"林要要这下子抓住了八卦的尾巴，双眼都亮晶晶的。

"我不认识他。"

"啊？"林要要的这一声将树上的鸟儿都给震飞，"可你看上去跟他很熟啊，我还以为你们在国外谈过恋爱。"

素叶的眼睛不经意暗了暗："我不会再谈恋爱。"

林要要这才意识到说错了话，马上转移话题："你决定到联众心理实验机构任职了？"

素叶懒洋洋地点头："不过我更看重的是这次能回母校任教的机会。"

"那我以后该称你为素医生还是素老师呢？"

"能不能长乐久安还有待观察，林姑娘，我可是冲着你才回国的，等我失业了，你要养我终老。"

"放心吧，我不入地狱谁入地狱？我换了家公司，养你绰绰有余。"

素叶发动了摩托车："你又换公司了？"

林要要解释了自己的初衷："人往高处走，对方有我对口的专业，我当然——"

"站住！"急促的嗓音卷着一阵风冲到了她们的摩托车前，也成功地打断了林要要的话。

摩托车猛地刹住，林要要跟着惯性一下子撞在素叶的后背上，吓得心脏都要跳出来了。素叶盯着眼前这个头发像是被屠龙刀修理过的男人，一字一句落下：“想找死走远点儿。”

“想走？没门！咱们得把刚刚你那一脚的账给算了。”男人咬牙切齿。

素叶上下打量了他一番：“看来 68 米对你来说不成问题，下次可以挑战更高难度的。”

“你——”

“等等，发生了什么事？”林要要按捺不住了，“你们认识？”

“不认识。”

林要要又蒙了：这丫头怎么一回国就交桃花运呢？还都是万里挑一的好皮囊。

“我是来跟她相亲的。”男人故意说了句。

林要要瞪大双眼。

“结果连蹦极都不敢玩。要要，你也知道我最擅长什么。”素叶冷笑着补了一刀。

林要要大抵猜出发生什么事了：“帅哥，你知道一对男女要成为情侣最起码要能玩到一起去，她是登顶珠峰的队长，没约你去珠峰上相亲就不错了。”

“珠峰？珠穆朗玛峰……”

素叶又要发动摩托车。

“哎，素小姐——”

“你叫谁小姐呢？”这次是林要要不高兴了。

男人马上改口：“抱歉抱歉，我是想说我真有恐高——”

“从心理学角度来说，恐高只是恐惧症中较为单纯的症状，是你的自我防御机制在作祟。刚刚踹你下去只是用最快的方式呈现出你所害怕的刺激，让你对这种刺激习以为常，这叫作‘满灌疗法’。”素叶慢悠悠地打断了他的话，拿出一张名片递给他，“你可以叫我素医生，刚才的治疗当是免费送你的，要想痊愈可以找我，我会视情况给你打个九折。”

男人接过名片，低头一看：梦境实验心理学医生、精神分析师素叶。

大雨冲刷了京城的热闹，雨雾席卷了夜色，偶尔的电闪雷鸣将这座城的浮华洗净，只留下一串串霓虹朦胧的光影，这样的天气，长安街一如既往地堵成了长龙。晚上 9 点半，联众的工作人员还在加班，这个案子有些棘手。

“王萍曾因患抑郁症在我们机构治疗了一年多的时间，上个月已得到康复通知，昨晚 10 点意外坠楼身亡，警方已对王萍的丈夫展开调查，王萍的丈夫却一口咬定王萍是因为心理疾病而导致跳楼身亡，为此警方希望我们配合调查。”站在幻灯前介绍个案的是联众心理权威行为治疗师何明，穿着一丝不苟。

“现在所有的证据都对我们联众不利，现场没有打斗的痕迹，王萍自杀的可能性很大。”开口说话的是擅于催眠治疗的方蓓蕾，前不久已成为美国临床催眠治疗学会会员。

在座的除了这两位，还有七八位职业心理治疗师，其中一位是联众心理的所长、权威心理学教授丁启鹏，听到方蓓蕾的话后眉头几乎拧成了一块，两鬓发丝在窗外电闪雷鸣的映照下更为斑白，他看了一眼时间：“我们再等一下素医生，说不定她会有不同看法。”

“那位刚刚回国的女博士？”方蓓蕾轻笑，“丁所长，王萍这个个案是我和何医生一直跟进的，发生了意外，连我们都没找出原因，那位素医生连情况都不了解，就算来了，也不过人云亦云。”

另外一位治疗师帮腔：“我们实在不明白您为什么要外聘个组长回来，那个素叶个人资料少得可怜，长得是圆是方我们都没见过，再加上她只有 28 岁，哪会有那么多的经验？”

丁启鹏安静地看着他们，心里跟明镜儿似的，这里所有的治疗师哪一个不想去争组长的职位？他就是不想打破了平衡才特意外聘高层。他做了安抚大家情绪的动作：“素医生的临床经验也许没你们那么多，但她的观点很独特，早几年我已经注意到她的硕士论文，是位不可多得的人才。”

何明皱皱眉头：“就算她再有能耐也不过纸上谈兵，现在所有人都站在了一边，认定王萍是自杀，难道她还能找出异议的证据来，我就不信——”

“所有人站在一边不一定都是好事，比如他们都站在船的一边。”一道嗓音横空打断何明的言论，干脆利落，连同高跟鞋的声音也不见拖泥带水，“王萍不是自杀，疑点在她丈夫身上。”

所有人朝着会议室门口看过去：极为干练冷艳的女人，身后就是落地窗，大颗的雨点砸在上面形成了雨雾，她就如雨夜中的人鱼，美丽惑人。她手里拿了把伞，有几缕长卷发被雨水微微打湿，却更平添罂粟般性感的滋味。

男同事们全都咽了下口水。丁启鹏先反应了过来，对着大家郑重宣布：“这位就是素叶医生，联众心理的外聘组长。”有人带头鼓了掌，渐渐地，掌声加大。

素叶径直走到会议桌前，直接关掉了幻灯片，所有人面面相觑。

“我接到丁教授的电话，之所以赶过来只想说明几点。首先，王萍已经康复，在回国的路上我已经看过所里重点个案资料，包括她的。在她接受最后一次的心理治疗时她提及所做的梦，她的梦是明朗的、自由的，从她的梦中内容完全可以看出她已经恢复了正常的逻辑思维，不再呈现被抑郁困扰的状态。其次，建议你们将目光落在王萍丈夫的心理行为上，他常年陪同患者，心理是不是已经产生了很大的困扰？没有任何打斗痕迹，我也可以理解成王萍在面对丈夫时丝毫没想过反抗，王萍他杀的可能性也很大。最后——"

她的语速很快，逻辑却十分缜密，说到这儿停顿了一下，目光准确无误地落在方蓓蕾和何明身上："王萍是不是彻底康复都要去质疑，我很怀疑两位的专业性。"

何明尴尬，方蓓蕾一脸通红，倏然起身，刚要回嘴，丁启鹏马上打住了架势："素医生，你是怀疑王萍的丈夫有心理问题？"

"这是王萍丈夫在升职时做的心理评估报告，等你们看完了不妨交给警方。王萍是自杀还是他杀这是由警方来决定的，我能提供的只有王萍丈夫的心理状况报告。"素叶从开口说话到将报告放在桌上几乎一气呵成，果断干练。

其他人倒吸了一口气，他们没料到这个空降兵竟然下了这么大的功夫，就连方蓓蕾也愣住了，好半天才拿过报告坐了下来。

丁启鹏松了一口气，刚要夸上几句，岂料素叶开口了："丁教授，一周后才是我就职的日子，今天算是临时加班。还有，因为暂时没在这里办公，我的车子只能停在地面停车场并且自己掏钱。"她抽过旁边的一张纸条，在上面优美地画过一串数字，递到他手里："这是我的银行账户，加班费外加停车费明天一并打到这个账户。"

"啊？"丁启鹏怕是这辈子都没经历过这种事。

"哦，还有，我这个人没加班的习惯。"

雨后的夜风吹过了窗外的丁香花，摇落了大片，紫色的花影沾满了窗棂。她突然惊醒了！在惊醒的前一刻，她似乎又听到有人在耳边急促地说了句："快逃！"

素叶从床上坐起，长发如海藻般披散下来，转头看了一眼床头的时间，凌晨1点半。

又是这个时间。

多少年了，她总会时不时在即将醒来的那一刻听到那个声音，那句"快逃"干脆而急促，如同预告着某种未知的危险，重要的是，每次她惊醒的时间永远都是：凌晨1点半，除了那天早上。

倏然，手机响了，又吓了素叶一跳，她缓神了半天才拿过手机。电话另一端的丁教授焦急万分："素医生，我想你的假期要提前结束了。"

素叶穿好职业装的时候，林要要揉着眼睛从另一间房探出个脑袋来："你在国外学会梦游了？"

"联众来了个大人物。"素叶随意绾上了长发，"这位丁教授又忘了我还没入职的事实！"由于她刚回国还没找到合适的房子，所以暂时住在林要要家。

“太变态了！”林要要趿拉着拖鞋走到冰箱前，拿了喝的出来，“就算要你陪王伴驾也不用大半夜吧？”

“没错。”

林要要倚着门口：“那你一口回绝啊，干吗还整装待发？”

“我有必要再当面提醒他一次。”说着，人已经蹿到玄关，换好高跟鞋，“你睡吧，我带钥匙了。”

林要要摇摇头：“明明就是放不下工作，口硬心软的家伙。”

联众心理今晚没人加班，只有会议室是亮着的。素叶的抗议如连珠炮般跟着推门的动作直接落下：“丁教授，我有必要再重计我的加班费——”剩下的话在见到室内的男人后倏然咽回。

会议室不是只有丁教授，还有个男人，那个陌生的、过分英俊的男人。

他坐在会议桌的另一边，背后是大片浮华的三里屯夜景，那些绚烂的华彩犹如在夜空中绽放开来的烟花，将眼前这个身处夜色背景下的男人脸颊映得更立体深邃。他在跟丁教授讨论问题，目光严肃，素叶推门进来的一瞬间，他正巧抬头，眸底深处有一丝惊讶快速闪过，却又很快消失。

素叶怎么也没料到会再次与他相遇，内心深处迸发出从未有过的猝不及防。

“素医生，你总算来了，快过来，我为你们介绍一下。”丁教授像是见了救星。

“不用介绍了，我们见过。”素叶于男人对面大大方方坐下。

男人没开口，倚在椅背上，薄唇微微牵动了一下。

“原来两位认识？那这件事就好办了。”丁教授很是高兴，“素医生是我们所里最优秀的精神分析师。年先生，我想这件事素医生会很有把握。”

男人的目光落在素叶身上，像是考量。

“等等。”素叶看向丁教授，“我没明白你的意思，在电话中你所说的紧急个案就是他？”

“因为情况特殊，没办法在电话里讲清楚，所以才麻烦你来趟所里。”丁教授知道素叶的脾气，“年先生能够亲自前来就是希望赶快解决这件事，精石集团出现——”

“精石集团？”素叶像是被刺激到了某根神经一样倏然起身。

丁教授被她突如其来的举动吓了一跳：“怎么了这是？”

“看来，我们需要重新认识一下。”一直沉默的男人终于开口，从容不迫起身，朝她一伸手，“我是年柏彦，精石集团总经理。”

素叶的大脑嗡的一声，有那么一瞬有些眩晕。年柏彦的素养好到了家，始终保持伸手动作，耐性十足地与她对视。他的眼深邃得吓人，却又平静极具杀伤力，但素叶没有移开目光，满脑子蹦跳着的他的名字及精石集团。这个世界如此小，小到她一回国就跟精石集团扯上了关系，而这个她以为不过是芸芸众生中偶遇的一段小插曲的男人，绕来绕去，原来他就是年柏彦，精石集团一上市就大刀阔斧的、名字频频登上经济新闻头条的、赫赫有名的总经理。

“素医生……”丁教授生怕她得罪了客户，小声唤了她一句，见她还是没反应后碰了碰她，“素叶。”

素叶这才如梦初醒，目光落在男人的手上。

年柏彦的大手于会议桌上方，宽厚修长，每一条清晰的掌纹分划得手掌十分漂亮，他的指甲圆润干净，骨节分明，袖口处半遮了表盘，是款经典的机械表，秒针沉稳有力的声音几乎震疼了素叶的耳朵。

素叶终究还是压下心底的惊涛骇浪，言简意赅地介绍了自己，伸手与他相握。

“幸会。”年柏彦的话不多，但语落有力。她的手指有些微凉，指尖轻轻抵在他掌心的那一刻像是雨滴滚落，让他想起“冰肌玉骨”这个词。

“但是年先生，我不会接这个案子，你另请他人吧。”

三里屯却始终是个不夜场，隔着一条街，街道另一端的灯红酒绿几乎都平铺直叙了过来。素叶下了电梯，刚出门口，身后扬起低沉有力的嗓音：“素医生请留步。”

素叶转身，怔愣，她没料到年柏彦会跟下来。

夜风夹杂着即将初夏的淡淡香甜，偶尔有零碎的花瓣飘过来，隔着两人的距离。男人高大的身影倒映在光洁的大理石地面上，语气似委婉却暗藏不容拒绝的权威。他在她面前停了脚步，气息钻入了她的呼吸，干净醇洌。

“素医生，这起个案很特殊，希望你能再考虑一下。”

“年先生，刚刚我说得很清楚。”

“需要多少加班费，我来给。”

“不好意思，我更希望腾出时间来逛街。”

可没走几步，男人的嗓音又落下：“王萍的案子到了瓶颈，我是你们目前唯一的希望。”

素叶上前：“你不可能知道内幕。”

王萍的案子没有公开审讯，联众是否受到牵连只有他们内部人才知晓，之前联众提交的王萍丈夫的心理评估报告还需要审核，所以这段时间对于联众来说的确难熬。

“我是商人，知己知彼是最基本原则。”

素叶在他脸上清清楚楚看到了“平静”二字，她是小瞧了这个年柏彦，还以为这个刚从国外回来的高层压根不懂得运作人际关系。

“你这是在威胁我？”

“是利诱。”年柏彦唇角微微扯开优美弧线，“只是不希望素医生还没就业就先失业。”

素叶敏锐地抓住了他眼底一闪而过的光，那是商人独有的稳操胜券的光，这令她头一次有了被人牵着鼻子走的厌烦感：“年先生算漏了一点，我不是个很有职业操守的人，所以不可能会在一棵树上吊死。”

“看来素医生很坚决。”他似有妥协，“既然这样，我就不便勉强，走吧，我送你回去。”

素叶一愣，总觉得他不像是个会轻易放弃决定的人。

“说不准在这过程中你会改变主意。”年柏彦如同看穿了她的心思，“站在原地等我。”他说得干脆利落，看得出是个强势惯了的男人。

素叶盯着他高大的背影渐渐被街灯稀释，咬了咬牙，好一个年柏彦，从那天清晨见过他到现在，他不苟言笑，尊口开过的次数她十个手指头都能数得过来，话少，却字字卡着关键，恰到好处地拿捏了对方的致命点。作为心理师，她早就该察觉出，他不简单。不过没有关系，她向来喜欢跟聪明人打交道，这个男人处处先发制人，她就不信找不出他的破绽。

素叶被年柏彦送回小区的时候，天际泛出微弱的光亮。一路上，两人的话少之又少，停好了车，素叶道了谢。

“手机给我。”

素叶挑眉：“手机？”

“手机。”年柏彦又淡淡地重复了一遍。

素叶不知道他要做什么，掏出手机。年柏彦拿了过来，摆弄了一下后又从西装兜里拿出一枚精致的小物件，连同手机一起给了她：“刚刚我已经存了我的电话号码在你手机上，U 盘里有案件的影像资料，看完后，欢迎你随时打给我。”

U 盘直接压在手机上，她要拿手机就必须连同 U 盘一同接过来。“年先生太强人所难了吧。”她从没见过这种人，看似平静无害，实则锋利霸道。

年柏彦却没再说什么，目光对上她的目光，递手机的动作依旧保持。素叶皱了皱眉头，只好接过。

“我还是那句话，不会接你的案子。”

素叶进了家门后，将手机和 U 盘扔到了茶几上，回了卧室却失了眠，脑海中反反复复晃过年柏彦的身影，她清楚地知道这不是所谓的相思，而是一种从未有过的不安。这种不安，就好像是一枚石子突然在平静的湖面上引起涟漪，似乎有了不好的迹象。

翻了个身，眼皮刚一合上，就听到一声歇斯底里从客厅传来！素叶吓得一激灵，噌地一下从床上坐起来。

“小叶！”林要要又是一嗓子，这一次的声音像是被人死死掐住了似的尖细锋利，刺得素叶耳膜生疼。

素叶觉得情况不妙，蹿进脑子里的念头就是林要要被入室抢劫了，连拖鞋都没来得及穿直接冲出了卧室。客厅里却只有林要要一个人，她一脸惊恐，指着电脑屏幕，一个劲儿颤抖。素叶的目光落在屏幕上，神情也倏然转为严肃。

“我以为你拿回来的 U 盘里有电影……”林要要吓得够呛。

素叶已经恢复了平静：“没事儿，不用瞎想。”

林要要披头散发地坐在沙发上，她不是没看见素叶脸上的凝重，不经意又想起视频中的画面，忍不住打了个寒战。

卧室中，素叶死死盯着手里的 U 盘，半晌后拿过手机，找出了那个被强行输入的手机号码。

“素医生。”对方一点意外都没有。

“年先生，首先你要明白一点，我是按小时收费。”

“钱不是问题。”

“我收费向来不便宜。”

“没问题。”

素叶沉了沉气：“个案我可以接，但我要知道视频中的当事人是生是死。”

“下楼再说吧。”

“下楼？”

“我在楼下，一直没离开。”

素叶拿手机的手，不经意抖了一下。

下了楼，她一眼就看到丁香树下的黑色商务车，有紫色花影凋零在车顶上，那车，稳稳地停靠在那儿，未曾移动过。

年柏彦站在车外，见她下楼后便熄了烟。素叶靠近他，仰头和他对视：“有没有人跟你说过，你这个人给人的感觉很不好？”

年柏彦微微挑了挑眉，他看上去不像是个擅长开玩笑的人。素叶好心提醒：“你是个时时刻刻都会让人有压力的男人。”

“包括你？”

“猜测别人的心思是件很可耻的事。”素叶间接回答了他的问题，“当然，心理分析师除外，例如我。”

年柏彦竟笑了，纵容了她的“诡辩”。

“言归正传，当事人在哪儿？”

年柏彦拉开车门：“上车。”

素叶清澈的眸光对上他的脸：“这样的口吻实在令人讨厌。”

年柏彦愣怔，很快低笑摇头：“请。”尊口多出了一个字。

素叶无奈地翻了一下白眼。上了车，年柏彦从车后座上拿过一盒东西递给素叶：“早餐在车上解决。”

车窗外的街灯熄灭了，一束耀眼的光终于挤出了云层散落在车窗上，玻璃折射出的淡淡光晕打落在他坚挺若山川般的鼻骨上，将他的脸颊分割得更加完美。早餐还是热的，连同瓶装的牛奶都烫手。素叶若有所思地盯着早餐：“其实你有没有想过去做心理分析师？”这个男人算准了她会改了主意，也算准了她会下楼找他，连早餐都提前预备好了。这种人，做不成同行必然会成为敌人，因为，他的洞察力和揣摩人心的本事实在太可怕。

“我自认为成不了这个领域里的专家。”年柏彦稳稳握着方向盘转了个弯，车子上了东三环，朝着长虹桥方向驶去。

“真是谦虚了，年先生揣摩人心的本事令我都不得不折服。”

年柏彦下巴的弧线微微放松，语气似真似假：“揣摩谈不上，我没那么多的时间，相比揣摩人心，我想我更擅长的是谋算人心。”

素叶暗自倒吸了一口凉气，好一句谋算人心。

Chapter 2

你怎么知道我没有后悔

▼

素叶见到梁轩的时候，他一动不动地躺在病床上，全身包裹得如同一个木乃伊，目光呆滞，脸色惨白，瘦小文弱的模样令人很难相信他就是视频中拿水果刀杀妻的男主角。梁轩，精石集团股东之一，也是精石旗下 D 会所的经理，换言之，这个梁轩是与年柏彦走得很近的人，是他得心应手的帮手，这也就可以解释年柏彦为什么会为此事上心了。

“你是谁？”

“来帮你的人。”素叶回答，脑海里再次浮现视频中的画面：深夜，女子带着便当来到会所，男子为她打开了会所门，女子刚刚将餐盒放下，男子突然性情大变，举起水果刀狠狠朝着女子捅下去，女子拼命拍打紧闭的防盗门，一张张血手印拍打在剔透的门玻璃上，最后倒地。画面一转后，见这男人意外地从窗子跳了下去。

视频中的男人就是梁轩，女人是梁轩的妻子，事发当天是梁轩一人在会所加班，他的妻子给他送餐，谁料会发生惨案。

“你可以叫我素医生。”素叶没有介绍自己太多，“你有没有梦游的习惯？”

梦游，说白了就是睡眠障碍症的一种，这种症状不属于睡眠范畴，却因近几年亦有发生梦游杀人案件而引起众多学者的关注。梦游是无自主意识的行为，即便真的形成伤害他人的举动也无法进行定罪。

她看过视频后第一个反应就是，梁轩患有梦游症，当时杀妻以及自杀行为全都是无自主意识，她不是没有接手过这样的案例。梁轩却摇头：“我没有梦游症。”

“也就是说，你很清醒地知道发生了什么事？”

梁轩张了张嘴巴，半天后突然问了句：“我……我老婆她……她还活着吗？”

素叶静静看了他有半分钟之久：“活着。”

“她为什么还活着？”梁轩的情绪倏然变得很激动，惊恐占据了他的脸，“年柏彦！他俩，要杀了我！”

素叶的心没来由地咯噔一下，“年柏彦，要杀你？”观察了半晌后，她问。

梁轩呼吸急促：“我现在每天都在做噩梦，梦见年柏彦要杀我，梦见他俩把我推进水里，水里黑暗无比，我很冷，也很害怕。水里还有一条狭长黝黑的通道，我……我只能顺着通道游过去，通道很窄，另一头却有一幢阴森的布满荆棘的老屋子……”

“你进去过那个屋子吗？”

“我进去了……几乎每一天都会进去。”

“屋子里有什么？”如果是每天都在做的噩梦，相信他已经记得十分清楚了。

“有……有……一口棺材。”梁轩的牙齿因为紧张而上下碰撞，产生刺耳的摩擦声，“我看见我弟弟躺在棺材里，可他竟长着翅膀飞走了，然后……然后我又看见了我老婆，她……她和年柏彦待在一起，他们……他们拿着刀冲我砍过来……我受够了！受不了了！”

素叶睁眼时，窗外已是绚烂的夜景，周围是鹅黄色灯光，起身，披着的衣服滑下肩头，低头一看，竟是男人的西装外套，是年柏彦的，有醇洌木质香和极淡的烟草香。

白天的时候，年柏彦载她来到会所，梁轩的资料很多，她看着看着就睡着了。环顾了一下四周，房间的面积很大，深咖色与黑色为主要基调，配以银灰色为亮眼点进行装修，生活设施一应俱全，是一处休息室。

她披着西装外套走出内室，看到了不远处站在窗前的男人。通透的落地窗将北京最美的城市夜景尽收眼底。年柏彦置身其中，伟岸的身影与大片夜色及水晶光线融合在一起，浑然天成的醉人，令人悸动。他在通电话，倚靠着旁边的吧台，一手轻晃着装有伏特加的杯子，极烈的酒方能配极冷静的男人。他抿了口酒，似乎在交代手下盯紧南非那边的钻石矿。素叶想起媒体对他的介绍，轻叹，能够做到供货商就相当于站在了钻石行业大鳄的位置，钻石大亨，这四个字倒真有分量。

年柏彦正巧也通完了话，转头。寂静的夜晚，她看上去十分美好，轻倚在门边，纤细弱小的那么一只手。不知怎的，心口触动了一下。

“这是哪儿？”素叶见他的目光大胆毫不遮掩，神情多少不自然，坐在了沙发上，沙发旁的茶几上堆放了一些文件箱。

“我的休息室。”他将手中的酒杯放下，又低问了一句，“想喝点什么？或许，你饿了。”

素叶摇头，睡眠颠倒的感觉简直糟糕透了。

“这是梁轩的资料，红色文件箱里的是你没看过的。”年柏彦指了指茶几上的红盒子，倒了杯柠檬水递给了素叶。

素叶接过：“你不懂得怜香惜玉吗？”

“如果你是我的员工，可能连刚刚睡觉的时间都没有。”年柏彦靠在沙发上，“当然，如果你累了，我现在送你回家。”有了恻隐是因为她眉梢的那一丝倦意，提醒了他，这个女人并非他的下属。

“幸亏我没你这么个上司。”素叶觉得他的眼神有点怪，不自在更强烈，“你对下属太过变态的严苛会直接加重他们的精神负担，再遇上一个类似梁轩这种本身就带有焦虑和缺乏安全感的下属，不出事才怪。”

“焦虑和缺乏安全感？”

“有时候梦境和催眠一样，都是一种通往潜意识的手段。从人的本能推断角度来说，梦在一定程度上具有意义，它往往是一种晦涩的隐意，通过乔装改变的方式来避开大脑的审查机制。简短来说，梦的内容就是为了实现自己的愿望。”素叶喝了口柠檬水，“我想你应该听到梁轩提到他的梦境，在梦里他反复看到一条狭窄的通道。事实上临床经验证明，许多患有焦虑症患者的梦境中都有这种内容，或是梦到一条通道，或是置身在水中。”

“为什么会这样？”年柏彦对这方面不了解。

“通道也好，水中也罢，这都是基于一种对子宫生活的记忆，在梦境中出现这类内容就足以见得个案缺乏安全感，他在焦虑，他的潜意识渴望安全，而子宫是生养我们的地方，也是最安全的地方。”素叶补充，“举个最简单的例子，如果一个人缺乏安全感，那么他在睡觉的时候大多数会采用婴儿式姿势，这是一种对在母体时的安全姿势记忆，而大大咧咧、心胸开阔的人往往喜欢平躺，这就是通过行为来判定人的心理。梦境也一样，虽说内容繁杂、毫无头绪，但经过整理就能准确掌握人的潜意识世界。”

“你的意思是，梁轩因患有严重的焦虑症而杀人？”年柏彦微微蹙了眉头。

“这只是我从他梦境中读到的一小部分内容，想要获知他梦中的全部讯息，我还要了解得更多。”素叶伸手翻了翻红盒子里的文件，“至少，有关他的全部资料我要都看完。”

年柏彦若有所思。

“这是什么？”她敏感地看了一盘光碟，上面没写文件名。

年柏彦拿过来看了看：“应该是什么影像资料。”起身将光盘塞进电脑，很快，墙壁上的巨大显示屏闪动了一下，映入眼帘的是大片雪花点。

“不会是空的吧？”她话尾还没消失，屏幕上的画面一闪，出现了一个学生妹。

素叶马上翻看梁轩的人际关系资料：“这人是谁？”

她没看屏幕，只等着年柏彦的回答。他的神情看上去有点意外，却又很快转为揶揄。素叶不解，看了一眼后，眼珠子差点瞪出来，画面中的女孩儿被几个大男人强行压在地上，粗暴强硬。

“……怎么会有这种片子？”她强压心头震惊，“你是故意的？”

“我真的不知道。”年柏彦马上表示清白，拿过遥控器准备关掉。

素叶意外地压住了他的手。

“我想看完它。”素叶艰难地说完这几个字，脸颊烫了大片，她如愿以偿地看到了他眼底的愕然。

“你确定你要看？”

“生活细节透露心理活动，这是工作需要，年先生，你想多了。”

年柏彦唇角微微上扬：“那你慢慢看。”

素叶趴在沙发上盯着他伟岸的侧影，他坐回了吧台，倒了杯酒，在满屋子环绕的呻吟声中看上去那么不疾不徐。她心起捉弄，放大音量，瞄见年柏彦朝这边瞅了一眼，她就愈发想笑：“你说你们男人喜欢投怀送抱的还是更喜欢强迫来的呢？”

年柏彦转过身，胳膊慵懒地搭在吧台上，目光平静地投过来，对于屏幕上的内容似乎不感兴趣。

“我是虚心请教。”素叶冲着他“无辜”地笑着。

手机铃倏然大作，她一激灵，年柏彦示意她调小音量。她含笑点头，却故意将声响放大，那边他已接通了手机，神情多了一丝无奈。素叶抿唇死死压着笑，年柏彦只好拿着手机进了卧室。

这男人好耐性啊！素叶深深赞叹。关小了声响，连连快进，不堪的画面如走马观灯似的从眼前跃过。片子的时间很长，由数个短片组成，素叶发现几个片子全都是一个类型，暴力、性虐，视觉上的刺激令她不舒服。

手里的遥控器蓦地被人夺走，抬头一看是年柏彦，他坐在她的身边，偌大的沙发因他的靠近变得格外狭小：“快进你能看出什么来？”

素叶暗自咬咬牙根，对上他时，笑容“和善”：“是，我会慢慢看。”

“刚刚你问东问西想来疑问挺多的，我坐过来帮你慢慢解答。”年柏彦低头看着她，眼里是亦有亦无的认真。

素叶吃了个哑巴亏，跳进了自己挖的坑里：“过程我没必要看，快进！”

“你是心理分析师，任何一个细节都不能放过，这话是你说的，刚刚。”

“好，我看。”素叶冲着他笑开了花，却近乎咬牙切齿地蹦出这几个字。

年柏彦淡淡一笑，修长的右腿优雅地叠放在左腿上。素叶坐得有点僵直，耳朵里尽是些靡靡之音，身边这个沾了点酒气的男人越发令她不自在。她狠狠瞪了他一眼，视线落回视频，脸色却陡地变了。

“怎么了？”年柏彦原本也只想逗逗她，见她变了脸，伸手拉过她。

素叶一把将他推开，冲进了洗手间，年柏彦一愣，起身跟了上去，见她猛劲干呕，低笑：“素医生的心理建设有待加强。”

素叶有气无力地洗了把脸：“太恶心了。”起身，头重脚轻，踉跄了一下。

他及时搂住了她：“没事吧？”两人贴近，透过薄薄的衣料能够轻易感觉到男人的体温，素叶不知怎的，心跳加快。

“没事。”她从他怀中脱离，“我呢，在这种事情上的确不如年先生心理素质强。”

正要出洗手间，他突然伸手搭在墙壁上，素叶转身，他的另一条手臂也跟着擎了上来，她被围困在他的胸膛和墙壁之间。

“恼羞成怒啊你？”

“我突然想到有问题还没回答你。”年柏彦慢悠悠地勾唇，“你刚刚问我什么？喜欢投怀送抱的还是喜欢强迫是吧？”

素叶倏然腾起警觉。

年柏彦的脸缓缓靠近她，素叶没料到他会有这个举动，后背僵直地贴靠在墙壁上：“我现在可是帮你，你要敢乱来，那就是道德问题。”

“如果，我就是敢呢？”

她倏然瞪大双眼，他却没做什么出格的事，脸微微压下：“男人很危险，小心玩火自焚。不论怎样，一旦真出了事，都是女孩子吃亏。”

素叶的毛孔如同炸开，肩头僵了僵：“例如那天晚上？但我觉得，你并没有把我怎么样。”

年柏彦盯着她，唇际的笑亦真亦假：“不要侥幸，你怎么知道我没有后悔？”

素叶开始着手梁轩的案子，除了看资料外，她还经常去接触跟梁轩或梁轩妻子有关的人和事，一时间倒也把假期抛之脑后，对此，最满意的当属丁教授，不过也是生怕她只是心血来潮，隔三岔五就打个电话叮嘱她，现在联众的风评被王萍的案子闹得很不好，希望她能够尽善尽美地完成精石的案子，挽回联众的声誉，必要时多跟年柏彦接触接触。

素叶每每听到这话就头大，想来丁教授将年柏彦当成救命稻草了。不过她的假期也快结束了，多听倒也无妨，梁轩的案子原本就要多向年柏彦问资料，虽说后来警方也介入了，但她是要给出专业的心理评估意见，所以并不冲突。

早春的花蕊被大片绿叶取代，北京的春向来是极短的，初夏的暑热赶着脚儿就来了。

素叶盘腿儿坐在机场接机大厅的木椅上，怀里抱着大杯星巴克咖啡，懒洋洋倚在那儿盯着林要要一个劲儿往自己脸上涂隔离霜：“你再继续涂，一会儿丁司承出来该不认识你了。”

“哪有那么夸张？哎，他出来了。”

素叶心口猛地一缩，一眼就看到了推着行李车刚出闸口的男人。他身穿白色T恤衫，配干净的米色长裤，高大颀长的身影颇引人注目。

“快点！”林要要整个人蹿得老高。

男人远远地就看见了她们两个，含笑冲着这边挥了挥手。素叶的双腿像是灌了铅，心脏跟着他的笑也扑通通地狂跳。

“司承！”身边的林要要一个箭步冲上前，众目睽睽之下扑到了他的怀里。

素叶的脚步陡然止住，心像是一只被剪断了线的风筝，摇摇晃晃地跌入深谷。丁司承揉了揉林要要的头发，满眼宠溺，再抬眼看向素叶时笑容扩大。隔着来往的人群，素叶静静地站在那儿，与他目光相对后，硬生生挤出一丝笑来。

失落犹如一地残花落叶，还没来得及收拾，一只手臂便懒洋洋地搭在她的肩上：“亲爱的，怎么一副拈酸吃醋的模样儿？”

意外出现的人和动静吓了她一跳，条件反射地回头，对上了男人的眸，他正饶有兴致地打量着她。

“我不认识你，别瞎套近乎。”素叶毫不客气地拍掉了他的“狼爪”。

男人哀号。

“东岩，你走得还真快。”丁司承几个快步上前，林要要在他旁边一脸甜蜜地腻着。

“跟你在一个机舱里共处了六七个小时，下了机第一件事就是赶紧活动筋骨。”男人活动了一下胳膊腿儿，冲着素叶挤挤眼睛，“是不是亲爱的？”

丁司承诧异：“你们认识？”

“当然。”

“不认识。”两人异口同声。

丁司承蒙了，林要要看着这男人只觉得眼熟。

“这位先生，你的人生出了什么问题？还是你见到个女人就叫亲爱的？”素叶皱眉。

“你不会真忘了吧？我这辈子可忘不了你，前阵子是你一脚把我从蹦极台上踹下来的。”男人无辜惊叫。

素叶蓦地想起，下意识看向林要要，林要要这才想起他就是那个相亲男，跟素叶两个大眼瞪小眼，一脸的尴尬。

“行了，你也不用那么内疚，咱俩来日方长。”男人抬腕看了一眼，“司承，我要赶回公司开会，改日再聚。”

丁司承点头。

男子看向素叶笑了笑，倏然在她额头上落下一吻。素叶一惊，他爽朗大笑，转身离开。

丁司承下意识地皱皱眉头。

“你什么时候交了个痞子？”素叶盯着丁司承。

丁司承马上做举手投降状：“他可不是什么痞子。”

“他谁啊？”林要要也被那男人的举动吓得够呛。

“纪东岩，纪氏集团大少爷，纪氏亚洲区总经理。”

“你的情况有没有好转？”在丁司承的诊疗室里，他询问了她的状况。

素叶坐在沙发上若有所思：“回国后倒是不经常听到那个声音和音乐了，不过有那么几次还是凌晨1点半醒过来，哦，有一次不是……”

丁司承既是她学业上的导师又是工作上的导师。念大学的时候，丁司承是学校高薪外聘的专家，那个时候她最爱听他讲课，国外进修的那几年，丁司承也恰巧在国外开了心理咨询机构，这样一来，她便有充分的条件在他的机构中实习，接触个案。每个心理咨询师都要有名导师，在疏导别人的同时，自己也需要情绪疏通。丁司承，在她眼里既是成功的心理分析师，又是出色优秀的男人，32岁的他正值事业亨通，举手投足温文尔雅，自然而然成了炙手可热的高品质男人。

素叶的迟疑逃不过丁司承的眼睛：“那一次是什么时候？”

“是……”是那天早晨她在年柏彦身边醒来的时候，“偶尔有那么一天。”

她对丁司承的感觉很复杂，这么多年，她是在他的帮助下不断成长，没有丁司承，就没有她素叶的今天，她依赖他、崇拜他，继而爱慕他，可是……丁司承喜欢的人是林要要。那一年林要要飞到国外找她玩，丁司承与林要要一见钟情，虽说一直两地相隔，但两人的感情始终未变。林要要是她最好的朋友，就算她素叶爱极了这个男人也绝不可能说出口；丁司承是她最好的导师，就算她再心生爱慕，当他和林要要确定了恋爱关系后，她也会敬而远之，这也是她一毕业就回国的原因。

“你没跟我说实话。”

“我怎么可能骗你？”素叶抿笑，“我的情况我最了解，现在我只关心梁轩的案子。”

“这世界真小，谁知道你绕来绕去又绕到我父亲那儿了。”丁司承见她撇开了话题也作罢，“早知道你在联众，我也不用这么急着回来，有你在，我绝对放心。”

素叶之前也没料到丁教授就是丁司承的父亲。

丁司承言归正传：“我在飞机上看过你递过来的资料，你的判断没错，梁轩很早就患有焦虑及缺乏安全感，的确患有继发性妄想症。”

妄想症可分为原发性妄想与继发性妄想。原发性妄想是在毫无刺激及先兆的前提下产生，而继发性妄想的成因就复杂得多，但共同点都是在已有的心理障碍之上产生的妄想。

素叶调整了一下坐姿：“梁轩极度缺乏安全感，我曾引导他，问他敢不敢杀年柏彦，他惊恐并回避，因为在他的潜意识里，年柏彦是不可超越的、是强大的。一个正常人的心理，在面对极致的危险时会引发心中的愤怒感，但梁轩没有，他将自己缩在自我保护的盒子里，也就是说，他一开始就将自己视为被害者。”

“被害者往往是焦虑不安。”丁司承赞同她的话，“梁轩的妻子性格强悍，梁轩能够进入精石集团也缘于妻子的引荐，这在他的内心就无形中产生了女强男卑的思想，就算他做得再努力，也摆脱不了靠老婆才上位的阴影。我想精石集团的员工也会背地里产生些流言蜚语，他听着，心里自然不舒服。”

“再加上因为工作的缘故，他妻子跟年柏彦走得近一些，长年累月，梁轩看在眼中形成了心理病变也很正常。”素叶接过了话，“这几天我又反复看了案发视频的录像，发现梁轩其实一早就将刀子握在手中。我相信梁轩的妻子是发现了他的心理状况，试图来缓解他的疑虑，所以才连续在他加班的时候送饭，但梁轩已经多疑，患有严重妄想症的他终于在那天晚上举起了刀子，造成悲剧。”

丁司承轻叹了一口气：“环境会对心理产生不小的影响，小叶，你对梁轩的梦境分析也很精准。”

“梦境分析这个本事还是你手把手教我的。”素叶看着他，心头溢出难以言喻的眷恋，却又强行压下这股子念头，清了清嗓子，神情又恢复一贯的冷静，“从梁轩的梦境中不难发现，他对母体有一种既向往又恐惧的心理，他梦见了通道，梦见了恐怖的、充满荆棘的黑屋子，这种梦境的内容是黑暗的、矛盾的。

“后来我查了一下才知道，原来在梁轩还是胎儿的时候，梁轩的母亲曾经有过打胎的念头，很多大人都不知道，虽说只是个念头，却足以令胎儿产生记忆，这是一种在母体中形成的潜意识记忆，微妙到无法用科学来解释和证明，但事实上这个记忆的确存在了。

“长大后的梁轩自然不知道这件事，但在潜意识中，这个记忆是存在的，在特定的心理状态下所产生的梦境便能折射出这个内容，黑屋子代表着他还在胎儿时期对母体的恐惧，胎儿记忆中，他害怕被母亲抛弃，所以说，梁轩缺乏安全感是源于母体。”

“母亲是最能让人产生安全感的身份，但梁轩的潜意识已经失去了对母亲的安全感，所以他的梦境是矛盾的，这很正常。”丁司承同意她的分析。

“而梁轩的焦虑症应该产生在儿童时期。”素叶接着说，语气也稍稍显得沉重，“在梦中，他看到棺材和弟弟长着翅膀飞走了，这类梦隐藏着两种意思，一种是想要再见到久别的人，这是潜意识中的愿望；而另一种分析则为，梦者的确希望亲友死亡。通过梁轩的梦境分析不难得出，他是属于后者。”

“虽说你的后者说法会受到大多数人的反对，但实际上这种理论是成立的。梁轩之所以会做这种梦，必然是他在某一段时间或者是在他的童年曾有过这种愿望。”

丁司承点点头，起身倒了杯水递给素叶：“你在资料中提到梁轩有个亲弟弟，而他的弟弟现在还好端端地活着，那么我们自然就能分析出梁轩在童年的一种状态。事实上每个人都曾有过对其兄弟姐妹的敌意，这种疏远关系来自童年并具有一定持续性，虽说随着我们年龄的增长，兄弟姐妹间的情谊会加深，但童年时的敌意仍旧存在于内心深处，甚至是潜意识之中。小孩子是绝对以自我为中心的，他们会急切地感到自己的需要并去满足它，一旦有了竞争者存在，他们就会充满敌意。”

素叶喝了一口水：“当我们渐渐长大，社会感和道德感便能纠正我们曾经的错误想法，这个时候自我就会压住本我，可这种潜意识还是存在的。梁轩，自打母体中就形成不安全感，有了弟弟后，其母爱必然会被剥夺一半，在他心里对弟弟存在敌意也实属正常，他梦见弟弟长着翅膀飞走了，这源于他小时候对死者的想象，他认为人飞上了天就代表着死亡，所以他希望弟弟死亡。

“梁轩在童年时期就形成这种焦虑和不安，随着他工作娶妻，这种心理非但没有减轻，反而增强。他对妻子的独占性犹如童年对母爱的独占，所以看到妻子与年柏彦走得近些便会焦虑和不安，但年柏彦是个事业有成的商人，对梁轩而言是强大的，因此在梦中他梦到年柏彦与妻子将他推进水中。

“时间一长，他便真正形成了妄想症，而他所喜欢看的片子大多数是暴力的、强迫性的，这也暗藏着他的自我保护与暴力倾向，因此才动手杀了妻子。”

丁司承翻开资料看了看，眼底疑惑：“什么片子？”

一贯伶牙俐齿的素叶迟疑了一下，微微垂眸。

“怎么了？”他凝视着她，语气也转轻，心头泛起一丝难以形容的悸动，这悸动就跟在国外，每每见到她独思或孤独时所产生的一样，令他很想去搂住她、保护她。

素叶潇洒地笑了笑：“其实也没什么，我只是看了梁轩平日看的片子。”

丁司承没料到她会这么做，忍不住笑了：“你这丫头。”

男人的亲昵令素叶心头一紧，借着倒水远离了丁司承的范围：“不放过每个细节，这是你教给我的。”

丁司承看着她的背影，莫名地产生一丝心猿意马，起身：“小叶——”

“司承、小树叶子，你们聊完公事没？我已经准备了一大桌子菜，赶紧下楼吃饭了。”林要要的意外闯入阻断了丁司承的一腔热血。

夜色，有些凉薄。天际挥之不去的阴霾使得月色也变得稀薄，仅剩淡淡的光亮洒落书房。书房的温度很低，在月光的点缀下沁着彻骨的凉。年柏彦坐在沙发上，案前是舒缓茶香，室内的这抹凉被茶香冲淡融化，化在他眼眸深处的只有一成不变的冷静淡然。

“没想到绕来绕去我们又在北京见面了，这么多年没见，我还真想你。”手机那边是半真半假的讥笑。

年柏彦一手拿起茶杯轻抿一口，唇梢始终平静：“能让纪少爷惦记想念，是我年某的荣幸。”

手机另一端陷入沉默，年柏彦亦没开口。

“年柏彦，这一次，我要的是你的命。”半晌后，话筒中溢出寒凉的嗓音。

“看你有没有这个本事了。”

通话结束，室内沉静得可怕，直到被坐在窗前摇椅上的老人打破了这份沉静：“谁的口气这么大？”

“纪东岩。”年柏彦放下茶杯，整个人倚靠在沙发靠背上，“纪老爷子病重，他回来掌管亚洲区工作是早晚的事。”

“看样子是跟咱们铆上了。”老人轻叹了一口气，拿起拐杖起身，坐在茶案旁，倒了杯茶后看向年柏彦，“好端端的朋友，可惜了。”

年柏彦眼底是触不到底的黑，良久后淡淡开口：“所以，纪东岩想要对付的从来都不是精石，他的目标只有我一个而已。”

“精石集团之所以能够长久发展，是结合了年氏和叶氏的两家股份，你就代表了精石，他要敢乱来，我叶鹤峰第一个不同意。”老爷子将茶杯放在案几上。

老爷子叶鹤峰是精石集团当家主席，与年柏彦的父亲是世交。年氏以钻石供货起家，叶氏主做零售，两家因合作而形成深厚友谊。只是在早年的一场金融危机席卷了年氏和叶氏两家企业，年柏彦的父亲急火攻心，一病不起，弥留之际做出两家资产合并的决定。年父死后，他的母亲不久也跟着郁郁而终。当时年柏彦还在读书，还有个更小的弟弟，如果没有叶鹤峰的帮助，年柏彦也不可能有今天。

精石集团是两家公司的心血，但在名称上不方便拟定是叶氏还是年氏。在年柏彦进入公司后决定更名为精石集团。他们是以宝石起家，要做的宝石和钻石都是绝无仅有的精品，这也是“精石”二字的来历。年柏彦是从基层做起，近几年开始着手钻石矿的开发，每一步都做得稳扎稳打，直到引领公司上市。这也是叶鹤峰欣赏他的地方，因此将集团的全部事宜全权交与年柏彦来处理，他只留主席一职，落得清闲。

“纪东岩这个人我很了解，所以，放心。”年柏彦起身为叶鹤峰添了些茶水，举手投足不疾不徐。

“你做事我当然放心。”叶鹤峰喝了口茶，“只是纪氏有意在南非争钻石矿，那边的情况你又不是不了解，柏彦，我老了，已经见不得那些打打杀杀的事情了。”

年柏彦淡淡一笑：“文明社会用法纪，野蛮社会只能用暴戾，适者生存。”他伸手，修长手指轻抚茶杯边沿：“必要时，见点血也很正常。”

“罢了，你们年轻人的世界，要争要夺，你们自己都有分寸。”叶鹤峰缓缓道，“不过啊，小玉的胆子小，你可别吓着她。”

年柏彦的手指有一瞬的停滞，很快又恢复一贯神情，他点头，没多说什么。

梁轩杀妻一案不经意曝光，警方和媒体的介入令这件匪夷所思的事件成了茶余饭后津津乐道的事，只是很快消息便转了风头，一件血淋漓的案子意外成就了精石集团上市后股市上涨的辉煌。这要缘于素叶的专业心理评估报告及年柏彦事后大刀阔斧的决策。

素叶的报告令精石免于法律上的责任，而精石在第一时间表态将会全权负责梁轩及梁轩妻子未来治疗全部费用、股份补贴、两人子女教育费用等等，如此人性的决定令众多股民对精石集团产生了浓厚兴趣和赞赏。

同时，精石集团旗下的顶级珠宝会所——D 会所也开始吸纳尖端会员。据悉，D 会所的入会条件极为苛刻，在会员选择上不但要考虑其固定资产的数额，还要考虑其常年居住的地点、家庭成员构成等条件。但越是如此苛刻便越是引来众多商界富豪的兴趣，再加上 D 会所是以罕见稀有宝石著称，更是引人注目的关键。

一切看上去都那么正常，就好像是一场突如其来的事件引发了媒体的注意，然后曝光成了危机事件，再由事主出面，斩钉截铁地制订了解决方案，看似商业危机转危为安，为其上市初期的业绩起到了推动作用。

这阵子天气渐渐热了起来，树杈上的鲜嫩绿芽也在晃眼间促成了繁枝茂叶，早春的花儿已大片大片地凋落，换上的是夏季的盈绿。极短暂的美才会让人难忘，正如快乐，因为人生太多意想不到的无奈和波折，所以人们才能在短暂的平静中感受到快乐，甘之若饴。

素叶搬了家。

这是早晚的事，毕竟她不可能在林要要那儿住一辈子。入职后，她的时间少得可怜，所以住在哪里就更加重要。联众心理与她任教的大学一个在朝阳一个在海淀，在考虑到一周只需上一次课的情况下，最终她还是将房子租在了三里屯。

这一天素叶刚进办公室，沁入脾肺的是淡淡花香，剪成了花束的茉莉花，被她的助理李圣诞规规整整地摆放在办公桌上。

“有品位，我还是头一次见到有人会把茉莉花打成花束的。”

哼着歌的李圣诞闻言后摆手：“这花是在您刚刚接个案的时候有人送来的。”

素叶在花束里找了一番，却连张卡片都没有：“说了是谁送来的吗？”

李圣诞摇头。

奇了怪了，无端收了一束花还不知道对方是谁。

“你知道茉莉花的花语是什么吗？”

“茉莉花的花语……”李圣诞停下手里的活儿，凝眉若有所思，“圣洁？迷人？”

素叶坐回椅子上，歪着头盯着茉莉花始终不语。

“哦，我想起来了，茉莉花还有一个花语！”李圣诞大惊小怪叫了一嗓子，“你属于我！”

素叶抖了一地的鸡皮疙瘩。

快 11 点的时候，素叶就饿了，起身出了办公室，她准备先去零食间找到吃的，途经方蓓蕾办公室的时候，门倏然被人拉开，还没等看清楚对方是谁就被一股蛮力撞在一边，有人跑了出去。

“抓住他！”是方蓓蕾的声音，她跛着脚从办公室里吃力跑了出来，“快……快追上他，他手里有刀！”

素叶远远地看着那个手握水果刀的男人大有疯癫之状，像是脚踩风火轮似的追了上前。在心理诊所这种地方也不是见不到歇斯底里的个案，催眠师碰上的概率更大，所以她早就见惯不惊了。拿刀的那人一路狂喊着大跑，引来不少人的注意，又被他手里的刀子吓得如惊飞的鸟儿，素叶在后面一个劲地大喊：“他危险，大家离远点！”

那人前一秒闯进了会议室，她后一秒打算来个瓮中捉鳖，谁料就看到丁教授正与年柏彦握手，两人像是谈成了某种协议。

“小心！”

两人谁都没料到会有意外状况发生，尤其是丁教授，着实吓了一大跳，紧跟着那道刀影转了方向。素叶眼睁睁地看着那人举着刀子冲了过来，在光影间，余光不经意瞄见了不远处的男人，他也冲着这边窜了过来，只可惜刀子已经到她面前。

说时迟那时快，她猛地抬起胳膊狠狠撞在那人的颈部上，力气大得连她的手指也跟着颤麻。刀子在离她眉心还有近乎 0.1 厘米的距离时“咣当”掉在地上，那人昏倒在地。

男人也倏然止住了脚步。

“哎呀，老天，年先生您没事吧？”方蓓蕾追进了会议室，一见躺在地上的人早已昏厥，连连拍胸脯压惊，走到年柏彦面前嘘寒问暖，“您有没有被伤到啊？实在对不起，这个人在接受催眠时出了些问题，幸好有您及时制止，否则他一定会把人伤到的，年先生——”

“哎哎哎，那个方医生。”素叶在旁实在听不下去了，“你弄清楚了，是我把你的病人搞定的。”

方蓓蕾愕然。

“我手指头现在还震得发麻，没跟你要医药费，最起码你也得说声谢谢吧。”催眠师也好，行为治疗师也罢，但凡接触心理个案的医生，在他们的身后都会有道备用的门，一旦个案发了疯或对医生造成威胁，医生们就会选择从那个门逃窜。但刚刚方蓓蕾非但没有逃窜反而追了出来，这让素叶也有点敬佩她的有胆有识，可转眼看到方蓓蕾眼里只剩下对年柏彦的奴颜媚骨的样儿就来气。

“素医生说得没错，你要谢就该谢她。”始终保持沉默的年柏彦终于开了尊口。

方蓓蕾抿了抿唇：“客户出了问题，我们做心理咨询师的首先冲上去是理所应当，反倒年先生您是我们的贵客，如果惊到了您就不好了。”

身边的丁教授也唯恐年柏彦受到惊讶，顺着方蓓蕾的话询问他的状况。素叶肉麻得鸡皮疙瘩都要掉下来了，在保安将地上的男人抬走之后，她也懒得见那一幕，刚准备掉头走，年柏彦便问：“素医生，你有没有受伤？”

难得有人还记得她，回头懒洋洋答了句：“死不了。”

年柏彦矜持如常，看出她心底的那点小情绪：“既然没事，跟我走吧，吃午餐。”

丁教授和方蓓蕾面面相觑。素叶没料到他会在丁教授和方蓓蕾面前这么直截了当，双脚卡在门边动也没动，他却一言不发地走上前将她拉走。

年柏彦是一个喜欢安静的人，这是素叶之前索取资料跟他用餐时得出的结论。他用餐时很少说话，有条不紊；他习惯错开时间用餐，例如晚餐、午餐，可能是讨厌人多。

素叶却有点大煞风景，不管不顾地揉着胳膊，时不时面部肌肉还扭曲一下，看得对面的年柏彦都担心她那条蚂蚱般的小胳膊是不是已经断了。

“素医生，你还有多少面是我不知道的？”能单只胳膊就击倒壮汉的女人他是没接触过，也不知道她是情急之下的自我防卫还是瞎猫碰上死耗子。

“原本你对我也不了解。”素叶低头瞧着自己有点发红的胳膊，心里嘀咕着那个壮汉的脖子可真硬。

年柏彦将她的胳膊拉了过来，素叶愣了一下：“干吗？”

他加了点手劲，有些强势得令她动弹不得，意外地用拇指轻轻摩挲了红肿的肌肤，剑眉轻蹙：“很疼吗？”

“不疼。”

当他的拇指轻落她的胳膊上时，只剩下细痒的感觉。

“没事儿。”压下耳根意外蹿起的燥热，她强行将手腕抽了回来。

年柏彦倒也没再强迫，淡声落下：“还好，没伤筋动骨。”

素叶努力地挤出一丝笑，没再说什么。

一顿丰盛的午餐过后，素叶将餐具往旁一放，冲他一伸手，年柏彦挑眉。

“钱。”她好心提醒了一句。

年柏彦这才恍然，眼角眉梢藏了浅浅的笑意：“你还挺直接的。”

“我要自己的酬劳还用得着藏着掖着吗？”她理直气壮，“欠了尾款的人是你。”

年柏彦但笑不语，从西装怀兜拿出了一张支票推到她眼前。素叶拿过一看愣了下，抬眼看了看年柏彦，又笑眯眯地将支票收好，语气带了点没骨气的谄媚：“我就说嘛，年先生你是堂堂上市公司的总经理，哪会拖我这点钱呢？谢谢啊！”

“金额满意吗？”年柏彦不动声色地轻抿了一口红酒。

“太满意了。其实今天中午我也是随手救了你，年先生，你不用为此多付我费用的，不过——”见他似乎要开口，她又马上补上了一句，“我的胳膊到现在还疼，多出那部分的钱就当作医疗费了。”

年柏彦晃动着手中的酒杯，没说话，只是看着她。

“吃也吃饱了，喝也喝足了，年先生，谢谢你今天中午的盛情款待。我下午还有会，就先撤了啊。”

钱都拿到手了，脚底抹油，走为上计。话说她也不是个势利的姑娘，但对面的男人总用一种审视的目光来打量她，令她很不舒服，这种男人，安静无言亦能带给对方说不出的压力，她不喜欢无所遁形的状态。

“素医生。”年柏彦盯着她的背影，不疾不徐地开口。

素叶开溜的脚步顿住，转身，勾笑。

“不觉得医疗费有点高吗？”

“啊？高吗？”素叶转了转眼珠子，“不会啊，现在物价都在上涨。”

年柏彦倚靠在椅背上：“你是个很聪明的女孩儿。”话说一半留了一半，话尾意味深长。

素叶是很聪明，所以她完全能够猜得出他留下的话尾含义，言下之意就是：所以，别让我跟你废话。她只好将包放在一边，坐下，语气转为不耐烦：“你想让我做什么？”

支票上的数额远远要比规定的多出很多，天下没有免费的午餐，她知道他有所求。钱是无罪的，所以她只好继续跟这个男人周旋。

“梁轩的案子，素医生功不可没，我很欣赏你的工作态度，所以诚挚聘请素医生为精石的心理顾问。”年柏彦把玩着红酒杯，“当然，支票上多出的金额只是定金，有关酬劳，我们可以再谈。”

诚挚聘请和诚挚邀请是两个概念，前者是板上钉钉，后者还有商量的余地，很显然，他连商量的余地都不曾给过她。既然对方都开诚布公了，她再揣着明白装糊涂就不是那么回事儿了，也深知年柏彦的钱不是那么好拿的，干脆将话挑明：“如果单单是因为这笔多出的金额，那么我觉得就算照单全收也没什么不妥，当然，医疗费的确是借口。”

“继续说。”

素叶沉了沉气，抬眼：“年先生刚刚既然提到了梁轩的案子，那么我就跟你谈梁轩的案子。在梁轩杀妻事发后，年先生选择了媒体干预，致使这件事瞒得水泄不通。表面上是腾出时间来彻底调查此事，实则不过是利用我这个心理医生的合适报告给媒体一个满意的答复。梁轩杀妻是真的，梁轩的病情也是真的，梁轩在年先生身边工作那么久，你自然会看出他的精神状况有问题，当然，你需要一个心理专家配合你演好这出戏。”

整个过程，年柏彦都没说话，等着她继续说下去。

“一个商人的成功就在于他具备化腐朽为神奇的力量，能够转危为安。年先生不但是个成功的商人，而且是个深谙市场规则，甚至是擅于制造商机的精明商人。梁轩一案，如果事先没有心理分析师的介入，那么对于精石集团来说就是一场危机。可怎么就那么巧，在梁轩的心理报告一出来后，媒体便马上知晓了，而精石所做的措施表面上是因为媒体的曝光而采取的商业策略，事实上这一举动已经在商场上造成不错的口碑和信誉度，一切都发生在刚上市要业绩的时候，年先生，你很厉害，连媒体都在神不知鬼不觉间做了为你上市业绩铺路的鹰犬。”

年柏彦不动声色地笑了笑：“都说一个成功的心理医生可以顶半个商人，素医生这么聪明，何止能顶半个商人？我是不是要庆幸你只是心理医生？”

“正所谓‘道高一尺，魔高一丈’，我再聪明，不也一样被年先生彻底地利用了一次？”

“那还要归功于素医生的职业精神。我也不过是借势而为，毕竟梁轩是我的手下，出了这种事也不是我想看到的。”

“所以啊，我为了个案，你为了商机，大家各尽其责，支票上多出的金额大可以看作是我帮你赢了这场战役的报酬。”素叶又开始变得赖皮，“别谈什么定金，也别谈什么聘请，我觉得这张支票已经将我和你的恩怨一并解决了，互不相欠。”

年柏彦眉头微挑：“恩怨？”

“口误。”素叶赶忙纠正，“你将重点落在互不相欠这四个字上就行。”

年柏彦淡淡笑着，看似思索实则一语中的：“就算你想两清，你们丁教授也未必肯。”

素叶脸上的笑滞了一下，她知道丁教授有心拉巨资来做课题研究，年柏彦既然出现在机构，那就说明他有可能就是那个最大的投资商。

“我说过我这个人没什么职业操守，再说，这世上又不止年先生一位投资商。”

年柏彦的笑意味深长：“是啊，素医生说得对，这世上又不止我这么一位投资商。”

话说到这份儿上，两人之间的气氛开始尴尬，就在素叶想着如何应对时，他开口打破了宁静：“但凡难题都有解决的办法，正如你对精石的成见，讲出来，说不准我可以帮你。”

“我不明白年先生的意思。”

“所有人都想尽办法接近精石，渴望在精石里任职，只有你，一听到精石的名字就如坐针毡。”他的眼睛很毒，言语也一针见血。

“我只知道强人所难非君子所为，这世上的心理咨询师有的是，乐得为精石倾尽一生心血的也大有人在，所以，我不明白为什么你偏偏要来为难我。你了解我吗？咱俩很熟吗？我没必要领你这个人情！”盘旋在胸口的气一压再压，她的语气变得不善。

年柏彦面色平静，却说了令素叶脸色突变的话：“素叶，28 岁，单身，父母早逝，自小在舅舅家长大。大学毕业后就出国深造，在行为分析学上颇有天分，研究生课程转了专业，主攻梦境精神分析。身手敏捷，爱好广泛，但凡刺激冒险的活动均有涉猎，尤其热爱滑翔、登山与攀岩。先后征服过位于中国境内的慕士塔格峰、乔戈里峰、卓奥友峰，尼泊尔境内的道拉吉里峰、干城章嘉峰，是珠穆朗玛峰的主力攀登队长。

“六年前，在攀登全世界最高海拔超过 8000 米的高峰，也就是尼泊尔境内的马纳斯鲁峰时，男友不幸遇难，从此之后再也没踏足过尼泊尔。”说到这儿，他一转口风：“为什么一定要找你，理由很简单。一个亲眼看着自己男友从高峰上摔下的人，却治好了一个又一个心理疾病患者，说明你本身的心理素质就很强大。你，正是我所需要的人。”

素叶腾地一下从座位上站起，手倏然攥紧，尖细的指尖近乎陷入了掌肉之中，死死盯着对面的男人，像是盯着洪水猛兽。年柏彦与她对视，平静沉稳，两人的目光好像冰与火的对撞。半晌后，她才咬咬牙：“查都查了，年先生怎么不一并把我跟精石的恩怨也查清楚了？”

“这件事，我更希望你能亲口告诉我。”

“你没资格也没权利窥探别人的心思！”他的从容深深刺激了她，这令她无所适从。

六年前的事对素叶来说是一场无妄之灾。蒋彬是她在国外认识的外校同学，因为他热爱登山与攀岩，所以两人成了无话不说的朋友。他喜欢独来独往，话不多，却总爱对着她笑。那时候她对丁司承只处于朦朦胧胧的感觉，尊敬而爱戴，但蒋彬给她的感觉不同，他总能在她最无助、最孤寂的时候出现，想尽办法逗她开心。蒋彬就像一棵参天大树，她只要静静地靠着就能忘记一切忧伤。

直到他主动追求她，她犹豫了很久才答应。蒋彬很开心，邀请她假期的时候一同去征服尼泊尔境内的马纳斯鲁峰。那是素叶一直想要去的地方，所以应下。假期很快来临，素叶在攀登群里发了条通知，邀请其他人共同前往，当时报名的人不少，大家来自各地，素叶和蒋彬决定在尼泊尔的首都加德满都跟大家集合。

只是他们两人太心急了，等到了尼泊尔之后，其他人还未到，两人决定先一步前往山峰。高山仰止，在他们眼中，那巍巍的雪山在日光下绽放着无与伦比的神圣光芒，在这处被人敬仰，称之为“众神的白色座椅”的地方，他们两人如同着了魔。意外总会发生，或者是众神不满意他们的独断独行，蒋彬的主锁扣突然崩裂，整个人如一只鸟儿似的在半空中翱翔，素叶几乎听不到他的叫喊声，只来得及看他的身影变得越来越小，直到彻底在她的视线中消失。

一切发生得太快，快到悲伤还没来得及扩散开来他便消失了。警方封锁现场，极力寻找，只可惜，半点影子都没有。从那天起，素叶不再踏足尼泊尔，也不再攀登，更不想再谈恋爱。

餐厅的光溅入她的眼，眸深有点点荧光，她的模样令年柏彦心头扯痛了一下，走到她面前，情不自禁地抬手伸向她的脸畔。

“你干什么？”素叶如惊弓之鸟。

他的手顿在半空，手再落下时改了方向，放在她的肩头上：“我不是要窥探你的秘密，只是希望你能够留在我身边。”

一句话说得情真意切，听得暧昧非常，可素叶明白他的意思。她毕竟是从事心理行业的人，在这么一刻间也很快调整了自己的情绪，只是她天生就爱记仇，所以年柏彦的态度并没有令她愉悦多少。

“这么说，茉莉花是你送的了？”

年柏彦微微蹙眉，收回手：“看来，素医生的追求者不少。”

听他这个口吻，茉莉花很明显不是他送的。素叶心里暗暗打量着，怎么也想不出还有谁能送她花束。她对上年柏彦的眼：“这就足以证明，想把我留在身边的人不止年先生你一个，告辞。”

“三天。”身后，年柏彦淡淡扬声。

素叶转头盯着他。

“三天后，我在办公室等你。”

男人稳操胜券的样子令她有一瞬的厌恶，她懒得回答一个字，二话没说走掉了。

Chapter 3
我高攀不上你们叶家

▼

“梦境，是上帝赋予人类的秘密，而我们精神分析师试图窥探梦境，就好比去窥探上帝的秘密。”

大学讲堂上，素叶中规中矩的白衬衫和黑色长裤，黑发盘于脑后，没化妆，手中拿着远红外线笔，在讲完上一章内容后半真半假说了这么一句。

这是一堂公开课，第一堂课听的人不多，谁知第二堂课的时候，整个阶梯教室全都坐满了。当然她永远不会知道，在第一堂课之后众多男学子奔走相告，新来的讲师美艳无比。仅仅这“美艳无比”四个字，就吸引了太多外系的同学。

台下有男同学打断了她的话：“可我们一旦从事这个行业就是要解开上帝的秘密的啊，那怎么办？”

“很简单。你要么有足够能力去破解这个秘密，要么就会被这个秘密逼疯。”

她的说辞引来台下一阵掌声。

“梦境与肉体有最直接的反射关系，甚至在一定程度上梦境可以提醒并缓解你的生理状况。”素叶继续认真讲课，“我想大家都做过这类梦，你在梦中不停地找洗手间，可就算让你找到了，你还是觉得尿急，你在这个时候醒来必然是想去洗手间，这就说明你的生理状况反射到大脑，你的梦境又接收到这种反射，进而以做梦的形式来试图唤醒你的身体。你在梦中即使找到了洗手间还是觉得尿憋，正是因为你的潜意识控制了你的梦境行为，因为你的潜意识告诉你，尿床是小孩子的行为。”

台下都笑了。

“梦境还能起到缓解你生理状况的作用，比如说你在梦中不停地喝水，事实上是提醒你的身体已经渴了，但你又不愿意醒来，所以在梦中解决了你需水的请求，当你再醒的时候，你的口渴程度就不会那么强烈，或者你也不会因为口渴而惊醒，这就是歇尔奈尔的肉体刺激现象理论。虽说这一理论并不是无懈可击，但歇尔奈尔与伏尔克特的理论，其价值在于可以唤起我们对某些有待解释的梦特征的注意，梦的确有他们所谓的肉体器官的象征现象。比如，梦中的水往往代表想小便的冲动，梦中掉牙那就意味着你要关注你的肠胃。”

素叶拿起水杯喝了口水，再用远红外线笔指了指刚才所讲的位置：“我上述的理论在考试中都有可能涉及，请同学们注意一下。”

一下午的课很快就进入尾声，台下又有一男生举手：“素老师，如果我在梦中梦到你了，那是怎么回事呢？”

素叶笑了：“那你就要注意千万别被我抓住你的把柄扣你的学分。我是你的老师，在你的潜意识中代表了权威，也就是可以影响你是否能够顺利毕业的力量。如果你今晚真的梦到我了，那最好把全部信息记下来，方便你日后在我面前作弊。”

那个男同学脸涨得通红，也引起众同学的哈哈大笑。

下课了，女同学们大多数都走了，男同学倒成了好学分子，围着素叶一个劲儿地问问题，刚刚提问的男同学也走上前：“素老师，我想约你今晚一同用餐。”

“理由。”

“很简单，我喜欢你。”

“哦？”她不为所动，低头继续收拾课本。

“素老师，我是西城分局警员素凯，目前怀疑你利用职务之便勾引学生，请你跟我走一趟。”男同学的话还没继续说，一张警员证直接伸到了素叶的眼前。

所有人均大惊，可没等反应过来，素叶擒拿手过来，那男人身手敏捷地避开，快速扫步，大手抓向素叶的肩头，她一个利落避身，趁着他掏空之际猛地回身，一手擒住了他的胳膊，另一只胳膊一用力便将男人的头狠狠压在桌面上，疼得男人哇哇大叫。

素叶抬头看向男同学，笑了笑：“你刚刚约我吃饭？”

“呃……我突然想起今晚要上自习，素老师，再见。”其他同学也都打着哈哈赶忙逃窜。

素叶拿起课本，冲着男人的头猛拍：“让你胡说八道，看我不打死你。”

“姐、姐，我错了，错了。”素凯趁着她松了手劲赶忙起身做投降状，“我这不是让你的那些同学敬而远之吗？”

“不错啊，小凯凯。”素叶伸手看似轻抚他的脸蛋实则暗自用劲，“在云南待了两年立功了是不是？敢拿着警员证对着你老姐，找死啊你。”

素凯一声狼嚎：“别掐我脸，我怎么见人啊？”

“死小子，下次再敢无声无息地潜入我的课堂，我非剥了你的皮不可。”素叶威胁完毕后，又伸手摸了摸他的脸，“真可怜啊，如此英俊的脸蛋被我捏成这样，真是造孽。”

素凯，素叶舅舅家的孩子，只比素叶小一岁，这两年他一直在云南边境死盯毒贩，现如今回了北京，不用想都是因为立了功。

素凯早就习惯了她阳奉阴违的嘴脸，赶忙避开她的“狼爪”：“我是奉了谕旨来接你回家的。”

“回家？”素叶一愣。

“是啊，你这不声不响地回国，我那个一向坚持弘扬中华功夫的爹和每天只会拿着菜刀威胁我的娘亲龙颜大怒，他们已经提早结束了周游世界的计划，今儿一大早就班师回京了，特命我今晚押你觐见。”

素叶舅舅素冬家位于东四三条的老街区。她打小就喜欢这地方，尤其是门前的大槐树，繁季抽芽，盛夏鸣蝉，金秋飘叶，暖冬挂霜，那一排排的槐树伴着她成长直到出国。她随母姓，自小在素冬家长大，所以对舅舅一家的感情格外深，这世上她最在乎的人也只有这么几个：林要要、丁司承、她的舅舅素冬、舅妈方笑萍和做缉毒警的表弟素凯。

素冬早年开了家武术馆，弟子众多，连素叶和素凯的拳脚功夫都出自舅舅之手。

今天素叶有点遭殃，从进了家门到现在，耳朵就没清净，盯着坐在沙发对面的男人，耳畔是舅妈方笑萍状似夸张的哭闹声。

“秋啊秋，你说你怎么就那么早走了呢？小叶这孩子不听话啊，无声无息地就回国了，都不告诉我这个当舅妈的一声，你说我容易吗？一把屎一把尿地拉扯她。秋啊，小叶这是大了翅膀硬了，你赶紧显个灵把我和老素一并带走吧。”舅妈口中的“秋”就是素叶的妈妈素秋。

方笑萍继承了北方女人的彪悍，别看舅舅练了一身的好武艺，还是抵不过舅妈的一巴掌。方笑萍是何等人？她是那个能在菜市场叉着腰大骂三个多小时都不累还能把老爷们骂得近乎跳楼的主儿，所以街里街坊都送她个外号叫“钢铁娘子”。

素叶一个头两个大，赶忙将舅妈搂在怀里安慰着：“谁说我不听您的话了？您看啊，您这动不动就把我妈的照片翻腾出来多瘆人啊，咱放回去好不好？”

“那你得当着我和你妈的面儿表个态，能不能跟东岩好好处一下？”舅妈终于转回正题。

素叶一脸无奈，将目光重新落回到对面的男人身上，好半天才憋出了一句：“你姓什么来着？”

素冬忍无可忍，一脸的“恨铁不成钢”：“跟你说过多少遍了，他是你纪叔叔家的孩子，当年你还在你妈肚子里的时候，这娃娃亲就定下了。”

素叶猛地噎了一下，纪东岩是一副悠哉自得的模样：“没错，咱俩指腹为婚。”

素叶忍不住打了个冷战：指腹为婚，都什么年代了？

这就是之前她在青龙峡遇见他的原因，在舅舅和舅妈回国之前，这道相亲令就颁布了，她原本佯作人在国外不方便相亲，谁知道这个男人竟主动找上了她，于是不得不硬着头皮去见。所谓纪叔叔，她压根就没什么印象，只是听舅舅提起，当年纪家与素家还是有点渊源，至于什么渊源，连舅舅也说不清楚，那时候的纪家好像是刚刚准备拓展中国市场，哪像现在这般耀武扬威？

按理来讲，他的身份可不低，没必要死盯着她这么个小家碧玉吧，可听说是他主动找到舅舅，传达了他们家老爷子终于记得有这么一段“指腹为婚”的历史。舅舅是多么重江湖义气的人，再加上这个纪东岩横看竖看都很好看，家有渊源，身世清白，她又是个 28 岁还没有情事的单身老姑娘，二话没说，就赶紧保媒拉纤。

“小叶啊，现在没人逼着你马上结婚，你先处处看，感情都是培养起来的。你说你之前在国外上学我们都不干涉你，现在都 28 了，再这么漂着，你让我死了以后没脸见你妈啊！女人啊做得好不如嫁得好，只要你嫁得好，我这个当舅妈的才称职。”方笑萍又开始号上了。

用过餐，素叶提出跟纪东岩提前离开，素冬和方笑萍正巴不得他们有单独相处的时间，豪爽答应。两人出了大门，素叶生怕舅舅和舅妈在门缝盯着，便快步往前面走，车子停在几米开外的地方，于是身后的男人开始摧残她的耳朵。

“你舅舅一家挺逗的。

“看不出你文文弱弱的，竟在行武之家长大。哎，你跟你弟弟谁身手更好？我猜是你吧？

“有时间的话，你也教我几手，我想你的武功底子肯定专业。

“亲爱的，有没有兴趣一起看电影，我知道最近——”

“纪先生。”素叶猛地刹闸，身后的纪东岩也猛地止步，身子差点跟她撞上。

“茉莉花是你送的？”短短的脚程，她的大脑却转了个羊肠弯子。从她回国到现在，接触的人屈指可数，首先，围绕在她身边的女士貌似没有性取向特殊的，那么只剩下男士们了。丁司承断然是不可能的，年柏彦也否认了，素凯更没浪漫情调，唯一的可能性就是眼前这个所谓秉承着“父母之命、媒妁之言”来相亲却被她一脚踹下山谷的纪东岩。

果然，纪东岩一脸兴奋：“那些茉莉花可是我亲手打成花束的，专挑又大又白的花骨朵，直接插在水里，很快就能——”

“你到底有什么目的？”素叶再度打断他的话。

“嗯？”纪东岩止住话，好半天才笑了，狭长眼梢似乎还沾着点桃花香，拉住她的手，“别这样，我知道你一时间还接受不了咱俩是未婚夫妻的关系，没事儿，我有的是时间，时间一长，你就能习惯我了。”

他的嗓音挺好听的，这点素叶不得不承认，但这一番话下来就好像是把重锤闷头闷脑地砸下来，致使她的头筋都跟着一挑一挑地发麻。

她用力将胳膊从他的“狼爪”里抽出来：“纪先生，你要明白两件事。第一，咱俩不是什么未婚夫妻的关系，别说得好像咱俩很熟，事实上咱俩相处的时间加一起还不到 24 个小时。

“第二，你不是我喜欢的类型，我们两个压根就不合适。就算真有什么娃娃亲，我自认为不是什么忠烈之士，所以大可不必跟你君子一言，驷马难追。你不想说明你的目的我也不逼你，但奉劝你最好不要拿别人的时间作乐。打小我接受的教育就是门当户对，你纪大少爷大小都是个亚洲区的头头，珠宝成堆，美女如云，换句话说，就是狗血剧中典型的豪门公子哥。

“我呢，是个连铁饭碗都没有，每一天孜孜不倦却自得其乐捧个瓷盆儿的小人物，这瓷盆儿还得每天在手里紧攥着，生怕哪一天碰了瓷砸了盆儿。咱俩不在一个 level 上，正所谓道不同不相为谋，又何况要相濡以沫、耳鬓厮磨呢？”

“亲爱的，我倒是很喜欢你的嘴茬子。”

素叶指着他：“还有，别再叫我亲爱的！”

纪东岩却一把握住她的手，挑着眉：“宝贝儿，伸手指人这个毛病可不好，看来以后我要多管教你才行。”倒是改口了，但还是痞气到家。

“松手！”素叶想要挣脱却被他一下子按在树干上。

“我追求你犯法吗？”他低下头看她，两人的脸颊相距甚近。

“我压根就不相信一见钟情。”

“你这么漂亮，我对你一见钟情的概率不会太小。”

素叶盯着他，他亦笑看着她，两人有暗自较量的成分。

“好啊。”突然她也笑了，“用我舅舅的方式，咱俩来场比试，我输了就跟你走，你输了就别再缠着我。”

“比武艺？宝贝儿，你是武学世家。”

“放心，我对一个有恐高症还手无缚鸡之力的男人无法痛下毒手。”素叶懒洋洋地指了指不远处，“跟我的吉普比一圈，十分钟，谁跑的公里数多算谁赢。”

纪东岩迟疑了一下：“这样……不好吧。”

“怎么，你还有恐快症吗？”素叶似笑非笑，“总不能咱俩比谁慢算谁赢吧？一句话，比还是不比？不比就当自动弃权，自然也包括你的求爱权利。”

“OK。”

事实上，在车流中狂奔不见得是件美事，素叶车技虽好，但左穿右转惹来不少鸣笛。纪东岩十分扎眼地在后面紧追不舍。她看了一眼后视镜，无论从技术层面还是车速规格，谁都能轻而易举判定纪东岩是赢家。他的那辆百公里加速只需耗时 4.2 秒的豪华四座敞篷车，如果要想瞬间秒杀她的小红吉普是易如反掌的事，只可惜纪东岩没她狠，更没她不要脸，她可以从两车之间呼啸而去，而任纪东岩如何按喇叭，前方的车辆依旧悠哉行驶自己的路线。

当然，这种不要脸外加不要命的做法在经过朝阳门一家饭店时蓦地刹住。

是年柏彦。

也许是刚结束了一场应酬，与几个人从饭店走出来后纷纷握手告别，他穿了件白色衬衫，领带打得一丝不苟，配烟灰色长裤，在华灯初上、夜色阑珊的配合下看上去优雅清爽。

素叶将胳膊搭在方向盘上，目光忘了收回。当那辆一路浴血奋战的豪车疾风似的从身旁呼啸而过时，她这才捡回理智，大呼不妙，刚要发动引擎，却见纪东岩来了个完美的漂移，严丝合缝地挡住了她的去向。

纪东岩笑得没心没肺，冲着她挥了挥手：“宝贝儿，俗话说得好，笑到最后才是赢家，被你压了一路了，你说我现在算不算是出奇制胜？”

素叶抬腕看了一眼，头探出车窗：“还有一分半。”

“那又怎么样？”纪东岩一脸春情，“你即将跟我过一辈子，有这一分半不嫌多，没这一分半也不嫌少。”

“让开。”她喝道。

“还真打算来个鱼死网破？”

“说最后一遍，让开。”

“你就从了我吧。”

素叶没再跟他废话，发动了引擎，车轮与马路的摩擦发出声嘶力竭的狂吼声，一如她此刻的心情，眯了眯眼，踩下油门，红色吉普车像是脱了缰的野马飞奔而来。

纪东岩一惊，身体已经启动了自我保护机制，他飞速发动车子，车身极速扫向路边，下一秒红色吉普从旁呼啸而过，哪怕他再晚动那么一秒钟都会跟她来个车毁人亡。

再听空气中甩过来一句悠哉的话：“愿赌服输吧，想追我，先把你的胆子练大。”

远远的，那辆红色吉普烈得像团火，纵使卷入车流也一眼能见。车窗伸出女人的一条手臂，攥拳竖起拇指，却很快反转，拇指向下。

纪东岩将这倒喝彩的手势看得一清二楚，一脸哭笑不得："疯丫头。"

一场保卫战后，她的小红吉普很快来了个现世报，她不得不下车掀开前车盖，不会修车，但最起码她能装作会修车。

旁边有车鸣声，素叶赶忙做了个抱歉的手势，却没敢直接对车主表现出不满，她深知这一路上被她耽误回家的车主十有八九都想胖揍她一顿。似乎有人下车，然后是关门声。那身影冲着这边走过来，在她惴惴不安的时候，鼻腔中除了灰尘味儿似乎多了一丝木质气息。

素叶蓦地抬头，隔空对上了男人的眼睛，愕然，他不是一骑红尘远去了吗？

年柏彦任由她一副高山仰止状，看了看她，又看了看车子，平静的眉眼稍染笑意。她脸颊发热，不知道是因为丢脸还是空气太闷热。年柏彦一言未发地走到她的车子前，看着满是疮痍的内部结构，撸起袖子。素叶恨不得遮住眼睛，造孽啊，那么一双修长的手，就这么被油污践踏了。

"工具箱有吗？"

"啊？"素叶反应过来，啜嗫了一句，"没有……"

年柏彦瞅了她一眼，她忙解释："我对汽修一窍不通，每次都要求助专修厂……"

"打电话了吗？"

"打了打了。"为了证实自己不那么没用，她赶忙点头，"但这个点儿堵车，我只能等着。"

年柏彦钻进车里发动了一下，不发动不要紧，一发动，整个车子都像是哮喘病人似的发抖，底盘咔咔作响，再踩下刹车时，整个车身都在剧烈颤抖，看得素叶直肝儿颤。

"前桥拉臂胶套损坏，就算有工具也要查看一下磨损情况，最重要的是发动机已经严重受损，这已经不是一天两天了，你的车从不保养维修吗？"年柏彦熄了火，顺手在她车上抽了几张面巾纸擦了手，然后下车，"要么换车，要么发动机大修。"

素叶悔不当初，又是一笔银子没了。

"先把车子推到路边，最起码不要挡别人的车。"

"我……我推不动啊！"

年柏彦松了松领带，扯下后挂在她的脖子上："我说让你推了吗？上车。"

素叶这才反应过来，见他转身走到车后，不好意思之下，配合着他一同挪车。后视镜中是他的身影，双臂结实有力，白净的衬衫领口扣子松开，健硕胸膛的迷人光泽微微敞露，真是应了"顶天立地"这个成语。

很快车子被挪到了路边，车流又开始逐步恢复正常。素叶心里有愧，也一时间忘了之前在餐厅时他那种稳操胜券的厌人口吻，从车里拿出矿泉水来给他洗手。

“回家？”他似认真似随意地问了句。

素叶点点头，年柏彦又一言不发了，看了她一眼，却毫无预告地伸手覆上了她的脸，惊得她后退一步。他略显无奈：“脸脏了。”

她这才觉得是自以为是了，他再度上前，擦去了她嘴角的污秽：“我还能吃了你？”

夜阑浮光，如梦如幻。他感觉到女人唇角的柔软，车流依旧如潮，她抬头，他低头，目光相对，像是沧海中浪打不动的岩石，双双驻足站立一动不动。

一种奇妙的感觉在他们两人之间延伸，或许，他和她都能感受得到。素叶有些沉迷于周遭的男性气息，干净淡泊，甚至她觉得他的眼睛也有着非凡的魔力，正一点点地将她的魂魄尽数吸去。直到一辆车子呼啸而去，她赶忙转脸，他的手指便不着痕迹地落下。

年柏彦将手里的空矿泉水瓶扔进了垃圾桶，走到自己的车子前，打开副驾车门：“上车。”

“我的车子万一被开罚单怎么办？”第一个蹿进脑子里的还是钱。

“相信我，你继续留在原地会更后悔。”年柏彦耐性极好。

她也着实累了，不得不顺从年柏彦的意思上了车。

“搬哪儿去了？”年柏彦问。

素叶愣了一下：“年先生，你是能预知未来还是找人查我呢？”

“如果我想查你，就一定会顺便查出你的新址。”

素叶止话，是她大意了。像年柏彦这种正铆着劲儿打算将她收入麾下的人必然是跟丁教授时刻保持联系，她搬家那天请了假，丁教授在他面前随口那么一说也不是不可能。

将新址告知，他二话没说发动了车子。

“有好听的音乐吗？”

“不好意思，没有。”

“你的生活这么单调？”

“我不大有时间弄那些东西。”年柏彦实话实说。

素叶语气突然转轻，笑也变得有点不怀好意了：“你平时喜欢听什么音乐？我可以给你带正版，但那些正版其实还挺贵的……”

年柏彦是个聪明人，听她说一半留一半后，腾手掏出钱包：“多少给我留点加油钱。”

纯黑色手工头层小牛皮，亦如他的低调简洁，看得素叶双眼发亮，当然，发亮的是钱包里的东西。“这个嘛，无功不受禄啊。”她婉约了一下，心里估摸着钱包里的金额。

年柏彦笑得清浅：“你也说了，正版音乐挺贵的。”

“这倒是。”素叶忙不迭地接过钱包，打开，没有花里胡哨的会员卡，汇丰、中行、花旗等银行的卡插放得整整齐齐，隔层是诱人大钞，还有些外币，钱包里真的太干净，干净得只剩下钱。

她从里面抽出数张大钞后笑道："你放心，我选的音乐保准你能喜欢。"又在他眼前晃了晃手里的钞票，"我只收你20%的代购费啊，不多拿你一分钱。"

"好。"

年柏彦又发挥了惜字如金的特征，素叶也顾不上分析他的心思，只顾着将大钞第一时间装进了自己的钱包。趁着减速，年柏彦用余光扫了她一下，她正低头数钱，像只乐不思蜀的老鼠。

夜色愈加喧嚣起来，穿过三里屯的华灯初上，又跃过在月色下泛着光影的银杏树，年柏彦将车子停进了小区。

"你住A幢？"熄了火，年柏彦的语气略微惊讶。

"是啊，是这个高档小区最好的位置，让我捡了个大便宜。"素叶扯过自己的包，"要不要上楼参观一下，顺便喝个茶？"

"参观谈不上。"年柏彦接下来的话听着意味深长，"只是你敢邀请，我还真敢上去品品你的茶。"

素叶一怔，马上解释："那个……我没别的意思。"他绝对是个有心人，想来他周围的莺莺燕燕没少主动向他提出邀请，可事实上她真的只是句客套话。生怕越描越黑，她补上了一句："现在也的确太晚了，改天吧。"

"好。"年柏彦不再为难她，唇角不着痕迹牵动了一下。

素叶下了车，待年柏彦落下车窗后，她的笑跟接下来的言语一样没心没肺："还是要谢谢你送我回来。"

年柏彦双手搭在方向盘上："谢谢二字对我而言，分量不算太重。"

他的言外之意她听得明白，耸耸肩膀："可仅仅是英雄救美就让我对你缴枪投降，你也太小瞧我的坚持了。我说过，我对精石的热衷程度不高，年先生还是另请高人吧。"

"你误会我的意思了。"年柏彦笑了，"我只是觉得，在你以正版音乐之名顺便将车子的罚款从我钱包里克扣出来后，一句轻描淡写的谢谢似乎诚意尚浅了。"

素叶尴尬，吭哧了半天，甩了一句："对你而言不就是骐骥一毛吗？"

"早点儿休息。"年柏彦有意掩着笑，发动了车子后又落下了一句，"还有，下次再在饭店门口看见我完全可以大摇大摆地下车，我们一起吃过夜宵，感觉还不错。"

素叶杵在原地，好半天才反应过来："年柏彦，你——"低头看了一眼，冲着车尾大喊："喂，你的领带！"

已过晚上9点，会议室依旧灯火通明，长窗外华灯初上、车影纷沓，年柏彦正襟危坐，身后是结构清晰可见的北京矩形城区，璀璨夜色碰撞在落地玻璃上，如同千万星光炸开。

“纪东岩最近的动作不少。”

“是。我们已经得到最可靠的内部消息，就是纪东岩暗自出手打击了刚进中国的蓝光，致使对方业绩下滑。年总，我有理由怀疑，纪东岩只想与咱们精石一对一地对抗，另外，纪东岩旗下的高端珠宝会所玺汇也参与了国际珠宝展，似乎要与我们新季珠宝抗衡。”

“纪氏那边也盯上了我们准备竞标的钻石矿，这家伙简直是条疯狗，只会硬碰硬。”另一位高管义愤填膺。

年柏彦悠闲品茶：“人为财死，鸟为食亡，盯紧点就行。”敛睫，遮住眼底的锋芒：“尽快联系南非那边，我会亲自飞过去洽谈。”

“好的，年总。”

会议接近尾声的时候，行政处秘书敲门进来，在年柏彦耳边说了几句话，他蹙了眉，脸冷了许多。

年柏彦一路开车，回到位于南池子大街的四合院时已近11点，车灯映亮了不远处的朱门绣户，暗藏在广亮大门上的电子眼开始有规律地搜寻影像。

是保姆徐阿姨开的门，见年柏彦回来后长长松了口气：“先生，您总算回来了。”

“叶小姐呢？”年柏彦将公事包随意放在一旁，颀长的身子深陷沙发之中。

“喝醉了，一直在闹呢。”

他合着眼，看上去有些累。

“先生，叶小姐看起来挺难过的。”徐阿姨见他一动不动有点着急，但又不敢过多催促。

良久，年柏彦才睁眼，耐着性子进了卧室。

卧室的这张皇家大床向来是年柏彦一人睡的，此时此刻却被叶玉鸠占鹊巢，披头散发，泪眼蒙眬，见他进来后一下子冲过来，踉踉跄跄地撞在他怀里。

铺天盖地的酒气席卷而来，年柏彦眉头蹙得更紧。

叶玉很漂亮。黛眉细眼，皓齿樱唇，一头柔软长卷发，映着一张巴掌大点略带苍白的小脸儿，那脸儿即使被泪水打湿也楚楚动人、我见犹怜。她近乎哀求：“你要了我吧，就今晚。”

年柏彦一动不动地站在那儿，任由她扯着他的胳膊。叶玉受了刺激：“你就当帮我还不行吗？我想了整晚，只有这个办法才能让我解脱！柏彦，就当你可怜我！”

年柏彦低喝：“够了。”

与她的歇斯底里相比，他太过冷静，喝出的言语简短有力，却是权威命令。她的眼珠如沁在湖水中央的水晶，良久后才颤颤道：“你是知道的，我父亲一直希望咱俩赶快订婚。”

“我不会碰你。”

“那你会碰谁？围绕在你身边的那些女人，还是跟你暧昧不清的女助理？”叶玉反唇相讥。

年柏彦的目光沉凉了些：“很晚了，早点儿休息吧。”

叶玉在他刚一转身马上抱住了他：“对不起，我不该那么说你。我只是不知道该怎么办，你是不是……嫌弃我？”

“你误会了。这是我早就说过的，就算逃不开订婚，我一样不会碰你。”年柏彦肃了神色，“你是个好女孩儿，所以更要明白人只有先爱自己，才有能力去爱别人，你没有必要，更没有任何理由为了不值得的人来放逐自己。”

叶玉忘了哭，张着泪眼一瞬不瞬地看着年柏彦，良久后说：“你从没尝试去深爱一个人，又怎会了解我的心情呢？”

年柏彦拿过旁边的纸巾递给她：“说实话，我不大会安慰人。我的确没有深爱过哪个人，也没尝试过撕心裂肺的滋味，不过叶玉，如果有一天我真的死心塌地地爱上了哪个女人，我一定会告诉你。”

“我要谢谢你的坦诚吗？”叶玉抽了一下鼻子。

“这是我和你的相处之道，你对我坦诚相待，我总不能对你藏藏掖掖。”说完将她拉回床上，“还有，以后不要再喝酒了。”

叶玉紧紧闭着眼，半晌后睁开，对着他点点头，如同做了个重大决定。年柏彦见她应允后，眼神稍稍转暖：“好好休息。”

“你要睡哪儿？”

年柏彦伸手开了房门，淡淡说了句：“我睡客房。”

“君子一言，驷马难追”这句话如果用在年柏彦身上，素叶是一万个不情愿，因为他果真是个狠绝的商人，不动声色地在背后给了她一刀，还美其名曰问题出在她身上。最后正应了他那句话：“三天后我在办公室等你。”年柏彦成功利用了丁教授迫于研究项目缺资金的“机遇”，以投资人的姿态逼得她来就范。

“忙得焦头烂额，竟忘了将公司地址发给你了。”这是他接通电话的第一句话，说得那么轻松和理所当然，就好像算准了她一定会打这通电话，他的这种该死的稳操胜券着实令素叶想要爆粗口。

“鼎鼎大名的精石集团，地址明晃晃地摆在谷歌和百度上，年先生，您真是费心了。”

男人低笑："直接来我办公室。"

"我怎么听出一副小人得志的口吻？"

"看来丁教授的施压令你很不舒服。"

"纠正一下，是你的施压。"

"哦？如果是这样的话，我们见面之后也可以谈谈旁的。"

"旁的事？"素叶冷笑，"如果年先生想要我对你说谢谢，那你就要大失所望了，毕竟我没求着年先生帮我付维修费。"

年柏彦似乎加重了笑意："心理医生都有个共同点，那就是自以为是。我没打算追究车子费用的问题。"

"那我和你就没什么旁的好谈了。"

"谁说没有？"年柏彦的嗓音淡淡的，"我的领带，还在你那儿。"

素叶一口气没倒过来，差点堵住。

年柏彦开完会已是晚上 8 点多了，特别行政助理许桐跟在他后面报告着第二天的行程安排，刚一推开办公室的门，他止步，抬手打断了许桐的话。

许桐一愣，顺着年柏彦的目光看过去，这才发现沙发上躺着一女人，像是睡着了。正想叫保安，却听年柏彦压低了嗓音："行程放办公桌上，你可以下班了。"

许桐迟疑了一下，点头照做。

是素叶。

她静静地依偎在沙发上，娟绵长发似海藻般散下，偶尔有车影跃过长窗，像是水波泛了涟漪于她的眉梢。年柏彦没有惊动她，在她身边坐了下来。

这样的素叶看上去如安静的动物，没了平日的张牙舞爪和坚强的外壳，只有毫不设防的真实。心头壁垒像是被轻轻敲开了一角，不经意蹿上了从未有过的悸动，他看着看着，高大身形渐渐俯下，薄唇一寸寸贴近女人完美的鼻骨，近到他可以感觉到她细不可闻的呼吸声。

突然，不知哪儿的霓虹强烈闪动了一下，在年柏彦即将吻上她的唇时耀了眼，他倏地僵住，好半天才重新坐直，良久才自嘲：我是怎么了？

素叶睁眼的时候，只觉得有温柔的光入眼，一时间倒忘了身在何处。低头一看，她身上不知什么时候披了件男人外套，微微抬眼，眼角的余光不经意扫到坐在办公桌旁的男人。

年柏彦正在翻看文件，神情专注严肃，只有浅浅的一束光映落在桌上，也顺便勾勒了他侧脸棱角的轮廓，被这片朦胧刻画得无懈可击。

年柏彦听见动静后抬头看过来："醒了。"

"年先生的会开得够长的了。"

“抱歉。”年柏彦似真似假地跟她道歉，“如果你累了，可以到我的休息室去睡。”

“不用了，我看我们还是言归正传吧。”

“那——”

“哦，言归正传之前，先把这个还你。”素叶从挎包里掏出他的领带，“物归原主。”

年柏彦冲着她伸手。素叶白了一眼，还真够大少爷脾气了，使劲攥了攥领带走上前，下意识地看向他的掌心。事业线从生命线出发直达无名指下，笔挺深长，这就意味着此人在事业上有极强的战斗力，工作起来废寝忘食，但待人待事严苛冷肃，难免会令人产生误会。换句话说，他就是那种极不好说话和相处的人，做事原则性极强。

将领带交与他手，年柏彦却用一根手指挑起领带：“你不会拿着我的领带泄愤吧？”

素叶一脸尴尬，领带已经被她拧得皱皱巴巴的了，眼珠子快速转了转，夺过领带，直截了当挂在他脖子上：“大晚上的，谁还看哪？系上后使劲压压，褶子不就开了吗？”

他坐在那儿一动不动，只觉得清香扑鼻：“我可以理解成无事献殷勤吗？”

“谁说的？”她态度刻意地好，“你看啊，你先是帮我推车，然后又出钱替我修车和保养，这份大恩大德往俗了说就是没齿难忘。虽说今天等了你很长时间，但你也一直在等着我醒过来，算是扯平。我把领带工工整整地给你系好，也算还了你这份恩情呀。”

“只是系个领带？”

“我可是个心理医生，每一分钟都要算钱的，年先生，你是高高在上的总经理不假，但我的时间跟你相比也不是廉价的，你可不要得理不饶人。”

“你别急，我真没打算向你讨回那笔钱，放心。”他不动声色将她拉开。

他承认自己不是圣人，亦不是那个美人在侧也能坐怀不乱的柳下惠，夜深人静，素叶又貌美如花、娇憨动人，他没有一丁点的非分之想是假的。

素叶听了这话才暗自松了口气：“我就说年先生你不会欺负手无缚鸡之力的老百姓。”

“这话中似乎有话。”年柏彦何等精明，把玩手里的签字笔似笑非笑地盯着她。他深知她不是个做事莽撞、毫无目的的女人，忙活了半天必有所图，当然，系领带是假，最后落到桌面上的这句话才是真。

素叶收敛了笑，拉开椅子在他对面坐了下来：“这个时代已经不流行强人所难，我的意思已经表达得很清楚，年先生何必苦苦相逼？”

“一个商人想要成功，首要条件就是要具备将不可能变成可能的本事。选人就如投资，必要时争取主动也未尝不可。”年柏彦慢悠悠道，“争取的过程就是不顾一切的过程，强人所难虽说不好听，但也是重要的手段之一。”

“假如我真的拒绝你的邀请，那么丁教授的研究经费是不是就此中断？”素叶一针见血。

“是。”年柏彦更加干脆。

素叶一股火冲到了喉咙：“既然如此，当初为什么还给丁教授希望？”

年柏彦颀长的身子探前，目光如炬：“素医生，我只要你明白一点，我是个商人，在商言商，所以我绝对不可能把人力物力甚至财力放到毫无利用价值的人身上。”

“好一句在商言商，我是不是可以形容你这种行为是奸商行径？”

“如果你高兴，可以这么形容我。”

素叶的目光与他抗衡，唇亦抿紧，大脑却在飞速运转，寻找有可能击败这男人的弱点，只可惜他是典型的兵来将挡、水来土掩。她擅长大力掌，而他接招时却惯用太极拳，大有四两拨千斤之态。

一时间办公室的气氛冷凝住了，两人谁都没再开口说什么，可暗中有了较量的成分。

直到——

“柏彦，原来你真的还在办公室呢。”

这声音娇柔生动，令闻者欣悦。只是太过耳熟，素叶陡然转身巡视。门口那女子一身干净的白色莲裙，肌肤赛雪，黛眉如画，她挽着一位老者，含笑的脸在素叶转头的一瞬间倏然僵住，连同那位老者，脸上也滑过一丝愕然。

“董事长，叶玉？”年柏彦起身，略感惊讶。

素叶转回头，脸上早已波澜不惊。站在门口的叶鹤峰没有说话，叶玉上前，在途经素叶身边有了一丝迟疑，再看向年柏彦时已经笑靥如花：“我陪爸去打高尔夫才回城，爸说咱们好久没在一块儿吃饭了，就想上来看看你在不在办公室。”

叶鹤峰走了进来叹了口气：“我们是该好好坐下来吃顿饭了。”这句话不是对年柏彦说的，他的目光直接落在素叶身上。年柏彦看得清楚，叶鹤峰的这个眼神里有无奈，有迟疑，甚至还有一丝愧疚。

正纳闷，就见素叶站起身，若无其事地拿过挎包：“年先生，时间不早了，我看我们的事改日再谈吧。”话毕，也没等年柏彦的回答，转身要走。

“小叶。”开口叫住素叶的竟是叶鹤峰。

称呼的亲昵令年柏彦微微蹙眉，一言不发地看着眼前的局势。素叶回头看向叶鹤峰时眼神冷静淡定：“你叫错名字了，我叫素叶，不叫小叶。”

叶鹤峰的身子晃动了一下，叶玉赶忙上前扶住，看向素叶：“你就别再气咱爸了行吗？”

叶玉的一句话不但令素叶变了脸，更令在一旁始终沉默的年柏彦目光一怔。

素叶冷笑：“他是你叶大千金的爸，我可不敢高攀！”

“这都过去多少年了，你怎么还这个态度？怎么说我们都是一家人，血浓于水，爸爸也很想咱们一家人能够团聚，今天既然你在这儿，就陪爸吃个饭吧。”

“哦，柏彦，之前一直没跟你提及过，她是我妹妹叶叶。”叶玉生怕年柏彦误会，赶忙介绍了一下，又看向素叶，“他是你……未来的姐夫。”

素叶倏然看向年柏彦，胸口忽地窒息。她早就该想到，堂堂的精石集团总经理，都有本事能让董事长都甘居二线的青年才俊，怎么可能就不会是叶家预备级的乘龙快婿？

年柏彦亦看着素叶，可他的神情矜持如常，深邃的眼睛也看不出丝毫的波澜起伏。

叶鹤峰道：“这几年你疯也疯够了，该回家了。”

素叶讽笑：“我没那个资格和福气跟你们叶家人一同吃饭，告辞！”

“叶叶！”叶玉再度拉住她，一脸哀求，“你别这样，一家人有话不能好好说吗？柏彦——”她又准备向年柏彦发出求救。

可还没等年柏彦上前，素叶就恶狠狠地盯着叶玉的脸一字一句道：“你最好放开我，否则我保不齐下一秒撕破了你的脸！”

叶玉一惊，下意识松手。素叶冷冷看了一眼叶鹤峰，又扫过年柏彦，最后头也不回地离开了办公室。

那是一张泛了黄的老画面，画面中，她的妈妈躺在病床上，手里死死捏着一张男人的照片，小小的她无助地跪在妈妈身边，泪水打湿了照片。她看着妈妈那张原本漂亮的脸颊如花蕊般渐渐枯萎，可是，照片上的那个男人却始终不见来。

直到，妈妈的手沿着她的脸颊缓缓滑落，照片从指尖飘到了窗前，那一刻，她似乎闻到了漫天的血腥。她看到舅舅和舅妈抱着已故的妈妈哭成了一团，她的弟弟素凯死死地攥着她的手，也似乎在用小小的力量来安抚着她。

可是她，当时哭了吗？

素叶倏然关上花洒，整个人都在颤抖，偌大的落地镜被水雾蒙住，她伸手，轻轻拂去水雾，镜子里呈现的是一张苍白得吓人的脸。是的，当年她的脸也是这般惨白，在妈妈闭眼的瞬间，那股子寒凉令她如坠冰窟。她没哭，只是，昏了过去。

从那天起，她的舅舅就很严肃地告诫她：“从今以后，不准再与姓叶的有任何瓜葛。”而她，也默默地告诉自己：如果日后真的要与姓叶的发生瓜葛，那么，她一定不会让那家人好过！

镜子里，素叶流泪了。直到现在她也不懂，那么一个郎心似铁的男人，那么一个恩断义绝的男人，妈妈怎么还会念念不忘？就算被狠狠地伤过、痛过，在她临终之前还要再看一眼照片上的男人！那个男人，就是叶鹤峰！

素叶闭眼，再睁眼时抬手狠狠擦掉眼角的泪。妈，那个男人，不值得啊。

Chapter 4
你应该叫我一声年先生

▼

这个季节，夏花正盛。大学的校园，除了青春点缀，还有点爱情的味道。素叶刚收拾好课本，一个女学生气喘吁吁地跑进来，满脸放光："素……素老师，外面有一帅哥找你。"

"帅哥？有多帅？"素叶拿起杯子喝了口水，第一个想到的就是素凯，想到他的容颜竟能引起女生们的惊呼，心底倒是暗自喜悦。

"太帅了，人帅，车子也帅。"女同学恨不得手舞足蹈，"那帅哥开了辆 Rolls-Royce！"

素叶差点一口水喷女同学脸上，Rolls-Royce？她那个弟弟素凯可开不起。

果不其然，离教学楼不远的花坛旁停放着那辆令人想不注目敬礼都难的豪车，而她，也不是一次坐过这辆车子，性能极佳，可每每心情极差。

草坪旁三三两两的同学经过都忍不住冲着这边打量，阳光下，那枚象征着浪漫爱情的飞天神女车标肆意享受着阳光，高傲地凝视前方路面。车主倒是少了在办公室中的沉肃，白得耀眼的衬衫搭配简单的浅灰色长裤，没有工整的袖扣、领带及领带夹，手腕只佩戴了经典款机械表，他双臂环胸，倚靠车身，光是高大结实的身材就足以令人目光流连，更何况这市值不低的行头？

素叶重重叹了口气，他不是个招摇过市却又是个主动出击的男人，所以今天竟能来学校找她，可想而知接下来她要脱身有多难。原本想脚跟一旋当没看见他，可他那双眼睛即便隔着人群都能准确无误地盯在她身上，想视而不见那是不可能了，更何况，他是有备而来，否则就不会让个女学生前来传话。

“年先生不会是对大学的某个社团感兴趣，准备投资了吧？”素叶在他面前站住，耐着性子。

年柏彦直截了当：“我专程来找你的。”

“如果你来是想听故事，那么你找错人了。”

“我对故事不感兴趣。”

“老生常谈的话题的确不值得再提。”素叶厌恶地在原地踱了踱步子，“还有，那天你也看到了，我不可能去精石。”

“你不是第一天踏进社会，工作和私事还分不清吗？”年柏彦的语气转为严肃，“我们需要谈谈。”

“没空！”

年柏彦看着她愤然离去的身影，唇角亦如眼神沉默。素叶刚把小红倒出停车场，不承想那辆 Wraith 真应了它的名字如鬼魅般无声无息驶到她面前，拦截了她的去路。

“真是阴魂不散！”她咒骂了一句，方向盘一转，小红猛地转了方向冲出了校园。

车内，年柏彦看着远处逃窜的红色车影，轻轻一笑。

从海淀到朝阳，素叶专程找了条车辆少的路，适合逃跑，但同时，也方便了那辆劳斯莱斯的进军。她的吉普性能再好也绝对奔不过他的那辆豪车，心头不由赌气，今年她是犯了太岁了，先是宾利后是劳斯莱斯，敢情都觉得她这辆小吉普好欺负是不是。

很快，那辆豪车就被她成功甩掉，不见踪影。素叶松了口气，抬眼看了一下路标，准备三绕两绕上三环，谁料，车子刚蹿出小街，年柏彦的那辆车不知从哪儿蹿出来，噌地一下冲到了她的前方，一个漂亮刹车，稳稳挡住了她的去路。

前有劲敌，后无退路，她盯着前方的车，重重地按了几声喇叭。前方的车子却纹丝未动，车门一开，年柏彦从车里走了下来，来到车前，悠闲自得地倚靠，从烟盒里抽出一根烟，叼在嘴里，掏出打火机点燃，深吸，轻吐，一系列动作潇洒自如。

“让开！”从车窗探头，素叶不悦地盯着前方的男人。

“下车。”年柏彦不为所动，淡淡命令。

素叶眼底的警告意味更浓：“我说最后一遍，让开！”

年柏彦抽了口烟，轻轻吐出时语气依旧平静：“下车。”

素叶懒得跟他废话，直接发动了车子，油门一踩，冲着他的方向就开了过去。她就不信，他还能不动声色地站在原地？然而，她真的估计错了。至少，在她发动了车子的时候，他依旧倚靠在车前，纹丝未动；也至少，在她的小红已经往前冲的时候，他还是依旧倚靠在车前，纹丝未动！

她猛地一转方向盘，小红的刹车声擦着他的豪车在夹缝中戛然而止。

素叶跳下了车子，用力一甩车门，冲着年柏彦走了过去，咬牙切齿："年柏彦，你这个疯子！"

年柏彦慢悠悠地将烟头摁灭："出于礼貌，你应该叫我一声年先生。"

"你怎么不拿出你的预备姐夫身份来压我？"

"你是叶家的人，回精石是天经地义的事。"

"软磨不行，干脆来硬泡了是吗？"

"你父亲嘴上没说，但他很希望你能回精石。"年柏彦言简意赅，"所以素叶，今天是我给你的最后通牒，下周不来精石报到，联众别想拿到投资。"话毕，他便转身准备上车。

"你凭什么这么命令我？"

"很简单，有了叶家这层关系，我有义务看着你，不让你行差踏错。"

素叶站在原地，盯着他，良久后突然说了一句："你会后悔的！"

年柏彦挑眉。

"这是你逼我去精石的，所以，你一定会后悔！"她咬下的字掷地有声，眼神转为冷然。

年柏彦将她的神情纳入眼底："我做事，从来没后悔过。下周我等你的报到。"说完上了车。

从那天开始，素叶的工作时间就开始了黄金分割。周一去大学授课，周二、周三在联众接个案，周四、周五去精石集团上班，担任精石集团的心理顾问。她的职责跟精石集团的律师团队差不多少，区别就是，律师是收拾烂摊子的，而她是安抚员工，让员工毫无后顾之忧，更好地为集团服务，多么高尚的职业。

这个消息一传到联众，首先笑得合不拢嘴的自然就是丁教授，因为在她同意去精石集团任职的第二天，那笔令他期待已久的巨额款项就打了过来。当然，款项是分两期进行的，年柏彦先打了头款过来，为此素叶忍不住嗤笑，商人就是商人，无商不奸，敢情是怕打了尾款她再出尔反尔吧。

时间不容许她想得太多，因为转眼就到了去精石报到的日子。

国贸，繁忙依旧，车影纷沓。这个经济圈就像是光鲜亮丽的围墙，墙外的人想要跳进来，跳进来的人等再出去的时候已成变态的白骨。有句话怎么说的来着，每个人一开始都是天真，最后都被无奈的现实逼成了城府深沉。所以，素叶来这个地方倒是有点拯救价值的意思，因为这个社会，人人都有病。

这天上午，年柏彦开完会，回到办公室问许桐的第一件事就是："素医生来报到了没有？”

许桐一脸为难，好半天憋出一句：“来是来了，不过刚到五分钟。”

年柏彦抬腕看了一眼时间，10 点 25 分。

“人呢？”他的语气有点凉。

“正在给员工上培训课，上周制定的心理培训课就定在今天的上午 10 点 20 分。”

年柏彦皱眉，她还真是掐着时间上班。

当他无声无息地坐进大会议室时，看到的一幕是这样的：素叶，一个专业的心理咨询师，竟盘腿儿坐在会议桌上，那些老员工也各个席地而坐，嘻嘻哈哈，同她打成一团，会议桌旁原本摆放得整整齐齐的椅子，竟东倒西歪地堆了一地，他进来连坐的地方都没有。

年柏彦蹙了蹙眉，但还是耐着性子看下去。

也许是这群人聊得太嗨了，竟没一人看到年柏彦，笑声盖住了一切，只有素叶，在不经意回头的时候看到了他。她没主动上前，也没打招呼，重新投入到欢声笑语当中。年柏彦观看了五六分钟后才离开，没惊动任何人，亦如他进来时的无声无息。

培训课一直到 12 点才散，员工们簇拥着素叶一同到了员工餐厅。因为她是踩着点儿来精石的，所以还没来得及走行政部的程序，员工卡等办公物品统统没有，无法在这家餐厅里用餐，但员工们热情，二话没说刷了自己的卡，不消两分钟，在她面前摆满了各种美食。

这个时间，其他员工也陆陆续续吃完离开了，只有他们这边看上去更热闹点。

素叶手里抱着只大龙虾，正准备再给他们讲讲有趣的心理案例时，却发现原本热闹的环境倏然冷却下来，再看员工们的神情也变得不自然，有的已经开始端起餐盘退到了十万八千里外的位置就座。

这个动作如同传染般，很快就开始了第二个、第三个……

素叶愕然：至于吗？我不就是抱只龙虾吗？可很快她就明白，原因不在于手中的龙虾，令员工们退避三舍的是刚刚走进餐厅的男人，他正在挑选一些简单的中餐，高大流畅的身影想不注意到都难。

“素医生，看见中餐区那个穿浅咖色衬衫的男人没有？”其中一位正等着逃窜的女员工碰了碰素叶的胳膊，压低了嗓音小声汇报，“友情提醒一下啊，在精石集团你可以得罪任何人，但绝对不要得罪他，他是咱们精石的总经理，只手遮天。真是邪了门儿了，他今天怎么还来员工餐厅用餐了？”

素叶看着那道背影，抿唇：“有那么可怕吗？话说他也有一副不错的皮囊，异性们应该对他趋之若鹜而不是退避三舍才对吧？”

女同事伸手搓了搓胳膊，不知是感到冷还是因为素叶的这番话：“我们这位总经理表面看上去云淡风轻、不动声色，实则公司上下一点风吹草动都了然于心，做事手段腹黑老辣，精石有多少老臣子都折他手里了。听说他刚被董事长擢升为总经理来中国区开拓市场时，董事会有不服他的人，当面顶了他两句，结果你猜怎么着？”

素叶看着她。

女同事的脸近乎变形：“第二天那位老董事就主动提出了辞职，股份竟然一分都没拿走。”

“啊？”

“谁都不知道短短的时间里究竟发生了什么事，从那天起，董事局就开始大面积换血，都是年轻的班底。”女同事伸手拍了拍她的手背，语重心长地说，“釜底抽薪啊！再加上他是个对下属极其严苛的上司，谁还敢在他面前造次？老天，年总走过来了，我……我先撤了啊，素医生你好自为之啊。”话毕，这位女同事抱着餐盘像只兔子似的远离了素叶，回归到了坐在远处的同事群体。

素叶转头一看，年柏彦果然端着餐盘朝着她这边走过来，对于其他员工的纷纷逃窜，他视若无睹。她暗自叹了口气，低着头，重新鼓弄手里的大虾。很快，一个餐盘放到了她的对面，紧跟着，男人也坐了下来。

“新工作还适应吗？”年柏彦先开口，嗓音淡淡的，像是关心，又像是例行公事。

“凑合。”素叶懒洋洋的，十分费劲地剥虾。

男人的大手伸了过来，夺了她手里的龙虾，慢条斯理地剥着坚硬的外壳，“下午先到行政部报到。”说完这话，顺便将剥好的龙虾放到她盘里，“早点儿报到也不用跟着员工蹭吃蹭喝。”

“你说谁蹭吃蹭喝？”这话令素叶不悦，声调忍不住提高，却敏感地发现远处的那些员工都悄悄注视着这边窃窃私语。

年柏彦没理会周遭的目光，拿过纸巾擦了擦手：“你的薪水比他们高，这顿饭他们请你请得名不正言不顺。”

“不是什么都要讲究名正言顺的，年总。”虾肉被她咬得咯吱咯吱直响，“你的员工们都喜欢我，这就是我的人格魅力，这顿饭呢我是名不正言不顺，但总好过某人的权威，令员工们退避三舍。”

年柏彦听出她的取笑之意，也没多说什么，拿过餐具开始慢悠悠地用餐。素叶瞄了他的餐盘一眼，只有三道菜，菜量很少，以清淡为主，不过竟有她最爱吃的鹅肝，再看自己的餐盘里，堆得左三层右三层，满满的吃食，唯独没有鹅肝。

她咬着叉子，又伸头看了看西餐区，果然是有鹅肝的，但是，她没员工卡。无滋无味地吃着海鲜，眼睛总控制不住往那块鹅肝上瞄，心中忍不住将那群员工埋怨了一圈，都为她点这么多了，干吗还差几块鹅肝？

“饭菜不可口？”

“挺可口的。”她使劲咬了一下舌头。

年柏彦不动声色地看了她一眼，抿唇憋笑，下一秒将鹅肝放到了她的盘中：“海鲜寒凉，女孩子还是少吃点，鹅肝不错，可以尝尝。”

素叶的双眼一亮，好人有好报，心想事成啊，却又故意不以为意：“是吗？鹅肝啊，其实我平时不怎么爱吃的。”生怕他收回鹅肝，赶忙又补上一句，“不过呢，人总要适应新环境的，尝尝也好。”最后一句话落下时，大半个鹅肝已经入了她口。

真是好吃，鹅肝做得香滑不腻，恰好的火候能够瞬间打开味蕾。

“下午先去报到，然后来我办公室一趟。”年柏彦始终优雅用餐，却不是没将她狼吞虎咽的模样看在眼里。

“哦。”光顾着吃鹅肝的素叶也没细问什么事。

一块鹅肝能有多大？三两口进肚后意犹未尽，素叶暗自咬牙埋怨：这个年柏彦怎么就不多拿几块鹅肝？

“味道怎么样？”

素叶悄悄舔舔唇：“还算不错。”

“你盘里的大多是海鲜，去拿点其他食物吧。”年柏彦将卡直接放到她的面前。

“那……我不客气了啊。”素叶是何等人，向来是有便宜就占的主儿，一把拿过员工卡欢奔着冲向西餐区，满脑子都是鹅肝蔓延的美味。

年柏彦看着她的背影，忍不住无奈低笑。

年总与新来的心理顾问一同在员工餐厅用餐的消息顺风儿就传开了，只是一个中午时间，又被绘声绘色描绘了一番。当然，身为当事人的素叶是不知道转瞬炸开的传闻，只觉得一路到行政部，员工们的眼神都很奇怪。带她报到的是年柏彦的女助理许桐，是个精明能干的女人，连同她身上的职业装都穿得一丝不苟，大有年柏彦亲手调教的风范。

“顺便提醒素医生，年总在办公室等你。”

“好。”

许桐先行离开，素叶回到了自己的办公室，面积不大不小，正好，色调温暖，办公用品一应俱全。待行政物品均备齐全了后，她才到了总经理办公室。

见她进来后，年柏彦放下手中的文件，示意她坐。

“明天是周五，也是你入职的第二天，晚上公司会为你举行新员工庆祝会，在楼上80层。”

“这么隆重？”

“你任重道远，所以先给个甜枣。”

素叶不以为然：“看上去做你的员工挺幸福，实则他们都怕你。”

“别忘了，我的员工也是你的员工。”

“是吗？一手遮天的年总从什么时候起也肯权力相让了？”素叶的笑容加深，可字里行间充满讥讽。

“你是叶家的一分子。”

素叶起身，态度转冷：“哟，还没结婚呢，就先拿出叶家女婿的姿态来压人了？如果你想说服我和叶家重归于好，那就省省吧。”

“你坐下。”年柏彦态度始终淡然，命令了一句。

她盯了他半天后才照做。

“叫你来办公室除了庆祝会的事外，还要提醒你，我希望你能跟员工们的上班时间保持一致。”

“言外之意就是告诉我不迟到不早退是吗？”素叶倚靠在沙发上，慢条斯理，“年总，我可没有早起的习惯。”

“下不为例，否则，奖金全扣。”年柏彦铁面无私。

“你——”

“还有，不要跟员工打成一片。”

素叶听着极不舒服：“我怎么上培训课是我自己的事，你管得也太宽了！”

“下次不要再让我看到会议室乱糟糟的一团，否则还是老规矩，工资减半，奖金全扣。”

素叶倏然起身：“去你的奖金和工资，本小姐不干了！”话毕，转身要走。

“除非丁教授真不在乎尾款了。”身后，年柏彦慢条斯理。

她顿步，转头盯着办公桌后面的男人。年柏彦的唇、眼染上淡笑，接过上一句话：“否则，你没资格在这儿跟我提出辞职的请求。”

“年柏彦，你该看心理医生了。”素叶恨不得冲上前撕碎他的笑容。

他却两手一摊：“你是精石的心理顾问，为我服务也未尝不可。”

上一口气还没咽下，下一口气紧跟着也涌了上来，却被素叶死死压了回去。她不能发怒，亦不能失去理智，待那团火终于被她蹂躏成了小小火苗时，她冷言：“听过宁可得罪君子不能得罪小人这句话吧！实话告诉你，我就是那个小人，所以以后有你好受的。”

年柏彦抬腕看了一眼：“那么小人，你可以回去工作了。”

“精神病！”她转身走到门口。

“还有，”年柏彦淡泊的嗓音再度扬起，“下次骂人的话不要被我听到。”

素叶心烦，头也不回，出了办公室。

“听说小叶回公司上班了，这全都是你的功劳。”入夜，叶鹤峰来到了年柏彦的办公室。

“如果早知道素叶是叶家人，可能还会更早些。”年柏彦斟了杯茶递给叶鹤峰。

叶鹤峰接过茶杯却放一边，压住年柏彦的手，语重心长：“是叶叶。她姓叶，名叶。”

年柏彦看了叶鹤峰一眼。眼前这位两鬓斑白、步入暮年的老者，曾经在珠宝零售业赫赫有名，他有他的成功，固然也有他的失败，正如此时此刻。

叶鹤峰轻叹了一口气：“是我亏欠了她们母女俩。”

这世上总有一种东西是残忍的，那就是回忆；也有一种东西是幸福的，也是回忆。但年柏彦很少回忆。从他懂事到上学再到工作，这一路上可谓是披荆斩棘，他是个善于精确自己人生规划的人，所以每一步都走得踏实，不留遗憾。一场经济危机席卷了年氏，夺走了父母，只剩下他和弟弟相依为命，如果说他的回忆染上忧伤，那么也只能算是那段了。因此他不愿过多回忆，回忆多了，就代表只想缅怀过去，甚至是对现实妥协了。

叶鹤峰对现实妥协了，因为那个最令他头疼的女儿。

年柏彦选择了缄默，而叶鹤峰不吐不快：“当年，我是新中国成立后的第一批大学生，因不满家里安排的亲事选择了下乡，也就在那时候认识了叶叶的妈妈素秋。

“那个时候保守，就算互生爱意也不敢说出来，直到我回了城，她亲自到火车站送我，那一刻我就发誓一定要娶这个女人回叶家。回城之后，叶家长辈施了压，要我娶叶玉的母亲阮雪曼过门。那段时间我郁郁寡欢，终日喝酒，有一天醒来的时候却发现身边躺着的是雪曼。”

他摇头笑了笑，抬眼看着年柏彦：“你猜我怎么着了？”

年柏彦似乎看到了那个久远的年代，那时的中国就像是一张泛了黄的老照片，照片里的人穿着朴素，日子虽苦，心里却甜，他也曾不止一次听父亲提及那个年代，每每提及尽是美好回忆。不过很显然，叶鹤峰那时候的回忆充满了荆棘和悔恨。

“愿闻其详。”他斟了杯茶。

叶鹤峰自嘲：“我当时都吓坏了，几乎是逃出了叶家。那时候也不知道怎么的，就觉得对不起素秋，一路逃回下乡的地方找到了素秋，第一句话就是要她嫁给我。

“一个月后，我们是在乡下办的婚礼，素秋的亲戚不多，只有远在北京的弟弟素冬，但我们也不在乎，只想着两个人在一起就好。可好景不长，家人来信说父亲病重，让我回去，等回去之后才知道父亲病重不过是个借口，是雪曼怀孕了，孩子就是我醉酒那晚怀上的。我不肯娶雪曼，更不可能跟素秋离婚，当时跟叶家闹得很不愉快，一怒之下，我便将素秋从乡下接到北京。因为那时候素秋也怀孕了，就被暂时安置在素冬家。

“素秋不知道雪曼的事，我也不想告诉她，而私下，我是想补偿雪曼的，希望她能把孩子打掉，雪曼当时什么都没说，也没逼我就走了。我以为这件事终于了了，直到叶叶出生后的一个月，雪曼和叶家的长辈抱着一对龙凤胎出现在我和素秋的面前。长辈的意思是雪曼为叶家生了一儿一女，我必须承认雪曼。

“素秋平日里细声细语，但骨子里很倔，她二话没说就带着叶叶离开了。后来的那几年我也尝试过求她原谅，更想着接叶叶回叶家，只可惜素秋怎么也不原谅我，甚至将孩子改为母姓。”

“她的性子跟素阿姨很像。”年柏彦说了句。

“是啊，那孩子心事重，因为她妈妈临终前我没有赶到，一直在记恨我，多少次了，她那眼神都能杀了我，跟我说话恨不得想直接气死我。我知道这么多年没有尽到做父亲的责任，所以素家一直厌恶我，这些年我给叶叶寄出的抚养费、学杂费都被他们退了回来。”

“连带的是她也讨厌叶玉了。”年柏彦想到了那天素叶的态度，大有一副生吞了叶玉的架势。

“能不讨厌吗？如果没有叶玉和叶渊，她也不能像个野丫头似的一直在外面漂着。”叶鹤峰的眼角有些湿润，末了，重重叹了口气，“柏彦，照理说不应该把你拉进来，这毕竟是我当年做下的荒唐事。但如今叶叶肯回精石上班都源于你的努力，她是不可能听我这个爸爸的话，更不会承认她的哥哥姐姐的，所以我只能拜托你辛苦，费点心多照顾照顾。素秋走得早，她在这世上的亲人又不多，希望能够通过你来让她原谅我这个爸爸。”

“我会照顾她。”

叶鹤峰松了口气，他知道年柏彦向来重承诺，只要是答应了的事情就一定会做到。

茶香有些凉了，浮动在夜色之中。两人不再说话，默默品茶，叶鹤峰闻着这茶香，思绪一点点飘散，渐渐定格成漫天红叶飞舞的季节。嫣红的树叶染红了少女的脸颊，乌黑的发，素色的裙，如唯美的山水画令他一生难忘，他曾一遍遍写下他和她的名字，轻轻告诉她，一叶知秋。少女羞涩了，捂着脸跑开了。

火车缓缓开动的时候，他看着她跟着火车跑了很远，原本苍白的脸颊也因急促的奔跑染上了红，那一刻他是多么想要牵住她的手……

素叶赶到机场时已经看完了嫌疑人的全部资料，下了车，一个警员还在喋喋不休：“这个乌龟生性凶残狡猾，在云南的时候就逃了很多次，他——”

“行了行了。”她听着心烦，毫不客气地打断了警员的话，“我说你们警局也真够可以的了，找个谈判专家能用几个钱？上头不给报销吗？别以为我会免费。”

“这是头儿的意思……”

不消说她也知道是素凯这浑球儿的意思，打老远就看见他凛然正气地站在那儿，盯着嫌疑人的眼珠子都快冒出来了。

“混小子，你还真没把我当外人呀。”素叶上前，伸手拍了一下素凯的肩膀。

素凯见她来了，用下巴指了指不远处：“重点人物当然要派重量级专家来了，别人我哪儿放心？”

“我可不是友情赞助啊。”素叶白了他一眼，这才看向嫌疑人方向，目光扫向人质。

人质一头清爽干净的梨花头，干净的肌肤，干净的白色衣裙，行李箱被踢到了一边，一只小挎包在她手臂上摇摇晃晃。见到素叶后，她竟抬手打了个招呼，素叶没搭理她，懒洋洋地看着嫌疑人道：“就这么个发育不良的主儿，你还不是一个大力金刚指和剪刀腿给制伏了？别到处说你是我弟，丢不起那人。”

素凯一脸尴尬。

素叶晃动了一下手腕上前，可没等走上几步，嫌疑人大嚷：“退后，不准上前！”

“我不上前，你能听到我说话吗？”素叶皮笑肉不笑。

“你是谁？跟他们是一伙儿的？”

“这不废话吗？”素叶离嫌疑人有几步之遥，“我呢，是个心理医生，被他们临时揪来做谈判专家的。哦，你明白谈判专家的意思吧？”

“有你这么啰唆的谈判专家吗？”人质快哭了。

“闭嘴！”竟是嫌疑人和素叶异口同声。

人质只好缄默。

年柏彦开完视频会议已是下午2点多了，回到办公室后，许桐说：“南非那边的行程已经定下来了，您看一下时间安排是否妥当。”

年柏彦接过行程单，点头：“可以。”

“纪东岩那边频频活动，高端会所那边动静也不小，您看……”

“下一季的珠宝展撤掉‘秋味’系列，换上‘繁花’。”年柏彦将身边的文件签完后直接交给许桐，“通知企划部和宣传部，媒体只接财经，取消高端时尚杂志。”

“繁花”是由多彩钻石构成，每一颗都成色极佳，最受瞩目的是中间嵌的罕见的25克拉绿钻，市值不菲。曾经这朵瞩目的“繁花”流转于高端拍卖会所，最后年柏彦于英国成功竞拍收入囊中，经过两三年的铺垫宣传，外界对“繁花”更是垂涎，可想而知，这次“繁花”于精石旗下的D会所亮相该引起多大的轰动，这也无疑是对纪氏的无声回击。

纪氏旗下的玺汇自成立以来一直在与D会所对着干，这两大高端珠宝会所无论是在珠宝的资源拥有上还是会员吸纳上都达到了空前一致。但许桐丝毫不担心，她深信年柏彦的能力，正如深信D会所拥有独一无二的优势，那就是，再罕见的珠宝，只要存在于这个世上，就没有D会所找不到的。

再加上年柏彦在工作上一向拼命，常年与宝石矿打交道的经验让他已经具备了发现绝佳矿产的火眼金睛。赌石犹如赌命，在这个行业中，还没谁敢像他这么玩命，从货源到零售，样样涉猎其中，所以行业内没人不知晓年柏彦的本事。

只是在这次珠宝展的媒体选择上……

“我们之前已经通过了一些高端杂志的申请，现在才拒绝有点不大好。”许桐有些迟疑。

年柏彦将办公桌上的几本时尚杂志扔了过来，淡淡道：“上面的广告不符合精石定位。”

许桐翻开杂志这才明白，这几本杂志也许是为了赚广告费，竟接了些非高档品牌的广告，甚至做成了主页面大肆宣传，这的确无法与精石的广告档次相提并论。

“我会看着处理。”她赶忙收走了杂志。

年柏彦看了一眼时间，在许桐快要离开办公室的时候突然叫住她：“通知素医生来我办公室。”

许桐顿步：“素医生请了假，没在办公室。”

“跟谁请的假？”年柏彦眉头一蹙。

“听说是跟行政部那边请的假。”

年柏彦不悦：“谁允许她跟行政部请假？”

“年总，员工请假都是……这个程序。”

“以后没有我的允许，她不准迟到早退，更不准擅自离岗。”

“是。”许桐心中暗惊，一向主张各部门各尽其责的年总这是怎么了，一下子插手行政部的事了。

年柏彦眉宇间的不悦还没散去：“她去哪儿了？”

“行政部那边也没听清楚，只是说她离开时急匆匆的，像……像是去机场做什么谈判专家。”

年柏彦眉梢微微一滞，很快目光一沉：“备车。”

机场这边，气氛已然划分两派，以素凯为首的严肃派，支持队员有其手下、嫌疑人及人质，还有周遭散得很开的人群；另一派是以素叶为首的逍遥派，支持队员，只有她自己。

“嘿，持枪的那位，我跟那个人质有点小仇恨，你杀了她也行，正好替我解气了。”素叶很认真的模样。

人质急了："你怎么说话呢？"

嫌疑人一见这架势有点蒙，很快又怒视着素叶："我警告你，别玩什么花样！别以为我不知道你怎么想的，你不就想拖延时间吗？"

"不是，其实我是来告诉你，如果你想杀她的话，最好瞄准点。"素叶伸手做枪状指着自己的太阳穴，"从这个地方打进去，只需要一枪，她就会瞬间耳鸣，鼻腔内就会有液体涌出，无法呼吸，中枪位置的另一侧产生膨胀感，导致大脑缺氧而昏厥，气管及喉咙、鼻腔都被液体充塞，当然，那是她的鲜血，到时候也会喷你一脸，她的瞳孔很快无法聚焦，从而涣散，最后死亡。"

她歇了口气接着道："当然，你也有可能打不死她，比如说你一个偏差或手抖，或者过程中遭到警方突击，这枚子弹有可能就会撞到她的头盖骨。头盖骨很坚硬，充其量会被子弹击成几片，子弹碎片接着弹出头骨，就会从她的脸颊皮肤穿出来。你被抓，她还没死，怎么办？你还得义务养她一辈子。"

"闭嘴！我先杀了你！"嫌疑人彻底被她的话给激怒了，原本指着人质的手枪一转移，直接对准素叶。

"素凯！"

一声枪响震散了空气中窒息的凝固，下一秒是嫌疑人的惨叫声，指着素叶的手枪落地，与此同时，素叶也飞身上前，猛地扯开人质，伸脚将落地的手枪踢到一边。素凯和素叶两人配合得天衣无缝，擒服过程只短短的几十秒。

"素凯，你个王八蛋，下次再敢这么折腾我，非剥了你的皮不可！"素叶抱怨。

无奈，身穿警服、凛然正气的素凯压根没将老姐放在眼里，走向人质，威严问了句："女士，不好意思，是我们警方的疏忽，你没受伤吧？"

正在拢头发的女人拍了拍胸脯："没事没事，我就当参与了一次警匪片的拍摄。"

素凯没料到她会这么说，忍不住笑了："没事就好，明天上午请来警局做一份口供，这是地址和电话，感谢配合。"

女人接过名片，惊讶："素凯？"

素凯没在原地逗留太久，看向手下的时候重拾威严："收队！"

"是。"

经过素叶身边的时候，素凯暗自嬉笑了一下，低声道："老姐，辛苦了。"

"滚蛋吧。"素叶伸手捶了他一下。

警车离去，机场的一场劫难也渐渐被重新涌现的人群驱散。素叶一转身，脚步倏然止住，心头不经意蹿过一抹异样。

不远处停着一辆车，年柏彦站在车旁一直在盯着她，阳光倾斜了他的高大身影，他的脸色看上去有些难看。心里咯噔一下：他怎么来了？看样子应该是来挺久了。

“姐夫！”这一声自然不是出自素叶之口，她身后的那位“人质”一个快步蹿到了前面，热情洋溢。

素叶撇撇嘴，冷哼一声：姐夫姐夫，还没结婚呢，叫得还挺亲热！年柏彦的目光从素叶转移到奔到眼前的姑娘身上，淡淡说了句：“回国怎么不提前通知家里一声？”

“我又不是小孩儿，犯得着要隆重接机吗？”

“上车。”年柏彦没多加解释，打开车门，目光又落及素叶身上，见她转身想走，眉头一皱，“叶叶，你也给我上车！”

素叶暗叹，好汉不吃眼前亏，照做便是。

“我不叫叶叶！”上了车，素叶第一声反抗就是纠正年柏彦刚刚的叫法。

坐在副驾驶位上的年柏彦压根就没接招，开口只针对人质女：“叶澜，先送你回家。”

“好的。”叶澜用肩膀顶了顶身边的素叶，“姐，刚刚谢谢你啊，没有你的话，说不准我早就毙命了。”

素叶没好气：“别自作多情，我是帮素凯，不是帮你。”

“一家人什么帮不帮的？”叶澜有心跟她亲近，“原来那个警察就是素凯啊，他都长得变模样儿了，跟小时候一点都不像。”

“别靠得我这么近！”素叶毫不客气。

叶澜吃了闭门羹，又看向年柏彦：“你是把我姐得罪了吗？她怎么跟吃了枪药似的？”

年柏彦没说话，伸手调整了一下后视镜，镜中能看到素叶那张极不情愿的脸。

“刚刚有没有伤到？”像是问叶澜，又像是问素叶。

素叶自然不会接茬，叶澜开了口：“我没受伤，挺刺激的，当然如果我姐能早点儿赶到，可能我还能投入些。”

“叶澜！”是素叶开了口，横眉冷对，“别一副无辜的样儿，我烦你，你不知道吗？装什么装？”

叶澜，叶家老么。叶家除了叶渊、叶玉之外，还有个比他们都小5岁的妹妹叶澜，但素叶向来不承认跟她的关系，就算在街上见了面也当看不见。只是没想到今天她倒成了人质，上天不长眼，这事儿干吗非让她摊上不可？

“你烦的不是叶玉吗？干吗连我都一起烦了？我这几年在国外招你惹你了？”叶澜说着，又故意撞她一下。

素叶一个侧身没让她撞着，叶澜身子不稳趴在后座上，哭丧着脸冲着年柏彦喊了一嗓子：“你看她怎么这样啊！”

年柏彦笑而不语。

送了叶澜回叶家后，年柏彦打开车门，这次他坐在后面，抽光了脸上的笑意，眉眼之间犹如罩着寒霜。

“开车。”他命令司机。

车子朝着国贸方向驶去。走了叶澜，车厢里的气氛顿时冷了下来，或许是空调的缘故，总之，年柏彦这个男人坐到后座时，她就备感不舒服，觉得身体的每一个毛细孔都在拼命张开，呼吸到的只有冰冷的空气。素叶下意识地朝旁坐了坐，始终没明白他出现在机场的原因。年柏彦倚靠在后座上，抬手松了松领带后闭目养神。

见他一句话不说，素叶总有种不祥的预感，想了想后才开口：“你知道叶澜今天回国？”

年柏彦没回答，刚毅的脸颊始终不见神情变化。素叶自讨了没趣儿，转头看着车窗外飞速而过的建筑，胸口不知怎的却在突突直跳，有那么一种预感，好像他是为她来的。

“你这个月的奖金没了。”年柏彦突然开了口，嗓音淡然，却极具杀伤力。

素叶像是被人踩了尾巴：“什么？”

年柏彦缓缓睁眼，像是说了句家常话似的悠缓：“财务部会给你正式通知。”

“我犯什么错了，你扣我奖金？”素叶的后背挺得直直的，冲着他冷言，“年柏彦，你欺人太甚了！”

“没我的允许，下次再敢擅离职守我会扣除你全部的薪水！”年柏彦微微提了些声调，浓眉蹙成威严的弧度。

“你……你……你这个吃人不吐骨头的奸商！”

司机忍不住扑哧乐了出来。

“笑什么笑？开你的车！”素叶烦躁地一挥手。

年柏彦升起隔板，脸色彻底冷了下来：“你以为自己有三头六臂？自己的工作还没完成，来机场捣什么乱？”

素叶一听这话彻底恼了：“你可看好了，我救的是你未来太太的妹妹，没有我的捣乱，可能她早就一命呜呼了。”

“你当警察都是吃素的？天底下就你一个谈判专家？没事儿逞什么能？”年柏彦成了教训口吻。

素叶盯着他，冷冷说了句：“在机场的那个是我弟弟，这世上最亲的人，就算我死了，他也不能出事。”说完，扭头看着车窗外。

她在扭头的一瞬，眼角有点晶莹，年柏彦敏感地捕捉到了，见她倔强地抽了抽鼻子，赌气般地不再看他，心头也跟着抽动了一下，有一丝情感悄悄蔓延，慢慢地席卷了他的理智，只是他不知道，这种情感的名字叫作：怜惜。

“行了，下不为例。”他的口吻稍稍放轻。

素叶的耳朵何等尖锐，再扭脸对上他的目光时满心期待：“这么说我的奖金……”

“照扣不误，否则你不会长记性。”

素叶刚要发作，又听他淡然扔出了一句：“今晚的礼裙钱可以算在我账上。”

她轻轻嗤笑：“你这算是给一巴掌再赏个甜枣吗？”

“那你要还是不要？”年柏彦的心情似乎好了点。

“要！干吗不要？”奖金没了不要紧，今晚大不了多买几件裙子泄愤，刷光他的卡！

Chapter 5

爱情对我而言是件奢侈品

▼

这场欢迎会不是为素叶一人开的。这阵子精石也前前后后招了数名能人异士，各自担任重要部门的重要席位。宴会上出席了不少高层，以年柏彦为首。

餐厅侍应生们穿梭在或西装革履或衣香鬓影间，意大利水晶杯整齐地摆放在托盘中，从法国空运来的红酒及开场香槟、德国远道而来的珍贵冰酒交织了未入喉就舌尖香甜的味蕾温暖，酒光与那瑰丽婆娑的夜色述说着一场华丽盛宴的开始。

年柏彦向来很少喝酒，手端酒杯与几位高层相聊甚欢。他穿得不算太正式，再简单不过的素色衬衫与长裤，却鹤立鸡群。

“许桐。”年柏彦问，“素医生还没到？”

“一直没见到她呢。”许桐抬腕看了一下，正打算打给素叶，大厅的门便推开了。动静不大，虽未惊动太多人，但足以吸引年柏彦的目光。

今晚的素叶能用“妖娆”二字来形容。一袭中国红的长款礼裙，绵如海藻的长发卷成了蛊惑人心的大波浪，有几缕轻搭肩头，香肩半露，低V设计更是夺人眼球。中国红，是红色系中最纯粹也是最挑人的颜色，很少有女人敢明目张胆地通体以中国红为主，甚至是鱼尾设计的透视装。可素叶不但穿了，还将效果发挥到了极好，她的出现像是暗夜中绽放开来的罂粟花，一开始没人注意，但随着她的款款向前，越来越多的目光聚集在她身上。

香腕一伸，便有侍应生送上水晶杯，红酒浸染了酒杯的剔透，她的眼睛亦如夜空繁星，那酒光就轻轻在她眼中炸开，犹如绚烂的烟花。

“年总，要不要叫素医生过来？”许桐见年柏彦的目光始终盯着远方，轻声问了句。

年柏彦面无表情，却在见到某部门高层主动与素叶搭讪后蹙蹙眉头，冷淡地说了句：

“不用，宴会开始吧。”

小提琴乐声阴柔，像是空气中游走的细线，轻轻碰触就会引发小小悸动。作为公司总经理，年柏彦在开场时简单说了两句，举杯时一呼百应，音乐声也应了景，转得慷慨激昂。

“我说你今天也够招摇的了。”林要要今天穿得也极收眼球，修长的白色礼裙点缀了她的美，一缕长发编成细细的辫子伏贴于光洁的额前，简单的珍珠饰品点缀在发丝间，星星点点，若隐若现。素叶来精石上班，她欣喜若狂。

年柏彦正在讲话，素叶靠近林要要的耳边说了句：“因为这件礼裙最贵。”

“看不出啊，平时那么抠门的人。”

素叶冲着前面努了努嘴：“有人买单。”

“啊？你和他——”

“打住，他扣了我整月的奖金，我买件裙子让他报销不过分。”素叶一提这事儿就上火。

林要要嘻嘻笑着：“早知道我这件也算上啊。”

“没事，我挑了好几件呢，咱们都穿一个尺码，下次你到我那儿随便挑好了。”素叶倒是大方。

“我怎么觉得你坑了他不少钱呢？”

“他还坑了我的奖金呢，一笔填一笔，我干吗跟那种表面温厚、背地禽兽的人矫情？”

“背地禽兽，你领教过了？”

素叶不见羞涩，反倒眨着美萌的双眼看着她：“林姑娘，你信不信我的一口小白牙已经练到了无坚不摧的地步？”

林要要赶忙投降：“我信了。”

按规矩，宴会的第一支舞是由公司高层来起，有人跃跃欲试，有人左右推让，但不知是谁不知死活地起了哄，大叫着“年总、素叶”，只有一嗓子，这声落下却没人敢接腔，一时间气氛泛起说不透的暧昧来。

素叶尴尬，正想临阵脱逃，却见年柏彦从容上前，朝她做邀请状。她一愣，竟忘了接下来的动作，林要要碰了她一下这才反应过来。年柏彦始终耐心地伸着手，他的眼神沉稳有力量，让她想到了宽阔平静的海域，鬼使神差地将手交给了他，他的眼角微微卷起涟漪，大手收紧，就这样，带着她跳了第一支舞。

钢琴演奏了开场舞的主旋律，他的舞步亦跟随亦引导，大手贴合她柔软的背部，掌心的温度透过薄薄衣料烫进她的心底深处。身体与身体若即若离的距离，她手指下男人结实流畅的骨骼，让她最直接想到的就是那天早上。

“想什么呢？”头顶上是年柏彦落下的嗓音，似笑非笑。

“我在想，今晚的我会不会比灯光更瑰丽迷人。”

年柏彦一个优雅的抬手，她在他怀中轻轻一转，他的笑似乎染了温柔：“你本来就很美。”

“我是不是该感谢你毫不吝啬的赞美？”

“对于美的东西，我的赞美向来不吝啬，美就是美。”

素叶因舞步靠近他的胸膛：“那么，我跟叶玉，谁更美？”

他拥她入怀，却也规行矩步地贴在她的腰肢，没逾越雷池半步：“各有千秋。”

“你爱叶玉吗？”

她不知道年柏彦这种人深爱一个人会怎样，还是这般冷静自持，或者温柔如水？那么，能够得他垂青的女人必是他所深爱之人吧？可她就那么固执地想要确定。

“爱又如何？不爱又如何？”

素叶挑唇：“年总，你在逃避我的问题。”

年柏彦低头看着她：“爱情对我而言是件奢侈品，得之幸之，不得命之。”他像是回答了她的问题，又像是四两拨千斤规避了她的问题。

“那么，我是不是可以理解成，你未来的婚姻也不过是你通往成功的垫脚石？”说出去的话如泼出去的水，既然难收，她便等着看效果。

年柏彦闻言这话后，面色始终平静，舞步依旧不疾不徐，如他为人处世的风格。此时曲子成功蔓延到了尾声，在掌声响起时，他只落下了一句话：“玩得开心点。”

玩得开心的结果就是醉酒，周遭的人也喝了不少，全都围在素叶和林要要身旁跟着乱舞。见到这一幕，年柏彦总算理解了一句话的含义：没有领导的宴会才是一场狂欢。

许桐见素叶一脸醉红时略感担心：“素医生怎么喝得这么醉？要我送她回去吗？”

年柏彦道：“这里你盯一下，差不多就散了吧，没喝酒的同事帮着叫代驾，我送素医生回家。”

“好。”

他将八爪鱼般的素叶抱回了休息室。

房间安静，他双手撑在床边，居高临下看着她。她微微睁眼，男人的脸倒映在美瞳之中，他的深眸亦能寻到她的身影。她笑了，伸手碰触他的眉眼，他依旧看着她，纵容身下女孩儿的造次。

素叶却遮住了他的眼，他只能听到她细细的笑。抿唇，拉开她的手。

“你的眼睛盯人的时候让人心慌啊。”素叶半支起身，脸与他的脸近乎贴上。

年柏彦的心头浅浅被扯动了一下，起身要走，她便从他身后将他搂住：“你要去哪儿？”

年柏彦毕竟是大风大浪走过来的成熟男人，已过了冲动冒失的青涩年龄，纵使心头悸动，亦能拉回理智，压下不经意乱走的荒唐念头，转身低语："我给你倒水。"

或许只关乎今晚的夜色，就算之前他多讨厌醉酒的人，在此时此刻也无法狠下心；或许从一开始他就无法声讨，就像那晚在酒吧，原本不相干的一对人，各自买醉。只是当她一头栽进他怀里时，他的心口竟微微蹿跳了一下，所有人都以为他们相识，包括她的好友。他不是个爱管闲事的人，却破天荒地将她带回了酒店房间，她在他身边静静地睡了一夜，他也默许了身边躺了个陌生的她。

但今晚，醉酒的素叶异常不听话。

"水？"她轻笑，整个人全都依在他怀里，"我要喝酒……"

年柏彦被她缠得有点招架不住，大手微微加劲，控制着她持续在他怀中的厮磨："你今晚喝得够多了。"

"多吗？如果真的喝多了，我怎么还能知道你是谁呀？"她的醉态染上蛊惑的意味，抵在他的胸膛，笑道，"心跳好快啊，撞得我耳朵都疼。"

她像是蜿蜒的蛇，他压根控制不住她。

"都说看男人的性欲要看他的鼻子，你的鼻子这么高这么挺，是不是性欲很强啊？"素叶依偎在他的怀中，手指抚过他的喉结，隔着衬衫细细描绘着他的胸膛，柔软的手掌渐渐向下。

年柏彦的脊梁略显僵直，蓦地反应过来，眉头一蹙，有了愠意："胡闹！"

素叶醉意中也笑得开心："你会坐怀不乱吗？如果是，为什么要阻止我？"头一仰，主动吻上了他的唇。

年柏彦没料到她会如此大胆，身体僵了一下，下一刻化被动为主动，将素叶反压在身下。他掌控了主动权，居高临下。她只觉头晕，他离开了她的唇，她睁眼，呼吸急促。

头顶的年柏彦似乎有意控制呼吸，低头与她对视，嗅觉和感觉都达到了空前敏锐，她能呼吸到好闻的气息，感受得到他手臂结实的力量及胸膛的炙热温度。她的呼吸加重了，一次短过一次，是要了命的窒息，却也是窒了息的吸引，她的耳膜神经在剧烈跳跃，刺激着心脏也跟着悸动。

年柏彦暗自压下了差点抑制不住的冲动，似哄劝又似命令："别玩火。"

她像是醉的又像是醒的："如果我在玩火，你敢灭火吗？"

这句问话像是一次疯狂的冒险，她无心也好有心也罢，总之，打破了某种禁忌，朝着未知的大胆的方向进军。她醉了，言语可以大胆刺探，但年柏彦今晚只沾了一点点的酒，他没醉，脑子清醒得很，所以这个问题甩给他时他没有马上回答。他的眼神看似清澄却令人读不懂内心所想，许久才开口："很晚了，好好休息。"

素叶只觉身体一轻。待他离开后，她起身，一丝冷笑隐于唇角，这半醉半醒的戏码还真是有意思。

素凯审完乌启荣后已经很晚了，出审讯室时饿得饥肠辘辘，正打算回爸妈家蹭口饭吃，就听值班同事走上前通报：“素队，办公室有人在等你。”

素凯扬起审讯簿给了同事一下子：“你胆子大了，随便放人进我办公室是违反纪律的不知道吗？”

同事马上笑脸相迎：“那美女说跟您素队是亲戚，我哪敢得罪您亲戚呀？”

“我亲戚？”素凯摸了摸咕咕叫的肚子，“除了我姐，没哪个算是美女啊。”

办公室靠窗边还真是站了一个美女，正在给一盆绿植浇水，她一身干净长裙，短而俏皮的梨花卷随着她微微低头遮住脸颊，却也能看到姣美的面容。

“怎么是你？”素凯站在门口，迟疑开口。

叶澜惊吓了一小下，扭头看着门口，很快唇眼沾笑。

“哦，我记得说过做笔录的时间是明天吧？”素凯以为自己没说清楚，略感疑惑，走上前将审讯簿放在桌子上。

“嗯，是明天，不过我来是找你的。”叶澜笑眯眯的，指了指窗台盆栽，“路上经过花店见它挺可爱的，买来送你。”

素凯也笑了：“无功不受禄啊，这算是贿赂人民警察吗？”

“谁说你无功了？今天是你救了我啊。”叶澜说得认真。

“那是我的职责。”素凯微抿唇梢。

“现在是下班时间吗？请你吃饭，当感谢了。”虽说早晚会知道她的身份，倒不如等他自己去发现，否则说出来，他万一再来个一脸茫然，她得多尴尬。

“你请我？”素凯微微一愣，很快摆手，“我是人民警察，哪能让市民破费？”

“这么讲究啊？”

“那是。就算我不是警察，也不能让你一女的掏钱吃饭吧，走吧，想吃什么我请你。”

“好啊，我还从来没跟警官吃过饭呢。”叶澜走近他，如春花绵柔的笑浸染了她的眉眼。素凯很高，又是一身制服，而她与他肩膀同高，一身长裙飘飘，两人的影子落在玻璃上，看上去甚是唯美。

“嘿，别把我说得跟特殊人种似的，脱下警服，我就一普通人。”

“那你就不脱警服呗。”

“不脱警服往餐厅里一坐，旁人都会以为你是嫌疑人。”素凯的笑刚毅正气，大有北方汉子的豪迈，“等我一下，我换下警服。”

叶澜点头。

“那个……”素凯突然有点尴尬，“还得麻烦你到外面等我。”

叶澜不解。

“我……得换衣服。”

“哦，对不起，好，我在外面等你。”叶澜一下子明白了，脸颊蓦地涨得通红。

这座城市，都是夜归人。两人一顿饭吃了三个多小时，在这三个多小时里，叶澜一直缠着素凯讲些英勇事迹。素凯这人平时是喜欢瞎贫，但在工作上甚为严谨，所以也不锦上添花，有一说一。

“这么说，那个叫乌什么的人还没认罪是吗？”

“乌启荣。”素凯说，“审讯可是个费时费力的活儿，没那么简单。”

“可你们不是都有证据了吗？”

“贩毒这种事，往往都是拔出萝卜带出一串泥来。”素凯倒了杯茶，回答得模棱两可。

叶澜这才察觉出自己问得太多了：“不好意思，我忘了嫌疑人在审讯期间你们警方要对信息保密的。”

“看来你也懂不少规矩。”素凯爽朗一笑，皓齿朗目，看上去非常帅气。

对于乌启荣的案子，在结果没出来之前，他的确不宜对外多说什么，哪怕对面坐着的是被劫持过的人质。不要怪他太过警惕小心，这么多年在云南盯毒贩之所以相安无事，凭的就是他的这份谨小慎微。乌启荣只是其中一个交货人，在他背后还隐藏着更大的毒贩组织，连同那个组织的制毒工场及幕后黑手，这些人统统都要擒获，所以，他谨言慎行实属正常之举。

“你胆儿挺大，很少有人质像你这么冷静。”

“因为当时有你，还有……素医生在啊。”叶澜硬生生把“我姐”改成了“素医生”。

素凯笑了笑：“你的记性还挺好，连素医生都记住了。”

叶澜暗自叹气，他是果真没认出她来啊。

翌日吃过饭，素叶借闲来无事的因由陪着年柏彦去见客户，不承想他一路开车直奔郊外的高尔夫球场。她喜欢刺激的运动，对于高尔夫向来敬而远之，觉得是在浪费时间。年柏彦的回答很简单：“高尔夫从来都不是运动，它是人生。”

素叶摇头，表示不懂。

年柏彦笑了笑，伸手将她的鸭舌帽正了正，告诉她：“Paul Gallico 有句话说得对极了，如果一个人的内心藏有贼性，高尔夫球会通通把它翻出来。”他指了指远处的球场，目光深远：“你以为这是球场吗？不是，这里是攻心的战场。”

素叶一伸舌头，夸张。

“怎么，现在就觉得闷了？”年柏彦侧过脸，似笑非笑地询问。

素叶岂是认输的主儿，马上一梗脖儿：“谁说我嫌闷了？我来也是为了会高手的。”

年柏彦听着好笑：“会高手？”

她轻轻抿唇，车子转弯时有光亮蔓延，落在她的唇角眉梢，清纯动人：“武侠小说中有一句话叫作无招胜有招，你是高尔夫球高手吧？说不准还打不过我这个半吊子。”

“你以前打过高尔夫？”

“第一次。”

年柏彦毫无预警地将她的帽檐一拉：“如此，连半吊子都算不上了。”

“讨厌，我看不见路了。”素叶嚷了句，拨开他的大手。

年柏彦低头看着她的样子，唇角的笑意加深。

球车直入球场的时候，素叶才看清楚这里的轮廓，像是一座恢宏优雅的皇家园林。在来时的路上，她已听说这里是由享誉世界的名家设计师亲自主持打造，依山傍水，环绕球道的湖面超过 16 万平方米。

素叶忍不住咂舌：“说白了，就是要挥着根球杆把球打进洞里，在哪儿不是都一样？光个场地就搞得如此大费周章，真是浪费祖国人民的钱。”

“我怎么闻到一股子酸溜溜的味儿？”

“错，不是酸溜溜的味儿。我是在用一种看似随意的口吻来讨伐你们这种打着高雅的旗号挥霍金钱的无良商家。”

年柏彦看着她，她眸底的笑像是揉碎的阳光，流转于唇梢，今天她是素颜，只是在他的休息室洗了个澡，没擦任何化妆品在脸上，细腻的肌肤却是清晰可见。

见他一言不发，素叶心里倒有点没底了，伸手在他眼前晃了晃：“你就当我说的不是你。”

年柏彦拉下她的手，却没急着松开，攥了攥，淡笑：“小丫头歪理不少。”

似有似无的亲昵她感觉到了，一丝慌乱开始漫无天际，先是从指尖出发，再到心脏，又错了节奏，咚咚咚地撞击着耳膜，搅和得她整个人都心神不宁。

“我在说事实而已。”素叶不着痕迹地将手从他手中挣脱，将帽檐拉低了一些，遮住阳光。

阳光下的高尔夫球场像是成功者们绚烂的人生，有起有伏，有枯燥，也有风光无限。当球车抵达后，球童们早已等候多时。素叶远远地见有人走了过来，车子还没停稳，那人便迫不及待地上前伸出双手与年柏彦相握：“年总，幸会幸会。”

年柏彦与他握了一下手，下车寒暄了一番。素叶在旁看得清楚，这位中年男人应该就是年柏彦口中的预备合作客户，正所谓“礼下于人必有所求”，这人八成要跟年柏彦合作什么，虽说见到年柏彦后的交谈也可称得上磊磊落落，可眼神看上去总是带着那么一点恭敬。

“这位是？”中年男人将目光落在素叶身上。

年柏彦微微侧身，伸手搂住她的肩膀拉至身边。但他的手没有在她的肩头上停留太久，她上前，他便放了下来。

“叶老的小女儿叶叶。”

素叶虽有不悦，但也不可能当着客户的面儿扫了年柏彦的脸面。中年男人一声惊奇：“原来叶老还有个小女儿呢，我还以为——”

“叶叶自小就被送到国外学习，这丫头野惯了，今年才回集团帮忙。”年柏彦低头看着她轻轻笑了笑，“是名出色的心理咨询师。”

最后一句话从他口中出来，怎么听着都有点“吾家有女初长成”的骄傲。

“真是虎父无犬女啊，江山代有人才出。”中年男人赞叹。

素叶冲着他轻轻一笑，当作回礼。这个场合她还是少说话，否则很容易骂街。

“叶叶，这位就是我之前跟你提过的刘董事长，今天见过面算是认识了，下次你想去他的商场买东西尽管跟他要打折卡。”年柏彦半开玩笑道。

“刘董您好，早就听说过您的大名，今天真是闻名不如见面。”素叶落落大方，伸手与他相握。在来之前，年柏彦的确跟她提过这位刘董事长，他也算是勤奋起家的代表，年轻时投资了几家商场后大赚，现如今旗下又接二连三地拿下了有价值的地段，在北上广经营起了专供高端品牌入驻的大型商场。

虽说年柏彦只是轻描淡写地说了几句，但素叶明白了，这次是刘董事长做东邀请年柏彦，八成就是为了吸引精石旗下品牌驻店的相关事宜。

精石集团各个品牌线都有独立的旗舰店，当然，大型奢华商场入驻也是必要的，在客户群巩固品牌形象至关重要。商场的游戏就是如此，品牌弱，要求着商场；品牌强，商场来求。看得出年柏彦在集团运营上有两把刷子，否则压根不会引起刘董的关注。那么接下来就要看这场互利互惠的游戏该如何玩下去，至少素叶觉得，精明如年柏彦，绝对不可能让刘董占到太多便宜。

“哪里哪里，我比起叶老和年总，不过冰山一角。今儿是我疏忽了，不知道叶家千金大驾光临，这样，以后叶小姐到我的商场去随便挑随便选，直接签我老刘的账上。”

“刘董，你这话会惯坏小孩子。”年柏彦不动声色地笑了笑，重新将素叶拉到身边。

“怎么说以后都是自家人，不要太严苛了。”刘董哈哈一笑。

年柏彦笑而不语。

素叶暗自冷笑，主动挽上年柏彦的胳膊做亲昵状：“刘董，您错了，他对我很好，只是在外人面前装装样子而已。”仰头笑眯眯地看着年柏彦：“是吧，姐夫？”

年柏彦低头看着她，目光多了一丝探究。她刻意营造的暧昧气氛虽没令他动了声色，却成功引起了刘董的尴尬，赶忙招呼球童：“来来来，为叶小姐也准备一套球具。”

球童照做。

年柏彦接过球具朝着她伸手，宽厚的大掌轻轻箍住了她的后脑，压低了嗓音说了句：“别胡闹。”

素叶抿唇一笑，他果真还是看出了她的恶作剧心思。

年柏彦漂亮挥杆开了球，刘董的球技也不差，引得他的赞赏。两人表面看上去惺惺相惜，但她的眼睛是尖的，打球的过程更像是售卖的过程。刘董描绘旗下商场未来几年的定位走向，又有意透露有哪几家国际大品牌准备入驻，说得可谓激情澎湃。

但年柏彦始终不搭腔，偶尔会点头，像是听进去了又像是没当回事儿。素叶心头感叹，谁摊上年柏彦这种对手谁倒霉，光是他的一言不发就够折磨人的了。就这样一小时过去，待年柏彦最后一杆入洞时，刘董在旁忍不住叫好：“漂亮，接连斩获三只小鸟，厉害厉害。”

素叶使劲伸着脖子瞧：小鸟？哪有小鸟？年柏彦被她的样子逗笑，刘董终于抓住时机，凑到跟前道：“您看咱们刚刚说的……”话说一半儿留一半儿。

“叶叶，过来，我教你。”他却伸手招呼她。

素叶赶忙摆手，她走得腿都快断了，又热又渴的：“我到休息室休息一下再过来。”

年柏彦笑了，却是看着刘董：“瞧见没？刚刚还意气风发，现在又鸣金收兵，高估自己的体力，说的就是这个丫头了。”

素叶心里透亮，这个刘董一上来就将入驻条件和收益夸得天上有地上无的，无非是想在心理上压一压年柏彦，而年柏彦表面是拿她半途而废来说事，实际上在不动声色地告诫刘董，要摆正自己的位置，不要太高估自己。连她这个局外人都听明白了，更何况是久经商场的刘董？他笑得有点不自然，面部神经如抽筋了似的。素叶不打算再陪着他们一起晒太阳，似真似假地顶撞了年柏彦一嘴后转身就走。

就在转身的瞬间，她听到年柏彦平缓地说了句：“商场的扣点上我需要再降两个百分点，否则，这个游戏没法儿玩。”

素叶回头，瞧见刘董死灰般的脸，不由得替他捏把汗，这个游戏的主动权从一开始就被年柏彦捏在手里，他还有胜算吗？不由得想起自己，心头暗沉了一下，如果是她跟年柏彦斗，是否真能如愿以偿？

重回球场时，刘董已经离开了，打远看到年柏彦的背影，他正与一男子聊天，那男子跟他一样身形高大。她微微眯了眯眼睛：纪东岩？他怎么也来了？

纪东岩正巧回头看见了她，一脸惊喜，大步上前："亲爱的，你怎么知道我来这儿了？"

他的热情像是一团火，可她刚刚看得清楚，他在面对年柏彦时侧脸线条看似僵冷，与现在笑脸相迎的他判若两人。

"不好意思啊，我不知道你在这儿。"她觉得纪东岩这个人看上去挺痞的，但人还算真诚，所以回话时给他留了点面子，"没想到你还会打高尔夫啊。"

"笑话，我只是恐高而已。"

"我算看明白了，你只适合老人运动。"

"你这么说我，我会很伤心的。"纪东岩蓦地凑近她的脸颊，坏笑了一下。

素叶一撇脸："小心我给你个无影脚啊。"

"好啊，你来——"

"叶叶。"一直未出声的年柏彦冷不丁开口叫了她的名字，淡淡说了句，"我们该走了。"

素叶收回了笑："自己慢慢玩吧，小心中暑，花蝴蝶。"

纪东岩却突然拉住了她，懒洋洋的口吻："我刚来你就走啊？太没情调了。"他看向年柏彦，似笑非笑："君子有成人之美，我和小叶都几天没见了，就算你找她有天大的事儿也得停停吧，要不这样，你走，小叶留下。"

素叶暗自观察着这两人，能明显感觉得到他们之间的暗涛汹涌。此刻她成了棋子，被这两人拿来互相攻击其弱点，便提起警觉，一旦两人擦枪走火，一人拎着她的一条胳膊相互拉扯，那么她练得还凑合的花拳绣腿也随时恭候，给这两个男人狠狠来个教训。

然而，出现在小说中两男争一女的狗血剧没在她身上发生，头顶的太阳烤得她额头嗞嗞冒油才听到年柏彦不紧不慢地说了句："我实在找不出成人之美的理由。"

纪东岩一把将她搂在怀里："这样，你告诉他咱俩什么关系？"

"啊？"

"啊什么呀？告诉年总经理，咱们什么关系？"纪东岩抬手在她帽檐上轻敲了一下，嗓音揶揄好听。

她下意识看向年柏彦，原本想要正解她与纪东岩的关系，脱口时瞬间改了主意："娃娃亲。"

"亲爱的，你终于承认咱俩的关系了？我是不是要感激涕零？"纪东岩嗓音陡然提高，一张俊脸近乎激动得变了形，低头迅速地在她脸蛋上轻啄了一下。

年柏彦的眉头隐隐一蹙："纪总，这话拿来哄哄其他女孩子倒也不差，但除了叶叶。"又看向素叶："娃娃亲这种事，你还是先要问问你父亲才行。"

纪东岩潇洒地笑了笑："小叶喜欢谁，跟谁在一起，甚至要嫁给什么人，我想都由她来决定吧？你管得太宽，会让人误会的。"

年柏彦笑容淡泊，看向素叶："那么你自己来决定，跟我走，还是留下？"

"让我决定？"素叶开始揣摩他的心思，怎么就把主动权落她头上了？这里面一定有诈。

"相请不如偶遇，倒不如年总也留下，咱们来场友谊赛，怎么样？"纪东岩替她解了围，又意味深长地补了句，"我倒是挺想看看你能不能抓了双鹰回来。"

年柏彦的眼睛像是被墨染黑的布，原本就浅薄的笑也似乎隐去："你错了，这世上太多的事不是看你能不能，而是看你想不想。"

"年柏彦，"在他转身时，纪东岩突然连名带姓叫住了他，去了从见面到刚刚言不由衷的称谓，字字薄凉，"你还有这个资格吗？"

这下子，素叶也不用暗自观察了，纪东岩大有一副生吞活人的架势，想不引起她多想都难。她不是没关心财经新闻，在纪氏与精石集团被人热议后，大家的关注点自然落在两大集团背后的两位年轻掌舵人身上。纪东岩负责大中华区的业务后，几乎每一个行动都与精石集团针锋相对，就算接下来要竞投的钻石矿也是如此，这不禁让人去想，究竟纪东岩跟年柏彦有什么深仇大恨，非要赶尽杀绝不可？

商场上的竞争不到万不得已绝对不会有人明刀明枪，纪东岩也好，年柏彦也罢，都是行业翘楚，不可能不懂得沉稳持重、统筹运作，再不济也至少学会了情绪控制。但这般撕破脸实在罕见，可想而知，一开始两人纠结的就不是什么商业竞争。

年柏彦开了口："你错了，没资格打 double eagle 的是你，不是我。"

从高尔夫球场离开到上车，年柏彦始终未发一言。周末不限行，路段十分拥挤，他们的车子在车流的涌动中如一艘船，行驶速度缓慢，这更延长了死一般的宁静。

素叶看了窗外良久，脑子里想的却是另外一幕。临别前回到休息室时，纪东岩对她说："你不跟我没有关系，但绝对不能跟他，年柏彦这个人，没心的……"

她转过头，顺势打量了一下身边男人的侧脸，沉默未有变化的线条，微抿的薄唇及刚毅的下巴，怎么看怎么都是不好招惹的主儿，有没有心，她就不知晓了。

"我想，你和他不是因为两男争一女这种狗血理由结下的梁子吧？"

前方绿灯，年柏彦踩了油门，就在她误以为他要继续保持沉默时，他淡淡地扔出了一句："这个理由，的确很狗血。"

“我想，你应该不会有闲情雅致告诉我事情的真相吧？”

主路太过拥堵，车子走走停停，年柏彦干脆方向一打，将车子开到了辅路。素叶不动声色地淡笑，这个向来喜欢顺势而走的男人意外地改了方向，也许令他纠结的并非前方的路况。

“你跟他很熟？”意外地，年柏彦问出了这么一句话。

素叶没料到他会将矛头落她身上，愣怔。

“在你对真相感兴趣之前，是不是先要跟我交代一下你跟他的事？”年柏彦稳稳握着方向盘，语速不紧不慢。

素叶轻描淡写：“我跟他的事很简单，瞎子都能看出来。”

年柏彦扫了她一眼。

“他呢，是我相亲的对象，据他说，我们没出生就订了娃娃亲。”

年柏彦冷哼。

素叶挑眉看他：“你不相信？”

“可笑。”他神情淡然地甩出了简短的两个字。

“说不准最后还真得父母之命、媒妁之言呢。”素叶伸了个懒腰，将鸭舌帽摘下来散开长发，轻轻按摩着头皮释放压力，闭上眼，“我觉得他倒不坏。”

“以后不要跟他来往。”年柏彦的命令干脆利落。

她睁眼看他：“理由。”还真是邪了门了，两个人全都叮嘱她这句话。

年柏彦沉吟片刻：“精石与纪氏竞争正激烈，离得远，是非就远。”

“好一个冠冕堂皇的理由。”素叶笑着拍巴掌。

“为你好。”

素叶赶忙伸手作揖：“那我要多谢你的好意了。”

年柏彦瞟了她一眼，没再吱声。

“我的故事你听完了，你的呢？”素叶侧向他，做洗耳恭听状，“两男争一女是常见版本，既然你否认了，那真相是什么？该不会是你跟他原本基友，后来反目成仇了吧？因爱成恨？”

前方路况好转，年柏彦也顺势加速。

“喂。”见他沉默，她忍不住催促。

他听了她的揣测面部依旧平静：“正如你刚刚所讲的，我的确没那么多闲情雅致。”

“年柏彦，你这个奸商！”素叶顿时恼火。

“辱骂老板要扣工资的。”

素叶皱眉：“你上辈子是周扒皮没做够，这辈子还不忘虐待员工？”

“那你上辈子是葛朗台做上瘾，这辈子还不忘无利不起早？”

“我说的是事实。”素叶狠狠白了他一眼，“表面忠厚、内心腹黑、阴险狡诈、尖酸刻薄说的就是你。”

“还真是头一次有人如此精准地为我总结性格。”年柏彦不怒反笑，“你也世故得可爱。”

叶澜去警局的时候，正巧素凯从审讯室里走了出来，一身工整的警服，威严的警帽下是不染一丝笑意的眼睛，高大的身材也似乎被这套笔挺的制服彰显出英气冷硬、刚直不阿。

一警员快速走了上去，素凯晃动了一下手腕，命令了一句：“进去给他做笔录。”

叶澜站在墙角歪着头，看着素凯硬朗帅气的侧脸，忍不住轻轻笑着。很快素凯也看见她了，刚刚还暗沉肃穆的眸也染上了笑意，大步上前后说：“来了。”

“看来某个人是逼着我们的警官不得不以武服人了。”叶澜今天穿了玫粉色长款真丝衫，与身穿制服的素凯面对面站立，这一幕看上去倒是养眼。

素凯爽朗一笑：“小姑娘，说这话可得有证据。”

“小姑娘？”叶澜微微扬了扬黛眉，显然不喜欢这个新称呼。

“走吧，进去做笔录。”

“你亲自操刀啊？”叶澜开心地跟在他身后。

“怎么？害怕我对你动武？”

“哪有？我是受宠若惊。”

做笔录时，素凯又恢复了一脸严肃，他问，手下记录。在问到姓名时，叶澜迟疑了一下。

“怎么了？”素凯问了句。

叶澜暗自深吸了一口气：“我叫，叶澜。”话毕，马上观察素凯的神情。

素凯的表情没变化：“今年多大？”

“23。”

“职业？”

“刚刚大学毕业。”叶澜渐渐松了手指。

“叶女士，请你完整地复述一下昨天在机场被劫持时的经过。”

叶澜将昨天发生的一切原原本本说了出来，说完后，素凯起身：“感谢你的配合。”他转头对着手下叮嘱了几句，在他刚要合上笔录本的时候，素凯却意外地敲了敲本子：“你把她的名字写错了，不是兰花的兰，是波澜不惊的澜。”

“对不起，对不起。”手下一脸尴尬。

叶澜的身子蓦地一僵。待一切结束后，她迟疑地喊了他一声。

“还有事？”素凯停步。

“那个……你还记得我？”

“你是素叶二叔家的女儿，素叶的堂妹，叶家老么。”

叶澜小心翼翼赔笑：“原来你真记得我，我还以为你把我给忘了呢。”

“女大十八变，我还真认不出你来了。”素凯扯动了一下唇角。

“你变化也挺大的，跟小时候。”

素凯抬腕看了一眼后，没接过话茬跟她叙旧：“叶澜，我还有事情要处理，就不送你了。”

“啊？啊，好好，你忙。”叶澜觉得他的态度不冷不热，又不想热脸贴上冷屁股，赶忙自圆其说，“我正好也约了朋友要去吃饭呢，先走了，拜拜。”

素凯点头，转身离开。

叶澜看着他的背影，用力跺了一下脚，埋怨自己真没出息，怎么就打了退堂鼓了？她是叶澜，叶家人之前做过什么跟她有什么关系？她不欠他们素家的啊。

Chapter 6
年柏彦，我喜欢你

▼

北京正式进入了桑拿天，一年中最难挨的时节，蝉声歇斯底里，白天的热浪能一直持续到半夜十一二点，所以林姑娘进门就哀号："这上帝要灭世啊，天都黑了还这么热，楼下遛弯的狗都穿上鞋了。"

素叶盯着电视机，指了指楼上："一楼浴室堵了，麻溜儿到二楼去冲凉。"

这话刚落，林姑娘已冲上了二楼。十分钟后，她慢悠悠地下了楼，见素叶在茶几上摆好晚餐后说了句："赶紧找个男朋友吧，省得浴室堵了都没人帮你修。"

"林姑娘，修浴室这种活儿我只要花个百八十的就行。"素叶好笑地看着她，"我一个人生活习惯了，让我突然去适应有个男人在身边太难。"

"你还想孤独终老啊？再不抓紧时间，就该找个二婚的了，对方再带个孩子，你岂不是一嫁过去就做了人家的后妈？"林要要走到沙发旁坐下，接过筷子敲了敲快餐盒，"看看，这就是你一个人的生活，连吃饭都懒得去餐厅。"

"等你先嫁出去再说吧，省得三天两头到我这儿蹭饭。"丁司承不在北京的日子，林要要便会隔三岔五过来。

"你这腿怎么了？"

林要要露出的膝盖有一块乌青。

"别提了，我下班的路上被个傻瓜富二代的车给刮了一下，有钱有什么了不起的，别让老娘再见到他！"

素叶见她活动自如也就没怎么担心。林要要没开车的习惯，按理说，依照她的薪水买辆车也绰绰有余，但经丁司承和她的一致诊断，眼前这位姑娘有点选择障碍，她不适合开车，所以之前不是挤地铁就是挤公交车。素叶去了精石集团后，林要要便也能跟着蹭车。

“哎，对了，有件事挺逗。”林要要早就饿了，扒拉几口饭后鼓着腮帮子跟素叶说了句，“原来叶家还有二千金呢。”

“嗯。”素叶情绪不高。

“你消息还挺灵通的，这么快就知道了。”林要要误以为她只是听说，咽下一口菜，“叶澜，挺好听的名字，听说是大老板弟弟家的千金，今天来我们鉴定部报道。”

“有什么奇怪的？一进去就是空降兵吧。”

“你还真错了。”林要要纠正，“从基础做起，说白了就是打杂的，连我这个做助手的都可以使唤她。”

这下子素叶有点诧异。

“听说是年总这么安排的。”林要要撇了一下嘴，“大公无私啊，未来的小姨子都没放绿灯。”

“叶澜没意见？”

“乐呵呵的，一点都看不出不高兴。”

素叶想起年柏彦那副面无表情的样儿，这种安排想必是他那种性格的人能做得出来的。

“去洗手间的时候，我正好碰上叶澜，就悄悄跟她打听了一下工资。”林要要啧啧作声，“你猜怎么着？她的工资很低，年总还真是按职发薪呢。”

“你还挺八卦的。”

“说到八卦，我还真想着另一件事呢。”林要要放下筷子盯着她，“上周五咱们不是都喝醉了吗？后来听说最后把你带走的人是年总，你们……”

素叶夹菜的手稍停了一下：“我醉了，他送我回来的。”

“只是这样？”

“只是这样。”

林要要凑近她：“他对你有没有什么越轨的行为？”

“林姑娘，你这种跃跃的神情是希望我出点事呢还是不希望？”

“如果是其他男人，我双手赞成有点什么。如果是年总，你还是敬而远之，他跟叶家大小姐的关系，公司上下无人不知。年柏彦这个人，你玩不起。你不在公司不知道，有人都传出你跟年总有点暧昧呢。”

“你是我好朋友还是损友啊？”

“我这不是担心你玩火自焚吗？前一阵子巴纳师傅还向我打听你呢，该不会是想给你介绍男朋友吧？”

“巴纳师傅？谁？”

“是咱们集团重量级活宝，他爸爸是比利时人，妈妈是中国人，他子承父业，学成了精准的比利时切割技术，虽说美国没有授权，但听说他已经掌握了蓝色火焰技术。”林要要详细地为她介绍，“听说叶老爷子控权的时候，集团所有的钻石都要运送比利时找专业人士进行切割，年总掌权后就请来了巴纳师傅，又由他寻找条件合适的学徒组建了咱们自己的切割团队，如此一来，省下不少成本，我还听说巴纳原本就跟年总相识，他们是同一个师父。”

“啊？”

“你不知道啊？听说年总很小的时候就去学过钻石切割技术，从学徒做起可苦了，应该就是在那个时候认识的巴纳吧。

“听巴纳说，现如今在全中国都找不出第二个像年总那么肯放下身段吃苦耐劳、对钻石行业有着极深经验的管理者了。从钻矿的视察、选择、开采到供货，再到加工设计、推向市场零售，每一个环节，年总都会亲自参与，了然于心，他挺能吃苦的，跟着工人们下矿开采钻石，因此也受了不少的伤。

“要不说啊，这人哪有随随便便就成功的呢？能够做到人上人，能够在困难面前不动声色，只能说明他经历得太多，吃过的苦受过的累多于常人，历经过远比眼前还大的困难。”

素叶听着这一切，不得不对年柏彦刮目相看了。原来，他的冷静也好，泰山崩于前而色不变也罢，都不是他的性格使然或者装帅耍酷，或许之前的经历太过残酷严苛，就连现如今商场上的尔虞我诈都不足以与他之前吃过的苦相提并论了。

年柏彦，你究竟是个怎样的男人？

很快，素叶见到了林要要口中的巴纳师傅。

四十多岁，皮肤黝黑，身材看上去也不那么伟岸健硕，说一口流利的中文，横看竖看都看不出他会是名有着精湛切割手艺的师傅。是巴纳主动上门找的她，脸色看上去糟糕，额头上汗珠如豆。素叶为他倒了杯绿茶，示意他慢慢说明自己的状况。

“素医生，你……你相信人能预知未来吗？”

素叶眼尖地看到他拿着茶杯的手在微微颤抖：“你是见到有人能够预知未来，还是在说你自己？”

巴纳用力抹了一下额头。“是我。”他嗓音低哑，“我总能在梦里梦见车祸和杀人，刚开始以为只是梦，但事实上不是，现实中真的就有人死！”

素叶迟疑地看着他：“你说得再详细点。”

巴纳的嘴唇干涸泛白："简单来说就是，我第一晚如果梦见了有人出事，那第二天肯定就会有人出事……"他赶忙从包里拿出几份报纸，"你看我都带来了。"

素叶接过报纸，社会版有被人用笔圈出的重点消息，是两起惨烈车祸的报道。

"受害人是两名女性，我之前压根就没见过她们，但都出现在我的梦里，我前后梦见她们出了事，没想到她们就分别出了事。"

"你叫她们受害人？"

"是，她们压根就不是出车祸死的，是被活活打死的！"巴纳情绪激动，"这……是我梦见的，就算说给警方听，他们也不会相信。"

素叶狐疑："你确定之前跟她们不认识？"

"确定！素医生，求你帮帮我，再这么做梦我会疯的。"

"那你在梦中有没有见到凶手的样子？"

"很模糊，在梦中我看不清。"巴纳紧张地咽了下口水，"我不敢对别人说这些话，生怕别人会把我当成精神病。你相信我的话吗？相信吗？"

"你先别激动。"素叶轻声安抚，"你有喝酒的习惯吗？"

"我……"巴纳突然迟疑。

"我知道做你们这行严禁喝酒，年总三令五申的限酒令格外严格。"素叶一字一句道，"但我不是年总，所以你要如实地告诉我，你有没有喝酒？"她指了指他始终在颤抖的手指。

巴纳惊愕，马上攥拳解释道："我……我是喝了点酒，但我手抖是因为害怕，不是因为醉酒，我今天没喝酒。"

素叶若有所思地点点头："那好，我可以帮助你，但首先你得先稳定好情绪，将你的梦境一五一十地告诉我，每一个环节都不能落下。巴纳，你现在能做到控制情绪吗？"

巴纳咽了下口水，点点头。

下午 4 点多，素叶从精石回到联众，丁教授安排了何明和方蓓蕾共同开会，针对巴纳的情况。

"巴纳可以判定为妄想症，这没什么可质疑的。"

何明的坚持未能说服素叶，她摇头："但从警方给出的资料来看，巴纳的话也不完全出自想象。"

在回联众之前，她特意找了素凯，素凯将巴纳所提及的两名"受害人"的资料调出来查看一下，确认分别是发生在两年前和前不久的两起车祸，死者就是报纸刊登出的两名女性。素叶询问了素凯这两名死者死因是否蹊跷，素凯倒是给了她个肯定的答案，两年前的那起车祸案已作为交通事故案进行结案，但最近这起倒是引起了警方质疑，目前还在调查中。

她重新整理了手里已掌握的资料后回到联众。

方蓓蕾看着手里的档案资料提出疑问："如果说是巴纳的记忆出现问题了呢？"

素叶抬头看着她，等着她继续说下去。

"巴纳也许很早就看过两年前的报道，在看过之后无形中留下了印记。大家都清楚，每个人的记忆点不同，可能就是因为两年前的一份报道令巴纳有了深刻印象，所以会形成梦境，而前不久的事故与两年前的大同小异，所以又激发了巴纳的记忆点。一个人的潜意识长期处于压抑状态自然会影响心理变化，继而他会产生自我催眠的误觉，认为是他先做的梦，再发生的惨案。"方蓓蕾试着说服素叶，"我的意思是，其实是先有的影像和现实资料，后有的巴纳梦境。"

"我不赞同，从巴纳的梦境分析来看，他的思维逻辑很清晰，他的心理状况良好。"素叶摇头。

何明将资料合上，看向素叶："你已经对他做了初步的观察和诊断，在诊断书上你也写明他有大量的梦境是毫无意义的，而这些大量的梦境中，有大部分是他梦见了死人，可现实中并没有人死去。"

"我已经做了缜密筛选，发现了一个重要讯息。"素叶面色严肃，"就算他的梦境再杂乱、再毫无意义，起码有两起是符合现实的，就是我们刚刚提到的两年前和前不久的车祸案。在他的梦境中，这两起案件的发生经过十分清晰，地点都是在一幢别墅前。我认同潜意识受到影响一说，但绝不赞同巴纳患有妄想症，更不相信是记忆出现了问题。"

方蓓蕾无奈地叹了口气："难不成你还真相信他有预测未来一说？这太荒谬了。"

"素医生，你是研究梦境的，应该接触过分不清梦境与现实的个案，这就好比庄生梦蝶，不是不存在这种人的。"何明铿锵有力。

素叶看着档案上的死者照片，没立刻反驳方蓓蕾和何明的意见，良久后突然说了句："如果你们都认同是巴纳的记忆出现问题，那么有一个关键点需要解释。"

方蓓蕾与何明同时看向她。

素叶将档案放在桌上："巴纳常年生活在比利时，他的汉语是跟他妈妈学的，据我所知，他虽讲着一口流利的中文，可对于中国汉字认识不多，目前还在学习中。两年前他还没有来中国，就算来过中国，试问让一个只认识寥寥几个中国汉字的外国人如何读懂报纸？文字在他脑海中一旦形不成影像，他又怎么会记忆深刻？"

这个问题一抛出，何明和方蓓蕾全都保持了沉默，素叶切中了问题的重点。

丁教授开口："我看巴纳的这起个案有待研究，只是初步诊断就下结论还是操之过急。”

散会的时候，窗外已是车流如织，周末的霓虹似乎更光艳了一些。素叶正在收拾资料接到了丁司承打来的电话，他刚刚回京。

“我没事，这段时间能吃能睡的，精神特好。”

丁司承那边含笑：“来我工作室吧，我得亲眼看见你才放心，或者你再等我半小时，我过去接你。”

“真的不用了，改天我去找你。”素叶边说边收拾包，重重叹了口气，“今晚，去那边吃饭。”

她的话没头没脑的，但丁司承听明白了：“不像你能做出来的事。”

“叶鹤峰先生迫切想要补偿父爱，我顺杆爬了。”

丁司承的语气略显低沉：“你究竟在想什么？”

素叶停了动作：“哎呀，我真没事，一顿饭而已，没什么大不了的。你离开北京不少日子了，要要都快想死你了，跟她好好度个周末吧。”

丁司承那边沉默不语。

“喂？”她以为没信号了。

“好。”丁司承轻声开口。

“还有啊，要要的爸妈下周来北京，你怎么做，我不用提醒了吧？要要也老大不小了，你还想拖着人家到什么时候？该说的说，该做的做嘛。”她正好对着窗子，倒映在玻璃上的脸被霓虹映得忽明忽暗，唇角眉梢却清晰地刻着强颜欢笑。

“小叶，我……”

“嗯？”

对方迟疑了一下：“没什么，我会看着办。我想说的是，等你空闲的时候来找我，你的情况不能再拖了。”

“行了，啰唆。”

通话结束后，素叶一时迷惑，刚刚她是在期待什么吗？有些城市再美，她只是过客，有些人再好，她也只是旁人，对于丁司承，她不早就有了明确定位吗？最令她尊敬的导师，最要好的死党的预备老公。

轻轻吐出了一口气，对着玻璃中的自己叮嘱了一句：“你一个人，挺好。”

一个人，真的挺好吗？

当素叶最后一个走出联众，默默锁好门，高跟鞋在被白炽灯映得如一条长长银河的走廊上发出清脆而孤寂的声响时，她的心也似乎被微弱的回声拉扯得失去方向。周末的夜晚，所有人都恨不得去狂欢，或想找回曾经被抛弃的自己，或想祭奠已然被时间赶走的青春。

窗外是热闹的夜色，却衬得她更加寂寥。杀人的，从来都不是孤独，仅仅只是寂寞。

却不承想，门口停着年柏彦的车。

“你怎么会在这儿？”又瞬间恍悟，“你接我去叶家？”

“不是接你去，是接你回。”他纠正了一句。

“答应了我就能去，还怕我临阵脱逃？”

“不是怕你临阵脱逃。”待她上了车，他也坐回了驾驶位，“你那么爱钱，只是担心谁给钱你就跟谁跑了。”

“堂堂的集团总经理，骂人不带脏字啊。”

“说事实而已。”年柏彦拿过一本书放到她腿上，“这是第二个目的。”

素叶拿起一看，一本有关精石所产钻石的书籍，外文版：“是你上了年龄健忘还是小姨子太多记混了？这本书应该是拿给叶澜的吧？”

“是给你的。”年柏彦发动了车子。

“我学的是心理专业。”

“可以当它是你第二专业。”年柏彦干脆利落，“每家公司都有它的风格，身为企业心理顾问，至少你要先去了解所服务的企业从事的行业特点，主营项目的最基本内容。”

素叶一脸好笑地看着他：“那你倒不如将精石集团的全部主营项目及公司内部运营资料拿给我看。”

“这是必然的，一步一步来，想要了解精石，你先了解什么是钻石。”年柏彦不温不火，语气一贯平稳如水。

“我不看这些。”素叶直接将书扔到后车座。

“那我不得不质疑你的工作态度。”

素叶最讨厌的就是他有事没事总拎着她的工作态度说事，冷哼。

“你是叶家的人，对你，我只会比任何人都要严格。”

“如果我不看呢？”

“精石集团对于员工的奖励基金一向优厚，更别提是顾问级别。”年柏彦先礼后兵，“奖金是需要靠努力争取而来，两周后会测试你的专业知识，通过，你能拿走一笔金额不小的奖金；通不过，你将如数赔偿奖金金额。”

“这什么狗屁规矩？”

“这是内部资料，你考不过，公司自然要承担一定风险。”

她一时间倒是骑虎难下了。

“考过，顾问的奖金有八万块。”年柏彦不紧不慢补上了一句。

一张张人民币突然在素叶脑海中定了格，紧跟着双眼都闪烁着如钻石般的华彩：“多……多少？”

“八万。”

“我考！”

“好好温习。”年柏彦似乎早就料到她会同意，“因为，我将会是你的主考官。”

对于这顿全家团圆饭，叶鹤峰似乎期待已久，早早就命人备好了晚餐，又怕素叶有不喜欢的口味，接二连三地让叶玉打听素叶的喜好，素叶懒得接叶玉的电话，叶老爷子干脆各地美食都备下了，以防万一。

头悬水晶长灯，映得长形餐桌上的各类银器和上好瓷盘的光芒交相辉映，这一切看上去更像是在庆祝某场活动或是商宴，家常便饭哪会如此？

叶家向来人多热闹，偌大的宅院不单单是叶鹤峰与妻子阮雪曼、叶玉叶渊这对龙凤胎居住，还有叶澜和她的父母，也就是叶鹤峰的亲弟弟和弟妹叶鹤城、阮雪琴。素叶见到阮雪曼及阮雪琴后心中抑制不住地冷笑：果真是世家邦交啊！阮家的两个姐妹分别嫁给了叶家的两个兄弟，从不曾给过外姓鸠占鹊巢的机会，只不过听来阮雪曼与阮雪琴的关系也不见得好到哪儿去。其实这很好理解，阮雪曼是阮雪琴的妹妹，却嫁给了叶家龙头，做姐姐的只嫁给了叶家老二，怎能甘心？

一场家宴，众生百态。权威却又对女儿时刻露出亏欠神情的叶老爷子，高傲骄慢的阮雪曼，从小到大说话就不敢大声、柔柔弱弱的叶玉，热情寒暄的二叔叶鹤城，说话可圈可点的阮雪琴及欢声笑语最多的小幺叶澜。

坐在她对面的年柏彦始终沉静，叶玉于他旁边，时不时会对他嘘寒问暖一下。百态之中少了一张脸，是叶玉的龙凤胎哥哥叶渊。素叶正觉纳闷，管家欣喜地上前通报，少爷回来了。

少爷？多么嚣张跋扈的称谓。

叶家大少爷，唯一的男丁，出场也自然要比过常人，素叶原本对叶家上上下下就没好感，更何况这个所谓的“哥”？倒是叶澜嬉笑着起身，冲着餐厅门口喊了句：“哥，你可真是回来得早不如回来得巧，我们刚要开餐，还以为你赶不回来了呢。”

不远处是爽朗的笑：“今天我可不敢不回来。”

挺好听的嗓音，虽比不上年柏彦的沉淡磁厚，却多了阳光开朗。于是素叶抬头，撞进眼的就是位身穿航空制服的男人身影，有一米八五左右的身高，肩膀有棱有角。

“叶叶？”男人走上前上下打量了她一番，迷人的桃花眼像是揉进了烟火般绚烂，“我是你哥叶渊。”话毕，他在她肩头上拍了拍，冲着叶玉和叶澜笑了笑：“现在有了叶叶，你们可不是叶家小美女了。”

叶澜不以为然地嘟嘟嘴巴，瞪了叶渊一眼，叶玉温柔地笑了笑：“叶叶自小就漂亮，现在女大十八变，就越加美丽动人了，是不是，爸？”

叶鹤峰连连点头，眼里噙着笑。

素叶不习惯这种看似一家团圆的热情，不动声色地躲开叶渊的大手，淡淡笑过，当是打了招呼。她对叶渊的了解不算太多，只知道他从不参与精石集团。

“一天到晚地飞来飞去，精石这么大的生意你连管都不管，跟你说过多少次了，让你跟柏彦好好学做生意就是不听，还不如你两个妹妹。”叶鹤峰一见这个儿子就忍不住要说，“什么职业不好做？非去做机长不可，一飞国际线，连回家吃顿饭的时间都没有！”

“爸，我这不回来了吗？”叶渊显然是对叶鹤峰的不悦都应付自如，抬眼冲着阮雪曼递了个求救眼神。

阮雪曼是心疼儿子不假，但叶鹤峰的话也有道理，今天还真没站在儿子这边，轻叹了一口气：“你爸爸说得对，渊啊，你也老大不小了，该考虑成家了，那些莺莺红红的能远离就远离，上次商宴的时候见到你席叔叔家的女儿，真是出水如芙蓉，我和你爸爸——”

“啊，小叶，听说你现在在精石工作了，怎么样？适应吗？”叶渊赶忙打岔。

素叶面对这一家的热闹始终如同个局外人，原本想着淡淡回一句了事，抬眼时正巧见叶玉为年柏彦夹菜，一丝恶作剧迅速滋生蔓延：“挺好的，因为有姐夫嘛。”

坐在对面的年柏彦不着痕迹地看了她一眼。

叶渊笑了笑：“那就好，现在澜澜也进了精石，你们两个漂亮妹妹可谓是双剑合璧了。”

“哥，我跟二姐是两个部门，不懂就别乱说。”叶澜道。

阮雪琴在旁终于开口了：“怎么跟哥哥说话呢？”

叶澜吐了吐舌头。

叶渊笑了：“澜澜的口无遮拦我早就习惯了。”又看向素叶：“以后没事儿多回家来看看，爸爸可想着你呢。”

还没等素叶有所表示，阮雪曼就及时开口了：“吃饭吧，这么多的饭菜还堵不住你的嘴。”话毕，看向素叶，指了指其中一道菜：“叶叶啊，你也别客气，就当是自己家，这道菜可是你爸爸亲自盯着厨师做的，说你一定爱吃。”

素叶心底冷笑：“我想你记错了，那道菜不是我爱吃的，是我妈爱吃的。”

一句话落地，热闹骤然停止。阮雪曼脸色一变，叶鹤峰一脸的尴尬。叶澜不明就里，抬手想要夹菜，被阮雪琴伸手打了一下，她缩了缩肩头，似乎才察觉出气氛的诡异。

“叶叶。”竟是年柏彦开口打破了僵局，他夹了那道菜放到她盘中，“尝尝看，说不准你会喜欢，哪怕真的不喜欢，这里是你家，想吃什么，可以随时吩咐人去做。”

素叶抬眼看着他，他这是不着痕迹地驳回了阮雪曼的话，可是，她不会感激他的。

“柏彦说得对，小叶，或许你还喜欢吃其他什么的，告诉爸爸，下次可以让厨师做。”叶鹤峰道。

素叶看着盘中的美食，又抬眼，而对面的年柏彦也在看着她，目光沉静却又安抚。她压了压胸口的气：“不用了，叶家晚宴的菜拿出去，每一道都是精品。”

叶鹤峰脸部抽了抽，叶鹤城赶忙做了和事佬：“来来来，大家赶紧吃饭，再不吃就凉了。”

众人动了筷子。

家宴的气氛倒是热闹，但几个长辈看上去是各怀心事。

“小叶，我看，你就搬回来住吧。”叶鹤峰到了这把年龄，最希望的就是子女们都在身边。

素叶不咸不淡地说了句：“我不喜欢住在陌生的环境里。”

叶鹤峰脸色闪过尴尬：“听说你是租房子住，这哪行？”看向年柏彦：“除了四合院之外，我记得你名下还有套公寓，如果空着的话就给叶叶住，你看行吗？”

年柏彦看向素叶：“你的意见呢？”

“不用了，我现在住的位置很好。”住他的房子？那岂不是一天到晚没安生日子可过了？

年柏彦倒也没加勉强，抿唇浅笑。

“爸也是关心你。要不然这样，找个得空的时候，大哥陪你去看房，自己买一套也行。”叶渊嗓音爽朗干脆，“当然，出钱的是咱爸。”

叶鹤峰一听倒是同意，阮雪曼忙打断：“买什么房子呀，女孩子家总要嫁人的，我看叶叶找个知冷知热的人来疼比什么都重要，鹤峰啊，你要张罗，为叶叶找个理想夫婿才是真的。”

素叶冷哼，这女人还真是怕她占了叶家的便宜，可知她素叶虽说贪钱，但也不是什么钱都接，叶家的东西，白给她都不要！

“你曼姨说得对，有喜欢的人了吗？”叶鹤峰见素叶也不领房子的情，心里自然着急，但他清楚她的性子，想对这个亏欠太久的女儿做出补偿，到时候在嫁妆上风光也算了了他的心思。

素叶懒洋洋回了句：“有啊。”

年柏彦抬眼看了一下她。

“哪天领回来让爸爸看看，配不上的可不行。”叶鹤峰高兴道。

素叶摇晃着杯子：“你们都认识，是纪东岩。”

众人皆面面相觑。

叶澜打破了安静：“二姐，你说的是纪氏少爷吗？他可是咱们精石的死对头，你……”

“他跟精石是死对头，跟我又不是，我跟他谈恋爱碍着你们什么事了吗？”

叶鹤峰面色为难：“按理说你喜欢的人爸爸不应该反对，现在恋爱自由，但恋爱归恋爱，结婚这种事还要慎重。”

“大哥，我觉得倒也没什么。”叶鹤城在旁调节气氛，“所谓三年河东三年河西，现如今哪有长久的敌人呢？我觉得叶叶如果能嫁给纪东岩也是好事，两家化干戈为玉帛，何乐不为呢？”

素叶嗤笑，敢情她成了文成公主了。

叶玉开了口：“我也见过那个纪东岩，长得的确一表人才，如果是跟叶叶真心相爱也没什么。柏彦，你认为呢？”

年柏彦这边已经用完了餐，放下餐具，语气虽淡却暗藏强势：“胡闹的话就当笑话来听。叶叶刚进公司，现在不适合谈恋爱。”

叶玉吃惊地看着年柏彦，又看了看素叶。叶渊问了句：“叶叶，你刚刚是在说笑？”叶鹤峰也一脸疑惑地看着她。

素叶本想否认，却无意撞见年柏彦警告的眼神，转了话锋：“还是姐夫最了解我。”

叶鹤峰叹气：“工作是永远做不完的，柏彦，你身边如果有合适的人，帮着叶叶介绍一下。”

年柏彦四两拨千斤：“一切等我从内蒙古珠宝展回来再说吧。”

精石集团这次的秋冬珠宝展是一次联合了D会所和百家媒体构成的大型展会，首次将D会所罕见的珠宝展示世人，是D会所在内地的首次亮相。珠宝展除了展出地在上海和香港外，鄂尔多斯成了内地除了上海外首选的城市。

素叶知道这件事，马上道：“我也要去。”

“二姐，你要去内蒙古？”叶澜诧异出声，“听说那边的天气可不好了，风沙还大，去那儿多遭罪呀。”

“你去过吗？”

叶澜摇头。

“没亲眼见到就别瞎说。”素叶冷哼。

年柏彦似笑非笑：“展会期间会很辛苦，你还是老实地在公司待着。”

“你不是让我更快更好地了解精石吗？实地作战才能积累更多经验。”素叶向来诡辩，想要做的事自然口灿莲花。

还是叶鹤峰出面帮衬了素叶：“让她多去接触一些展会也有好处。”

年柏彦看了素叶一眼，良久后应允。

“你压根就不爱叶玉，是不是？”饭后，素叶找到跟他独处的机会，“其实，你是喜欢我的，对不对？”

年柏彦目不转睛地盯着她的脸，似乎想从她的神情找出点破绽，他知道她向来大胆，但在如此禁忌的关系中还胆大妄为不像她的作风。

“沉默了？那我可当你承认了。”她嘻嘻笑着。

他的神情转为无奈：“别闹了。”

“我没闹。”素叶的脸色倏然转成严肃，一把搂住他的颈部，“如果你对我一点感觉都没有，为什么不让我谈恋爱？”

年柏彦第一次被她问得无言以对。

“你回答不上来，根本就是没借口。”素叶紧紧盯着他的眼睛。

年柏彦突然捏住了她的下巴：“你想让我说什么？别跟男人玩这种游戏，你玩不起。”

素叶的心咯噔漏跳了一下，攥了攥手指，这才惊觉手心全都是凉汗：“年柏彦，我喜欢你。”

字字清楚，如滴落在湖面的水珠，溅起清脆的声响。这声响旁人也许听不见，但年柏彦听清楚了，瞬间，心头像是滑过一丝暖意，他想要望穿她的心，她没避开他的眼睛，一动不动地接受他的审视，她的过于坚定反倒让他找不出破绽。

“喜欢你是我的权利，你喜不喜欢我是你的自由。”见他始终不语，素叶微微勾唇，“当然，喜欢是相互的，我生平最讨厌的就是单相思，我不会在一棵树上吊死，纪东岩也是不错的人选。”

“离他远一点。”年柏彦低声命令。

素叶忍不住笑出声，眼里似有胜意。

他无奈，将她拉入怀中低叹：“我该拿你怎么办？”她可以简简单单、轻轻松松地说出一句喜欢，但是他呢？

素叶窝在他怀里舒服地闭上双眼，暗自冷笑，看来，扰乱一个人的心也不是太难的事。

Chapter 7
极致的痛才能令我更加清醒

▼

巴纳师傅的情况有所好转，至少在方蓓蕾为他安排的催眠治疗中没有发现任何异常迹象。事后方蓓蕾对素叶说，要么他是挺正常的一个人，要么就是对治疗师的抵触心理太强，没完全进入状态。素叶情愿相信第一种说辞。

后来又经过几轮的观察，素叶发现巴纳的精神状态不错，他自己也承认这段时间没有再做噩梦，甚至开始怀疑自己之前做过的梦是不是真的跟现实情况有所出入。这种情况下，素叶建议先暂停一段时间，而这段时间里她会对巴纳进行密切观察。

转眼就到了去内蒙古的日子，素叶处理好了手头工作，在出发前的两个小时去了趟丁司承的工作室，这些天他时不时就会催促，她去了也好有个交代。

时间仓促，丁司承只为她做了个心理测试："你这段时间心事重重，为什么？"

"工作太累了，不用大惊小怪的。"素叶窝在沙发上，手里捧着杯柚子茶轻描淡写回了句。

丁司承看出她眼神中的闪烁其词，一针见血地问："你去精石的真正目的是什么？"

他是她的导师，在他面前撒谎犹如以卵击石。见她始终不语，丁司承将测试表往桌上一放："告诉我，你快乐吗？"

素叶摇头，她不快乐，甚至压抑。丁司承大手往桌上一拍："那就离开精石，不管你出于什么目的。"

素叶眼神异常寂寥："如果同样是不快乐的事，那我宁可选择最不快乐的那件去做，因为极致的痛才能令我更加清醒。"

"素叶！"丁司承不悦，"不要试图去玩你不擅长的游戏，否则连自己都会搭进去。"他何尝不知道她的心结。

素叶抿唇轻笑，手机响了，接起，那边是年柏彦低沉的嗓音："我到了，下来吧。"

"嗯，等我。"通话结束后，她起身对丁司承说，"放心，如果真有那一天，我绝对会在沦陷前撤退。"

楼下是一排排造型独特的喷泉，左手边是大片的莲花池。池中的莲花还未竞相开放，只有才露尖尖角的清白一色，喷泉搅和了空气中少许的风，拂面时也清凉了不少。

年柏彦站在莲花池旁，不远处是他的车子，司机没出来。素叶下来时正好看见他的背影，也许是出差，今天的他穿着休闲，青白色的 Polo 衫配浅色长裤，简约干净，看上去更显活力年轻，他一手揣在休闲裤的裤兜里，一手像是捏着几粒鱼食在喂池中鱼。不知从哪儿弄来的鱼食。

素叶刚要叫他，却被人从身后一把扯住："你真准备跟他出行？"

她惊了一下，回头一看，竟是丁司承。

"我放心不下才追下来看看。"丁司承看了一眼不远处的男人后压低了嗓音，"如果你进精石的目的只是他的话，我劝你还是打消念头，不管你是真心喜欢他还是另有原因。"

素叶的胳膊被他揪得生疼，见他不悦，心中自然着急。年柏彦正巧转头看见了这一幕，朝着这边走过来。

"你先放开我，这件事日后再跟你解释。"

丁司承没有放手的打算："你很清楚他和叶家的关系，想玩火自焚吗？"这段时间，他虽说不在北京，但不意味着素叶的事他不知道。

年柏彦走上前时，素叶觉得压力从后背袭来，他开了口，口吻探究："叶叶，这位是？"

"叶叶？"丁司承看着素叶眸光一厉。

她赶忙开口："哦，这位是我的导师丁司承。"又看向丁司承，递眼神："他是精石集团总经理年柏彦。"

丁司承对素叶的提醒视而不见，看着年柏彦的眼神里多了份警觉。年柏彦一伸手，礼貌、疏离："幸会。"

这么一来，他就不得不松开素叶的胳膊，与年柏彦相握。素叶趁机揉了揉被抓疼的手臂。两人只做简单的寒暄，很快年柏彦又转头看着她："可以走了吗？"

"啊，可以可以。"她忙不迭地回答，下意识地瞟了丁司承一眼，见他的脸色极难看，心尖蹿过点不舍，却又很快压了下来。

年柏彦接过她手中的行李箱，再看向丁司承时依旧温润有礼："丁先生，再见。"

丁司承只好点点头说再见。

车门关上的那刻，隔去了外界的焦躁和狂热，素叶有点难受，就像是突然间亏欠了一个关心自己的亲人似的，隔着车门，后视镜中的丁司承越来越远。

车子一路朝着机场方向驶去，这个时间段道路通畅，没有塞车。车内沉默，年柏彦原本也不爱说话，上了车就在处理文件；素叶因为愧疚，也一声不吱，面无表情地看着窗外飞闪而过的建筑物。

半个多小时后，年柏彦在尾页签好名字合上文件时淡淡甩过来一句："他真是你的导师？"

素叶没料到他会突然开口，转过头看着他，眼神迷惘，如夜雾中的露珠。

"丁司承，真是你的导师？"他又重复了一遍，很有耐性。

"哦，嗯。"素叶这才听清他问了什么，心不在焉地回了句。

年柏彦不再问了，将文件放置一旁后闭目养神。素叶迟疑，他没头没脑地问了这么一句，什么意思？

飞机降落在鄂尔多斯机场时将近下午3点。在云层之上，素叶能看到云絮层层叠叠，如海浪般铺向远方，等飞机在跑道上滑行时，映入眼睛的是在北京看不到的碧蓝清澈，宛若上好的蔚蓝琉璃。

珠宝展会为期两天，第一天媒体见面会，第二天展出及拍卖，时间上安排得很紧。来接机的人不少，刚一出来便有十几号人将他团团围住，素叶发现不乏有些在电视上熟悉的面孔。

年柏彦似乎跟他们的关系不错，其中一人素叶知道，远胜集团董事长盛天伟，据说他是当地户，父辈凭借鄂尔多斯盛产资源起家，到了他子承父业后，将精制鄂尔多斯羊毛推向了全球高端市场。而近两年又听说他将视线落在了能源开发上，年初又与英国天然气公司达成购买协议，一跃成为身家数亿的巨富。他大大咧咧地勾着年柏彦的肩膀，热情豪爽："哥们儿，咱这一别也数年了，今晚不醉不归，不准再跟我说什么量浅之类的话啊。"

年柏彦愉悦："内蒙古的酒，哪怕是你们一人灌我一小点我都会倒下。"

"要不咱来北京二锅头？"

年柏彦笑答："兄弟，别地头蛇。"

众人尽是欢笑，在偌大个机场引起了不小的轰动。素叶头一次见到年柏彦笑得如此开怀，她始终认为他不过就是个严肃清冷的闷葫芦，没承想在朋友面前也是截然相反。

"既然来了就多住几天，听说东岩也过来，大家在生意场上都不容易，多年的朋友，有什么事说开了也就没事了。”远远地，素叶听到盛天伟说了这么一句。

人群的热闹似乎在瞬间冷凝了一下，半晌后，是年柏彦淡笑的嗓音：“你还是这么喜欢多管闲事。”话毕，他示意她上前。

素叶融入人群，站在年柏彦身边，他向大家介绍：“这位是我公司的顾问小叶。”年柏彦介绍得极有技巧性，小叶，听上去像是昵称，可知情人会知道不过是她的姓氏，她不愿去承认的姓氏。

盛天伟热情洋溢地冲着她握手：“这儿的气候好吧，没北京那么热，还不用吸二手烟。”

他的玩笑话逗笑了素叶。众人纷纷朝着她笑，打着招呼，她也一一点头回礼。

鄂尔多斯比北京天黑得早，所以晚餐的时间也稍稍早了些。素叶跟着这群人进了饭店，一入包厢便听到众人的欢呼声，不由咂舌：包厢里还有十几号人等着他们过来，三桌酒席坐得满满的。

“柏彦，好久不见了。”有一位与年柏彦同样身材高大的男人走上前，重重地捶了一下他的肩头，唇齿间的温笑格外迷人。

“好久不见。”年柏彦笑容扩大。

素叶见了这人后轻轻一怔，她曾在媒体上见过对他的报道，传闻这男人生平只有两次乖乖配合了媒体。第一次是在因为旗下汽车品牌出了公关危机而举行的记者说明会上，他的出席引起了不小的轰动，那已经是几年前的事了；第二次就是在去年，他对外宣布已垄断国外几处地皮下的丰富水资源，并在美国成功上市。他就是晨远集团总裁江漠远，出了名的金手指，擅长将企业并购、收购及拆分。

两个男人站在一起气质相似，但给人的感觉完全不同。江漠远眉宇温柔润和，整个人看起来舒服体贴；而年柏彦眉宇恬厚矜持，不笑的时候不怒自威，总有那么一股子严肃气，整个人看上去有点薄凉肃静。

江漠远是专程来捧场的，两人寒暄中也时不时提到珠宝展的事情。盛天伟招呼着所有人入座，命饭店经理拿出最好的特色美食来。

餐桌上摆了不少品种的酒，素叶头疼，今晚得喝成什么样啊？她是知道年柏彦素来少沾酒，难道让她来挡酒？

素叶想着既来之则安之，在酒席之上太多矫情反倒令人厌烦，所以在盛天伟笑问她敢不敢来点白的时候，她一拍桌子，说了句有何不敢，一饮而尽。

席下所有人纷纷叫好。

盛天伟没承想她会如此豪迈，冲着她连连竖起拇指后，自己也二话没说，一饮而光。素叶手里的杯子很快又被斟满，她始终保持着笑，可喉咙直到胃里，如同被一把锋利的刀从上至下狠狠划过似的，翻江倒海的辛辣在她体内迅速炸开，在被刀子划过的地方点燃了熊熊火焰，烧得她恨不得立刻冲到洗手间里口吐凶焰。

看着席间开始跃跃欲试的男人们，素叶忍不住暗自叫苦，这一杯下肚就折磨得她差点现了原形，几杯下肚还不得死过去？刚准备硬着头皮端杯时，手中的杯子已被身旁的男人不着痕迹地夺了过去，微怔，转头看着年柏彦。他没看她，端起她的酒杯浅笑吟吟：“天伟，你行啊，用这招来激我，来吧，我先干为敬。”

他果真一饮而尽了，酒杯落下时，他的大手顺势在她肩膀上拍了拍，暗示她坐下。素叶从不是个在人前逞能的人，所以聪明落座。

盛天伟自然不肯放过与年柏彦对饮的机会，竟逼着年柏彦连喝三杯。她抬头看着年柏彦，从这个角度看过去正巧能看到他的侧脸神情及性感方正的下巴。这一次他没拒绝，甚至连眉头都未曾皱一下，真的连喝三杯。

席间的气氛瞬间掀高，其他人也开始凑热闹。素叶看着他一杯酒一杯酒下肚，忍不住心疼，几次起身想为他挡酒，他却一次次按她坐下。也就因此，她才暗叹这个男人的酒量还真是不小。

一直在看热闹的江漠远也起身，干脆给彼此换了个更大点的杯子，边斟酒边道：“兄弟，为了这次展会我是专程从国外赶回来，跟我喝不能含糊。”

年柏彦看着手中的杯子笑着摇头：“有这么为难兄弟的吗？”

江漠远拍了拍他的肩膀：“你自己选，这杯酒要么进你肚，要么进她肚。”

素叶瞪了江漠远一眼，天下男人果真都是一个熊样儿，尤其是喝了点酒之后。年柏彦没多废话，直接碰杯，一仰头，一杯酒进肚。江漠远哈哈一笑，也一饮而尽。

一顿饭吃吃喝喝直到12点多才散，个个喝得脚底生云，走路都东倒西歪，也包括盛天伟，喝得说话都大着舌头还拉着素叶喋喋不休：“小叶，今晚你好好照顾年总，酒店的房间我一早就给你们订好了。”

没等素叶回答，江漠远走过来压低嗓音：“你问过他的意思吗？”

盛天伟笑道：“这种事还用得着问吗？大家都是男人，谁不理解？”

素叶听着这话有点怪，但也没多想。

酒店的套房极大，卧室设计隐蔽。进了房间，年柏彦就直接躺在床上，合着眼，脸色略有点红，素叶站在床边叹气，与平时沉默寡言相比，喝了酒的他更是沉默。

出了卧室，拿起起居室的座机拨了服务台电话，询问她所在的房间是几号。

“对不起素小姐，盛先生只订了一间套房。”

素叶惊愕：“不是，你再查查清楚，素叶，荤素的荤，哦不，是素，叶子的叶。”

“不好意思，盛先生以年先生的名义真的就订了一间房。”

素叶扶了一下隐隐作痛的额头，舔了舔唇：“那给我另开一间吧，随便什么价位的都可以，呃不是，要性价比高点的。”

“对不起，酒店已经没空房了。”

素叶近乎抓狂：“没空房？你们这么大的酒店怎么可能？”

“对不起素小姐，因为再不久就是那达慕大会，所以房间比较紧张。”

素叶挂了电话，她总算是明白了盛天伟临别之前那句话的意思了，看来，她和他的关系在外人眼里已然是走了样儿。

又回到卧室，年柏彦还是一动不动地躺着，晕黄的灯影蔓延在他的脸颊上，在英挺的眉宇间轻轻舒展开来，看着挺养眼。素叶多少都是个知恩图报的好姑娘，虽说他的那些朋友醉翁之意不在酒，但至少他也肯出面为她挡了酒，自然不能看着他不管不顾。她拿了条湿毛巾为他擦了脸，年柏彦有了些反应，呢喃了一句：“这是哪儿？”

“已经回酒店了。”

“几点了？”

“凌晨1点半了。”

“给我倒点水。”男人含着醉意的嗓音听上去如夜色撩人。

素叶咬咬牙：还真把我当助理使唤了。

“水。”

年柏彦睁眼，微微坐起身，接过水大口喝光后将空杯放到床头边，这才彻底看清楚眼前的女人，略感惊讶：“你怎么在这儿？”

素叶见他有了点意识，二话不说，坐到了床上，与他面对面：“你的哥们儿盛天伟只订了一间套房。”

年柏彦愣了下，很快又明白过来：“他多心了。”

“你可不能辜负你哥们儿的好意。”素叶嗤笑。

“不好意思，我现在帮你再订一间房。”年柏彦说着就要起身，高大的身躯有点摇晃。

素叶生怕他猛地跌倒压着自己，赶忙伸手拉住他：“房间都满了，别折腾了，我今晚就睡床上。”

年柏彦微微挑眉。

“你怕了？我是个女的都没怕，你怕什么？”戏弄他的心思又油然而生，她娇笑，伸出一根手指戳在男人结实的胸膛上，“这张床如此舒适，你怎么舍得我睡沙发？当然，如果你要害羞的话可以睡客厅，我看沙发也挺不错的。就算跟你同床共枕又怎样？我们又不是第一次睡在一张床上。”

年柏彦的胸口被她戳得痒痒的，醉意低笑：“我还没醉到不省人事的地步。”

他呼出的气息滚烫炙热，刺激了她的心跳，扯过一个枕头躺在床的另一侧：“料你也不敢怎么样，晚安。”话毕，按灭了她那侧的床头灯。

房间里暗黑了不少，呼吸间只有酒精与木质香混合的气息。

素叶背对着年柏彦，闭着眼，双耳却出奇地敏锐，就像是失了明的人听力优于常人似的，她在以不变应万变的状态拼命搜寻着来自周围哪怕是一丁点儿的动静，来自男人的动静。

床的另一头往下塌陷了一些，酒气似乎近了些，甚至，她都能感觉得到男人身体的滚烫，心口蓦地缩了一下，连呼吸也开始变得急促起来。然而年柏彦没对她做出什么逾越的行为，他只是躺了下来，灯影拖在墙壁上，黑的影子一团团的，分不清是什么。

房间很安静，这原本就是一座安静的城市，不喧嚣不张扬，顺风顺水，顺其自然。素叶听得到自己的心跳声，一下又一下地撞击着耳膜，背后没有半点动静，可沾了酒精的男性气息格外明晰，围绕着她，缠绕着她，令她有种误觉，以为他就贴着自己。

不知过了多久，素叶才隐约听到年柏彦沉稳有序的呼吸声。他睡着了吗？

素叶小心翼翼地转头过去，借着星星点点的光亮瞥见他的侧脸，他合着眼，一动不动地平躺在床的另一侧，离她有点距离。见他似乎睡着了，她才安心地转过身来，刚刚选择的位置不好，背对他时压着心脏。

“别乱动。”

素叶蓦地僵住，警觉地盯着他，他侧脸平静，依旧没睁眼，让她误以为刚刚开口说话的人不是他。她不会蠢到再多问他一遍说了什么，更不想面对着他睡，赶忙翻身，恢复了原来的睡姿。

刚翻过身，腰间一沉，后背贴在了男人坚实的壁垒分明的胸膛上，她惊得差点尖叫。

“跟你说过别乱动了，睡个觉怎么这么不老实？”耳畔是醇厚的声线。

“我乱动什么了？”素叶心口没由来地慌乱急躁，意欲狡辩，更想将男人搭放在腰间的手臂挪开。

“你说呢。”年柏彦非但没将手臂移开，反倒是将她圈紧，锁扣在自己怀里，低头醉笑。

他的嗓音像是长了个尖直钻她的心底，模糊却炙热。

“你……你躺过去一点儿，别来挤我，太热了。”

年柏彦的身子侧压过来，再开口时嗓音明显压抑：“我提醒过你，我还没醉到不省人事。”

素叶转头怒瞪头顶的男人，心却在下一秒悸动，很快又是慌乱。

有微弱的光亮映在他的脸颊上，棱角分明不说，那双眼眸不知是因为似醉似醒还是因为光亮的角度，从她抬头的方向看过去更深邃，如夜空下的深海，墨黑广袤，再仔细观察却总觉得有波涛暗涌。以往年柏彦不是没盯着她来瞧，但大多是平静得令人看不出意图和心中所想，可此时此刻的他，令人心慌不安。

“年柏彦，你要耍酒疯走远点，我——”

话没等说完，年柏彦的身子欺了上来，她的双手被他反剪在头顶，大手沿着她的脖颈轻柔而上，修长的手指落在她的眉梢上，轻轻描绘她的眉形。

素叶有一瞬的恍惚，他开口了：“是喜欢我吗？”

他的话惊了她，心头突突直跳，下意识地想要躲开他目光的直视。可年柏彦扳过她的脸，一字一句低问：“告诉我，你喜欢我是不是真的？”

今晚似乎走了样，他借着醉意的坚持成了一把锋利的刀子，想要直接剖开她的内心看个清楚。“我……真的喜欢你。”生怕只是一场试探，那么之前她的谎言就会被无情揭穿。

“好。”年柏彦压了下来。

她一惊：“不要……”

这一声，如同为某种禁忌设了防。总之，年柏彦真的如她所愿地停了下来。

她没敢动，而他伸手覆上了她的脸，低着嗓音：“喜欢我为什么还怕我？嗯？”

她无法回答，虽然心中明镜，心口有点疼，却找不出合理的原因。

似乎，年柏彦也没打算等待她的回答，轻叹了一声后翻身在侧。素叶赶忙转身背对着他，却发现已不是压着心脏的位置了。

“我不会强迫你一定要喜欢我，但如果有一天让我知道你真的喜欢上了我……”

她蓦地转头看着他。

他却只将话说了一半，剩下的那一半任人遐想。许久，他叹道：“睡吧。”

珠宝展的媒体见面会定于下午，素叶和年柏彦到了现场时，媒体见面会已经开始。许桐作为发言人全权负责这次的见面会。除了许桐，席上还坐有巴纳师傅，企划部、市场部的高管，他们在逐一回答记者们提出的问题。

年柏彦落得轻松，记者们都没发现他坐在角落里，素叶坐在他旁边，席上说了什么，一句也听不进去，满脑子都是昨晚的事。早上起来时他没在床上，床的另一边没有余温，说明他早就离开。等她梳洗完毕后，他从外面回来，穿戴整齐，淡淡说了句：“下楼吃早餐吧。”

他昨晚去了哪儿？也许他只是醒得比较早，也许，他在这里有情人……

“想什么呢？”

“我在想，许桐跟了你还挺倒霉的，她在上面顶枪子，你这个做老板的却在下面悠闲自在。”收敛了思绪，她淡然开口。

“什么叫跟了我？”年柏彦被她的话逗笑，“这话听着倒是有点消遣的意思了。”

“我可不是消遣，是闲得慌。”素叶懒洋洋地靠在椅背上，打了个哈欠，“还以为能看见个风吹草低见牛羊，没料到也尽是些高楼大厦，真没意思。”

“再过两天就是一年一度的那达慕大会，倒是可以带你去凑凑热闹。”

原本情绪颓废的素叶一听这话，眼睛倏然亮了，刚想昧着良心赞扬他几句，却发现他的眉头蹙了蹙，惊讶，转头看向发布席，巴纳师傅正在讲解切割工艺，他的手指微微颤抖。

媒体见面会结束后，许桐和其他工作人员又马不停蹄赶到会展中心，近乎一晚上没睡觉，重新检查各个展位的情况，如此一来，倒是给素叶腾出了一间空房，不用再跟年柏彦一个房间。

不过年柏彦也在展会待到了挺晚，当素叶买了几大袋便当回展厅的时候，见他正踩着梯子调整灯光师最新安装上的射灯角度。她不解，询问许桐，许桐笑道：“调整灯光的角度是为了展出的珠宝看上去更绚烂。”

“我的意思是他干吗亲自爬上去？”素叶仰着头，看着高梯上的男人。

他撸起袖子，已跨坐在椅座上，一丝不苟地调整各个射灯的位置，每一束灯光都精准地各归各位。因为温差的缘故，一到晚上，会展就停了空调，展厅的聚光灯原本就多，再加上忙碌，年柏彦额头上有汗珠闪耀，甚至后背的衣服也被打湿了。

许桐也跟着抬头看了一眼：“他这个人做什么事都严肃认真，这次的拍卖会又在国际上炒得那么热，他更谨慎了，但凡自己能动手的绝不会假手他人。”

“还真是一竿子插到底。”素叶不赞同他的做法，“那边的展位为什么不设灯光？”

许桐看过去：“那边是放‘繁花’系列的。你也知道，‘繁花’是重中之重，其中最引人注目的就是主首饰上罕见的25克拉绿钻，这枚钻石当初在英国拍卖时还没做到完美切割都已经价值不菲了，如今，经过巴纳师傅的手，这枚绿钻的身价一涨再涨，不设灯光就是让大家看清楚，得到完美切割的绿钻即使没有灯光的点缀也能熠熠生辉，这就是精石的精髓所在。”

素叶也明白这个道理，她虽没见过“繁花”，但这一路上已经听到不少媒体在议论“繁花”，甚至有专业人士一早就开始预计，“繁花”的主首饰拍卖的价位绝对不会低于八位数。

翌日，拍卖会场成了视觉上的饕餮盛宴，作为集团负责人，年柏彦上台讲了话，一如既往地恬厚稳重，语气不疾不徐，一身笔挺的西装描绘出流畅健硕的线条。不同于昨晚，他撸着袖子汗流浃背地亲力亲为，更不同于前晚，他醉意下动情大胆地温存。素叶在台下看着暗叹，谁说只有女人才千变万化？

活动有条不紊地进行着，各色珠宝被逐一推上了拍卖台。

“这些贵重珠宝怕是也不及‘繁花’千分之一吧？”

“‘繁花’最有价值的除了罕见钻石外，还有镶嵌工艺和切割技术，自然是万里挑一。当然，其他珠宝也不差，只不过有些珠宝出现的时间没有‘繁花’长而失去更大价值。要知道，越是年头久的东西就越值钱，”年柏彦靠近她，“正如我和你。你是聪明，可走过的路还没我过的桥多。”

“言下之意，你就是告诫我别在你面前耍小心机是吗？”

年柏彦但笑不语。

“你可得把话说清楚了，我耍什么小心机了？”见他默认，她当然不服。

“话是你说的，我可没说。”

素叶白了他一眼。

“好了，别闹性子了。”年柏彦意外伸手搂了搂她的肩膀，指了一下台上，“喜欢‘繁花’吗？”

“25 克拉罕见绿钻，谁不喜欢啊？”

年柏彦笑道：“的确很有收藏价值。”

作为压轴主角的“繁花”终于被款款推前，全场的灯被空前拉黑，只剩下微弱的光亮闪耀台上，却见那颗罕见绿钻发出堪比萤火还要绚烂的华彩，大屏幕上荧光四射。素叶也看得惊呆了，不承想这颗钻石的魅力是如此的大。

绿钻的颜色，是宝石与放射线碰撞的结果，产量少之又少，只出现在印度戈尔康达和中国新疆。天然的绿钻需要百万年方能形成，且只有一小部分的钻石会变成纯正的绿色，而这一小部分就成了众多国家知名人士、富商、收藏家、鉴定家想要收入囊中的宝物。

底价一千万美元，台下有人跟价，是个白胡子的外国老头。素叶碰了碰年柏彦，示意他看过去。年柏彦看了一眼：“是德勒斯坦绿色宝库的负责人，曾经因购买到一颗重达 41 克拉的梨形绿钻而出名，是现如今全球最大的绿钻。”

素叶不予置评。

很快又有人抬价，一时间这枚绿钻成了众人追逐的目标。

“喂，你的宝贝要拱手让人了。”

年柏彦淡淡说了句：“我的宝贝从来都不是这些宝石。”

这话说得素叶有点意外，刚要开口询问，却听有人说了句：“一千五百万。”

全场震惊，纷纷寻找声音来源，素叶也循声望去，陡然瞪大了双眼。竟是纪东岩，姗姗来迟，他穿得休闲，做旧处理的牛仔裤，帆布鞋，敞领的灰白色上衣，双手插在裤兜里，一边嚼着口香糖一边下着台阶，羡煞了不少目光。

全场亦议论纷纷，怎么死对头来了？是来砸场子还是捧场的？

“这位先生出价一千五百万，有没有高过一千五百万的？”

纪东岩没朝这边看，随意择了椅子坐下，吊儿郎当地跷着二郎腿。

“一千五百万第一次。”

纪东岩嚼口香糖的频率开始加快。

“一千五百万第二次。”

“一千五百万第……”

“一千八百万。”

素叶被这声音震了一下，年柏彦竟以个人名义出了价。全场一阵骚动，东家出价意味着这枚绿钻的价值不菲。那位白胡子老头下了个狠心，紧跟着将价位出到了一千九百万，年柏彦又加了一百万。

素叶冷眼看着这一幕金钱竞争的游戏，价码已经远远超出石头的本身价值，更多的只是较量。白胡子老头失落离场，年柏彦冲着纪东岩做了个邀请的手势。纪东岩含笑的目光倏然冷了。

“两千两百万。”

纪东岩的喊价已令全场沸腾，所有人都在等待着年柏彦的再次出手。然而，他保持了沉默。最终，纪东岩以两千两百万美金的高价夺得了这枚罕见绿钻戒指。

全场起立鼓掌，纪东岩却在众目睽睽之下将钻戒的“身份证”给了素叶：“你知道我喜欢你，极致的珍宝才能配得上极致的情人。”

这一次素叶成了众矢之的，余光不难瞥见，年柏彦也朝着这边看，只是不知神情如何。

“两千两百万美金，我生怕转手卖了换现。”她开口道。

纪东岩爽朗一笑：“东西是你的了，怎么处理是你的权利。”看向年柏彦：“不介意我借花献佛吧？美人要配美宝，只可惜我们纪氏旗下找不出第二颗比‘繁花’绿钻更罕见的钻石了。”

年柏彦微挑唇角：“当然不介意，纪总是花了大价钱才买到的钻石，我还要感谢你对精石的慷慨。”

两个男人间是不动声色的波涛暗涌，能出席这种场合的人都不是傻子，各个看出门道来。

“钻戒我收了，谢谢。”素叶突然说了句。

年柏彦微怔，扭头看着她。她冲着纪东岩微微一笑：“让你破费了。”

“千金难买美人笑。”纪东岩笑逐颜开，“值了。”

竞拍会成功落幕，年柏彦向各位买主逐一致谢，媒体记者们自然不会错过这等机会，蜂拥而上，素叶从后门溜了出去。

“小叶。”是纪东岩的声音。

素叶等他走上前，道：“难得你没被记者缠住。”

“跟你一样，走了后门。”

素叶垂睫，默默地往前走。

“怎么了？”他追上前拉住她。

素叶低着头，用脚搓着路边的小石子：“钻戒文件我以你的名义交给宝石管家了，你记得去取一下。”

纪东岩拉着她的手僵了一下：“我是真心要送给你的。”

“但也是真心利用了我来打击你的对手。”素叶抬眼，“你参加竞拍，成功阻拦了年柏彦想要垄断‘繁花’的计划，这点你是赢了；你当着年柏彦的面将绿钻送给了我，目的不就是要打击他吗？”

纪东岩脸色尴尬。

“但是你错了，他带我参加竞标并不代表他心里有我。”素叶叹了口气。

“你在怨我？觉得我这么做很卑鄙？”

“不，你和他的这场较量中，表面上看是双赢，实际上都输了。”她轻轻摇头，“年柏彦算准了你肯定会跟他竞争到底，成功赚了你七百万的差价，代价就是失去‘繁花’；你呢，赢了首饰却折了钱。而我成了你们两个男人争斗的棋子，他利用你的误觉请君入瓮，我被瞬间推上了浪尖，你说，这场暗战究竟谁才是赢家？”

“我知道你很聪明，完全看得懂我和年柏彦之间的这场较量，但是请你相信，我是真心想把这款戒指送给你。”

“知道我为什么会当众收下首饰吗？”她清清淡淡地笑。

纪东岩看着她。

“因为差价的七百万，我觉得年柏彦是存心故意，所以才想着帮你扳回一局。”素叶将脚底的小石子轻轻踢走，“现如今，我和你互不相欠了，这样挺好的。”

“难道你不认为你才是最大的赢家吗？拿上戒指，这是我对你的真心。”纪东岩拉紧她的手，神情严肃。

素叶眯着眼睛躲开头顶的阳光：“我呢，是很爱钱，但也清楚什么该要什么不该要。”她迟疑了一下，抿了抿唇，“东岩，你不是我要的那个人。”

纪东岩苦笑：“你要不要拒绝得这么干脆？”

素叶的笑眼犹如璀璨的晶玉：“这样不好吗？干干脆脆，不拖泥带水。”

纪东岩欲言又止，好半天才叹气：“你是个太聪明的女人。”

竞拍会过后就是庆功宴，宴席之上，年柏彦举杯答谢各位负责人的辛苦筹备，最大功臣还是巴纳师傅，年柏彦示意他以茶代酒，巴纳师傅举杯时茶水洒出了一些。

“手怎么了？”年柏彦微微蹙眉。

巴纳脸色不自然，素叶反应灵敏，拉住了巴纳的手，笑道：“不好意思啊，刚刚撞了你一下，茶水没洒身上吧？”

巴纳木讷了半天才慌忙摇头：“哦，没事……没事。”

年柏彦若有所思。

次日，年柏彦辞别了几位友人，带着素叶坐上飞往海拉尔的航班。许桐知道后有点奇怪，悄悄对素叶说，年总已经很久没休过假了，素叶没去多嘴问到底有多久。

飞机冲上云霄的那一刻，她有片刻的恍惚。望着机舱外层层叠叠的云絮，一时感叹浮生如梦，前一刻她还冷眼看着他如何周旋于那些虚假的面孔中亦笑亦暗斗，下一刻她便跟着他前往呼伦贝尔，享受大自然赋予的最纯粹的美。

“听说草原早晚温差很大，所以我备了长衣长裤，还有防蚊水。”

“这些东西我会让当地那边都备好。”

素叶愣了一下：“那边已经备好了吗？”

“应该差不多了。”

她挠挠头：“哦，没关系，那我留着下次用。”

年柏彦调整了一下坐姿，饶有兴致：“你很喜欢旅行？”

“旅行是我第二生命，第一生命是钱。”素叶冲着他笑眯眯，“我更喜欢的生活是边旅行边赚钱。”

“很显然只是奢望。”年柏彦打消了她的念头。

“也不算是奢望，蒋彬曾经就……”说到这儿，她便止住了话。

有微弱的浮光流连在她的睫毛之上，像是窗外一闪而过的光亮，又像是她内心不经意流窜的不堪回首的记忆浮于眸底。年柏彦一瞬不瞬地看着她，她却很快低头，继续收拾背包。

后脑勺有男人的大手轻轻抚慰：“一切都过去了，人总要往前看往前走。”

“我知道。”她轻笑，“我的记性一向不好，所以会忘记很多事。我想总有一日随着时间流逝，蒋彬这个名字怕是也记不起来了。”

“如果你想忘记。”

“可是我不想。”素叶有些执拗，“有时候记得不是因为难以忘记，而是时刻提醒自己曾经犯下的错误。”

年柏彦低叹：“这又是何必呢？”

“人总要经历惨痛教训才能成长，不是吗？所以人生无论到了哪个阶段，都离不开痛苦涅槃的经历。我想成功如你，更会深刻体会这个道理吧。”

年柏彦眸底跃过一抹暗光，很快，却还是被素叶捕捉到了，于是她便笑了，看似很开怀。他无奈地看着她：“如果消遣我能让你开心的话，倒也无所谓了。”

素叶心里有了点暖：“看在你努力却又笨拙地安慰我的分儿上，告诉你件事吧，‘繁花’我没要，又还给了纪东岩。”

她以为他会追问为什么，不承想只是淡淡地点头。她不解，皱眉看着他。

“你当场接受‘繁花’，只是气不过我利用了你提高竞价，从中获利；而你事后交还‘繁花’，不过是想全身而退。”年柏彦扯过报纸淡若清风说道。

素叶侧过身：“全身而退？我没明白你的意思。”

“你不是不明白，而是太明白了。”年柏彦轻笑，“你怕纪东岩误会，所以交还‘繁花’。”

心思被人一眼看穿的感觉的确不好，应该说，在这场三人的战争中，他们都不是瞎子，都将彼此的心思看得一清二楚。

Chapter 8
我们都错了

▼

呼伦贝尔举办的那达慕大会很是热闹，来接机的是当地师傅阿木尔，十分健谈，说着一口略带口音的普通话。车子直达呼伦贝尔的腹地莫日格勒草原，途经的路上，野花绣地、河水弯弯，绿草茵茵之中牛羊成群，再远处便能见到毡房点点。

年柏彦和素叶两人接受了蒙古族最隆重的迎宾仪式：下马酒，配哈达。因为那达慕会进行好多天，所以他们两人也不着急，先是参加了草原祭敖包的活动。

一直疯玩到了天色将黑，年柏彦提议回酒店休息，素叶却突发奇想去住蒙古包。阿木尔倒是办事利落，打了几个电话后道："算你们这对情人幸运，还有个不错的蒙古包是空着的。"

素叶噎了一下，这个阿木尔从哪儿看出他们两个是情侣？转头看了一眼年柏彦，他却含着笑也不多解释，趁着阿木尔在前方带路的时候，他在她耳畔压了嗓子说了句："这里的一切都是盛总安排的。"

她才恍然大悟。

美丽的蒙古包，犹如沧海中的遗珠被散落在漫无边际的草原上，这是素叶头一次近距离地接近蒙古包，哈那、乌尼、套瑙、门等做工十分考究。地面铺的是柔软纳绣的毡子，中间以祥云为吉祥图案，床榻、桌椅板凳等家常用品无不进行彩绘，如红艳莲花、奔腾骏马、翎毛花卉等，每一样都十分精致。

在她四处观看时，凌乱的行李已经被年柏彦收拾得整齐有序。

"晚上你睡这边。"

素叶不解，他也没多加解释便出去洗漱了。素叶爬到了他打算睡的那一边才知是风口，窝了心。她不是第一次出来旅行，被人体贴照顾却是第一次。

也许早晚温差过大的缘故，后半夜素叶发了烧，稀里糊涂地一个劲喊冷。年柏彦没有早睡的习惯，打了几个电话处理了一下公事后，就看到床上的女人近乎缩成了一团，察觉不对劲，回到床上伸手一摸她的额头才发现很烫。

年柏彦看了一眼时间，第一念头就是将她送到医院，她却将脸更加深埋于他的怀里：“不去……会耽误看……那达慕……”

年柏彦一脸无奈，拿了牧民送来的马奶酒，喂她喝下了一点，又用羊毛毯裹她入怀。喝了酒的她多少有点安稳了，他始终抱着她，有一丝令他再清晰不过的情愫悄然暗生。

有温暖的阳光落在她的睫毛和鼻尖上，这种感觉很舒服。远远地，是牧羊的声音。素叶懒洋洋地睁眼，伸个懒腰却发现自己是被人搂在怀里，转头，是年柏彦。他合着眼，还在睡着。一些回忆回来了，脸不经意有点燥热，看着那条任由她枕着的手臂，这才发现竟蜿蜒了一道旧伤。她有些疑惑，刚要去碰，男人便横过来手臂与她十指交缠，她忙佯睡。

身后的男人有了动静，有温热的气息抚落在她的发际，她很想睁眼看看他在干什么。额头上是突如其来的温柔轻触，她的心差点从嗓子眼里蹦出来。

他竟主动吻了她？

那达慕大会吸引了不少外地游客，参加比赛的都是各个地区出类拔萃的选手，还有美丽的蒙古族姑娘，一整天，素叶都陷入从未有过的兴奋之中。看着别人赛马，她恨不得踩着人身子往上蹿，扯着脖子为选手加油，直到入了夜，她已结交了不少当地的选手，跟他们豪爽地称兄道弟起来，并相邀参加今晚的篝火晚会。

结果回了蒙古包，她嗓子哑了，年柏彦拿了含片塞她嘴里，说了句：“你的热情劲要是能用在工作上就好了。”

她嗓子疼，不想说话，瞪他一眼。

“别忘了，你还有考试，考不过，我一样会扣你钱。”他又倒了杯水给她。

素叶接过杯子，冲着他紧紧攥拳，他倒是有点乐了，刚准备消遣几句，从蒙古包的毡门突然钻进一人，一屁股坐在两人之间。

素叶被硬生生地挤到了床榻一边，指着宛若从天而降的男人哑着嗓子道：“纪东岩？你怎么来了？”

纪东岩故作可怜地摇头：“啧啧，今天得把你兴奋成什么样啊，嗓子哑成这德行。”

年柏彦冷了声音：“纪总，不请自来总要先找对时机才行。”

纪东岩对年柏彦也客气不到哪儿去：“年总，孤男寡女共处一室，似乎也不像是你的作风。”

也许是换了个环境，大家都远离了钩心斗角、笑里藏刀、绵里藏针的商场，所以两人的针锋相对少了话里话外的指桑骂槐，多了平铺直叙的锋利。素叶见状头疼：“你们两个在北京还没吵够啊？消停会儿行不？”

年柏彦面色冷肃。

纪东岩放荡不羁，直接倒在床榻上：“不好意思啊，我来得比较晚，所以没订上蒙古包，这里的面积不小，多我一个也不挤。”

素叶瞪大双眼，鸭嗓：“三人一张床？开玩笑。”

“亲爱的，别说得那么暧昧，床嘛，当然要留给女士了，我和年总睡毡毯。”纪东岩冲着年柏彦挤挤眼，“放心，我不会靠你太近，否则扰你清梦。”

年柏彦眉头蹙紧，起身，一掀毡帘：“出去。”

纪东岩扭头看着素叶：“亲爱的，你不会这么狠心吧？我出去可真就睡草原了。”

“你可以住下。”素叶一语定乾坤，“只要你答应跟年柏彦通力合作，帮我赢了那达慕大会。”

“什么？”

素叶示意他少安毋躁，又扭头看了一眼年柏彦。

“是这样的，我听说今年的那达慕大会有蒙汉比赛小组，实际上就是针对游客们搞的这场活动。我觉得机会难得，所以就报名了。”

年柏彦一言不发地倚在柜子旁，纪东岩指了指自己的鼻子：“放回古代，我是个文官，不是武将。”

“明天你凑凑热闹就行了。”很显然，年柏彦没有纪东岩那么好说话。

素叶一听急了：“我都报名了，怎么可能临场退缩？”

“你个女孩子跟着一群男人打比赛，像什么话？”年柏彦眉头一蹙，语调不悦。

素叶强词夺理：“这场比赛不关乎性别，只关乎蒙汉友谊。”

纪东岩好奇地问了句：“素女侠，如果参加比赛的话，你选哪个项目？”

“我这个人呢，文能提笔安天下，武能立马定乾坤。”素叶豪爽地拍了拍胸脯。

纪东岩竖起拇指：“牛啊，没想到你舅舅还能教你骑马、射箭和摔跤。”

“呵呵，我打小就在武学世家长大的嘛，是骑马、射箭和摔跤这些小来小去不成气候的伎俩，我舅舅都……”素叶小声说了出来，“没教过我。”

“那……这么说你是自学成才了？”纪东岩小心翼翼问了句。

“不，我的意思是，这些我都不擅长。”

纪东岩怔住了，下一刻素叶及时伸手，一把扯住了准备逃跑的他：“但我热衷于这些运动啊，放心，有体育精神的人是不会输的。”

纪东岩近乎哭丧着脸：“你不是说你文能提笔安天下，武能立马定乾坤吗？”

“宏愿，宏愿。”她赔笑。

在旁始终沉默的年柏彦终于开口：“说吧，奖金有多少？”

素叶笑容尴尬：“这……倒也没多少。”

纪东岩用手戳了一下她的头：“为了利益，你不惜拿我们开涮。”

“既然是比赛，当然有输有赢了，赢了没有奖金谁还参加？”

“不是蒙汉友谊吗？”纪东岩低吼。

“表达友谊不需要花钱啊？”素叶反唇相讥。

年柏彦被他们两个争得太阳穴涨疼，撩起帐帘，看着远处那大团大团的篝火沉默，隐隐地，有马头琴的声音，悠扬的弦乐伴着夜风，跃过草原，飘进了他们的蒙古包中。

“不管怎样，我都报名了，你们两个总不会看着我明天单枪匹马吧？”素叶开始耍赖。

纪东岩刚要回话，站在帐门口的年柏彦淡淡扬了一句：“想去参加比赛的话，一会儿篝火晚会上就少喝点酒。”

素叶眉梢一喜。

纪东岩怪异：“年柏彦，你不会是同意了吧？”

“怎么，你不敢跟我合作？”年柏彦转头看着他。

纪东岩冷笑：“还真别激我。”

“那就祝愿明天合作愉快。”年柏彦神情依旧冷淡。

翌日，阳光不错。

前来参加蒙汉比赛的除了素叶等人外，还有其他 11 组选手，擂台上明晃晃地摆着巨幅的奖金支票模型，五千块。

“小叶，为了五千块，咱没必要这么拼命吧？”纪东岩一手死死把着帐门，大半个身子已被她拖了出去，“咱商量一下，要不我给你五千块，你放过我，让我回去睡觉行吗？”

“白拿的钱不要是傻子。”素叶使出了吃奶的劲儿扯他。

年柏彦洗漱完后看着这两人在帐门口拉拉扯扯的，言语倒是干脆：“纪东岩，你如果怕输就直接承认。”

纪东岩手一松，冲着年柏彦横眉冷对：“你还是操心自己的项目吧，谁输还不一定！”

“好啊，我等着你的接力棒。”年柏彦将赛服扔给他。

纪东岩利落接过，二话没说去洗漱了。待他走远后，素叶冲着年柏彦竖了竖手指：“难为知己难为敌啊。”

年柏彦目光略显复杂。

是吗?

斗了这么多年了，谁不清楚谁呢?

大赛开始之前是蒙古族姑娘的载歌载舞，气氛祥和热闹。纪东岩第一个出场，项目是摔跤，因为白天炎热，他胸前衣襟大敞，健硕的胸肌招惹得不少姑娘爱心泛滥。

“你说他能赢得第一场比赛吗?”素叶询问年柏彦，一脸担忧地看着纪东岩对面的那个五大三粗的男人。

“纪东岩没你想得那么弱。”

12 组选手，分成六大组，进行两两对决，也就意味着第一轮大浪淘沙后只有六个选手取得胜利，胜利方拿到放置一旁的擂旗后就可以交给本组的第二个项目的选手，分组形式以抽签决定。

比赛正式开始。

蒙古族壮汉大喝了一嗓子，双臂一展，抱住纪东岩的肩膀，一个用力将他摔倒在地。

她捂住了眼睛，不忍直视。

台上，纪东岩整个人躺在地上，看着天空飘过的白云，一时间觉得胸口燥热。刚刚他没反应过来就遭到如此狠手，幸亏摔倒时对方护住了他的后脑。

“完了完了，他怎么一动不动了?”素叶急了，想要冲到台上去看看。

手臂却被年柏彦一把扯住:“别急。”

“能不急吗?万一摔出毛病怎么办?”

年柏彦将她扯进怀里，一言不发地看着台上。素叶想到他和纪东岩是死对头，会不会趁机……念头刚闪过，就见纪东岩慢悠悠地从地上爬起来，活动了一下筋骨。

蒙古族大汉再次冲上前，这一次纪东岩却死死卡住了他的进攻，紧跟着拳脚利落出力。

年柏彦道:“这局纪东岩赢了，我去准备第二场。”话毕，转身走了。

素叶愕然:纪东岩和那壮汉扭在一起，还没分出胜负呢，他怎么就看出是纪东岩赢了?正想着，就听纪东岩低吼了一嗓子，一个反手扳过，那壮汉倒地，裁判吹了结束的号角。

素叶愣在原地。

那边，纪东岩已摘得了第一场的擂旗，冲到素叶跟前，又四处寻觅。

“不用找了，他说你能赢第一场，在你摘旗之前就去赛马场了。”

纪东岩嗤鼻:“他就是看不得我赢。”

第二场比赛项目是骑马，成功拿到第一场擂旗的六名成员，其小组就有资格派第二人进行比赛了。这场比赛仍旧大浪淘沙，六人只能取前三名，第一名骑马冲过终点夺得擂旗的人，将会在终结赛的射箭上增加一环。

年柏彦身穿骑马服，远远地，他在选马，撸了袖子上去，结实有力的臂弯暴露在阳光下，惹得在场的不少女孩红了脸。

素叶觉得自己陷入了透不过气的桃心浪涛中，今天的他不再是个在商场上呼风唤雨的、她口中的奸商，更像是个在高原上策马奔腾的粗犷汉子。

年柏彦选了匹黑马，他利落地翻身上马，动作潇洒大方，引得小姑娘们纷纷尖叫。

素叶转头瞪了纪东岩一眼："把你们这两个妖孽放出来是不是错了？"

纪东岩耸耸肩膀。

赛马场上一声号角，赛马开始。六匹马同时冲出起点线时，全场都瞬间欢腾了。素叶激动地冲着马场大声呐喊，纪东岩不知从哪儿弄来了一把木椅，懒洋洋地跷着二郎腿，嘴里叼根青草，一脸不屑地看着马背上的年柏彦。

"看到没？骑得慢吞吞的，后面那个蒙古人马上就要追上来了。"

"那你还不一起加油？"

纪东岩无奈地翻了下白眼。

马背上的年柏彦逆着光迎着风，宽薄的布料贴合着他结实的胸膛，周围的姑娘冲着年柏彦大喊尖叫。素叶的一腔热火怎么会败给那些姑娘？冲着纪东岩的椅子就过去了。

"干吗？"被她推到一边的纪东岩吓了一跳。

"你坐直了。"素叶从旁拉过了一面大红旗，用力地拍了拍纪东岩的肩膀。

纪东岩不知道她要干什么，只好照做。

"委屈你一下啊，撑住了，千万别把我摔下来。"她叮嘱了一句，众目睽睽下，踩着他的大腿骑在他的脖子上。

"小叶！"

"站起来。"素叶拍了拍他的脑袋。

纪东岩无语，起身。

如此一来，素叶足足要比那些姑娘高出好几个头来，打远处就能看见个身穿花袍肩扛大红旗的姑娘，周围人全都盯着她。

她挥舞着手中的大红旗高唱："套马的汉子你威武雄壮，我愿融化在你宽阔的胸膛，一望无际的原野随你去流浪，所有的日子像你一样晴朗……"

纪东岩吓得一个趔趄，头发丝都跟着竖起来了，周围人全都震惊地看着素叶。纪东岩都快被她给骑哭了："姑娘，咱先下来行吗？"

第二轮比赛，以年柏彦夺得擂旗宣告结束。这一次，获胜的只有三组成员，而最后一场比赛就是三组成员中最后三人的角逐，来争夺比赛冠军头衔及奖金。头衔这种东西，素叶向来不稀罕，能入她眼睛里的只有明晃晃的支票。

供选手们临时休息的蒙古包里，三人就最后一场比赛提出了质疑。

“你的意思是说，是你听错了规则？”纪东岩手里捏着矿泉水瓶，皮笑肉不笑地盯着素叶。

矿泉水瓶在他手里被捏得嘎嘎作响，素叶总有种误觉，他是在捏碎她的骨头，赔着笑：“我觉得是主办方没表达清楚，骑射就说骑射呗，说什么射箭啊。”

“骑射和射箭是两种比赛形式。”纪东岩用力拍在她的肩膀上。

素叶的一侧肩膀矮了一截：“不过就是骑马射箭呗，有什么难的？”

年柏彦进了蒙古包就在默默喝水，闻言她的这句话后轻描淡写地问了句：“你会骑马？”

“你不是骑得挺好的吗？”

“我们是想知道，你会还是不会？”纪东岩追问。

素叶的头摇得跟拨浪鼓似的。

纪东岩与年柏彦对视：“等着输吧。”

“什么叫等着输吧，这句话我就不爱听了。”素叶挑眉，指着年柏彦，“大不了他骑马载着我，我射箭。”

纪东岩一愣。

年柏彦抬眼看着她那副无所谓的神情：“你在违反大赛规定。”

“规定上有明文指出一定要选手自己骑马吗？”素叶反问。

这次轮到年柏彦微怔。

纪东岩冲着她竖拇指：“高啊，这个空子你也能钻。”

素叶抿唇轻笑，挑衅地看着年柏彦。年柏彦却没再说什么，起身走出了蒙古包。

最后一场比赛，以骑射区突然出现一男一女同时完成比赛而成功夺取了大家的眼球。素叶身穿骑射服，英姿飒爽得很，她冲着观众区潇洒地打了个招呼，笑靥如花。

身后的男人低低落下了命令：“专心点。”

年柏彦的嗓音很近，一时间她有些口干舌燥：“呵呵，我就说主办方对于咱们这种合作模式压根就挑不出理来。”

年柏彦任由她在自我安慰，勒紧了缰绳，见她脊梁有点僵硬，低声说了句：“放松些。”

“哦。”马背的面积就那么大，两人同骑自然就会贴得很近，“我不能摔下来吧？”

“不能，我控制马，你安心射箭。”年柏彦将她拉入怀里，“靠紧我。”

一声号角，吹响了比赛，素叶拿弓箭的手有点抖。

年柏彦腾出一手箍住了她的腰，令她全身的力量都压在他的胸口上：“箭靶在前面，尽量射出去。”

“你骑慢点，我对不准。”

他低笑：“还想要奖金吗？”

“当然。”

“那就不要想着自己是在马背上，你是心理医生，控制情绪是你的强项。”

素叶深吸了一口气，后背紧紧贴着他的胸膛，开始拉弓。

箭头与空气摩擦时逆着光犹似蓝色火焰，正中靶心，她目光一亮，欢呼。年柏彦控制着马速，挑唇泛笑。有了第一支箭的绝佳成绩，素叶似乎越战越勇了，观众席上，纪东岩第一个起身为她鼓掌。

“很不错。”年柏彦在她耳旁落下一句赞许。

素叶笑而不语。

等计算成绩的时候，她主动上前帮忙。论骑射成绩，她有一支正中靶心，其他几支偏离靶心，大赛讲究整体成绩，纪东岩和年柏彦的冠军成绩为素叶拉了十足的分数，因此，第三场比赛她的整体分数最高，大获全胜。

素叶近乎疯狂。

清理了现场，半小时后，素叶站在领奖台上，为了彰显她是个不忘本的人，特意还将年柏彦和纪东岩双双拉上了台，她站在中间，笑得跟朵月季花。

“不容易啊，竟然能射中靶心，看来刚刚是上帝打了个盹儿。”纪东岩阴阳怪气。

素叶暗自瞪了他一眼，冲着主办方的奖金牌子又展露笑颜：“我是靠实力！实力，懂吗？”

年柏彦淡淡说了句：“记得把靶心和箭头上的吸铁石取走收好。”

素叶蓦地看向年柏彦，眸光微微震惊。

纪东岩慵懒：“她那么聪明，怎么可能会被人发现？早在帮着记成绩的时候取走了。”

素叶狠狠咬牙：“你们，这两个鬼！”

“你不能总是这么一而再再而三地破坏规矩。”年柏彦的嗓音有点沉。

素叶轻哼：“规矩能当饭吃吗？”

吃人家的嘴软，拿人家的手短，接了主办方的奖金也意味着要听对方唠叨几句，年柏彦和纪东岩自然不是能闲下心陪人说话聊天的主儿，所以这个大任就落在了素叶的肩头上。

“小姑娘，如果没你男朋友的话，我们会取消你的参赛资格，事实上你男朋友说对了，这场骑射真令人大开眼界。”

素叶愣住：“男朋友？什么男朋友？你搞错了吧！”

“不就是在骑马比赛赢了的那位吗？这种事没什么不好意思的，小姑娘。”

“你是说，他找过你？”

“是啊，他说今天是你们相恋一百天的日子，希望主办方能通融一下，让他陪同一起比赛，跟你共同度过最有意义的一天。”

她的脸颊微红，看向年柏彦，他跟纪东岩不知在聊什么，逆着光，高大身影被拖到了身后。有热情的姑娘主动跟他们打招呼，纪东岩倒是没太多表示，年柏彦却微微蹙了眉头，将纪东岩拉到了另一边。

她无法想象从年柏彦嘴里出来的那句“相恋一百天”是什么感觉，他应该不会是一个擅长花言巧语的男人。

“小姑娘，你男朋友那个人真不错，现场那么多的美丽姑娘也不见他偷瞄哪一个，眼睛里就只有你。”主办方语重心长。

素叶尽量配合着笑：“我会的，谢谢你。”她独自站在阳光下，看着年柏彦的背影，一时间竟不敢上前了。

草原入了夜更是热闹，篝火旁歌舞升平。晚风拂过，是清香的青草味，混合着浮荡在空气中的烤肉及马奶酒的厚重香甜。素叶兴奋，马奶酒一杯杯进肚。纪东岩一晚上被当地人劝了不少酒，喝得醉眼迷离。篝火结束后，纪东岩是被年柏彦和素叶两人架着回的蒙古包，年柏彦自然不会留下伺候醉鬼纪东岩，放下他后就走了出去。

素叶为纪东岩盖好了被子，又倒了杯水放在旁边。醉酒后的纪东岩很安静，不同于以往的嚣张，合着眼，睫毛很长很浓密，是勾勒漂亮眼部的关键。她相信纪东岩是个好人，也许他在商场上可以钩心斗角，可以机关算尽，但一个不懂得怎样拒绝淳朴牧民劝酒令的男人，再坏能坏到哪儿去呢？

她轻叹了一口气：“我们做不成情人，但请相信，你一定会是我生命中最重要的朋友。”

素叶从蒙古包出来时，年柏彦坐在不远处风干的枯木上。她远远地看着他的背影，心头有点酸楚，还掺杂着一缕恰似悸动的感觉。他像是有心灵感应似的转过头，隔空与她对视，夜色中，他的眼睛似乎格外亮。他示意她上前，她便照做了。

月下，两人散着步，谁都没有开口说话，却像是早就历经了千言万语。不同城市的夜，这里没有喧嚣，也没有车鸣声，更没有灯红酒绿和纷沓霓虹。不知走了多久，她忍不住开口：“这两天我玩得很开心，谢谢你。”

年柏彦停下脚步，看着她。她开始变得无所适从，是的，她承认自己有点紧张了。他竟主动拉过她的手，握住。她愕然，抬眼。他却轻声说了句：“手怎么这么凉？”

她不语。

年柏彦将外套脱下披在她的肩头上，顿时，她的呼吸间充塞了清醇厚重的木质香。他又与她十指相扣，她觉得他的手好暖。也许，父亲的手也会很暖，像他一样，只是，她从未感受过父亲的手温。心头微微泛酸时，他却伸手轻捏起她的下巴："眼睛红了。"

"被风吹的。"

他低笑："豪迈唱歌的劲儿哪儿去了？"

一句消遣的话成功驱散了心中酸楚，素叶扬唇，将他用力推开："喂，我的歌声怎么样？"

年柏彦被她推得一下子没站稳，后退了两步，无语沉笑。

"你笑话我？"

"没有。"年柏彦举起手，"我发誓。"

"那你还笑？"

年柏彦却笑得更开怀，素叶冲上前推他："别笑了。"

这一次她没能如愿将他推开，反被他一下子握住了双手，她挣扎，可年柏彦没打算放手，腾出一只大手顺势将她搂入怀中。

她一怔，紧跟着挣扎，他却低语："让我搂着你。"

"年柏彦……"她吃惊于他的大胆和主动。

"叶叶，"年柏彦轻唤她的名，"这几天我始终在想，我应该自私一点。"

素叶那颗好不容易安沉下来的心又陡然狂跳，他在……说什么？

"可是，你做好站在浪尖上的准备了吗？"年柏彦类似轻叹，手指沿着她的眉骨落在她的脸颊上，"如果你允许我站在你面前，我就可以挡下将你席卷的浪头。"

她不是傻子，听明白了他的意思。

以往她敢于大胆在他面前说喜欢，不过就是看准他的不敢，可今晚他如此严肃地来询问她，甚至将主动权交到了她的手中，她才蓦地意识到眼前这个男人似乎来真的了。她要如何做？推开他，还是继续她的谎言？

"我从来没想过那么远。"这也许是最两全其美的回答。

可这次，年柏彦似乎不想纵容她的随意和轻慢，目光深沉："这张唇，我很想吻下去。"

她心口一窒。

"我要你亲口来告诉我，你需不需要我的保护？"他的身份决定了他无法做太多事，也决定了太多选择他只能去权衡。

她紧紧咬了一下唇，被肆虐的红唇于月光之下甚为美丽诱惑，年柏彦俯下头，毫无预警地吻上了她的唇。

如同一颗手榴弹扔了过来瞬间引爆，素叶的大脑嗡的一下变成空白。男人的吻很轻柔，沿着她的唇角慢慢探索唇瓣。她的心跳得太快，大脑开始缺氧。当男人的舌尖轻探她的唇齿时才蓦地醒悟，伸手想要将他推开，他却也跟着用力，强势地扣紧她的后脑。

她抵着他的胸膛，软绵绵地使不上力气，却清晰地感受到他的心跳，她的手心都跟着疼痛起来。

叶澜坐在燕莎门外的花坛上，见一辆警车停在路边后蓦地起身。素凯一下警车就看到了叶澜，瘦瘦小小的一个人，顶着大太阳，见了他像是见了救星似的，不由得有点心疼。

“你终于来了。”叶澜像个无助的孩子。

素凯接到她的求救电话后直接从所里过来，所以一身警服没换，光是站在那儿不说话都透着高大威武的劲儿。

“看见可疑的人了吗？”

叶澜的头摇得跟拨浪鼓似的。

“你们这些女孩子一逛街就忘乎所以，小偷就喜欢找你们这种人下手。”

叶澜在逛街的时候发现挎包被人整个偷走了，也许是她试衣服时随手将挎包扔在外面。没办法之下，她只好在管理处打电话到警局找素凯，谢天谢地，他来了。

“那怎么办啊？”她一脸焦急，“证件都在里面呢，补起来太麻烦了。”

素凯见她额头冒汗，想了想：“你先上车。”

“哎，你干吗去？”她一把拉住了他的胳膊。

“去找经理要一下监控录像，车上有空调，你上车等我。”

开车的是平日总跟着素凯的小跟班儿小刘，见她上车后笑嘻嘻地说：“美女，你让我们素大警官帮你找钱包简直是大材小用了。”

叶澜有点不好意思，小刘又道：“不过也没什么，英雄难过美人关嘛。”

叶澜的脸都成了红苹果。

40 分钟左右，素凯从商场里出来，叶澜赶忙开车门，他直接钻进了后车座，带来一股子热气流，但很快被车厢空调吹散，只剩下淡淡的类似柑橘的清香，不是他车上的味道，是来自身边的女人，他有那么一瞬心神恍惚。

“怎么样了？”叶澜轻问。

素凯掏出手机：“别急。”拨了电话，叶澜只听他对着电话那边说了句：“帮我找下猴子。”

通话结束后，素凯掏出几张大钞递给叶澜：“你有事可以先走，钱包找到后我给你送去。”

叶澜赶忙摆手：“我没什么事，一起吧。”

素凯没拒绝。车子一路西向，又沿着辅路拐进了一片平房区，在一处敞着门的宅院门口，素凯没让叶澜跟着进来，他独自一人进了宅院。

“小刘，素警官要做什么？”她不解。

“帮你找钱包啊。”

叶澜惊讶：“他一下子就能找到小偷？”

“当然不能。”小刘笑嘻嘻，“刚才你听到的那个猴子是个惯犯，偷盗成瘾，被素警官抓了几次进局子后也老实了不少。你不清楚，小偷也有小偷的作案范围，不能僭越，而近几年这些偷盗犯都在警局备过案，就算没有的，通过道上的人一打听也八九不离十。素警官一定是看了商场里的监控资料心里有数，打算通过猴子来找到那个小偷。”

叶澜从未接触过这种事，听了备感新鲜。

没过一会儿，有个矮小的男人从车前经过，见是警车后一慌，赶忙钻进了宅院。小刘一看心里有了数：“美女，刚刚那男的有印象吗？”

“你怀疑是他？”

“八成是。”

叶澜毫不犹豫地推门下车，小刘赶忙道：“那里都不是什么正经人，你进去了会害怕。”

叶澜一听更急了：“那我更得进去。”

宅院的大门没关，叶澜刚准备跨进去就听见一声惨叫，吓得一激灵。探头过去，瞧见院里站了两个人，一个中年男人，另一个眼小如豆，不过下手倒是挺狠的，将最后进去的男子踢趴在地上：“你丫也不睁大眼睛看清楚了，谁的不好偷，偏偏去偷素警官女朋友的包？活腻了？”

素凯坐在院子中间的椅子上，慢悠悠地喝茶，也没阻拦那人的行为。中年人冷声喝了句：“包呢？”

挨打的男人哭丧着脸：“我交！但是钱我给花光了……”

“包和里面的证件呢？”

“在，都在我那儿呢。”男人赶忙承认，“我看那女的出入燕莎应该是个有钱的主儿，所以就没舍得扔她的包，想着准备转个手给卖了……”

“临死了还想着发笔财是不是？我打死你——”

“猴子。”素凯放下茶杯，起身，“明天让他把包和证件交到警局。”

“凯哥，您放心，我保证他不会再犯了，明天一定给您送去。”猴子赔着笑脸，点头哈腰。

素凯冷眼看了猴子一眼，猴子又赶忙改口：“素……素警官。”

中年人走到素凯面前：“年轻人不懂事，你放心，我会看着他们两个。”

“辛苦了，成哥。”

“哪里的话，还要你亲自跑一趟，弟妹遇上这种事，你就一个电话通知我就行。呦，弟妹也来了？”

叶澜见被发现，避犹不及，脸颊通红。素凯没多加解释，走到门口拉过叶澜的手：“那行，就先这样，我们走了。”

出了门，小刘也跟着他们一起上了警车，离开那排平房的时候，素凯才放开她的手，轻声说了句：“我不对他们那么说，下次还会有人敢对你下手。”

“啊？啊……我明白，谢谢你。”

“不客气。”素凯又是一副公事公办的神情，“明天来警局取包吧。”

“那个人真的会把包主动交到警局？”

素凯浅笑：“他不敢不交。”

叶澜看着他的侧脸，心头涌起温暖的感觉，是从未有过的安全感。

短短几天，素叶已经和当地牧民打成了一团，尤其是阿木尔，得知他们要离开了，偷偷抹眼泪，弄得素叶都想哭。这一晚她喝了不少酒，是年柏彦一路抱着她回到蒙古包。纪东岩也喝了些，但醉意不浓，到了蒙古包，他没进去，站在门口见年柏彦为素叶盖好了被子，淡淡说了句：“年柏彦，我们谈谈吧。”

两人再出来时，草原上的温度又低了很多。年柏彦停住脚步：“有什么话就在这里说吧。”

纪东岩看了一眼蒙古包，又看了看他，了然：“她醉得厉害，不会丢。”

“你也知道她是个醉鬼，保不齐会突然醒过来。”年柏彦语气很淡。

纪东岩坐在年柏彦昨晚坐过的枯木上，掏出烟盒，抽出了两根烟，朝他递了递。年柏彦接过烟，等纪东岩点了烟后也拿过火机。

火苗在夜空下泛着明艳的光，微弱的橙色火芯儿如同一方上好的萤石。纪东岩吸了口烟后直截了当地问：“你喜欢她？”

“我喜欢她。”年柏彦直截了当，攀升的烟雾朦胧了他的眼睛。

纪东岩微微怔住，紧跟着冷笑：“你有资格喜欢她吗？”

年柏彦弹了一下烟灰，淡淡回了句：“这是我的事。”

“跟你这么一个自私自利的人在一起，她最后只会受伤。”

年柏彦夹着烟，看着烟头上的光亮在忽隐忽现，一点点灼烧着细长的烟身：“当你知道她真实身份而主动接近的时候，就意味着你没有资格来顾及她的幸福。”

纪东岩手指间一截烟灰落地：“你在跟我炫耀你的能耐还是想跟我说上天捉弄？”

“都不是。说实话，我已经跟你斗得很累了。”年柏彦目光转向远方，“如果你只想知道我对她的心思，那么我可以明确告诉你，我是喜欢她。如果你是以她朋友的身份来质疑我，那么我也可以告诉你，必要的时候，我会为她做出牺牲。”

“别忘了，你是叶老爷子钦点的乘龙快婿。”

年柏彦将烟头摁灭，慢悠悠地吐出了一句：“你今晚的谈话，只是单纯地出于保护叶叶还是因为当年我亲手送了文佳进精神病院？”

纪东岩脸色突变，嘴唇紧抿，下巴绷紧。年柏彦却静静地坐在那儿，胳膊搭放在两腿之上，手指交叉，疏离肃凉的眸光与他相对。

良久后。

“素叶是素叶，文佳是文佳，年柏彦，她们两人是两码事。”纪东岩近乎咬牙切齿。

年柏彦淡然接话：“如果我想将叶叶占为己有，想对她用强的手段不是不可能，但她是成年人，有权选择爱与被爱。爱一个人，给她最好的是不假，但也要教会她什么是对的什么是错的。”

“所以你才会那么对文佳？”

“当年如果不那么做，文佳唯一的下场就是坐牢。”

纪东岩的笑容更冷：“结果是，最后文佳真成了疯子！”

“所以，她才更适合待在精神病院。”

纪东岩噌地起身，指关节都捏得咯咯直响：“我恨不得把你的心掏出来去祭文佳！”

“我也同样。”年柏彦嗓音寒凉，“在文佳这件事上，我也恨不得杀了你。”

文佳、纪东岩和年柏彦，当年他们好得如同一家人。

纪家和年家是世交，文佳的父母都是出了名的钻石勘探工，是年家和纪家最重要的合作伙伴。不幸的是，在一次异国钻石矿的勘探作业中文佳父母遇难。文佳成了孤儿，纪、年两家将她收养。

他们三人的感情很好，如最亲密的兄妹。年柏彦打小就是一丝不苟的人，他疼爱文佳，却对她极为严厉。纪东岩不同，他生性不羁，对文佳的态度是宠溺放纵，只要是文佳开心的，他就会去做。三人就这样相处了很多年，直到年家出了事，而那一年的金融危机也差点要了纪家的命，三人的命运也彻底改变。

那一年，文佳恋爱了。这原本是高兴的事，可当年柏彦得知文佳爱上的是他们的高尔夫球教练时，勃然大怒，勒令文佳与那人分手。

原来他们三人都有打高尔夫球的爱好，纪家当年就高新聘请个高尔夫球教练手把手教他们三人，那名高尔夫球教练球技很高，但换女朋友比换衣服还要快。文佳爱得死去活来，拉着纪东岩为她说情。纪东岩虽说也质疑那名教练，却抵不过文佳的苦苦哀求，于是便劝说年柏彦，年柏彦虽说不乐意，但也没辙。

就这样，文佳与那名高尔夫球教练恋爱了。文佳爱得很真也很深，可好景不长，教练出轨了被她发现，她一怒之下打走了那个女孩儿，教练却打了她，愤怒之下，文佳抽过水果刀狠狠扎在他的背后。

教练抢救无效身亡。

当时纪、年两家自顾不暇，更别提出面保文佳。纪东岩和年柏彦绞尽脑汁想办法，但那个时候两人的人脉关系哪有那么广？于是纪东岩的意思是帮着文佳偷渡，年柏彦不同意，他认为文佳一旦逃了，这辈子只能过逃亡的生活。

两人再次发生争执，但这次年柏彦没打算退让，瞒着纪东岩找了心理专家，为文佳出具了精神失常的报告。就这样，为了不让她坐牢，年柏彦亲手将她送进精神病院。他的本意很简单，就是希望等风头过了再慢慢想办法。

纪东岩得知后怒骂年柏彦没人性，尤其是看到文佳变得精神恍惚后。年柏彦也没料到文佳的精神真的出了问题。那一次的争吵，年柏彦选择了沉默，实际上他是在想办法，看看还要怎么做才能帮助文佳。

纪东岩不会再等，于是在一次探望文佳时偷偷告诉了她逃跑路线。文佳同意了，在晚饭过后躲开监管的视线，逃到了后山，纪东岩就在后山那边的栅栏旁等她。然而监管发现了这件事，带着一大群人来追文佳，她一时间惊慌失措，发了疯似的乱跑。

纪东岩心急如焚，只能跟着那群人拼了命去找文佳。文佳失去了踪影。直到半小时后有人惊叫了一声，纪东岩冲着那个方向跑过去，等看清楚眼前的状况时，双腿一软，跪在地上。

文佳死了，是在逃跑的过程中失足摔下了山谷。山谷本不深，却有块坚石凸出来，文佳后脑着地，锋利的石尖戳穿了她的后脑。年柏彦在殡仪馆沉默了三个小时后狠狠打了纪东岩，纪东岩也痛恨年柏彦到了极点，两人大打出手。

就这样，仇恨一直蔓延到了今天。因为彼此都疼爱的妹妹，因为彼此都在意到骨子里的挚友，一对曾经要好的朋友不但分道扬镳，甚至在行业中厮杀。

草原上，晚风清冷。纪东岩语气沉痛："文佳死的那晚，月亮也是这么圆。年柏彦，你没有见到文佳死的那一刻。当时，月光将她的脸照得惨白，她睁着眼，笑着。或许，她以为自己逃出来了。”

年柏彦听了手指攥紧，直到攥到麻木才稍稍松开，良久后说：“我们都错了，所以今天才会彼此怨恨，这也许就是文佳对你我的惩罚。”

Chapter 9

那你就祈祷他迷途知返吧

▼

因为要参加珠宝鉴赏大会，林要要没等素叶回京就踏上了飞往巴黎的航班，没料到因天气不好不得已在图尔市东北部的安德尔机场迫降。一时间客舱压力陡增，副机长亲自出面调节大家的情绪。

正睡得迷迷糊糊的林要要只觉得声音有点耳熟，扯开眼罩，一眼就瞥见站在不远处身穿机长制服的高大男人，微微一愣后，紧跟着冷嗤。

图尔离巴黎不远，机场方面又做了相应安排，林要要也不急，下了机，择了一处咖啡馆坐下来享受图尔明艳的阳光和清新的空气。不承想，一抬头就撞见了那个冤家。他依旧一身制服，与同事喝咖啡聊天，爽朗笑容间倒是风度翩翩、潇洒迷人。待那位同事离开后，林要要上前，一屁股坐在他的对面。

“小样儿，别以为穿身制服我就认不出你了，我说我今天怎么这么倒霉呢，来趟巴黎还能遭遇管制，原来是搭乘了你这个小白脸儿开的飞机啊。”

“姑娘，别把话说得这么难听，出门在外，咱俩就是同乡，要相互照应。”叶渊悠闲地品着咖啡，又抬手叫来了服务生，说了句纯熟的法文，“为这位小姐磨杯咖啡。”

服务生笑着点头。

“还转上法文了。”林要要冷笑，敲了敲桌子，“给我道歉！”

叶渊扬眉：“理由。”

“你上次开辆跑车刮到我了，忘了？道歉！”林要要讥讽，“千万别说你接触的姑娘太多，对我没印象。”

“我当然记得你，你那天可没少骂我。”叶渊抿唇看着她，玩味说了句，“让个成年人公开道歉不大可能，这样吧，我用另一种方式来补偿你。”

咖啡很快端了上来，这次换了个女侍应，叶渊给了她一笔小费，她接钱的时候，手指在叶渊的脸上轻轻一勾，他也不避讳，轻捏了她的腿。

林要要白了一眼：“登徒浪子。”

叶渊打发走了女侍应，一双狭长的俊眸瞟向林要要这边：“那你还打算接受登徒浪子的补偿方式吗？”

“说说看。”

“我呢，正好打算休息几天，身边缺个女人，咱俩临时凑成一对儿也不错。”话毕，他上下打量了她一番，“你的身材，不错。”

林要要腾地站起：“不要脸！”

“这是男人对女人的赞美，怎么就不要脸了？”叶渊摊手，“至少我刚刚没说出让你陪我上床的话吧？”

林要要扬手将咖啡泼到了他的脸上，周围的客人纷纷惊诧。

叶渊的笑容僵住了。

“最好别再让我看见你，否则就不是泼咖啡这么简单了！”

蝉鸣声响彻了大街小巷，如有荷田更是美好，只可惜，热风拂过脸颊只留下汗津，没有荷花的清凉香气。叶澜坐在警局门口，于一棵槐树下面，百无聊赖地拿着一根小棍儿在抠泥巴玩，有只扛着颗大米粒的蚂蚁经过，她看着好玩，便用小棍挡住了它的去路，那蚂蚁很淡定，绕过小棍儿继续爬行。

“你怎么还在这儿？”

叶澜抬头，穿过叶缝的阳光斑驳地落在素凯脸颊上，英俊不凡。她看着一时贪恋，竟忘了回答。

“你的包拿到了吧？”

“哦，拿到了。”她结巴，脸颊有点烫，不知是热的还是什么原因。

素凯点点头，二话没说，转身离开。

叶澜一愣后起身：“你干吗躲着我？”

“我躲着你？”素凯觉得好笑。

“今天你连见我都不见。”叶澜一脸沮丧，“是不是因为知道我是叶家的人？”

“你误会了，我是真的有事。”他急着去机场接素叶。

“素凯！”

素凯没停步亦没回头，叶澜攥了攥手指，憋红了脸，突然大喊了一句：“我喜欢你！”

这一句话成功地令素凯停住了脚步，他回头，震惊地看着她。

叶澜缓步上前：“素凯，我喜欢你。”

如果不是偶遇蚂蚁，她压根就没有足够的勇气说出这句话。她喜欢素凯，喜欢他换衣服时让她回避的尴尬，喜欢他拿枪对着歹徒的英勇，喜欢他在用餐时的风趣，喜欢他帮着她找回钱包时的淡定，喜欢他的一切的一切。喜欢一个人不是件可耻的事，她想告诉他，大声地告诉他。

素凯沉默了一会儿说：“叶小姐，找人要找门当户对的，你有大把的时间，我没有，你想消遣谁是你的自由，但别来招惹我。”

叶澜一听急了：“你把话说明白了，什么叫门当户对？现在又不是旧社会，我喜欢你还不行吗？”

“行，但那是你的事，跟我无关。”素凯失去了耐性，伸手将她拨到一边。

只是他忘了，他是个练家子，又常年跟罪犯打交道，叶澜不过就是个手无缚鸡之力的弱女孩，哪能经得起他的手劲？一个脚步不稳摔倒在地，痛得直叫唤。

素凯一下子傻住了，赶忙回身搀她起来，他发誓真不是故意的，她突然的表白令他有点心烦意乱。

“我的脚断了。”叶澜眉头一皱。

素凯最见不得女孩子哭，见状更是不知所措：“没事没事，只是崴了，没断。”

“疼！”

“别哭别哭，我马上带你去医院。”

“你不是说只是崴了吗？那帮我揉揉，我不去医院。”叶澜泪眼看着他，“还有，今天你不能丢下我，你弄伤了我，就要对我负责。”

素凯不忍心拒绝，点头。

素叶抵达机场时迟迟不见素凯，年柏彦的车子无声无息经过，他主动打开车门：“上车。”

就这样，遣走司机后，年柏彦开着车将她送回小区。这一路上两人说话很少，素叶有心躲着他，只因草原上的那个吻，如今，年柏彦那么明确告诉她他是认真的，她竟不知怎么接了。

停了车，熄了火，年柏彦侧身看她：“想什么呢？”

“我……”素叶想了想，“我在想要不要跟你请两天假。”

“身体不舒服？”他想起她发烧那晚。

素叶本想摇头，但转念又点点头。他凝视着她的脸，低语：“真不该让你昨晚喝那么多的酒。”

见他有叙旧之嫌，她的心怦怦直跳，又故作笑得随意：“你强吻我这笔账怎么算？我是不是要收点利息？”

年柏彦唇角微扬：“既然要收利息，那我倒不如让你多收点，你看怎么样？”话毕，蓦地低头，薄唇压了下来。

她微怔，反应过来一扭脸，他的吻擦着她的脸颊落在耳垂上。他低沉浅笑，只是似有似无地轻吻了一下她的发丝，没为难她。

“上楼吧，今晚好好休息。”

被他轻吻过的地方有点燥热，素叶没再看他，手指微颤地打开车门，连再见也没说一句就跳下了车。

素叶睁眼时已近中午，还没来得及伸个懒腰就接到了巴纳师傅的电话，她第一个反应就是他的症状加重了。果不其然，巴纳又开始做噩梦，梦中的女人被一个开着卡车的男人狠狠碾压，又拖到一处别墅门口肢解。

她先安抚了巴纳，为他在何明那儿预约了行为治疗，又给素凯打了个电话，询问他最近有没有重大杀人案件。素凯告知没有，又笑她神经质。

刚想喘口气，意外接到叶玉的电话，她说：“我们能见一面吗？”

两人约在一家高档又充满异国风情的西餐厅，素叶点了餐后冷笑：“矫情，午餐需要这么隆重吗？”

叶玉微微敛眉：“我平时很少出门，知道的餐厅不多。”

“是啊，富家千金就算不出来工作也饿不死。”素叶语气淡然，“我的时间很宝贵，说吧，你找我到底有什么事？”

“我……想向你打听一个人。”叶玉赶忙拿出手机，翻出一张照片来，“他叫曾宇，你对他有印象吗？”

素叶头没抬，眼没挑：“我以为你想说年柏彦。”

“今天约你来有两件事，一是有关柏彦的，再一个就是曾宇，我听说他去过联众心理。”

素叶瞧了一眼照片，男人眉清目秀、俊朗非凡，的确是个难得一见的花美男：“见过，我记得。”

“他真的去看心理医生了……”叶玉一脸惊慌，眼神失落。

素叶没说话，餐点上来后便埋头用餐。

“他都跟你说了什么？”叶玉突然问。

“客户隐私，不能泄露。”

叶玉默默收回手机，拿着叉子拨弄着眼前的甜点，半天不说话。素叶原本就烦她，用餐巾纸擦擦嘴，拿包就要起身。

“哎——”叶玉赶忙叫住了她。

素叶压着气冷眼看她。

叶玉从挎包里拿出个信封来，缓缓推到她的面前：“你看看吧。”

素叶扫了她一眼，坐下，信封里是一摞照片，拿出一看，迟疑了几秒，再抬眼看叶玉。她没看这边，低着头慢悠悠地喝着咖啡。

素叶没说话，将照片全部拿出来，一张张翻看。有在高尔夫球场上的，年柏彦手把手教她打高尔夫球，她看着球，他看着她。还有在内蒙古的照片，有他为她披衣服的，有她给他递水微笑的，有两人同骑一匹马的，有在篝火晚会上他们两个相依在一起喝酒的……

“你是真心爱他吗？”

素叶微怔，下意识地：“爱又如何？不爱又如何？”

叶玉也意识到自己问了个愚蠢的问题，无奈地摇头：“我求你不要去招惹他，你会毁了他的名誉、地位和他如今拥有的一切。”

素叶一字一句道：“叶玉，我抢了你的男人，就像当年你妈一样！”

“你一定要因为上一辈的事来记恨叶家吗？”

“你错了，我记恨的只有你，还有你的父母！”

叶玉手一颤，咖啡溅落手背。

“叶玉，这么多年你还是喜欢人前装可怜。当年，你可是指着我的鼻尖骂我是野种，硬是把我赶出叶家老宅。”素叶忽地笑了，可心如滴血。

那一年母亲病重，病榻上还死死捏着那个男人的照片，小小的她硬是一路打听找到了叶家。叶玉，真的如同个金枝玉叶，一路有豪车接着回家，见到面色蜡黄的她后，挡在门口一脸嫌弃，骂她是野种，骂她是坏心眼，准备来抢自己的爸爸……

叶玉的脸红一块白一块：“那时候我还小，不懂事……你的那封信我送到爸手里了，可爸爸他……还是没赶得回去见素阿姨最后一面。”

“好一句不懂事，轻描淡写就解释了你的嚣张和对我的侮辱。”素叶笑着，“不过也多亏了你的不懂事，否则我怎么会发誓一定要出落得比你更优秀呢？现在，你连自己的男人都看不住了。”

“难道，你不怕被他知道你只是利用他来报复我吗？”

素叶起身，薄凉地说了句：“那你就日夜祈祷他迷途知返吧。”

夏夜熙攘，霓虹纷沓下车流涌动，人影穿梭在灯影间，多了一分狂热。

素叶看着墙上的时针一格一格蹿跳，每跳一下，心脏也跟着跳动一下。直到楼下的门铃响了，她下了楼，开门。门外是年柏彦，深咖色衬衫，黑色西装裤，一身的精致衬托着披头散发的她。

“进来吧。”她低着头，穿过玄关，自顾自地窝在沙发上。

年柏彦进了门，随手将车钥匙放在置物架上，走到她面前，坐下：“哪里不舒服？”

“头、心脏、身体、手脚等等，哪里都不舒服。”

年柏彦忍不住低笑：“跟谁闹脾气了？”

她没回答。

“给我打电话的时候你在哪儿呢？”他听得出不像是在家里。

素叶突然从沙发上起身：“等着啊。”

年柏彦一头雾水，但见她活蹦乱跳的，也放心了不少。接到她电话时，他正在开会，她软绵绵地告诉他，她很不舒服，搅得他心头乱成了一团麻。

茶几上摆放着几本书，他拿过一本，有关心理学的。不经意扫到最下方露出的一角照片，翻开，唇角渐渐绷紧。素叶下楼正巧看到，却不形于色上前，将一只精致的小盒子递到他面前。

“什么？”

“打开看看。”

年柏彦暂压了照片的事，盒子打开，是Versace袖扣。

“给我的？”

“喜不喜欢？”

年柏彦低头注视着她：“我喜欢。”这句喜欢囊括了太多内容。

素叶没装傻充愣地问他有多喜欢，打算给他戴上，他却握住了她的手。她不解，看着他。

“我怕刮到你。”

素叶微怔。

“我保证上班会戴。”他误以为她不高兴，轻声给出承诺。

“这是你说的，不准不戴。”

年柏彦应允。

“现在可以告诉我谁找过你了吗？”

素叶笑了，脸颊贴得他很近：“你觉得拍得怎么样？我觉得挺好看的。”

“如果真心觉得好看，就不用心肝脾肺肾都不舒服了。”她不是一个随意惯了的人，甚至说在某种情况下是极为谨慎的，如她的心思和情绪。能让他看见照片，说明她是有心让他知道。

素叶侧着脸盯着他："那你觉得偷拍的人是谁呢？"

"任何认识我的人都有可能。"他轻笑。

素叶聪明，听出话中玄机："这么说，你被偷拍也不是一次两次了？"

"怎么在纠结这个问题？"年柏彦忍不住轻抚她的脸。

"因为……"素叶搂住了他的颈部，笑盈盈地，"我在想，上一次能荣幸跟你挤在一张照片上的女人是谁呢？是你为了排解生理需求随意搭上的女人，还是你的固定情人？想想我还挺亏的，我不过就是个打酱油的，还被人拍得这么清晰可见。"

"你的嘴巴应该去做律师。"年柏彦被她一段抢白弄得没有招架之力。

素叶抿唇笑了。

"叶玉跟你说了什么？"

"看来你有情人的事就只有叶玉一人知道。"否则他怎么会一下子想到了叶玉。

年柏彦轻叹："叶叶。"

她不再纠结，虽然对他有过情人这件事起了嫉妒："她当然警告我离开你。"

"我想，以你的伶牙俐齿，她也没占到上风。"

"我怎么感觉你挺希望看到自己后院着火呢？"素叶凑近他，笑眯眯地。

"天底下没有任何一个男人希望看到自己后院着火。"

"那就是你太自信了，认为自己可以同时搞定两个女人。"

"我没那么多的时间和精力，只想搞定一个女人。"

"那你希望我离开吗？"她将主动权直接抛给了男人。

年柏彦没马上回答，她与他对视。周遭安静下来，他抬手攀上她的脸，眉梢柔和："不希望。"低头覆上了她的唇。

素叶只觉深陷一片柔软的棉花团中，想要展开四肢逃离却越陷越深了，直到他的吻延绵到了她的耳垂："叶叶，不要乱想，一切交给我。"

"我讨厌叶叶这个名字。"

年柏彦却笑了："我叫的从来都不是你的名字。"

她陡然明白，一丝类似温暖又疼痛的东西将她团团围住。

素凯打电话过来的时候，素叶正在赖床。

"姐，有个叫巴纳的比利时人，是不是你的客户？"

素叶睡得迷迷糊糊，含糊地"嗯"了一声。

"前几天你担心的肢解案发生了，你的客户就在现场。"素凯的嗓音犹如秋雨般寒凉。

素叶噌地一下从床上坐起。

薄薄的雨雾像是扯不断的纱幔，巴纳就守在案发现场。素叶上前，看着前方从泥土里挖出来的一团团腐肉，强忍着想吐的欲望对巴纳说：“跟你梦境中的一模一样吗？”

巴纳一脸惊恐：“我梦见了这个女人，就是她！就是她！她果然死了，在现实中真的有这么个女人，她死了……被肢解了……”

“姐。”身后的素凯叫了她一声，示意近一步说话。

素叶起身。

“你没来之前，巴纳已经向警方说出了死者遇害的经过，经法医在现场的初步判断，死者受到肢解的次序和过程跟巴纳所描述的一模一样。”

“你这么说是什么意思？”

素凯扫了一眼不远处的巴纳，又看向素叶：“我们有理由怀疑巴纳。”

“你怀疑他杀了人？”

“不是怀疑，是这附近有见过巴纳的村民。”素凯语气也变得严肃。

素叶若有所思，半晌后摇头：“他不可能是凶手。”

“虽说有你这位心理医生作保，但在案情没明朗之前，他需要受到警方监视。”

“可以，但不要耽误他的正常工作，更不要惊动他的家人。”素叶语气坚决，“他的妻子身体不好，孩子也还小，他是家里的支柱。”

素凯点点头。

手机响了，是素叶的。接通后，何明的声音听上去很凝重：“巴纳的结果出来了，事实可能都不是我们想的那样，我建议你赶紧跟方医生安排合适的时间，他有必要重新做一次催眠治疗。”

素叶隔着雨雾看着巴纳：“我正有这个想法，事情已经完全超出了咱们的预料。”

素叶病了，那场大雨过后就来了场重感冒。这期间年柏彦给她打了一通电话，他人在出差，得知她生病后淡淡叮嘱，去看医生，多喝水。

去看医生？她没那么多的时间，紧跟着又投入到巴纳的个案中忙个不停。

“是我疏忽了。”曾经她给巴纳治疗过几次，后又为他做过睡眠中的脑电波分析，现如今将几组曾经做过的脑电波图拿出来一分析才发现问题严重，“我只在看到他的脑电波呈现△波时就下了判断，以为他那段时间没再做梦，病情好转。如果那时候能发现问题所在，也许惨案可以避免。”

何明的态度没之前那么冷漠，也许是见她鼻涕一把泪一把心生怜惜：“如何杜绝犯罪那是警察的事，我们能做到的只是安抚人心。巴纳在行为认知上绝对没问题，问题就出在他的右脑半球出现血管障碍，甚至开始阻碍他的末梢神经。”

素叶使劲揉着额头：“右脑半球一旦出现了血管障碍，就意味着这个人压根就不会做梦。”研究证明，人的右脑在做梦时，其感觉影响输送到左脑后，梦者才能说出梦的内容。

方蓓蕾终于开口：“他对催眠抵触性很强，但没关系，我还是得到了最关键的一点。”

素叶看向她。

“正如我们知道的，巴纳除了这次在中国长期生活和工作外，早年还来过中国一次，而那次的旅行令他十分不痛快，因为他目睹了一场车祸，那个司机撞了一个旅游的女子，为了以绝后患，司机竟然丧心病狂地碾死了那女人，后来将支离破碎的尸体埋在一处荒废的别墅附近。”

素叶沉默了良久后道：“这种经历必然会刺激到巴纳，巴纳生性胆小，当时又不大会说汉语，所以并没选择报警，这么多年来他并不知道，其实内心深处的愧疚感始终未除。在他第二次踏上中国的土地时，也开始了他的赎罪之旅，所以说，他所描述的梦境是他原原本本亲眼看见的，巴纳他是——”

“梦游。”所有人异口同声。

素叶闭上眼，一脸懊恼。

“原本是潜意识的赎罪，没想到真的让他撞见了多起肢解案。人的大脑有自我保护功能，它不允许自我机能受到伤害，也不允许巴纳主动寻找那段已经封闭的记忆，但人的潜意识又是真实的，避开大脑的审查机制，让巴纳记起所有的事，当然，巴纳记得的所有画面当时是梦境，事实上是真实发生的。只是他弄错了时间，是他先亲眼看见犯罪现场而后形成画面，因为地处偏僻，尸体很难被发现，查案又需要时间，所以对外公布就会延后，如此就会令巴纳误认为是他在梦中预测到了案情。”

她的话落下后，会议室里陷入安静，也许，每个人都在自省，如果他们能够早点儿发现……

“巴纳患有梦游，在我们这里可以得到确凿分析和证据，但问题是要看警方。”一直沉默的丁教授开口，“警方能不能相信巴纳是无辜的才是关键，毕竟，现在没有任何临床试验可以证明人在梦游期间是存在记忆的。”

所有人都看向素叶，因为都知道她弟弟正是这起案件的负责人。素叶抽出一张纸巾用力地压着鼻子，这才断了想狂打喷嚏的冲动，死死盯着放在咖啡杯旁的手机。

手机像是有了感应似的，突然铃声大作。她条件反射地伸手去拿却不经意碰倒了咖啡杯，滚烫的咖啡溅到了她的手指上，蹙了下眉头后赶忙接通了手机，一旁的记录员急忙抽出纸巾帮着清理会议桌。

她一直在听，过程中没有插言，最后才淡淡应答：“好。”

回到座位上，她的手指还在火辣辣地疼。

“警方解除了对巴纳的怀疑，因为已经抓住了罪犯。”

“太好了，要不闹得人心惶惶的。”方蓓蕾也松了口气，神情变得愉快。

“可怜之人必有可恨之处。”素叶说，“天底下的事就这么巧，当初巴纳亲眼撞见的车祸案，死者就是这名嫌疑人的未婚妻，他在精神上受到严重打击，将未婚妻的尸体埋好后，第一个下手杀害的女人就是那名司机的老婆，那名司机终日痛苦，在一次开车时死于意外。但报了仇的嫌疑人心理已经发生了扭曲，接二连三地犯案，只是没想到会被患有梦游症的巴纳撞见。警方已经在别墅的后山找到了嫌疑人未婚妻的坟墓，被他肢解的尸体很好认，他患有强迫症，所以尸体摆放都是整整齐齐的。”

丁教授无奈摇头，又是一个可怜人。

事情告一段落，素叶劝说巴纳入院治疗，巴纳在得知了自己的病情后沉默许久，最后同意。她终于松了口气，正想着如何同年柏彦交代时，却听到巴纳被年柏彦辞退的消息。

原来巴纳又跑回来上了班，却一时手误毁了原石的完整性，正巧被提前出差回来的年柏彦撞个正着，一怒之下，不但责令他赔偿原石，而且将他辞退。素叶打抱不平，叶澜拦住了她：“他压根没在办公室，一下飞机就直接去切割中心了。”

素叶忍不住冷笑：“怎么，还想看看巴纳有没有偷走钻石？”

“才不是呢，别把未来姐夫想得那么坏，那颗原石不是被巴纳给毁了吗？但总要对客户有所交代，姐夫到切割中心是打算亲自上手切割钻石。”

“啊？”

“因为整个精石集团会蓝色火焰切割技术的人，除了巴纳，就只有姐夫了。”

见到年柏彦时，他正盯着钻胚的锯切工作，因刚下飞机，他并没有换衣服，一袭简洁的白衬衫配黑色长裤，最简单也是最正式的装扮，与这里的工人格格不入。

任何钻石毛坯，有两道工序是必不可少的，这就是画线、起瓣抛光。一颗精工切割的钻石所产生的瓣面，其位置和角度都是经过精确计算的，使钻石发出最大的光彩。听说年柏彦主盯的这块钻胚光是画线就画了三个多月，也许是这样，年柏彦才会勃然大怒。看到他亲自上阵，素叶开始为巴纳的前途担忧了。

整整几个小时，年柏彦就坐在涂有钻石粉和润滑油的铸铁圆盘旁边，聚精会神地车磨着钻石的瓣面，只有最精准的研磨，才能将钻石最璀璨的光彩体现出来，素叶终于明白年柏彦性格形成的原因了。

他可以沉下心一坐几个小时来规整一块钻石，从最不起眼、暗淡无光的钻胚到最终经过他的手形成价值连城的璀璨钻石，不得不说这是个非常费神劳心的工作，稍有疏忽，就会毁了一颗美钻的未来。正因为他明白这点，又自小接触这项工作，才造就了他在工作中不近人情、严苛沉稳的性格。因为这个地方是不允许犯错的，哪怕只是一点点的差池都不可以。

工作告一段落的时候，年柏彦才推门出来，素叶避犹不及，正好跟他撞了个正着，如此近距离，也顺便看到了他蔓延入眼的疲累。

“你怎么在这儿？”他有些惊讶。

素叶原本是于心不忍的，尤其是看到他眼底的血丝，但又想到巴纳的遭遇，便忍不住说了句：“听说你把巴纳给辞退了。”

来往的皆是打磨中心的员工，这里没有所谓的隐私，也没有可供谈隐私的休息室或办公室，两人站在走廊上，年柏彦走到饮水机前接了两杯水给彼此。

“就是为这件事？”他蹙眉，说话间有切工上前将样图拿给他看，他看后点头签了字。

素叶也顾不上这里是否适合谈事，深吸了一口气：“如果他没被辞退，你至少不会亲自上阵。”

“那你又知不知道因为他的手抖差点毁掉了一颗价值连城的钻石？”年柏彦签完字后目光直接落在她的脸上，严肃苛刻，“而你，身为集团的心理顾问，竟有意对我隐瞒巴纳的情况，尤其是他手抖的情况，这不能逃脱责任。”

素叶的心跳瞬间漏跳了一拍，不经意想起在内蒙古的时候他看向巴纳时质疑的眼神，她知道巴纳手抖是致命的，也试图加以隐瞒，没料到千防万防还是没防过年柏彦的双眼。

“你不能辞退巴纳，一来他是集团的老员工，没有功劳还有苦劳，更何况他还是个顶级的切割技师。二来，既然你都知道了他的情况，就应该清楚他是全家的顶梁柱，你把他辞退了，他如何养家？他妻子怎么办？孩子怎么办？”

“工作是工作，人情是人情，你不是第一天出来做事，应该清楚职场的规则。”

“规则是人定的！”

“守住规矩就等同于有饭吃。”年柏彦字字权威，“你必须记住在这里工作什么该做什么不该做，尊重行规的人才能看得远走得远。”

素叶恨得牙根都痒痒：“你倒不如直接把我给辞了。”

“如果你犯了大错，我会这么做。”

“年柏彦，你拽什么拽？连给你卖命的老员工都敢辞退，你还有人性吗？”她的一嗓子引来不少关注目光。

他看着她平静地道：“这里，不是讲究人情的地方。”

“你——”她刚一开口就打了个喷嚏，眼泪顺着眼眶流了出来，拿出纸巾用力擦了眼泪和鼻涕后道，“谁摊上你这个老板谁倒霉。”

年柏彦眉头微微蹙紧：“你先到外面咖啡厅等我，忙完我送你回去。”

“不劳您大驾，我可不敢。”

窗外，亮起了霓虹。素叶像个可怜虫，使劲抽着鼻子。门铃响了，有点不合时宜。她懒洋洋起身，趿拉着拖鞋，披头散发，开门，门外站着的是她恨不得挫骨扬灰的男人。

伸手就要关门，他一下子抵住了房门，低叹：“叶叶，别闹脾气了。”

一句“叶叶”听上去磁厚温存，令她有瞬间的迷惑。她转身进了客厅，年柏彦走了进来，将超市袋子放进厨房后出来。见她抽着鼻子窝在沙发上，摸了摸她的额头。

她没动，眼睛红红的。

“看医生了吗？”见她不发烧，年柏彦稍稍放了心。

其实他出差提前回来是想看看她的病情如何，不料一下飞机就听说了巴纳的事，令他分身不暇。

“我还要为你拼死拼活卖命，哪有时间去医院？”

年柏彦听出她有赌气的成分，不怒反笑，进了厨房，再出来时手里多了一盒药，倒了杯温水坐在她身边：“如果我的态度令你很不开心，那我向你道歉。”他将分好的药片和水递到她面前：“但先把药吃了，病好了才能继续骂我。”

素叶看着他的目光，不同于在工厂的严肃到不近人情，他是柔和的，是极有耐性和好说话的，心口有点隐隐扯疼，不悦倒也压下了不少。

“听话。”他又低声说了一句。

素叶接过药，一仰头吃了。

“想吃什么，我给你做。”

她愕然。

年柏彦解下袖扣放在茶几上，挽起衬衫的袖子。素叶这才发现，他戴着的真的就是她送的袖扣。

她伸手拉住了他：“别做了，我没胃口。”其实她很想对他说，你歇会儿吧，你眼睛的红血丝看着都吓人。

“还生气呢？”

“我没那么小肚鸡肠，你公私分明嘛，我也不是什么胡搅蛮缠的人，只不过撞在了你的枪口上，让你逮个正着，杀鸡吓猴。”

年柏彦被她逗笑：“这么明事理还闷闷不乐？”

“废话，如果你接二连三地被扣钱，你还能长袖善舞吗？”她嘟囔道，“是我倒霉，先是你后是房东，一个个都把我往死里逼。”

“房东？”

素叶像是找到了发泄口：“要不说越有钱的人就越抠门，季付和年付不都一样是人民币？非要我年付不可！”

年柏彦表示不懂。

“年老板，你呢是高高在上的资本家，自然不明白我们小人物的苦楚，这套房子年付下来一共是二十一万六的租金。二十一万六啊，明白了吗？”

年柏彦奇怪地看着她：“难道让你季付，租金就能便宜了吗？不也一样是二十一万六？”

“可我不用一下子拿出二十一万六啊！”她抓狂。

年柏彦这才恍然。

“卑鄙的房东，赚钱赚疯了。”素叶愤愤不平，又突然拉过年柏彦，“你说我放点蟑螂进来行不行？”

年柏彦一愣：“为什么？”

“这样我就可以跟那个女人说房子不干净，讨价还价。”素叶狠狠咬牙。

年柏彦没料到她会想这么个损招出来，无奈低笑：“你慢慢想办法，我给你做饭。”

“年柏彦，你就不能发挥一下你在商场上的高智商帮我支个招吗？如果不是你黑心克扣，非拿我开刀不可，我也不用煞费苦心为了房租想办法啊。”

“出于我对你的了解，就算我没克扣你的工资，依照你的性子也会想出抓蟑螂降房租的办法。”

“喂，你不能见死不救。”

“我还是更热衷于拯救你的胃。”年柏彦说着，进了厨房。

素叶哀号，歪躺在沙发上大声嚷了句：“我头疼！头疼死了！”

年柏彦没搭理她，素叶将头埋进抱枕里，冥思苦想。

厨房里，年柏彦掏出手机拨了串号码。很快那边接通了，他将手机用肩头夹在耳侧，边切菜边压低了嗓音：“薛阿姨，我是柏彦……”

夜，渐渐沉落。

厨房里，年柏彦备好凉菜，动手做热菜时就听客厅里传来一声欢呼，他没停下动作，唇角微扬。很快素叶冲进来，一下子从后面将他搂住，年柏彦的白衬衫上很快沾上了她的鼻涕。

“什么事儿把你兴奋成这样？”他对身后湿漉漉的一片视而不见，专心择菜。

素叶拿过纸巾擦了擦他的后背，笑眯眯探头：“房东刚刚打来电话，改主意了，不但同意我季付，还降了点房租。”

“好事。”年柏彦笑了笑，“这么说，你用上你的蟑螂计划了？”

“当然，刚刚薛阿姨来电话我就跟她哭穷，我觉得她八成是催着我年付的，被我那么一哭，心也软了。”

“你哭了？”

“装的，你可别忘了我是心理医生，最能拿捏那些阿姨的内心，又跟她说家里有那么多的蟑螂，我个姑娘家的还得像个爷们似的跟蟑螂战斗。你想啊，这么高档的小区，一旦有蟑螂得多难租出去，她当然不敢撵我走了。”素叶冲着他得意地笑。

年柏彦看着她白皙的小脸，顶着个红鼻头，忍不住将她搂在怀里，吻了她的额头：“聪明。”

她的脸略红，男人的唇烫了她的心。没多会儿，四菜一汤上齐，素叶围着餐桌啧啧作奇：“我以为你会糊弄一下，没想到还有模有样的呢。”

年柏彦坐了下来，与她面对面：“我弟弟从两岁起就是我来照顾的，学都学会了。”

“你弟弟他人呢？”她是听说他有个弟弟，但始终未见人影。

年柏彦夹了菜放到她碗里：“在国外读书。”

“假期都没回来啊？”

“没有。他自小就在国外长大，早就习惯那边的生活了。”

素叶见他轻描淡写，像是掩藏什么，暂时没再发问，吃了口菜后，忍不住竖手指：“真好吃。”

“好吃就多吃点。”年柏彦又为她夹了不少菜。

她吃得开心却也没忘他眼底转瞬的情怀，咽下一口菜后迟疑着说了句：“其实我觉得……”又故意留了一半。

年柏彦自然也是聪明的：“想说什么就说吧。”

素叶就等他这句话呢，清了清嗓子：“我觉得，你跟你弟弟的感情不大好。”

“我权当你关心我。”他规避了她的问题。

“我是心理医生，说不准能帮你。”她诱惑。

年柏彦沉默片刻，似真似假地说了句：“谁娶了你会很倒霉。”

她微怔。

他却浅笑了：“我该好好想想未来如何与你相处了。”

她的肩头稍稍僵了下。

Chapter 10
你从来都不曾试着相信我

▼

年柏彦说一不二，巴纳最终没能保住自己的职位。素叶顺利通过了考试，那笔奖金也顺利地落入她的账户。

然而在一个午后，阮雪曼终于冲进了素叶的办公室，身后还跟着叶玉。素叶知道这一天终会到来，不过是时间早晚的问题。从同意进入精石集团那天起，她要的就不是偷偷摸摸，所以同事暧昧的眼神她可以视而不见，不经意窜走的流言蜚语她可以一笑置之，为的就是在某一天真正能够跟那个令自己母亲郁郁而终的女人公开宣战。

于是，这一天来了。

素叶波澜不惊，喝了口水："有什么话直说吧。"

阮雪曼暗自打量着素叶，她的眼角眉梢像极了当年的素秋，她似乎又看到了坐在枫树下与叶鹤峰婉约相笑的素秋，那个即使身穿廉价衣服却还是美得令人移不开视线的素秋。只是，素叶的眼睛比素秋凌厉，那凌厉可以穿透人心。

"好，那我就开门见山了，我觉得你不适合继续待在精石，看得出你也不喜欢这份工作。"

素叶笑了，放下杯子："断人钱财犹如杀人父母，想辞我？可以，先给个充分的理由。"

阮雪曼的嘴角抽动了一下。

素叶没给她回话的机会，轻描淡写道："还是一个处心积虑靠着双胞胎夺人丈夫的女人终究开始担心自己的罪孽会不会落在自己女儿身上，为防后患决定再次出手解决障碍？"

阮雪曼一下子像是被人戳了痛点："当初不要脸抢男人的女人是你妈！"

“妈——”叶玉上前规劝，“有话好好说，大吵大闹让人看了笑话。”

“你傻呀？自己的男人都快被人抢了还怕笑话？”阮雪曼皱紧眉头。

“怕是你当年爬上叶鹤峰的大床也是使了手段的吧？”素叶忽地轻轻笑了，又看向叶玉，“对了，你真应该听你妈的话，让她教教你使点什么手段才能笼住男人，哪怕故技重施也是好的。”

叶玉脸色苍白。

阮雪曼岂会令女儿吃亏，咬了咬牙：“你自己开条件吧，怎样才能离开叶家、离开年柏彦？”

“这话应该从叶玉口里问出来更有趣，是吧？”素叶冷眼看着叶玉。

叶玉死死咬着唇，好半晌才开口：“其实我们今天来不是跟你闹的，就是希望你能离开柏彦，叶家的股份你想拿多少都无所谓，只要能离开柏彦。”

“什么叫叶家股份想拿多少都无所谓？”阮雪曼一把将她扯到身边，低声喝道。

“妈，那是爸的决定，咱们谁都阻止不了。”

素叶没回答，却从阮雪曼和叶玉的话中得出重要讯息，原来叶鹤峰重提了股份，八成是想补偿她而打破了原有的股权划分。股份？鬼才稀罕！

“我的傻女儿啊，你跟她低声下气做什么？”阮雪曼将叶玉往身后一扯，像是保护自己小崽的母鸡似的，又冲着素叶说，“你个好好的姑娘如果正儿八经去谈恋爱，我和你父亲都双手赞同，但你竟不要脸地勾引了自己的未来姐夫，这话传出去你觉得好听是吗？别跟我说什么真爱，你这种女人能有什么真爱？还不是巴着叶家的股份？”

素叶非怒反笑：“你也说了我是个贪慕虚荣的女人，叶家施舍的那么一点股份对我来说怎么能够？女人做得好不如嫁得好的道理我还是从你身上学到的。年柏彦是谁？他是叶家的乘龙快婿，是精石集团一手遮天的决策人，有他疼着爱着，我想要什么没有？”

叶玉的脸一下子僵住了。

“你跟你妈一样都是贱到骨子里了！活该她死得早，要不然也会被自己下贱的女儿给气死！”阮雪曼怒火中烧，指着素叶的鼻子尖破口大骂，“我警告你，赶紧给我离开精石和年柏彦，否则别怪我不客气！”

“你有什么资格警告我？凭你的总裁夫人头衔？你别忘了，这个头衔也是你使手段抢来的，至少我妈爱得光明正大，而你呢？你敢说你一点手段都不曾用过？如果我是小三，那你岂不是小三的鼻祖了？论其手段，我可要对你马首是瞻！”素叶咬牙切齿，因为阮雪曼对她母亲恶毒的谩骂，心中仇恨的火焰也愈烧愈烈，一步步走近她，目光足以杀人。

叶玉却一下子蹿到阮雪曼身前，冲着素叶冷喝：“不准你这么说我妈！”

“还真是有其母必有其女，只准官家放火不准百姓点灯。”素叶冰凉的语气扫过叶玉的脸，一字一句，“怎么你也知道心疼自己的妈？行，我不说她，那就说说你怎么样？”

叶玉一愣。

对叶家的恨，像是漫上天的火舌，足以将素叶惯以骄傲的理智吞噬，没人会理解她的恨，这种恨已经深入到了她的骨髓和血液，哪怕明知前方是万丈深渊，哪怕最后要赔上她的一条命，她也要抱着这份仇恨同归于尽！

“之前你不是跟我打听过曾宇吗？想知道他跟我说什么吗？”素叶微微眯眼，“他跟我说，他很爱很爱曲艺，这辈子他都要跟曲艺长相厮守。”

“不可能！”叶玉的情绪突然变得激动。

“你跟曲艺那么好，难道不知道他们两个有多么相爱吗？”

“你说谎！”叶玉冲着她大喊。

阮雪曼见她不对劲，赶忙拉住她：“曲艺不是你的好朋友吗？她怎么了？曾宇是谁？”

叶玉却顾不上回答阮雪曼的话，冲上前一把箍住素叶的双肩，指尖近乎嵌入她的肩胛骨：“你都知道了什么？快说！”

“小玉啊——”

“阮雪曼，在你打算教训别人家的女儿之前，我建议你先看清楚自己女儿是什么东西！”素叶的肩膀疼得几乎断了，但也没甩开叶玉，强行忍着，她没料到平日看上去文文弱弱的叶玉手劲这么大。

“这么说吧，这个屋子里没一个好人，谁都别自诩谁是好东西。你阮雪曼处心积虑上了位，不惜踩着自己姐姐的肩膀，我勾引了未来姐夫，而你的女儿呢？她是在一次次勾引有妇之夫。”

“你说谁勾引有妇之夫？”

“当然是你女儿了。我勾引年柏彦至少他没娶我未嫁，而叶玉脚踏两只船的本事也不知道是遗传了谁！”

那天叶玉主动问及曾宇的事令她怀疑，私下查了才知道，曲艺是叶玉不错的朋友，后来结识了曾宇后闪婚，可叶玉爱上了曾宇，还多番纠缠。

“曾宇他……他不是真心爱曲艺的……他不是……”叶玉攥紧了手指，直盯着素叶，“如果他真心爱她，怎么会跟我上床？”

不但阮雪曼愣住了，连咄咄逼人的素叶也吃惊了一下，原来如此，之前她一直想不通，如果只是叶玉的苦苦纠缠，曾宇怎么会来找心理医生？事到如今，真相大白了，就是因为跟叶玉的出轨才导致他对妻子的内疚。内疚，有时候是把杀人的刀，自己无法规避，只好求救旁人。

“小玉！”阮雪曼像是遭遇一场噩梦，瞪大双眼盯着叶玉，“你别瞎说话，别瞎说！”

素叶却笑阮雪曼的自欺欺人，现如今叶家上下全都指着年柏彦，被他知道自己戴了绿帽子，叶家的生意谁来打理？叶家的乘龙快婿岂不飞了？

“素叶，你都知道了是不是？一清二楚了是不是？”叶玉突然盯着她，含泪的眼迸发陌生的凉意。

素叶岂会怕她：“当然，如果他们有需要，我还可以做他们的心理顾问。你自甘堕落不要紧，那就别趾高气扬顶着年太太的头衔来对我说教。我跟你不同，年柏彦的心在我这儿。而你呢，就算搭上了身体，不一样鸡飞蛋打？奉劝你一句，在爱情里不懂得保护自己的女人，就别怪男人会伤害你！”

“贱人！”叶玉突然一巴掌挥过来。

这巴掌来得又快又突然，一改叶玉平日温婉的形象，就那么狠狠地扇在素叶的脸上，与此同时，办公室的门也被推开，急匆匆从外面赶回来的年柏彦正好撞见了这一幕，身子一僵。紧跟着是林要要冲了进来，叶澜一脸惊愕地站在门口。

就在林要要准备跟叶玉拼命时，素叶却一个巴掌回了过去。

这一巴掌打得比叶玉还狠，还响，所有人都定住了，包括年柏彦。

突然，阮雪曼发了疯似的冲上来要抓素叶，素叶早就做好了迎战的准备，年柏彦大步过来，将她一把扯到了身后：“闹够了？”

叶玉受了刺激，指着年柏彦怒骂：“你当初答应过我什么？年柏彦，你是打算逼死我吗？是不是连你都巴不得我死？”

“你胡说什么？”年柏彦皱紧了眉头。

“她——”叶玉指着他身后的素叶，近乎歇斯底里，“为什么会知道那么多？为什么？”

“叶玉！”

“骗子！你们所有人都是骗子！”叶玉惊叫厉喝，身子一晃，昏倒在地。

阮雪曼哭天喊地，年柏彦见状松开了素叶，上前将叶玉一把抱起：“叶澜，赶紧叫救护车！”

叶澜吓得手指都在颤抖，紧张地拨通了电话。年柏彦又抬头看了一眼素叶，她站在那儿一动不动死死盯着他怀中的叶玉，双手攥紧，脸色像是被漂白水漂过似的，毫无血色。他看向林要要：“送她回家。”

林要要也大致揣测出发生了什么事，点头，那边素叶却抓起车钥匙冲出了办公室。

一辆耀眼的红车，近乎是在街头乱窜。

素叶加大油门，不管不顾地在车流中穿行，严重超速。脸颊还火辣辣地疼，紧握住方向盘的右手还在发麻，泪雾蒙了眼又被死死压下，死盯着挡风玻璃的前方，脑中的画面始终停留在刚刚，阮雪曼的呼天抢地、叶玉的歇斯底里、年柏彦最后看着她的眼神……她拼尽了全身力气来赢得这场战役，最后却发现自己也遍体鳞伤。

突然，脑中的画面伴着挡风玻璃的一声破碎声而支离瓦解，素叶整个人差点飞了出去，车头撞在了路边的树干上，惊飞了一群群的麻雀。心口被气囊压得生疼，肩胛骨更如同断裂般楚痛，有路人跑上前大力拍打着车窗，她迷迷糊糊抬头，眼泪却跟着滑了下来。

她踉踉跄跄地从车上下来时，有热心人报了警，还有人询问她是否需要叫救护车。素叶只觉得大脑一片空白，听进双耳的声音都成了毫无意义的嗡嗡声。这场不大不小的车祸引来了不少人的围观，还有不少年轻人用手机拍下这一幕。

她却冲到车子前，从后备箱中抽出工具杆，在众人惊叫声中像是发了疯似的开始砸车，周遭人吓得纷纷躲闪。她砸车的动作越来越激烈，车玻璃碎了一地，最后她冲着一地狼藉大喊了一声，喊完后，便跌坐在地再也起不来了。

是素冬亲自把她从警局带回家的。

"跪下！"素冬一个抬手，剑柄狠狠地抽打在素秋的后腿窝，她双脚一软，扑通跪在母亲的照片前。

"老素，你要干什么？"方笑萍冲上来要扶素叶，"今天受委屈的是小叶！你有本事就把阮雪曼那个贱女人揪到素秋的照片前下跪，让她诚心认错！"

"素凯，把你妈给我拉开！"素冬怒吼了一嗓子。

"爸——"

素冬干脆一把扯开方笑萍，怒火中烧："站到一边儿去，否则别怪我也跟你翻脸！"

"你——"

素凯忙将方笑萍拉开，劝说："爸现在在气头上，您别跟他顶着干。"

方笑萍气得一屁股坐在沙发上。

整个过程，素叶都安静得等同空气，双眼空洞地看着母亲的照片，泪已经没了，眼睛干涩地疼。素冬将太极剑扔到了一边，在她身后冷喝："你答应过我什么？"

"不会见叶家的人，不再与叶家人有一丁点的联系。"素叶缓缓开口。

"原来你还记得曾经答应过我什么！"素冬指着素秋的照片，"既然记得，那好，我要你当着你妈的面儿认错，承认自己做错了！"

素叶的眼波震了下，抬眼看着照片中母亲的眼睛，一字一句道："我没做错。"

"你没错？到了现在你还觉得自己没做错？"素冬一听更是怒了，"你不但瞒着我们去精石上班，还跟叶玉的男朋友弄得不清不楚，这叫没做错？"

素叶紧紧攥着拳，倔强地挺直脊梁："对不起我母亲的是叶家，做了亏心事的也是叶家，我凭什么不能去精石？是那个男人对不起我和我妈，还有阮雪曼和叶玉，我凭什么让他们好过？”

“所以你就主动接近叶玉的男朋友？”素冬大喝道。

“是。”素叶毫不遮掩地承认，“是她们逼我的，是她们！”

素冬气得一下子扬手。

“老素，你这一巴掌打下去，我就跟你离婚！”方笑萍冲上前。

素冬抬眼看着素秋的照片，半晌后抬手轻轻擦拭了一下相框：“姐，我没办法管教小叶，没办法了……”

“舅舅，”素叶见他那样心里难受，抬眼时已沾了泪雾，“我没有做错啊，没有。”

“难道真要出了人命你才觉得痛快？”素冬转身看着她，眼底悲凉，“小叶啊小叶，你压根就不了解你母亲的想法，也不知道我们的用心良苦！你以为不让你接触叶家是我的想法吗？那是你妈妈最后跟我说的话！她太了解你了，所以才不想让你受到伤害，不想让你终日活在仇恨里，更不想让你接触叶家而激起你的仇恨。”

一滴泪瞬间跌出眼眶，素叶不可思议地摇头：“为什么……”

“你以为你母亲恨你父亲吗？你以为让你姓素就是因为你母亲怀恨在心？不，她从来都没恨过。”素冬忍着心痛缓缓说道，“当年她抱着你离开更多的是要成全你父亲。叶家和阮家是世交，你母亲不能眼睁睁地看着你父亲被长辈为难，所以才离开，直到你母亲死，她都没恨过你父亲。”

“不可能……我妈不可能这么傻。”

“放手吧，要怨只能怨当时的年代。当年的事谁都算不上错了，但谁也算不上对了，你母亲就是看透了这点，所以宁可放弃婚姻，也不愿你父亲背负一生的骂名。”

素叶轻颤着肩。

素冬心疼，但还是忍住：“你好好想想我说得对不对！”在进房间之前，又冷喝：“都跟我进屋，谁都不准陪她！”

疼痛，从手心直钻进心，素叶轻轻摊开双手，手心已被玻璃割破……

叶玉醒来的时候，窗外已是夜色，睁眼时听到阮雪曼的哭泣声，还有涌上来的关切眼神，有父亲、叶澜、叶渊及二叔他们。见她醒了，阮雪曼赶紧叫了医生，医生检查后让他们放宽心。叶玉的眼神在寻找，终于找到了站在窗边的那个男人。

“我想跟他谈谈。”

叶鹤峰是最后一个出门的，在年柏彦肩膀上沉重地拍了两下，叹气离开。

年柏彦拉过椅子坐了下来。

叶玉转过头看着他，良久后轻喃：“对不起，我不应该怀疑你。”

“曲艺的事？”

叶玉点头：“是我当时太激动才失去了判断力，你是个说到做到、讲信用的人，怎么可能为了讨好谁而失去原则呢？”

“我相信叶叶当时只是气极了才会道出这件事，事后也不会到处乱讲，她从没对我提起过这件事，如果真想拿这件事来毁你，这件事早就被传得沸沸扬扬了。”

“你怎么没想过她是想保护你呢？”叶玉反问。

年柏彦微微挑眉。

“她不张扬，说不准是想维护你的尊严呢。”

年柏彦若有所思。叶玉看着他：“你之所以留下来，是不是有话要对我说？”

年柏彦抬眼：“叶玉，我们是朋友，不是吗？”

“是，所以一直以来你才尽心尽力帮我。”

“那么现在，你可否帮我？”

叶玉一愣。

年柏彦双手交叉，眼神温和：“我们分手吧。”

叶玉惊愕：“分手？你应该清楚分手的后果！”

“我们假扮情侣，难道还要假扮夫妻？”

“有什么不可以？”叶玉呼吸急促，“只有这样，我们才能各取所需。”

年柏彦轻轻叹气，再开口时已是坚决：“可是，我不想了。”

长街染了霓虹的颜色，一些老街坊三三两两地坐在槐树下，手里晃动着大蒲扇聊天、喝茶、下棋，生活原本简单。

客厅的门铃响了，素叶听到方笑萍略感诧异的声音：“你是？”

“您好，我是来找素叶的。”

是男人的嗓音，熟悉的低沉，熟悉的醇厚，素叶的肩头蓦地颤了下。客厅的灯啪地亮了，她下意识抬手遮光，指缝间映出客厅门口男人高大的身影。

年柏彦进了客厅就看见跪在地上的素叶，愕然，刚要上前却被方笑萍截住：“你到底是谁？”女人的第六感令她觉得来者不简单。

“我是年柏彦。阿姨，我要带走叶叶。”

素叶看着他，颈部蹿疼。

“年柏彦？”方笑萍皱眉喃了句，蓦地看向他，“你就是年柏彦？你赶紧走，这里不欢迎你！”

年柏彦无法上前，只好将目光落在素叶身上：“跟我走。”

素叶的眸波震荡了一下。

“阿姨，我需要跟叶叶好好谈谈。”年柏彦言辞恳切。

方笑萍微怔了一下，良久后重重叹了口气：“你快走吧。”他的眼神坚定而有力量，口吻似恳求却又权威厚重，她开始觉得，小叶和这个男人之间也许不是单纯的勾引与被勾引的关系。

年柏彦却怎么推也不走，上前一把将素叶抱起。素叶没料到他会这么大胆，惊喘了一声：“你放我下来。”

“不可能。”他低头看着她，语气重若磐石。

素叶努力看着他的脸，却只及到湛清方正的下巴。

“你敢带走小叶，就别怪我对你不客气！”陡然，一把太极剑架在年柏彦的脖子上。

方笑萍吓了一跳，年柏彦抱着素叶，脊梁倨傲地挺着，剑是开了刃的，锋利无比。

素叶惊骇地看着那把剑缓缓移到了年柏彦的喉结，却听他开口：“如果给你们带来了滋扰，我很抱歉。但今晚我必须带走叶叶。”

素冬被他的态度激怒，大喝一声，冲着他挥下来，方笑萍吓得惊叫一声，素叶下意识揪住年柏彦的胳膊。

那把剑离年柏彦的眼睛仅有几厘米的距离，再近一点点就能将他刺瞎，他未动，依旧稳当有力地抱着她。

她听到年柏彦很平静地问了舅舅一句：“现在可以让我带走她了吧？”

“站住！”

“舅舅，”素叶最终还是开了口，“让我走吧。”

素叶偏着头安静地看着车窗外，霓虹灯勾勒的建筑光影令她压抑，她缩了缩肩膀，搂住发凉的胳膊。男人静静地关掉了空调，又拉过她的手腕。她想缩回，便听见他命令：“伸手。”

素叶不听，还在挣扎。年柏彦蹙眉，方向盘一打，将车停在了路边，强势地掰开她的双手，这一看，他脸色铁青了。

途中车子停了两次，一次是停在 24 小时粥铺前，一次是药店。到家时，已是夜深，年柏彦送她进门后没马上离开，他拿了药，握住她的手说：“幸好伤口不深，给你上点消炎药，会疼，忍着点。”

她才发现原来他是多么细致的男人。

处理好伤口，他又端了粥出来，勺子轻轻搅动："喝完粥好好休息，有什么话明早再说。"

"明早？"她迟疑地看着他。

"明早。"年柏彦重复了句，一勺粥亲自喂到她的唇边，"今晚我留下，就在客厅，你有什么需要，随时叫我。"

素叶微怔："你不能在这儿过夜。"

"你需要我。"年柏彦放下勺子，"我也放心不下你。"

如果生命是一场恢宏的交响乐，那么素叶的此时此刻正是一段正在经历的灰色暗调低柔的篇章，上一小节是漫无目的的宣泄音符，下一小节却因年柏彦的出现而成就了如夜色般静谧的音符，或许因为眼前的这碗粥，或者是他包扎了她的伤口，总之，她的疼痛竟然减轻了不少。他说得对，她需要他。

他一勺一勺地喂，她一勺一勺地喝。两人谁都不提白天发生过的事情，就好像是她得了重感冒的时候他细致照顾，再平常不过的一个夜晚。

叶鹤峰坐在客厅的沙发上抽着烟，脸色凝重严肃。

阮雪琴在煮茶，动作娴熟，有条不紊，似乎阮雪曼的抽泣声压根就不及她对茶艺的兴趣。叶鹤城端了杯茶放在叶鹤峰面前，笑呵呵："喝口茶吧，消消气，大嫂这不也是爱女心切吗？"

"爱女心切？我看她是糊涂！"叶鹤峰不听这话还好，听了更火冒三丈，"堂堂董事长夫人，带着自己的女儿到自家公司里去闹事，有你这么当妈的吗？你让公司的人怎么想？你让柏彦怎么看你？还有小玉，原本身体就不好，现在直接住院了，你满意了？"

阮雪曼听了哭得更凶："你以为我愿意去闹事吗？还不是素叶那丫头把主意打到你未来女婿头上了？你那个女儿可厉害得很呢，做心理医生都可惜了她那块料，铁齿铜牙，哪能吃亏？你是没在场，要是在场，就能知道我们受了多大侮辱！"

"你去她办公室闹事你还有理了？"叶鹤峰大发雷霆，"捉贼拿赃，捉奸成双，你哪只眼睛看见小叶和柏彦有事了？别说他们两个没事，就算真的有事，你是不是也得把孩子们叫回家里说？这是家事，你不知道家丑不可外扬的道理吗？还闹到公司！我看你是越活越糊涂了！"

"我怎么可能会这么想？可怜天下父母心，叶玉也是你女儿，你不能老是偏袒素叶那丫头吧？她要是个省油的灯，那咱们小玉也不会气晕了进医院哪。"

"我和你夫妻这么多年还不了解你吗？别以为我不知道当年你抱着小玉跑到素秋面前威逼利诱，素秋才会一气之下离开，现在素秋不在了，我不过是想给小叶一点补偿，让她可以名正言顺地在我们叶家立足，有什么不可以？”

阮雪曼狠狠擦了下眼泪：“你想给，人家愿意要才行！”

“这个不劳你操心！”叶鹤峰冷喝了一嗓子，转头又看向叶鹤城，“你也是叶家一分子，对于我这个决定不反对吧？”

叶鹤城饮光杯中茶：“大哥，你是一家之主，一切你说了算。”起身离开时，悄悄给阮雪琴递了个眼神。

阮雪琴收了丈夫的眼神，提杯，轻抿了一口茶：“小叶有股份在手很正常，但这件事柏彦是什么意见？毕竟精石集团也有年家的一半儿呢。”

“柏彦跟我的意思差不多，他是个识大体的人。”叶鹤峰压了压气。

“那就好。”阮雪琴转动着手里的杯子，唇角始终勾着浅浅的笑。

阮雪曼冷哼：“什么识大体！我看他就是被那个狐狸精迷了魂。”

叶鹤峰冲她吼了一嗓子：“阮雪曼，今天我就把话说明白，你想在叶家待着就给我老老实实、本本分分的，再敢像今天这么胡闹，就给我收拾铺盖走人！”

“有你这么没良心的男人吗？我生了一对龙凤胎怎么就还挽不回你的心哪？这么多年了，就算我没功劳，也有苦劳吧？别以为我不知道你在想什么，你就对那个素秋念念不忘吧……”

一觉醒来，窗外是淅淅沥沥的雨，今年的雨水似乎特别多，让她误以为这是个无夏之年。

进了餐厅，年柏彦坐在那儿。家中没有剃须刀，他下巴是青青的胡茬儿，看上去男人气更重些。他在看晨报，见她醒了，笑了笑：“坐下吃饭。”

素叶看了一眼时间，已是早上10点多了。这顿饭吃得安静，饭后，年柏彦又为她在伤口上涂了点消炎药，幸好伤口不深。

“不是有话要说吗？”

“答应我，以后再怎么生气都不能伤害自己。”

“就这样？我还以为你会兴师问罪。”

“叶叶，”年柏彦将手里的双氧水放到一边，“我给你订了到拉巴斯的机票，等你到了，会有人安排你去乌尤尼，你在盐湖一切的衣食住行我都帮你安排好了，去那儿只管开开心心地玩，什么都不要想。”

素叶愕然地看着他。

“你不是一直想去乌尤尼吗？”

“你怎么知道？”

“你的电脑桌面都是盐湖。”

素叶这才想起，也许是他在她办公室无心的瞥见，却不承想入了他的心。

“你应该知道乌尤尼冬季去最美。”她的脸色略显苍白，他手掌的暖焐化了她内心最后一点的执拗，只是他的好令她透不过气来。

年柏彦将她揽入怀里，大手轻抚她的发丝，一下子近乎怜惜：“等你这次回来，如果再想去的话，我再给你安排一场冬季之旅，不着急。”

素叶靠在他怀里，良久后说：“进入天堂之境，应该是两个人。”话落，她感觉男人的臂弯僵了下。

“下次。”年柏彦许下不轻易许的承诺，“我向你保证。”

“我的意思是，我不喜欢临阵逃脱。”

“你想多了，我只想让你好好休息一下。”他低笑。

“年柏彦，我不是小孩子了，你——”

“就这么说定了。”

素叶见他一副不容商榷的态度，只好叹了口气：“我考虑一下吧。”

在这过程中，他的手机接二连三地响，听了她这话后，他逐一回电话。素叶坐在沙发上，抱着杯子，看着他站在窗子旁的背影，渐渐地，她又感觉到焦虑，她不想欠了谁的，一点都不想。

周一，网上蹿红的一条微博，有内部人士爆料精石集团总经理年柏彦秘密包养情人，其奸情被正室抓了个正着，微博里还附有年柏彦的侧脸照。这条微博迅速被转发，一些媒体也开始跟风，一天内，精石集团成了搜索次数最多的名词，年柏彦也成了脚踏两只船、私生活败坏的“典范”。

精石集团的确遭遇了麻烦，也就在这一天，纪氏在股市上狠狠打击了精石集团，在流言蜚语的当道上，借助股民们的舆论，纪东岩成功扼住了精石的股价，一开盘就令精石爆出了失利消息。翌日，有财经杂志、商业报刊爆出年柏彦因使得精石集团股价大跌而受到董事会的弹劾，于是乎有人评论：这就是所谓的温柔乡英雄冢。

素叶看到这则消息时出了奇地难过，胸口像是被重石压着似的喘不上气，也终于明白年柏彦要她去乌尤尼散心的原因了。这点未卜先知的本事，对多年商场打滚的他来说不算什么。

林要要提到精石现状也极为担忧，素叶问林要要怎样才能扭转局势，林要要想了想，说除非两种情况，第一，出面澄清绯闻；第二，年柏彦可以迅速拿下南非钻矿。

年柏彦也会打电话给她，但从不提及自己的境况，唯独关心的就是她行李收拾得怎么样，尽量在国内一次性多换取点外币等等的小事，弄得她想开口询问都有心无力。而这一天阳光格外地毒，素凯又带来一个爆炸性的消息：那个肢解案的嫌疑人死了，自杀。

当素叶赶到监狱的时候，素凯也早早地就赶到了，正与法医谈话，见她来了，简单介绍了一下，面色凝重道："嫌疑人是掰断了牙刷，将断口刺进脖颈大动脉自杀身亡。"

素叶闭上眼睛，这个还没等到她来做心理鉴定的嫌疑人，用了一种最极端的方式来与这个世界告别。

"嫌疑人在墙壁上留下个很奇怪的东西，姐，你去看看。"

墙壁上残留着斑斑血迹，呈喷射状，素叶看后不解，眉头紧蹙，嫌疑人为什么要面对墙壁自杀？很快她便找到了答案，正如素凯所说，墙壁上有一处被坚硬物体划出的图案，看上去像是只蝴蝶，但又不像，图案下面有一行小字，应该是偷着刻上去的：他淹没了上帝的城，用他的羽翼惩罚了有罪的人。我是有罪的，所以心甘情愿随他而去。

素叶满心疑惑，一时间也找不出答案来。

嫌疑人虽说不在了，但心理评估还是要做，因为无论是从嫌疑人的作案手法和后来素凯对他的审问视频上都不难看出他的确存在心理问题。素凯也同意她这么做，临走之前，素叶又叫住了他："帮我从交通大队拿样东西吧。"

巴纳因为动了手术一直住院，素叶一直想去看他，却因近日的流言蜚语束缚住了手脚。今天嫌疑人自杀，她不得不冒着被媒体拍到的风险去见巴纳，他算是受害者，有权利知道嫌疑人的最新情况。

她买了补品和鲜花直达神经外科，刚要进病房，却看到了年柏彦的身影，不由愕然。

两人聊得似乎不错，巴纳始终笑着。素叶站了足足 20 分钟，见年柏彦起身，躲到了拐角处，等确定他走了后她才敲门。

巴纳高兴地冲她招手，示意她进来。

"希望你早点儿痊愈。"

是间独立病房，采光不错。

巴纳靠在床头："买东西干什么？浪费钱。"

"应该的。"素叶轻轻笑着，"做了手术感觉怎么样？"

"挺好的，真是多谢了你们的关心。"巴纳笑呵呵的。

素叶心里有事，便拐弯抹角地问了句："我刚刚好像看到了年总……"

"哦，他刚走没多久，你们没碰上吗？"

素叶摇头："他怎么来了？"

"我啊，多亏了有年总，要不然哪能恢复得这么快呢？"

素叶听了更是不解："你怎么还感谢起他了？他不但让你赔偿钻石的损失，还把你辞了，你都忘了？"

“一码归一码，是我的错，年总他也是公事公办。”巴纳接过她递上来的水果，“其实他是个重感情的人，知道我压根没钱赔偿钻石的损失，所以自掏了腰包，还有，我的治疗费住院费、我妻子的疗养费，这些都是年总帮着付的，以他个人的名义。”

这是素叶没想到的，在她认为，工作中的年柏彦极度苛刻，用“铁面无私”来形容他简直侮辱了这个词，他更像是一台不近人情的冰冷冷的机器，利用强权压榨了手下所有的精力和青春。

“素医生啊，按理说年总没义务负责我的病情，这也算不上什么工伤。”巴纳抬手看了看，“我以后是做不了切割了，年总又托人帮我安排了一份轻松的工作，薪水还真不低，我知足了。”

“你和他以前真的是同一个师父吗？”她好奇地问。

“是啊，他是最出色的一个，也是最肯吃苦的一个。那时候学工挺苦的，尤其是大冷天的谁都不爱起床，年总是日复一日，凌晨 4 点半准时起床，然后跑步，回来再为我们带早餐。他是个十分自律的人，这点我们谁都比不上。还有一次，他在切割钻石的时候因旁边学工不经意手抖了一下差点崩瞎了双眼，可能就是从那次起他才更明白切割钻石的严肃性，所以他因我的手抖而将我辞掉一点都不奇怪，这项工作的确要精益求精，否则伤人害己。”

素叶似乎有点明白了。

“我听说了有关你们的事，别怪我八卦，我只是关心你们。”

素叶苦笑，拿过水果刀慢慢地削着苹果：“没想到绯闻中的女主角今天会来看你吧？”

“唉，你和年总之间的事情外人就不得而知了，我只是担心接下来的路会更难走。”

素叶削苹果的动作停滞了一下，很快又恢复正常。

“说点别的吧。”将削好的苹果递给巴纳后，她开口，“那名嫌疑人死了，自杀。”

“啊？”

素叶将事情一五一十跟巴纳说了，末了，又凭着记忆在纸上画了个类似蝴蝶的图案：“你见过这个图案吗？”

巴纳看了半天，摇摇头。素叶盯着纸上面的图案，眉头紧锁。

接下来的两三天，有关精石的消息铺天盖地，一条接着一条，并时不时夹杂着有关年柏彦私生活的绯闻，甚至有人爆出他一掷千金购得的南池子四合院大有来头。素叶时刻关注着这些消息的走向，渐渐地发现了端倪。

这场口水之战中凝结了两股力量，一股是想方设法将她和叶玉的事情抖出来，一次次不厌其烦地将舆论拉到年柏彦私生活的绯闻战中；另一股力量则不停地将舆论转移到精石集团身上，让外界更多地关注年柏彦本身，而非他身边的女人。

她从不否认最先爆料者包藏祸心，但像这般持之以恒的爆料者实在不容人小觑，她开始分析，究竟是谁那么想要置她和叶玉于死地，甚至，不惜将年柏彦拉下水？

而这一天，该来的人终于来了。

素叶见过年轻时的叶鹤峰，英俊瘦削，手臂却十分有力量，而现如今，她曾引以为傲甚至在受到小朋友欺负时希望能够像超人一般出现的父亲已经老了，两鬓斑白。

见她来了，他有些讨好地将店里最好的咖啡和最美味的点心一一点全。素叶没动眼前的咖啡，叶鹤峰见状，喝了一口后笑了笑："也难怪你不爱喝，太苦了，爸爸为你加点糖。"

素叶看着他的小心翼翼，多年盘旋在胸腔的怒火和怨怼又掺上了不知名的情绪，她以为心底的仇视足以支撑她对他的冷眼相对，但为什么喉头酸涩？

半个小时，叶鹤峰在说，素叶在听。在看到窗外那棵树上的叶子凋落时，她开了口："如果你今天找我是为了绯闻的事，那么我无可奉告；如果是因为股份的事，那么我可以清楚地告诉你，我不稀罕。"

叶鹤峰尴尬地搓了搓手："是我对不起你和你妈，今天我来找你不是求得你的原谅，无论你承不承认，我都是你父亲，我只想尽尽父亲的一点心意，我希望我的儿女快快乐乐的，叶玉、叶渊也好，你也罢。人生在世不需要大富大贵，能够活得开心自在才最重要。"

"你活得开心自在吗？"素叶毫不客气。

叶鹤峰一脸苍凉。

素叶攥紧了手指："你觉得你有资格对我说教吗？"

"孩子，对不起……"

纪东岩请素叶到了一家可以将整条长安街夜景都囊括眼底的餐厅用餐。事实上，素叶也曾来过这里，那一晚的狂欢让她成功引起了年柏彦的注意，而今，她和纪东岩就在精石的头顶，虽说只是一顿饭，但也能感觉得到精石内部隐藏的波涛暗涌。

"将我拉到这里用餐，是为了向年柏彦炫耀？"

"你错了，来这里纯粹只为美食。"

"开门见山吧，东岩，你不应该乘人之危。"素叶放下餐具，压低了嗓音。

纪东岩笑了："你一向聪明，应该知道我的用心良苦。"

"我知道，一石二鸟嘛。"她轻叹了一口气，"一是商场之争，压倒精石对你有利无害；二是你跟年柏彦一样，都想转移舆论方向。"

"这是最好的办法。"纪东岩拿起酒杯轻轻摇晃一下，杯中红酒艳若鲜血。

素叶转头看向窗外，若有所思，是啊，最好的办法。

纪东岩轻声说了句：“我只想让你知道，如果有人要伤害你，我纪东岩第一个不答应，不管对方是谁。”

素叶转过眼睛看着他，他的话令她心生温暖，却又陷入迷茫：“我一直很想问你一个问题。”

纪东岩放下酒杯。

素叶看向他的目光近乎求救，似乎只有他的回答才能拯救这几天她彷徨不安和迷茫不知所措的心：“在你成功打击了年柏彦后，你快乐吗？看到他身陷囹圄甚至不能翻身，这就是你想要的吗？”

人生在世，欲望如海浪般层层递进，最终站在浪尖之上的也就寥寥数人。她是明白这个道理的，所以支撑她走下去的不是对成功的渴求，而是长期压在心头的仇恨，但终于还是有一天有人跟她说：“你这样做一点都不快乐。”是的，她不快乐，所以才要问问眼前的这个男人。似乎，快乐这个词已经没人再提了，因为，忒俗。

果然，纪东岩很是诧异：“快乐？”

素叶轻轻点头。

纪东岩瞅了她半天，想说点什么咽了回去，拿起酒杯又放下，这个词似乎戳中了他的敏感点。良久后，他妥协：“说实话，从来没人问过我这个问题。”

“那你现在可以好好想想。”

纪东岩重拾杯子，慢悠悠地品酒，夜色的华彩与他指尖红酒的颜色相融，交织出微莹的光亮在他掌心慢慢摊开，正如心思的慢慢明朗。许久，他放下酒杯：“仇恨，原本就会让人变得不快乐。”

一句话中肯有力，却令素叶轻摇酒杯的手颤抖一下，有红酒溅出杯子落在她的手背上，殷凉的酒红如血般在她的肌理上洇开，心中蓦地掠过一丝薄凉的惊恸。

“那你为什么……”她敛眼，像是问他，又像是问自己。

纪东岩缓慢道：“当昔日的友情不再，我们也只能通过最赤裸的进攻方式来证明彼此的存在。”

素叶倏地抬眼看着他。

他笑中略带苍凉：“方式残忍了些，但似乎只能这么做，所以快乐与否已经不重要了，重要的是我和他还都活着。”

后来，素叶去了医院，是去看叶玉。

病房的环境甚好，素叶推门进来的时候，有大片的阳光倾泻在地毯上。叶玉躺在病床上，阳光打落在她的脸颊上，让她看上去略显苍白。

“我不想见你。”

素叶没动怒，语气亦是平静：“我的想法跟你一样。”

叶玉噌地一下坐起，呼吸急促：“那你还来干什么？只是想看我死没死？那你看到了，我还活得好好的。”

“你在曾宇、曲艺或年柏彦面前也是这么歇斯底里吗？”

叶玉使劲咬唇，直到咬得失去了血色才松口：“柏彦已经提出要跟我分手，素叶，你如愿以偿了。”

素叶一愣，她没想到年柏彦会如此干脆。

“你死了心吧。”叶玉盯着她，一字一句，“我不会同意跟他分手，绝对不会！你不让我好过，我也不会让你好过。素叶，柏彦一旦始乱终弃，那你现在的角色跟我妈当年有什么区别？”

这句话如当头棒喝，久久在她的脑海中挥之不散。

又过了两日，不知谁突然爆出一条视频，这则视频彻底扭转了近日来对年柏彦不利的舆论方向。

视频的内容清晰明朗，是个女子当众砸车。爆料者拉出了人物关系，并绘声绘色描述，此女子就是被媒体曝光的年柏彦秘密情人，真相是，秘密情人不过就是一厢情愿而已，事实上是她自从进了精石集团后迷恋年柏彦，而年柏彦始终不予理会，一怒之下砸车泄愤。

一时间，大家的目光全都被转移，纷纷口诛笔伐视频中女子的不检点行径，原本被网友们褒贬不一的年柏彦也成了众口一词的好男人。

“一晚上了，你就不能跟我说点什么吗？”这一晚，丁司承约了素叶吃饭，她聊了她的同事、她的朋友，但唯独没说她自己，如此一来，才令他着急。

素叶轻轻笑着：“我说得嗓子都快哑了。”

丁司承知道她有心搪塞，肃了神情：“好，你不说那我就直接问，你跟年柏彦到底有没有关系？”

素叶看他皱眉的样子，竟不期然地想起年柏彦冲着她皱眉严肃的模样，心中恸了下，这才真正明白，原来自己曾经的那份暗恋已经悄无声息地遗失了。

“没有。”

“但年柏彦——”

“一切都过去了，该结束了。”素叶轻声打断了他的话，敛下睫。

丁司承还要说什么，素叶又道：“你和要要都是我最好的朋友，所以我希望你们两个能够开开心心的。你一定要给要要幸福，如果你做不到，或是日后辜负了要要，我会痛恨你，真的。”

丁司承的心口一凉，如万箭穿心后喷洒在冷冰中的血糊在了胸口上。

素叶出电梯时楼道很是安静，走廊尽头，月光洒落进来，勾勒出男人高大修长的身影。素叶一愣，头顶的感应灯亮了，映清了男人的脸。

是年柏彦。

他倚靠在窗子前，手里夹着烟，那目光严苛得骇人。素叶的心不由得蹿了一下，从他那个位置正好可以看见丁司承送她回来。

“你怎么来了？”他的出现令她心慌。

开了门，年柏彦也跟着进来：“为什么不接电话？”

素叶回头看了他一眼，如此近距离的打量中她才发现他的眼里布满血丝，也许是又没休息好。

“该说的都说了，所以没必要接电话。”她走向沙发，将手里的包往沙发上一扔，还没等坐下，男人却大踏步上前一把扯过她的胳膊。

“你知道自己在做什么吗？”

“我只知道你抓疼了我。”她抬眼，神情淡漠。

年柏彦眉头一蹙，手却松开了。

“感谢你的好意，只是我不会去乌尤尼。”

年柏彦看了她良久，肃眸微眯：“为什么擅自把视频放在网上？我年柏彦还没沦落到让女人出卖尊严来保护自己的地步！”

素叶看着他，她就知道他是聪明的，这点小伎俩怎么会瞒得过他？

年柏彦责备完就后悔了，她的脸色看上去如此苍白，扯得他的心都在叫嚣着疼，低叹着将她搂入怀中：“你放上去的消息我会想办法处理，别糟蹋自己。”

他的气息依旧甘洌好闻，素叶想哭了，就这样静静地窝在他怀里几秒钟，在这几秒里，她深深记住了被他拥抱的感觉。所以，很快她便将他推开了，起身：“你走吧。还有，我要辞职。”

年柏彦微怔，紧跟着目光一肃：“站住。”

她顿步。

“你说什么？”

“年柏彦，你不会天真地以为我这么做是为了帮你吧？”

年柏彦走到她面前。

“我知道你喜欢我，我更知道你在等着我的回答。你早就知道我接近你的目的，所以你一直在等我放下仇恨，你很有自制力，我也很清楚在我没明确心意之前你不会碰我，所以我才会无所顾忌。”

“你想说什么？”

素叶自顾自地倒了杯水，背对着他：“将视频放上网不是我要帮你，而是帮我自己。你我之间，以后就互不相欠了。”

她的背影落在年柏彦的眼里，素色长裙更像是一抹安静的影子，鹅黄色的光影分摊着这抹影子，让人想去牵扯却又无能为力。他微微眯眼：“你我之间互不相欠？”

冰凉的水温冲破手心的温度又刺穿骨骼，凉得手指的末梢神经都失去了知觉。她转身，感受到男人正在压抑着的怒气。

“一切都是我的错。”放低了语气，她的眼角眉梢是无尽的歉意，“我痛恨叶家，从开始到现在从未停止过。没错，我是一个可以为了报复而利用任何人做出任何事的人，而你，年柏彦，正是我用来打击叶玉和她母亲阮雪曼的对象，请原谅我这么自私，但伤害你真的并非我的本意。”

她的神情异常安静，却令年柏彦心乱如麻：“我要的从来都不是你的道歉，你应该清楚因为对方是你，我情愿身陷囹圄，这些对我来说都不算什么。”

“可我能给的就只有道歉。”这恐怕是他第一次如此清晰地告诉她，他是爱她的，可这句话背后的感动是她万万承受不起的。

“在你向我道歉之前有没有想过，我可能会为你做得更多？”

素叶攥了攥僵冷的手指：“年柏彦，我承受不起你的好。从今以后，你就当我是个陌生人，哪怕以后路上遇见了，也不要管我，不要理我。”

“你叫我怎么当你是陌生人不管你、不理你？别向我道歉，我说过事情我会处理——”

“我要怎么说你才明白？我不喜欢你，正因为无法喜欢，所以才想着补偿，就是这么简单。”

年柏彦一言不发地盯着她，薄唇近乎抿成了一条线。

良久后——

“在你心里的那个男人是谁？”

素叶一愣。他靠近她，一字一句问：“蒋彬，还是丁司承？”

她张了张嘴，这两个名字如倒嚼似的来回折腾，却始终道不出个合适的名字来。

“嗯？”男人威严。

“丁司承。”素叶说出曾经在心底徘徊的名字，“我暗恋他，我——”

年柏彦突如其来地吻上了她的唇，堵住了她的言语。素叶没料到他会如此，大脑嗡的一声响，他的吻更像是惩罚，她的舌根发痛发涨，下巴的痛一直蔓延到了唇畔。

“你心里到底有没有我？”末了，他低问。

“没有。”她不敢有所迟疑，连眼神的细微变化都不能有。

她能感觉得到男人的大手压在她后脑的力道有点发狠，逼得她透不过气来。半晌后，年柏彦才缓缓松手，宽厚的手掌穿过她的长发，强迫她不得不直视他的眼睛。

“不碰你是因为我想……”他开口，逐字逐句落在她脸颊时是那般清楚沉痛，“我想去好好感受珍惜一个人的感觉。”

他深深看着她，足足有一分钟的时间，落下最后一句话：“素叶，你从来都不曾试着相信我一次。”而后转身离开，头也不回。

当房门合上时，她跌坐在地毯上，紧紧捂着发痛的胸口，其实从一开始她就明白，她终究会失去什么。

素叶正式提交辞呈，办完后回办公室收拾东西。

“年总在外出差，临走前嘱托我来帮你收拾东西。”许桐敲门进来说。

素叶赶忙阻止，许桐却坚持，抱着一摞文件：“这是年总交代下来的任务，不完成是失职。”

“你不帮我也没人知道。”

“不行。”

上午10点多，阳光如金子般碎亮，这应该是她第一次认真地打量许桐。其实许桐挺漂亮的，只是平时太过严肃才会错失良缘。

“你觉得我卑鄙吗？”不知怎的，她很想知道许桐对她的看法。

“卑鄙不卑鄙对我来说并不重要，重要的是，我只看到了那天年总为谁着了急。”

指尖像是碰触到了尖锐的东西蓦地疼了一下，素叶迅速收手。

“那天出事的时候，年总正在外面跟几个重要客户谈合作，接到电话后直接赶回了公司，合作的事都耽误了。”许桐语气平静。

素叶没抬头，心口却像是旧患未愈又被人刺了一刀似的。硌疼手指的是个金属相框，平时摆放在电脑旁，是她在内蒙古时盛装的照片，年柏彦帮她拍的。

许桐顺着她的目光却看到了相框：“这张照片拍得真好看。我觉得有时候拍照片就像是谈恋爱，有心的人才能捕捉到对方最美的一面。”

素叶略显尴尬，刚要拿走却又听许桐问了句：“我听说在内蒙古第一晚年总喝了不少酒，是吗？”

“那晚来了很多他的朋友。”素叶尽量轻描淡写。

“我猜的却是，如果不是情况特殊，他连朋友的情面都不会给的，这两年他已经很少喝酒了。”

素叶一愣，抬头看着许桐。

“你还不知道吧，在早年他因胃出血住过院，那是我第一年做他的助理，当时吓坏了，他却让我不要告诉任何人。”

“怎么会这样？”

“应酬呗。”许桐一脸无奈，“外界都以为他是空降兵，实际上压根就不是。早年他就每天奔波在钻石矿和零售商之间，不拿出诚意来，谁肯合作啊？那几年他几乎都是在酒桌上度过的，终于有一年他喝得胃出血进了医院。

“你想象不到年总穿着一身破旧工人服肩扛箱子大汗淋漓的模样，我第一眼见到的就是那样的年柏彦，不像今天西装革履、沉稳潇洒。他为了一份合同给人低声下气过，为了一份订单陪着客户在四十几度的高温下打高尔夫差点中暑昏倒。他也不耐烦过，因为某个千金缠着他学切磨。

“他也在酒桌上愤怒离席却又回头赔礼道歉过，只是因为想要争取更多的客户。他比平常人经历得多得多，自然就学得如何在纷争中全身而退，如何在明争暗斗中应付自如，如何在诱惑中沉稳持重，连他的自律性都远远强过太多人。素医生，这样一个男人想在应酬中不喝酒，难吗？”

素叶回想着那晚的情形，心头倏然划开了一道口子，似暖又疼。

这个上午犹如漫长的世纪，素叶不知道是如何收拾完的东西，送走了许桐，她进了洗手间，冰凉的水珠沁了一脸，这才稍稍好受些。

她刚刚坐在马桶上，有人推门进来。

“没想到素医生说辞职就辞职。”素叶听得出是人事部主管的声音。

“闹了那么大的事儿，她能不走吗？要是我的话，也得走啊。”是财务部主管。

“你觉得他俩真有事吗？”

“有吧。素医生入职第一天不就有传闻出来了吗？”

“谁规定上司不能跟下属一起用餐了？”人事部主管不以为然。

“他们之间的事咱们外人也不清楚，不过有件事倒是我清楚的。”财务部主管卖了个关子。

“什么事儿啊？”

财务主管压低了声音：“你知道这次员工的内部考试吧？”

“知道啊，素医生还拿了个全优。”

“公司给取得全优的员工奖金是两万，顾问也不过三万，素医生拿了八万。”

“怎么这么多啊？”

“小点声。”财务主管“啧”了一声，“我是无心听到的，原来考试之前年总就来找过我们总监，以他个人名义划了五万垫在公司三万奖金的账上。”

“年总还能做出这事来？”

“可能他们两个真的有关系，不过是私底下给她零花钱罢了。”财务主管嘱咐，“这件事你哪儿听哪儿消，千万别出去乱讲，否则我们总监非开了我不可。”

“放心吧。”

“唉，说实话，我还真挺不舍得素医生走的。”

“我也不舍得啊，她这个人平时看着挺市侩的，但实际上是个热心肠，对工作又认真。别说她每次的培训都挺精彩的，就单拿巴纳师傅的事来讲，她出了不少的力。”

“算了，人家都辞职了。”

两人离开了洗手间。

素叶的脸，出了奇地苍白。

八万，他拿捏得真准啊，不会多到令人起疑，亦不会少到令她失去了动力。

“年柏彦……”

她轻轻吐出他的名字，却疼得只限于唇畔。

丁司承这阵子有点心不在焉，林要要不知道他是怎么了，唤了他几声后他还是木木的，她无奈，干脆在他耳边大声喝了句：“丁司承！”

他这才反应过来，看向林要要的眼睛有些迟疑：“怎么了？”

“没什么，就是让你帮我看看哪套衣服更合适。”

“哦，都挺好看的。”

“你真没情调。”林要要不搭理他了，继续挑选衣服。

突然，目光所及一件黑色抹胸短裙，林要要刚要伸手去拿，岂料被一只染有蔻丹的纤纤玉手捷足先登：“渊，你觉得我穿这件怎么样？”

林要要讨厌这种矫揉造作，刚准备提醒她要有个先来后到，没承想目光撞到了不远处的男人身上，一时怔愣——现在真成了地球村了吗？走到哪儿都能碰见他？

今天的叶渊穿得十分休闲，整个人悠哉地靠在衣架旁。

“司承，咱们去别家店逛吧。”林要要厌烦地皱了皱眉。

丁司承还没反应过来，叶渊大步上前拦住了林要要的去向，偏头看着她似笑非笑：“毕竟相识一场，翻脸不认人不好。”

林要要条件反射地炸了锅，毫不客气地冷喝：“让开！”

叶渊却置若罔闻。

丁司承开口："叶公子，公共场合为难个女人太不应该了吧？"

叶渊的目光在丁司承身上定了定："你是？"

"丁司承，素叶的导师。"他故意提及了素叶的名字，不冷不热地冲着他一伸手。

叶渊略显惊讶，伸手与他相握："幸会。"

"还有——"丁司承松手，话锋一转，搂过林要要，"如果要要在之前有得罪过叶公子的地方，我替她向你道歉。要要性子急，可能什么时候闯了祸都不知道，每一次都是我不得不出面为她善后。"

叶渊含笑看着两人的亲昵状："哪里，丁先生客气了。"

"那我们就不打扰了。"

"哎——"叶渊在身后叫住了他们两个，"你女朋友挺喜欢这家店，我们走便是。"

"渊……"一直沉默的女伴一听急了。

叶渊没搭理她，径直走出旗舰店，那女伴狠狠瞪了林要要一眼后赶忙追出。

突如其来的小插曲令林要要失去了购物的兴致："这年头姓叶的人还真多，满大街都是。"

丁司承慢悠悠道："姓叶的倒是不多，只是被你碰巧赶上了。他就是素叶同父异母的哥哥叶渊。"

林要要先是一愣，很快咬牙切齿："早知道他的身份，我刚刚非把他祖宗三代给骂个遍不可！"阮雪曼的一番厮杀让她清楚了素叶的家境情况，她倒不怨素叶，只是心疼在前番的沸沸扬扬中素叶做了牺牲者。

"好了，以后见到他躲着点就行，这个人是出了名的公子哥。"

林要要不以为然："最好别落我手里，否则，整死他！"

又逛了近两个小时，林要要进洗手间的时候，腿肚子都快要抽筋了，对着镜子稍稍整理了下妆容后低着头洗手，没注意洗手间的门开了。

那人手里拿了个提醒牌立在门口，洗手间的门缓缓关上。

林要要没关注那么多，直到被人从身后搂住时吓得一声惊叫，紧跟着被男人捂住了嘴。

男人偏着头："小点声，让你男朋友看见这一幕可就不好了。"

林要要这才从镜子里看清楚对方是谁，骇然瞪大了双眼，他胆子太大了，竟敢闯进女洗手间。林要要用力挣脱，无奈他的力气太大。

"我可以放开你，但你保证不叫。"

林要要只能点点头。

他渐渐松开手，林要要猛地推开他，冲着门口跑过去，岂料叶渊手长腿长，将她的身子往门板上一按，俯下头吻住了她的唇。

林要要倏然瞪眼，整个人都动弹不得，他的齿咬疼了她的唇，很快她红了眼。见状，叶渊放开了她，似笑非笑："还敢不敢跑了？"

"叶渊，你个浑蛋。"

"终于叫我的名字了？"

林要要死命挣扎："你们叶家没个好东西！"

"这话听谁说的？"

"不是吗？没你们从中搅和，小叶能离职吗？"

叶渊一听乐了："看来是不错的朋友，这样也好。我是小叶的哥哥，你是小叶的闺密，咱们近水楼台。"

"滚你娘的近水楼台！"林要要低头就要咬叶渊的手腕。

叶渊一缩手，却腾出另一只手钳住了她的两只手腕。

"挺漂亮的姑娘，怎么骂人呢？"叶渊凑近她，"好香啊。"

林要要趁机一抬腿，冲着叶渊的胯下撞上去。

这个力道不轻，再加上叶渊没有防备，陡然吃痛，手劲一松，放开了她，弯下腰："你……你……"

"别以为本姑娘好欺负，你最好离我远点，否则我会让你彻底报废！"

这是素叶搬来三里屯后第一次来这边的酒吧，穿过老酒吧区，她和林要要最终选择了一家静吧。鸡尾酒点了不少，或是以金酒、君度、蓝柑酒、绿薄荷酒和雪碧调制出的"碧海蓝天"；或是以白兰地、白可可、牛奶及绿薄荷调制出的，最后以绿樱桃加以装饰的 Green Sword；或是利干金酒、当酒、鲜柠檬汁、蓝柑桂酒配以薄荷果调制而成的 Piccadilly Park，花样繁多，喝得倒也痛快。

林要要大有舍命陪君子的架势，跟她边聊天边喝酒，笑语不断。刚开始，大家都各谈各的，林要要说丁司承如何只顾着工作，素叶说舅妈当年如何在菜市场力战群敌的经典事迹，直到最后，也许是酒精作祟，素叶终于谈及了她的母亲素秋、她的父亲叶鹤峰以及那个令她恨之入骨的叶家。

林要要以为素叶会哭，但是没有，只是当她在提及母亲临终前的时候嗓音哽了下，很快她轻抿了一口酒，又恢复了正常。

她始终没讲有关她和年柏彦的事，甚至连年柏彦这三个字都没有提及。素叶不提，林要要也不问。

素叶去洗手间的时候，有人挡住了林要要的视线，误以为是搭讪，刚要驱赶却在看清来人后吓了一跳，手一松，酒杯咣当落在桌上："年……年总，您……您怎么在这儿？"

年柏彦伸手扶稳了晃荡的酒杯，坐在林要要面前。微弱的光偏移过来时，林要要看见他的眼角眉梢泄露出一丝倦怠和憔悴。

"别让她喝太多酒。"他掏出钱包，放下一叠大钞，"这是今晚你俩的花销。"

"不不不，年总，我们不能要您的钱。"

"拿着。"年柏彦命令，"万一从酒吧出来她饿了，你就带她吃点东西去。"

"哦。"林要要收下钱，不由想到素叶与年柏彦第一次相遇的情景，也是在酒吧，也是年柏彦结的账。

年柏彦放了一张名片："这种地方再安静也是鱼龙混杂，什么人都有，我已经跟这家酒吧的老板打过招呼，他会盯着你们的安全，这是他的名片，遇上麻烦，你可以给他打电话。总之，不要玩得太晚。"

"谢谢年总。"林要要接过名片，这是怎样的男人啊，才会如此事无巨细。

他起身，临走之前叮嘱了林要要一句："不要跟她提及我来过。"

Chapter 11
他在长街南，她在长街北

▼

转眼到了 8 月末。

这个月份，清了荷香，淡了月色，多了蛙鸣，高了天空。

古街狭窄，屋檐相对，成一线天，两侧小楼相依，隔街携手授碗。老船夫摇着船桨，跟着收音机哼着小曲儿，木船便慢悠悠地漂移在水中，偶尔能听到来往小船上船夫相互打招呼的声音。

素叶坐在木船里，透过小小的窗口可见两边灰瓦白墙的小楼，有外来人在青石板上悠闲散步，也有本地江南女子曼妙轻笑。

自从她辞职后就离开了北京，在长白山待了近半个月，又选择了这座昆曲的发源地千灯镇，住在一家有特色的客栈，起床听见鸟儿叽叽喳喳的声响，看着各家各户炊烟袅袅，享受脚踩青石板的惬意。也许，这是她要的生活。

船只楼间过，其中一艘堆满了锡箔纸锭，七月半了，以锡箔折锭，焚烧，这叫作“结鬼缘”。

素叶下了船后方觉腹空，便选了当地最好的一家餐厅用餐。餐厅的环境不错，看得出是专供外地有钱人跑来打牙祭的，进门是昆曲中仕女们的雕刻，栩栩如生，原材料均采自昆山的昆石。她要了个观景位，将千灯镇最有代表性的江南美景纳入眼底。

看着看着，视线不经意落到了旁窗，旁边亦是个包厢，开着窗，她一眼捕捉到了正在品茶的男人。

他坐在她视线的斜对面，身边一曼妙美女如菟丝草似的缠在他的怀里，染有蔻丹的手指若有若无地轻抚他的肩头，眼角眉梢尽是魅惑。

素叶愣住，年柏彦，他怎么会在这儿?

也许是她的目光太过关注，男人像是有感应似的抬眼，两人的目光就这么不期而遇地相撞，素叶的心咯噔一下，年柏彦似乎也没料到会在这里见到她，稍稍惊愕后，唇际隐隐泛起一丝笑意，就这么与她隔空相望。

半扇窗，遮住了包厢里的全貌，她只能看见他的脸，她拿起筷子食不知味，手指发颤，心脏掀得很快。

在遇上他之前，素叶以为自己已经找回了平静，等她回到北京后即使与他相遇也会心平气和地说一句你好，或者干脆擦肩而过；但今天就这么不期而遇，她才清楚地知道，原来一切的平静都不过是伪装。

悄悄抬眼，年柏彦已不再看她，看情形像是应酬，有人嚷着要给他敬酒却被他压了下来。素叶又隐约听到什么投资拍电影的事，这才觉得他身边的女人挺眼熟，又打量了一番才想起，她不就是当红明星白冰吗？别怪她想起来得迟，主要是不经常看娱乐消息。

这个白冰目前炙手可热，频频亮相国际电影节。林要要十分崇拜白冰，也曾跟她提过白冰最近正在接一部内地电影，貌似外拍地会选一处真实的古镇，看样子林要要说得没错，白冰出现在这儿八成就是在拍外景。只是，年柏彦怎么会和她在一起？

素叶的脑子里已经转了好几道弯，难道年柏彦跟她有什么关系？为了她，他特意来这里探班？心中突然泛起酸楚，想去喝口茶压下去，不承想茶水入喉也是酸得涩口，将茶杯往桌上一放：什么破茶这么难喝！

白冰还在不停地向年柏彦劝酒，红嘟嘟的小嘴近乎快贴上他的下巴了。素叶皱着眉头，别说是年柏彦了，就连她看着都心动。

年柏彦倒是没接白冰的酒，始终喝着茶，可那白冰夺过他手中的茶杯，将酒杯抵在他的唇梢，还娇滴滴说了句：“您要是再不喝的话，那我就亲口喂您了哦。”

这句话顺着风飘进素叶的耳朵里，瞥见年柏彦轻抿了一口酒。该死的男人，他还真享受软玉在怀。

白冰笑靥如花，更是黏着他敬酒。素叶真心看不下去了，二话没说，冲到了隔壁包厢，想都没想，直接推门进去。

“年柏彦，你是不是还想胃出血进医院？”

原本一句气汹汹的话，不承想脱口就后了悔，素叶是闯了进来才发现包厢里不只有白冰，还有很多她不认识的男人，七八个的样子，他们的谈笑风生被突然闯进来的她给打断了，纷纷转头看向她。

“素医生，你怎么在这儿？”

素叶转睛，下一刻真想挖个地洞钻进去，原来许桐也在餐桌上。有她在，年柏彦怎么可能会喝到胃出血？

坐在主位的男人没开口，她也没再多看他，许桐倒是热情起身上前拉住她："既然有缘碰上了，坐下来一起吧。"

"啊，不……用了。"素叶故意对不远处男人的眼神视而不见，却顺口说了一句这辈子都令她咒骂自己愚蠢的托词，"我……我是走错房间了，你们继续。"

走错了房间？那么她也叫错了名字吗？出了包房，素叶恨不得扇自己的嘴巴。

都是因为有了心中牵挂的人，这座城才变得有意义。但素叶因为年柏彦意外出现变得心情恍惚，没滋没味地逛完了余氏典当后，她又转回了石板街。这原本就是一座不大的古镇，兜兜转转，总会重逢。

于是，素叶便又看见了年柏彦。

他在长街南，她在长街北。

青石街上来来往往的人，她还是一眼就看见了他，人群之中，他鹤立鸡群。

他似乎早就看见了她，所以才驻足停留。难以言喻的悲恸和酸楚涌上了心口，素叶想转身走，双脚却如灌铅。年柏彦朝这边走过来，她听到了心跳声，呼吸变得艰难。直到，男人走到了面前。

她强颜欢笑："好巧。"

年柏彦看着她，双手插在兜里："来这里办事？"

素叶被狂乱的心跳搅得六神无主："你有事就先忙……再见。"

手却被年柏彦攥住，他轻笑，拿出手机，她一时迷惑，不知道他要干什么，只听他对着手机那头说了句："来石板街找我。"

没一会儿，她远远地看见许桐从南街过来。

"钥匙。"年柏彦冲着她伸手。

"啊？"

"你客栈房间的钥匙。"他耐着性子重复了一遍。

说话间，许桐已经走上前了，见到素叶后轻笑："素医生，你刚刚跑哪儿去了？让我们年总好找。"

素叶愕然地看着年柏彦，他却依旧冲着她伸手："再不给我，我可搜身了，到时别说我占你便宜。"

"你敢！"素叶吓了一跳。

年柏彦目光转为严肃："你看我敢不敢。"

许桐是最了解年柏彦的："素医生，您还是听年总的话吧。"

素叶只好怏怏掏出客栈钥匙，年柏彦接过后直接交到了许桐手里，许桐二话没说就走了。

“哎——”

“跟我走。”年柏彦拉过她的手，朝着另一方向走去。

“年柏彦，没钥匙我怎么回啊？”

年柏彦沉默不语。

“你要带我去哪儿啊？”素叶挣脱不开，他与她十指相扣，大手的力量温暖有力。

“陪我找一个人。”

素叶一愣：“我可没时间，我……”

“我离开古镇你才能离开。”

“我还要去延福禅寺看放焰口呢。”

年柏彦抬腕看了一眼：“时间来得及，办完正事陪你去看放焰口。”

“啊？我……我没说要你陪啊……”

事实上他来古镇真是办事的，他在找一名苏绣高手。素叶跟着他七拐八拐来到一处灰白瓦的老居前，门梁上只挂着四个字：凤穿牡丹。

庭院不大，却结结实实地种了棵琼花树，抬眼便能看到碗大的白色琼花。

这是一家刺绣坊，房间的门是敞着的，年柏彦松开了她，临进去之前叮嘱：“等着我，别乱走。”

素叶也没打算走，因为被眼前一幅幅美丽的刺绣吸引，沿途一路看过去，啧啧称奇。在跟年柏彦聊天的老人看了一下素叶，年柏彦说了句：“跟我一起的。”

老人就是年柏彦要找的当地知名苏绣高手，他出身名门，家里世世代代都以苏绣为生，他的好几辈祖上都是给皇宫里进贡苏绣，其中有两代还在皇宫的工衣局做过掌事，也曾权耀一时。

“是年总的女朋友吧？天生一对啊，养眼。”

素叶一时尴尬，装作去看别的。年柏彦被她的样子逗笑，转头继续指着图样：“我希望是这样。”

她没再听他们两个说什么，也弄不懂年柏彦一珠宝商跟刺绣能扯上什么关系，目光被不远处的屏风吸引，是一株白玉兰花，褐色的底图，雪白色的花蕊，绣图足有一人多高。中国的屏风大抵都是以山水、鸟或牡丹为主，很少有白兰。她靠近，却依旧逼真，轻抚，好像真的碰触到了花蕊的柔软，不由得喜欢上了这个屏风，旁边挂有价签，一看忍不住惊叫：“十一万五！”

老人抬头：“小姑娘，这屏风可是双面绣，用的丝线都是全球数一数二的。白兰是我亲手绣的，你绝对找不到第二家一模一样的绣品。”

“真贵。”她啧啧摇头。

年柏彦抬眼看了看那个屏风，又看了看素叶，没多说什么，继续跟老人讨论样图。

看完一圈后，素叶回到庭院摇椅上休息，一大朵琼花摇摇欲坠，风一吹恰巧落在她的怀里，她看着洁白的琼花，花香入怀，不知怎的，心倒也静了。

这种不期而遇令她诚惶诚恐，她害怕遇上他，但见到他又心中雀跃。晃动了一下手中的琼花，那花瓣就全都散开了，这一瞬她是清楚自己的，遇见他，才是在这座古镇留下美好回忆的重点。

从绣坊出来时已经下午 4 点多了，年柏彦忍不住从背后轻轻将她护在怀里。

她耳畔是男人落下的轻柔呼吸，扫过发丝时有些刺痒。素叶明白应该推开他，拥抱太温暖，她却没由来地害怕这份温暖。

“我们不能这样了。”话毕，欲要挣脱。

年柏彦却没有松手的打算。

素叶的后背僵直，不知怎的，她开始担心这次的相遇将会是一场涅槃，在彼此决定放手后却又注定了纠缠，惯于守候的年柏彦似乎成了主动方。

年柏彦带她吃了正宗的本帮菜，饭后下了雨，星子也避了光，只能看到古镇一长串亮起的红灯笼。餐厅门口停着黑色商务车，有司机下来为他们两人撑了伞，架势虽不张扬，但足令周遭躲雨的人指指点点。

车子在雨雾中穿行，素叶看了一眼车窗外，与她住的客栈南辕北辙：“你要带我去哪儿？”

“回我住的酒店。”

素叶蓦地转头看他，心头突突直跳。他没再多说什么，亦没看她，只是拉过她的手十指相扣，如同情人般的举动。

就这样，这一路上两个人都没怎么说话，直到回到酒店。素叶站在门口迟迟未进，年柏彦朝她伸手：“进来。”

酒店房门，在她身后无声无息合上，心蹿跳了一下。

她看到自己的行李箱静静地躺在那儿，舔了舔唇：“奸商就是奸商，多开一间房也不会花你太多钱。”

年柏彦笑了：“你也说了我是奸商，能省则省。”

素叶瞪了他一眼，环顾了一下四周。之前不是没跟他一个房间住过，但都不像今晚紧张，她有些预感，这预感是什么，她又不敢去深想。

年柏彦站在她身后，炙热的气息洒落耳畔：“我去洗个澡。”大手沿着她的发丝落下，箍住了她的肩头，微微用了一下力。

男人的这句话及亲密的动作令素叶猛地打了个激灵，心也随之蹿跳到了嗓子眼，转身看着他，头却昏昏涨涨，一句话说不出来。

“怎么了？”年柏彦含笑，“不舒服？”

素叶摇头。

“那好，你可以用卧室里的浴缸。”年柏彦放了心，目光柔和。

浴室，热气朦胧了素叶的眼睛，空气中流窜着精油的舒缓香。她将自己结结实实泡在水里，倒精油的手却有点抖，将精油放回原位时，弄得其他精油瓶七倒八歪。近乎泡了一个小时的澡，等出来后，年柏彦早就洗完了澡。他只围了一条浴巾在腰上，见她出来了，将热好的牛奶递给她：“过来喝了，有助睡眠。”

牛奶暖了指尖，身后的年柏彦没立刻离开。如此贴近，近到令她不消回头亦能回忆起他肌理的结实。

待她喝完牛奶，见他一瞬不瞬地盯着她瞧，心头有些不安，勉强挤出些笑容：“那个……我睡沙发。”

年柏彦却顺势揽她入怀，她的心随着他的动作咚的一声狂跳。

“我决定了。”他从后面搂紧她，偏下头，薄唇落在她的脸颊，温柔备至。

“决定什么？”

“决定，不再放手了。”

她愕然。

他低语：“今天看到你，我就觉得你理所应当是属于我的。”从她辞职后他就一直在等，希望有一天能以全新的身份出现在她面前，给她一个安定安稳的怀抱。但不承想会在千灯镇看见她。一切计划都被她打破，因为在那一刻他也终究明白，自己是多么想她。

素叶被他的大胆吓到了，一句话不说。与他的唇相贴时，她一时想哭，没有反抗，闭着眼来阻挡心底的酸涩。年柏彦的吻大胆和极具攻击性，近乎将她的唇碾疼，又沿着她的下巴下移。

当后背与床榻贴合的一刻，微凉的触感如针尖刺骨，激醒了她的理智，想挣扎坐起，年柏彦却俯身压了下来，晕黄的灯光下，赤裸的上半身肌理分明强壮。他的眼睛平时严苛疏离，但此刻炙热，她有些怕了这股子热情。男人的唇很快贴了上来，素叶紧闭双眼，她怕被男人的目光烧之殆尽，却出奇地能够感受到他亲吻的力道，落在鼻尖是轻柔，游移到了唇畔却用了力，撬开她的唇齿。

良久后，年柏彦的唇偏移，落于她的耳畔，低低开口，嗓音沙哑：“睁眼。”

素叶却将双眼闭得更紧，年柏彦低叹：“叶叶，看着我。”

她睁了眼，却被迫望着他暗如深海的眸，那眸底的颜色比过往还要黝黑，隐隐浮动着最直接的生理欲望。他为什么要这么强迫她？她不习惯这样的年柏彦。

他低声：“看着我，你就不会把我想成其他人。”

她微怔。

“或你曾经的男友，或你一直喜欢的丁司承。”他的眸隐痛了一下，“我要你看清楚我是谁。”

素叶的心口微疼，轻轻摇头：“我只是不敢看你。”

“为什么？”

“我从不敢去想进一步会怎样，年柏彦，我……我……”

“我想要你属于我，完完全全。”年柏彦不怒反笑。

“我不曾这么想过。”素叶的声音有些发尖。

年柏彦轻笑，低头认真地看着她的眼睛：“我以为你已经明白我的意图，我以为当我把你带回酒店你就应该清楚地知道，我想要得到什么。”

素叶无力地勾着他的肩，恍惚中，男人在低笑，俯身压住她。素叶蓦地害怕，涌起深深的抗拒，用力撑着他厚实的胸膛：“年柏彦……”

他却低头吻上了她的唇，将她呜咽的声音纳入口中，一寸寸攻占她的城池。猛然炸开的情感，摧毁了她所有感官知觉，美丽却锐利的指甲深深刺入结实的肌肤里，在他背上留下两道鲜明的红痕。窗外纵使雷声大作也无法入耳，世间万物全都模糊一片，只有年柏彦凝视着她的黑眸，只有他那张英俊的脸，使得她心甘情愿被这样的男人占有。

素叶沉入了海底，在睡梦中亦是昏昏沉沉。一夜的雷雨终于销声匿迹，窗外只有露水滴答的声响。

第一缕阳光闯进酒店房间的时候，年柏彦醒了，手臂被她枕到发麻倒也不觉得什么，借着微弱的光线凝视着怀中的女人，她是如此依赖地窝着他，脸颊紧贴着他的胸膛，清浅的呼吸一下下轻扫他的肌理，这种感觉微妙极了。

他不是第一次拥她入睡，但都不像此时此刻来得充实。经过昨晚，他才真正感觉到让一个女人真正属于自己的满足感和幸福感。他已经失去了困意，侧过身时，肩头挡住了大片光线，低头看着埋在怀中的女人略显苍白的脸，她妖娆又清纯。他痴迷于她玲珑紧致的身体，又感动于她在性事上的单纯大胆，纵使在被送上云端时，她也只会惊叫喘息，丝毫淫言秽语都不会说。

昨晚缠绵旖旎的画面又浮现在他的脑海，令他热血沸腾的火焰又重新燃烧起来。他身体滚烫，她身体微凉，这般手感更令他起了性致，他不再犹豫，将她软绵的身子翻过，从背后揽住纤细的腰肢。

睡梦中的素叶都被巨大的喜悦淹没，清晨乍现，两人的情感却像是被长久堵塞的洪水攻破岸堤，他们一起在失重般的快乐中眩晕、纵情，在触电般的战栗中惊喘，最后一刻时，年柏彦的薄唇抵着她的耳朵：“从今以后，跟我在一起。”

素叶悠悠转醒时，天色早已大亮，细碎的阳光如被踩了一地的金子似的亮眼。她微微撑起身子，浴室有动静，她知道是他在里面。这种感觉很怪，她从没想过她有一天会成为他的，轻叹一声，她和他是不是太快了？正纠结着，手机响了。

浴室的门开了，年柏彦走了出来，素叶恰巧与他一丝不挂的健壮身躯来了个面碰面，赶忙撇头，脸滚烫了。年柏彦忍不住笑了，拿过她的手机接通。

她说：“那是我的手机。”

年柏彦眼底含笑：“是许桐，找我的。”

素叶蓦地反应过来，红霞紧跟着飞到了颈部。他的手机一晚上都关着，许桐是何等聪明的人，能打她的手机来找年柏彦说明她已经明白发生了什么事。

许桐在汇报工作行程，她听年柏彦偶尔出声调整，背部是他覆上来的大手，她冲着他瞪眼，他含笑与她对视，目光柔和深邃，心口充满暖意，主动趴靠在他的胸膛上，听着男人稳健的心跳声，也任由他更加方便地欺凌了。

末了，年柏彦叮嘱了许桐一句：“通知南非酒店那边，饮食上要安排女孩儿喜欢的甜品蛋糕。”

素叶一怔。

待他结束通话，她迟疑：“你……”

“叶叶，你要认真地回答我。”年柏彦将她轻搂。

她看着他。

“有没有后悔给了我？”他低问。

素叶脸红了，轻轻摇头。他便笑了，唇梢沾染好看的弧度：“想不想跟我去南非？”

“你刚刚好像是先斩后奏——”

“想不想？”他打断她的话，执着地询问。

素叶使劲咬咬嘴，点点头。

年柏彦低头，薄唇近乎抵住她的唇：“未来的路会很难走，虽说我会拼尽全力来保护你，但无法承诺让你不受一点风雨。这样，你还愿意跟着我吗？”

这个问题相比前两个要沉重得很多，素叶能够感觉到他内心最深厚的情感，不知怎的，就真的动容了。他是个不轻易许诺的男人，至少许给她的诺言就少之又少，从昨晚到现在，他只是要她跟他在一起。在一起，含义很多，具体什么他却没说。她应该怀疑他的话，至少不该轻信男人在床上所说的话，可是，她就该死地相信他是认真的。

年柏彦没催着她，始终等待。她搂住了他的腰，贴紧了他的胸膛：“不要丢下我一个人。”她想抓住这近在咫尺的幸福，哪怕，未来充满了疾风骤雨。

他收紧了手臂，于她耳畔郑重落下：“我保证。”

中元节过后，夏天的影子愈发短了。

树上的蝉鸣少了很多，林荫两旁倒是清净了不少。荷池映了眼，怒放到了极致的明艳花蕊，熟透了的莲蓬，碧绿的荷叶在徐徐清风中摇曳，哪怕只是远远地坐着，都能闻到淡淡的荷香。

这是林要要第一次见丁司承的父亲，面对这位干净的花甲老者，她竟局促地不知道该说些什么，放在桌布下面的双手不停地搓揉攥紧。在前两天的通话中，她委屈地质问丁司承的想法，并埋怨他这阵子态度太过冷淡时，丁司承沉默了半晌后，突然跟她说：“我们跟父亲吃个饭吧。”

转头看了一眼身边的丁司承，他的侧脸平静如水，不知怎的，她竟觉得丁司承的世界陌生了。他和他的父亲在讨论专业领域时所形成的那道看不见触碰不到的屏障，已然将她隔开。

不知过了多久，丁教授反应过来，一拍脑袋，懊恼道：“瞧我，今天是来见未来儿媳妇的，还聊什么工作啊？要要，伯父向你道歉。”

林要要正闲得五脊六兽，大脑呈放空状态，没承想丁教授突然将话题扯回到自己身上，一时间没反应过来，木讷地看着他。

丁司承见她没反应，误以为不高兴了，凑过来低声道：“对不起啊，我们父子俩见面聊工作比聊家常还多。”

林要要赔笑：“伯父，您言重了，其实听你们说这些事也挺有意思的。”实际上她对那些案例真的不感兴趣。

丁教授喝了口茶，看向林要要，笑容和蔼：“司承这孩子一工作起来就忘我，以后你可得多担待些。还有，等你父母从天津回来后我来做东宴请，我算是看出来了，结婚这种事还得我们老人催促着张罗。”

林要要轻轻点头，心中愉悦，转头又看向身边的男人，他也在淡淡地笑着，没反对，也没说赞同。她轻轻拉了拉他的衣袖，他这才说：“等叔叔阿姨从天津回来我会亲自去接。”

她抿唇笑了。

接下来的时间，丁教授倒是没再谈论工作，大多数是围绕着进一步了解林要要的话题进行，而林要要也逐渐放开了，相聊甚欢，只是丁司承沉默了，静静地喝茶，偶尔会说上几句。

正渐入佳境时，有道欢悦的嗓音在林要要的脑瓜顶扬起，震得她耳膜生疼："真的是你，我还以为自己看错了。"

林要要抬眼，对上那张笑得花枝招展的脸。来者却更是大胆，抓起她的手腕就要往外扯。

她惊住了，连同丁教授。丁司承踏步冲前："你要干什么？"

林要要这才反应过来，自己竟被这个男人拉着远离了桌子，马上挣扎，无奈他的手劲很大，挣脱不开，急得也冲着他大吼："放开我！"

叶渊一脸抱歉："我找她是关于我妹妹叶叶的事，抱歉。"说着，竟不给任何人时间反应，扯着林要要便离开了茶馆。

丁司承愣住了：关于素叶的？她怎么了？

丁教授好半天才走上前，皱着眉头看着丁司承："这男的是谁？他跟要要……"

"是素叶的哥哥，可能，找要要问素叶的事。"丁司承若有所思，见父亲始终迟疑，又补上一句，"要要跟素叶是好朋友。"

丁教授这才缓缓点头，又摇头："没想到素医生还有那么个不懂礼貌的哥哥。"

丁司承没说什么。

"司承啊，"丁教授示意他坐下来，"你是真打算结婚了？"

丁司承心不在焉，始终担心是不是素叶出了什么事，等到丁教授又追问了一遍后才反应过来，迟疑了一下后点点头："嗯，结婚。"

丁教授意味深长地说了句："要要是个不错的孩子，人文静又漂亮，只是我总觉得你们的共同语言太少了。"

丁司承看着父亲，久久没说什么。

"叶渊，你是没吃药就从精神病院跑出来了，还是被女人甩了受刺激了？"待车子被叶渊停靠在路边时，林要要这才有机会对着他破口大骂，"我就纳了闷了，怎么会有机长闲成你这样的？你闲也就闲着了，我怎么到哪儿都能看见你？北京很小吗？"

叶渊挑眉："刚刚那老头儿是你未来公公？"

"什么那老头儿？你有没有礼貌？"林要要气恼。

"跟我没关系的人我干吗去在乎？"

林要要眯着眼："这点你倒是挺像素叶的。"

"我是她哥，应该她像我才对。"叶渊纠正。

林要要盯着他，眼神近乎活吞人。叶渊饶有兴致，凑近她："难得啊，不顶嘴了，怎么，被我气疯了？不就是稍稍耽误你见家长的行程吗？"

“叶渊，你还要不要脸了？是不是你的人生里就没什么重要的事？不是每个人都像你这么闲的，你有你璀璨光鲜的人生，但不意味着别人也像你这么幸运。”

“你的人生很失败？”

“你以为呢？”林要要冲着他瞪眼，“正在见未来公公的女人，结果被个神经质男人给拉走了，你觉得她未来老公和未来公公会怎么想？这样的人生还不叫失败？”

叶渊笑了：“我还以为什么大不了的事呢，你要感谢我才对，如果你嫁给了那个男人才叫失败人生，我不过是碰巧将你的人生扶正而已。”

林要要皱紧眉头：“我不想听你在这儿胡说八道。”

无奈，车门锁住了。

“你——”

“嫁给一个不爱自己的男人有意思吗？”叶渊似玩笑似认真。

“你错了，他很爱我！”

“女人自以为是起来还真可怕。”叶渊竟拉过她的手，不顾挣扎，用力箍紧，“这样吧，你给自己再多一个选择，买件衣服还得货比三家呢，更何况是结婚这种大事，你觉得呢？”

林要要用尽力气抽出自己的手，像是避瘟疫似的避开他：“你有病啊？我没事给自己多什么选择？”

“你可以比较一下丁司承和我谁更适合你。”叶渊笑看着她。

林要要冷笑：“不用比较，叶少爷，我下辈子都不会跟你这种人在一起。”

“我哪种人了？”

“滥情、种马、不负责任，谁跟你谁倒霉。”

叶渊夸张地瞪眼：“想不到你这么了解我，还说跟我不配？”

“开门！”

“别这样，生气了？”

林要要扭脸，他却又凑上来：“看着我。”

她不理。

“不听话我可亲你了。”叶渊坏笑。

林要要吓了一跳，怒视着他：“叶渊，你流氓！”

“你信不信，我更想对你耍流氓。”叶渊靠得她很近，近到可以倒映她倏然惊慌的瞳仁，又笑了，“这样乖乖地看着我多好。”

“你……精神病。”

叶渊见她真怕了，便收敛了吊儿郎当的模样：“好了，逗逗你而已，我是真心找你帮助的。”

林要要仍旧一脸警觉。

“我想给小叶买件礼物，想来想去，觉得送项链还不错，但又不会选，你正好是珠宝鉴定师，可以帮我好好选选。”

“无缘无故，为什么送礼物给小叶？”

“我不过是想缓和她和叶家的矛盾而已。”

林要要盯着他，心中衡量他言语中的可信度。

“总抱着仇恨过日子的人不好。”

林要要若有所思，他这个人虽说讨厌，但说话还是挺有道理的，叹了口气：“行吧，我帮你。”

Chapter 12

利益相杀，亘古不变

▼

专机抵达约翰内斯堡的时候是当地时间早晨 7 点多，相当于北京下午 1 点多，两地时差为 6 个小时。这座由黄金开采业建立起来的城市占据了瓦尔河的高地，成为南非最大的都市。素叶睡得昏头昏脑，一下机就感觉到了冷，年柏彦备了件外套披在她身上，并告诉她，约翰内斯堡这个地方早晚温差很大，清晨也许只有十几度。

她呵了一口气，满腔尽是他外套上男性的气息，一时间心中贪恋，挎上了他的胳膊："南非这儿又是金矿又是钻石的，比你有钱的富商大有人在吧？你在这儿也不过是沧海一粟？"

年柏彦任由她挎着自己："怎么，你还想易主？"

"有这个打算。"她靠着他浅笑。

年柏彦捏了她的脸："你试试看。"

有人来接他们，一白人姑娘和一黑人壮汉。白人姑娘名叫贝拉，深邃瓦蓝的眼睛令素叶想起碎蓝的琉璃，年柏彦向她介绍时，她才知道贝拉是精石集团驻南非当地的助理，这么多年，她一直在南非打理钻石矿上的相关事宜。

贝拉看向素叶的目光迟疑，年柏彦却没再像上次去内蒙古时介绍的那样，她是小叶，集团助理，而是伸手揽过素叶，对贝拉叮嘱了一句："不用再订套房，她跟我一个房间。"

年柏彦说着一口流畅悦耳的英语，相比说中文时的嗓音更显深邃磁性，素叶的脸颊微红了。

跟贝拉同行的黑人是司机威尔·史密斯，与好莱坞那位著名男星同名，他很健谈，也很风趣。年柏彦笑着跟素叶介绍，他是一个会说 12 种语言的司机。

素叶震惊，12 种语言，天才啊！

出了机场，一上车，车门便自动上了锁，吓了素叶一跳，抬头看向年柏彦，他却习以为常似的，没有反应。车子朝着市区方向开去，她又敏感地察觉到始终有辆车子尾随，悄悄拉了拉年柏彦的衣袖。

年柏彦倚靠在车座上却没动弹，玩弄着她的手指轻声道："不用害怕，是自己人。"

"这里的治安有这么差吗？"她的身子滑了下来，矮了年柏彦肩膀大半截。

"亲眼看见的总比听到的要印象深刻，在这里待几天你就明白了。"

车子先是经过约翰内斯堡的旧城区，车速不快，所以素叶算是一路观光，最直接的印象就是脏差乱，每一幢建筑虽说很有特色，但打眼看过去都像难民营似的，垃圾堆满了街区。

素叶正看得糟心，却感觉车子明显提速了，还没等问，就见街头一角突然暴动起来，有人穿过人群，在满是垃圾的街道上奔跑，怀里揣着一堆看似明晃晃的东西，但没等那人跑到街的尽头，就见他双脚一软，直接倒地，肩胛骨流血，明晃晃的东西散了一地。周围人像是惊了的鸟儿迅速窜开。又有人跑了上前，拾起地上的东西往前跑。素叶看得清楚，跑的人手里拿着枪，后面追着一群警察，手里拿着警棍。

"是……好莱坞在拍警匪片吗？"素叶震惊地扯着年柏彦的袖子，指着窗外发生的那幕瞪大了双眼。

年柏彦也不阻止她继续看，解释："在这里，抢黄金的戏码几乎每一天都会发生。"

素叶这才明白刚刚着实是亲眼验证了真实的抢劫外加枪击伤人案件。

"约翰内斯堡旧城区在1994年以前属于城市中心，白人统治时在法律上规定6点钟后黑人必须离开这个区，建立新南非政权后，黑人也因废除种族隔离政策而获得自由。"年柏彦简单向素叶介绍了一下旧城区的状况，又叮嘱了一句，"但现在这里的治安依旧很差，因为这里持枪合法，也因为这里没有死刑。"

素叶闻言后，身子又矮了一截。见她整个人蜷缩得像只鹌鹑似的，他笑了，攥了攥她的手，权作抚慰："没事，你只要待在我身边就很安全。"

素叶没动静，下巴抵在他的胳膊上眯缝着双眼，不知道在想什么。

"怕了？"他低声问。

素叶反应缓慢，好半天才摇头："没有，我是想如果抢黄金时能够侥幸逃过，那岂不是发了？越是法制薄弱的地方，就越容易发横财。"

"那你倒不如偷着背点黄金矿渣回国，冶炼一下，也能发点小财。"年柏彦叹气，是他失策了，像她这种一门心思钻钱眼儿的人真不应该来这里，还不知她要是进了钻石工厂会怎样，他真怕她一时手痒起了贼心。

素叶一听这话，双眼发亮了："黄金矿渣？"

年柏彦领略到言多必失的苦楚，指了指车窗外，素叶好奇，一转头，立刻被车窗外金灿灿的一幕震惊了。离开旧城区，车子穿过著名的黄金矿城，这里最引人注目的就是在阳光底下发出金灿灿光芒的黄金矿渣。她两眼都看直了，指着车窗外，有点激动："这些全都是……黄金？"

"黄金矿渣。"年柏彦纠正了一句。

"有区别吗？"

"这些矿渣是因为早年的提炼技术还不够完善，所以很多金子都没提炼出来，充其量只能算是半成品。所以这里的人便用化学制剂使矿渣山长出青草，甚至还有的被改造成电影院进行创收。"

"真可惜。"素叶扯了扯他的胳膊，"咱们下车进去转转吧。"

"还真以为能偷着带点矿渣吗？这里都成了旅游观光区了，进出要进行严格搜身。"年柏彦将她搂在怀里，唇抵她的耳，"你喜欢让别人搜你身，我可不准许。"

男人温存的语气刺激得她一激灵，暗自掐了他一下。

贝拉清了清嗓子，一口美式英语说得如黄鹂鸟般悦耳："年先生，亨利先生想要约你下午见面，但我已经给他安排明天上午了。"

年柏彦若有所思："下午安排车，我先到矿上看看。"

贝拉转过头："你需要回酒店好好睡一觉。"

他却看向素叶，低声问："累吗？"

素叶摇头。

"安排车吧。"年柏彦没有改变初衷。

贝拉扫了素叶一眼，良久后才点点头。

一番对话素叶听在耳中，贝拉的神情她也看在眼里，想了想，低笑："柏彦，贝拉的工作态度远超许桐啊，下次你要带许桐来才行，让她也学学贝拉是怎么为老板安排行程的。"

许桐从未主动安排他的行程，哪一次不是问过他的意见才会去实施？这个贝拉倒好，真把自己当成女主人了。

果然贝拉脸色明显一僵，幽幽地说了句："我要向许助理学习才是。"

素叶没再多说什么，扭头继续看窗外的南非世界。年柏彦却勾唇低笑，纵容了她刚刚耍的小小心思。

"亨利是谁？"回到酒店后，这是素叶的第一个问题。

"是这次即将竞标的钻石矿开发权的负责人。"年柏彦边说边解开衬衫扣子，打开柜子，里面是贝拉早就备好的在南非的服饰，有商务装，还有休闲装，裤子和上衣分开挂，很整齐，下面的玻璃柜中是用来配搭服饰的数条领带，再下方是三排皮鞋，看得出每一双都是精心挑选。

素叶凑上前，啧啧摇头：“贝拉还真是个全能的女人哪，说实话，你的贝拉比许桐强多了，回国干脆把她调到你身边得了。”

年柏彦随便拿出一套休闲装扔在沙发上，淡笑：“什么叫我的贝拉，不是在说亨利的事吗？”

“事实上，我能感觉出对于亨利的事你并不想说太多。”

“聪明的女人永远讨人喜欢。”年柏彦看着她，“你的眼睛很毒，想要去了解亨利并不难。”

“你始终想把一个心理咨询师打造成一个成功商人。”

年柏彦抿唇没再说什么，准备进浴室洗澡。

她却从身后将他搂住，忽而坏笑：“我更想了解贝拉。”

“如果是她的阅历，你登陆精石官方网站就能查得到；如果是旁的，在我这里，她只是助理。”最后一句，他交代得十分清楚。

“好吧。”素叶从来不是个在这种问题上斤斤计较的女人，偏头看着他，“那我下午可以去逛曼德拉广场了，虽说到了现在我还没领略到南非的自然风光，但感受新南非的都市风情也不错。”

“不行。”年柏彦转身搂过她，宠溺却不纵容，“我准备带你去精石的钻石矿还有回收中心看看，你要亲自经历才能彻底明白钻石从开采到分选和回收是怎样的过程。”

“年柏彦……”

“表现不好，购物计划取消。”年柏彦笑着轻拍她的脸蛋，转身进了浴室。

“年柏彦，你才是不折不扣的葛朗台！”素叶冲着他的背影大喊。

无奈，浴室门隔住了她的愤怒。

年柏彦带着素叶的首发站就直达钻石的原生矿床，从直升飞机的角度往下看，那矿床就像是地球上的一个大伤口，望不尽底。

“地球该被你们打穿了吧。”素叶看着下方的大洞惊愕叹道，“整座钻矿都属于精石的？”

“钻石矿的规模不一，你看的这座是钻石储量不菲的大矿，有三四家公司同时在开采，但精石相比其他家来说开采范围更大。除了南非，精石还有在西澳北部的钻矿，我倒要考考你精石为什么会选择西澳的钻矿？”

素叶想了想：“如果猜得没错的话，精石西澳的钻矿是在阿盖尔，我看到 D 会所现在有珍藏罕见的粉钻和蓝钻，想必这也是选择西澳的原因。阿盖尔那个地区虽说钻石量丰富，但开采的钻石色级偏低，很多人更愿意将目光投向南非和俄罗斯，然而阿盖尔那边能产出色泽鲜艳的玫瑰色、粉红色及蓝色钻石，这些都属稀世珍宝，所以说精石热衷于西澳并不奇怪。”

年柏彦拍了拍她的头以示鼓励。

直升飞机将两人送到了钻矿附近，一着地就是滚滚的热浪。周围尽是各色皮肤的人在作业，不过大多数是当地的黑人，他们裸着背，有推车经过的，有在构架仪器的，忙着各自手头的工作。素叶穿得简单随意，光洁的脸，娇小的身，引来了不少人的目光。她倒没怕，因为有他在身边。

“你雇用的工人都有强迫症吗？”她开着玩笑。

年柏彦知道她是指钻矿每一层阶梯状所形成的形状，牵着她的手指着矿坑：“这就是露天开采，这种技术最为简单，从岩筒的顶部开始剥离覆盖物，一层层往下，在基岩开挖。你看到的梯段做成台阶状是为了减少因矿坑加深而出现的滑坡危险。”

素叶叹为观止。

在露天开采的钻矿待了近一个小时的时间，年柏彦查看了当地的选石工作，而后她便跟着他到了另一处钻矿。

不同于刚刚露天开采的钻矿形状，这是一处需要进行地下开采的地方，最引人注目的是一个巨型铁塔。年柏彦给她介绍，这是运送矿石的升降机，由4个罐笼组成，共为两组，同时一上一下。每个罐笼净重8吨，运送罐笼的钢绳就能达到6吨，可以装载矿石12.5吨。

这里的雇工比露天开采的人数多得多，大多数是有色人种。他们勤勤恳恳地在这片矿场上劳作，为的就是养家糊口。

年柏彦指了一个范围：“这片是属于精石的开采范围，马上可以带你下去看看状况，不过你要紧跟着我，不能擅自乱走。”他又指着跟这个范围相邻的大片面积，“紧邻的就是精石打算在当地竞投的钻矿。”

“也是纪东岩想要的？”

年柏彦点头。

“看来那片没开发的钻矿能开采不少钻石。”

年柏彦沉思：“只有竞投成功才有勘测权。”

素叶一愣：“那多冒险啊！万一里面没有钻石呢？”

“这就是赌石，一切全都凭借经验，有的人花了少部分钱就能发家致富，有的人投了上亿巨资进去却赌了个空矿，一夜破产。在南非竞标所的大楼外，每天赌石赌输的钻石商跳楼不是什么稀罕事。”

“如果你这次赌输了呢？”她打了个冷战，“不会跳楼吧？”

“我？”年柏彦笑了，“好死不如赖活着，这是我的人生宗旨。走吧，带你下矿看看。”

年柏彦刚刚为素叶戴上安全帽，不承想贝拉从矿底上来，她一脸严肃：“你带外人进钻矿不好吧。”

素叶冷嗤了一下，年柏彦道：“贝拉，她不是外人。”

贝拉的脸一下子拉长了。

进了矿底，是仅供一辆车子经过的矿房，这里的工人都认识年柏彦，见他下来后纷纷打着招呼。年柏彦边视察着工作边给素叶介绍，现如今地下开采是传统的矿房法和矿块崩落相结合，建立一系列的平巷，按垂直间距穿过岩筒，在3米的垂直截槽往回开采，将相继的矿石采面钻出扇形的炮眼，填充炸药爆破，使矿石下落到平巷中，炸下的矿石装入矿车运到溜槽，然后输送到地面，这是目前最高产的开采方法。

素叶听得认真，待年柏彦为她讲完原理后就隐约听到爆炸声，她好奇，刚想去看，却被年柏彦拉住：“刚刚炸了矿石下来，里面危险。”

素叶停住脚步。

没一会儿，就听到有矿车传送的声音，紧跟着是大块的矿石沿着矿溜槽滑了过来，素叶看着惊喜，指着矿溜槽上的矿石：“钻……钻石！”

“只是矿石，需要送去进行初碎。”年柏彦从矿车上拿出一小块矿石指了指，“看到上面的黏土没有？要如何处理？”

贝拉在旁听得惊讶：“年先生……”她不理解这么简单的问题他为什么问这个女人。

素叶瞥了贝拉一眼，绞尽脑汁想了想：“貌似……”

“貌似？”年柏彦眉心一皱，川字纹显得异常严肃。

“矿石上的黏土可以用安装了喷水嘴的大型旋转鼓式洗涤机去除。”素叶马上一字不落地回答标准答案。她是清楚这个男人的，在面对工作时的严苛程度不容人轻视，他才不会因为床上那点暧昧欢愉原谅她的松散敷衍。

他这才满意勾唇：“一会儿上去你就可以看到矿石剥离的过程。”

素叶狠狠剜了一眼他的背影，穿上衣服就不是他了，她还是喜欢他在床上的样子。

“怎么还攥着矿石？”

“我要了。”

“里面未必有钻石。”

“我也学着赌石呗。”素叶在手里玩弄着矿石，不以为然。

贝拉在旁不悦了：“这里不允许私自带走矿石。”

素叶缩了缩脖子："更年期啊，一惊一乍的。"

这话贝拉听不懂了。

年柏彦示意贝拉作罢，看着素叶："矿石上都是黏土，脏了手。"

"不会不会，我发家致富就靠它了。"素叶紧紧攥着矿石，媚颜奴骨地谄笑，"我不像你需要的是钻矿，这点小恩小惠的矿石我就满足了。"

年柏彦哭笑不得，他猜得还真没错。

这时有工作人员走上前，身穿工作服，头戴安全帽，一张脸灰锵锵的，脸颊上还粘着黏土，见到年柏彦像是见了能救命的人似的，拿着张图纸手舞足蹈。素叶听得明白，大概意思是遇上了湿矿，他们做了几个方案都觉得浪费成本。

她凑上前看了一眼，图纸上密密麻麻的全都是数字和符号。年柏彦接过图纸看得认真，良久后板上钉钉地给出建议："进行河道改道。"

"我计算了一下数据，觉得有坍塌的可能。"工程师迟疑。

年柏彦又研究了一下图纸，冲着他一伸手："笔。"

工程师赶忙递上笔。

他便在图纸上不知计算着什么，素叶眯着眼扯着脖子瞧了半天，看到他罗列出一系列的公式出来，一些符号她还记得，但大多数都已经忘了，又见他在图纸上重新画了几道线，对着工程师道："可以沿着中心线进行阻断，将一侧堵住并抽干再进行挖掘，这样的话没有坍塌的可能。"

工程师又仔细研究了一番，连连点头。年柏彦示意她在这边等，他要跟着工程师下到矿底实地勘察一下。

素叶摘下安全帽，松了松马尾，让头皮轻松一下，趁着年柏彦没回来又跑到矿溜槽边去挑矿石，专拣大个的塞衣服口袋里。

"你在干什么？"贝拉上前一把扯开她，面露不悦。

"不过是多拿了两块而已，这样可以提高命中率不知道吗？"素叶的胳膊火辣辣地疼，低头一看，怒了，"放手，你弄疼我了！"

贝拉见自己的指甲伤了她，松了手。

素叶看了一眼胳膊，破皮了，翻了下白眼："你急什么啊？我又没拦着你喜欢他。"

贝拉像是看怪物似的看着素叶："难道你不喜欢他？"

"错，我很喜欢他。"素叶忙不迭地把四块矿石全都塞好。

"你喜欢他？我怎么看不出来？"

"贝拉小姐，我不是什么十七八岁的少女了，喜欢一个人就一定要哭天抢地，每天脉脉情长吗？每个人表达喜爱的方式都不同，我只要在这里想着他就行了。"说着，她轻拍了一下心口位置。

贝拉的眉头皱着。

“年柏彦呢，他也不是个擅长情话在口的男人。大家都是成年人了，怎样去爱一个人最轻松、最没负担，心里都有尺度。”素叶又补上了一句，“给你个建议，专心做好你的助理工作，心无旁骛才能在他身边留得久一点。”

贝拉有些不服气，正要还口时，年柏彦和那位工程师就出来了，贝拉赶忙上前：“里面的情况糟糕吗？”

工程师回话：“已经没问题了，多亏了年先生。”

贝拉抬头看着年柏彦，眼神充满眷恋。这般眷恋看在素叶眼里直起鸡皮疙瘩，却也不恼，又将心思放在身上那四块说不定会令她咸鱼翻身的矿石上。年柏彦没看贝拉，目光落在素叶身上时陡然转为不悦：“起来！”

素叶吓了一跳。

年柏彦二话没说，上前将她拎了起来，素叶赶忙掏出四块矿石：“我刚刚想一块矿石里有钻石的概率太小了，就手痒多拿了三块，我——”

“谁让你把安全帽摘下来了？”年柏彦没耐性等她说完，语气极差地冲着她低喝，然后捡起被她扔到一旁的安全帽，毫不怜惜地直接扣在她脑袋上，疼得她近乎流泪。

“疼……”

“疼？疼总比你被坍塌的矿石砸下来没了命强！”年柏彦厉喝。

素叶缩了缩脖子，看出他真是怒了，便不再多言。

“贝拉！”

贝拉从未见过年柏彦发这么大火，一时间也变得小心翼翼：“年先生……”

“你怎么没提醒她？”

“我……”

“今年的奖金全扣。”年柏彦冷言冷语。

“对不起年先生。”

素叶趁着年柏彦训斥贝拉的时候，赶忙又将矿石揣好，顶着安全帽上前：“跟她无关，是我自己要摘的——”

“你胳膊怎么了？”年柏彦拉过她的胳膊，眉头再次蹙紧。

贝拉全身僵硬。

“啊，我刚刚不小心挠的。”素叶挤出一丝笑。

年柏彦眉心狐疑。

“好了好了，别生气了，我这不是知错就改了吗？”素叶主动靠近他。

年柏彦低头看了一眼。

素叶一脸尴尬，攥了攥衣兜后，再次将矿石拿了出来，笑也不是，哭也不是。

“拿着吧。”年柏彦无奈叹了口气，准许了她的顺手牵羊。

素叶美得合不拢嘴，跟着他一同上地面，经过贝拉时略感抱歉：“不好意思啊，没想到会连累你，大不了他扣你多少钱我赔给你吧。”

“不用你猫哭耗子假慈悲。”贝拉一扭脸走了。

素叶翻了一下白眼：还真是狗咬吕洞宾不识好人心。

出了矿，素叶苦哈哈地跟在年柏彦后面，待他终于正眼瞧自己的时候，赶忙指了指脑袋。年柏彦忍不住笑了：“摘了吧。”

素叶赶忙摘掉安全帽，头皮卡得生疼。

“既然你拿了矿石，那就过去亲自选矿。”

“我？”

年柏彦和她直达选矿现场。为了节省时间，大多数的钻矿都单独设有选矿及回收的场所，进出也十分严格，需要进行安全检查方能进出，因为这里涉及精矿的产生。

“选矿的原理是什么？”年柏彦将她衣兜里的四块矿石拿出来，直接甩出了一个问题。

“啊，这个……”素叶的眉心皱成了一团，“给我两分钟想想啊。”

“好啊，你慢慢想。”年柏彦手一扬，一块较大的矿石准确无误地扔进矿车里，丝毫没给她商量的余地。

素叶宛若割心：“我的钻石——”

“从选矿到你能够见到钻石分离之前还有三个问题，回答不上来，你就只能眼睁睁看着其他三块矿石飞走。”

“年柏彦，挡人钱财犹如杀人父母！”

他但笑不语。

“你都扔了一块矿石了，这个问题就该过了吧？”

年柏彦没回答，只是再次扬手。

“我答。”素叶惊骇，扯住他的胳膊挽救再次失去矿石的悲惨命运，“钻石的相对密度为 3.52，而含钻矿石整体相对密度平均为 2.6，这一相对密度差别可用于选矿过程除去大部分废料，选矿就是利用不同矿物的物理及化学属性，把矿石破碎磨细以后，将有用矿物与脉石矿物分离。”

年柏彦满意点头。

真正选矿的时候，他竟命她亲自动手：“你可以采用矿物摇床的方式。”

素叶一脸茫然地站在仪器前，迟迟不敢动手。

“不会就看周围人是怎么操作的，还有，有关矿物摇床的操作你当初可是背得滚瓜烂熟。”年柏彦手里始终在玩弄着一颗矿石，语气不疾不徐。

素叶的心一个劲儿紧揪着，生怕他手一扬就把矿石给扔出去了。通过矿物摇床的方式来选矿是最为古老传统的方式，简单来说，就是把石料堆在筛子上，利用快速水脉冲击的方式上下运动，如此一来，较轻的矿物就能浮上来，较重的便能沉在底部。原理她是背得很熟，但具体操作又是另外一回事儿。

正思索着，只听咣当一声，素叶一个激灵，抬头一看，年柏彦毫不留情地扔掉了第二块矿石。

“年柏彦！”

“再敢溜号，我会让你所剩无几。”

素叶连杀了他的心都有，气得牙根痒痒：“你有本事就全扔了！”

年柏彦还真没惯着她，再一扬手，又扔了一块矿石出去，紧跟着扬起手里唯一的一块……

“亲爱的——”素叶撕心裂肺地扑上去拉住他的胳膊，“我看懂了，真的看懂了。”

“还不去做？”

素叶哪敢再耽误？她愤愤不平地上前操作矿物摇床，听到矿物在稀里哗啦浮游的声音，怎么听都像是自己的心碎成了几瓣，被撞得稀里哗啦直响的声音。

到了回收的过程，也是在精矿中最终分离钻石原石的过程。

年柏彦把玩着最后一块精矿，对她道：“你可以利用油脂台和传送带，也可以使用X射线分选机，二选一。记住，你没有机会犯错了。”

“我选X射线分选机。”

年柏彦这才把手里的精矿递给了她：“X射线分选机的原理是什么？”

“钻石会在X射线下发出荧光。”

“好。”

素叶在他的威逼利诱下还真成了个机器人，走到仪器前看了半天，察觉年柏彦不疾不徐地逼近她的身后，后背蓦地蜿蜒了凉汗，看着烦琐的仪器左右为难。

“怎么还不开始？”身后，年柏彦语气很淡。

素叶的脑子向来是在最危急的时刻爆发小宇宙，转过身冲着他甜腻腻地笑：“我突然怕有辐射。”

年柏彦挑眉。

素叶腻在他怀里使出了小手段：“人家是想以后还要宝宝呢，万一影响身体怎么办？”

年柏彦任由她腻着自己，憋着笑。见他眉梢松动了，她扯了扯他的衣袖，小鸟依人状："柏彦……"

"油脂台和传动带是较老的回收方法，你想换成这种方式也行，原理是什么？"

素叶的心蓦地放下了："是利用钻石的亲油疏水性。"这种古老的回收方式很简单，就是将含钻的较重精矿和水倒在抹有油脂的台面上，如此一来，钻石会被粘在油脂上，而其他矿物就会被水冲走。

年柏彦终究还是笑了，情不自禁地将她搂在怀里："叶叶啊叶叶，这样的你怎么能教我不去喜欢？"

素叶紧紧攥着精矿，听进耳朵里的话却融了心，令心口处痒痒的，她靠着他的怀，控诉："你这是打一巴掌赏个甜枣吗？"

年柏彦低头，蜻蜓点水地吻了一下她的额头："我是为你好。"

她心一暖，严肃如他，能当着他的手下做出这般亲昵动作实属难得。他拿过她手里的精矿，递交给了一个工作人员，交代了几句后，工作人员进了分选台，素叶恨不得跟着进去，年柏彦却拉住她低笑："剩下的让专业人士来操作吧，你今天学得差不多了。"

"我那块矿石里真有钻石吗？"她看着他，目光熠熠生辉。

"如果没有的话，在选矿时就被剔除了。"

素叶懊恼："都怪你，要不然我会得到更多。"

"不要太贪心，其他三块都是废石，含有钻石原石的就只有我在矿底给你的那块，也就是里面的那块。"

"啊？不会吧。"

"富集含钻的矿石都较重，常年跟矿石打交道的话，凭着经验也能掂量出八九分了。"

素叶这才恍悟，对他的崇拜又加深了一层，忍不住钻到他怀里。女人主动示好，令男人眼底的光变得温柔，唇梢恢复清浅的笑。

没一会儿，工作人员出来了，手里捧着那颗钻石原石神情激动，年柏彦松开她上前，接过原石，迎着光微微眯眼，工作人员情绪挺高涨，素叶离得稍有点距离，隐约听到"蓝色"二字，走上前："这块原石怎么了？"

不小的矿石，最后钻石原石剥离只剩下黄豆粒般大小。

年柏彦示意工作人员继续工作。

"你是走运了，竟顺手牵了块蓝钻，我想打磨之后应该是浅蓝色的。"

"蓝钻？"

"在南非产蓝钻最多的地方是茨瓦内东北部的矿井，这里能产出彩钻的概率少之又少，叶叶，你该去买彩票了。”年柏彦将原石交到她手中。

素叶看着手中的原石，发家致富不过是句玩笑话，没承想老天爷如此眷顾她，心生巨大喜悦，猛扑到他怀里欢腾：“年柏彦，我简直爱死你了！”

事实证明乐极能够生悲，事实也证明太能嘚瑟的人兜不住财。正如素叶，在获得蓝钻原石后美得鼻涕泡都要出来了，趁着年柏彦去盯着新一批原石进行回收时，那颗原石在她眼里就成了绝世珍宝，在太阳光底下看了好久，揣好又不放心，再拿出看看。

结果，蓝钻原石丢了。

素叶快疯了，第一个念头就是打电话给年柏彦，岂料他的手机半天接不通，八成那边信号不好。坐在原地，尽量让自己冷静下来，好好回忆一下这期间从她身边经过的人。

全都是满脸脏污的人，都长得一个样子。

素叶苦恼地抓着头发，钻石是揣在兜里的，一定是被人偷走了，这个矿场上有贼！

能进出选矿中心的人需要身份验证，而进入回收中心更要进行身份扫描，素叶命五分钟前进入回收中心的人统统站好过安检，偷钻石的人应该还在回收中心，因为这里每半小时才对员工开放一次。

贝拉气得直咬牙：“要是找不到的话，你自己向年先生交代，你要知道钻矿里时间每一分每一秒都很宝贵！”

素叶不管不顾，盘着腿儿坐在椅子上，嘴里叼根枯草，迎着阳光，眼睛像是伽马射线似的逐一扫描着每一个从安检仪器走过的人。

时间一分一秒过去，十几个人也大抵走完了安检流程，贝拉冷嘲热讽：“我看是你自己不小心给弄丢了吧。”

素叶没理会她，走到一个几乎有一米九的壮汉面前，他结实的肌肉如壁垒，光头，上身没穿衣服，手臂有文身，耳朵有点长，下身只穿了一条宽松的休闲裤。

“不介意被搜身吧？”

紧跟着，贝拉将她拉到了一边：“仪器没检测出他藏有钻石，你要干吗呀？”

“找证据啊！”

这人目光闪烁，过了安检却明显松了口气，当她这个心理医生的眼睛是瞎的啊！

贝拉不悦：“这是侵犯人权！”

“你要弄清楚，这是非洲，在这个每天都会发生抢劫和种族歧视的地方，人权，值几个钱？”素叶微微眯眼，收敛了笑意，“还是你真怕他被搜出点什么让你面子挂不住？毕竟是你招的人。”

两人正争执着，年柏彦正好同钻矿的几位负责人进了回收处，见状皱眉：“这些人为什么都不去工作？”

贝拉马上汇报：“年先生，她说她的钻石丢了，非要搜身不可。”

年柏彦愕然，转头看向素叶。

素叶死盯着贝拉，不要脸的女人，直接把她没检测出钻石的过错给省略了，把这么大的帽子扣她脑袋上。这个贝拉还是不了解她，她素叶向来都不是喜欢背黑锅的主，冷笑：“你错了，我没打算搜身，我是见他身材好，想要耍流氓行不行？”

说毕，上前，众目睽睽之下，一把扯开了那人的裤子！

那壮汉一个猝不及防，裤子连同内裤一起落下。没等反应过来，素叶一把扯下粘在他小腿上的钻石，眯着眼：“这是什么？”

贝拉的脸一下子就惨白了！

周围人议论纷纷，女人干脆扭脸避开，只有素叶，上下打量着他，啧啧遗憾：“好端端的，做什么小偷呢？”

年柏彦的脸色变得难看，转头对着其中一名负责人说了句什么，那负责人点点头，拿出对讲机叫了安保人员，而后走到壮汉面前冷喝：“跟我走。”

壮汉提好裤子，却蓦地推开负责人，转身要跑。

素叶离得最近，冲上前就是一脚，他没料到半路会有程咬金杀出来，身子一晃，被踹了个趔趄。见他的速度慢下来了，素叶又伸手用力抓过他的肩头，打算来个过肩摔，岂料她轻敌了，他的体重在那儿摆着，手劲是使了，却只能扣住他的肩头，再也使不上力气。她暗叫不好，刚想转变战略，来个四两拨千斤，那人就反击了，一巴掌冲着她的脸就挥了过来，大手像是猩猩似的骇人。

素叶一时间抽不出手还击，眼睁睁看着大巴掌即将抹上自己的脸，千钧一发之际，她被人一把搂住，耳畔是一声惨叫。

周围人全都像是惊飞的鸟儿似的散开。

素叶这才睁开了眼，闯进眼的是年柏彦性感的喉结，再看他钳住了那人的手腕，手背上的青筋暴出，他的力气应该不小，至少让对方没了反击的能力。

安保人员赶到了现场，制伏了那人。

年柏彦搂着素叶，冷脸盯着贝拉：“这个人记录在案，永不录用！”

“是，年先生……”贝拉吓得双腿都发抖了。

待一切都恢复正常后，年柏彦才将目光落在她脸上：“有没有受伤？”

素叶盯着他，好半天问了句：“纪东岩会空手道，你会什么？”

“遇上你这种女人，男人还需要会什么吗？你能耐啊，自己多大手劲不清楚吗？还想空手制伏个黑人？”

“素凯被我这招打得落花流水。”

“素凯是素凯，再说了，你跟素凯过招，他可能对你下狠手吗？我算是看出来了。”

“看出什么了？”

他一字一句：“人为财死，鸟为食亡。”

回约翰内斯堡后，年柏彦命司机先回去，他亲自开车回酒店。素叶坐在副驾驶位上，看着年柏彦将车子开得又稳又快，忍不住赞叹：“你还习惯使用右舵呢！我坐在左边都不习惯。”

年柏彦眼睛盯着前方，语气缓慢：“南非这边都是靠左侧通行，习惯右舵，就不用每次来南非都麻烦别人。”

见他说话时目不转睛，素叶嘻嘻贴前：“你还生气吗？”

年柏彦没说话。

素叶想了想又说：“安检的事你真不能怪我，贝拉压根就是在应付我，手里拿个安检扫描仪只是大致地扫一下，害得我费了二遍事。”

年柏彦方向盘猛地一打，车子右转，穿过繁华区。

素叶这才发现不是通往酒店的路，外面近乎荒凉，隐隐可见远处建筑，在夜色和淡月的笼罩下形成鬼魅般的影子，一团一团的。

“这是哪儿？”

“旧城区。”

“旧……旧城区？”素叶尖锐的声音差点掀了车，“赶紧开车，旧城区多乱啊！万一出事了怎么办？”

她是亲眼看见这个城区发生了枪击抢劫事件，后来跟着年柏彦去钻矿的一路上上网才知道，黄种人在这里都像是块金子似的惹人注意，在黑人眼里，黄种人意味着财富。

“叶叶，我可没想着跟你闹。”车座开始缓缓下降，他亦随后压在素叶身上。

“我……我不要在这里，我要回酒店。”

“怕了？你不是喜欢刺激吗？”她媚得像条美人鱼，被人剪掉了尾巴，变幻成了双腿，那双腿修长皎洁，蜷缩在一旁，迷了他的眼。

他扯开了衬衫的扣子，坚实的胸肌，棱线清晰的腹肌，凹凸有致的人鱼线下是强健铁器般的力量，她承认他的身材是令女性去疯狂、去迷恋的风情。

可是……

“年柏彦，我错了，我向你道歉还不行吗？咱们走吧，我……我真的怕有人从背后一枪打死我……”

年柏彦的唇在她胸前游移，温热暧昧成了一张网，紧紧缠着他和她，又如水中的鱼彼此交缠。

“你这么漂亮，就算有人起了歹念，也只能是先奸后杀。”

素叶的声音又软了。

旧城区，危险地带。废除种族歧视政策后，这里是连白人都不会再来的地方，年柏彦却带着她来犯禁，这种禁忌的快乐交织着惊恐害怕，形成了难以言喻的洪流，逐渐将她的理智淹没。

年柏彦这一次发了狠，她忍不住惊叫出声，他却压住了她的唇，给予低低警告：“下次再敢脱其他男人的裤子，我非剥了你的皮不可。”

朦胧的月光偏移进了车厢，洒下薄凉如银的光。男人是食客，女人成了餐桌上最令人垂涎三尺的鱼，刚从水里打捞上来，浑身上下都是浸湿的性感。他又像是坚硬的磨盘，而她是泡好的黄豆，他蹂躏，她承受，在一次次磨压中被身上的磨盘压出香甜的汁液……

亨利先生是个白人。

南非是个有色人种居多的地方，白人在南非这片土地上一直占领政治、经济高地，虽说新南非政权的建立一直在完善和提高黑人的地位，甚至黑人已有了参政权，但实际上这里的很多黑人依旧生活在社会中下层，社会地位不高，很多黑人的孩子依旧上不起学。

在南非，很多矿产都是私人的，政府无权参与私人矿产的管理和处理，这些矿产包括金矿和钻石。而矿主得到矿产的方式有很多，其中也不乏会采用些暴力手段。来精石分部的路上，素叶已从年柏彦口中获知这位亨利先生不但是此次负责投标的人，他也是名看货商。所谓看货商，实际上相当于总批发，全球的看货商不足百人。

目前全球的钻石产量 90% 被 DTC 垄断，看货商是经过 DTC 按照资历和世袭条件精选而出的大珠宝商、大钻石商，能进入 DTC 进行选货的人会拿到极低的价格。因为条件苛刻，所以每年很少有新人加入。

亨利属于世袭，父辈都是老看货商。当然，还有些钻石商会在资金允许的前提下进行购矿，例如年柏彦，又例如纪东岩，如此一来，就可以不受 DTC 控制，这得要求投资人的眼光敏锐和拥有多年的经验，因为一旦运气不好，投到废矿，那就意味着身败名裂。

他看上去四五十岁的样子，留着山羊胡，穿得西装革履，眼睛是褐灰色，令素叶想起了千灯镇的灰瓦来。

“年先生，这位漂亮的女士也是你的助理吗？”

年柏彦刚要回答，素叶却冲着亨利一伸手：“你好，我是精石聘请的心理顾问素叶。”

亨利一愣，连一旁的贝拉也愣住了。

“亨利先生？”

“啊，你好你好。”亨利这才反应过来，伸手与她相握。

年柏彦在旁不动声色，纵容了素叶的自我介绍，一伸手：“亨利先生，请坐。”

亨利坐下后忍不住打量着素叶：“素小姐年纪轻轻就能成为精石的心理顾问，真令人佩服，请问你的导师是？”

“Adrian 博士。”

“Adrian 博士？就是在国际心理学领域拿了几项大奖的 Adrian 博士？”

“是，他是我的老师。”

Adrian 博士是目前全球炙手可热的心理学专家，主攻行为学。在国外，她攻读行为学时的导师就是 Adrian 博士，后来她迷上了梦境分析，导师成了丁司承。

亨利冲着她竖起手指，连连点头。

“今天我是来凑热闹的，亨利先生当我是透明就好。”

年柏彦与亨利两人就目前钻矿的情况进行了商谈，在这期间，素叶没多说一句话，慵懒地倚靠在椅背上，却时不时打量着亨利，而亨利的眼神也会偷偷往她身上瞄，见她也在看着他时便尴尬地笑笑。

贝拉在旁做着记录，一丝不苟。

两人洽谈了近两个小时，当亨利第十次看向素叶时，年柏彦转头对素叶道：“下去转转吧，别走远了。”

素叶就等着他这句话呢，一听马上起身，冲着亨利打了声招呼后离开了会议室，临走前，她看得很清楚，亨利明显地松了口气。

曼德拉广场前的人不少，有人慵懒地喂着鸽子，有人推着孩子散步，有人行色匆匆。南非是个贫富分化的地方，穷人不少，但也能引起富商聚堆儿。

坐在喷泉旁，目光不经意扫过街角，有一道身影快速地闪到了一边。迟疑了一下，她低头故作视而不见，一两分钟后余光扫过，街角的那人还在，是个男人，黑人，身形瘦小，戴着深蓝色的鸭舌帽，穿着休闲，倒是很简单。素叶心里咯噔一下。

又坐了会儿，她进了广场附近的咖啡厅。

果不其然，那个黑人尾随而入，他找了一个角落坐下，离她不远不近。

素叶点了杯咖啡，不动声色地慢慢品着，直到桌上的手机响了。

是年柏彦。

她告知了位置，压低了嗓音问：“曼德拉广场是最安全的地方吗？”

那端稍稍沉默了一下，很快他说：“在原地等着我，不准乱走。”

不到十分钟，他就出现在广场，喷泉的水雾朦胧了他的身影，穿过水雾时他看见了她，目光灼灼坚定。隔着一层玻璃，素叶的心倏然安定了。

年柏彦点了杯咖啡后来到她面前坐下：“没事吧？”

素叶摇头，悠闲地搅动着咖啡：“你跟亨利先生谈得怎么样？”

年柏彦喝了口咖啡：“拜你所赐，那个亨利还真是收敛了不少傲气。”

“这在心理学上叫作权威效应，虽说用的场合不对，但至少起到了效果。”

亨利虽客气，但有傲慢心性，她开门见山的介绍也不是临时起兴，就算他再不懂事也明白，能被精石雇用的心理顾问绝非等闲之辈，她抬出了她的导师，是外行人也听过大名的著名博士，如此她抬高了自己的权威性。亨利在跟年柏彦商谈的过程中时不时会打量她，她相信他不是在打量她的外表，而是生怕她看穿他的内心。

“不管出于什么原因，他的举动还是令人生厌。”

素叶笑靥如花：“有没有一种拿着自己的女人去拉生意的错觉？”

“胡说。”他敲了一下她的头。

“事实证明我们是合作无间嘛，换作其他男人也未必明白我要做什么。”她给了他个甜枣。

年柏彦笑了：“你这张嘴能把人说得哑口无言，也能说得人心花怒放。”

“知道你是聪明人，但我不就是想帮帮你吗？”

年柏彦妥协：“好，那我倒要听听你的意见。”

素叶低着头搅了搅咖啡，若有所思：“看得出亨利是一心促成这单投资，也许不是对你，而是面对所有投资商。他表面看上去不可一世，实际上眼神和不经意的动作能够泄露不安，他在掩饰什么？这是我一直想不通的。”

“这也是我一直在考虑的问题。”

“年柏彦，你说……问题会不会出在他的钻矿上？”

年柏彦保持沉默，微微眯眼。

她继续喝着咖啡，不再说话。

“南非大多数的矿藏资源都为私有，除了被英美财团控制的大型矿藏外，其余的矿藏就落在南非当地人的手里。相比我，亨利跟当地人打交道的次数更多，你说的情况也不是不可能。”年柏彦的声音很低，“因为矿藏产权的混乱也会导致投资陷阱无所不在，例如矿藏的产量，甚至合约也会造假。”

“如果是这样的话，岂不是很麻烦？”素叶略微担忧，她不是不知道年柏彦为了那个钻矿投进去多少心血，一旦真出了问题，他要如何向董事会交代？

年柏彦目光沉静：“当然这是最麻烦的情况。还有另一种情况，就是有人有心要他传递信息。”

素叶看着年柏彦。年柏彦却没继续说下去，与她对视。她蓦地明白了：“纪东岩？”

“聪明。”

素叶的心情却低落下来，如果她猜对了，那么就意味着将会看到一场为了利益而不惜血流成河的厮杀。她明白年柏彦的推测，亨利的目光躲闪还有另一种情况，就是有人破了行规，在他面前私自提高了金额，亨利的躲闪是装出来的，大家都是行走商场这么多年的人，以退为进的计谋还是有的。如是这种情况，那么这个亨利就是有心要年柏彦看出他的迟疑来，目的就是让年柏彦知道背后还有人在提高投资金额，暗示年柏彦也要提高金额，如此一来，他便是空手白赚了。

迫不及待想要绊倒年柏彦的，就只剩下纪东岩了。

素叶轻叹一声：“我希望一切只是猜测。”

他何尝不明白她的用心良苦，微微挑唇：“这次竞投的人不少，对方未必是纪东岩。”

素叶暗自松了口气。

年柏彦见她舒眉展笑的模样，心中甚是喜欢，她的感情是极致的，要么爱要么恨，他深深迷恋于这般透明的相处，这令他备感轻松和愉悦。他伸手调换彼此的咖啡，淡淡说了句：“你的凉了，喝我的。”

“我的很甜，未必适合你。”

“我的很苦，但你要适应。”

“我可以不适应吗？”她挑眉。

“不可以。”年柏彦展笑。

素叶也笑了，端杯喝了一小口，五官皱成了核桃：“还真是很苦。”

年柏彦于心不忍，准备给她拿方糖，她却拉住了他：“换换口味也不错。”

年柏彦被她弄得哭笑不得。

“别以为我是轻易换口味的，年柏彦，是你的我才喜欢的。”

不加做作的情感表达令年柏彦心底蹿升暖意，他伸手，将她一缕长发别于耳后，嗓音愉悦：“好。”

“你说是因为我太如花似玉了，还是你英俊的长相惹得非洲人民都开始跃跃欲试、准备染指呢？”

年柏彦与她对视了一眼，唇角上扬：“只能说我们被盯梢了，在他们眼里，竞投商背后的钻石光环才是最大的动力。”他不是没看见那个鬼鬼祟祟的男人。

“看来我是高估了自己。”

“同时你也高估了我。”

“会有危险吗？”她言归正传。

他笑：“你怕吗？”

“怕，如果是我一个人在南非的话。”

“所以你只能跟着我，寸步不离。”

“看来是我把出差的性质想得简单了。”

“利益相杀，这是亘古不变的真理。”年柏彦轻描淡写甚至仅用了一句话来描绘出自己以往出差南非的经历。在这里，每一次的竞投都像是一场刀光剑影的战役，在这个法律不健全、钻矿产权不分明的国度，能够最终拥有一方寸土的往往只能是站在鲜血上的人。

“那我们接下来要怎么办？要不要像电视剧演的那样撒腿就跑？”

“撒腿就跑只能说明你打算赖账不付咖啡钱。”年柏彦被她逗笑。

素叶也忍不住笑出声来。

“顺其自然，被盯梢这是常有的事，有必要时我会去查。”年柏彦给了她个定心丸。

素叶点头，她相信年柏彦有他自己的处理方式。她没来过南非，亦不了解这个地方的习俗，但年柏彦不同，他常年与这片土地打交道，想来必然已经摸索出一套应对在这片土地一旦发生危险的方式方法，他说得没错，这个时候她要做的就是待在他身边，不要轻举妄动。

林要要得到了一件价值不菲的礼物。

是条近乎亮瞎双眼的钻石项链，以冰蓝色玛瑙配色加以彰显钻石的璀璨，暂不去鉴定项链上的钻石有多么价值连城，就只说用以配色的玛瑙都极为罕见。

林要要对这条项链不陌生。这是她亲自选的项链，与叶渊一起，因为是他说的，他想送素叶一条项链，越漂亮越好。林要要的眉头皱得近乎能夹死一只苍蝇，他怎么把项链送给她了？

项链拿出时，一枚小小的卡片也掉了出来，还带着淡淡的麝香气。林要要拾起一看，上面的字迹龙飞凤舞：佳人配美钻，今晚我 6 点落地，一起用餐吧。叶渊。

卡片的最下方除了他的名字外，还附有餐厅的名称和地址。

“精神病。”林要要三下五除二撕掉了卡片，随手扔到了桌子旁的垃圾桶中，又看了一眼项链，几秒钟后，项链也重新扔到了盒子里。

手机响了，是林要要的母亲。

“要要啊，下班没？我和你爸爸都到你公司楼下了。”

“下了下了，我马上下楼。”

丁司承亲自到车站接她父母，只是后来接了客户的电话先行离开。一顿饭吃了近两个小时，林母忧心忡忡：“我对司承的工作有所忌讳，你说他平时接触那么多的病人，会不会哪天自己也得精神病了？”

林要要简直服了母亲的想象力：“司承能做这个职业就说明他有超强的心理承受能力，怎么可能变成精神病？”

“闺女啊，我是为你好，你还记得小时候跟你玩得挺好的小芳吗？前几年嫁了个医生，听上去风风光光的，实际上那人是妇产科医生，每天都跟女患者打交道，前些日子听说他们在闹着离婚。”

林要要都快疯了：“妈，司承是心理咨询师，不是妇科大夫。再说了，妇科大夫怎么了？现在但凡三甲医院哪个妇科没有男大夫呀？他们闹离婚未必就是因为对方的职业，说不准还有什么事是您不知道的呢。”

“在我眼里，心理咨询师跟男妇科大夫没什么两样。”林母撇了撇嘴。

林要要近乎气得吐血。

口舌之争时，有人搭上了她的肩膀，紧跟着身边坐下来一个人：“要要，等我等得很久了吧？不好意思，路上堵车了。”

突如其来的人和声音令林要要像是遇鬼般条件反射地站起身：“你……”

“哦，这两位就是伯父伯母吧？”叶渊丝毫不理会林要要的惊讶，“常听要要提起伯父伯母，知道二老才从天津回北京，小小见面礼不成敬意。”话毕，掏出个信封来。

林要要一脸惊诧地看着眼前这个笑得没皮没脸的男人，又盯着信封，第一个念头就是：支票。如电视剧里经常出现的镜头一样。

林父备感奇怪：“这位是？”

叶渊自报家门，十分谦和：“伯父伯母，我是要要的男朋友，我叫叶渊。”

“啊？”

“谁是你男朋友？”林要要急了。

叶渊笑了：“当然我是你男朋友了，还生我气呢，我是因为工作忙没办法多陪你，又不是在外面胡闹。”

“要要，你这是……”林母一头雾水。

林要要怒了：“叶渊，你别太过分了！”

“你真要跟我分手吗？”叶渊哀叹了一声，“我都已经给你买礼物赔罪了，今天刚下飞机就迫不及待来见你，知道伯父伯母喜欢篮球赛，又为二老买了最好位子的门票，你就不能原谅我吗？”

林父拿过信封，打开一看，果然是两张篮球门票。他生平就爱看篮球，今年得知最喜欢的篮球队来北京打比赛便张罗着要买票，岂料球迷太多，压根就买不到票，为此他还郁闷了好久，没想到眼前这个小伙子竟如此有心。

林母端详着叶渊，满腹疑问，她又不能直接问，生怕戳穿了什么。还是林父问得最有技巧，避重就轻问出了心中疑问：“要要，你交新男朋友怎么不告诉我们一声？”

“我……我没有。”

“伯父伯母，她一心要跟我分手，我真是没办法了。”叶渊愁眉苦脸。

“你别信口开河！”

“你收人礼物了没有？”林父一脸严肃。

“收了，可那是——”

“礼物都收了，怎么还向人提出分手？要么就断得干干净净，要么就好好处，你这叫什么事儿？”

“我……”林要要百口莫辩。

这顿饭，因为叶渊的出现变了性质。今晚的家庭聚会不过是在讨论林要要与丁司承这对一对一的恋爱程序是否能够成功晋级，但叶渊程咬金似的行为成功扭转了林父林母的认知，让他们不得不去承认自己女儿脚踏两条船的可耻行径。

结果，林要要顶着父母不悦的眼神将叶渊像是拖死狗似的拖到了无人的角落，咬牙切齿，大有活吞了他的架势：“叶渊，上辈子我是杀了你们全家，所以这辈子你才阴魂不散地缠着我是吗？你凭什么在我父母面前造谣？谁跟你谈恋爱了？”

“那你为什么要失约？”

“失约？我跟你有约在先吗？”

“我在卡片上可是写得清清楚楚的。”

林要要微微眯眼，看了他良久后，忽然问了句：“现在只有我们两个，我倒是想听你一句实话，说吧，你这么处心积虑到底要干什么？”

“我喜欢你怎么算是处心积虑？”

“喜欢我？你了解我多少就喜欢我？”

“我没娶你没嫁，我追你怎么了？”

“我已经有男朋友了，而且正在谈婚论嫁！”

“他不适合你。”他语重心长。

“那你更不适合我。”

“我的意思是，我觉得他并不关心你。”

“你够了！”林要要眉头紧蹙，转身要走。

叶渊一把拉住她：“至少你得给我一次公平竞争的机会。”

“放手！”她扭头看着他冷喝。

叶渊不放，她却张口狠狠咬住了他的胳膊。

他吃痛了一下，撸起衣袖一看，已是深深的一个牙印。

一大早警局忙碌，素凯停好车后进了所里，一身制服精神奕奕，却在瞥见办公室里的身影后微微变了脸，脚跟一转，改了方向。

“素凯。”

素凯顿步，再看同事们，眼神暧昧。

“绿植开花了，快来看。”叶澜冲着他招招手，然后又钻回办公室。

有同事走上前：“行啊素队，一出手就搭上了极品。”

素凯懒得搭理他，回头喝了他的手下：“我说过多少次了，别让其他人进我办公室。”

手下倒是委屈：“头儿，她不是嫂子吗？全局都知道你俩的关系，谁会拦呀？”

素凯一脸无奈。自从上次他以男友身份帮她找回钱包时，他和她的关系就呈现流言蜚语趋势在警局蔓延，他想去解释，又觉得这种话从他嘴里出来是对叶澜的不尊重，于是等着叶澜主动澄清，哪怕她能说一句他被她给甩了也无所谓，无奈叶澜每天来得频，以照顾绿植为名时不时霸占他的办公室。

进了办公室，那盆摆放在办公桌前的绿植果然开了花。

“你不用上班吗？”

“上啊，但你上班比我要早，所以顺便过来浇完水就走。”

“叶澜，我不适合你。”他轻叹了一句。

叶澜咬了咬唇：“你对我反复无常，是不是因为我姓叶？”

素凯对上她的眼，语重心长：“你不应该喜欢上一个警察，不应该为另一半每天提心吊胆。”

叶澜像是被人猛敲一下似的，她贴近他：“可是，我就想为你提心吊胆，我不在乎，我也不怕。”

素凯听了，心底一阵感动，打开办公室的门：“时间不早了，去上班吧，别迟到。”

叶澜攥紧了拳，盯着他看了良久后才愤愤离开。

关上门，素凯靠在墙壁上，脑海中回荡着昨晚头儿对他说的话：“素凯啊，你是缉毒精英，组织上有意将你调回缉毒中心，这可是难得的升职机会，你回去考虑一下，尽快答复。”

他用力搓了搓脸，眼角疲累。缉毒，这项工作他做得娴熟而惊颤，会功成名就，但同时也有丧命的危险。不经意想起叶澜含泪的双眼，心口的疼痛倏然化开。

Chapter 13

钻石的璀璨是用人血洗出来的

▼

年柏彦提前一天结束了在约翰内斯堡的工作，腾出三四个小时陪素叶买了些纪念品后又赶往开普敦。

车程由北向南，从没落的钻石之都庆伯利途经斯坦陵布什，这次全程的司机换成了年柏彦。一辆舒适的 SUV，素叶顶着鲜艳的太阳帽坐在副驾驶位上，风拂过面颊时是香甜气息。没有会 12 国语言的黑人司机，也没有对着年柏彦不停放电的贝拉，只有她和年柏彦两个，横穿南非大陆，满眼是一望无际的迷人风光。

高门鸵鸟厂，她还未到南非就一心向往的地方，也是她在年柏彦耳边念了一路的地方，这里远远比她想象的面积还要大。

车子途经后，年柏彦抬腕看了一眼：“今晚就在这儿住下。”

素叶乐得不言而喻：“原来你在约翰内斯堡压缩时间就是要给我惊喜呀！”他完全可以像贝拉似的直达开普敦，而不是亲自开车穿过原野和丘陵，怪不得临行之前贝拉经过她身边时恶狠狠落下一句：“真是个害人精。”

“喜欢吗？”他低头笑问。

素叶热情洋溢地在他脸上亲了一口，年柏彦享受美人之吻，刚想化被动为主动，她却一把推开他，边跑边挥舞着太阳帽大喊：“鸵鸟们，我来了。”

高门的老板对年柏彦很热情，特意留了最好的房间，站在阳台上往外看，湛蓝的湖水和绿油油的草地，还有姹紫嫣红的花蕊，点缀在湖面之上的是宛若一方琉璃的天空，白云如掉在湖水中央，干净得像是被漂过。

晚上 7 点，鸵鸟大赛如火如荼地开始了。

高门鸵鸟大赛是这里的特色，共有十人参赛，素叶作为唯一的女选手骑着鸵鸟大摇大摆地出现在赛场，抽了个八号，很吉祥的数字，她喜欢。

她穿得十分鲜艳，夸张的西部牛仔帽，还给她的鸵鸟戴了个红领巾，并且十分优美地打了蝴蝶结。在向观众致敬后，她在人群中找到了前来捧场的年柏彦。他换了身休闲装，身形慵懒地坐在椅子上，接了杯啤酒边喝边看着她，她兴奋地冲着他挥挥手，就见一个热情洋溢的啤酒妹贴了上去，胸前的两个弹力球都近乎掉他怀里了。

素叶气得咬牙，这男人还真让人不省心。

一声枪响，鸵鸟们纷纷受惊，争先恐后地往前冲，她身子一晃，赶忙揪住了鸵鸟的翅膀，这才避免在起跑线上就从鸵鸟身上摔下来的丑剧。

赛鸵鸟的技巧就是要巧妙运用鸵鸟的翅膀来掌控速度和方向。别看鸵鸟是这世上最重的鸟，但它的翅膀可不容忽视，当它们顺风奔跑时，张开的翅膀像是风帆似的，可以起到提速作用。渐渐地，她掌握了要领，速度提了上来。当她与一白人选手齐头并进时，那白人揶揄：“小妞儿，你是跑不过我的。”

这种挑衅令她不舒服，冷笑了一下，扯掉脖子上的彩色丝巾，一松手，丝巾随风飘走，那载着白人的鸵鸟竟大叫着去追丝巾了。

没有人说过这是一场公平的竞赛。

素叶成功地“除掉”了一名竞争者，有人在对着她吹口哨，行为举止极为轻佻，是前方的一个男子。她不动声色地从怀里掏出一枚哨子，齐头并进时突然冲着他的鸵鸟头吹了一声哨子，紧跟着那鸵鸟就将头伸进了草堆中，男人一下子没坐稳，从鸵鸟背上摔了下来。

这就是“鸵鸟精神”。

就这样，素叶想出来不少损招，一路过关斩将，不少选手被她远远地甩在了身后，前方还有最后一人，只要超过他，她就是冠军。她冲着他的背影喊了一嗓子，男人回头瞅了她一眼，她笑眯眯地冲着他摆了摆手，男人正奇怪时，只见她从衣兜里摸出个鸵鸟蛋，倏然瞪大了双眼。

鸵鸟蛋冲着他的方向飞了过来，男人吓得一缩头，身下的鸵鸟也受了惊，呼扇着翅膀，男人一个没抓住，也从鸵鸟背上摔了下来。

素叶以十分不光彩的手段终于冲到了终点，瞬间美得鼻涕泡差点甩出来。终点亦是起点，看比赛的观众甚多，都纷纷起身为她鼓掌。她也冲着大家骄傲地挥手，却忘了自己的鸵鸟也会受惊，一个埋头，躲避惊吓。

于是一个惯性之下，素叶就像是空中飞人似的从鸵鸟背上“飞”了下来。

她得到了冠军，却差点摔断了肋骨。

一瘸一拐地从地上爬起来后，第一时间就是找年柏彦，不承想年柏彦被几个选手团团围住，个个义愤填膺。素叶赶忙遮住脸遁走，那些选手都是被她“一路坑杀”的人。

晚上 9 点，素叶整个人像是报废的机器摊在沙发上，还穿着赛服，帽子扔在地毯上。年柏彦不知从哪儿弄来了药油，坐下来：“衣服脱了，我看看有没有外伤。”

素叶有气无力：“没外伤，都是内伤。”说完，把脸深深埋在抱枕里。

“怎么了？”

良久后，抱枕里才闷闷地扬起声音：“我觉得我没脸见人了。”

年柏彦何尝不了解她好面子爱逞能的个性：“没脸见人的是被你一路暗算的选手。”

素叶侧过脸，长发微微遮住了脸颊，只露出了眼睛，斜视着他：“人为财死，鸟为食亡嘛。”

“所以说奖金你都拿到手了，还有什么丢脸的？”年柏彦伸手将她的长发轻轻拨到了一边，露出大片净白的颈部。

素叶依旧趴着，好半天叹了口气：“我做错了。”

年柏彦扬眉：“难得，竟知道自己错了。”

她冲着他懒洋洋伸手，他便接过手将她拉了起来：“鸵鸟蛋挺贵的，我真不应该扔出去当工具打人，哪怕带回国卖了也值钱啊。”素叶又靠在他的怀中，一脸的愁云惨淡。

年柏彦愕然，扳过她的脸：“你的思维究竟是什么做的？”

“你是指我的思维细胞、思维方式还是思维载体？”

年柏彦笑了。遇上了她，他的生活似乎真的一天比一天大不同，她不羁、她骄傲、她好面子、她爱财如命、她争强好胜……似乎罗列起来的每一条都会令人厌恶，但不知怎的，这些坏毛病一并集中在她身上就成了难能可贵了。

夜晚多情。

一场激战耗尽了素叶全部的力量，最终昏昏睡去。可她睡得不安稳，梦中，那座巍峨的高峰令人望而生畏，她顶着风一路攀爬，身旁是蒋彬的身影。

蒋彬转过头，冲着她比画了继续的手势。可那张脸竟是年柏彦！

她看到他冲着她缓缓伸手，她只顾着惊愕却忘了伸手与他相握，心中不知怎的，有一种不祥的预感油然而生。

很快，这预感灵验了！

固定在山峰峭壁上的钉扣毫无预警地崩裂，绳索突然之间像是失重似的迅速从安全扣中滑落，然后是他，还未来得及叫她的名字便如断了翅膀的鸟儿般从半山腰坠落！

“蒋彬！”素叶喊出了这个名字，一激灵，睁开了双眼。

眼前是静谧的夜色，哪还有寒霜高峰？

从噩梦里惊醒的素叶一时间还没调整过来气息，呼吸还有点急。好半天才抬头，目光能及的是他的下巴，他的脸在月光下清晰可见。他不是蒋彬，是年柏彦，为什么在梦中她看到的脸竟也是年柏彦？

她从未梦见过蒋彬，哪怕蒋彬不在了，她也没梦见过当日登山的一幕，想到这儿，一丝惊恐从心底深处蔓延开来……

为什么她现在想不起蒋彬的脸了？她将手覆上了年柏彦的脸颊，又突然收回手，心中暗谴荒唐念头。他是年柏彦，不是蒋彬，不是！

素叶忍不住将他搂紧，只有这样，她才能真实地感受到他的存在。良久，她的呼吸才放松了，轻轻浅浅的。

年柏彦缓缓睁眼，她的呼吸洒落在他的胸口上时，他竟感到了剧痛蜿蜒开来。

这是他第一次感到了不确定。她爱他，还是在她内心深处依旧深爱着那个叫蒋彬的男人？他们两人要经历怎样的深情，才会使得蒋彬纵使死去她也念念不忘，甚至在他怀里也要叫着他的名字。

蒋彬，这个人的资料少得可怜，并且那点可怜的资料一直显示他是从山峰坠落身亡，可是他真的死了吗？他无法想象如果蒋彬还存在这个世上，有一天突然出现在她面前的场景。

他的女人，会不会跟曾经的情人离开？

年柏彦皱紧了眉头，这种想象简直糟糕透了，他向来厌恶这种毫无根据的想象。遇上她之前，他以为他的每一天不过是在重复着前一天，周而复始，繁忙平淡。在这个日渐薄凉的都市，想要遇上一个对的人何其艰难，在浑浑噩噩了30多个年头后的今天，她出现了，他才意识到过往的日子是多么枯燥乏味。她是他的奢侈品，他不舍得弄丢她，更不允许被别人夺走。

告别了高门鸵鸟厂，年柏彦载着素叶一路穿过丘陵，抵达开普敦时，车窗外正在举行庆典活动，七彩的服饰装点了整条街，还有富有特色的欢快音乐。参加活动的大多数都是白人，他们在欢歌笑语，在热情狂舞。

车子在一处荷兰特色的建筑前停了下来，贝拉早就在此等候，见到年柏彦后兴高采烈地迎上，刚要接过他手上的公文包，素叶却抢在她前头挽上了他的胳膊，接过公文包，声音黏黏糊糊得近乎撒娇："亲爱的，今晚我们就住这儿吗？"

贝拉恨得咬牙切齿。

年柏彦唇角忍不住上扬，也任由她的性子胡闹，这一刻他宁愿去相信她是爱着他的。

"这是精石在南非的钻石中心。"踏上台阶，他牵过她的手，"我先带你上去看一下，稍后我们去切磨中心。”

“你真打算让我去糟蹋这块原石吗？你舍得我都舍不得。”素叶揪着脖子上的蓝钻原石一脸紧张，她觉得自己的脖子价值连城。

年柏彦不赞同她的话：“如果能佩戴一块自己亲手切磨的钻石，那是值得骄傲的事。有很多人还没这个机会，我会手把手教你，放心。”

因为年柏彦是老客户，所以切磨中心的负责人为他开辟了绿色通道，这也便于素叶一同进入并参与钻石的切磨过程。

年柏彦信守了承诺，真是做到了手把手传授。在原石上画线很重要，素叶研究了半天，最后把线画得歪歪斜斜的。年柏彦摇头，示意不行，她皱眉：“难道钻石切割就不能多边形吗？”

“可以，但就目前市面上出现的几类形状来说，是最能将钻石的华彩发挥出来的范本。”年柏彦强调。

“我能将它切割成八心、八箭或者梅花钻吗？”

“那你就成了全球炙手可热的钻石切割技师了。”年柏彦轻笑，“今天你只能打打下手，切割是个精益求精的工作，你无法胜任。”

她也没耐性一坐坐那么久。

接下来年柏彦便带着她做了有关切割钻石的一系列准备，给她介绍了钻石原石分析和标记仪，这能使钻石保留最大质量来设计钻石琢型。除此之外，素叶还近距离接触了钻石三维全自动成型磨具，这个仪器可使钻石最大限度地减少切磨时的质量损失，高效率使用激光在三维状态下自动完成钻石切磨成型，而高级打圆机最适合 0.01 ~ 10ct 的原石磨圆，视线最优化的圆形腰围。

一番程序下来，素叶方知钻石切磨这项工作的耗时耗力。

在涉及切割和打磨时，年柏彦亲自操作，素叶竟也耐着性子看着他细致工作，渐渐地，钻石的华彩愈加明显，有光影落在他白衬衫的领口上，这一刻，他甚是迷人。

完美钻石需要完美身份，这个身份就是高科技的激光腰码，素叶要求打上自己想要的数字。

最后，当地负责人将这枚凝注了两人心血的钻石交给素叶时笑道：“十分完美的蓝钻，小姑娘，你了解彩钻与爱情的关系吗？”

“你知道我这枚蓝钻的意义吗？”回到车上，素叶美得鼻涕冒泡地问年柏彦。

手中的钻石如安徒生童话故事中出现的蔚蓝色海域，如鸢尾般深邃迷人。她不曾想过那么一小块看似平淡无奇、毫无光泽的原石，一经年柏彦的手加工，竟被赋予了生命，璀璨耀眼。

“理智之爱。”

“呀，你知道？”她惊奇，刚刚闻言负责人的答案后，她还想着考考他。

“我是卖钻石的。”他言简意赅。

她也笑了。理智之爱，她喜欢。

年柏彦却将车停在了路边，眼睛一直锁着她的脸，不移半分。

素叶不知道他怎么了，刚要询问，他却俯身过来吻上了她的唇。她仰头承受他突如其来的强吻，手腕因为他的紧箍而无法动弹，又觉得舌根都近乎要被他扯断，疼得只能从鼻腔里发出抗议的呜声。

年柏彦这才放开她，脸埋在她的耳侧：“蒋彬，有没有这样抱过你吻过你？”

素叶一愣。

“我跟你说过我和他的情况。”她和蒋彬相处得很舒心，那种舒心早已超出了男女的情欲之恋。

年柏彦的眼神似乎松弛了些，将她拉入怀中低语：“你是属于我的，知道吗？”

素叶虽不明白他提及蒋彬的原因，但因为他的这番宣告，心底也陡然腾起喜悦和幸福，在他怀中，她重重点头。

在阮雪琴的高压政策下，叶澜不得不先应下相亲的决定，但前提是她得先看清她未来的相亲对象柳家大少爷是什么德行。得知他在一家酒吧玩得正嗨的密报后，她买通酒保，换了一身售酒女郎的火爆艳服，决定一探究竟。

酒吧环境吵，叶澜大老远就看到那男人左拥右抱，刺激得她一身鸡皮疙瘩。在光怪陆离的灯影中，叶澜瞧见他往杯里放了点东西，那女人喝下后就像棉花糖似的融化在他怀里，他笑得得意，喝了口酒，与怀中女人相拥相吻。

叶澜差点把晚饭都吐出来，敢情这柳公子只会在长辈面前装得贤良淑德了。正打算拍点证据，借此证明两人情不投意不合，突然酒吧的音乐停了，眼前是明晃晃逐一大亮的灯光。闯进来七八名警察，带头的喝了一嗓子：“警察办案，都排在墙脚，乖乖给我站好！”

叶澜被带进了局子里，只因没带身份证，哪怕是警局的人都认出她是谁了，但还是被素凯一视同仁对待了，跟几名没带身份证的陪酒妹蜷缩在审讯室。审问她们的是素凯，轮到她的时候，素凯铁面无私，冷声依旧：“姓名。”

叶澜蹲在那儿没动静。

素凯抬眼看了她一下，重复：“姓名！”

叶澜斜视他的脸，恨不得一口咬掉他的鼻子，咬牙切齿地甩了句："叶澜。"

"性别。"

"你自己看着办！"

素凯再次抬头，面色无澜地看了她一眼后继续做笔录。

"年龄。"

对方沉默。

素凯"啪"地将笔拍在桌子上，眉心一紧，威严强势："给我乖乖配合！"

叶澜从未见过他这般动怒，吓得缩了缩脖子："23。"

素凯这才拿起笔继续："去酒吧做什么？有没有看见谁在售毒品？"

"我真是冤枉的，我跟她们几个都不认识。"叶澜迫不及待开口澄清，起身，"什么毒品不毒品的，我压根就不清楚，我——"

"让你起身了吗？"素凯冷喝了一嗓子。

"素凯，你别太过分了！"叶澜急了。

所有人都纷纷看向他们两个，素凯却依旧不动声色，淡淡警告："蹲下。"

叶澜使劲攥了下手指，照做。

"看见可疑的人了吗？"

"没看见。"

素凯做了下记录，重复问了句："去酒吧做什么？"

"相亲。"

做笔录的动作倏然滞住，素凯抬头，皱眉："相亲？"

"提前去看看我的相亲对象靠不靠谱，靠谱的话，我就嫁了。"

素凯一愣："为什么？"

"还不是被你逼的？"她又冲着周围人道，"你们见过这样的男朋友吗？逼着自己的女朋友去相亲！"

周围人惊愕，其中一个陪酒妹慢悠悠道："这就是男人啊，天底下最不靠谱的东西。"

素凯的脸色转为铁青，按了通话键："小张，你进来一下。"

小张进来后，素凯命他将陪酒妹们带出去，只留了叶澜一人。他关了摄像头，她窜到了墙根儿，一脸警觉。他不疾不徐地问了句："你相亲对象是谁？"

"你管得着？"

"你刚刚当着所有人的面儿说是我女朋友，我不问的话，似乎还真不近人情了。"

叶澜冷笑："素警官，我可不敢高攀。再者，您老多铁面无私啊！但既然一点情面都不讲，为什么要关闭监控设备？"

素凯拿过资料翻了翻，良久后吐出个名字：“柳钲。”随手将资料扔回了原位。

“你怎么知道？”

素凯倒也不想隐瞒：“被带回警局的又跟你门当户对的还真就他一个。”

叶澜咬牙：“没错。”

“吸毒的人？”

“他只是娱乐。”叶澜倚着墙冷笑，“别以为你是警察就可以随便关人！你有什么证据关我？”

素凯起身上前，盯着她的目光微微转暗，伸手箍住她的脸：“那我倒要找找证据了，看看你有没有也跟着吸毒。”

叶澜未明白他的意思，他却压脸下来吻上了她的唇。她倏然瞪大双眼，反应过来后，脸红成了猴屁股，用力推搡他。他终究还是放开了她，眉梢蹿过懊恼，淡淡道：“通知你家属来领人。”

窗外的霓虹华彩被雾霾扯得七零八碎，夜色如化不开的墨汁糊在玻璃上。不知过了多久，叶澜才抬眼看了看墙上的时间，快10点了。又不知过了多久，审讯室的门被推开了。她抬头惊讶，她以为他早就下班走了。

素凯换上了一身便服，见了她后，蹙紧了眉头：“怎么还没通知家属来警局？”

叶澜白了他一眼，不吱声。

素凯的眉头近乎拧在了一起，盯着她好半天，突然转身离开。

她没料到他会说走就走，做了几分钟的思想斗争，正纠结着要不要打电话给家里时，却又见素凯走了进来，一扬手，包飞到了她面前，是她的包。

“走吧。”素凯没头没脑地说了句。

“啊？”

“拿好包，我送你回去。”

叶澜双眼一亮：“素警官，你这是徇私枉法吗？”

素凯没理会她的雀跃，一个冷喝：“把你原来的衣服换上。”

叶澜不满他的态度，冲着他大嚷：“就在这儿？”

“对。”

“当着你的面儿？”她怒喝。

素凯上前一把扯过她，吓得叶澜身子后缩：“你……你想干什么？”

他靠近：“你说我想干什么？”盯着她的脸，他又想起刚刚的吻，眸色深了一层。

叶澜误以为他会对她动粗，战战兢兢开口：“我……我警告你啊，你是警察，我是公民，你敢欺负我的话，我……我就去你领导那儿投诉……”

一句话说得素凯哑口，抓过她的包一下子盖在她脸上，恶狠狠道："给我赶紧换衣服！"

今天年柏彦难得放了素叶一天假，他一走，她就兴奋得睡不着了。洗漱后，简单地用了午餐，然后就跑到海边看了海狮的表演，又花了点钱同训练有素的海豹们打了会儿球，玩得差不多的时候，就想着去市区转转逛逛，回到公寓刚换好上街的衣服，手机响了。

是威尔·史密斯，说是依照年先生的吩咐来接她。

"年柏彦呢？"等见了威尔·史密斯，她忍不住问，年柏彦还真算准了她会到市区玩。

"年先生还在开会。"威尔·史密斯很健谈，打开了车门，"你想去哪儿随时吩咐，我不但可以做你的司机，还可以做免费向导，哦不，不是免费的，我要在年先生那儿拿工资。"

素叶笑了，坐上了车。

她明白年柏彦的用心良苦，开普敦虽说现代文明，但也会暗藏不知名的危险，有个他放心的人跟着也算安全了。素叶想了想，给年柏彦发了条语音："亲爱的，我跟帅哥约会去啦，别吃醋哦。"

威尔·史密斯看了一眼后视镜，故意道："完了完了，我肯定会被炒鱿鱼。"

素叶被他逗笑。

很快手机震动了一下，她一看是年柏彦回的微信，也许是开会的缘故，不方便回语音，他发了几个字过来：不吃醋，晚上吃你。

她想到他正襟危坐听着手下汇报工作时给她回微信的样子，忍不住笑出声。

开普敦能被称为"诸城之母"是有它的道理的，因为这里无论是海域蔚蓝、白沙细腻的大西洋海岸，海鸥飞出时的惊涛骇浪，还是融合了多样文化的风情小镇、恨不得吃到胃撑的美食，林林总总的一切，都显得那么独一无二。

全程威尔·史密斯做了向导，他也不愧是语言天才，中文说得字正腔圆，时不时会逗得素叶哈哈大笑，末了，威尔·史密斯还逗趣道："我和年先生相比谁更有魅力？"

"当然是你了，他可没你这么幽默。"素叶说话间正抱着一只大龙虾在啃。

威尔·史密斯眨眨眼："这话可是咱俩的秘密，不能被年先生听到。"

"如果你带我去斯泰伦博斯酒庄参观的话。"

威尔·史密斯冲她做了个 OK 的手势。

素叶爱喝酒，世界各地的酒都爱喝，所以在酒庄她如同回到了深海的鱼，几乎每样酒都品尝了一次。有擅长在脸上画画的人，素叶便跃跃欲试了，高兴之余，给了绘画人 30 兰特的小费。

威尔·史密斯给她拍了个特写照片，拍好后，她传给了年柏彦，很快年柏彦回了句话：斯泰伦博斯的红酒后劲较大，别贪嘴。

她拿着手机冲着威尔·史密斯惊呼："你老板是在我身上装了跟踪器还是让你随时汇报我们的位置？"

这话问得威尔·史密斯一头雾水，凑上前才明白了缘由："你照片背后有背景嘛。"

素叶听了差点被口水呛到，背景不过是个白房子，这也能看出她的位置？年柏彦那厮的眼睛也太毒了吧？还是威尔·史密斯给了个最符合逻辑的解释，他说是因为年柏彦常年与南非这边接触，尤其是开普敦，他早就熟悉这里的一草一木了。

素叶这才了然，想了想，又给年柏彦发了个微信：重点在脸，要看我的脸！

没一会儿，年柏彦又回：谁那么大胆，碰了我女人的脸？

素叶一看，这回又乐了，这个没情趣的男人啊！

玩到夕阳西下时，素叶才恋恋不舍地离开，车子一路向市区开，穿过马来区是一水儿繁华的商店、咖啡店，还有多彩多姿的街头艺人表演。素叶喜欢热闹，便让威尔·史密斯先行回去。

一路溜达，素叶步行到了乔治商业街，逛得兴奋时手机响了，一看是年柏彦打过来的，接通，是他略显疲惫的嗓音："怎么把史密斯打发走了？"

消息够灵通的。

"他个大男人的，我在逛街，他在后面跟着，多别扭啊！"

"但是安全。"年柏彦轻叹了一口气，"南非这个地方每天都可能发生暴动或恐怖袭击。"

"放心吧，我逛逛就回。"素叶关切地问，"你还在公司？还要多久能忙完？"

"事情有些棘手，五分钟后还要继续开会。"

"怎么了？要不然我去公司找你？"她突然觉得自己挺不地道的，他忙得焦头烂额，她却玩得忘乎所以。

年柏彦低笑："让你良心发现真难得。好好玩吧，你哪有闲情雅致听那些会议报告？"他不是没听丁教授抱怨过素叶的我行我素，每次联众开会，她总是最晚一个到，到了之后说完重点就走，不给任何人面子。他能理解，她的确乖张、我行我素，不会浪费时间去讨好谁，性格使然。

素叶笑了，年柏彦又叮嘱了几句，尤其是安全事项上反复强调后才结束通话。

又逛了半天，素叶打算回公寓了，刚一转身就被一辆跑车倏然拦截，大脑闪过的第一个念头就是：遇上劫匪了。

但一想不对，哪有开着豪车抢劫的匪徒？

摆好架势，正打算跟有可能扑面而来的危险做拳脚上的较量时，车门开了，车主慵懒地冲着她笑："嘿，有阵子没见了，想我没？"

是纪东岩，素叶早就该料到，同样身为竞标者的他，最有理由出现在开普敦。

夜色下的大西洋海岸温柔多情，但也时而有海浪拍打礁石，一时间激起千层浪。当游艇经过企鹅岛时，素叶还真看到了月色下海岸边的企鹅，一个个相依相偎，或休息或嬉戏，她从未见过这么多的企鹅，乍一看会误以为来到了南极。

纪东岩端了两杯红酒来到甲板上，递给她一杯："还不打算擦掉你的花脸？"说话间像是变戏法似的拿出湿纸巾："时刻给你候着呢。"

素叶接过纸巾，铺在脸上囫囵擦了一遍。

"说实话，我并不觉得大晚上出海是多么美妙的事，事实上置身大海中央的感觉挺没安全感的。"她将脏了的纸巾投球似的扔进了垃圾桶，晃了晃酒杯，"再者，你可别告诉我这游艇是你的，你特意来找我就是想跟我显摆一下你的新游艇？"

"还真是有这打算。"纪东岩坐在她身边，肩膀顶着她的肩膀，"年柏彦不解风情，一来开普敦只知道工作，我也算弥补他的过错，陪你游山玩水有什么不好？"

"还真是你的游艇？新买的？"

纪东岩点头。

"看样子你对这次的钻矿竞投很有把握，这么快就预消费了。"素叶抿了口红酒。

纪东岩伸手搂过她的肩头，低头看着她的脸："我还以为你想说，我比年柏彦有钱呢。"

"那你和他，谁更富有？"她也不避他，侧过脸看他。

纪东岩毫不迟疑："他。"

"难得啊，让你对你的敌手俯首称臣。"

纪东岩鼻梁近乎压上她的鼻："他得到了你，所以比我富有。"

"那你要怎么办？抢他的钻矿当作赔偿？"素叶任由他的气息扑面而来。

纪东岩抬脸嗤笑："女人，还有两天才竞投，是不是他的钻矿还未必呢。"

素叶挑眉："你一定要跟他争得你死我活？你们两个针尖对麦芒都是商圈人皆共知的事了。"

"那你知不知道，年柏彦的恋情亮起红灯也成了街头巷尾津津乐道的趣闻？"

素叶深吸了一口气："我愿意等他。"

"也宁可背负第三者的称谓？"

素叶敛眉。

“说实话，我最不想看到的就是你参与其中，而且还是站在他那边。”他坐直，将杯中红酒一饮而尽。

素叶也跟着喝光了杯中酒，拿起冰桶里的红酒，为彼此倒上后直截了当来了句：“我爱他，所以什么都不在乎。”

纪东岩蓦地扭头看着她：“你是抽什么风了，怎么就迷恋他了？”

“不知道。”海风吹乱了她的长发，却遮不住她眼底的笑意，“就是莫名其妙地爱他，无法自拔。”

纪东岩咬咬牙：“在内蒙古的时候我就跟你说过，年柏彦那个人没心的，你怎么就不听劝还一头栽进去？他没你看上去那么简单，你这么交心交肺，最后受伤的肯定是你！”

素叶盘起了双腿，身子倚靠在围栏上，她的声音伴着海风被吹了很远：“我觉得，跟着自己的直觉走也不错，猜忌会让人变得很累。”

纪东岩重重叹气。

“纪东岩，”素叶笑着伸脚踢了踢他的腿，“如果我真被甩了，不还有你吗？你先练好你的臂肌，到时候接着我，别让我摔在地上就行。”

纪东岩没笑：“我现在就想接着你。”

“现在？”素叶摇头，“我没有脚踏两条船的习惯。”

“你怎么就一根筋呢？”

“因为我脑子里就只有一根筋。”素叶忍不住笑了。

纪东岩大有一副无可救药的架势，手机响了，他看着她叹了口气后接通了手机，不知对方说了什么，他起身下了甲板。

甲板上只剩下素叶一个人，夜色下的海域显得幽深宽广，她自然不敢一个人面对，倒了一点酒，离围栏远了点。

隐约听到了纪东岩的声音，说的不是中文也不是英语，语速不紧不慢，她却一句也听不懂。

这是素叶第一次进赌场，游艇穿过海岸线直达这片喧嚣之地，在南非，赌场也极负盛名。

看得出纪东岩是这里的常客，他一来便有很多人同他打招呼，只是素叶的跟随令很多人面露诧异。他向素叶解释，他从未带过女伴来赌场。素叶挎上了他的胳膊：“这样会不会更应景儿些？”

“着实让我有面子。”

“临出门前，年柏彦留下了一张银行卡，如果我输光了里面的钱，你会不会心理平衡些？”

“一个爱财如命的人绝对不会让自己输得太惨，更重要的是，爱财的人才不会去管是谁的钱，只要在自己手里的就理所应当视为自己的钱。”纪东岩与众人打招呼时始终保持微笑，言语却犀利，毫不留情。

素叶抽回手，紧跟着一个拳头抡到他的后背上，捶得他差点把在甲板上喝的红酒都喷出来：“我在对你的心灵进行抚慰，没收你钱就不错了，还对我言语侮辱？”

纪东岩也没惯着她，老鹰捉小鸡似的掐着她的脖子：“进了这里，你我就是盟友，对我还这么不友善，一旦你输了，我可不管你。”

“你可别忘了我最会看人的心思，我就不相信这里没人出老千。”素叶甩开他的手，直奔老虎机。

纪东岩一声哀号：“你倒是玩点有技术含量的啊！”

事实证明，纪东岩的预测是对的，像素叶这么贪财爱财的人自然会想尽办法赢钱，哪怕输了一点儿都像是割肉似的疼，只是他实在无法想象，她玩老虎机竟然还能不亏本。老虎机正如老虎嘴，是最能吞噬赌客腰包里金钱的机器，也是玩家输得最多的赌场游戏，她却玩得四平八稳，虽说消磨了时间，但也让她小赚了一笔。

纪东岩向来玩梭哈，但耐性十足地陪着素叶玩腻了老虎机又玩了赌桌游戏，从百家乐、轮盘到押大小，素叶玩得不亦乐乎，只是在玩到21点的时候她输了一把钱，小脸马上就垮下来了，说什么都不玩了。

纪东岩一脸无奈：“小姐，你今晚已经够幸运的了。”都说越是不会赌的人就越容易赢，这句话在她身上体现得淋漓尽致。

“一开始输钱，那接下来的几把就难扳回了。”不是她迷信，电视上都这么演。

“你不号称火眼金睛吗？”

“那个荷官跟黑面煞神似的一点表情都没有，还有那些赌客，眼睛都不抬一下，我想看清楚他们的底细都难。”

“也对，都是老赌客了，要防备的就是你这种专会看神情变化猜测心理的人。”

“那怎么办？我不能再输了，输光了钱，年柏彦会杀了我。”

纪东岩拍了一下她的头：“我帮你出战。”

事实上纪东岩的赌技还真不是吹的，他玩梭哈，几轮下来就将筹码翻了个番儿，花花绿绿的筹码朝着这边涌过来，看得素叶那叫一个心跳加速。

年柏彦打来电话时，听到了素叶近乎疯狂的欢呼声，差点把他的耳膜刺穿。

“年柏彦，你真应该来赌场参战，我们赢了好多钱！”

“你去了赌场？跟谁？”

“我跟东岩在一起呢，他太厉害了，哈哈，你快来吧，我们一起赢钱。”

纪东岩中场休息时开始教素叶如何在玩大小或 21 点、梭哈时赢钱，并一一叮嘱了她相关注意事项。素叶学得极认真，这也很好理解，关于赚钱，她向来都很勤快。

不知过了多久，总之，素叶是信誓旦旦了，正准备抱着自己刚刚赢来的筹码一展抱负时，一尊胸膛挡住了她的去路，她没刹住闸，一头撞了上去，鼻子酸痛。

“你这个——”素叶正打算声讨，岂料一抬头看见的是年柏彦，愉悦，“你来得挺快啊！”

她身后站着纪东岩，见他来了倒也不吃惊，似笑非笑地看着他。

年柏彦二话没说拽过素叶的胳膊便往外走，筹码稀里哗啦落地，她急了，试图挣开他的大手却无济于事，便冲着他喊：“年柏彦，我的钱！我的钱全都掉了！”

年柏彦不作声，死死攥着她的胳膊。素叶生怕地上的筹码被外人抢走，想都没想，一口咬住了他的手腕，他没料到她会来这么一招，吃痛下手劲一松，素叶趁机推开他，奔向一地的筹码。

年柏彦大踏步上前，纪东岩却不疾不徐地挡在他面前，笑道：“这里是供人放松的地方，别那么严肃。”

素叶还蹲在地上拾筹码，眼里就只剩下钱了。

年柏彦目光沉冷了许多：“纪东岩，你疯了，带她到这种地方干什么？”

“玩啊。”纪东岩双臂环抱于胸，不紧不慢，“她又不是未满 18 岁，怎么就不能来这儿？”

年柏彦没再多跟他废话，看向素叶淡淡说了句：“我们该回去了。”

素叶抱着筹码走到年柏彦面前：“现在时间还早，咱们在这儿再玩一会儿呗。”

“不行。”

“柏彦……”素叶又开始发挥娇媚功夫，腾出一只手轻抚刚刚被她咬过的手腕，“一个小时，再让我玩一个小时。”

“明天有其他安排，你得跟着我，所以今晚你要早睡。”年柏彦的语气稍稍缓和。

“我又不是小孩子了，别像管孩子似的管着我，就这么说定了啊，再玩一个小时。”

“你——”

“年柏彦，来都来了，就别扭扭捏捏的，大战虽然在即，但也不用这么快划清敌友关系吧。”纪东岩笑谈中带着一股子酸调。

“我看这主意好，咱们三个倒是可以联手，多赢点钱。”

“我不会赌。”年柏彦实话实说。

素叶听到之后乐了："无所不能的年先生竟然也有不会的事情。"

"年柏彦，你不会是怕了我吧？"纪东岩怪笑。

年柏彦与他对视，近乎一字一句："我有没有说实话，你是最清楚不过的。"

纪东岩突然大笑，素叶扯了扯纪东岩的胳膊问："他不是真不会吧？"

"他这个人向来三个原则，一不碰小姐，二不沾毒品，三不进赌场。"纪东岩好心地给了她个解释。

素叶抿唇笑着，真是好男人。

"行了，别胡闹了，跟我回去。"年柏彦没搭理纪东岩的怪言怪语，直截了当地命令素叶。

纪东岩哪会错过好戏？赶忙拉住年柏彦："我说你就别这么死板、教条了，大的你不会，小来小去的总没问题吧？"

"纪东岩，你今晚是抽什么风？"年柏彦皱了皱眉头。

"单纯是想放松一下，没别的意思。"

素叶在旁架秧子："是啊，这儿多好玩啊，小赌怡情，咱们又不大赌。这样吧，我把我的筹码分你一点儿，玩玩嘛。"

"叶叶。"年柏彦略显无奈。

纪东岩看上去倒是铁了心了："这样吧，咱们各玩各的，在规定的时间内谁赢得多谁请客吃饭怎么样？"

"好啊。"素叶第一个答应。

年柏彦看着素叶，沉默不语。

"就这么定了，年柏彦，你我各自再拿出一些本钱出来，以示公平，我把刚刚赢来的筹码分你一半，咱们小来小去地赌几把，赢了请客，输光了就收手。"纪东岩大有敲定乾坤之态。

"我同意东岩的话，咱们只玩小钱，不玩大钱。"大钱，她也玩不起。

年柏彦叹了口气，抬手使劲揉了一下素叶的头："你怎么还喜欢上赌了？"一句话预示着他对她妥协了，放弃了原则。

素叶笑了："放心放心，我自制力极强，不会上瘾。"

纪东岩冲着年柏彦一伸手："钱包拿过来。"

年柏彦掏出钱包给他，纪东岩接过，从里面抽出一张 MasterCard 直接交给赌场中的 Houseman，交代了一句："兑换 100 万的筹码，谢谢。"

素叶瞪大了双眼看着纪东岩，纪东岩则看向年柏彦："我分你一半筹码，加上本钱，你我每人 150 万的筹码。"抬腕看了一下："到 11 点，怎么样？"

年柏彦无语，素叶忍不住对纪东岩说：“不是说好小来小去的吗？150万？你怎么想的？”

“在这种地方，这些就是小钱。”纪东岩解释了一句。

素叶汗颜，低头看了看自己手里的筹码：“我才两万块。”

“所以如果是在拉斯维加斯，你这点钱还不够兑换筹码的。”纪东岩哈哈一笑。

素叶皱眉：“不公平，我的太少了，注定我是输家。”

“最起码你不用请客吃饭了。”纪东岩笑语道。

很快，那位Houseman将兑换好的筹码拎了过来。年柏彦见大局已定，也没多说什么，只是在纪东岩下手之前牵过素叶的手：“你跟我走。”

纪东岩扑了个空，冲着素叶笑：“你可想好了，他不会玩，你跟他走也只能是输。”

“输了你就请客呗。”她再跟着纪东岩混，等回了酒店，他非拆了她的骨头不可。

兵分两路。

纪东岩玩他擅长玩的梭哈。年柏彦拿着筹码在赌场里转了大半天也没决定下来要玩什么，素叶跟在他身边一圈一圈地转，转得脚都快麻了：“你再这样转来转去，该引起赌场的人注意了。”

“那就随便玩点什么吧。”

“你玩梭哈吧，我玩老虎机或百家乐什么的。”

年柏彦想了想：“梭哈是纪东岩的强项，不是我的。”

“我见过他赢钱的本事，大着呢。”素叶搂着他的胳膊，“你想输给他？”

年柏彦唇角微挑：“这种激将法用得不合时宜。”纪东岩18岁就在赌场混，老油条了。

“亲爱的，你生气了？”

一句“亲爱的”叫得他心花怒放，忍着笑，故作平静：“你说呢？”

“别气了，下次我保证向你随时随地汇报我的位置。”

“这还差不多。”他低头在她头上吻了下，“去玩吧。”

她点头，准备去玩百家乐时又返回来，在他脸上亲了一下，他笑：“怎么了？”

“跟你道歉，因为刚刚咬了你。”

他一收手，她便落他怀里：“今晚咬回来。”

“讨厌！”素叶脸一红，推开他跑远了。

年柏彦看着她的背影轻笑，等她挤进人群中时，他看着自己的筹码，发了愁。

赌场里分秒如梭，还差半小时11点的时候，素叶正押得起劲儿，有人拍了一下她的肩膀，紧跟着身边坐了个人，她快速抬眼扫了一下：“你赢了多少钱？”

年柏彦指了指她压上去的筹码：“你先玩完这局再说。”

素叶见他一副高深莫测的模样，心里美了，想必是赢了钱，色子一亮，她兴奋地跳起来，拼命往回捞筹码：“赢了赢了，我又赢了。”

年柏彦头一次见她双眼能那么亮，像两个灯泡似的耀眼。等素叶收好赢来的筹码后，将年柏彦拉到一边：“怎么样？你赢了多少？”

“输了。”他据实以告。

素叶一时间还没反应过来：“输了？你输了？”

年柏彦点头。

“哦，没事，我觉得纪东岩也未必能赢多少。”

年柏彦双手一摊：“我的筹码全都输光了。”

“什么？”素叶的嗓子像是被人猛地掐住似的发出尖细的惊叫，“你的意思是说，你已经输得一个筹码都没有了？”

年柏彦点头。

素叶一时间头晕目眩，看着他大气不敢出一声了：“那可是 150 万。”

“是，分文没剩。”

素叶双脚一软，下一刻，年柏彦伸手接住了她软绵绵的身子，好半天她才找回声音：“谁把你的钱赢走了？我……我去给你讨回来。”话毕，踉踉跄跄地就要往前走。

“你有那么大的能耐全都赢回来吗？”他笑着拉住她。

素叶有气无力：“赢不回来我就以武会友，打到他把钱吐出来为止。”

“愿赌服输。”

“150 万哪……”素叶痛心疾首。

“所以你记住，因为你，我损失了 150 万。”

素叶一个激灵：“你个奸商，技不如人，还倒打一耙？”

“总之，不管你陪吃赔笑还是陪睡，我得在你身上赚回这笔钱。”年柏彦掐住她的腰，似笑非笑。

素叶依着他的胳膊借以支撑身体：“你打算让我陪其他男人？小心我也学杜十娘怒沉百宝箱！”

“陪我。”年柏彦捏了她的鼻子，疼得她哇哇大叫后才松手。

纪东岩这边如火如荼，等年柏彦和素叶赶到这边时，他头不抬眼不瞧，全神贯注地盯着自己的底牌，待荷官再发牌时他才瞧了下他们两个：“赢了？”

年柏彦和素叶谁都没吱声。

纪东岩也没打破砂锅问到底，毕竟他的注意力还在自己的这场赌局上，素叶眼尖，一把扯住他的胳膊：“纪东岩，你桌上的筹码怎么这么少？”

纪东岩拍了拍她的手：“别吵。”紧跟着下了注。

年柏彦拉回素叶：“看来，他的情况也不乐观。”

素叶捏了一把汗。

结果，当对方亮出底牌时，纪东岩气得双手攥拳，将矛头直接转向年柏彦：“你还真是我的克星，一来赌场就害得我节节失利！”

“纪东岩，趁着没输得底儿干净赶紧撤吧。”年柏彦倚在赌桌旁，语气平淡地说了句。

纪东岩抬眼看向年柏彦，眼神幽深复杂：“这话要是别人说的，我还真领情了。你，有这么好心吗？”伸手敲了敲桌子，提醒荷官：“继续发牌。”

素叶敛睫，揣摩出两人话里话外的汹涌暗波。

最后的结局是，纪东岩也输了个底儿干净，要不是有素叶拉着，他还会往里加钱要扳回残局不可。三人坐在年柏彦的车子里，纪东岩摇头：“大辱，奇耻大辱！”

“是啊，梭哈高手难得阴沟翻船。”年柏彦淡淡笑着。

“你得意什么？还不是跟我一样输光了钱？”

“我压根就没指望着自己能赢。”

纪东岩烦躁地一挥手：“不行，越想越不服气，我得回去扳回一局。”

素叶一把扯住他：“可别，我怕你再把游艇都搭进去。”

“顺便再搭上我的这辆车。”年柏彦说话不客气。

纪东岩抓了一下头发：“年柏彦，我以为你至少能争点气。”

“我没打算请客吃饭。”年柏彦语气平静。

纪东岩瞪了年柏彦一眼，目光从素叶脸上扫过时突然一亮，素叶何其聪明，还未等他开口，便马上道：“哎呀，我有点渴了，下车买水去呀。”

身未动，纪东岩便像抓小鸡似的抓住她，疼得她尖叫，坐在驾驶位的年柏彦劝阻：“你轻点揪她。”

“小叶叶……”纪东岩摇身一变，犹如狼外婆的温柔口吻了，“貌似你赢钱了是吧？我隐约看见你去兑现了。”

素叶不祥的预感终于灵验了，她一把拍开他的手，瞪圆了双眼：“你们两个是大鳄，我充其量就是个虾米，欺负谁呢？”

纪东岩笑得不怀好意，一口小白牙也如皎月般熠熠生辉：“说好谁赢谁请客的。”

“你们故意的吧？”

“我们可都是真金白银甩出去的，输得心口都疼。”纪东岩一脸受伤。

素叶看了看他，又看了看年柏彦，紧跟着哀叹："行吧行吧，开车，请你们吃小吃。"

事实上是，纪东岩输得最惨，吃得却最多。

开普敦最奢华的餐厅，全球数一数二的厨师，一桌子丰盛美食，来自斯泰伦博斯的顶级红酒，偌大个餐厅被包了场，前后十几号侍应生统一服装，随时候命，这番架势可并非普通人待遇。纪东岩吃得开心，素叶却吃得提心吊胆。

狠狠卸了个蟹腿，蟹肉填进嘴巴里被咬得咯吱咯吱的，她死盯着纪东岩大快朵颐的模样，这厮，哪是往两三万的架势去吃？怕是她赢的那点钱都兜不住了。

她又看向身边的年柏彦，希望他能有心灵感应，哪怕是转头看她一眼，借此她也可以向他传达求助之意。然而年柏彦优雅悠闲，丝毫没关注她的意思，虽未像纪东岩那样狼吞虎咽，却也吃得心安理得。

素叶忍无可忍，将酒杯重重放在餐桌上，旁边的侍应生刚准备上前为她倒酒，她马上阻止，因为他们一靠近，她就能感受到扑面而来的30%服务费的气息。

"你们两个实在太过分了，怎么能让一个女士这么破费？"

埋首美食的纪东岩冲着她伸出一根手指晃了晃："相信我，换作是我赢了钱，我会请你们全天宴。"

"纪东岩，你是上辈子没吃饱就投胎了吗？怎么这么能吃？"素叶狠狠道。

纪东岩这才抬头，冲着她露出迷人的笑："美酒、美食、美女，心，悦乎。"

"嘿，还转上古文了。"素叶挑眉。

年柏彦挑眼看了一下纪东岩："这么多吃的还堵不上你的嘴。"

"我的宗旨就是能吃则吃，能喝则喝。"纪东岩悠哉地端起酒杯，"人生得意须尽欢。年柏彦，你向来不知道这个道理。"

"随性，未必是生存之道。"年柏彦拿起杯子正欲抵在唇边。

纪东岩伸手压住了他的杯子，将了他一军："那就遵循你的原则，最起码美酒是断了吧？"

年柏彦干脆放下酒杯："我的事还轮不到你来操心。"

"你还真自以为是了，我是怕你又像上次似的大半夜还得麻烦医院大夫，现在是在南非，我可不想陪你去医院。"纪东岩见素叶一脸疑惑后笑道，"你不知道吗？我可是听说了他上次在内蒙古喝得老毛病又犯了，还得麻烦人家许桐远程遥控了大夫来给他看病。"

素叶拿餐具的手滞了下。

年柏彦严苛："你的眼耳还真是四通发达。"

“有句话是怎么说的来着？你的能力大小要取决于你的对手。跟你斗，我总要势均力敌才行吧。”

接下来两人再说了什么，素叶就听不进去了，满脑子都是年柏彦在内蒙古犯病的事，回忆迅速定格在刚到鄂尔多斯那晚，那晚，他的确喝了不少酒，为她挡了酒，难怪第二天她醒来的时候没看见他。

又想起许桐之前跟她说过的话，她深深自责。

年柏彦转过头，见她一脸愧疚，浅笑：“别听纪东岩瞎说，没那么夸张。”

纪东岩在旁不冷不热说了句：“年柏彦，你真斗败了再去死也来得及，在此之前最好能好好活着。”

“放心，我肯定死你后头。”

素叶看着他们两个，虽说他们对过往同时三缄其口，但她能觉察出这两人存在过怎样深厚的友谊。男人的情感不及女人那般缠绕，却深厚忠坚，尤其是面对友谊时，纵使断了，那抹影子也挥散不去，如此一来，就只能用相互伤害、相互争斗的方式来提醒着那段逝去的情感。

翌日依旧是个晴天，只是气温稍稍低了些。昨晚年柏彦就已经表示今天的行程会很满，并且整个过程她要跟随左右，所以一早起来，素叶也没仔细询问。

年柏彦在接电话，威尔·史密斯做车辆清理，素叶蹲在地上边玩水边看着他擦车，末了想起了一件事，问他：“既然你会12国语言，那就考考你呗。”

史密斯拍胸脯说，肯定难不倒他，素叶便将昨天在甲板上听到的那段话大致重复了一下，当时纪东岩说的不是英语，语速很快，她也只能零星记住几个发音。岂料史密斯哈哈大笑：“我就说难不倒我吧。”

“你知道是什么意思？”

“是荷兰语，你知道在南非这个地方很多人都说荷兰语的。”

素叶这才恍然大悟，要不然她听着觉得熟悉呢，有一次在年柏彦接电话时，她也听他用过荷兰语。

“那我给你的几个词什么意思？”

史密斯连想都没想：“资金，我的账户。”

素叶想了想，仔细回忆了另外两个词说给了史密斯听，史密斯已经擦好了车，正在洗手：“第一个词是转账的意思，第二个词很简单，是30亿。”

素叶第一个念头就是纪东岩不知要给谁30亿，但仔细想想又总觉得不对劲。正冥思苦想时腰一紧，然后一股力量将她拉起，她一扭头对上年柏彦的眼，攀附在他的胳膊上笑了。

“上车吧。”他低柔地说了句。

素叶点头，挽着他的胳膊，待他打开车门的一瞬，她的大脑咯噔一声变得清澈，不是纪东岩要给别人钱，而是他不知要谁给他账户里转30亿。

如果是这样的话就很好理解了，目前竞标在即，他这笔钱定是来竞投钻矿用的。想来自己挺不道德的，无意间偷窥了他人的隐私。

“想什么呢？”见她上了车后就神游太虚，年柏彦将公事包放到一边问。

史密斯与贝拉坐在前面，后座的空间是留给他们的，素叶也不在乎贝拉眼角的余光，轻轻依附在年柏彦身上，唇贴在他的耳畔：“想你昨晚上有多坏。”

年柏彦趁着车子转弯时顺势倾向她，低笑：“有多坏？”

素叶很少见他在公共场合下如此，脸一红，捶了下他的肩头，逗得他爽朗一笑。贝拉从后视镜看了一眼后车座，不知发生了什么事，见年柏彦意外大笑备感惊讶。

素叶随着年柏彦到了一家钻石店，他要找一个叫昌图的钻石商。之所以来找他，是因为一颗世间都少有的蓝绿渐变色钻石。

昌图的钻石店十分低调和隐蔽，设在开普敦白人聚集区的一座办公楼里，这座办公楼从外表看普通得不能再普通，没有任何有关钻石店的广告或招牌。年柏彦告诉她，这个昌图常年在南非生活，最擅长的就是寻找罕见钻石，他手中握有不少钻石，都不对外销售，他的店都是一对一的熟人引领，不是熟人，从不接待。

贝拉补充了一句：“昌图是我们常年合作的钻石师傅。”

在南非这个治安状况非常恶劣的地方，低调是为了安全，但她想象不到昌图的店铺会如此简陋。

不足200平方米的店铺，里面摆有密集的玻璃柜台，柜台中放有钻戒、钻石项链、手链、脚链、胸针等饰品，还有裸钻，甚至还有未打磨的钻石原石。店铺里只有一名售货员，柜台也没有灯光，不像是国内钻石店似的一进去就熠熠生辉，但仔细观察便能看到角落里暗藏的针孔摄像头，还有四周经过特殊技术处理足以用来防弹防爆的钢化玻璃。贝拉上前报明了来意，售货员点点头，走到一边给昌图打电话了。

趁着这个空当，素叶仔细看了柜台里面的钻石，很快打消了瞧不起这家店的念头。她用手机的光亮照在一枚不过是50分的裸钻上，瞬间钻石的光芒就发散出来，这些还都只是普通钻石。她彻底相信了年柏彦的话，高品质的钻石是不会摆放在柜台中的，只有有特殊要求的客户才有可能见到。

素叶又看到了不少照片，是一家三口的照片，照片上的男人瘦小干枯，双眼却熠熠生辉，男人身旁是个笑容温柔的女人，看样子是中国人，孩子在两人中间，男孩儿，头发卷卷的，十分可爱。

“这是昌图的老婆和孩子，不过都不在了。”年柏彦看了一眼照片。

素叶目光一滞：“不在了的意思是……”

“两年前，昌图的老婆和孩子遭到劫匪杀害。”

素叶吓了一跳。

“对于钻石经营者来说，大批钻石汇集在一起就意味着利益和巨大风险。”年柏彦轻叹。

“那些劫匪抓到了吗？”

“抓到了，这要归功于钻石底部的编号。”年柏彦道，“南非大多数的钻石在进入销售环节之前都要通过权威部门鉴定拿到‘身份证’，也就是通过激光在钻石底部打上腰码编号，这种全球范围的唯一性清楚地记录了每一颗钻石的身份，所以给警方提供了破案线索。”

“就像我脖子上的这颗？”她的这颗钻石腰码可是独一无二中的独一无二。

“是的。”

素叶看着照片叹了口气：“就算抓到了劫匪又怎样？失去了亲人，这种痛是一辈子的。”转头看向年柏彦：“你手里握着的可是钻石矿，有多少人想要你的命呢？”

年柏彦淡淡笑了：“不少。”

这两个字，沉甸甸地压在她心上，压得她透不过气来。

“如果在以前我不会太去计较得失，但现在不同了。”年柏彦攥紧了她的手，给予她力量，“现在我有了你，所以会更加小心谨慎。”

素叶心头被他的爱填得满满的，忍不住靠近他。

有道阴郁的嗓音扬起：“今天是什么风儿把年先生您给吹来了？”

一口地道的中国话，所以素叶的推断没错，昌图的老婆是中国人。转头看着这个恰似从照片中走出来的男人，瘦小干瘪，那张脸如风干的帆布毫无表情。

年柏彦似乎对他的态度早就习以为常，开门见山：“把我吹来的不是风，而是昌图先生的珍宝。”话毕，将照片递上。

“年先生不愧是行业翘楚，这么难搞的照片也搞得到手。”

“昌图先生，借一步说话。”年柏彦做出“请”的手势。

昌图微微点头，与年柏彦进了里面的屋子。

两人没聊太长时间，从店里出来后，三人回到了车上。

素叶忍不住问：“那颗钻石……”

“钻石不在昌图的手上。”

素叶愣住："被他卖了？"

"也许。"年柏彦若有所思。

"我觉得昌图在说谎。"

"如果你们整个过程都是在谈论那颗钻石的话，我觉得钻石应该还在昌图手中，他故意压着只有两种目的，一是真心不想售卖，二是另有所图。"

年柏彦思量了许久后轻拍了一下她的头，又对贝拉叮嘱了一句："你们留在车上。"

"年柏彦。"素叶拉住他的手。

他轻笑："我去去就回。"

待年柏彦走远，贝拉似笑非笑："没想到你还是读心神探呢。"

"我是心理医生。"

"你不是叶家的人吗？"

"叶家人就不能做心理医生吗？"

贝拉噎了下。

大约半个小时，年柏彦回来了。

"怎么样？"

年柏彦关好车门："看来，精石和那颗钻石是有缘无分了。"

素叶安慰："那我们可以找其他更好的钻石。"

年柏彦没再多说什么。

等车子离开钻石店铺后，年柏彦让贝拉先开车走，他准备带着素叶再四处逛逛。素叶自然是开心，贝拉迟疑："年先生，您还是不要四处走了吧。"

素叶贴着他笑了："柏彦，你找了个保姆。"

年柏彦看向贝拉："没关系。"

年柏彦选了一家不错的餐厅，只是用餐时心事重重，素叶没话找话，她说，他听。

素叶有点挫败感，叉了块青椒入口，一股冲呛的辛辣席卷而来，鼻头红了，呛得眼泪在眼眶直打转，无奈，年柏彦依旧头也不抬地用餐，也许还想着生意上的事。诉苦的打算罢了，待鼻涕眼泪各归各位时，她又叉了块青椒，伸到了年柏彦唇边。

"亲爱的，这家餐厅的厨艺还真不是盖的，连配菜都煎得十分可口，你尝尝。"

年柏彦想都没想，张口。

素叶双眼发亮地盯着年柏彦的神情，她清楚地知道他是个吃不了辣的人。

然而，年柏彦出乎她意料地平静，连眉梢都没挑一下。

"怎么样？"他不嫌辣吗？

年柏彦拿过纸巾擦了擦唇角："挺好吃的。"

素叶迟疑："不辣吗？"

"不辣。"

不可能啊，刚刚辣得她差点口吐火焰了，但见他不像撒谎，便吃了剩余的青椒，紧跟着辣得差点又从椅子上跳起来。

年柏彦突然笑了，看着她眼神揶揄，素叶方知上当了，低吼："年柏彦，你撒谎都不脸红吗？"

"我这是以其人之道还治其人之身。"

"你不是吃不了辣吗？"

"是的。"

经过这么一折腾，沉默的气氛也离奇消散了，素叶才问："那颗钻石真的那么重要吗？"

"过来。"

素叶端着盘子坐到他身边。

"还记得千灯镇的那家苏绣店吗？"年柏彦往她盘子里夹吃的。

"刺绣和这颗钻石有关？"

"中国刺绣文化博大精深，苏绣更以美轮美奂著称，所以我一直有将中国刺绣与钻石珠宝相结合的想法，这样一来，精石算是开了先河。"

"难道就非那颗钻石不可吗？"

"没错，作为系列的主饰，非它不可。"

"难道你是打算空手套白狼？"

"我相信我出的价钱远胜于其他买家。"

那就奇怪了，究竟是什么原因让昌图不肯出手那颗钻石？

年柏彦看穿了她的疑问，笑道："我们总不能强人所难，不是吗？"

她取笑："难得啊，我还以为你是那种想要得到就一定会不择手段的商人呢。"

"人要懂得知进退才能走得更远。"年柏彦挑眉，"看来，我这个奸商的形象在你心里是挥之不去了。"

她依偎在他怀里："你应该清楚我多势利眼，我喜欢你，但也更喜欢你的钱。"

"为了维持你的喜欢，我还真不能没有钱。"

她纤细的手指摩挲着他湛清的下巴："怎样表达出对一个女人的喜爱？年先生，你要舍得花钱才行。"

年柏彦任由她这副势利油滑的腔调，似真似假道："那让你来做我的管家婆怎么样？"

素叶明白了他的话中意思，脸颊腾地红了："胡说八道些什么呀？"端着盘子又回到了对面。

"你说咱们要是总这么悠闲该多好。"午餐过后看了一场表演，她依偎在他胳膊上由衷地叹了口气。

"会有这么一天的。"年柏彦笑拥着她。

素叶抬头看着他，眼角的余光却落在不远处，年柏彦不知道她在瞅什么，也跟着看过去，一对白人情侣正当街 kiss，热情洋溢。看得她忍不住赞叹："这种直接的情感表达真好。"

"你想说什么？"

"咱俩都是在国外学习和工作那么久的人了，是不是也该学着情感奔放？"

年柏彦忍不住低笑："叶叶。"

"你不会当街吻我都不敢吧？"

"公共场合就别了吧。"

素叶却歪头瞅着他，似笑非笑地，她清楚他的性格，素来严肃自律的人绝对很注重公共场合下的行为。

年柏彦只好投降，在她脸颊上落下轻吻，她笑得前仰后合的，忍不住搂住了他的脖子："你真是个令女人着迷的男人。"她喜欢他的小别扭，喜欢他的小尴尬，喜欢他在人前正经人后坏蛋的模样。

"我是不是自作自受？找个心理医生每天来强大我的内心。"年柏彦打趣着。

"说明你还有上升的空间。"

"强词夺理。"年柏彦将下巴抵在她的头顶，语气宠溺，目光透过人群，微微眯眼。

"怎么了？"素叶察觉出他的紧绷。

他却压住了她的头，薄唇轻抵她的耳侧："你舅舅教了一身好功夫给你，就不知道有没有教会你逃跑的本事。"

素叶很快反应过来："我只会硬碰硬。"

"必要时该跑就赶紧跑。"他牵过她的手。

素叶目不斜视，却也感觉到了周遭悄然靠近的危险气息，跟着他快步往前走："是约翰内斯堡的那个人吗？"

"所以说，我最喜欢的是你的聪明。"

"年柏彦，你别怕，我孔武有力，能保护你。"

"说得差点让我感激涕零了。如果不是一个人呢？"

"看来他是找了帮手。"

“至少五个帮手。”年柏彦确定地说了句。

素叶马上转变了态度：“我觉得我的腿脚功夫还不错，我是说在逃跑方面。”

“小妮子立场不坚定。”

“五六个黑人都跟熊似的强壮，我即使东方不败转世也得掂量一下吧。”

年柏彦也不再跟她玩笑了，压低了嗓音：“一会儿情况不妙的话要赶紧跑，别管我，记得，要去找纪东岩。”

素叶愕然。

“在南非，如果还有个人能保证你的安全的话，那只能是纪东岩。”年柏彦强调了一句，“我只相信他。”

一句话说得素叶有点嗓子发涩，这两个从中国斗到南非的男人，在生意场上纵使打得你死我活，到了关键时候，还在相信彼此。

“我说过我没那么柔弱。”

“他们手里有枪。”

素叶一惊：“进小巷岂不是更方便他们下手？”

“我就是要引他们出来。”

“年柏彦，你疯了？”

年柏彦加快了脚步：“这是查出他们身份的最好方式。”话音刚落，就有人冲了上来，素叶被他扯到了身后，力道之大令她疼得龇牙咧嘴。那人扑了空，又掉了头回来。年柏彦一个利落闪身，手臂一伸，擒住了他的手腕，另一只手肘狠狠地撞在他的肋骨上，这一下打得又准又狠，也许是令那人岔了气，一时倒地起不来了。

又一个黑人追到了小巷，五大三粗，快赶上两个年柏彦了，掏出手枪直接冲着这边过来，年柏彦将素叶揪到身后，旁边的铁桶被他踹飞，冲着那人过去，挡住了飞射过来的子弹。

杂乱的脚步声由远及近，年柏彦察觉出事情不妙，转头冲着素叶喝了一嗓子：“你赶紧顺着小路跑。”

“不行！”

年柏彦还想说什么，几个黑人已经冲了上前，他快速跃起，一个挡手，狠狠挥拳过去，最前方的一个惨叫一声，枪支被他打落在地。

“拿枪！”

素叶二话没说从地上滚起，利落地去抓地上的枪。

“小心！”年柏彦厉喝，紧跟着素叶听到了几声枪响，子弹从她身边扫了过去，有惨叫声，是年柏彦以黑人的身体挡住了其他人的子弹，那黑人全身被打得像筛子似的，年柏彦身上也沾了血。

素叶急了，她从未开过枪，想要开枪又怕打到正在跟黑人打斗的年柏彦，冲着他喊了一嗓子：“柏彦！”

年柏彦正好一拳挥在一个人的鼻梁上，一声惨叫，也许是将对方的鼻梁骨打碎了，约翰内斯堡的跟踪者拿枪冲着这边扫射，年柏彦快速躲到障碍物后方才避免中弹，见他又冲着素叶过去，想也不想蹿了出去，刚要出手，却听一声枪响，是刚刚被他打得岔气的那人，正准备拿枪偷袭。

是素叶开的枪，她满头大汗，双手死死攥着枪。

那人应声倒地，呼痛捂着伤口。

约翰内斯堡的跟踪者见情况不妙，举枪直接朝向素叶，素叶的双腿像是粘在地上似的，动也动不了，眼睁睁看着年柏彦冲了过来，她不知道他要做什么，只是当有了知觉时，整个人趴在地上，身上还压着年柏彦，原本在她手里的枪不知何时到了他手里，他利落地扣下扳机，枪响震得她的耳膜都生疼。

他打中了跟踪者正准备朝她开枪的手，子弹穿过掌心，手枪应声而落，跟踪者哇哇大叫，年柏彦跃身而起，将那人落地的手枪踢远，他一把揪起跟踪者，枪直接抵在他的太阳穴上。

素叶趴在地上一动未动，被年柏彦的动作吓了一跳，闪过脑的第一个念头就是他要杀人！

惊骇间，就听年柏彦低喝了一句：“谁派你们来的？”

跟踪者挣扎了半天无果，朝着受伤的同伴不知喊了句什么，年柏彦眉心一蹙，见那边黑人已拿起了枪，原本抵在跟踪者太阳穴上的枪蓦地一偏，指向那个黑人，两声枪响近乎同一时间响起。

“年柏彦！”

两颗子弹，一颗穿透了那个受伤黑人的手腕，另一颗打在跟踪者的胸口上，跟踪者当场暴毙。

素叶这才看明白，那个受伤的黑人原本要杀的就是跟踪者！

警车的声音由远及近，纷纷在巷口停住了，年柏彦将断了气的跟踪者推到了一边，冲向素叶，将她拉起。警方四处巡查时，年柏彦已带着素叶远离了现场，回到公寓后看了一下监控情况，一切安全后，这才松了口气。

素叶的魂儿一直还留在那条小巷中，抖着唇：“我……我是杀人了吗？”

“冷静点。”年柏彦看得出她是吓坏了，抚着她的脸，“抬眼看着我。”

素叶双腿战战兢兢。

“你只是打伤了他。当时你不开枪，死的人就可能是我。”

“你别胡说。”素叶捂着了他的嘴，手指还在发颤。

年柏彦将她拉入怀里，他后悔了，南非是怎样一个地方他是再清楚不过，他不该将她拉进来跟着一同冒险。以往在南非，再危险的情况他都经历过，但每一次他都心无旁骛，因为那时还没她在身边。在刚刚，她有很多机会可以逃，可她始终留在他身边，害怕得慌了神却救了他一命。

“他们究竟是些什么人？”

年柏彦若有所思：“他们应该是墨西哥人。”

素叶吃了一惊，抬头看着他。

“还记得最后那个黑人冲着同伴喊了一句话吗？”

她的大脑还在倒带，停留在年柏彦将抢抵着跟踪者太阳穴的那一幕上。

“当时他说的是西班牙语，让他的同伴救他。”

“可是，他却被同伴杀了。”

“墨西哥有很多走偏道的组织，几人组成一个团队共同完成任务，但当任务失败时，他们会相互残杀，一是怕同伴将自己出卖，二是不让警方抓到把柄。”

素叶的后背冷汗直流。

“我们是不是可以寻求警方帮助？”马上就要竞投了，怕是遇上的危险会更多。

年柏彦摇头：“这个时候在这个地方，尤其是钻石商，能保护自己的就只有自己。”

“这也是你避开警方的原因？”

年柏彦点头。

“原来钻石的璀璨都是用人血洗出来的。”素叶看到了他胳膊上的伤，心疼。

年柏彦轻抚她的发：“过错不在钻石，而是因为人性的贪婪。”

他只是擦伤，处理起来尚算简单。素叶却百味杂陈，也许对于他来说，今天发生的一切不过是场有惊无险的重复游戏，对她来说却是不小的震撼，她无法从年柏彦轻描淡写的语气和早已习以为常的态度中获知这种情形究竟在他身边上演了多少次。

伤口处理完后，他着手调查这件事，打了几个电话，最后一通却是打给许桐。素叶纳闷，远在南非的他，身边还有个助理贝拉，为什么偏偏要打给在国内的许桐？

昏昏沉沉睡了一觉，醒来时天色已黑，窗外的海岸线依旧平静，如墨黑色锦缎，最深处暗涌的波涛形成了褶皱。

年柏彦不在卧室。

历经了与子弹擦肩而过的经历，她开始对年柏彦患得患失，楼上楼下找了个遍，听到书房里有隐约的说话声才放心。

他正在会客，素叶道了歉，一脸尴尬地退出书房。

书房里，年柏彦唤了她：“叶叶。”

素叶将书房门又开了个小缝儿，挤进来一张小脸。

“介意帮原森先生准备些茶点吗？”年柏彦被她的样子逗笑。

“马上。”

年柏彦给了她一次绝佳的女主人招待来客的体验，再次来到书房时，她早已洗漱一新，换上了一身清爽的休闲装。她欠身将茶点放至茶几上时，乌黑的秀发如瀑布般从一侧滑落垂下，以至于令前来做客的原森先生惊赞不已。素叶微笑以对，正准备离开，年柏彦却顺势将她拉至身边坐下。她抬头看见年柏彦应允的眼神后明白了，他允许她参与这次会客。

经过介绍，素叶才知道，坐在对面的原森先生就是著名的高端商场品牌 BRIGHT 集团总裁。能入驻 BRIGHT 的品牌要求很苛刻，第一，属于全球顶尖奢侈品；第二，特定品牌的高级私人定制，只有入驻 BRIGHT 方能定位为奢侈品中的奢侈品。

原森先生很随和，看上去比年柏彦的年龄要大一些，干净的休闲长裤，干净的 Polo 衫，干净的皮鞋及头顶上干净的帽子，眼中透出智慧。可素叶瞧着对面的他，心口间不知怎的就突突直蹦，有种不舒服的感觉。

原森笑道：“柏彦，我们来往这么多年，这还是我头一次当着个丫头面跟你谈事。”

年柏彦接过茶笑了笑：“都是自己人。”看向素叶，语气转为低柔：“好些了吗？”

素叶点头，也没好意思多说什么，反而是原森多了心，抿了口茶后问：“丫头怎么了？”

年柏彦替她回答：“受了点惊吓而已。”

原森笑了：“看来你这次还是无法避免地发生了点小意外。”

“相比你的大风大浪，我这点意外又算什么？”年柏彦轻描淡写地搪塞过去。

“这一次你要竞投的钻矿可不小，价值远远超出你手里原有的那几个，恐怕不是小意外那么简单了。”

年柏彦勾唇浅笑：“能把你本人吸引过来的钻矿，哪怕是提前未做估算我也得投了，你从不凑没有价值的热闹。”

原森拿了两块点心放在茶杯旁边：“你好比这茶杯，一左一右分别是来势汹汹的奥斯顿和纪东岩，一个想要通过这个钻矿拓展中国市场抢你饭碗，一个是跟你素来恩怨极深的同行，这两人任何一个都能称之为大鳄。”又捏了一小撮茶叶散落在点心旁：“除此之外，还有一些零散的钻石商也盯上了这个钻矿。所以说，一场别开生面的竞投大会马上就要开始了，我怎么能不凑热闹呢？”

素叶惊讶于原森的比喻。

奥斯顿，素叶没见过他本人，却在年柏彦给出的资料中了解过他的公司：英国华彩钻石，据说英国王室都指定他们为特定的珠宝设计商，实力可见一斑。她早有耳闻，华彩钻石早就有心进入中国市场，这次他能亲自来竞投钻矿，不难看出他的野心来。

“怕是这场热闹会让你看得了无生趣。”

“哦？”

年柏彦探过身，大手一挥，将茶叶扫了去，又将两块点心放回原位，重重压了下茶杯：“因为只有这杯茶才最合时宜。”

“这么自信？”

年柏彦淡笑：“再惊心动魄也不过是场游戏，影响不了什么。”

“有意思。”原森玩弄着茶杯，“我预测的是，就算你拿下钻矿，也未必是想象中的简单，说不准会突破你在价位上的预算。”

“打个赌怎么样？”年柏彦意外说了句。

“说说看。”

年柏彦语气平缓得如幽静的河：“我会低于我底价的 30% 甚至是一半还要多的价位拿到钻矿的开采权。”

原森怔住，一旁静听的素叶都愕然了：他凭什么如此自信？

“你这次可就说大话了。”果然原森不相信，摇头。

“敢赌一局吗？”

“奉陪到底。”

年柏彦深笑：“以最终赢得开采权为主，如我低于底价拿到算我赢，高于底价算你赢。”

“筹码是什么？”

“你那么聪明，应该知道我的目的。”

“允许精石入驻 BRIGHT？”

“只是其一。”年柏彦加了码，“我知道你手里有一支在全球都数一数二的精良开采团队，你输了，我不但要入驻你的商场，还要你的团队为我所用。”钻石开采团队与勘测团队同样重要，开采人员能够最先决定钻石的价值大小，钻石的原石从什么角度开采，开采多深，开采时采用什么方式都能直接影响到钻石原石的质量，所以这些人员是重中之重。

原森似赞叹又似惊愕："你的胃口还真不小。"

"怎么，不敢了？"

原森想了想："你输了又如何？"

年柏彦喝了口茶："如果我输了，我就提前退休。"

素叶的心咯噔一下，他的这个赌注下得太大了。

原森吃了个大惊："你真敢下这个赌注？"

"当然。"年柏彦淡淡笑着，"商场无戏言。"

"据内部消息，纪东岩的底价保守估计为50亿，奥斯顿的底价保守估计为60亿，你要赢得开采权就必须高于这个底价，你确定要打这个赌？"

年柏彦笑看原森，不多废话："那你是赌还是不赌？"

"赌，我当然要赌！"原森目不转睛地盯着他，"我就是要看看你年柏彦怎么退出珠宝界。"

"好。"年柏彦举起茶杯。

原森也将杯子端起，与他重重撞击了一下，一口饮下。

素叶在旁边听得心惊胆战。

竞投的前一天，是个雨天，年柏彦却去了约翰内斯堡的钻矿做最后的视察工作，雨水敲打在玻璃上噼噼啪啪地搅得人心大乱，她总是隐隐觉得窒息和不安。

饭后，她来到了纪东岩下榻的酒店。

纪东岩开门时一脸惺忪，半裸着上身，下身围了条浴巾，不输于年柏彦肌理分明的胸肌和强壮臂弯，亦不输给年柏彦赤身时所带给女人的深度诱惑。他双臂环抱于胸前，懒洋洋地倚靠在一旁："看来是无事不登三宝殿。"

"我找你的确有事。"素叶毫不遮掩。

纪东岩打了个哈欠："介意我先洗个澡吗？"

"请便。"

他钻进了浴室。

素叶打量这间套房，面积不小，格局设计合理，卧室、起居室、会客厅、私密书房等都不吝面积地分开，还有独立的健身房。纪东岩的东西放得哪儿都是，看得出他在这里住了挺长时间。大致观赏了一圈，推门进卧室时，床上略显凌乱，毯子散落在地，床头放了只红酒渍已干涸的长脚杯，杯子旁散放着几本商业杂志。

卧室的尽头就是书房，门没锁，她的心脏蓦地加速跳动了，书房里，总会放一些私密文件吧。

书房视野不错，背景是开普敦最繁华的都市一角，这处酒店占据了开普敦最好的商业位置，得天独厚的高度和角度又能将开普敦的美丽尽收眼底，只是今天下了雨，窗外滂沱雨势模糊了这繁华的视觉，很难得，书房里十分整齐。

桌子上的电脑呈现待机状态，旁边放有成摞的文件夹，素叶在碰触文件夹的瞬间停住了，攥了攥手指，缩回手指时却不小心碰到了电脑键盘，紧跟着屏幕亮了，没有密码验证，直接就能看到文件的界面。

如同触碰到了潘多拉盒子！

素叶僵在电脑前，盯着界面上那几个文件的文件名，最前头的文件名很怪，却觉得眼熟，蓦地记起，这些字母和数字是指代地理纬度，而这个地理纬度就是约翰内斯堡的那片钻矿，她在直升机上听过年柏彦说过钻矿的纬度。

这么说来，这个标书就是有关约翰内斯堡钻矿的。

心脏近乎跳到了嗓子眼里！

她微微眯眼，手指缓缓探向键盘，光标落在文件上，只要她点开文件，只要她能看到里面的内容，哪怕是看到标书上标有金额的位置……

那么，纪东岩这次就一定会输给年柏彦。

素叶的手指攥紧松开，松开再攥，大脑涨涨的窒息感。只要多看一眼就能帮到年柏彦，但也意味着会害得纪东岩一败涂地。

她无力地坐在椅子上，压了压胸口后，终于还是伸手关掉了文件。

男人慢悠悠的声音闯进了她的耳朵："怎么不继续看下去？"

突如其来的声音吓了素叶一跳，她猛地回头，恰巧窗外划过一道闪电，将靠在书房门口的男人映得格外清晰。

刚刚洗过澡的他还是半裸着上身，水珠沿着短发的发梢滴在锁骨上，下身的浴巾换成了一条宽松的家居裤，纯白色亚麻质地，看上去慵懒。只是，他看向她的眸暗沉了一些，眸底如同初冬时刚刚结了薄冰的湖面。

素叶从未见过纪东岩这般眼神，一瞬的紧张和被人现场抓个现形的尴尬很快压了下去，她没起身，看向他的眼神波澜不惊："相比去揣摩一份标书，我更希望从你嘴里获知答案。"

"不愧是从事心理行业的，这个时候了，还能不动声色。"

"我刚刚完全可以一字不差地看完文件。"

"那我是不是还要对能在你心里留有一席之地感激涕零？"纪东岩绕到了她的身后，双手压在她的肩头上。

"我知道我刚刚差点犯了错，其实我只想知道你有没有打算跟年柏彦公平竞争。"

素叶挺直了脊梁。

肩头上男人的手压了压："说得具体一点。"

"30 亿。"她直截了当道，"那天出海，我听到了你要求对方转账 30 亿的话。"

纪东岩笑了："我从来都不知道你是个语言通。"

"纪东岩，那片钻矿的潜在价值保守估计都不能低于百亿，这是当时亨利给出的价值评估，我很想知道，这百亿有没有你串通亨利提价的成分在里面，如果跟你无关，那么如此价值庞大的钻矿，你为什么只准备 30 亿？"

"我也很想知道，"纪东岩将她圈在怀中，薄唇离她的脸颊近在咫尺，"年柏彦究竟哪里好？为什么你就不能这么死心塌地地对我？"

素叶挺直着身子，没挣扎亦没愤怒："你是我的朋友，所以我不希望你受到伤害。"

纪东岩盯着她的脸，一言不发。

"年柏彦不知道 30 亿的事，我没跟他提过。"素叶与他的目光相对，"因为我想从你嘴里听到一句实话！"

"想听实话是吧？"纪东岩突如其来地压下脸，封住了她的唇。素叶一愣，紧跟挣扎。然而纪东岩强势，一把将她从椅子上抱起出了书房，扔在床上，压下健硕的身子。

"纪东岩——"

刚冒出的话又被纪东岩堵回了嘴里，他借机撬开了她的唇齿，近乎能将她的骨骼捏碎，她衣衫乱了，长发披散，像是铺开来的海草，可下一刻，纪东岩就弹离了素叶的身体。

素叶大口喘着气躺在那儿，死盯着纪东岩。纪东岩捂着嘴，良久后擦了下被咬破的唇角，咬牙切齿："你信不信，我要想强上了你是分分钟的事！"

素叶当然相信，敢情这家伙之前是在她面前假装柔弱了："所以，你想要迫不及待地向我证实你我之间没有友情是吗？"

"你想借着友情来套实情是吧？"纪东岩凑近她，眼神变得危险，"好，我就坦白告诉你，我是想整死年柏彦，这次竞投，说白了，不是他死就是我亡。"

素叶下意识脱口："与亨利串通的人果然是你。"

"你可真是聪明的女人，难怪年柏彦被你迷得神魂颠倒，不惜背上骂名。"

"纪东岩，你疯了……"素叶从床上起来，不管不顾地要往外冲。

纪东岩却长腿一伸，挡住了她的去向："你想给年柏彦通风报信？"

"我明白了，你的目的压根就不是钻矿！"素叶冲着他低喝。

纪东岩将她揪到了面前："你说对了，我的目的就只有年柏彦！钻矿的评估值究竟多少我压根就不在乎。"

“你以为年柏彦是三岁孩子？”

“所以你担心什么？说不准他看得比你还透彻，你犯得上跟着着急上火吗？”纪东岩越想越生气，拉着她的手也攥紧。

素叶低头看着他的手，手背上的青筋凸出，良久后也冷静下来了：“我还真就跟你打这个赌，就算你恨死了年柏彦，也不会眼睁睁看着他去死。”

“把你的精明给我收起来，否则我会杀人灭口！”纪东岩一把甩开她。

“好啊，你杀呀。”素叶反倒不怕他了，有些人越是显山露水地狠辣，越是将狠话说在明面上，反倒不可怕了，可怕的是笑里藏刀、绵里藏针的人，不动声色才叫可怕。她摸了把水果刀扔他怀里，指着自己的胸口：“这里你可以捅下去！”

纪东岩一把扔掉水果刀，蹙眉冲着她怒喝：“你有病啊！”

素叶也跟他回吼：“被你摸过的地方我留着干什么？”

“你——”纪东岩愣怔少许，满腔的不悦和窒闷却奇异般消失，指着她，“你可真行！你就这么向着年柏彦是吧？”

素叶见他情绪松动下来了，也终于松了口气：“你和年柏彦如何斗我不管，但要涉及人命就不行，你不能出狠招逼死年柏彦，相反也一样，年柏彦如果出狠招试图逼死你，要你性命，我也不会坐视不理。”

手机铃声乍响，这铃声令素叶的心口一紧。接通的瞬间，一道闪电划过玻璃，窗外是密不透风的雨势，听筒里是贝拉急促的声音。

手一松，手机滑落下来。

纪东岩察觉不对，问：“怎么了？”

素叶好半天才对上他的眼，脸色苍白得吓人：“年柏彦他……他出事了！”

林要要变得疑神疑鬼的，“归功”于叶渊，这个每次都能神出鬼没的男人令她空前地害怕乱走乱逛。

丁司承难得给自己放了个假，林要要早就嚷着要去欢乐谷玩，今儿他也耐性相陪了。林要要有着自己的小算盘，北京欢乐谷刚建成的时候，她就心想着跟丁司承一起来玩，那时候他还在国外，她就一直等着他回国。

不是她胆子有多小，经常在素叶手底下备受她理论摧残的林要要怎么着都练就了钢心铁胆，来欢乐谷，她不过是想像其他情侣一样跟他十指紧扣，在最刺激的环节大声说出“我爱你”三个字。

于是，林要要一路拉着丁司承上了天地双雄，当两人从高空极速下落时，她紧紧攥着他的大手，用力喊出："丁司承，我爱你！"

爱语与周遭的惊叫声混合在一起，丁司承近在咫尺自然听得到，可他只是与她十指相扣，始终没回一句："林要要，我也爱你。"

她开始自欺欺人，认为是自己的声音太小，小到被那些惊叫声给淹没了。

足足玩了一整天，两人在外面用完了晚餐，丁司承将她一路送回了家，小区里的地灯光亮飞溅进来，他的侧脸陷入半明半暗之中。林要要从后车座扯过挎包，看向他："要不要上楼喝点东西？"

"不了。"

林要要抿唇："其实我爸妈还挺想见你的……"她给了再明确不过的提示了。

丁司承长长吸了口气，扭头看向林要要，眼神复杂。

"你……是不是有什么话要对我说？"林要要看得出他一整天心不在焉。

丁司承点点头，良久后才低沉而又内疚地说出一直想说的话："要要，对不起，我们……分手吧。"

Chapter 14

条件是你

▼

年柏彦被绑架了，有一伙人劫持了直升飞机。

一时间，兵荒马乱。

素叶第一时间给许桐打了电话，这个时候她能相信的人就只有许桐。

“你查出之前的那些跟踪者没有？”

“你怀疑他们是一伙儿的？”

“是的。”

许桐沉了沉气：“那些人来自墨西哥黑帮，受雇于谁还在继续查，但我觉得，年先生是遭人绑架，绑匪应该不是那些人。”

“为什么？”

“听年总说当时遭遇枪击的时候你也在场，应该清楚地知道那些人是想要你们的命，试想一下，如果年先生遇上的还是那些人，他们会绑走他吗？”

许桐分析得没错。

“许桐，”她尽量让自己冷静些，“因为我不了解南非这边的情况，不能轻举妄动，所以需要问你，这件事我们需不需要报警？”

“千万别报警。年总是到南非做生意的外国人，南非警方一介入的话，会以了解背景情况与精石总部取得联系，到时候董事会都会知道这件事。你有所不知，现在精石的所有股东都在向年总施压，如果这次南非钻矿出现状况，年总会很麻烦。”

素叶也知道事态严重，一时间心口像是压了块巨石似的透不过气。

“现在唯一要做的就是尽快找到年总，让他明天能够正常出席竞标会。”

“如果他不能出现，我能不能替他进行竞标？”素叶要为这件事留条后路。

“不可以，而且年总也没授权给你，当地的矿主不会承认的。”

素叶攥了攥手指：“要如何才能尽快找到他？”

许桐想了想：“只能通过当地人，昌图你见过了吧？”

“他？”素叶想起昌图那张麻木冰冷的脸。

“他与年总合作了多年，如果你去找他帮忙，他应该不会坐视不理，一会儿我也会给他打个电话。”

“如果他也无计可施呢？”

许桐那边沉默了良久：“如果真是那样的话，年总就凶多吉少了。”

素叶的后脑像是被人狠狠给了一棒子似的。

放下电话，身后扬起纪东岩的声音：“我会帮你把他找到。”

素叶一愣，转头看他：“为什么？”他明明知道只要年柏彦出现在竞投会上，他纪东岩就多了一个有力的竞争对手。

纪东岩直截了当：“为了你。”

素叶蒙愣。

“除非你怀疑这件事跟我有关。”

“不。”素叶回答干脆，“我相信你没必要对我撒谎。”

“总之，我会想办法找到他，当然你也可以用你的办法，我们兵分两路，也许找到他的概率会更大些。”

素叶、纪东岩、贝拉，三人兵分三路开始行事。

还是上次密谈的房间，出乎意料的是里面除了茶案和沙发，没有过多的用品。

“这个房间，跟我想象的不同。”这里没有生活用品，她觉得昌图是个失去至亲的人，他什么都没了，只有这家店，应该更加珍贵才是。

“你以为这家店是我的全部，所以我就必须日夜守在这儿吗？”昌图微微抬起眼皮扫了她一眼，喝了口茶继续道，“珠宝再贵也是有价值的，只要你有钱就没有买不到的珠宝，但失去亲人的经历不同，这段经历会告诫你无论什么时候，生命都是最重要的，远高于外面的那些石头。”

他的话戳中了素叶最想切入的话题：“所以我希望能得到昌图先生的帮助。”

“对不起，我帮不了你，其实年柏彦被绑架也未尝不是件好事。”

“你这话是什么意思？”

“人不能总是无往不利，年柏彦不是神，他不能事事做到独占鳌头吧。”

“可明天要竞投的钻矿是他的全部希望！”

昌图嗤笑："一个人将自己全部希望放在可以用钱来买卖的物件上？"他摇摇头，"那这种人死了也算解脱。"

"你这个人怎么这样？不出手帮忙也就罢了，还说风凉话。"素叶不悦。

"风凉话？小姑娘，我说的可都是大实话。"昌图语气淡漠，"中国有句古话说得好，叫作'树敌于众，众必攻之'，年柏彦自掌管精石后接二连三的动作和今年上市的行为已经令业界同行咬牙切齿，倒不如这次让他以退为进，保个安全比什么都重要。"

"那么昌图先生知不知道中国还有句话叫作'鹤立鸡群，众必攻之'？"素叶拼了命地压气，"人性如此，所以无论是树敌还是鹤立鸡群，反正都是要被众人攻击，那何不就做鹤立鸡群的那个？年柏彦，他就是鹤。"

昌图终于笑了："不，他是头狮子。你以为他的胃口小吗？也许到了最后你才发现他才是狮口能吞象的那个人。"

窗外呼地一阵风，吹落了大片的雨点铺在窗玻璃上，噼里啪啦地让人心烦，连同昌图那道干巴巴的即使笑着也毫无情绪波动的嗓音，都令素叶感到聒噪："就算他是头狮子，目前也是头身陷囹圄的狮子。昌图先生，我不管什么造化还是什么避难一说，我只知道我最重要的男人遇上了危险，我要救他。"

昌图琢磨似的看着她，半晌后说："我帮不了你，但可以透露给你个消息。"

"什么消息？"

"明天对外招标的钻矿，它是个空矿！"

司机小心翼翼开着车，雨刷来回舞动。纪东岩靠在后车座上，手机铃响起时他不紧不慢地接通，对方的声音很讨好："已经找到年先生了。"

纪东岩轻哼一声："地头蛇果然是地头蛇。"

"哪里，能为纪先生您服务是我的荣幸。"对方小心翼翼地赔笑，"因为与纪先生心意相通，所以无论如何我都要帮您把年柏彦找出来。"

纪东岩笑了，微微调整了一下坐姿："是啊，他明天可是主角，主角不出场，这出戏还怎么唱？"

"可是……"对方开始迟疑。

"有话就说。"

"明天年柏彦如果竞标成功，勘探时再发现是个空矿，我怕……怕他会不放过我。"

"到时候他都自顾不暇了，哪有工夫来顾及你？做这行的谁不知道赌矿如赌命？既然敢坐在这张赌桌上，就要想到有赚也会有赔。"

"有纪先生的这句话我就放心了。"

“明天你要做的就是面不改色心不跳，年柏彦长了一双鹰眼，身边还有个双眼同样毒辣的心理咨询师，你绝对不能露出一丁点的破绽。”

“放心，这点绝对没问题。那个，有关我和议员……”

“做好了你的事，我会命人把视频还给你，我对你们的激情恩爱不感兴趣。”

“是是。”

“马上把地址传给我。”

“是。”

结束通话后，纪东岩若有所思，很快对方传来了年柏彦的所在位置，他看了一眼对着司机命令：“去开普敦以南 50 公里的工地现场。”

“是，纪先生。”

纪东岩拨了个电话：“小叶，找到年柏彦的位置了，你先回公寓，我马上过去救他。”

素凯值了一夜的班，刚出门口就看到了叶澜，正摆弄着落了一地的花瓣，风吹落叶而下，擦着她的白毛衣落在花坛中央，他有些看痴了。

叶澜看见了他，站起身拍掉了手上的泥巴，一蹦一跳地上前：“一向注重形象的帅哥，怎么今天连胡子都没刮呀？”

“你怎么来了？”

叶澜笑脸相迎：“想提前预约素大警官，不知今晚有没有空？”

“干什么？”

“我相亲。”

素凯眉头一皱，伸手毫不客气地将她推开：“你相亲难道还得我作陪？”

“你上次帮我否决了柳钲，那就顺便再做一次情感顾问呗。”

“我没空。”素凯来了倔脾气。

刚上车，车门就被叶澜拉开：“喂，你下车。”

素凯叹道：“咱能别闹了吗？”

“谁跟你闹了？”叶澜瞪了他一眼，“你要疲劳驾驶啊？你是人民公仆还不以身作则？”

素凯往座椅上一靠，好半天才说了句：“我是说，你相亲的事。”

叶澜一愣，脸颊微微泛红：“我相亲怎么就变成胡闹的事了？”

“是谁说自己不想相亲的？”

“那又是谁逼着让我去相亲的？”

面对叶澜的反唇相讥，素凯一时间哑口无言了，良久后才开口：“别去相亲了。”

叶澜压了压兴奋："今晚的相亲对象特别帅，我可得去看看。"

"长得帅能当饭吃？"

"能啊，人长得帅，旁边的人看着都饱了。"

"你赶紧走，别在这儿气我！"

叶澜从包里拿出纸和笔，写了一串地址："这是今晚的餐厅，你爱来不来。"

素凯盯着纸条上餐厅的名字，恨得牙根痒痒，相亲又不是约会，随便找个餐厅不就行了？好端端的穷讲究什么？

入了夜的后海成了热闹地，两旁酒吧的霓虹灯一盏盏亮起时将湖面映得虚幻缥缈，银锭桥倒影在湖水中央，又被点着红灯笼的游船晃散了影子。叶澜订了个靠窗位子，正好观景。时间将到，有人上了楼，脚步缓慢稳重，她像是揣了一篼子的鱼似的不安分。

素凯一眼就看到了叶澜，大步上前，在她对面坐下："人呢？"

"来了呀。"叶澜双手托着脸支在餐桌上，笑眯眯，"你呀。"褪去了警服的他穿了一身偏商务的服饰，深灰色为主，整个人看上去睿智英俊，看得她春心荡漾。

素凯愣住。

"不用这种办法怎么骗你出来啊？"叶澜笑得可爱，"我还在担心你能不能来呢，没想到真来了。素凯，咱俩还没这么正儿八经约会过吧，现在的感觉真好。"

素凯恍然大悟："你……你……"

"别你呀我的，还说不关心我，如果真对我视若无睹的话，今晚干吗要来？"

叶澜的一句反问呛得素凯够呛，良久后给自己找了个台阶下："我是警察，保护市民安全是我的工作。"

"那么，素警官，你介不介意接受一下市民对你的贿赂啊？"

素凯没明白她话中意思，叶澜转身看了一眼服务生。没一会儿，一道道精美的菜尽数端了上来，还有一个亮着蜡烛的蛋糕，烛火燃亮了她的眼，她的眸光深处像是有烟花炸开。

"素凯，生日快乐，快点许愿吹蜡烛啊。"

素凯这才找回声音："你怎么知道今天是我生日？"

"这才是我爱你的体现啊。"叶澜说得大言不惭，"赶紧赶紧，一会儿蜡烛都烧没了。"

素凯内心深处像是融化了一摊蜡烛在其中，他便照做。

"你没许愿。"

"许了……愿世界和平。"

一句话逗得叶澜捧腹大笑："世界和平？你可逗死我了。"

素凯见她笑了，心情也变得奇好，说不感动是假的，一个女孩子家费心费力地准备这些，再铁石心肠的男人也会动了恻隐之心。叶澜上前揽住他的脖子：“我还有礼物送你呢。”

“你已经给我庆生了。”

叶澜摇头：“那不是礼物。”

素凯挑眉。

“送你一个女朋友好不好？”叶澜凑近他，“我。”

素凯愣住，心底却升腾起难以言喻的触动，她甜甜地倚靠，像是一种力量，这力量慢慢凿开了他一直封闭的那个口，注入了暖流。

“行吗？”叶澜伸出两根手指揪着他的袖口轻轻晃动着，“我能做你的女朋友吗？”

有涟漪入心，怀中女人娇羞如月，他暗自怒喝自己：素凯啊素凯，你矫情个什么劲呀？

“素凯……”

这一声彻底摧毁了素凯心中坚固的防御，被他压抑的情感也如决堤的洪水般，他唇角抽动一下，下了重大决心似的说道：“好。”

这次轮到叶澜愣住了，她以为他不会答应。素凯抬手攀上了她的脸，语气宠溺：“这是你给我的最好礼物。”

雨势始终未小，雨点冲向玻璃窗被砸开了花，云与海之间是阴沉沉的分割线，分割线上是混沌不堪的乌云密布，分割线下是暗流湍急的海平面。

门铃响了。

素叶双手一颤，停了心中的祈祷，飞一般地跑去开门。

门口是男人高大挺拔的身影。

他的嘴角有些红肿，袖口有点蹭破，手腕有勒痕。他修长的手指攀附了她的脸，瞬间，她的泪水滑落下来，他说了句：“我回来了。”

素叶被泪水蒙了双眼，一下子投进他的怀里。

夜深时，窗外的雨终于小了，淅淅沥沥地成了雨丝。素叶端了血燕进书房，年柏彦正在打电话，她听得清楚，是许桐，两人通话中谁都没提绑架一事。结束通话，素叶拿了医疗箱进来。

年柏彦从身后轻轻将她搂住：“我没事。”

素叶靠在他怀里，一整天的担惊受怕在这一刻也终于烟消云散了，他拉着她一同坐在沙发上：“对不起，是我连累你担心了一天。”

“只要你没事。”素叶紧紧搂着他的腰，她以为她会失去他。这种绝望近乎要了她的命。

年柏彦对于绑架的事没有对她多提，她亦没问，两人相拥了好久后她才抬眼看着他：“我们需要报警吗？”

年柏彦摇头：“纪东岩的手下解决掉了所有人，死无对证。”

素叶一惊。

“遇上这种情况，人命跟蝼蚁没什么区别。”

“看样子，纪东岩这次的行为并没有缓解你们彼此的关系。”

“他做事有他的目的。”年柏彦搂着她，“在利益面前，每个人的心思都将会难猜。”

年柏彦的一句话如同惊醒梦中人，素叶一把抓住他的手：“那个钻矿有问题，是个空矿，明天你千万不要竞投。”

“空矿？你是听谁说的？”

“昌图。”素叶将白天去找昌图帮忙的事前前后后都一五一十地说了出来。

年柏彦若有所思。

“柏彦……”

“我现在已经骑虎难下，倒不如赌一把。”

素叶大惊：“这怎么行？”

年柏彦起身绕到书桌后打开抽屉，从中拿出个大信封来，回到沙发将信封交到她手里：“叶叶，我需要你的帮助。”

素叶想都没想：“只要我能帮上忙的一定帮。”

“信封里有两个人的联系电话和地址，如果我一旦有顾及不过来的情况发生，你一定要找到这两个人。”

素叶一头雾水，低头就要拆信封。

年柏彦阻止了她的动作：“三天后再打开。”

翌日上午10点，钻矿的招标会正式开始，与以往一对一的招标方式不同，这次是半公开化。所谓的半公开化，是指对外还是采取消息封锁形式，媒体不得入内，毕竟这里涉及庞大金额。

会场很朴素，却在布置上独具匠心。单一色的水晶灯、晶莹剔透的烛台、白色地毯及带有金丝的白色台布，主场以白色百合和白色玫瑰点缀。

据说，会场全程不间断提供的美食均出自全球顶尖级大厨之手，主办方特邀了来自代表亚洲菜系的中国、代表伊斯兰的土耳其及代表欧美菜系的法国等知名厨师，会场中提供的红酒分别为当地的和法国空运的，冰酒则选用加拿大和德国地区的，用来满足不同人的需求。

餐桌上摆放的餐具也个个讲究，银叉和银筷质地细腻，做工精致，最奢贵的是叉子和筷子尖端用来点缀的金色珍珠，这些均为南洋珠，原产于澳大利亚北面海洋，属重量级珍珠，以色彩多样著称，极其珍贵，价值不菲。

餐具旁摞起的餐盘亦不普通，是选用英国贵族常用的上好骨瓷，用以盛放美食的餐具则采用中国尖端釉色的陶瓷为主。

纪东岩与年柏彦前后脚，入场后，他视年柏彦为不见，只是与其他人打着招呼。原森也到场了，与年柏彦轻轻碰了下杯："看来这次的钻矿价值远远超出我们之前的估算，瞧见没，全球几个知名的钻石拿货商也来凑热闹了。"

年柏彦轻抿了一口红酒："你是怕输？"

"我是怕你输。"原森笑容扩大。

"赌博这种事，不到最后一秒谁都无法预测结果的。"

"但我知道，有人是先下手为强了。"原森看向另一边。

素叶也跟着看过去，刚刚入场之人穿着英式绅士服，戴着英伦礼帽，脑袋后面还留着一小截马尾辫，瓦蓝色的瞳仁看上去如琉璃般闪耀，他神采奕奕，身后跟了不下十名保镖，阵营不小。

"听说昨天有人'招呼'了你，跟这人有关吧？"原森慢悠悠地喝着酒道。

年柏彦笑而不语。

素叶看着这人眼熟，半天才想起他就是奥斯顿，真人看上去倒是比杂志上的照片要年轻很多。奥斯顿看到了年柏彦，走近时主动张开双臂："年，我就想着会在这里见到你。"

年柏彦也扬了笑，在两人凑近时，他近乎耳语："真是不好意思，昨日浪费了你那么多的人力财力。"

素叶离得近，所以听得见年柏彦说了什么，眼底警觉。

果不其然，奥斯顿脸部肌肉抽搐了一下，但碍于公共场合，又爽朗大笑："所以，今天你可得对我手下留情啊。"

年柏彦的唇角始终勾着笑，素叶上前低问："没事吧？"

"没什么，去拿吃的吧，有你最爱吃的鹅肝。"

"你想吃什么？我和贝拉去拿。"

年柏彦想了想："还是红酒吧。"

"只允许你喝香槟。"

他无奈状：“叶叶……”

“喝还是不喝？否则只有白水的份儿。”

年柏彦只好投降，将她拉近，压低了嗓音：“管家婆！”

素叶脸红，将他推开后，和贝拉去餐饮区。

竞投开始了。

亨利作为钻矿的负责人上了台，为到场的竞投者就钻矿情况做了详细的介绍。

M100 陨石坑内含有一个直径 50 公里左右的巨型钻石矿场，据地质学家勘测，目前这座钻矿已有近 4 千万年的历史，而里面钻石的储量高达数百亿克拉之多，足以满足全球钻石市场未来近 2000 年的巨大需求。而今天要竞投的是 M100 的其中一部分，标号为 M100-2 的钻矿，位于陨石坑的西南侧，为 M100 钻矿最好的位置之一。

“众所周知，在上一次的竞投会上，精石集团投了 M100-1 的钻矿，那处钻矿已为精石集团带来了不少利润。”亨利站在台上，他的身后是用以呈现陨石坑视频资料的巨幕，他开着玩笑，“年总，这次你想带走 M100-2 钻矿可不是那么简单的事了，看看你的周围全都是虎视眈眈的竞投者，他们从你身上闻到了巨额利润的味道。”

年柏彦笑了笑，其他人也都笑了。

“之所以说 M100-2 要比 M100-1 更具有投资价值，原因就是，就目前的毛矿而言，我相信有大部分人已经看到了位于表面上的粉钻原石，足以证明在南非这个地方产出彩钻也不是不可能的事。我专门找了评估组，单是那颗粉钻原石初步估算的价值就高达 5 千万美元，我们能看到的价值就已高达这个数，而 M100-2 钻矿的钻石储存量初步估算能占 M100 整个陨石坑的五分之二，价值之大已远远超出我们之前的想象。”

亨利说到这儿喝了口水，又指着屏幕道：“按今天钻石市价一克拉 5000 美元来计算的话，那么整个 M100 毛矿的估值就将高达 4 万亿，这是一处被政府封锁多年的钻矿，近两年才开始分割进行招标。”

素叶端着一杯酒，心里似惊涛骇浪。老天，原来她曾经站在高达 4 万多亿的钻矿上。亨利介绍了一番，又将 M100-2 毛矿中已露出的众所周知的粉钻原石拿到台面上说，这样一来更增加了这处钻矿的投资价值。看到这些跃跃欲试的富商，素叶一时间也陷入了迷惑，这个钻矿真是空矿吗？

M100-2 钻矿开始进行竞标。这里竞标有竞标的规矩，会亮出底价，参与竞投者按下手中的计价器进行竞标，不用当场喊价，相互之间价码是隐蔽的，当然，这期间竞标者也有加价的权利，还是依从价高者得的原则。能看竞标者出价的人只有主办方，所以就意味着竞标者要十分有经验，能摸出对手大概出的价码并提高自己的价码竞投成功。

底价为10亿，年柏彦暗自告诉素叶，这种竞投每次叫价都不会低于1个亿，听得素叶肉疼。

有人出了价，报价器响个不停。

可是纪东岩、奥斯顿和年柏彦没马上出价。

素叶看得清白，这些先行叫价的不过是沧海中的虾米，真正的大鳄还没出手。

又过了十几分钟，她看见纪东岩的报价器亮了，没多久，奥斯顿的报价器也亮了。不用报价，也知道现在钻矿的价位被抬得越来越高。

年柏彦拉过她的手："你来叫价怎么样？"

素叶心里一哆嗦："我……怎么行？"

"你怎么不行？"年柏彦私下玩弄着她的手指，语气低柔，"我让你出多少钱你照说就是。"

素叶咽了下口水："你是打算让我体会一下被万目穿心的感觉吗？"

"是让你体会一下做亿万富翁的感觉。"年柏彦被她逗笑。

素叶想了想，装模作样点头："这个理由还有点说服力。"

年柏彦经分析后命她按30亿，她的手都在哆嗦。

"这位女士，请问您是……"来这里进行竞投的都有背景注册，而素叶是以助理身份出席，主持人自然不认识。

素叶一时语塞，年柏彦微微抬手，主持人看到后连连道歉："不好意思不好意思。"

众人窃窃私语。

"年柏彦，我是不是很奇怪？"素叶贴近他，咬耳朵。

"不，是他们没见过像你这么漂亮的竞投者。"

一句话说得素叶倒是美出了鼻涕泡。

虽说价码隐蔽，但大家都是老油条，自然能揣测出年柏彦出的价码，前期喊价的人尽数噤声了，只剩下纪东岩和奥斯顿。

纪东岩和奥斯顿又纷纷叫价，年柏彦示意素叶，60亿。

素叶瞪大了双眼，看向他有点结巴："你确定？"

年柏彦点头。

素叶近乎咬牙切齿道："我从来不知道你这么有钱。奸商，这么有钱，还克扣我工资和奖金！"

年柏彦淡淡笑了："有钱的是你父亲和精石集团，这座矿可不是以我个人名义进行竞投。"

素叶一撇嘴。

纪东岩看向这边的眼神略有复杂，他再次叫价，那边奥斯顿一拍桌子，擦了擦汗，也出了价。

年柏彦这次没马上再出价，眼角的余光不经意扫到素叶的后背，目光陡然一惊，看向奥斯顿。奥斯顿也看着年柏彦，他的笑容变得诡异。

奥斯顿冲着他做邀请状，他一言未发，下巴绷得紧紧的，眼角的余光警惕地出现在素叶后背上的微弱红点上，他明白，只要他继续喊价，素叶在下一秒就会中枪。

“年柏彦，你放弃了？”素叶百思不得其解。

他将她搂在怀中，隐约可见的小红点被他的手臂挡住了。素叶愈发觉得奇怪，沿着他的下巴试图看进他的眼，年柏彦察觉到了，低笑：“不得不放弃了，奥斯顿保守出价65亿。”

素叶大吃一惊。

终于，台上一锤定音，奥斯顿成功竞得M100-2毛矿。

所有人起身为他鼓掌。

素叶跟着年柏彦起身，却发现他的手臂依旧挂在她身上，忍不住问：“你这是怎么了？”

年柏彦看到那枚红点倏然移到了素叶的后脑上，目光一惊，一个用力将素叶拉入怀中。

一切发生得太快了，她只觉得整张脸撞在他的胸口上，一时呼痛，却听到他发出一声闷哼，紧跟着四周的人如惊飞的鸟儿似的散开，惊呼声、尖叫声混作了一团。

素叶见他脸色难看、额头冒汗，眼神一慌，他却有气无力地问了句：“你有没有事？”

她不解，下一秒他整个人都压向她，她惊喘，伸手扶他却摸到了身后大片濡湿，抬手一看，五根手指被血染得通红。

抢救指示灯亮起时，素叶一下子瘫坐在走廊上，她想起了母亲去世时也是大中午，窗外是明艳的阳光，照得世间一切都无所遁形，她被挡在门外，就再也没等到母亲活着出来。

有只手将她搀扶，她抬头，透过泪雾看到的是纪东岩的脸，纪东岩的身后是哭红眼睛的贝拉。

“纪东岩，不就是个竞标吗？为什么会闹得这么大？现场为什么会有枪？”

纪东岩紧紧搂着她，一言不发，素叶却推搡着他：“你说话呀，倒是说话呀！”

“小叶，你冷静点。”纪东岩按住她，手掌下，她的身体都在颤抖，“我真的不知道会有这种情况发生。”

“不知道？还有什么是你们这群人不知道的吗？”素叶一听这话彻底火了，眼泪夹着炮弹似的话语一同攻向纪东岩，“为了钻矿，为了利益，你们不是善于钩心斗角吗？我今天才知道人命在利益面前是多么不值一提，你们每个人都是演技派的，每个人的心思都像是蚂蚁窝似的能拐上七八个弯儿，你们这么活着不累吗？踩着别人的肩膀和鲜血往上爬的滋味就那么好受？”

纪东岩任由素叶咆哮，始终不还口，亦不做太多解释，两人僵持着，直到手术室的门被推开，素叶条件反射地冲向医师，踉踉跄跄。

“年先生心脏瓣膜受损，我们在尽量抢救，但病患还是大出血，家属最好去献血。”

“没问题。”素叶想都不想。

“年先生是A型血，你也是A型吗？”

“我……”素叶的大脑乱糟糟的，试图冷静下来，“我好像是B型。”

医师摇头。

素叶急了：“难道血库的血不能用吗？”

“可以用，但年先生失血太多，血库的血再调的话还需要时间。”

素叶全身都冷飕飕的，一把揪住医师：“要不先化验一下我的血型吧，说不定我的不是B型。”

医师一脸为难，正要开口，纪东岩道：“我是O型。”

“O型血可以。”

素叶像是见了救星似的，反身扯住纪东岩：“太好了，万能血。”

“可我为什么要救年柏彦？”

素叶愣住。

贝拉上前恳求：“纪先生，再怎么说，你和年先生都同行这么多年了，拜托你救救他吧。”

纪东岩没搭理贝拉，始终盯着素叶：“我不能白救他吧？”

“你想要什么？”

“你。”纪东岩一字一句。

素叶脸色突变，贝拉惊住了，素叶攥了攥手指，微微眯眼：“这就是你去献血的条件？”

“对。”

“好，我答应你，但前提是你必须用你的血救回年柏彦，否则我会宰了你，放干你的血！”素叶冷着脸。

纪东岩像是看着怪物似的看着她：“你疯了？为了年柏彦做什么都可以？”

“对。”如果没有年柏彦，她说不准早就没命了。

纪东岩盯着她，好半天才低喝道：“素叶，你个疯子，为了男人，都能把自己给卖了！”

“那你到底献不献血？”

纪东岩咬牙切齿：“献！我倒要看看你们两个怎么幸福过一辈子！”话毕，冲着医师说：“我去化验。”

“跟我来。”

在纪东岩的背影即将在走廊消失时，素叶突然大喊了一声：“纪东岩！”

纪东岩顿步，回头看她。

素叶深吸了一口气：“谢谢你。”

纪东岩脸上闪过一丝别扭，再开口时恶狠狠：“年柏彦那么大的体格，我献血量肯定不少，素叶，我警告你，你要是不给我准备鸡蛋和牛奶补血，小心我跟你没完！”

素叶的心这才放下，鼻头泛了酸，故意顺着他的话道：“你放心，我会让你尝遍全球各地奶源和蛋源。”

几分钟后，贝拉走上前，小声问道：“你就这么相信纪东岩？万一他使坏呢？”

素叶抬头盯着指示灯，语气肯定道：“他不会，我相信他。”

年柏彦过了危险期，在充分利用了纪东岩O型血的前提下。素叶跟着一同回到了病房，看到血压和心脏监控仪器上的跳动呈现正常状态，这一刻她几乎将各路神仙都感谢了一遍。上天没有残忍地将他从她身边带走，他还躺在这儿，活生生地躺在这儿。

这期间，贝拉也累得半死不活，为了抵挡那些记者，她什么方法都用上了。纪东岩躺在病房里临时加的病床上，见素叶一直盯着年柏彦，心里多少不是滋味，大力地拍了拍床，吓了素叶一跳。

“诈尸啊。”

纪东岩秋后算账：“鸡蛋呢？牛奶呢？哪怕一杯红糖水也没看到！”

“你急什么呀？只是献血而已，怎么搞得跟女人坐月子似的？”素叶嘴里这么说着，但还是起身为他倒了杯贝拉刚刚买来的牛奶，“要不要给你戴顶帽子？坐月子的女人都怕受凉。”

“早知道你一副小人嘴脸，当初我就不该献血。”纪东岩接过牛奶，“怎么是凉的？”

“呦，我还真忘了月子里的女人不能吃凉的。”素叶的心情因为年柏彦脱离危险期而好转，将牛奶接过来后，塞进了微波炉里，“你还有什么要求赶紧一并说了，鸡蛋要不要给你雕个花儿之类的？”

纪东岩一脸嫉妒："等年柏彦醒了，你最好别对他太好，否则我会心里不平衡，失手了，一拳打他去见阎罗王。"

微波炉发出嘀的一声，素叶利落地从里面拿出牛奶，递给他："你舍得吗？现在他身上流的可是你的血，他死了，你的罪就白遭了。"这世上就是有这么一对人，他们真的就是朋友，也真的就是劲敌，他们会在商场上算计彼此，甚至会逼到对方无路可走，但怎么也不会对彼此痛下杀手，再痛恨也无法要对方性命，他们嘴上都在咒骂着对方，用最狠毒的言语来诅咒对方，却在对方真的遇上生命之忧时又以因为没斗够还不想让他死等这般由头来伸手帮忙。

年柏彦和纪东岩就是这种人。

纪东岩尝了尝，皱眉："素叶，你就应付我吧，这么短的时间，牛奶都没热透。"

"爱喝不喝。"素叶又坐回到了年柏彦床边，看得纪东岩直抓狂，仰头一口喝光了牛奶。

到了晚上，纪东岩走了，贝拉送来了生活用品，看素叶时语气不悦："年先生怎么就能为你挡枪？"

素叶没搭理她。

贝拉将年柏彦的手机扔到了她面前："他的公事你处理吧，我很累，要回去补觉了。"

素叶接过手机："请便。"

贝拉气呼呼走了。

打开手机一看，才吓了一跳，也不怪贝拉喊累，不过是几个小时，她已处理了数百个来电。素叶浸湿了毛巾，为年柏彦擦着脸："明天你能醒过来吗？其实让你这么休息一下也挺好的，只是别睡太长时间……"

嗓音哽咽，她想起在竞投现场时他紧紧搂着自己的那一幕，越想就越是心酸。年柏彦对她，始终没有花言巧语，他只是承诺在未来的路上会尽最大可能保护她不受到伤害，只是一句轻描淡写的话，他却用实际行动甚至不惜搭上自己的性命来实现，这样的一个男人，她怎会不心生愧疚？她心痛如绞，恨不得中枪倒地的人是她自己。

手机响了，她接通："许桐。"

"素医生，我需要找一下年先生。"

"他现在不方便接电话。"

"年先生竞投失败的事已传到了总部，董事会对这件事的反应很强烈，纷纷施压到了中国分部，希望年先生能出面给董事会一个交代。"

电话中，许桐的语调平缓如常，却字字戳在素叶的心窝上，她难以去想象病床上的这个男人平日里是怎样跟那群老东西进行斡旋的。

“他现在未必有那个能力跟董事会交代了。”

许桐惊愕：“出什么事了？”

“年柏彦中了枪，刚刚脱离了危险期，但现在还昏迷未醒。”

“怎么会这样？”

素叶交代了白天发生的事情。许桐忧心忡忡：“你也知道，董事会一直希望叶老先生重新出面掌管公司。”

“目前只能辛苦你把董事们的情绪往下压一压了，他们总不能过河拆桥吧，不是因为精石，年柏彦至于这么拼命吗？”

“好，这件事我会看着处理。”许桐安抚，又提醒道，“还有，你们两人在南非这件事还未在国内媒体间传开，所以你们回国的时候……”话说到一半就不再说了。

素叶听得出许桐话中的担忧和警告：“我知道该怎么做，回国后我不会跟他同出同进。”

待结束通话后，素叶在年柏彦身边坐下，抬手，却有那么一瞬不敢去碰触他的脸。人心总是贪婪的，因为不曾有过温暖，所以才渴望温暖，当拥有温暖时，就希望这种温暖天长地久，她却忘了，美好的时光总是短暂。

Chapter 15

没有回旋的余地

▼

股市传来了不利消息，精石集团一开盘就受到了重创！

董事会成员们相互推卸责任，最后又枪口一致地指向年柏彦，第三日上午，年柏彦的手机近乎被打爆。

素叶给许桐打了个电话，询问总部那边的情况，许桐这才说了实话，董事局给的压力太大，叶鹤峰的身体状况一日不如一日，压根不可能出面主持会议。素叶心里如翻江倒海般难受，不知是因为许桐提及了叶鹤峰的健康，还是心疼年柏彦就算醒来也会面临压力，总之，窒闷得透不过气来。

午后，素叶回公寓取些换洗的衣服，这两天她近乎心力交瘁，放了牛奶浴想着好好泡下澡。开了浴室的屏幕，她闭着眼，边纾缓疲累边听着电视上播报的讯息，迷迷糊糊竟睡着了，做了好多乱七八糟的梦：有年柏彦拉着她逃跑的，有年柏彦为她挡子弹倒地的，有年柏彦在琼花树下冲着她微笑的……

直到——

“据悉，英国华彩公司日前成功竞投位于南非约翰内斯堡的 M100-2 毛矿，却经专业勘测队勘测得知，此毛矿的钻石存储量远远低于招标公司给出的数据，大约市价估值只有一亿七千万，相对巨额投资来说，M100-2 毛矿等同空矿。招标公司负责人亨利声称其给出的存储含量只做投资参考，不具备法律效益，而惨遭投资失败的华彩公司负责人奥斯顿始终未露面回应此事，公司相关负责人也拒绝接受媒体采访……”

素叶一个激灵，突然醒了，刚一开始还以为自己在做梦，定睛一看屏幕，才知道是真实发生的事情。电视新闻如火如荼地都在报道有关华彩公司投资失败的事，她全身绷得紧紧的，原来昌图告诫的没错，她越想越后怕，如果竞投成功的人是年柏彦的话……

脑海中突然蹿过一人，思前想后，她最终还是拨通了手机，那边有点吵，像是在酒吧：“纪东岩，奥斯顿投了个空矿，你知道吗？”

“当然，今天的新闻被炒得沸沸扬扬的。”

“你早就知道 M100-2 是个空矿？”

纪东岩那边沉默了好一会儿：“是的，我早就知道。”

“为什么？”她情愿他不知道。

手机那边安静了很多，也许是纪东岩转移了位置：“很简单，我就是想让年柏彦在业界无立足之地。”

“所以，你在现场的喊价不过是做戏？”

“没错，我就是抬高价钱，让年柏彦可以赔得更多。”纪东岩毫不掩藏心中想法，“只是没想到奥斯顿会像疯狗似的死咬着价钱不放。”

“你那么仇恨年柏彦，为什么还献血？你完全可以眼睁睁看着他去死。”素叶冷着嗓音。

纪东岩笑了：“年柏彦这个人从来都认为自己做什么都是对的，别人做什么都错，我就是要亲眼看着他对我低头认错，对我承认他输给我了。在等到那天之前，我怎么可能让他去死？”

素叶喃喃了一句：“纪东岩，你是个地地道道的疯子！”

“其实你明白，咱俩都是同一类人，我是疯子，你也是疯子。”

“你是疯子，你们全家都是疯子！”素叶冲着他大声吼了一句，挂断了电话。

这个社会，果然人人都有病。

这通电话令素叶全身无力，甚至是无能为力，因为就算知道了真相，她也不能做什么，难道她可以像许桐似的名正言顺帮他处理一切公事？不经意想到了叶玉，如果换作是她，会怎样做？怕是她压根就不需要多说什么，那些董事也会给她留三分薄面吧？她越想越烦躁，手机往旁一扔，砸在一个信封上。

素叶一愣，快步上前拿过信封，她差点忘了这个信封。眉头皱紧，他怎么能够料到竞投后自己无法处理公事？拆掉信封，一张支票滑落，素叶拾起一看，竟是一张巨额支票！

这张支票是给谁的？

将信封里面的所有东西尽数倒了出来，除了那张支票外，还有一张 A4 纸，上面写了一些字，又提到了两个人名。素叶大吃一惊，他怎么会让她去找他们两个？

A4 纸的落款处，年柏彦重点叮嘱了她两点：第一，只能信任许桐，将信中提及的事情告诉许桐；第二，切记要单独行动。

白人区的一处私宅，空气中有鲜花的清甜，素叶慢条斯理地品尝着咖啡，与她面对面坐着的正是奥斯顿，他身后不远处站有三名保镖，个个威武雄壮。奥斯顿面前的咖啡早就凉透了，他却没心思命人去换新的，死死盯着桌上的支票，汗珠沿着额头滑落，好半天才开口："我……我不明白，明知道那个矿是个空矿，你们怎么还……"

"奥斯顿先生，我今天来也不过是依照年先生的吩咐，只是要你一句话，这个矿你是转让还是不转让？"素叶神情淡然，"转让，你至少还可以收回一个亿；不转让，你就真的守着这个空矿，血本无归了。"

年柏彦在信中交代的第一件事就是让她去找奥斯顿，务必要用这一个亿的支票买回M100-2钻矿及矿中所有物的开采权。虽说年柏彦的行为令人费解，但她还是照做了。

两亿，对于他投下的市值只有一亿七千万的钻矿来说虽然也是亏，已算是一笔不小的转让费了。

"这是关于M100-2毛矿所有物及开采权的转让合同。"

奥斯顿逐字逐句看着合同，看完后将合同搁置一边："你们连转让合同都准备好了，真不愧是年柏彦，他办事的确利落。"说到这儿，他的神情又变了："我是不是可以判定年柏彦早就料到钻矿有问题，是他逼得我不得不出高价，最后财物两失的时候，他又低价收回？"

"如果他没中那一枪的话，我想他可以回答你的疑问。"

奥斯顿脸上闪过尴尬。

"我真不明白，你已经成功中标了，为什么还要置年柏彦于死地？"

"如果没有他，我压根就不用出65亿那么高。当然，我并非想置他于死地，只是想要教训他一下而已。"

素叶盯着他一字一句道："可当时，年柏彦是为了挡着我才中枪的！"

"我说过那只是意外。"奥斯顿很烦躁。

素叶看得出他没必要再在这时候撒谎，语气又恢复了一贯的冷淡："言归正传，你是签还是不签？"

"别妄想我感谢年柏彦伸过来的橄榄枝！"奥斯顿不悦地拿过合同，使劲攥着笔，想了好半天后，终于还是妥协了。

素叶暗自叹了口气，心中默念：柏彦，我终于替你完成了一件事。

"现在，请你交出那颗粉钻的原石吧。"

"什么原石？"

"奥斯顿先生，你没这么健忘吧？M100-2毛矿的边缘层有一块视线能及的粉钻原石，在拍卖会上，亨利已说明了这点。也许在钻石的存储量上他骗了你，但这块粉钻原石可是实实在在地待在那儿，众所周知的事，否则大家都不可能费心巴力地去竞投那处毛矿了。”

“我……我还没开采呢。”奥斯顿一时结巴。

“依照你迫不及待勘探的速度来看，怕是那块原石早就到手了。”素叶冷笑，“我虽不及年先生对钻矿开采结构和程序那般了解，但也多少懂得钻石要一层一层开采的原理，你不先开采那块原石，怎么勘探后面的？还有，奥斯顿先生，请你记住一点，刚刚你已经签订了转让合同，合同上写明你要转让钻矿的所有物及开采权，那块粉钻原石是在 M100-2 毛矿中开采的，理应现在归我。如果先生不配合，那我只能走法律程序了，到时候我想众多媒体记者也愿意充当观众。”

奥斯顿气结，一双瓦蓝的眼睛死死盯着素叶：“不愧是年柏彦的人，伶牙俐齿的程度还真不亚于他！”

素叶淡淡笑了：“谢谢。”

奥斯顿一脸怨怼，对保镖交代了一句。没一会儿，保镖拎了小号手提式保险箱过来，打开，里面是一颗毫无光泽的石头，可素叶知道，这就是那颗价值连城的粉钻，只要一经打磨，它璀璨的生命力就会得以实现。

奥斯顿将箱子推到了素叶面前。

“谢谢配合。”她笑着起身。

“南非治安很乱，小心你提着箱子走出去就会没命！”

素叶笑容更灿：“年先生的保镖身手尚算不错。”

奥斯顿给了旁边保镖一个眼神，那保镖领命，掏出枪对准素叶。素叶姓素但不是吃素的，攥紧了手里的保险箱，猛地抡起，那保镖没料到她会反击，一个避犹不及，前额就狠狠撞在了保险箱上，素叶趁机夺过枪，指向了奥斯顿，毫不犹豫扣下扳机，“嘭”的一声，奥斯顿面前的咖啡杯应声而碎，咖啡随着碎玻璃飞溅了一地。

奥斯顿陡然起身，身后的几名保镖纷纷上前掏枪指着她。

“好心提醒一句，我很不会开枪，你的保镖这么吓唬我，我很容易擦枪走火。”

等在外面的保镖们听到枪声后冲了进来，也纷纷掏枪，与对方对峙。

“谁让你们在别人的地盘上这么没规矩的？”素叶似真似假地训斥着身后的保镖，但手里的枪始终未放，“奥斯顿先生是做大事的人，众目睽睽之下，他还能为难我个女人吗？”

奥斯顿也不过就是强弩之末，命令道：“收起枪！”

车子停在了离奥斯顿私宅两公里开外的位置，为的就是避开他的势力范围。一路上保镖们严格看守，素叶步履匆忙，等终于到了车子前，她的双腿一软，差点跪倒——说她一点不害怕是假的。

拿到粉钻原石后，素叶再次造访了钻石店老板昌图。

年柏彦交代给她的第二件事很简单，要她用从奥斯顿那里得到的粉钻换昌图手中的蓝绿色钻石。

昌图看了粉钻原石后道："的确是无价之宝，可以与我那颗蓝绿色钻石相媲美。"

素叶这才听得明白，敢情那颗钻石还真在昌图手里，看样子，后来年柏彦又找他谈一次，八成谈了钻石交换条件。她以为昌图会痛快交换，岂料昌图将保险箱一合："但是，今天我不换钻石。"

"为什么？"

"我要再等等。"

素叶刚要劝说，不经意想起年柏彦在信纸上的叮嘱，他交代，倘若昌图想要考虑就不要强迫，但切记，只给他一天考虑时间。所以她态度转为淡然："我可以等，但我只给你一天的时间，明天下午我会再来。"

昌图这才抬眼看着她："这是你做的决定还是年柏彦的？"

"是他的叮嘱。"

"他醒了？"

"不，他提前交代好的。"

昌图一愣，然后哈哈大笑："年柏彦啊年柏彦，你可真是厉害。"看向素叶，双眼发了亮："好，就一天的时间，我就让老天决定我那颗钻石的价值到底是多少！"

素叶听得一头雾水。

阮雪曼这阵子失了眠，因为叶鹤峰执意要改遗嘱的事，也因为年柏彦在南非的事。她倒了杯水准备回房时，隐约听到有人在唱歌，声音像是从遥远夜空飘过来似的虚无缥缈，却又真真实实地顺着微敞的窗子进了她的耳朵。

立了秋，原本人就生燥，阮雪曼心烦，顺着动静进了小花园。

现在，百花凋零，枯枝散落一地，阮雪曼近乎是深一脚浅一脚地往前走，不知是哪个不懂事的人，竟深更半夜地不睡觉，扰得她心烦，抓住了定不饶他。

月色格外凉，杯子里的水很快也凉了，她打了个激灵，借着月光看到了不远处的一道身影。

那人穿着极长的红色裙子，裙摆呈扇形铺散开来，黑发一直垂到腰间。月光下，她轻轻抬臂挑指，纤细的腰也随着举手投足扭成玲珑如蛇的弧度，声音幽怨鬼魅，顺着阮雪曼的耳孔钻进了心头，听得人心里发颤。

"你……你是谁？大半夜的干吗在这儿唱歌？"

女人不理，自顾自地唱歌。

忽地起了风，阮雪曼的后背陡然爬了凉意："跟你说话呢！"

歌声，戛然而止。

阮雪曼心里哆嗦了一下。

女人的脖子动了一下，像是僵直的，然后缓缓地转身……

阮雪曼倏然瞪大了双眼，手一松，杯子掉在地上，一声歇斯底里地惨叫，双眼一翻，失去了知觉。

病床够大，才容得下素叶像条干死的鱼似的趴在年柏彦身边睡着。

这一晚她做了好多梦，最后一个画面是小小的她身处一条青石板街上，一个小男孩拉着她的手，让她手心温暖，备感安全。她只能看见他的后脑勺，穿着天蓝色的干净帽衫，戴着一顶浅灰色鸭舌帽。她跟着他跑到巷口时听到身后似乎有大人的喧哗声和纷沓的脚步声，可不知怎的，心中就是紧张不起来。

那个男孩子冲着她喊了一句："快逃！"

素叶一个激灵睁了眼，有阳光铺洒在她身上，暖暖的，挂表的指针告诉她，现在是早晨 6 点。她回味着梦中孩子带给自己的温暖，却觉得手心还是暖的，低头一看，她一直攥着年柏彦的手，他不但焐暖了她的手，还安抚了她在梦中的情绪。

缓缓松开相扣的手指，描绘着他的掌纹，他的每一道纹路都深刻清晰。耳畔忽地扬起浅浅的笑："美其名曰照顾病人，结果把病人的胳膊都给睡麻了。"

男人意外的声音突然惊扰了清晨的宁静，她倏地一下坐起来，看着躺在病床上的年柏彦，他的脸色看上去虽还是那么苍白，但正噙笑地看着她。

她瞪大了双眼凑近了他："年柏彦，你是……醒了吗？"

他再开口，略显虚弱："靠近点。"

素叶近乎贴上他的脸，年柏彦抬手，微微用力就压下了她的脸。

唇与唇之间的贴合如此真实，她能感到他略微干涸的唇瓣，而他亦能感受到她清晨初醒时唇瓣的微凉。待年柏彦松开了她后，她才直挺挺地坐起来，双手捂住了他的脸，激动道："老天啊，你醒了！我真的不是在做梦！"

他笑了，却牵动了伤口，痛呼。素叶马上道："你等着，我叫医生过来。"

年柏彦叫住了她，她回到他的身边，一脸紧张："你是哪里不舒服吗？伤口疼还是其他地方疼？"

他有些吃力地抬手，拍了拍她的手："穿上鞋再往外跑，别着凉。"

她忍不住亲了他一口，却怎么也表达不了满心的喜悦，娇滴滴道："等我叫医生。"

看到医生在为年柏彦做全身检查时，素叶才真正感觉到什么是安全感，就好像她挺了这么久只为等他醒来；也终于真正明白自己有多害怕，是不停地用坚强来催眠自己的害怕。

她哭了，看着他又满足地笑。哭，不知原因，就是想哭；笑，又不知原因，就是想笑，真是应了那句话：爱情真的会令人彻底变成个疯子和傻子。

年柏彦哭笑不得，在不牵扯伤口的情况下将她搂入怀中："我这不是没事了吗？"

"那你知道你自己昏迷了几天吗？"她一脸哀怨。

"刚刚听医生说了。"年柏彦喜欢她像只猫似的软绵绵地腻在他怀中的感觉，这感觉令他舒心，"这几天辛苦你了。"

素叶搂着他的腰，抬脸，唇正好能够碰触他的下巴，眼底闪过一丝愧疚。年柏彦笑问她怎么了，她迟疑了一下叹了口气："如果我没来南非，你也不会中这一枪。"她从没想过会遇上一个能为她挡枪的男人，这样的爱情，强烈到令她都有些无所适从，因为她不知道该如何回应了。

"你错了，有你在身边，我才明白以往的南非之行有多枯燥。"

"你是在暗示我给你添了麻烦？"她忍不住笑了。见他似乎有些累了，便抬高床头，令他倚靠得更舒适些。

"你明明知道我话中意思。"

素叶又像水獭似的粘在年柏彦的身上，满足地叹气："你醒了真好，没你在身边，我发现我什么都做不好了。"

年柏彦低头看着她，唇角的笑宠溺绵长，她是那么毫不遮掩地告诉他，她是需要他的，这种坦白令他更是窝心："我答应过你，不会丢下你。"

素叶与他对视，眼眶又微红了。年柏彦攀上了她的脸："你已经做得很好了。"

"就这么相信我？"她的鼻头酸涨，"将那么重要的事情交给我做，你就不怕我马失前蹄？"

"依你的性格，真要是出了问题，见我醒了后恐怕都没心情哭了。"

素叶被逗笑，想想还真是这么回事。但他不问她也不能不去交代，便一五一十地将钻矿相关事宜同他讲了一遍。在讲完昌图的事情后，她忧心忡忡："我真不明白他为什么还要等上一天。"

"他有他的目的，所以不能勉强。"

"昌图手中那枚钻石有那么价值连城吗？以至于你宁愿花一亿去买那个空矿，只为了要用粉钻对换蓝绿色钻石。那枚粉钻也价格不菲啊。"

"叶叶，你永远要记住，钻石价值的高低不是取决于它本身，而是背后操纵炒作价值的人。”年柏彦语重心长，“钻石说白了就是碳分子形成的石头，石头能有什么价值？不过就是看人如何界定了。粉钻也好，蓝绿色钻石也罢，在我眼里价值都一样，之所以会有比较，不过就是觉得昌图手里的那颗原石更适合精石的刺绣系列。”

素叶张着嘴巴愣愣地看着年柏彦，上亿的钻石竟被他就这么轻描淡写地说成了碳分子结构的石头，还真是饱汉不知饿汉饥啊。

年柏彦被逗笑，低头亲了她微张的嘴巴，补上了几句：“钻石，永远要选你需要的，因为只有需要，它才会有价值。是人去操纵钻石的价值，而不是反过来，明白吗？”

素叶点头，很快又故意皱眉：“我又不是小学生，别对我说教。”

“是你的爱财性子让我不得不多啰唆几句。”

素叶勾着他，主动将唇触上了他的唇，两人呼出的气息交织交缠，她绵软的嗓音便从彼此贴靠的唇缝间钻了出来：“再这么说我，我可不管你的事了，别忘了，你还得等着我去拿昌图的钻石呢。”

“钻石还真是不着急去取。”年柏彦意外地不受威胁，腾出一只手搂住她的腰，“有件事比取钻石还要着急。”

“什么事？”

“帮我办理一下出院手续。”

“不行，你才醒，怎么可能马上出院？”

“叶叶，我出院一样是养伤。”

“那也不行。”

“听话，去帮我办理出院。”年柏彦哄劝，笑中又带着讨好之意，“放心，如果有什么不妥，我再随时叫医生。”

素叶也知道像他这种男人打死都不会在医院待太长时间，只好点头。

回到公寓时已是下午1点多了，一路上贝拉都在嘘寒问暖，素叶憋了一肚子的气。

等搀扶着年柏彦回了卧室，素叶倒水的工夫再回来时，却见贝拉在向年柏彦汇报公事，一路上的不悦就爆发了，水杯往床头重重一放：“贝拉，他需要休息，你是赶着去投胎吗？汇报工作还急于一时了？”

“是年先生要听公司的事。”

素叶看向年柏彦，面色不悦：“年柏彦，你是怎么答应我的？是不是要我再把你送回医院？”

贝拉发起了反击：“你怎么用这种态度跟年先生说话？”

“他是我男人，你管我用什么态度！”素叶一口流利的英文也夹杂了刀光剑影，语气的锋利恨不得是可以将贝拉凌迟处死的刀刃，一片片将她的肉割下来。

年柏彦看出素叶是真的急了，便对贝拉说了句："你先回吧。"

贝拉狠狠瞪了素叶一眼，转身离开。

素叶用力地甩上了房门，憋着气大声道："年柏彦，你以后再敢聘用这种风骚万种的女人做助理，我非阉了你不可！"

年柏彦微怔一下，忍不住笑了，也没多说什么，起身。

"你又要干什么去？"

"洗手间。"

素叶这才放心，突然又诡异地笑了，将洗手间的门推开了一条小缝儿，脑袋跟着钻了进去。年柏彦刚拉下裤子的拉链，听见了动静转过头，看见是她后无奈低笑："我真的要上厕所。"

"这次饶过你，我去接电话。"素叶还是给他留了男性尊严，吹着口哨，愉悦出去。

年柏彦无奈摇头，他怎么喜欢上这么个色妞儿？

等他从洗手间出来后，素叶一脸愣怔地坐在沙发上，手里还攥着电话。

"怎么了？"

"奥斯顿死了。"

年柏彦沉默了会儿，上网搜查消息。果不其然，网上如火如荼转发着钻石大亨奥斯顿跳楼自杀事件，他于中午12点10分从钻矿竞投大厅的高层纵身跳下，路人报警时，他早已身亡。

"怎么会跳楼自尽？"

年柏彦叹了口气："现在你也应该清楚这个行业的残忍，每一次投矿就是赌矿，谁都无法肯定自己投的矿就一定价值连城，像奥斯顿这种投到空矿的人大有人在，一大笔钱搭进去，最后落得两手空空，自杀也成了众人习以为常的事了。"

"可是空矿我们已经接手了。"素叶强调。

年柏彦若有所思，再开口时意味深长："也许，这一次奥斯顿真的大伤元气。"

"我总觉得奥斯顿这次自杀很离奇，昨天我见到了他，看他不像是要寻短见的样子。"

年柏彦沉默不语。

"你不觉得这里有蹊跷吗？"素叶小心翼翼提议，"试想一下，如果一个人早就抱定了自杀的念头，他压根就不会在乎钻矿还要不要转让，更不会将那颗粉钻精心保护好了。"

年柏彦还是一言不发。

"也许，他并非自杀，而是……他杀。"

"你想多了。"年柏彦嗓音清淡平缓，"警方已经介入，他是自杀还是他杀不是我们要去关注的事。”

素叶也明白这个道理，但总觉得心里堵得慌。

“去找昌图吧。”意外地，年柏彦说了这么一句。

素叶一愣。

“跟昌图约定的时间已经到了，去帮我把那颗原石取回来吧。”

“万一他坚持不给呢？”

“不，你现在去找他，他一定会把原石给你。”

阮雪曼惊醒时已日上三竿，一睁眼就看到了一屋子的人，包括很少对她嘘寒问暖的叶鹤峰。叶玉和叶渊坐在她的床边，见她醒了后，叶玉欣喜道：“妈，您醒了。”

叶渊在旁也松了口气。

阮雪曼喃喃道：“我怎么了？”

“你在花园里晕倒了，是用人发现后把你送回来的。”叶鹤峰语气权威，“好端端的，怎么会昏倒？”

叶鹤峰不问这句话还行，一问反倒令阮雪曼想起昏倒前所经历的一切：“我……我在花园遇见鬼了……这个宅子里有鬼……有鬼……”

叶玉一愣：“妈，您说什么呢？”

阮雪曼惊慌失措，看向叶鹤峰：“老叶，咱们宅子里有鬼！她……她穿着红裙子，头发老长……”

叶鹤峰皱紧了眉头：“别胡说八道！”

“我说的是真的！”阮雪曼近乎歇斯底里，“她没有脸，冲着我转身，我看到的还是她的后脑勺……”

“妈……”叶渊心疼地安抚，“看错了吧，咱们家哪能有鬼呢？”

“有鬼……有鬼……”

叶鹤峰失去了耐性，起身：“把家庭医生叫来。”

阮雪曼还在惊慌呢喃。

叶玉和叶渊相互看了一眼后，叹了口气。

在一旁看热闹看得差不多的阮雪琴一声没吭，也转身离开，叶鹤城紧跟其后。等出了卧室后，他碰了碰阮雪琴的胳膊，冲着里面看了看后小声道：“你相信你妹妹的话吗？”

“相信这世上有鬼？”阮雪琴冷笑，“我看她是亏心事做多了，心虚，自己吓唬自己，报应。”

叶鹤城无奈地叹了口气道：“怎么说她都是你妹妹。”

阮雪琴将目光落到丈夫脸上，眼神怪异："你觉得她楚楚可怜了？"

"瞎说什么呢？"叶鹤城皱眉，背着手离开了。

阮雪琴冷哼一声。

这一次是昌图主动给她开了门，笑起来满是褶皱的脸像是风干的核桃："我在店里已经等了你快一个钟头了。"

"这么说，你同意交换原石了？"素叶惊讶。

昌图很痛快地将蓝绿钻石原石交给了她，随手将粉钻原石放进了盒子里，看起来也不是很在乎。

"我能知道让你改变主意的原因吗？"

昌图略感奇怪："年柏彦没告诉过你？"

素叶微怔，半晌后摇摇头。

昌图看了她良久，才开口："跟我来吧。"

素叶起身跟上，这才发现原来小小的内室里还有一处暗室。

竟是个灵堂。

黑白相间的绸缎扎成了锦簇花束状，中间是两张黑白照片，一张是女人，长发飘然，笑容嫣然；另一张是个孩子，笑容童真。昌图点燃了三根香，对着照片轻声说了句："现在你们可以安息了。"

素叶万万没想到他会给老婆孩子设个灵堂。

看着昌图的举动，素叶甚是奇怪，又联想到他之前婉拒交换原石和今天意外地配合……大脑飞速运转，蓦地定格在某一个点上，一个大胆的假设应运而生。这个念头闪过大脑的时候，素叶忽地感觉心脏怦怦直跳，血液也跟着逆流起来。

"你答应交换原石，是不是跟奥斯顿的死有关？"

昌图拿香的手微微一滞："年柏彦曾经在我面前夸你聪明，看来，你还真是个聪明的女人。"

"这么说，是奥斯顿害死了你的老婆孩子？"

"是杀害！"昌图的情绪突然变得激动，转身看向素叶，"他为了一己私欲，亲手杀了我的老婆孩子！"

素叶僵住了，好半天才反应过来："怎么会发生这种事？"

昌图坐在灵堂旁的小凳子上，点了一根烟，大口抽了一口后，道："既然你是年柏彦的人，那告诉你也无妨。"

他陷入了回忆，语气缓慢沉痛地将过往发生的一切尽数倒出。

正如年柏彦之前跟素叶描述的一样，昌图早年如火如荼地经营着超大规模的钻石店，许多钻石大亨都与昌图打交道，其中就包括刚刚踏进钻石行业的奥斯顿。他原本是零售和钻石后期镶嵌起家，等手里的资金累积多了，便动了开矿的念头。

奥斯顿知道昌图是南非通，便请求他的帮助。昌图倒是真心帮忙，奥斯顿也获得了不少价值连城的宝贝，渐渐地，他旗下的品牌开始赢得英国王室的青睐。当时昌图手中囤积了不少罕见钻石的原石，奥斯顿打起了这些原石的主意，不停地游说昌图将原石拿出推向市场，尤其是那颗蓝绿色钻石。无奈昌图死活都不同意，因为那颗蓝绿色钻石是他老婆的心头之好。

奥斯顿只好作罢。

昌图以为奥斯顿打消了念头，岂料，灾难在一夜间就开始了！

那是一个雷雨交加的夜晚，昌图接到内部消息去收购罕见宝石当晚赶不回来，第二日才知道店里出了事！

偌大个钻石店被洗劫一空，他看到了死去的妻子和孩子。警方交给他一枚袖扣，是在他妻子手中找到的。昌图认得这枚袖扣，是奥斯顿最常戴的一款，但是这枚袖扣并非全球独一无二，所以警方也无法从袖扣来判定凶手就是奥斯顿。

警方根据腰码顺利地找回了大部分钻石，并擒获了相关作案人员。涉案人员共有三人，都是南非本地人，他们一口咬定只是见财起意，没有幕后指使。

昌图始终怀疑是奥斯顿所为，而那三个南非人不过就是奥斯顿的替死鬼罢了。又过了一阵子，当昌图在电视上看到奥斯顿的华彩钻石公司推出一款价值连城的钻石时，怀疑终究沉淀成了确信。

那枚钻石是属于昌图的，当时奥斯顿对它十分青睐，但又苦于无法得手。昌图又通过熟人打进内部，这才知道奥斯顿手中拥有他大多数多年收集来的罕见原石，推出的这款只是其中一块。当然，奥斯顿始终没能得到他最想要的蓝绿色钻石原石，因为当时它被昌图锁在离钻石店不远的家中柜子里。

这样一来，昌图就真正明白了究竟是谁害得他家破人亡。可那些原石从未展示人前，没有打磨，没有腰码，他无法向警方提供相关证据来证明凶手就是奥斯顿。

昌图吃了个哑巴亏，能够支撑他活下去的也就是心头的那团火。

“我要报仇。”昌图的烟抽完了，地上落了一层烟灰，“机会终于来了！奥斯顿还是重新踏上了南非这片土地！他以为我不会再待在南非，他以为曾经造的孽可以一笔勾销，不会的！我就是要他身败名裂，要他一无所有！”

“所以，是你杀了奥斯顿？”素叶冷不丁来了一句。

岂料昌图冷笑：“杀他？可笑，他值得脏了我的手吗？”将烟头狠狠踩在地上，他微微眯眼，“是他的贪婪害死了他。他想进军中国市场，所以孤注一掷，将老底全都拿出来押矿，最后赌输了，自杀也是情理之中的事！”

素叶盯着他的神情，看得出他痛恨奥斯顿是真的，但奥斯顿的死跟他无关也是真的。脑子里一些如同海草般乱七八糟纠缠在一起的讯息也在快速整理。昌图痛恨奥斯顿，他是不出手，只要出手，就一定是来次狠的，至少会让奥斯顿不能翻身。

所以对昌图来讲，奥斯顿死了反而是最轻的惩罚，他要慢慢地折磨他，直到他生不如死。照这种心理来看，昌图的确不可能是杀死奥斯顿的凶手，看来正如年柏彦所说，奥斯顿就是承受不了赔得底儿干净的事实才选择了结束生命。

那么，参与这场赌局，甚至将赌局炒得如火如荼的幕后者是谁？素叶陡然心凉，目光落在昌图身上。光靠他一人是唱不成大戏的，怕是还有人配合吧？那个人……就是年柏彦！

后背像是有蜈蚣爬过，缓缓地，她知道是冷汗。昌图见她这副神情后哼笑了一下：“你这么聪明，应该想到了什么吧。”

素叶只觉得舌头尖都发麻，良久后才挤出一丝声音：“你和年柏彦一早就商量好了要对付奥斯顿……”昌图曾经告诉过她那个钻矿是空的，那么他不可能没提醒过年柏彦，而后她又告诉了年柏彦钻矿有问题，当时年柏彦说赌矿就是存在一定风险，现在想想，一切都是假的！真相是，年柏彦早就知道了钻矿有问题，在竞投会上却还是势在必得不是因为赌矿，而是要将钻矿的价位提到最高，逼得奥斯顿倾尽财力来买回一个空矿！

昌图脸上的笑恰恰验证了她的推测，他又补充了一下：“不过有一点你说错了，从头到尾想要对付奥斯顿的人就只有我，年柏彦没想要对付奥斯顿。”

素叶皱眉，这话是什么意思？

“年柏彦是个商人，做商人的一切都以利益为重。”昌图给出解释，“年柏彦能与我合作说白了就是相互利用而已。他从我这儿得到了钻矿是空的消息，借这个消息来成功打击奥斯顿，这样一来，奥斯顿便无法进军中国市场，年柏彦很好地保护了属于自己的那份蛋糕；而我，以蓝绿色钻石为代价，通过年柏彦的计划成功地看着奥斯顿一无所有，现在又一命呜呼。这就是我和年柏彦站在同一利益上的趣味相投。”

“这是你们什么时候商量的？”

“在年柏彦第二次找上我的时候。”昌图如实相告，“复仇不是那么容易的，所以我必须依托一个有把握的人才行。年柏彦坚信蓝绿色钻石还在我手中，并坚持要得到那颗原石，所以在他第二次找上我时我就表明想法，他首先要帮我搞得奥斯顿一无所有，我才同意将原石转让。”

也就是说，当她和贝拉在车中等候时，年柏彦和昌图已密谋出了一个缜密的计划。

不过短短时辰，奥斯顿的未来命运和一手缔造的钻石帝国就被他们判了死刑，素叶想到这儿，不寒而栗。

“那么，年柏彦被绑架这件事，也在你们预料之中，还是你们的自编自演？”

“绑架是真的，至于年柏彦是否预料到我就不得而知，总之，是在我的意料之外。”

素叶攥了攥手指，发现指尖冰凉：“你曾经也希望年柏彦不出现在会场，为什么？”年柏彦是唯一可以帮他实现心愿的人，昌图当时应该积极帮忙才对。

昌图良久才道：“因为我的念头动摇过。”

素叶惊讶。

“奥斯顿那个人是出了名的疯子，他连人都敢杀，还有什么是他做不出来的？当柏彦被绑架时我已经猜到了就是奥斯顿所为，也想着救年柏彦出来，你来找我的时候我又改变了主意，因为我担心年柏彦真的出现在会场上会再度发生不测，果不其然，他中枪了，差点没命。”

“我是不是还要感谢你的恻隐之心？”素叶冷笑。

昌图眼神无奈：“不，你只要知道在这个圈子里没有所谓的对与错就可以，谁都不会那么肯定说谁是好人谁是坏人，包括我，也包括年柏彦，甚至还有跟他抗衡的，例如奥斯顿、纪东岩。为了利益，大家可以相互合作或是利用。这个圈子没有所谓的明枪，只有暗箭。”

说到这儿，昌图话锋一转：“不过年柏彦也算是讲究行业规矩了，这在南非很难得。他没想白拿原石的打算，所以用一亿购回钻矿，将粉钻拿出作为交换筹码，在生意场上，他的所作所为可以称之为君子。”

君子吗？

她不知道在商场和人心争斗中，“君子”二字的含义已变得如此浅薄了。

“我可以拿走原石了吗？”良久后，素叶才开口，头还在嗡嗡作响。

昌图点头：“顺便替我谢谢年柏彦。”

“这句话，还是你亲自对他说最合适。”素叶提起保险箱，头也不回地走出钻石店。

素叶回到公寓的时候，年柏彦正在接电话，后背的受伤多少影响他拿手机的姿势，她上前接过手机，帮他贴靠在耳朵上。

不知是谁打过来的，声音很小，再者素叶也没心情偷听，后来听年柏彦叮嘱了一句：“从河道改造的方向入手。”看样子，这通电话跟钻矿有关。

等通话结束后，她拎过保险箱：“这是你要的东西。”

“辛苦了。”

素叶没说话。

年柏彦合上保险箱，起身。

“有些事，你不打算同我解释吗？”

一句话成功地令年柏彦顿步。

“我以为，昌图已经告诉你了一切。”

“那些事从你嘴里说出来会更好。”

年柏彦坐回沙发：“过来。”

素叶上前。

他紧握住她的手，低声：“有些话有人会替我说，你也知道我受伤了，多说话会伤元气。”

“强词夺理。”

年柏彦眸底的笑，像是在平静海岸线骤然腾起的光亮，渐渐渲染开来：“我说的是真的。”

“你不应该瞒着我。”素叶神情沮丧，“这样会令我觉得自己像个傻瓜似的。”

年柏彦牵过她的手抵在唇边轻吻：“我怎么可能会选个傻瓜做我的女人？”

“你的安慰一丁点效果都没有。”

“我承认我这个人没有幽默细胞。”

素叶低头看着彼此交缠的手指，一时间心情复杂，良久后她说：“有个问题逼得我不得不去理智对待。”

“还有什么问题是昌图没回答你的吗？”年柏彦垂脸，与她相视。

“我想，这个问题只有你才能回答我。”

年柏彦示意她问。

“你想到了所有事，想要避开被绑架的遭遇应该易如反掌，为什么你没躲没避？”

“你在怀疑我自编自演？”

“不。”素叶虽心生郁结，但不意味着无理取闹，“你明知道有危险，还偏偏任由之，究竟你的目的是什么？”

年柏彦盯着她良久才道：“我不是神，并非事事都能料到。”

一句话说得素叶哑口无言。

“相信我，不跟你说出实情只是不想让你担惊受怕。”年柏彦将她搂进怀，“你是我的女人，不是我的手下，我没必要让你去冒险。”

素叶在他怀中，听着这话不感动是假的，可不知怎的，心头深处还是隐隐蹿过一丝复杂，也许正如昌图说的，年柏彦还有很多面是她不了解的。

“年柏彦，我开始分不清什么是真什么是假了。”

“有些事不必太较真，这世上原本真真假假的事就很多。”年柏彦轻声道，“你只要记住，我对你是认真的就可以了。”

入了夜的叶家老宅笼罩在一种怪异的氛围之下，自从阮雪曼在花园中看到红裙子女人后就变得神经兮兮的，用人们开始疯传叶家老宅闹鬼的事。

这一晚，阮雪曼又早早地躲回了房里，阮雪琴一人待在楼下沏茶，她失了眠。

座钟发出了沉闷无力的声音，一下又一下，敲了12声，阮雪琴放下茶叶，目光扫过座钟时不经意看到一抹红影飘过，顿时吓得一激灵，想都没想，站了起来。

宅子外，那抹影子转眼就不见了，阮雪琴抖了一下身子，发现那影子消失的地方正是花园！

不经意想起阮雪曼的话，难道，真的有鬼？

突然，头顶上响起嘶哑的叫声，阮雪琴吓得猛地抬头，这才发现是只乌鸦飞过。隐约听到有人唱歌，那声音缥缥缈缈的。阮雪琴向来不信邪，咬了咬牙，蹑手蹑脚地靠近了小花园……

“三途河上轮回，小心浸了衣裳，有花不见叶，叶生不见花，生生世世，花叶两相错……”

这声音幽怨绵长，如鬼魅般缥缈无向，阮雪琴心里开始打鼓，总觉得这花园中树影重重，统统像极了人影，突然一道红衣扫过，她愕然捂住嘴巴，逃也似的窜出了花园。

叶鹤城正在房间看报纸，见妻子一脸惨白地冲回了房间，十分奇怪，将报纸放到了一边：“这是怎么了？”

“我真见鬼了。”阮雪琴紧紧地扯着叶鹤城的胳膊。

叶鹤城愣住了，他是了解妻子的性子，平时一向冷静，注意形象，今晚大失风度，可想而知是真的遇见可怕的事了。

“也是穿红裙子的？”

“不但穿着红裙子，我还听见她唱歌了。”

“唱的什么？”

“曲调挺怪的，我只记得歌词，好像是什么有花不见叶……花叶两相错之类的。”

她只顾着回忆，压根没察觉到叶鹤城脸色突变。

“难道，这个宅子里真有鬼？”阮雪琴喃喃自语，又很快摇头，“不可能，一定是有人在捣乱，一定是……”

叶鹤城努力遮掩刚刚的惊魂未定后安慰道：“对，一定是有人在捣鬼，这都什么年代了，还相信有鬼的传言？”

阮雪琴苍白着脸坐在那儿。

叶鹤城也不再说什么了，眼神闪烁不定……

飞往约翰内斯堡的天空瓦蓝得深邃，像是大片上好的蓝玉。直升飞机在其中横飞，渺小得如同曼舞的蜻蜓，点缀在蓝天与白云之间。

素叶喜欢这种从高空俯视的感觉，如上帝视角可一览众山小，这也是她热衷于登峰的原因。当双脚真实地踏着峰顶，风从脸颊呼啸而过，激荡胸膛的也是难以言喻的豪情壮志。只是缘于那场噩梦，她再也无法正视登峰这项运动了。

素叶将视线收回。是她年龄大了，所以有关蒋彬的事情她能记起的越来越少？身边的年柏彦在闭目养神，她盯着他棱角分明的侧脸，不由担忧，轻叹了一口气。年柏彦没睁眼，唇角的笑有些慵懒："怎么了？"

素叶将身子凑近了些："你说我有一天要是不记得你了，怎么办？"

"为什么这么说？"

素叶抿了抿唇："因为我现在记不起蒋彬长什么样了，你说我是不是病了？"

年柏彦睁眼，低头看着她。

她抬头与他对视，才发现他皱紧了眉头，略感惊讶："怎么了？"

"想不起来就别想。"他语气有点发沉。

素叶一怔。

年柏彦掐了她的脸蛋一下，力度有点重，疼得她差点叫出声。

"敢情你在我怀里还想着蒋彬呢？"

素叶忍不住乐出声来，扳过他的脸："哟，年总吃醋了。"

年柏彦没看她，典型一副懒得搭理状，素叶靠在他的胸口："小心眼儿。"

到达钻矿已是下午。

入口整整齐齐地站着一队人，是专程迎接年柏彦的。许桐也来到了约翰内斯堡，这着实令素叶备感不解，心中隐约升起预感，八成这钻矿是有大事发生了。

许桐走上前："素医生。"

"啊，许助理……你好。"素叶有点尴尬，就好像这段时间与年柏彦的欢愉时光尽被暴露在阳光下，显得不自然。

许桐又对年柏彦道："年总，原森先生一早就在工作间等您了。"

素叶看向他，他站在风中，外套的衣摆轻轻扬起，也许是飞行的时间有点长，他身上还有伤，现在看上去脸色苍白。她心疼，上前将他搀扶。

他的唇角松动了："我没事。"

“没事我也得陪着你。”

他笑了：“好。”转头又对许桐叮嘱：“给叶叶备一套工作服和安全帽。”

许桐从容不迫：“早已经备好了，年总。”

素叶挽着他的胳膊，小声道：“贝拉在许桐面前，就是小巫见大巫啊。”

年柏彦笑而不语。

原森还真是一大早就等在钻矿的工作间了，杯中的茶都沏过几遍，没味了，烟灰缸里戳着几个烟头。他换好了工作服，但还是未改绅士风度，见年柏彦后起身，冲着他伸出双臂：“年总啊年总，你这一枪中得可真是令圈子里的人都提心吊胆。怎么样？伤势好些了吗？”

“多谢关心，已经没有大碍了。”年柏彦态度疏近得宜。

“看见你没事，我这心就放下了。大事未成，我想你也不甘心倒下。”原森言归正传，“现在可是履行你我合约的时候了。”

素叶在旁看得明白，原森关心是假，来看年柏彦怎么下台才是真。年柏彦开口，云淡风轻：“原森先生，输的人可是你啊。”

“没错，你的确用了极少的钱拿回了这个矿，但别忘了，你拿到的可是个空矿。”

年柏彦没反驳。

“不过赌嘛，始终就是个游戏，我倒没逼着你一定要从这个圈子里退出来，公开承认自己输了也就可以了。”

素叶盯着原森，恨得牙根痒痒，这分明就是来落井下石了。

年柏彦却还是笑得清淡：“可能得让原森先生失望了，你的开采团队必然要为我服务。”

“哦？”原森一听来了兴趣，“年总这是大材小用了吧？”

年柏彦看了一眼许桐：“里面什么情况？”

“正如您推测的一样。”许桐神神秘秘。

年柏彦看向原森：“既然你对 M100-2 这么感兴趣，倒不如跟我下矿去看看，怎么样？”

“恭敬不如从命。”原森当然巴不得，“车呢？千万别告诉我咱们走过去。”

“何必那么绕远？从属于精石的 M100-1 钻矿可以直达 M100-2。”

原森一愣，赶忙跟上。

素叶搀扶着年柏彦，许桐在前方带路，途经许多作业的工人，纷纷起身跟年柏彦打着招呼，他逐一点头示意感谢，就这样来到钻矿深处。

这是素叶从未来过的深度，到了此地才恍然，这就是上次年柏彦要求河道改道的地点，有五六个人早就到达，身边尽是素叶看不懂的仪器。其中一人见到年柏彦，快步上前："年总，我们已经勘测出 M100-2 毛矿的钻石存储量。"

"初步估算是多少？"

"这是前所未有的巨型矿藏，从初步勘测的结果来看，M100-2 钻石存储量是总矿的 70%，这个数额一旦公布出去，将是惊人的！"那人激动地咽了下口水，"年总，是近 500 亿克拉的存储量！"

素叶愣怔，这一戏剧化的转折令她头脑发蒙。而原森极为惊愕，一把扯住汇报者的胳膊："你说什么？"

汇报者被他吓了一跳，求助似的看向年柏彦。年柏彦语气从容："原森先生，看来你要及早兑现赌约了。"

"不可能，这怎么可能？"原森松开了手，不可置信地盯着年柏彦，"这明明就是个空矿，怎么可能有高达 500 亿克拉的存储量？一定是你们勘测错了！"

"看来原森先生之所以跟我打赌，原来是收到了内部消息。我想可能是上天眷顾吧，才让我从中捡了个大便宜。"

原森踉跄了一步，忽然警觉地看着年柏彦："是上天的眷顾还是你一直知道这个矿不是空的？"

"木已成舟，再追究原因无非是自寻烦恼了。"很显然，年柏彦没打算据实以告，或许是他不想，或许是他觉得浪费时间，总之，下一句补上的话淡若清泉，"好马要配好鞍，这样才能突显价值，所以我要谢谢你的赌约，不但可以令我进驻 BRIGHT，还能免费得到原森先生开采队的鼎力相助，这样一来，还真是为我省了一笔不小的费用。原森先生，记得一定要为我们精石选择一个位置最好的店铺。"

原森盯着年柏彦，良久后才道："小子，算你厉害。"

年柏彦轻轻一笑。

原森走后，年柏彦再次与勘测组队员确定了开采位置，要求在前期勘测的位置每一步都务必精准，许桐在旁边展开图纸，素叶看得清楚，都是些密密麻麻的数字和符号，还有各个位置的连线、角度，看得她头大。

"年总，我们按照您的指示已经成功勾出 M100-2 毛矿的大体形状和内部结构，您看一下。"许桐将图纸递给年柏彦，指着其中一个点，"钻矿分为 A、B、C 三个纵区，奥斯顿和其他商家看到的位置是 A 区，A 区是最外层，钻石存储量极低，他的估算没错，A 区只有一亿七千万的存储量；B 区是中间层，钻石存储量近乎为零，也就是我们常说的空层，这也是给外界造成是空矿的最直接证据；但是巨大的存储量是在 C 区，C 区最有利的开采入口只能通过 M100-1，也就是咱们精石原本的钻矿才能发现。您当初推断得丝毫不差，这非但不是个空矿，而且是个巨额利润的矿藏。”

年柏彦满意地点头，许桐又问：“现在总部压力越来越大，精石股价也动荡不定，您看……”

“通知国内公关部一小时内出通稿，联系相关媒体尽快发稿，记住，我要头版头条。将钻矿的具体存储含量发给总部，媒体方先不用透露具体数字。”

“好，我马上去办。”

从钻矿出来的时候，天色略晚，空气有些薄凉，素叶静静地看着车窗外后退的建筑物，紧了紧外套。年柏彦是体贴的，按下了车窗按钮。

窗子缓缓关合，狭小的空间开始肆意流窜淡淡的木质香，安静极了。她轻声开口：“那么，你现在算是亿万富翁了？或者身家比这个数额还大？”

年柏彦双手稳稳搭着方向盘：“叶叶，你别忘了钻矿是属于精石的，就算是亿万富翁，也是你父亲第一，我在精石不过就是拿工资和分红。”

“我不明白。”素叶看着前方，两束灯光将黑夜驱散，中间一条路被照得刺眼的亮，“依你的能力完全可以单干，为什么要在精石屈就？”

“叶家有恩于我。”

“你有离开的打算吗？”

“怎么像是答记者问？”

“我只是好奇。”

年柏彦放慢速度，在红灯前停了下来。他像是在盯着红灯，又像是思考，良久后道：“恩报完了，也就是离开的时候。”

素叶听着这话格外别扭，沉默。

“是不是还有话要问我？”

素叶轻轻点头：“是啊，可我现在脑子很乱。”她很想知道钻矿究竟是怎么一回事，原本的问题她以为自己已经想通了，以为所有的答案就是那样了，但今天发生的一切再次超出她的预料。还有许桐，她明明只是按照年柏彦在信中的嘱咐给许桐打了个电话而已，再加上奥斯顿的死，那么，她在年柏彦的这场心战中又扮演了怎样的角色？

年柏彦抚了一下她的头发：“等你知道怎么问的时候再问，现在什么都不要想，闭上眼睛休息一下吧。”

纪东岩不请自来。

虽是不速之客，但年柏彦还是尽了地主之谊，沏了茶，并斟了茶。

“不能招待点别的，例如红酒、威士忌之类的？”纪东岩放下茶杯，自顾自地拿过年柏彦面前的烟盒。

年柏彦一句话没说，指尖是燃烧成一缕的烟，妖妖娆娆地升腾到半空。

“我是专程来看看你这位上帝的宠儿。”纪东岩跷着二郎腿，一身慵懒，烟叼在嘴里没点燃，把玩着打火机，似笑非笑地盯着年柏彦，“那么多在赌矿中自杀的人，怎么就没你一个？年柏彦，你自己说说看，是不是上帝太宠爱你了？”

“也许吧。”年柏彦一手夹烟，沉漫的语气略显薄凉。

“我真搞不懂，为什么你会这么幸运？”

“因为上帝把巨藏的入口设在了 M100-1 的矿内，除了我，谁都不知道这个矿的秘密。”年柏彦抽了一口烟，优雅吐出，隔着烟雾盯着纪东岩，眼如黑鸠，“如果你不是急于想要掏空我，以你的聪明，发现端倪也不是不可能的事。”

“啪”的一声，纪东岩合上了打火机，停止把玩的动作，眼底的光于烟雾中转凉：“原来你早就怀疑我了？”

“只可惜你信错了情报，结果错过了不小的一笔。”年柏彦唇角的弧度甚是迷人，“500 亿克拉的钻石放到市场上能赚多少钱，我想你很清楚，我记得你在学校的时候数学学得不错。”

纪东岩盯着他，良久后按了一下打火机，火苗蹿了上来，他点了烟，抽了一口。

年柏彦稍稍探身弹了一下烟灰：“收到空矿的消息在先，买通亨利提高钻矿的标价在后，又用极少的钱努力摆出与我一决高下的架势，无非是逼着我倾尽囊中所有购得空矿，最后看着我身陷囹圄解你心头愤恨。东岩哪，用老祖宗的一句话来形容你就是，其心可诛。”

纪东岩冷笑：“你是从什么时候开始怀疑我的？”

“你我向来是死对头，对你有所警惕很正常。”年柏彦淡笑着将烟头伸向烟灰缸，手指稍稍用力，烟头便被他摁灭，“但让我真正察觉出你的用心良苦，就是在我被绑架的那天。”

男人之间暗藏的刀光正在乍现，仔细听上去还有刀锋狰狞的声响。

年柏彦熄了烟后倚靠在沙发上，唇角泛笑的弧度很浅，近乎不见：“奥斯顿一心想要抢滩中国市场，M100-2 对他来说至关重要，所以他必然拼尽全力，你和我都是他的眼中钉、肉中刺，他能做出绑架这种事也不奇怪。我等到最后就是很想看看，救我出去的人到底是谁。”

“我可是你的救命恩人。”纪东岩眯了眼。

“是你太心急了，人在情急之下总会失去些理智，这很正常。”年柏彦缓慢道，“我从不相信你很想跟我来场正面的比拼，因为你跟我一样，只要能扳倒对方的，任何手段都在所不惜。你费尽心力无非是想看着我一无所有，所以重头戏就在竞投当天，你怎么可能准许我不在现场？之前我一直在怀疑你跟亨利的关系，直到你出现在绑架现场，我就彻底相信你在背后下了不少功夫。南非这个地方我熟你不熟，想要找个人谈何容易？能帮你的就只有亨利，因为他跟昌图一样是南非通。很显然，你跟昌图不认识。”

“没想到奥斯顿有心的绑架竟帮了你。”

“不好意思，可能正如你说的，上天太偏爱我了。”年柏彦冷笑，又甩出了一个问题，“只是有一点我不明白，亨利怎么可能为你所用，并且跟你说出了钻矿的秘密？”钻矿的 B 区造成了空矿的假象，这个假象蒙蔽了昌图，自然也蒙蔽了亨利。

“你这么聪明，想不到原因吗？”

“亨利不是什么信守约定的人，这样一个人却甘心来听你的话，只能说明你握有他的把柄。”

纪东岩笑着起身：“在你打算秋后算账之前最好想想怎么安慰你帐内的女人，你说，当她知道你利用了她以低价成功购回巨矿后会怎样？哦，我差点忘了，也许她早就反应过来了，当她看到许桐那么及时地出现在原本被认作是空矿的地方，我想她的心都凉透了。”

年柏彦原本噙笑的唇角缓缓拉直，良久后起身，双手插进裤兜里，有逐客的意味了：“多谢你的提醒。”

纪东岩却走近他，近乎贴靠到他的耳才罢：“如果她是我的，我绝对不会让她承受这种心理落差。”

年柏彦语气清淡，一字一句：“如果她爱我，就要接受全部的我。”

纪东岩向后移了步子，脊梁挺得僵直，盯着年柏彦许久后冷笑：“咱们来日方长。”

书房门拉开，映入两个男人眼睛的，是素叶惨白的脸！

纪东岩吓了一跳，年柏彦也愣了一下。还是纪东岩先反应过来，看着她语重心长：“爱到最后，你会发现自己是彻头彻尾的傻瓜！”

素叶的肩头猛地一颤，再抬眼，纪东岩已抽身离去。

“进来吧。”年柏彦张口，语气淡定。

素叶不知是先迈了左脚还是右脚，总之，是踏进了硝烟未散的战场。年柏彦转身推开了窗子，有清新的夜风吹了进来，带着夜下霓虹的低迷气，驱散了室内的烟味，但她觉得，被吹散的，还有本属于他身上的木质香。

年柏彦站在窗前眺望远处夜幕下被长灯燃亮的城市，月光吸走了室内本就微弱的光，将他的影子拉长。她顺着地上的影子慢慢抬眼，最后落在他的背影上，有些疏离，还有些落寞……

应该用这个词来形容一个处心积虑获得百亿克拉钻矿的男人吗？他应该高兴才对，怎么可能跟她一样落寞呢？

直到现在，素叶才真正懂得他的自信何在，深谙市场游戏的他早就练就了揣测对手的火眼金睛，他这种人，在盯着前方目标的同时也自然会警惕身边每一位可能出现的对手，并步步为营、不动声色地逐一铲除。

作为心理咨询师的她，从头到尾赌的只是人心；作为商人的年柏彦、纪东岩，从头到尾赌的都是人性！

所有的正义或是良心，都可以在利益面前瓦解，她从不予置评这种行为是对还是错，因为商场如战场，身在玲珑棋局之中的人，哪还有退路？只是，当她被作为一枚棋子最终定了乾坤后，为什么她的心会痛了？

“我原本是打算进来问问你们要不要吃夜宵。”

年柏彦没回身：“那么，你现在想好要问我的问题了吗？”

“想好了，四个问题，我想你可以回答上来。”

年柏彦转身靠在窗台上，目光定定地落在她身上。

素叶深吸一口气，轻吐止于唇畔：“你一直都知道钻矿不是空的？”

“我也曾怀疑过。”年柏彦丝毫不掩藏，“没人会相信 M100-2 不是空矿，因为有开矿经验的人在看过钻矿后都会质疑，我也一样，最开始真的没看出端倪。直到上次我们在 M100-1 时的那次河道改道我才发现，当抽干了河道里的水后，有个薄弱的位置直接连着 M100-2 毛矿，而这个位置给我的感觉很特殊，凭着经验，我总感觉这会是一个大矿，当然，前期我无法估算具体的钻石存储量是多少。M100-2 的独到之处就是在于它有个空层，所以骗过了很多人。我迟疑过，也犹豫过要不要得到这个矿，到了最后我决定放手一搏。赌矿这种事，有时候拼的就是一个决策。”

素叶静静地看着他：“你说你在绑架现场确信了纪东岩的用心，那么之前呢？让你试探他的原因是什么？”

“是你。”

素叶眸光一怔。

“在与原森打赌的当晚，你曾经问过我信不信纪东岩的底价是 50 亿。”年柏彦目光柔和，“也许你并不知道，当你心有质疑的时候就会写进眼睛里，当时你的那句话，让我对纪东岩有了警觉。”

素叶无语地笑了，原来连她都不曾注意到的细节他都尽纳眼底。

“为什么不告诉我实情，尤其是你要我去找奥斯顿的时候？”

“很简单，我不想节外生枝。”

她僵住了。年柏彦知道她误会了，轻叹一声："叶叶，我没别的意思。你虽说聪明，但论商场经验来说，奥斯顿终究比你更胜一筹，你在他面前表现出的任何端倪都有可能会引起他的怀疑，而你也始终会陷于良心和现实的左右为难中，我没必要让你承受这种心理负担。再者，购矿说白了还是我决定一搏的行为，究竟是不是空矿，我也没有十足把握。"

素叶静静地看着他，一句话没说。

他的语气放轻了："在这场赌博中，我没有回旋的余地，只能赢不能输。"说到这儿，微微顿了下："爱情，也一样。"

素叶每一次呼吸都觉得疼，鼻腔像是有刀子划过似的，说了一句："我明白。"

他就是这样一个男人，在对你坦白的时候一针见血，丝毫不会拖沓，所以她感觉疼了，因为真话往往是最刺伤人的。

"M100-2钻矿价值连城，这一路上我都在想，如果你当时给奥斯顿的补价再高一些，是不是就不会弄出人命了。"素叶又摇头苦笑，自顾自道，"不，正如你说的，你不想节外生枝，如果你价位补得很高，他必然有所发觉的。"

年柏彦眼里流露出心疼。有时候他情愿她傻一点，不要这么聪明，在这件事上她越是清楚就越会陷入良心的谴责。良久后，他低低地说了句："对不起。"

一句话令素叶红了眼眶，这三个字从骄傲如年柏彦口中说出来，比凌迟她还要难受。她明白他的这句对不起并非针对自己的行为，而是因为他的行为对她造成的心理负担。那么，是不是意味着以后她都要跟随着他来彻底颠覆自己所坚持的？

"你还有最后一个问题。"年柏彦踱步上前，月光在他肩头上镀上一层薄凉。他传递给她的压力十分明显，让她有一瞬透不过气来。

素叶抬眼与他相对，他的眼深邃如海，那深沉的眸色无论任何时候都能令人深陷其中，这是她深爱的男人啊，也许他真的不懂，女人越是深爱就越是惶恐，越是惶恐就越是偏执……

素叶退了一步，敛目："是该回北京了吧，什么时候启程？"

"这是你的最后一个问题？"年柏彦略显错愕。

素叶淡淡道："就算是吧。"

"后天。"他似乎在压着情绪。

她没再多说什么，转身要回卧室。

"如果重新选择，我还会坚持我的做法。"

她的脚步蓦地顿住。

他的嗓音像是凉风逆耳："我执着的不是对成功的渴望，而是在很多只能前进无法后退的游戏中，站在最高点才能生存，所以必要时，规矩只能由我来定。我希望你能明白，不是任何时候都可以对你事无巨细。”

素叶苦笑了，这的确符合他的性格。

“我知道了。”她淡淡开口，那句“你是爱我的吗？”终究没能问出口。

空气凉了，少了女人的体温，年柏彦站在原地良久，目光久久落在门口没有收回。

年柏彦一夜未睡，不是因为她，而是因为公事，这是她今早起床后才发现的。

她站在书房外，隔着一条门缝儿看着年柏彦，他面前放着一杯咖啡，却许久不曾喝一口，只顾着谈公事，伤口的缘故，他在体力和精力上大不如前，脸色苍白。在这种事上，她帮不了他，悄无声息地出了公寓。

曼德拉广场的人不多，连鸽子都所剩无几，怕是被这阴沉沉的天气吓到了，不敢出来。

来到一处木椅前，她坐了下来，拿起从广场旁咖啡厅点的咖啡喝了一口，热气盘旋于口腔，却没给她带来太多的温暖。不远处，那个喷泉也停止了工作，冒尖的建筑近乎直达云层，与乌云呼应，有一种气吞万象的壮观。

恍惚中她看到了另一个自己，悠闲自得地坐在红色高门、满是艺术气息的咖啡馆中，又似乎看到了男人不动声色地换了彼此的咖啡，他说：“你的凉了，喝我的吧。”

她笑得甜蜜：“我的很甜，未必适合你。”

男人笑了：“我的很苦，但你要适应。”

风袭过，再定睛，哪还有年柏彦和她的影子？

素叶的心口一恸。

是的，她为什么这般迟钝？其实他早就告诉了他们两人的相处之道，他说，他的很苦，但她要适应。这跟她昨日听到的那句“如果她爱我，就要接受全部的我”有着异曲同工之效。

适应，是个磨合的过程，每一对男女都要经历，可因为对方是年柏彦，所以她的适应会格外辛苦。

简单吃了午餐，素叶才回了公寓，头发淋湿了，进了室内又是闷呼呼的热。出了电梯，不承想看见了贝拉，眼睛红红的，像是哭过。

素叶这才恍然这阵子很少见她，尤其是许桐来了之后。正想着，贝拉已经走近，素叶也不知道能跟她说什么，侧身让她过去。但是贝拉没动，突然说了句：“你知道我跟在年总身边多少年？”

一句没头没脑的话令素叶错愕，她怎么知道是多少年？贝拉又摇了摇头，说了句“抱歉”，转身进了电梯。

进了房间，许桐在煮咖啡，见素叶回来了，愕然：“外面下雨了？”

“下了一会儿，现在停了。”

许桐说一直忙着公事，竟没发现外面下雨，应该提醒年总一句的。

“年总以为你还在睡觉，叮嘱过我，等你醒了要送餐上来。”

素叶说自己已经吃过了，又随口说了句：“我刚刚看见贝拉了。”

许桐小心翼翼地擦着咖啡溅在杯子上的残渍，专业程度不亚于五星级酒店的手法。素叶看着看着，突然觉得自己挺糙的，平时也给年柏彦煮过咖啡，但每次咖啡倒好后就直接扔到他面前，哪像许桐这般细致入微？许桐做的每一件事都无法挑剔，哪怕是煮咖啡这点小事，难怪会让年柏彦这般信任。

许桐并不知道素叶心中所想，将擦过咖啡渍的洁白帕子放到一边，又在咖啡盘中放置好精致的小银勺，说了句：“哦，她被年总辞退了。”

素叶愕然，好端端的，怎么被辞退了？见许桐端着咖啡要回书房，她道：“我端进去吧。”

“还是我拿进去吧，年总的心情不大好。”

素叶的手停在半空之中：“他怎么了？”

许桐摇头：“年总的倔脾气又上来了，因为钻矿的事，集团董事们已催促他赶紧回去，光是一上午就打了不下十遍电话，年总竟对他们大发雷霆，差点把手机都摔了。”

“他……”

“不知道是什么原因，年总非要先去香港再回北京不可，董事们哪有耐性等他呢？再说了，他伤口还没完全康复。”许桐皱紧了眉头，脸色担忧，“也不知道为什么一定要去香港，如果有重要的事，完全可以交给我去处理啊。”

素叶傻愣愣地待在原地，长发遮在脸颊上难受极了，却也不及心中突然腾起的疼痛那般强烈，来南非前的那幕清晰浮现：

“好了叶叶，我投降，你只要在南非配合我的行程，返航后我陪你在香港好好购物。”

“你掏钱？”

“我掏钱。”

“反悔是狗。”

“是王八也行。”

下午3点多的时候，天边的阴云散了不少，有微弱的阳光从厚厚的云层中斜射出来。

素叶的东西不算太多，收拾起来也尚算简单，最后全都归拢到自己的行李箱中。等与史密斯通完电话后，她出了卧室，穿过客厅来到书房。

是许桐上前开了门。

素叶的目光越过许桐，看到了不远处坐在椅子上的年柏彦，他听见动静抬头，见她站在门口，眉间的严苛松缓了不少。

“我想耽误你点时间。”

年柏彦起身，许桐让了门，他走出来，见她穿戴整齐后略感惊讶，这才看了一眼窗外：“天气不大好，别出门了。”

他以为她要出门，殊不知她已经在外面溜达了一圈回来了。

素叶看着他的脸，方正有型的下巴是新生胡茬儿，高大的身躯透着疲累，心疼自然是有的，想轻抚他的脸，或者与他相拥。轻叹了一口气，再开口是强作的轻松：“我已经订好了机票，今晚 7 点的。”

她看到年柏彦略显错愕，他开口了，有纵容，也有无奈：“叶叶，我们是明天才出发。”

“你误会了。”她舔舔唇，刻意避开他的眼，“我暂时不回北京，行李我已经收拾好了，史密斯已经在来接我的路上。我其实……只是跟你打个招呼而已。”

她何尝想要离开？只是情到深处总怕成为他的负担。如果面临流言蜚语，倒不如她一人潇潇洒洒地先行，让他独自回北京，这样一来，董事们不会拿着其他借口向他开火，他也能好好休息，养好身体。

年柏彦的脸转冷，抿着薄唇。

“人的习惯难以改变，我还是喜欢独来独往。”

年柏彦一言不发，眉梢的严苛已蔓延入眼，那眼，如黑鸠般令人望而生畏。

她敛了睫，借以遮住眸底深处的落寞，纵使低着头，亦能感觉到他那两道锋利的目光，像是可以剥了她整条脊梁骨的利器。良久后，他才道：“随便你。”

素叶抬眼，他依旧盯着她，眸底深处的阴霾被惯用的淡然遮掩，是她不熟悉的陌生。

“许桐！”突然，他低喝了一嗓子。

许桐走出来，敏感地察觉出气氛不对劲，小心谨慎：“年总……”

“去订明天回北京的机票。”他语气生硬。

许桐看向素叶：“素医生，你的护照。”

“两张，我和你的。”年柏彦话毕，头也不回地进了书房。

许桐惊呆：“这……怎么回事儿？”

“你没听错，订两张机票，只有你和他的。”

年柏彦，我是那么深爱着你，所以才会这般肆无忌惮地胡闹。胡闹，有时候更多的是一种依赖。

Chapter 16

全世界都在下雨

▼

因为临时订票，所以素叶只能在法兰克福进行中转，就这样，从约翰内斯堡飞到香港足足用了 38 个小时。抵达香港时，已是下午 4 点多了。车窗外，是淅淅沥沥的雨，那些倒退的建筑物和绿植尽数被雨水打湿。

原来，全世界都在下雨。

雨点在车窗上形成密密的圆点，有的不堪承重滑落下去，她伸出手，隔着玻璃勾画雨点的轮廓，画着画着，不经意描绘出一个男人的轮廓来，浓眉俊脸，尤其是微抿的唇，是她最迷恋的弧度。

素叶的手指停靠在上面，一瞬不瞬地看着，直到那轮廓被雨水虚化，渐渐消失，心头蓦地悲恸。原来，在不长的时光里，她和他全都走失在下雨的城市，与寂寞同行。

有电话进来。第一个念头就是，他打来的电话，接通后却是纪东岩："听说你到了香港。"

素叶依旧看着窗外，车来车往，雨点交织而下，"嗯"了一声，神情寂寥。

"我只想跟你道歉。"纪东岩声音诚挚，"有些事情一旦牵扯了利益，总会有言不由衷的无奈。"

她怎么会不明白这个道理？年柏彦也好，纪东岩也罢，都瓦解了良心，争夺属于自己的利益，没有公平可言，没有人情可讲，剩下的只有赤裸裸的刀光剑影。她明白他的歉意，因为从头到尾她都是无辜者，被他和年柏彦拉扯着卷入了战争。

最后，年柏彦全身而退，他亦全身而退，只剩下她，在良心的世界中久久徘徊，无法释怀。

"你的歉意我收下了。"

“你会认为我卑鄙吗？”

“你有选择卑鄙的权利。”素叶轻叹一声，“因为你也没有退路。”

那边苦笑。

素叶眼底悲凉。纪东岩是战败方，输得甚惨，可战胜方的年柏彦，真有旗开得胜的欢愉？也许在这场原本就输掉了良心的战斗中，谁都不是赢家。

“你独自去了香港，这比杀了我还难受。”

“我很好，习惯了。”

那边低低开口：“我只想让你知道，我还在原地等你。”

她说：“可是我已经走得太远了，回不去了。”

香港的夜，被雨水洗刷得干净，长窗外的霓虹愈发透亮。素叶一头栽倒在床上，38个小时的舟车劳顿令她很快有了困意，眼皮刚要搭上，门铃却不合时宜地响了。

是客房经理，胖胖的，长得像熊猫：“我们接到维修部的电话，说您这个房间热水出了些问题。”

素叶困得有点蒙，半天才反应过来，进了洗手间，手扫过感应水龙头，半晌浇在指尖的全都是冷水。

“不是24小时热水？”

熊猫经理赶忙解释：“是您这房间的热水管道出了问题。”

“那怎么办？”

经理想了想：“给您换个房间如何？”

素叶挑眉。

“现在房间紧张，为了弥补我们的工作失误，可以给您调换到总统套房。”

素叶一个激灵，小雀跃了，上天可真是厚爱她啊，但还是木着脸：“是免费的吗？还要补差价那就没劲了啊。”

“免费的，您放心，这是我们的失误，赔偿您是应该的。”

素叶蹭了个总统套房睡了个饱觉。

是用餐电话将她叫醒，迷迷糊糊起身，有一瞬记不起自己在哪儿，有阳光透了进来，她遮住了眼睛嘟囔：“柏彦，电话响了，你接……”

下一秒蓦地清醒过来，迷茫地看着四周，哪有年柏彦来接电话的脚步声？心口刺痛一下，她总要习惯他不在身边，不是吗？

丰盛的午餐送进了房间，是她最爱吃的鹅肝，还有今早刚刚空运来的阿拉斯加大螃蟹、小芦笋鲜汤，及雪花排骨肉。

私人管家是个五十多岁的男人，鬓角略有苍白，精神矍铄，从厨师手中逐一将美食摆放在餐桌上，待素叶洗漱完后进了餐厅，便见管家正细心地切割着雪花排骨。

那是一个阳光正浓的中午吧，年柏彦带着她到了开普敦一家知名餐厅用餐，点的就是雪花排骨，她娇嗔，好吃倒是好吃，就是吃起来太麻烦。他笑说她矫情，却又体贴地为她分肉剔骨。

管家退到了一边，等候吩咐。素叶坐下来，原本以为是没滋没味的一顿午餐，不承想刚吃了第一口排骨肉就令她激动，是她最爱的味道，似乎从未变过。

阳光洒了进来，花瓶中插放着可爱的雏菊，极淡的香气，舒缓了过多的忧愁。

下午的时候，原本计划要好好逛街购物，来到常去的商场却失去了兴趣。打电话给林要要，问她需要什么代购的，林要要那边有一搭没一搭地说了句："给我带支口红吧，要血红血红的那种。"

从不化浓妆的林姑娘这是怎么了？

所幸在香港还有三四个聊得来的朋友，打电话相邀，一行人嬉嬉笑笑欢闹了一下午，晚上去唱歌。

白天的晴朗没能延续到晚上，入了夜的雨更有点凄凉，在去 KTV 的路上，车玻璃上是被豆大的雨点砸开的水花。素叶最安静，攥着手机，她渴望他的声音，在这样一个冰冷的雨夜，哪怕只是听到他轻轻叫着她的名字，心也不会这般无依无靠。手指在那串数字上空盘旋了好久，都迟迟不敢落下。

打过去她要说什么？总不会要跟他说，你瞧，南非的雨都下到香港来了。

两个小时后，素叶喝得满脸绯红，狂吐了一番，胃里是翻江倒海的难受，冲到洗手间洗了把脸，这才稍稍缓解。回到包厢，她又与姐妹们喝成了一团，空酒瓶乱七八糟地躺了一地。

素叶彻底看不清了，好像所有的东西都在打转，所有人全都拧在了一起，她狂笑，又大哭。有人上前搂住她，在她耳畔唠唠叨叨一些情史，那人哭得比她还要凶。素叶又摸索着剩余的酒，正准备往嘴巴里倒时，不知从哪儿横伸过来一只手将酒瓶夺了下来。

昏暗的灯光下，她似乎看到了他。天地万物都在旋转，连同眼前的这张脸。她伸手，试图尽力抓住，身子却跟着摇晃，有结实的手臂圈住了她，她仰着头，整个人软绵绵地贴靠在这尊俊拔的身子上，触目能及的隐约是肃了神色的男人。

她泫然欲泣，如孩子："你是谁？是谁……"她的柏彦，已经生气了，不会再来理会她了。

她双脚发软，泪水打湿眼角："带我去找他。"

有声音落下，在她耳畔，低沉的：“你要找谁？”

“柏彦……我要找年柏彦……”她到最后，近乎大声痛哭。

她感觉那条结实的手臂将她搂得更紧，迷迷糊糊中又似乎是他的嗓音：“对不起，我迟了。”

买醉的后果是睡得更昏天暗地。

耳边的震动声叫醒了素叶，她迷迷糊糊抬头，又头沉得栽进枕头里，抬手顺着耳边的声音摸了摸，最终搭在床头的手机上。

“酒醒了吗？你可真够意思啊，什么时候结婚的？”那边是昨晚在一起喝酒的朋友。

素叶含含糊糊：“谁结婚了？”

“昨晚大家伙儿可都看见了，你老公接你走的。”朋友像是打开了话匣子，排山倒海的尽是埋怨，“你瞒得可真滴水不漏啊，连喜帖都不发给我们？太不够——”

“等等！”素叶一个激灵坐起，惊悚，“你……你确定我是被陌生男人带走的？”有一缕光溅入了她的眼睛，像是无形中撬开了一丝记忆，隐约的，是男人的一张脸，昏暗的灯光下看不清五官。

“是那个男人自称你老公的，你又搂着人家不放。要是陌生男人，我们可能放心地把你交给他吗？本来打电话来想听点八卦，你这样聊天就没意思了啊。”

这话听着怎么这么耳熟？她再次喝醉酒搂着男人不放了？

“你还记得那个男人的长相吗？”自称她老公？谁这么没有天良？

“当然，那么帅的男人哪会忘啊！”对方兴奋，“目测能有一米八六左右的身高，浓眉，鼻梁很高，身材超好，肩膀挺宽的，穿着嘛……挺简单，白衬衫，烟灰色长裤。”

素叶手一松，最模糊不定的外表概念，却令她的心口猛地一缩。

掐断了对方的八卦，一些零星的记忆排山倒海地涌来。她像是看见了年柏彦的脸，搂着她说，别哭了，听话。

是他吗？可是，他从未在外人面前谎称是她老公，这么僭越的行为依照他的性子是做不出来的，别说戏言是她老公，他连“爱”字都不曾说出口。

素叶开始变得惶惶不安，她很想说服自己不要心存幻想，可不知怎的，就是安定不下来。隐约听到房门开了，她激灵了一下，噌地跑到客厅，满眼的希望在见到来人后顿时灰飞烟灭。

私人管家原本是进来放鲜花的，不承想撞见素叶披头散发地跑出来，马上恭敬欠身：“您醒了。”

素叶失望，打算回卧室，却灵光一闪：“床头的柠檬水是你备的吗？”

管家摇头。

“我的手机——”素叶冲着管家比画，“是你把我的手机调成震动的吗？”

管家又摇头。

“那我头发呢？”

管家迟疑：“素小姐，您的头发不好端端地在脑袋上吗？”

“不是！”素叶一嗓子吼下来，“洗头！是不是你帮我洗的头发？”

管家小心翼翼：“那个……我们的服务不包括为客户洗头发……”

素叶一下子跌坐在沙发上，双眼直直地盯着前方，她有一种预感，一种不敢去正视的预感。管家实在搞不懂她究竟是怎么了，也不敢多言，默默地走到一边将鲜花插上。素叶下意识地看着瓶子里的花儿，是美丽的雏菊，淡雅的白。

“我想应该是您先生。”

她愣愣地看着管家。

“昨晚您喝多了，是您先生抱着您回的房间。”

素叶的喉咙像是布满了荆棘，每每的呼吸都引发一阵阵抽恸，却按捺不住内心的激动。

“您刚换到总统套房的时候，他就打电话叮嘱过我您的饮食习惯。哦，还有这两天换的雏菊，也是您先生叮嘱的。他特意问过酒店这个季节什么花还开着，听说为您订了不少呢。”

是他！

她对他说：“你从没送过我花。”

当时他在埋头处理文件，问她：“那你喜欢什么花？玫瑰？”

她狠狠瞪了他一眼：“那么俗气的花怎么能入本姑娘的眼？我可跟你那些情人不一样。”

“给个提示吧。”

她偏头想了想：“一年四季都有花，应季的才漂亮。”

他眼底的笑化开，像是有阳光闯入的暖：“好，我知道了。”

直到现在，他都不曾送过她一束鲜花。

素叶的呼吸蓦地停滞：“他在哪儿？”

“刚刚看到他在大厅。”

下一秒，素叶冲出了房间。

每一次转身之后都是撕心裂肺的疼，每一次苦苦寻找中都是烈火烹油之势的焦灼。她和他在浅秋的北京分离，又在千年古镇相遇，中间隔着长长的石板街，他在街南，她在街北。她停住不动，他稳步上前。可这次他出现了却不见她，默默为她做了一切事后又选择转身离去，她深深恐忧。

电梯走走停停，她冲进了安全通道，紧抓着扶手，飞快地下着楼梯，恨不得长双翅膀飞下去。不知是太过惶恐还是太过焦急，下到最后一个台阶时，一个不小心摔倒在地，膝盖磕在冰冷的大理石上，钻心的疼从膝盖骨蔓延开来，鼻头一酸，眼泪在眼眶里打转，她死死咬着唇从地上爬起来。

大厅富丽堂皇，来往的尽是些西装革履、穿着光鲜的成功人士，以至于当素叶从楼梯间冲出来时，眼前的这份优雅格调更恰当地衬托了她的凌乱不堪。有强烈的光袭来，她下意识抬手去遮眼，不消外人提醒，她也知道自己有多狼狈落魄。

远远地，他背对着她而立，偌大的空间，来往的身影中，就只有他是静止的。旁边还有其他人，应该是酒店高管之类的人，那位熊猫经理也在，在谈话，那位高管在说，他在倾听，侧脸一如既往地淡泊疏离。

素叶不管不顾地冲了上去，披头散发，像是脱了缰的野马。正在谈事的年柏彦只看到一团苍白的“东西”冲着这边过来，错愕间，那团“东西”已扑到了他的怀里，腰骤然被两条手臂搂个瓷实。

身边的两位经理吓了一跳，刚准备呼叫保安时，却见年柏彦伸手作制止状，周遭的人也驻足停留，被一位英俊男士被披头散发的不明物体熊抱的场面震惊。

年柏彦愣在半空的双手很快有了反应，低头看过去，长发下的脸已被泪水打湿，想将她拉开，她却迫不及待开口了：“柏彦，你不要走，不要离开我。是我不好，我不应该独自离开……”

在众人眼里，凌乱不堪的素叶就是那只用苦肉计缠着光鲜亮丽的年柏彦的麻雀。最起码，不知情的人见到这一幕都会这么想。

他任由她搂着自己，也任由她的鼻涕和泪水像和稀泥似的脏了他的衬衫。而她只是一味地搂紧他，像是溺水之人终于抓住安全浮木，他的体温、他身上熟悉的气息，令她的情感在瞬间崩盘。

围观的人窃窃私语，在旁的酒店经理真是看不下去了：“年先生，您看这大庭广众之下的……”

经理没说完的话像是一座警钟，倏地惊醒素叶，止住了哭，看向年柏彦时，目光有一瞬的胆怯。

年柏彦没理会经理的话，打量着眼前这张梨花带雨的脸。素叶松开了双手，局促不安地站在他面前，他是生气了吧？众目睽睽之下，她是如此的胡闹和任性。她怯怯开口：“柏彦……”

年柏彦二话没说，将身上的外套脱下，裹紧了她。

“刘经理，有关赔偿的事我们晚点再谈。”

被他一路抱回了卧室，她下意识地扯住了他的袖子，抬眼看着他，患得患失。

“松手。”年柏彦语气淡然如水。

她察觉出他平静背后的凌厉，手指一松，他便转身进了洗手间。

素叶沮丧地耷拉着脑袋，长发倾泻下来时遮住了大半张脸，只露出如荷尖儿似的下巴。年柏彦从洗手间里出来时，手里拿了条湿毛巾直接敷在她脸上。

“年柏彦……”她的脸，在毛巾下近乎被他揉成了泥团。

等擦完了脸，他又回洗手间清洗了毛巾。素叶像做错事的孩子似的盯着他的背影，又盯着他从洗手间里走出来，换洗了毛巾坐回到她身边。她几番想开口，但见他阴沉着脸，便不敢多言。

年柏彦为她擦手时，一碰胳膊，她蹙了眉，他这才抬眼看她，她没骨气地冲着他笑了笑，可他没被女色所诱，没好气地问了句：“胳膊怎么了？”

“没什么啊。”素叶见他说话了，雀跃。

“还有哪儿疼？”

素叶摇头。

“衣服脱了。”

素叶端详着他，男人眼角眉梢明显染上怒火了，这也算是好现象，总好过他一张扑克牌脸令人捉摸不透，奴颜媚骨地扯住他的胳膊：“哪有一见面就脱衣服的？你怎么这么坏呀！”

谁知，她的小小玩笑没能挽回年柏彦平日里的和颜悦色，反而眸色更加沉肃。素叶看得出他是真生气了，便麻溜儿地脱掉了睡衣。他的目光扫到了她发青发紫的膝盖，脸色变得更加难看。

“没事，不就青了吗？又不是断了。”这还是她头一次费尽心力地哄他开心，这个男人生起气来还挺不好哄的。

年柏彦扳过她的身子上下都检查了一遍，见她除了胳膊和膝盖外再没有瘀青后才稍稍平复了脸色，将被子一拉，遮住了她：“盖好了。”

素叶露出个脑袋，冲着他的背影嘀咕了句：“我都赤身裸体了，你都没反应，你是阳痿了还是昨晚会了哪个狐狸精耗尽你精力了？”

这番言辞令年柏彦倏然顿步，转头盯着她。素叶一缩头，拉高被子挡住他的视线。年柏彦却没怒，不咸不淡地说了句：“昨晚我还真是没闲着，光是照顾个醉鬼就让我心力交瘁了。”

素叶探头，心里却美滋滋的：“那……咱们久别重逢你就不能热情点？”

年柏彦微微眯眼：“热情？我恨不得掐死你！”

素叶吓得赶紧缩进被窝。他便不多说什么，转身出了卧室。素叶隐约听到他像是在打电话："对，拿些跌打的药水和消肿的口服药就行，麻烦了。"

素叶撇嘴，敢情都在外人面前装温厚恬和了。

很快私人管家拿来了药。

素叶小心翼翼地打量年柏彦的神情，从被子里伸出五根手指："你都 35 岁了，总板着脸老得快。"

年柏彦不看她，从被窝里拎出她那条磕青膝盖的腿。她被略凉的药水刺激了一下，忍不住缩腿，年柏彦低喝："别乱动。"

"人家嫌凉嘛……"她冲着他挤眉弄眼。

她又不傻，年柏彦才不会无缘无故生气，肯生气代表他在乎。像他这种男人，但凡公众场合和外人面前，那是有着绝佳的情绪控制本领，能在她面前失去了和颜悦色，说明她不是外人。

他素来不近人情，对自己都严苛要求，岂会容得女人跟他无理取闹？说白了，他就像是头狮子，性子矜持骄傲，想要赢得他的怜悯就要学会适当服软。果不其然，年柏彦紧抿的唇角微微松缓了。她还算是了解他的，这头执拗的狮子，一定要顺毛捋才行。

年柏彦将药水倒在手心里，搓手，搓热了再为她上药。心底深处的情感如涓涓细流肆意漫延，她抬眼打量着眼前男人的侧脸时，喉头有点阻了。

她的沉默反倒引起年柏彦的注意，抬眼："疼了？"

素姑娘哪会在这个时候装女汉子？故作可怜，如泣如诉："嗯，疼……"

年柏彦皱眉看着她，没好气地说了句："活该！"

素叶适当地选择了沉默，并恰到好处地耷拉脑袋。年柏彦见她这个样子，终究还是不忍了："还有哪儿疼？"

素叶的脚趾动了动："没有疼的地方了，就是脚凉。"

"下次再敢光着脚跑出去，我就把你脚剁了。"年柏彦将她两只脚移放在自己小腹上，裹紧了她的脚。

温暖从脚心涌上来。

年柏彦低头看着她的脚，微凉苍白，微微弯曲的脚趾是几乎透明的光莹，忍不住攥紧了些，素叶忍不住笑："痒……"

他终于也笑了，唇际微扬，素叶看出他在妥协，心里美滋滋的，大胆地跨坐在他身上："昨晚你是怎么找到我的呀？"

见他不吱声，素叶自圆其说："我知道了，应该是许桐，能当你助手的人比孙悟空还厉害。"

年柏彦睨了她一眼。

“是你帮我换的睡衣？”

“嗯。”没好气。

“是你把我的手机调成震动的了？”

“你说呢？”

“那……”素叶憋着笑，“让管家准备的雏菊呢？还有我来这儿的饮食搭配。”

“怎么这么多话？”

“一日不见如隔三秋嘛。”她看出他有点别扭。

年柏彦再铁石心肠也能融化了，用力揉了揉她的头：“每次只是嘴巴说得好听。”

素叶知道他的气应该消了，忍不住笑了。

身旁的手机响了，是私人管家：“年先生，梁经理已经将清单列好了，您要见他吗？”

素叶迟疑：什么梁经理？什么清单？

年柏彦淡淡道：“让他上来吧。”

私人管家口中的梁经理就是那位熊猫经理。穿好睡衣的素叶怀里抱着个大抱枕窝在沙发上，看着熊猫经理毕恭毕敬地向年柏彦送上清单：“赔偿总额已经附在上面了。”

年柏彦看了一眼：“稍等。”他取了张支票，又回到门口，“交给刘经理吧。”

“好好好，我会转交的。”熊猫经理像是遇上了救星。

素叶忍不住问：“我是做了什么毛骨悚然的事吗？”

他拖着她来到小会客厅：“你毁了酒店的织锦。”

小会客厅是落地窗，承重墙是一巨幅湖光山色织锦，仔细看去，织锦上面绘制的飞鸟儿没了身子，被抠去了大半。素叶头嗡的一声：“我……我好端端的毁它干什么呀？”

“昨晚你说你是哲别的徒弟，手里的箭就是专门射飞鸟的，你想 BBQ。”

“啊？”

“还有，这里原本摆了两盆珍贵的观赏性嫁接小水杉，是最新引进的室内型树种，每一盆都超过 20 年的树龄，结果，昨晚被你给砍了。”

冷汗顺着额头就流了下来，她看了一眼年柏彦，他面色平静：“你能耐啊，连哲别都知道。”

素叶舔舔唇：“从南非到香港的 38 个小时里，看了十几集《射雕英雄传》……”

他错愕地看着她，她哀号：“年柏彦，你杀了我吧，我的命跟那条织锦和两盆小水杉比起来都成蝼蚁了。”

年柏彦语气多少有些揶揄：“你要死要活的是心疼水杉和画呢，还是钱呢？”

“钱！”她痛心疾首的是大笔钞票漫天飞走的场面，当然，还有个深深的隐患，这笔钱是年柏彦出的，他是地地道道的奸商，还能让她好过了？

年柏彦唇角上扬，果不其然啊，贪钱本色暴露无遗。素叶见他笑了，马上道：“不对啊，你不是从酒吧把我接回来的吗？怎么到了酒店就我一人了？”

“你想说什么？”

“当时你为什么不在我身边？一个醉鬼本身就很容易闯祸。”

“我不过是转头到客厅接了个电话。”剩下的话，他没再多说。

素叶被噎住了，良久后道：“说不准那些画呀树呀什么的都是赝品呢，压根就不值几个钱。”

年柏彦换了件衬衫，似笑非笑，系上最后一枚扣子抬眼：“说完了？”

“说完了。”

他从她身边走了出去。

素叶追着年柏彦到了洗手间：“哎，你什么意思呀？”

年柏彦正在洗手，抬眼看向镜子里的素叶：“这家酒店总统套房的摆设物品都不同，被你毁坏的织锦手艺精湛，物料名贵，价值连城。”

素叶差点咬了自己的舌头。

“接下来咱们得谈谈赔偿款的问题了。”

素叶失声：“你不是已经赔偿了吗？”

“钱呢，我可以先帮你垫上。”年柏彦擦了手，不紧不慢地说，“但祸是你惹的，我替你赔偿了酒店，你怎么赔偿我？”

果不其然，她的担忧终于成谶。

回到客厅，年柏彦将纸和笔放到她面前。她警觉：“干什么？”

“打个欠条，立下字据。”

“年柏彦，你不是吧？至于嘛你？”她惊叫。

“至于。”年柏彦手指在纸上轻轻敲了两下，“你在金钱上的信誉度近乎为零，所以字据为证，你跑不了。”

素叶盯着他，死活不伸手拿笔。

“想耍赖？”

素叶突然扑到他怀里：“你就这么忍心看着咱俩生分吗？”

“你不是经常骂我是奸商吗？”他乐得满怀柔软。

“打是亲骂是爱啊！我不是还帮着你拿回钻石了吗？那枚钻石可比什么画的、树的值钱多了呀！别老拿钱来压着人家行不行？会吓出心脏病的。”

年柏彦忍不住笑，可真是难为她这么风情万种了：“字据可以不用写，但是你总得做些事情才行，毕竟我替你掏了钱，说白了，就是你的雇主。”

“你要我做什么事？”

年柏彦睨视她：“别说我不疼你，给你两个选择。你想劳心还是想劳力？”

素叶试探性说了句：“劳心？我选劳心。”

“选了就不能改了。”

“等等。”她觉得他脸上的笑有点怪怪的，舔了舔唇，“劳力。”

“你确定？”

这么一问，素叶又迟疑了。年柏彦弹了她额头一下：“素大医生，你有选择障碍症吗？”

“我还是选劳心！”

“好。”年柏彦将她搂在怀中，“重新回精石，在我手底下工作，并且保证不迟到不早退，开会时随叫随到，不准没耐性，不准在上班时吃零食，直到你的薪水完全抵清你欠我的赔款为止。”

“也就是说，我要无偿为你打工？”

“没错。”

“那我选劳力。事先说好，我手不能提肩不能扛，你要是把我当成小时工或保姆之类的还真免了。”

“放心，选劳力，你要做的事情更简单。”年柏彦一改刚刚正儿八经的模样，低笑，“你只要乖乖躺在床上就行。”

素叶捶了他的胸膛：“你，色狼！”

方笑萍准备了一桌子菜，素冬和素凯洗完手落座后刚想动筷，就听她在旁边重重地叹了口气。素凯低着头闷不作声地吃饭，心里却开始敲响警钟。

素冬的动作也与儿子如出一辙。

果不其然，方笑萍开始碎碎念了：“我上辈子这是造了什么孽呀，一个个都把这家当成旅馆似的，老素——”

“在。”素冬乖乖配合，手一搭，“娘子请吩咐。”

“吩咐？吩咐管用吗？”方笑萍用筷子敲了敲盘子，“你一睁眼也不说帮我干干家务，撒丫子就知道往武馆跑，大晚上的才知道回来。你说我这是找老公吗？人家老公都是陪着媳妇儿一起锻炼、去菜市场的，你呢？你什么时候陪过我？”

“娘子大人教训得是，为夫有失夫职，还望娘子息怒。”

方笑萍狠狠瞪了他一眼：“你说你一个，素凯一个，再加上素叶，哪个让我省心了？

这个小叶啊不提还好，一提我就操心，事儿都过去了，在外面玩几天就回来呗，昨儿打电话又说去香港了。”

“吃饭吃饭，再说菜都凉了。”素冬主动夹菜放她碗里。

方笑萍唠叨劲儿还没过，又转头看向素凯。素凯何其聪明，赶忙放下碗筷道：“妈，您先听我说——”

“听你说什么？别老拿工作当借口，你说说你一周才能回家几次？还有你住的地方，造得跟抢劫似的。要不是我天天过去给你收拾，你还能住下去吗？你都老大不小了，什么时候——”

“妈，我交女朋友了。”素凯长话短说，一语中的。

要不说受过特训，经常跟毒贩打交道的人就是厉害，能切中要害。果然，方笑萍猛地刹住话匣子，整张脸像是突然中了几千万大奖似的绽放惊喜，一把揪住素凯的手：“儿子你说什么？交女朋友了？”

素冬在旁听得真切，看着素凯。

“您没听错，我是交女朋友了。”

“哎哟，老天爷啊，你可算开眼了，我这儿子终于有人要了。”

素凯诧异地看着方笑萍：“妈，您怎么这么说自己的儿子？”

“宝贝儿啊，你可不知道，为了你能赶紧找个女朋友定下来，我是日盼夜盼，烧香拜佛，各路神仙都求个遍。”方笑萍两只眼睛都亮晶晶，“我就祈求你赶紧成家，赶紧让我抱上孙子，只要是女人能把你接手了就行啊。”

素凯无语。

“赶紧跟妈说说那女孩儿的情况，多大了？干什么的？父母是做什么的？长得漂亮吗？”

素凯十分冷静地等着方笑萍唠叨完，慢悠悠道：“您刚刚不是说只要是女的就行吗？”

“是女的就行，但你也不能给我领回个老妈子吧。”

“您放心，改天领回来给您和爸看，先吃饭吧，我快饿死了。”

“说定了啊，赶紧给我领回来看看，要不然我这心总是七上八下的，就这周吧。”

素凯想到叶澜这周一直在加班，另外还要给她做好心理准备，想了想：“下周吧，我提前告诉您。”

“好好。”方笑萍乐得拼命往素凯碗里夹菜。

素凯低着头掩住了心事。但愿，一切顺利吧。

享用了丰盛的大餐，又是精彩绝伦的购物游，素叶玩得忘乎所以，有年柏彦相伴，她觉得香港好像比以往更美了，只是近距离跟海豚打招呼时差点掉进水里，年柏彦十分“好心”地替她拍下了这一幕。

人总会经历一场涅槃，这场涅槃，便是爱情，至少素叶这么认为。在认识年柏彦之前，她从来不知道原来生活也可以是场期待。是阳光明媚的午后，在人海中的某一处，有梧桐缝隙抚照的斑驳光影间，他静静地伫立在那儿。他就像是你走了很久终于找到的那个人，阳光偏斜在他的脸颊上，身上干净的白衬衫似乎都透着温暖和从容。

所以，义无反顾爱上年柏彦后她才发现，原来内心深处的那片空白，始终是为他准备的。

这个夜晚，她在他的身下宛转承欢。爱是一场缠绵蛊惑的毒，令两人同时着了迷，深陷其中，无法自拔。

只是，当纵情在体内如烟花般绽放的瞬间，她哭了，哭得安静。

其实她不想这么伤感，只是觉得幸福来得太快，也怕走得太快。只是短短的几天，她却觉得这些回忆比漫长地去过一辈子还弥足珍贵。她怕自己已然是枯萎的花，只能靠着如养分的回忆才能生存，因此，她不敢肆意挥霍这几天的回忆，不敢奢侈地去缅怀太多。

年柏彦只是将她搂紧，他又何尝不是患得患失呢？

这一晚，叶鹤峰失眠了。

他不相信阮雪曼真的见了鬼，这么多年她一向喜欢装病装灾求得他的关注；股东们的联名书令他焦躁，年柏彦的影响对于精石来说越来越大，像是无形的大手在操纵着整个企业；还有素叶，他听说了她跟随年柏彦去南非的事，也查出了年柏彦去香港的真正原因，但他没声张，为的就是保家中安静。

他累了，身心交瘁。摸着黑下了楼，他坐在沙发上，点了根雪茄。活了大半辈子，他才开始担忧，担忧他死后儿女们反目成仇。

叶鹤峰重重叹了口气，担心的始终会来。

隐约中，像是有道身影在游移，缓缓入了他的余光。他手一抖，雪茄掉在地毯上，很快，地毯上的浮毛被烧掉，他赶忙拾起雪茄放到茶几旁的雪茄架上，起身环顾四周，蓦地扫见窗子外有张脸快速闪过。

红裙，长发，苍白的脸……

叶鹤峰目瞪口呆地看着窗外。

不知过了多久，大厅的门被打开，是叶鹤城，喝得微醉回来，见叶鹤峰站在大厅，吓了一跳，小心翼翼上前：“哥？”

叶鹤峰还是呆呆的。

“哥！”叶鹤城稍稍加大了声音，碰了碰他。

叶鹤峰这才扯回了神。

“怎么了？”叶鹤城被他的样子吓到了。

叶鹤峰突然像是泄了气的皮球似的瘫坐在沙发上，喃喃道：“素秋……是素秋……”

“什么素秋？”

叶鹤峰盯着烟架上已熄灭的雪茄，牙齿咯吱吱地打战：“我刚刚……看到素秋了。”

“怎么可能？”叶鹤城在他身边坐下，话毕后又想起阮雪琴的经历，舔舔唇，声音变得谨慎和胆怯了，“你不会是……见鬼了吧？”

叶鹤峰的身子猛地一颤，见鬼？

素叶醒来时窗外已是大亮，纱幔阻隔了阳光，房间陷入淡淡的金色光雾中。空气中有些许的浮尘在阳光下轻轻游移，还有阳光的味道，干净清爽。

她懒洋洋的，像只猫似的在床上舒展四肢，去摸枕头和床单，摸不到太多的余温，心里不禁咯噔一下。他走了吗？素叶竟害怕了。想都没想就下了床，冲出了卧室。

客厅没有年柏彦的身影。

她像个慌张无措的孩子，大脑嗡嗡作响，下一刻抓起手机。

占线。

房门嘀嗒一声，紧跟着是男人压低的嗓音：“对，中秋节过后的第二周我要马上看到设计图，记住，价钱给我压死。”

这声音像是灵符似的蓦地解除了素叶的惶惶不安，猛地冲向玄关扑向他怀中。

年柏彦腾出一只手将她接了个满怀。

素叶被他搂紧的这一刻才真正踏实下来，年柏彦走了两步，她也跟着走了两步。他便笑了，对着手机说了句：“你先按照我说的去做，有什么事再打给我。”

将手机扔到一旁，他揽过她的身子：“怎么了？”

“我以为你走了。”素叶太患得患失了。

“D 会所临时有点事要处理。”

素叶盯着他的领带，嘀咕：“谁让你昨天不提前告诉我。”

“我的行李箱还在会客厅呢，能走哪儿去？”

她太着急，没去会客厅看。他又重新将她搂入怀，若有所思：“叶叶，我们该回去了。”

窗外的阳光静好，素叶却觉得房间里有些冷，明明是一起要回北京的，可为什么总觉得像场别离？

“是今天吗？”良久后，她幽幽出声。

头顶上的叹息略显凝重，素叶是明白的，也能理解他。

两人静静拥抱，谁都没开口说话，时间一分一秒游走，空气中浮动的细小尘埃也静静地落在地毯上，偌大的空间，安静得令人想哭。

“回北京后可能要暂时委屈你了。”不知过了多久，年柏彦才在她头顶落下这句话。

她将脸深埋他的胸膛，他的嗓音震荡着她的耳膜。

疼。

为她。

也为他。

轻轻点头。

“在事情没解决之前，我可能无法经常陪你。”他说出了以后的境况，这总比给她无边无际、永不能实现的承诺要好得多。

没有顾忌是不可能的，叶家难以琢磨的态度和媒体的围堵，恐怕这一切都会成为利器伤害到素叶，他从没处理过这类感情问题，也从没想过自己有一天会成为另一个人的负累，他越是接近素叶，她的处境就越是危险。拥有素叶的感觉极其美好，美好到一度令他忘乎所以，但同时，越是美好，他就越是滋生坚决，不允许任何事任何人来肆意破坏。流言蜚语是最能摧毁人心的利器，他无法容忍素叶终有一天会在人言可畏中妥协。

“我明白。”如果再年轻个七八岁，她一定会缠着他哭闹。原来，成熟能带给人理智的同时，也能带来无法肆意妄为的痛苦。

年柏彦听她声音有点不对劲，抬起她的脸：“没生气？”

她笑了：“干吗要生气？”

年柏彦凝视着她，目光不离须臾。

“我真没生气。”素叶笑容绽大，又问，“什么时候出发？”

“午餐后。”

“哦，那行，嗯……”素叶咬了咬唇，这才压下心头的窒息，“这样吧，中午咱们就别出去吃了，你叫餐，我去收拾行李箱。”

年柏彦看着她，良久后点头：“好。”

她进了房间，年柏彦在原地站了好久。

卧室中，素叶尽量平复心情，做了好几次深长的呼吸，结果还是透不过气来。有那么一瞬，她真想打电话给叶玉，质问她，既然心里爱着别人，干吗还要拖年柏彦下水？

她怎会不明白年柏彦的用心良苦？也许他已经意识到与叶玉的关系造成了太多的隐

患，所以他不能一错再错，但也不能声张了事。他们都不是小孩子了，已经过了凡事只为了一时之快、不顾后果的年龄，叶家牵扯了太多年家的利益，他俩哪会是情侣间的分手那么简单？

鼻头发酸发涨，压下泪意后继续叠衣服，一只大手却伸了过来。

她一愣，抬眼看着年柏彦。

"明早再收拾。你不是想去海洋公园喂鱼吗？等我们吃过午餐赶过去，时间也差不多了。"

素叶愕然地看着他，下一秒反应过来，惊喜地抱着他："你没骗我吗？"

"今天不走了。"他搂住她。

"股东那边你怎么交代啊？"

"从南非到香港我都追来了，还差这一天吗？"

素叶高兴坏了，紧紧搂着他。她知道不应该这么亢奋，因为他为了她耽误了工作，可不知怎的，就是高兴。他低头看着她，一阵窝心，原来只是小小的快乐她便满足了。

——闲·闲·拾·光——

素年不相迟

（下）

殷寻 著

文化发展出版社
Cultural Development Press

目录

CONTENTS

目录

CONTENTS

Chapter 17

你的爱来路不明

▼

离登机还有二十分钟，年柏彦从外面打完电话回到休息室，见素叶眼睛半睁半闭，坐下来："在我身上靠一会儿吧。"

素叶摇头："贵宾室里都是飞北京的人，万一被你不认识却认识你的人看见了不好。"

她令他窝心，他扳过她的头让她靠在了他的肩膀上，侧过脸："下了飞机，去 8 号出口。"

她不解。

"刚刚已经安排了人去接你。"

"真不用，我自己打车就行。"

"听话。"

二十分钟很快过去，要登机了。年柏彦未动，素叶也始终靠着他，良久后才叹道："登机了。"年柏彦的声音在她耳畔落下："回北京，想我，就给我电话。"

她深吸一口气压下鼻腔酸胀。

"还有，别去招惹阮雪曼。"

素叶听出他话中有话，抬眼看着他的下巴。他沉思了一下道："我一直怀疑在南非跟踪我们并差点要了我们命的人，跟阮雪曼有关。"

"怎么可能？她……"

"是贝拉主动跟她联系的。"他淡然。

素叶猛地挺直身，大脑在空白一片后又恢复了运转，贝拉是年柏彦的助理不假，但同时也是精石在南非分公司的重要管理人员，能与阮雪曼联系并非难事。她是小瞧了阮雪曼，竟手眼通天。

“你什么时候开始怀疑贝拉的？”她努力回忆，却没发现贝拉有丝毫的破绽。

“在约堡她反对我陪你逛街的时候，她的反常引起了我的注意。”

素叶这才隐约记起：“因爱成恨？”

“如果是阮雪曼就没这么简单了，怕是想一箭双雕。”

“那你这次回去会有危险！”素叶一惊。

年柏彦将她的一缕发丝别于耳后：“放心，我回去了她倒真不敢轻举妄动了，当然，一切只是我的怀疑。”

素叶惶惶不安，叶家每个人的面孔她不是没看穿，只怕日后会不太平。

飞机抵达北京国际机场时午后阳光正浓，因为帮着朋友代购了不少护肤品，选择了托运，所以素叶到了行李提取处等候，年柏彦静站在角落。他只有一个小型行李箱，没有托运，她知道他是在暗暗等她。

过了很长时间，一个个行李箱从输入口滚落到了传送带上，她看到自己的行李箱，上前去取，等到手后再抬头，角落中的年柏彦果然提着行李走了。素叶拖着行李缓缓前行，隔着几米的距离看着前方男人的身影。

这种明明相爱却无法相守的痛，堪堪胜过争吵分手的痛。

她无法正大光明地挽着他的胳膊，不能肆无忌惮地赖在他怀中亲吻，不能每天睁眼就能看见他的身影，回到北京的年柏彦，是精石集团的总经理，他是所有人的年柏彦，就偏偏不是她的。

她看到许桐，身后还跟着两个西装革履的中年人，想必就是年柏彦口中来接机的股东。年柏彦从平行扶梯出来后便站在原地，许桐带着两人快步上前，其中一个股东步伐更快，大老远就主动伸手朝向年柏彦。

素叶离他们越来越近，近到几乎一伸手就可以碰到他的肩膀。年柏彦没朝这边看，与前来接机的股东谈笑风生，脸上是波澜不惊的温厚恬淡，许桐也只是扫过来一眼，淡淡的，脸色与年柏彦一样波澜不惊。

她抚了抚太阳镜，低头，就这样，从容淡定地从年柏彦身边经过。

当走出出站口时，风凉，素叶紧了紧衣服。北京，她回来了。

空中浮荡着薄凉又清畅的气息，是秋天独有的味道，借以祭奠那些从树枝上飘落的生命。

很快，年柏彦也出来了，股东们左右拥着他，许桐在他身后，路边停着公司的车，司机主动上前帮他提了行李。素叶远远地看着他，这一次，她与他之间的距离更远了。

她以为，他不会回头。

可就在快要上车的那一刻年柏彦回了头，目光准确无误地落到了这边的她身上，外人看着像是随意，只有她清楚地知道他的目光那般深刻。

她了解他。

一声车鸣唤醒了她，素叶一扭头，愕然。

叶渊在她惊愕的注视下看了一眼前方的车子，笑：“你真是太大胆了。”

“你怎么来了？”素叶摘下太阳镜，面色略凉。

“来接你。”

“你接我？”

叶渊耸耸肩膀：“是年柏彦不放心你一个人回去。”

她实在不明白，为什么是叶渊。“我是破坏叶玉幸福的第三者。”

“所以说我觉得你挺大胆，不，你们两个都挺大胆。”

“你要兴师问罪？”

“我懒得管你们的事，今天来接你，只因为你是我妹妹。”

“我的车怎么在你手里？”她站在原地没动，他开来的是她的那辆差不多快报废的红色吉普车。

“我帮你修好了。”

素叶不解。叶渊冲着她一招手：“先上车，我是你哥，又卖不了你。”

公路的另一头，司机驾车稳稳地在车群中行驶。年柏彦倚靠在后车座上，两名股东谈天说地，他只是淡淡地回应，许桐将黑咖啡递到他手里，顺势在他耳边低声道：“素医生已经上了车。”

年柏彦没说话，唇角却松缓了不少。

红色小吉普车上，叶渊道：“这辆车是咱爸当年送给素阿姨的，你一向珍惜，哪怕是给里面换了零件你都要留着，你说，我怎么能不帮你修好呢？”

素叶看向叶渊时目光变得不悦：“你的话还真多。”

叶渊笑出声：“其实你心里放不下，既然这样为什么不去看看咱爸？他老了，身体越来越差了。”

素叶厌恶地转头：“那是你爸，不是我爸。还有，之所以留着这辆车是因为我想省钱。”

叶渊也不多加劝阻。

车子上了北四环，素叶看了一眼路标：“叶大少爷，你出错口了，我住的地方还要到下两个出口出去才对。”

“我没说要送你回家。”

“你什么意思？还想拉我去叶家？”

前方红灯，叶渊放缓了车速：“你别激动，我们去林要要那儿。”

素叶侧头睨着叶渊：“什么意思？”

“我承认，我答应年柏彦来接你是有目的的。”叶渊停了车，转头看着她有点献媚，“你跟林要要不是好朋友吗？帮我说说好话。”

素叶不阴不阳：“别费心思了，要要和丁司承马上要结婚了。”

“我不管什么丁四成还是丁五成的，他要是对她好我无话可说，但是小叶，要要不快乐。”

素叶听着这话不对劲，半信半疑地看着他。其实叶渊她是多少了解的，虽说平日风流成性，但貌似没为哪个女人上心过，他从不是那种能看出女人是否开心的男人。“那你得跟我说实话，你对要要究竟几个意思？现在是什么状况？”

叶渊的脸色有些不自然，但还是如实相告：“我确信我能带给她幸福。”

他的声音很低，却难能可贵地坚决，这份坚决震撼了素叶。

叶渊在林父林母面前表现得格外大方得体，这与素叶平时见到的吊儿郎当的叶渊有着天壤之别，她忍不住抖了一身的鸡皮疙瘩，挽住了林母的胳膊问：“要要呢？”

林母朝着浴室努努嘴：“在里面洗澡呢。”

她一听里面果然有水流声，敲了敲门：“林姑娘，我给你买了口红了啊，按你的要求，血红血红的，性感极了。”

里面的林要要没吱声。

“我不就走了几天嘛，连我都不搭理了。”

“这孩子就这样，奇奇怪怪的，谁说话都像是听不到似的。你再等会儿吧，都进去二十多分钟了，快出来了。”

素叶哪是能耐着性子等待的人，又是敲门：“你再不出来我可闯进去了啊，口红好贵的，你得给我钱。”

里面还是只有水声。

在客厅坐着的叶渊总觉得有点不对劲，一下子起身，几步蹿了过来，抬腿一脚将浴室的门踹开。

林母一声歇斯底里。

林要要静静地躺在浴缸里，身上素白的睡裙被染成了红色，水顺着溢满的浴缸哗哗往下流，整个浴缸都被血染红了，只有她那张浸在血水中的脸，惨白。

林要要割腕自杀了。

医院抢救室上方亮了灯，灯光凉得骇人。

从林要要被推进抢救室的那刻起，素叶就一直站在抢救室门口，额头抵在紧闭的门缝上，林母哭倒在林父怀中，两人双双瘫坐在椅子上。叶渊靠着墙，大手紧攥，死死盯着抢救室上方的灯，他的衣襟上沾了大片的血。

不知过了多久，走廊里有脚步声响起，很急促。

素叶没转头，现在任何人对她来说都不重要，她只想看到林要要平平安安地被推出抢救室。走廊上的灯映亮了男人的身影，他的步伐很快，身后的人几乎跟不上他的脚步，他一拐弯看见了素叶，放慢了脚步。

身后的许桐也放慢了脚步，作为年柏彦的助理，她不是不清楚从机场回公司这一路上他有多心不在焉，他在南非的大起大落，连带着整个精石集团的股价也大起大落，股东们之所以催他回来，无非是想在他身上寻得一份保障。在车上虽说他在听股东们的建议，可她知道他走神了。

果不其然他拿出了手机，她离他最近，扫到了他发给素叶的信息：到家了吗?

对方没回复。他看着手机发呆，股东还在喋喋不休，手机终于振动，他快速翻看信息，她扫到了素叶的回复：我在协和，要要自杀了。

紧跟着他就命司机掉转了方向，许桐终于明白，这世上能牵动他情绪的就只有素叶一人了。

年柏彦上了前，许桐快步走到哭得有气无力的林母林父面前轻声道：“这位是林鉴定师的领导，精石集团总经理年柏彦先生。”

林父林母没料到集团总经理会亲自前来，纷纷起身，林母一个劲儿抹眼泪说不出话，林父压住悲伤主动伸手：“年总您好，要要给公司添麻烦了，真对不起。”

年柏彦与林父握了下手：“是公司该说抱歉才对，林鉴定师是我的职员，发生这种事我深感抱歉。”

林父一下子红了眼，哽咽道：“是我没教育好女儿……”

“一定会没事的。”年柏彦搀扶林父林母坐下后对许桐叮嘱，“林鉴定师抢救和在院产生的所有费用全都走公司报销程序。”

“是。”

林母哭得更凶了，断断续续出声：“年总……谢谢……谢谢您对要要的关心。”

做完林母林父的安抚工作，年柏彦上前对叶渊说：“没消息就是好消息。”

叶渊道：“要要的所有费用我会负责。”

“她是精石的员工，走公司程序是应该的。”年柏彦话毕便经过了他身边。

脚步，终究在素叶身后停住，他心疼，准备用来安慰她的话却一句也说不出来了。抬手覆上她的肩膀，微微用力给予她力量：“坐着等吧。”

素叶摇头，她就要在这儿等，一直等到林要要平安出来。

“听话。”他低头温柔哄劝。

素叶带着哭腔：“你别劝我了，我就站在这儿等。”

年柏彦知道她倔起来十头牛都拉不动，也就由着她了，见她身上斑驳的血痕，转身将许桐叫过来，从钱包抽出张银行卡：“给素医生和叶先生分别买套衣服。”

又不知过了多久，有凌乱的脚步声越来越近，林母歇斯底里地哭喊：“丁司承，这到底是怎么回事？你对我女儿做了什么？”

“丁司承”这个名字如同扔进寂静堆中的炸弹，炸开了沉静的局面。叶渊的目光陡然变得锋利阴霾，素叶的肩头颤抖了一下，转身。

丁司承还穿着白大褂，目光焦灼步履踉跄，显然是刚从心理诊所赶过来的，连衣服都来不及换，他身后跟着丁教授。素叶冲上前一把揪住了他的衣领：“你跟要要究竟是怎么回事？”

丁教授在身后拉也不是不拉也不是，一脸的尴尬和焦急。

丁司承问：“要要怎么样了？”

“你回答我的问题！”

丁司承见避无可避，硬着头皮道：“我提出了分手。”

所有人都震惊了。

紧跟着素叶怒吼：“你们不是要结婚了吗？为什么跟她分手？”

丁司承一句话都说不出来。

素叶咬牙切齿地看着他：“如果要要有什么三长两短，我这辈子都不会原谅你！”

叶渊走上前，与素叶相比他显得很冷静，一字一句问：“丁司承，当初是你追的要要？”

丁司承皱皱眉，没回答。

“回答不上来？那好，我问你，谁主动提出的结婚？”叶渊阴沉着脸。

丁司承深吸了一口气：“是我。”

话音刚落，叶渊一拳挥了上来，丁司承没留神，一下子没站稳跌坐在地。叶渊一个大步上前揪住他的脖领又是一拳，丁教授赶忙上前，却被林母一把揪住，她差点把他头发都扯下来，哭喊着：“你还教授呢？这就是你教育的儿子吗？你们一家全都是披着羊皮的狼！”

林父手忙脚乱地拉架。

丁司承连挨了两拳被激起怒火，起身跟叶渊打成一团。年柏彦几步上前，大手左右一伸，分别扯开了叶渊和丁司承，低吼："闹够没有？人还躺在里面呢！"

丁司承松了手，抬手擦了下嘴角的血迹，叶渊也推开了年柏彦，死死盯着丁司承。

林母死命推搡着丁司承："你给我滚！"

"咱们有什么事等要要平安出来再说，行吗？"丁教授捂着脖子上前规劝。

"滚！你们姓丁的没一个好东西！丁司承，你还是不是个男人？我闺女跟了你这么多年你说分手就分手，你把我闺女当成什么了？看你文质彬彬的，怎么就这么缺德？你给我滚！从今以后我们家要要就当从不认识你这个人！"林母一把甩开丁教授的手，将丁司承往死里推。

丁司承内心苦闷，再加上刚刚与叶渊打了一架，林母这么一推，他又没站住跌坐在墙角，林父上前扯住林母，冲着丁司承"呸"了一声，然后安慰林母："这么个畜生，你还搭理他干什么？咱们要要一定会没事的，一定！"

丁教授这才走上前，看着坐在墙角耷拉着脑袋的儿子无奈地叹了口气："这件事你必须得负责。"

丁司承点点头，良久后说："对不起，让您受连累了，您先回去吧，我在这儿等着。"

丁教授虽说心疼儿子，但现在躺在抢救室的也是人家心头上的肉，于是冲着他摇头："你啊你。"

又过了半个多小时，素凯和叶澜赶过来了。素凯原本是准备接素叶回家的，不承想在电话里听说林要要的事后吓了一跳，又赶紧给叶澜打了电话。

许桐的行动很快，带着两套衣服赶回了医院，年柏彦劝服了素叶和叶渊先去换下衣服，等他们两人离开后，他才朝丁司承走过去。丁司承还倚靠在墙角，一动没动，白大褂蹭脏了，看上去很狼狈。

年柏彦居高临下地看着他："你跟林要要分手，是因为素叶吧。"

丁司承抬头盯着年柏彦。

"我警告你，不准让素叶知道你喜欢她。"

丁司承冷笑："你有什么资格警告我？"

"你的爱来路不明，你会让素叶背负沉重的十字架。"年柏彦双手揣在裤兜里，声音不疾不徐，"我想这个道理不用我多说你也明白。"

"难道你没让她背负沉重的十字架？"

年柏彦眼里是咄咄逼人："以我对素叶的了解，她宁愿跟着我一同受尽口诛笔伐，也绝对不愿意跟闺密抢同一个男人。"

年柏彦一针见血直击要害，丁司承没立刻反击，良久后才缓缓起身，整理了下凌乱的白大褂："我可以告诉你，没有任何一个女人每天活在口诛笔伐中还能灿烂依旧，你的爱对她来说不是幸福而是灾难。"

"如果是出于你心理医生的专业建议，那么我心领了。"年柏彦的眼角眉梢都不曾有过波动，大有兵来将挡水来土掩的架势，"但如果以男人的身份，我想我没必要接受一个失败者的建议。"

丁司承目光与他相逼："你在我面前耀武扬威也未免有点太早了。"

年柏彦却笑了："你错了，耀武扬威这个成语在我人生的字典中就从没出现过。丁医生，你有个林要要拖着，今天又发生了这件事，你想在素叶面前洗白这辈子都是不可能的事。"

休息室不大，面朝西南，所以年柏彦推门而入时能看见大片的夕阳西下，再远处是透着夜际边沿的黑浓，像是黑色与金色相交汇的带子徜徉在天际边缘。

素叶孤独地呆坐在窗前，盯着玻璃窗外那株被秋风吹得七零八碎的白兰树发呆。她换了衣服，怀中抱着沾了血的衣服，整个人笼罩在夕阳的余晖中。

他上前将她拉起搂入怀中，她紧紧搂着他，终于哭出声。他没多说一句话，轻抚她的后脑。良久后她才止住了哭声，年柏彦开口："一切都会过去的。"

素叶泪眼模糊地看着他："要要一定会没事的，对不对？"

"她一定会没事。"

她的泪水更汹涌。他低头吻了她的额头、她的眼、她的鼻梁。休息室的门突然被推开，"姐——"

声音，戛然而止。

素叶反应过来，一把将年柏彦推开，眼角还残留着泪。

素凯几秒后恢复了正常神情，清了清嗓子："林要要被推出抢救室了。"

素叶一听，二话没说就跑出了休息室。

年柏彦还站在原地，素凯跟他对视了一眼，欲言又止，良久他转身。

"千灯镇、南非和香港，叶叶都是跟着我的。"

素凯陡然停住脚步，转头看着他，一脸不可思议："虽然我不了解你，但总觉得你不像是善于交代的人。"

年柏彦平静地看着他："我不是要对你交代什么，而是希望你能在必要的时候保护好素叶，作为她的家人，你很重要。"

"你和她不可能。"素凯说话毫不留情。

年柏彦反问："你觉得感情这种事是理智可以控制的吗？"

素凯狐疑地看着他。

“如果可以控制，我想你最不愿爱上的人就是叶澜。”

素凯的脸一下冷了。“我比任何人都会更加拼命地保护我姐。”沉默了一两分钟后他甩了句话离开。

林要要脱离了危险，昏迷未醒，一只手裹了纱布，手腕如纱布般白皙。素叶坐在床边，静静地看着她，旁边是喜极而泣的林母，叶渊坐在沙发上沉默不语，丁司承站在门口，一脸憔悴。

年柏彦的手机响了一遍又一遍，许桐成了传话大使夹在中间为难，最后实在是太晚了，年柏彦只能先行离开，又嘱托许桐留下，务必要送素叶回家。这话让素凯听见了，他走上前对年柏彦说：“我会送我姐回家。”

年柏彦迟疑了一下，良久后才点头同意。叶澜想到还有工作没完成，只好跟着年柏彦的车一起回去，素凯暗自给她做了个电话联系的手势，她微微抿唇。

年柏彦与林父林母道了别，临离开之前看向素叶那边，她也抬头望过来，紧紧咬着唇，眼神无助得令他心口泛疼。走出医院上了车，他发了条短信过去：早点回家休息。

那边很快回复了：嗯。

霓虹点亮了整条长安街，车影纷沓，喧嚣在夜色下有了遮掩，只是因为夜越深人就越寂寞。车窗外的建筑物纷纷后退，他攥着手机，疲惫地靠在后车座上，闭着眼，脑中始终盘绕着临离开医院时素叶的眼神和她发来的这个“嗯”字。

他的人在车上，心却始终留在医院。

医院入夜留不了太多的人，素凯送素叶到家已经挺晚了。关上房门，她在黑暗中站了好久才换了鞋，进了客厅将包扔到一旁，整个人像是泄了气的皮球似的倒在沙发上。月光透过白色纱帘倾洒了进来，映得跃层的楼梯铮铮发亮。

原来，一个人的夜晚真的很可怕。素叶调亮了客厅的灯，室内被鹅黄色的温暖填充，似乎觉得没那么冷了。

准备到冰箱里翻翻看有没有什么零食，余光落在了墙角，这才发现竟多了个细长的箱子。她不记得有这么一件没开封的东西，想都没想拆了封，等里面的物件露出庐山真面目时她一愣。

“十一万五？”

“姑娘，这屏风可是双面绣。”

“太贵了。”

“这年头啊会苏绣的人越来越少，手工的一针一线，不贵了。”

面前摆放的，正是她连连喊贵却又念念不忘的屏风，足有一人多高，褐色底图，白兰花蕊宛若就在眼前盛开。屏风的最下角绣有一行字，应该是后加上去的，她之前在绣馆没有见过。不长的一句：相逢正遇素锦年华时，未晚。

她轻抚上面的绣字，指尖触了“素”又落在了“年”上，停顿下来，觉得再美的言语也抵不过屏风上的这句，因为有她，亦有他。她从未想过，她和他的姓氏连起来竟会是这么美的一句话。

压抑的思念如洪水般决堤，她拿过手机，颤抖着手指给他发了条微信：不知道你是怎么办到的，但还是谢谢你。

发完又后悔了，万一他很忙没看见怎么办？万一被其他人看见误会了怎么办？万一叶玉在他身边怎么办？不过一条微信，却令她诚惶诚恐，她也不明白，与她曾经那么亲密的男人，为什么一回北京就一定要遥望无法相守？

手机振动了一下，他回复：喜欢就好。

他终究还是懂她的，简单的四个字却成了她心底最沉稳的力量。她忍不住又回了一条：还在忙吗？

很快收到回复：在开会。

素叶看了下时间，已是 10 点多了，这么晚还在开会。明明告诫自己别再打扰他，可手指就是不听使唤：柏彦，我想你了。

手机迟迟没有振动，她后悔了，他在工作，她的行为无非就是捣乱了。正懊恼时手机终于振动了，素叶抖着手指打开微信，他说：我也是。

素叶不知道自己怎么睡着的，醒来时见到灿烂的阳光，虽说好多年没在北京过过秋天，但还记得这里秋季的味道，清澈的，比冬季多了湿润，比夏季多了清凉。叶子是最纯粹的金黄色，铺满了整条长长的街道。

上午 9 点，她回联众销了假。丁教授在例会上交代了工作，他脖子上还贴着创可贴，与素叶目光相对时有点尴尬。相比其他同事的热情，何明和方蓓蕾显得很平静，点点头算是打过招呼了。

素叶倒是无所谓，李圣诞愤愤不平，散了会后一直唠叨：“看见没？明显的不欢迎啊，也对，你这提前回来从他们碗里分走了不少羹。”

素叶没搭茬。到了下午，等诊断完一个患有妄想症的客户后便接到了医院的电话。她刚进住院部就见叶渊走了出来，他告诉她要要是中午醒的，已经没事了，素叶这才放心。

叶渊还得回航空公司开会，将车钥匙还给她，他自己打车回公司。素叶敏感地发现他眉间透着沮丧，想想八成是在里面受挫了，试探性问了句：“昨晚你守了一夜？”

叶渊点头。

“还有丁司承？你们两个？”

他没多说什么，只是“嗯”了一声。

“那你……”

“我还有事，先走了。”他不想回答太多，打断她的话。

阳光将他的背影拉长，素叶似乎看出了他内心的寂寥。

林父林母一大早就赶到了医院，等素叶推门进了病房时，看到二老的气色比昨天好了很多，丁司承正坐在床头喂要要喝粥，见到这一幕后素叶终于明白叶渊沮丧的原因了。

林母招呼她进来，丁司承拿勺的手微滞了下，但还是不着痕迹地将粥送到要要唇边，他没回头看她。

林要要摇头示意不要了：“我想单独跟小叶说会儿话。”

素叶扯开纱帘，让阳光洒进来更多些，林要要虚弱地问：“你怪我是吧？”

素叶拉窗帘的手停了下，没好气地说：“你别跟我说话，我没你这么个窝囊朋友！”

林要要不说话了，低着头。

毕竟是刚从死亡线上走回来，素叶虽说憋气但也不忍心，坐回椅子上，拿起一个苹果边削皮边道：“你下次再想寻死告诉我，我拿把刀子直接捅你心窝上正好一了百了。”

“对不起……”林要要哑着嗓子。

素叶没抬头，一点点削苹果。

“小叶。”林要要拉着她的手。

略凉的手指令素叶再也无法说狠话，反手握住她：“你怎么这么傻？”

林要要流泪了，一个劲儿地说对不起。素叶将苹果放到一边，拿了纸巾为她擦泪：“你有没有把我当朋友，你心情不好可以跟我诉苦，为什么要糟蹋自己呢？”

“不，小叶，你要相信我，其实我一点都不想死。”

“你想用这种方式让他回心转意？”

“不是，我明白感情这种事不能勉强，但我这些天不知道怎么了，浑浑噩噩的，有时候看着楼下觉得纵身一跳的感觉应该挺好，还有昨天，我真的是想洗澡，可就是觉得手腕很痒，只能狠狠割下去一刀才能解痒……”

素叶吃惊地听着她这番话：“你的这些念头是在分手之后出现的还是之前就有？”

“分手之后。”

一直陪着林要要到晚上，直到丁司承带着林父林母用完餐回病房后素叶才离开。刚出住院部的大门，丁司承便从后面追了上来：“小叶。”

素叶看着他走上前，脸色冷漠。丁司承最怕的就是她这副神情：“我有话要跟你说。”

“真巧。”她瞳仁的温度近乎降到冰点，“就算你不来找我，我也得找你谈谈。”

上了车，素叶直截了当：“为什么分手？”

丁司承沉默。

她面色不悦：“回答不上来？那好，我就问你能答上来的！你到底知不知道林要要因为失恋而引起了抑郁症？这也是她割腕自杀的真正原因！”

丁司承没有震惊，低垂着头，好半天摸出烟盒，拎了一根叼在嘴里，点燃时将车窗敞开。“我也是在要要醒了以后才发现的，这也是我想跟你聊的原因。”

“你想跟我聊什么？是不是觉得内疚感减少了？你别忘了，是你不负责的行为才让她心情长期压抑。你回国之后关心过要要吗？分手只不过是引发她长期以来抑郁情绪的导火线！”

“我也是心理医生，这点我比你更清楚。”丁司承稍稍加重了语气。

素叶死死盯着他。

“我知道你不再信任我，我想跟你说的是，我会全权负责要要的病情，直到她康复。”

“不必了，虽说在这个圈子里我没你名气大，但要要是我最好的朋友，我会想尽办法让她痊愈。”

“现在不是意气用事的时候，你我都很清楚，抑郁症达到轻生自杀的程度已经不容忽视了，她要及时接受治疗才行。”

“我没说不允许她治疗，只是我不希望你再参与进来！”

“解铃还须系铃人的道理你比谁都清楚，这是我们解开病患心结的关键。”丁司承语气转为严肃。

“那好，我问你，你打算用什么方法治疗？”

“大部分患有抑郁症的人，复发率高达百分之八十，要要除了要进行认知行为治疗外，还需要配合药物治疗和物理治疗。”

“你想用什么药？”

“氟西汀，目前国内最好的抗抑郁药物。”

“这是抑郁症中度以上用的药物。”

“她已经很严重了。”

“可她没完全丧失对自我价值的肯定！”素叶跟他在治疗方案上发生了分歧。

丁司承看着她，眉宇严肃：“素叶，你现在只剩下感性作祟了。”

素叶没说话，眉头拧紧。

“我明白你的心情，要要现在这样我比谁都难过，但是她现在病了，那么我们是不是要从专业的角度出发为她着想？”

“如果你想用药，那也别让她知道，偷偷换掉她在医院里服用的药就行。”素叶深吸了一口气，丁司承说得对，其实她是从心里排斥要要患上抑郁症这个事实。

“你想瞒着她。”

“对。”

“她有权知道自己究竟怎么了。”

素叶坚决：“你想亲自治疗可以，那就想方设法在她不知情的情况下将她治好，否则，你将她交给我！”

“我们在药物上进行隐瞒，但物理治疗呢？中度抑郁症需要进行 rTMS 治疗，到时候要要还是会发觉。”

“我反对她进行物理治疗。”素叶语气十分冷淡，“林要要是什么性格的人我最清楚，她天生乐观，药物加心理配合，我相信会治愈。你实话告诉她，会加重她的负担，她还要不要去交际？还要不要去上班？在我看来，改变她目前的生活环境，转移她的注意力是最好的方式，你治疗的手段太强制性了。”

“我也是为她好。”

“为她好就要让她觉得自己是个正常人！在我看来，你只是将她当成患者！”素叶一字一句道，“丁司承，我们曾经因为心理课题有过不同意见，也争执过好多次，以往都是我听你的，但今天面对的是要要，我最好的朋友，所以我不会让步，还是那句话，你有本事就在潜移默化中将她医好，没本事的话就让开你主治医生的位置！”

这一路上素叶不知道自己是怎么开的车，整个人浑浑噩噩的，满脑子都是林要要当时自杀的画面，前方红灯成串，红得令她心惊胆战。她不是没接触过抑郁症患者，也不是没治愈过，但临到要要身上了，她反而诚惶诚恐。

车子彻底堵得不动弹了，素叶趴在方向盘上，车窗外是霓虹，上方有巨幕荧屏，她看到了精石推出的最新单品，目光久久没能转移，明知道看不见年柏彦她还看得出神，直到后车鸣笛催促她才反应过来。

回到家又置身黑暗，素叶洗漱后窝在床上，看着手机发愣，不过才一天没看见年柏彦，她的心就无依无靠。情不自禁给他发了一条短信：你说我在想你的时候就打给你，但我不敢听你的声音，只能用这种方式来告诉你，我想你、想你、想你……

一份爱情中最甜蜜的是思念，最难挨的也是思念，素叶打心眼儿里瞧不起整天腻腻歪歪就想着男女恋爱那点事的女人，但现在她貌似也成了这种女人。让她不由得想起一句话来：平生不会相思，才会相思，便害相思。

年柏彦坐在叶玉对面，只要了杯黑咖啡，落地窗外是琳琅满目的霓虹和纷沓的车影。

“有谁见自己的男朋友还需要预约？”叶玉慢条斯理道，她等了太长时间，正餐已吃完，侍应生将餐盘端走换成精致水果。

“很抱歉，太忙了。”

“知道你忙，所以我亲自来问问你什么时候回叶家商量我们的事。”叶玉拿起精致的银叉，叉起半块草莓入口。

“我已经表达得很明确。”

“如果我不同意呢？”

年柏彦似乎早就料到她会这么说，淡若清风：“那我想，叶家人有权知道你我恋爱的真实原因。”

一句话令叶玉变了脸色：“你不能这么做！”

“叶玉，我保障不了你太多东西。”年柏彦语气严肃。

“可你这么做算什么？我怎么办？”

“所以我才等你主动放弃。”

叶玉没说话，咬着唇。

“这样吧，你告诉我，要什么条件你才肯同意。”

冷笑浮于叶玉唇梢：“你不是一个不给自己留后路的人，怎么今天说话这么不留余地？你不怕我要了你股份吗？”

年柏彦修长的手指抚上咖啡杯边沿：“如果你提出这个条件，我说不准还真会考虑一下。”

叶玉愣怔：“你疯了？对你来说那么重要的东西你都考虑？”

“重不重要得看跟什么比了。”年柏彦轻描淡写。

“精石也有年家的一份。”叶玉一语中的。

年柏彦沉默，几秒钟后淡淡道：“就算我没有股份也同样可以为精石效力，我又不是没在基层做过。”

桌上的手机振动了一下，他拿起，看到了一条素叶发出来的短信：你说我在想你的时候就打给你，但我不敢听你的声音，只能用这种方式来告诉你，我想你、想你、想你……

他的眼角眉梢舒展，流露出几分温柔。

叶玉从没见过他这副神情，狐疑：“搭伙过日子这种事说白了就是相互合作，既然你有心退出那我也不为难你，柏彦，你知道我最想要什么。”

年柏彦来回把玩着手机，再抬眼时唇梢已收敛了笑：“你这又是何苦呢？”

“我知道你能办到。”叶玉的身子微微前倾，“别人怎么样我不清楚，但只要是你年柏彦出手，想要一个人回心转意是轻而易举的事。”

年柏彦沉吟。

“只要你能说服她离开曾宇，我就对外宣称你我分手。”叶玉很干脆。

年柏彦将手机按在桌面上，淡然甩出了一个字：“好。”

Chapter 18
你这个疯子

▼

素叶迷迷糊糊间觉得额头有点痒，紧跟着身子很轻，头微微一偏，贴在了温厚宽阔的胸膛上，有什么东西硌疼了她的眼睛，她哼唧了一声。

睁眼，在昏暗的光亮中隐约看到了男人的脸。他正蹙着眉低头解领带夹，大手轻抚她的脸："眼睛睁大点，疼不疼？"

她眼睛不是睁得挺大的吗？她轻轻摇头，没觉得疼。

男人将领带夹和袖扣这些金属的东西全都摘了下来扔到床头，见她坐在床上似睡似醒，低笑："好好睡吧。"

素叶一头倒在了床头。没一会儿猛地惊醒，看了一眼闹钟，快凌晨1点了。是年柏彦吗？人呢？

她隐约听到浴室里有动静，光着脚就跑了过去，一把推开浴室的门。男人正背对着她冲澡，宽阔的肩膀、浑厚伟健的背部线条，打眼那叫一个威武雄壮。听到了动静，他微微侧头，目光与门口的素叶相撞。

她很平静地退出浴室，然后又很平静地关好浴室的门，走回卧室坐了会儿再起身，十分冷静地重返浴室，推开门。年柏彦正好冲完澡，见她又返回来了，拿过浴巾擦着身体笑看她。素叶眨巴了几下眼："我是在做梦吗？"

"不是。"

她点点头，转身离开。

年柏彦笑出了声，心里暗自数着数，等数到5的时候，就听卧室里传出素叶欢天喜地的尖叫声。

卧室的光线很暗，人置身其中，影子被拉得修长。

她感到床的一边下陷了些，一个宽阔的胸膛贴了上来。脖颈处被年柏彦略带胡茬儿的下巴蹭过，她轻轻缩脖，他的吻却有条不紊地落下来。

“还不睁眼？”

素叶抿着唇闭着眼，摇头。

“为什么？”

“我怕一睁眼你就不见了。”

头顶是一串低笑。

“要不然你怎么能无声无息就进来呢？”

年柏彦将下巴抵在她的发侧：“配把钥匙不是什么难事。”

她转身一下子将他搂住，怪就怪这个夜晚太诡异，她都分不清梦境与现实了。

年柏彦的手指滑入了薄毯之中，在她耳畔低语：“现在累吗？”

再明显不过的暗示，使得再大胆的素叶也涨红了脸，挡住了他的大手：“累啊，当然累。”

年柏彦笑了，忽明忽暗下他的唇际出奇的性感诱惑：“你不用动。”

她箍住他不断下移的头：“柏彦，咱们聊会儿天不行吗？”

“不是想我了吗？”他的唇愈加放肆。

“我有正事要跟你说呢。”

年柏彦暂停了动作，看着她浓眉微扬：“你要在床上跟我谈正事？”

素叶拉过他的大手撒娇：“你先听嘛。”

年柏彦现在是箭在弦上怎么可能说停就停？“先做完再说。”

“不行，你一定要先听我说。”她可不笨，如果由着他来，依照他的架势怕是会折腾得她半死。

年柏彦将她捞入怀中：“先让我猜猜什么事。”侧头低笑，“怀孕了？”

素叶一愣：“不，我没怀孕。”

年柏彦也没恼：“那我实在想不出还有什么重要的事了。”

“是有关要要的事。”她自认不是一个重色轻友的人，尤其是面对年柏彦如此俊美皮囊的诱惑，她更要坚守住自己的交友准则。她难得见他一次，今天不说下次还不知道要到什么时候。

年柏彦一听连想要掐死她的心都有，身子微微倾斜过来：“咱们能不能不把其他女人的事带上床？”

“听我说完嘛。”她开始顺毛捋。

果不其然，年柏彦的情绪轻缓了不少：“她不是已经醒了吗？”

“醒是醒过来了，但是……”素叶贴在他怀里，那副“无事献殷勤非奸即盗”的表情显露无遗，“人家就是想帮她多申请些假期嘛。”

年柏彦和颜悦色了不少：“公司有关病假的福利很优厚，要要又是在重要的鉴定部门，公司会特殊照顾。”

素叶早就料到他会这么说，心中暗骂这个男人要不要什么情况下都讲究规矩。心头有小簇火被点燃，却被她强行扑灭，谁叫林要要摊上的上司是他年柏彦呢？她近乎奴颜媚骨：“不是，人家要跟你说的不是这样的……”

“那是怎样？”年柏彦的心跟着她轻颤的小嗓儿荡呀荡的。

“我的意思是，你能不能再给她多批一阵子假？”她试探性问道。

年柏彦笑了，宠溺地说：“一个多月的病假还不够？”

“不够。”

“为什么？”

素叶迟疑了一下，在想着如何总结发言。年柏彦的眼睛可不是白长的：“林要要怎么了？”

素叶知道这件事早晚得说，能瞒着所有人唯独年柏彦瞒不得，舔了舔唇：“我初步判断她是抑郁症引发的轻生念头。”

其实从年柏彦出现在医院那刻起她的心就始终悬着，有了巴纳的前车之鉴，她只怕要要是第二个巴纳。虽说偌大个中国林要要在哪儿不能做鉴定师，但她不得不承认，精石有着完善而庞大的鉴定师资格提升系统，还有其他公司无法提供的进入国外权威学校受训的机会，这也是林要要一直向往和心心念念的事。

年柏彦质疑：“初步判断？”

素叶的心脏狂跳一下。

“说实话。”

她横下心，据实以告：“好吧，要要是患上了抑郁症，这是我和丁司承一致做出的结论。但在患病程度上我和他产生了分歧，我觉得要要的情况并不是那么悲观，只要家人和朋友多去关心她，定期做心理辅导和治疗，配合相应的药物，那就绝对没问题。”

年柏彦看着她若有所思，良久后唇梢有清浅的笑纹：“我想起来了，林要要已经过了试用期，如果没发生这件事的话按理说她该转正了。”

素叶对着他连连点头：“我向你保证她绝对可以胜任，而且我是心理咨询师，很有把握治好她。”

“你说了这么多无非是想让我通过她的转正申请？”

“嗯。”

年柏彦哭笑不得："你要知道公司考核员工要进行全面评估，其中最重要的一项就是心理评估，依照要要目前这种情况，不适合待在鉴定师的岗位上。"

"这年头谁敢保证自己心理上一点问题都没有呢？我敢跟你说实话就是不想等你日后发现误会了要要。"素叶听他这么一说心里没底了，但还是据理力争，"要要很喜欢这份工作，她也努力了很久才能考进精石，你不给她转正，这不是要了她的命吗？"

"不是我不给她转正，是她目前的心理状况会令人事部为难。"年柏彦耐着性子，"你说得没错，现在社会压力大，每个人或多或少都有点心理问题这很正常，但进入精石，尤其是在鉴定部门，每一位员工的心理素质都很重要，这远比要求他们身体健康还要严格，这也是为什么集团宁愿花大价钱也要建立自己的心理部门。你不是没在精石待过，员工每三个月进行一次心理评估的原因你也很清楚，直接接触珠宝的，例如要要和巴纳师傅，他们从事的都是高密度精准工作，这个岗位不容有一点疏忽。"

"我说过我一定会治好她。"

"叶叶，集团的位置不能等人。"他叹了口气。

"年柏彦，"素叶急了，"我知道你有你的原则，但在我眼里，工作再重要也不如人来得重要。你身为企业领导，我能理解你想要一碗水端平的心思。在要要这件事上你已经做得仁至义尽了，可能不能不要停了她的档案？就算是我以私人的关系来请求你？"

年柏彦眉梢似有无奈："那你让我等多久？三个月？半年？甚至更久？你一向理智，应该明白人情是人情，工作是工作，两者不能混为一谈。再说，现在要要的状况也不适合工作，等她病好了再重新考精石的鉴定师也可以。"

素叶简直要被他气死，重考鉴定师哪有他说的那么简单？其实她知道自己的要求是过分了些，但他这种丝毫人情都不讲的性子令她很不舒服。

"就算是我自私了，你作为总经理，对集团所有人员的调动都有决定权，难道就不能徇私一回吗？算我求你了，柏彦……三个月，就给要要三个月时间行不行？"

"要要所处的珠宝鉴定部门都是一个萝卜一个坑，缺一不可，她之前请假已经很影响工作了，那么重要的位置怎么可能等她三个月？"年柏彦伸手将她搂紧，"我可以答应你任何事，也很想为你做任何事，但除了工作，触犯原则的绝对不行。"

素叶咬着唇。

"精石每一位员工能够留任都是他们每天努力的结果，我不能为了给要要留后门让其他员工心存怨念。"

"你说的这些我都懂，但规矩是死的人是活的，也许是我跟你的工作性质不同，我只是觉得凡事都有其他的解决办法。"

"话没错，但在一个企业里，尤其是上升期的企业，恪守规矩纪律很重要，没有标准限制就一定会出问题。”年柏彦同她讲道理，“在林要要这件事上，你有你的初衷我有我的坚持，其实你我的想法都没错，做法也没错，但从事的行业不同也决定了要守不同的规矩，我想这些道理不用我多说你都明白。”

素叶从他怀中撤离，闷闷地说：“年柏彦，你是个商人，看问题的角度都是从利益出发，你就从来没想过去试着放宽一下你所谓的坚持和原则。你是个成功的商人没错，但同时也是一个不近人情的领导，这世上很多事都不是说一定要怎样就怎样的，可能你稍微高抬贵手一下，带给别人的就是希望和命运的转变，你压根就不会想这么多。”

倚靠在床头的年柏彦闻言略有不耐，但还是压下了，重新将她搂过尽量安抚她的情绪：“行了，我们别再谈别人的事了，时间不早了，睡吧。”

奈何素叶一肚子的气，哪能说消就消？所以当他试图再度点燃她的热情时，她一把推开他：“你见到我就只想着做这种事吗？年柏彦，我不是你的发泄容器！”

年柏彦的手慢慢放下，唇角僵硬：“你在胡说些什么？”

素叶的倔强劲一上来也不管不顾了：“我说错了吗？我在你身边的唯一功能就只有陪床！年柏彦，我不是你以前的那些什么情人！”

“收回你的这句话，我就当没听到过。”

年柏彦平时虽说严厉，但从未跟她主动发过脾气，绝大多数情况下因为比她年长纵容着她，大不了他就沉默，她也没往心里去，事就过去了，所以今天的素叶忽略了年柏彦的警告。

她一甩手，尖锐的指甲顺着他的脖颈划了下来：“少来威胁我！你以为自己做什么都对？你要是什么都对的话文佳就不会死，纪东岩更不可能跟你像死对头一样！”

从内蒙古回来后她通过圈内的人翻查了当年的事，顺藤摸瓜发现了纪东岩和年柏彦交恶的真正原因。

话一脱口她才意识到自己说了什么，后悔也来不及了。年柏彦彻底怒了，脸色铁青，掀开毯子下了床：“你这个疯子！”

她的心咯噔一下。

卧室的门被他砰的一声关上，力道大得近乎能将整幢楼震塌，一分多钟后她才反应过来，光着脚跑出了卧室。

年柏彦在楼下客厅，长裤已穿好，正在系衬衫的扣子，白色的领口蹭了点血，是被她抓伤的。素叶见他一副要走的架势，心里又急又怒：“我就是个疯子又怎么样？你现在后悔了是不是？那你去找不疯的呀！”

年柏彦咬了咬牙，嗓音极凉：“好。”拎起沙发上的大衣就走了。

她气得全身发抖：“你走你走！有本事你走了就别再回来！”

下一秒是年柏彦甩上房门的巨响。

她光着脚站在原地，任由地面的冰凉沿着脚趾缝席卷全身，想动又不能动，想开口叫他别走又无法张口。忽然悲恸，像是失了控似的，她冲到了屏风前，敞开窗子将其扔了下去。

几秒钟后传来屏风框崩裂的声音，她哭得凄惨，却还是看到了楼下年柏彦的身影。他在月光下岿然不动，看着她将屏风扔了下来，看着屏风落在地面上被摔得七零八碎，整个过程都是快把人逼疯的沉默。

素叶似乎看见他往楼上看了一眼，虽看不清他的表情，但也足能感觉到他的愤怒，月光拉长了他的背影，也拉长了她和他之间的距离。她是疯了，要不然怎么舍得把那么贵的东西扔到楼下？

她没的选择，只想着再次激怒他，哪怕他冲上楼来狠狠骂她疯子也行。然而，年柏彦转身朝着地面停车场方向走去，甚至都没上前去看一眼摔得稀碎的屏风。

她哭得像个孩子，她不知道年柏彦能去哪儿，或许回他自己的家，或许回公司，又或许他真的一气之下去找其他的女人？她从没见年柏彦这么生气过，不像其他男人似的暴跳如雷，而是用了他一贯不近人情的方式来宣告他的怒火和不耐。

不知过了多久，总之当素叶扶着墙起身的时候，双腿已经麻嗖嗖的，不能动弹，等恢复知觉她才扯过件外套冲出了房间。

她拾回了白兰双面绣，上面还沾着深秋的霜露。素叶窝在沙发上，将双面绣平铺开来，泪眼模糊时总是乍隐乍现在千灯镇时的情景，他在琼花飞舞间伫立含笑，英俊的侧脸是对工作的一丝不苟，她不就是深深爱着他这点吗？一滴泪水落下，在“未晚”二字上轻轻洇开。未晚？她和他真的未晚吗？

林要要的伤势恢复得不错，这是唯一能令素叶欣慰的地方。午后她将林要要的轮椅推到了满是银杏叶铺落的地方，抬眼看着湛蓝的天空发呆。

她不知道这个时候年柏彦在做什么，距离上次争吵已过去了两天，她和他没有任何形式上的来往，或见面或电话，他没打给她，她也捏着手机迟迟没打给他。

多年的朋友心有灵犀倒是不假，林要要问她怎么了，她轻轻摇头，良久后看着林要要问：“你觉得我是个什么样的人？”

“你呀……”林要要想了想，“很要强，很聪明，对朋友很仗义，典型的刀子嘴豆腐心。”

“刀子嘴豆腐心是夸我还是贬我呢？”素叶认真地问。

“算是夸你的词吧。”

素叶“哦”了一声：“那说说我的缺点吧。”

林要要看着她，今天的素叶没穿职业装，浅红色碎小格子衬衫，外套一件宽大到膝的米色针织毛衣，牛仔打底裤，配双平底秋鞋。阳光细碎地打落在她身上，背后远远的都是大片金黄色的叶子，时不时还有银杏叶从她身边飘落，如果林要要会画画的话，一定要把眼前这一幕给画下来。

“你贪钱啊，钱就跟你的命似的。”

素叶噎了一下，要不要这么直接？

“还有，你这个人身上棱角太多，性格不够圆滑，不过，往往越是有才华的人就越乖张。”

素叶挤出一丝笑容：“我谢谢你的高度赞誉啊。”

林要要又问她是怎么了。

“真的没什么，自我剖析一下。”这一刻她才知道在爱情这个课题上谁都帮不了她。

林要要见她有心隐瞒也就不追问了，弯身略有点吃力，拾起一片银杏叶在手中把玩，看着叶子出神。

“要要……”

林要要看着她，等她继续说下去。

“你有没有想过换个工作环境又或者是，换个职业做做？”

“我挺喜欢精石的环境，而且我也喜欢鉴定师的工作，如果有一天不做了我还能做什么呢？”

素叶哑口。

能重新激起林要要对工作的热忱是好事，这代表她的抑郁症还没到无可救药的地步，但同时她也深深担忧，怕当要要在面对未来的工作变动时会再度引发她的心理问题。

起风了，漫天飞舞的叶子，空气薄凉。

素叶打算推要要回病房，打远就看到了丁司承。她对他再心生怨怼也不得不承认一点，在黄叶飞落间，他看上去着实是迷人的，浅灰色高领套头毛衫，配同系炭色长裤，犹若画中人物似的出现。

在以前，素叶是指在遇上年柏彦之前，每每见到丁司承都会心跳加快，可现在她能够就这样心平气和地看着他走过来。感叹女人终究是薄情，她就这样把自己的那份暗恋给葬送了。

丁司承这几天一直都在，完全把诊所的事放下了，不管是愧疚也好，补偿也罢，总之只要是素叶来都能看见丁司承。

“要要，你是怎么想的？”如果林要要不想看见丁司承，那么她就准备接手林要要的病情。

林要要轻叹："还是你告诉我的，凡事总要面对。"

素叶深吸了一口气，气管生凉。

很快丁司承上了前，他没看素叶，俯身将薄毯拉高一些，温柔道："该回病房了。"

林要要轻轻点了点头。

丁司承起身，才将目光落到素叶脸上，语气很轻："交给我吧。"

素叶攥着轮椅的扶手，久久没松手。丁司承伸手过来，不着痕迹地拉过轮椅。素叶站在原地看着他们两个，心底有说不清道不明的感觉。转身，目光却不经意瞟到了远处银杏树下，那里伫立着男人的身影，颀长伟岸。是叶渊，她连他什么时候来的都不知道。

素叶的心口像是有蚂蚁咬过似的，爱情，果然是折磨人的臭东西。

精石集团的会议几乎是连轴转，从品牌调整规划到马上面临的中秋推广，从 M100-1 的持续开采情况到 M100-2 钻石储量评估标准检测汇报，从利用投资来进行宣传途中所遇问题到接下来入驻 BRIGHT 商场一事，年柏彦事无巨细，见完了客户开会，开完会又去跟银行谈贷款，谈完贷款再去谈融资，谈完融资再亲自盯入驻设计图，盯完柜台再去 D 会所……

连续工作了近四十多个小时，许桐给他算着时间，足足两天没怎么合眼。

已经 10 点半了，这是年柏彦下午回公司后的第五个会议，品牌部五组负责人挨个汇报工作内容，从中秋节到离之不远的圣诞节，每个节日的到来对于品牌部来说都像是一场战斗，而年柏彦是不允许他们打败仗的。

年柏彦面无表情地翻看品牌部上交的规划文件，眼里有血丝，钛灰色衬衫领口下是若隐若现的抓痕，很细的两道，却足以引发众人的暧昧猜想。但汇报者当然不敢浮想联翩，见年柏彦在看到第三页时眉头皱了皱，声调顿时矮了一截。

果不其然，下一秒年柏彦直接将文件甩了出去，纸张稀里哗啦响得人心发慌。"这就是加班七天做出来的东西？"他反问，不是咆哮，是近乎水般平缓。

汇报者大气不敢出。

许桐停止了动作，下意识看向年柏彦，这一看着实暗惊，他极少怒火外露，今天他是真动怒了。

一场会议开得胆战心惊，会后大家都像是脱了层皮似的。

许桐抱着一大摞文件进办公室时，年柏彦正靠在沙发上闭目养神。她知道这么短的时间内他不可能睡着，默默地将文件放到办公桌上，又磨了杯咖啡，转身拿过一份单子："年总，上面列有订制时的功能要求，您再重新确认一下，看看哪些需要添加或更改的？"

年柏彦没睁眼，淡淡开口：“什么功能订制？”

“哦，前两天我为您订制了私人手机。”

“什么私人手机？”

许桐恭敬地回答：“这样我就不会接不该接的电话了，比如说，素医生的……”

年柏彦陡然睁眼，近乎厉喝：“我允许你去订什么私人手机了吗？”

许桐没再多说什么，静静地站在一旁。看得出令年柏彦计较的也不是私人手机的事，呵斥完眉梢的愠怒小了点，倚靠在沙发上沉默。

有五六分钟的样子，许桐才叹了一口气：“您很少这么动怒。”

年柏彦没说话，看得出是真累了。

“您还是进休息室休息一下吧。”

年柏彦揉了揉额角，坐直喝了口咖啡，又恢复了平淡口吻：“文件拿过来吧。”

许桐没辙，只好替他拿来文件。他翻开，一页页看着。

“您跟素医生吵架了？”

男人翻文件的动作稍做停滞，又很快恢复平常，没吱声。

许桐便明白了。

良久后年柏彦意外地问了句：“你谈过恋爱吗？”

许桐没料到他会问这个问题，愣了下：“我得有时间谈恋爱才行啊。”

年柏彦无奈低笑，抛出的问题也就作罢：“你先坐下，有件事需要你去办。”

许桐坐了下来。

“你把曲艺找出来。”

“然后呢？”

“然后，我会结束和叶玉的关系。”

许桐一愣。

“这件事我需要你帮我一同完成。”年柏彦一字一句，“我不想再等了，素叶也等不起，但在这件事上，我必须有万全的准备才能保障素叶不受到伤害。”

“您放心。”

“私人手机的事，”年柏彦若有所思，将单子递给许桐，“按照这些功能去订制，多订一部。”

“好的。”

“纪东岩，你说我手机是不是坏了？”餐桌上素叶手拿叉子，眼睛盯着手机语气幽怨。

纪东岩掏出自己的手机按了一串数字，很快，素叶面前的手机就响了。

“事实证明是你在度日如年。”纪东岩没心没肺，将手机随便一放，“才几天没联系而已，至于吗。”

“不是在冷战吗？”

“又不是分手。”

“跟分手有什么区别？”

“有区别啊。”纪东岩笑得灿烂，“分手了他孤家寡人，你前景一片光明。”

“什么乱七八糟的。”

“还有我接着你呢，怕什么。”纪东岩倒了点红酒，慢悠悠道。

素叶瞪了他一眼，撑着脑袋没说话。纪东岩也不开玩笑了：“虽说我不喜欢年柏彦那个人吧，但还是得公平地说上那么几句。”

她懒洋洋看着他。

“他吧，就是有点……”纪东岩努力想着合适的词，“有点太较真儿，我是指在工作上啊，你呢在这件事上，说实在的，的确触犯了他的原则。我相信你也明白这个道理，你看他跟谁开过玩笑？”

素叶这几天也憋得心里难受，见到纪东岩后一股脑儿将前几天发生的事情全倒了出来，之后，她就变成了话痨。

“干脆你给他打个电话。”

“我才不呢。”素叶又开始了死要面子。

纪东岩坏坏一笑：“要不你给他发个短信，就告诉他你跟我正在吃饭，他十分钟之内就能赶到你面前，信不信？”

“纪东岩，你是喜欢我的吗？”

“当然。”

“那我怎么觉得你是把我往坑里带？”素叶扬着手里刀叉恨不得戳瞎他的眼，“凭什么我要先低头？”

“你先听我说完。首先你必须得承认年柏彦很忙吧？”

她点头。

“其次你也知道他从不上什么微博吧？”

“你到底想说什么？”

“你不想打电话又不想发短信，那么就照片吧，他貌似上微信，上次我看到你给他传照片了。晒一张咱俩吃饭的照片，哦不，甚至你都不用把我拍上，只拍两只红酒杯就可以，他肯定二话不说就能赶到。”

素叶想了半天又摇头：“太明显了。”

“你还真难伺候。”

见她情绪又低落了，纪东岩话锋一转：“既然你们谁都不搭理谁，干脆做我几天女朋友得了呗。”

“你这算是乘虚而入吗？”

“乘虚而入？”纪东岩怪叫，“我多正大光明，这是你自己想出的词还是有人教坏你了？”

素叶听出他暗指年柏彦，故意沉吟：“其实你的建议也还不错，我考虑一下吧。”

“考虑多久？”

“一年？两年？或者到我七八十岁的时候。”素叶十分认真地回答。

“这辈子我都得跟年柏彦结仇了，他不仅抢了我的钻石，还抢了我的女人！”

“我什么时候是你的女人过？”

“我不是比他先认识的你吗？”

素叶晃了晃手指：“我先跟他同床共枕的。”

“你说话真伤人。”

“所以他才骂我是疯子。”素叶又悲伤了。

“别郁闷了，人总要吃饭睡觉吧，你看看你现在，脸上都没肉了。”纪东岩将切好的小牛肉放到她盘里，“什么都别想，今晚我请客，你想吃什么就吃什么。”

“你说的是真的？”素叶声音哽咽。

“你自己照照镜子，都瘦了一圈了。”

“不是……我是指你请客的事是真的？”她努力压下泪意，问。

“我能骗你吗？放心，我请。”

“那再来两份芝士、五份鹅肝吧，还有这家的黑松露煎竹笋也挺好吃的，再来一份。”

纪东岩吃惊地看着她，不是很悲伤吗？“我是上辈子欠了年柏彦的，这辈子花钱替他哄女人。”

一顿饭吃吃喝喝到晚上8点，窗外霓虹灯影车流如织，室内是优雅恬淡的音乐，与外面还未散的下班高峰热区别开来，纪东岩刚要提醒素叶还是注意点节食，结果就看到两名侍应生带着一群人往包厢里走，架势那叫一个恭恭敬敬。

他低语：“这年头还真不能背后说人。”

她顺着他的目光看过去，鹅肝差点喷出来，蓦地转头压低了嗓音：“谁让你发微信的？”

“天地良心，我真没有。”

素叶脑子里都是刚刚的惊鸿一瞥，没想到会在这里遇上年柏彦，他身旁还有七八个人，个个西装革履，八成不是客户就是什么银行的人，总之就是应酬。

“他看见咱们了吗？”素叶很小声地问了句，她是背对的方向。

“看见了。”

素叶的心脏开始发了疯地狂跳：“我现在走还来得及吗？”

“晚了，他走过来了。”

素叶更紧张了：“纪东岩，如果这个时候拿你来气他是不是太狗血了？你会想杀了我吧？”

“早说啊，至少我们得对一遍台词才能骗过他，他眼睛毒着呢。”纪东岩唇角几乎不动，将声音压得最低。

她不再说话了，因为感觉到他越来越近的脚步，像是一下下踩在了她的心口上似的。

他走到桌前，素叶没抬头，眼角的余光正好对着他的腰带。

“这么巧。”是纪东岩先开的口。

“我跟刘经理他们几个在这儿吃饭。”年柏彦的这句话听上去有些没头没脑，像是对纪东岩说的，又像是在对素叶解释他出现的原因。

“厉害啊，刘经理那么固执的人都被你搞定了，看来我得奋起直追了。”纪东岩似笑非笑。

她听到年柏彦冷哼一下。

她目光稍稍转移，余光落在他的手上，离得她很近，近到只要稍稍抬手就能碰到他的手，可是，她不知道他的心思如何，他一直没有打电话给她，今晚又突然这么出现，只是与纪东岩聊天，就好像不认识她一样，也许，他根本就不想原谅她。

“坐下来喝一杯？”纪东岩突然说了句。

素叶吓了一跳。

头顶上是令人窒息的沉默，良久后听他道：“走不开，马上得谈融资的事。”

纪东岩长长地“哦”了一声。

“中秋节回叶家吃饭。”

纪东岩没搭茬，素叶这边也没反应过来。

突然，年柏彦抬手敲了两下桌面，极不耐烦地，她一惊，抬头看他。对视的一瞬，她的鼻腔又酸了，他像是瘦了很多，脸色也不大好。

“12 点，必须到。”年柏彦这次是看着她说话，一字一句。

她愣愣地凝视。

年柏彦走到纪东岩面前，意外地俯身在他耳边说了什么，纪东岩脸部抽动了一下。

等年柏彦跟着一群人进了包厢后，素叶才撤回头：“他刚刚……是在跟我说话对吗？”

“邀请你回叶家吃饭，中秋节当天 12 点，中饭。”

“我没答应，我才不去叶家。”

“你刚刚明明答应了，怎么能出尔反尔？”

“我连话都没说。”

“有句话怎么说的来着，叫作‘不说话就当你默认了’。”

素叶哑口无言，够了红酒杯，被他一把夺了回来：“这是我的酒。”

“说好请客的，喝点酒心疼什么呀？”

纪东岩给出了她合理的理由：“总要有人开车吧？我已经喝了酒，可不想找代驾。”

素叶皱眉，什么人哪。

纪东岩抿酒，想起刚刚年柏彦在他耳边落下的那句：纪东岩，今晚你敢让她喝醉的话我一定饶不了你。

冷嗤，把他纪东岩当什么人了。

素凯终于带叶澜到家吃饭。

素冬被勒令在家帮忙，一大早就随着方笑萍去完菜市场再去超市，等回来的时候左一兜子右一兜子，素叶推门进屋的时候，扑面而来的是浓浓的菜香，有家的味道。

晚 7 点，房门响了。方笑萍正好将最后一道菜端上桌，听见动静后竟紧张地揪住素叶：“回来了，回来了！”

素冬在旁无奈：“你紧张个什么劲呢，去给孩子拿拖鞋啊。”

方笑萍这才反应过来。

房门开了，素凯拿着钥匙走进来，身后是怯生生的叶澜。精心打理的发丝，奶白色小洋装，披着件淡桃色大衣，配有透明丝袜，脚踩小跟鞋，整个人看上去贵气又充满活力。她对着方笑萍小声叫了声阿姨。又看向素冬叫了声叔叔，目光与素叶对撞时不好意思地低下头。

方笑萍觉得这女孩儿有点眼熟，一时间也想不起在哪儿见过，素凯开口：“爸妈，她就是我跟你们说的女朋友，叶澜。”

“叶澜？”方笑萍没对这个名字多起疑，连连说好听。

素冬也一样，笑呵呵招呼叶澜赶紧进来。

一家人高高兴兴上了桌，方笑萍更是热情，恨不得把叶澜的碗都给装满了。叶澜心里却始终像是装了枚炸弹似的，虽说笑着，但神情略有僵硬。

今天她利用午休为素凯的父母精心挑选了礼物，足足花了她两个月的薪水。等交给方笑萍和素冬后，二老乐得合不拢嘴，方笑萍更是夸她懂事。

素叶在旁静观其变。

开饭了，素冬十分高兴，为儿子也倒上了白酒，方笑萍拉住了叶澜的手，开始了关切的盘问。

“澜澜哪，你跟小凯交往多长时间了？”

“其实……也没有多久。”

方笑萍抿嘴乐，拍了拍她的手：“时间一长你就知道我们小凯十分优秀了，找我们小凯这样的男人做老公，会疼你一辈子的。”

叶澜脸红了。

“舅妈，有这么夸儿子的吗？”素叶夹了块鱼肉在嘴里轻轻抿着。

方笑萍看向她：“等你找到另一半带回来给舅妈看的时候，舅妈把你夸上天！”

素凯和叶澜也都往她这边瞅，大家心知肚明，所以一时间都尴尬。

“你父母他们都好？”

“嗯，挺好的。”叶澜开始担心了，桌子下的手紧紧攥着素凯。

素凯回握了她一下，示意别紧张，开口对方笑萍道：“您别像查户口似的，弄得她紧张。”

“哎哟，紧张什么嘛，早晚都是一家人。”方笑萍笑脸迎人，“别紧张啊，你们年轻人自由恋爱阿姨一点都不反对，我们家可没那么多的讲究，只要你们两个好就行。”

叶澜努力挤出一丝笑：“谢谢阿姨。”

看得出方笑萍是真喜欢叶澜，不停地说：“养女儿就是好，水水灵灵的，这当妈的看了多骄傲啊，父母是做什么的？”

问到了重点，其实叶澜完全可以说父亲做企业的，母亲闲置在家，但话在嘴边怎么也说不出来，素凯停下了筷子，看向父亲母亲，神情认真。

素叶也停了进餐的动作。

“爸妈，”素凯开口，“我得跟你们说明一下，还请您二老做好心理准备。”

方笑萍笑说：“说什么这么严肃？”

“爸妈，我是真心爱澜澜。”这是素凯的一个表态。

叶澜眼眶红了。

方笑萍与素冬相互看了一眼。素叶见过素凯的认真，于工作上，她认为他绝对称得上是最称职的警察，以素凯的年龄能在云南边境耐得住性子卧底那么多年，拿着生命混入毒贩组织，真是豁出一切的认真。曾经她也问他为什么一定要去做那么危险的职业，他回答，总要有人做吧。

所以她向来佩服他的认真。今天，素凯又这么认真地告诉了他们，他爱上了一个女人，这句话从他这个认真的人口中说出，素叶就明白他真是死心塌地了。

“其实叶澜就是——”

“还是我来说吧。”叶澜颤悠悠地打断了素凯的话。

素冬和方笑萍不知道这两人葫芦里卖的是什么药，实在好奇。

“叔叔阿姨，其实……”她鼓足勇气，“我爸是叶鹤城，我妈是阮雪琴。”说完暗自等待着即将到来的狂风暴雨。

陪她一起等待的还有素凯和素叶。

筷子从方笑萍手里滑落，叶澜拾起，擦拭干净后小心翼翼地放回到方笑萍面前：“阿姨……”

方笑萍一句话不说，素冬的脸色也不大好看。素凯拉着叶澜起身：“带澜澜来家里其实就是对二老的一个交代。爸妈，你们也明白我的心思，我也知道你们一时半会儿接受不了这件事，我看我们还是先走吧。”

这时素冬开口了：“都来家里了，不吃饭就走像什么话，坐下。”

素凯微怔，与叶澜相互看了一眼。方笑萍也有了反应，拿起筷子轻声说了句：“赶紧吃饭吧，菜都凉了。”

一顿饭就在平静中完成。

吃完饭，方笑萍示意素凯先送叶澜回家，说女孩子一个人回家不安全，素叶原本想要回家，但被方笑萍给留了下来。

9点半的时候素凯回来了。素叶抱着腿窝在沙发上冷静地观察形势，方笑萍和素冬齐刷刷地坐在沙发上，脸阴沉得吓人。

素凯一进门也察觉出来了，换好了鞋后走进来：“爸妈，你们想说什么就说吧。”

方笑萍起身，抬手就给了他一个耳光，这是素叶始料未及的，急声道：“您这是干吗呀，咱有话好好说。”

素凯没吱声也没躲闪，似乎早就料到会挨这么一巴掌。紧跟着是方笑萍铺天盖地的怒吼声：“你是想气死你妈我是不是？带谁回来不好偏偏是叶家的人？天底下的女人死绝了是吗？你怎么就会找上她？”

素凯任由母亲怒骂。

“我警告你，不对，不是警告，我命令你赶紧跟她断了，以后都不准再来往！”

“妈，叶澜就是我要找的那个人，我不会跟她分手。”

下一刻素叶就抱住了还想给他一巴掌的方笑萍，素冬阴沉着脸开口：“不想分也得分。刚刚有外人在我们也不方便多说什么，你最清楚我们和叶家的恩怨，我们不去招惹他们，更不想跟他们扯上关系。素凯，你想让我和你妈承认你和叶澜，除非我俩死了！”

“叶家是叶家，叶澜是叶澜，她并没有做过对不起素家的事。”

“只要她是姓叶的就不行！”方笑萍冲着他怒喝。

“您也得讲点道理吧。”素凯无奈。

“你妈我已经很讲道理了，如果不讲道理的话，刚刚我和你爸早就把她赶走了！”

素凯刚要辩论，素叶马上插话：“算了算了，您先消消气吧，就算分手，您也得给素凯时间吧。”

“姐——”

“别说话。”素叶冲着他使了个眼色。

方笑萍听了这话后才稍稍消了气：“赶紧给我断！”

见他们两个进屋后，素叶这才一屁股坐到沙发上，擦了擦额头上的汗，这比上了一天班还累。

素凯也一脸疲惫，在她身边坐了下来，叹了一口气：“我不会和她分手。”

“还是采用迂回策略吧，他们毕竟才知道这件事，反应肯定过激，慢慢来。”

Chapter 19

他是想要相信你一次

▼

很少有会馆在室内栽竹林，过滤系统流过的清风，扫在竹叶上面沙沙作响，加上茶香满怀，倒有一种回归古朴的轻松。

可坐在茶椅上的女人并不轻松，低着头双手紧攥，一丁点声音都能引发她的惶恐不安。这是一处接近自然光的位置，所以当男人出现时，她棱角分明的脸看似柔和了很多。他只身一人，一身商务装严丝合缝，藏蓝色羊绒大衣的衣摆恰到好处地在膝盖位置，显得双腿颀长健硕。他走上前，冲着她示意："曲小姐，请坐。"

曲艺怯生生地看了他一眼，坐下。

主动倒了两杯茶后，他开口："我开门见山，这次约曲小姐过来是想谈谈曾宇的事。"

曲艺碰杯子的手颤了一下。

年柏彦抿了一口茶："其实你跟曾宇真正是怎么回事你心里很清楚，我也清楚。"

曲艺陡然瞪大了双眼。

"但我不清楚曾宇究竟有多爱你。"年柏彦不疾不徐，"你想知道吗？"

"你……什么意思？"

"曾宇是个画家，早几年还小有名气，但这两年没什么作品，所以名气所剩无几。我可以给他提供一个成名成器的机会，前提是他必须单身，因为方便包装打造。"年柏彦双手交叉放于身前。

"你这是威胁？"

"我不屑做这种事。"他嗓音极淡，"说实话，我以为曾宇会为了你放弃这个机会，这样会让我觉得，哪怕是利益上的结合，还是有希望长久，只可惜……"

她警觉地看着他，心中有不祥的感觉。年柏彦从公事包里拿出两份文件，推到曲艺面前。

“一份是留在国内发展的合作合同，一份是只身前往国外成为著名画家的机会。曾宇，你的丈夫，还没等我说完就迫不及待签了后者，并且信誓旦旦地告诉我，他可以舍弃婚姻。”

曲艺的脸唰地惨白，一把拿过文件，尾页赫然签着曾宇的名字。

年柏彦平静地看着她，不由得想起上午曾宇那张迫不及待的脸。那是一张被名利充斥着、不顾一切的脸，他那么急着要签去往国外的合同，急切到令年柏彦看着都于心不忍，对他说，你不再考虑了？

曾宇回答得十分干脆。

一个男人能狠到如此地步，还有什么事是他不能做的？

曲艺流泪了，年柏彦没劝慰。事实上他也不知道该怎么劝，良久后道：“你把这两份文件拿回去，跟他好好商量一下，如果在这样的情况下他还坚持选择后者，我想你应该好好考虑你的婚姻。”

曲艺抓着两份合同，指关节都泛白了：“为什么……”

年柏彦明白她话中的意思，淡淡说了句：“因为我和叶玉必须放彼此自由。”

素叶教完了上午的课程后，在学校里简单地吃了一口饭，下午就赶到医院去看林要要，只是没想到许桐会来。

桌上放着鲜花和应季水果，许桐看着素叶笑了笑：“我是来送资料的，全都是精石上市的珠宝鉴定资料。”

素叶没明白。

还是林要要迫不及待地说：“我的试用期不是过了嘛，转正得需要考核，许助理特意把资料拿给我，方便我了解最新的珠宝推广，也有利于我的考核呀。”

素叶惊呆。

“只要我考核通过的话，是不是就可以成为正式的鉴定师了？”林要要兴奋地拉着许桐的手问。

许桐笑道：“这是一步步来的，考核通过你会成为精石正式员工，会跟在专业鉴定师身边学习半年，再次考核，考核通过会成为正式鉴定师。当你成为正式鉴定师后就会享有到国外学习的机会，那时候的你就会一步步朝着权威鉴定师的方向迈进。”她抬头看了素叶一眼，又看向林要要笑了笑，“所以希望这些资料能帮你成为精石的正式员工，这也是年总希望的。”

秋日的阳光甚好，清冽的空气中黏着甜甜的桂花香。医院的花园中有七八个散步晒太阳的病人，再远处有工人在修剪草坪。风起时金黄的落叶轻轻摇曳，最后脱离了与枝丫的束缚飘落在地上，与还有着生命旺盛迹象的青草形成了绚烂的色块。

这算是她与许桐第二次的“亲密接触”。第一次是从精石集团离职时，许桐帮着她一同收拾东西，第二次就是今天。她没料到许桐会来医院，更没料到年柏彦会网开一面。

风吹乱了素叶的长发，她伸手将长发拢到了一侧，露出精致的耳垂，阳光下，那耳垂犹如凝脂润玉似的完美，许桐看着她也不由得着了迷，更何况是男人？

“谢谢你，没想到你能来。”坐下很久后素叶轻声开口。

许桐觉得年柏彦要是在场的话，怕是心都要被揉碎了，听得出素叶声音里的憔悴，一如她眉心之间的。这一刻许桐倒是明白了年柏彦的心思，他是骄傲的，纵使在这段关系中一再选择退让他也不愿意承认，那么个成功的男人，早就习惯了在商场上呼风唤雨，这种骄傲促使他拼命想着要在男女关系中也占据主导地位，那么他宁可背后怎么样也不想现在面对素叶，一旦面对，怕是他早就忍不住抛了架子。

“我也不过是个传话的。”

素叶明白许桐话中的意思，低着头，那一截白皙的颈就暴露在阳光下。她觉得午后的温暖正沿着她颈部慢慢渗透到心底，在最深处她看不见的地方滋生了一个小苗儿，快速生长，令她也有了小小的雀跃。

“他……还好吗？”

“不好。”

素叶一惊，长发从脸颊扫过，像是微凉的风吹过心头。“他怎么了？”

“拼了命地工作，连带着所有同事都跟着遭殃，简直要人命。”

这是素叶第一次听到许桐在抱怨，这个兢兢业业、神情和做事方式几乎是年柏彦翻版的女人，终于在她面前像个正常人似的数落老板的不是。

“要要的情况我听说了，素医生，我能跟你说几句心里话吗？”

素叶看着她。

“精石虽说选人严格，但从没说在员工转正这件事上要经过考核程序。一般来说，试用期的员工转正时只需做个测试就行了，因为你也清楚，能够进入精石试用期本身就意味着条件符合，之前他们都是经过层层考试才能进到精石。”

素叶敛下眼眸，心却开始狂跳。

“要要什么情况你我都很清楚，年总也清楚。依照公司惯例，要要没资格转正，不是因为她的能力，而是她的心理状况。但年总还是给了她一次机会，用考核方式来测试她到底能不能胜任这项工作。”许桐笑了笑，“对于一个只看工作结果的上司来说，这次真的算是破例了。”

“他是个做事十分理智和有条理的男人，有时候会不近人情按章办事。这也能理解，他作为精石集团的总经理，下要管理几千号员工，上要向董事局交代，身上的担子很重，不允许他出一丁点的差错。所以他从不感情用事，更不允许手下感情用事。”许桐看着飘飘荡荡的树叶，语气悠远绵长，“但这次我觉得，他是想要相信你一次。”

许桐的话，就像是今日午后的阳光，暖暖的，充满了力量，让她这几日都处于迟疑和寒凉的心得到了复苏。年柏彦还是在乎她的是吗？这个问题攀上脑子时素叶有一瞬的愕然，她开始意识到不知从什么时候起自己已经变得诚惶诚恐了。

许桐聊了半小时左右就离开了，素叶一个人坐在木椅上，攥着手机，脑海中全都是许桐的话。

她想他了。

她明白了一个道理：女人，在面对别人的感情时都是专家，在面对自己的感情时都是疯子。

手指按键时忍不住颤抖，按下拨通键的瞬间心脏已经跳到了嗓子眼。她听到的不仅仅是漫长的嘀声，还有聒噪不安的心跳声。

突然，电话接通了，那边“喂”了一声后就没再出声。

素叶有几秒的空白，等思维和理智全都跑回来时她听到有人说话，暗恼这通电话打得不是时候，他肯定在忙。

“那个，我不知道你在开会，你先忙……”

“不耽误，说吧。”他声音平静。

素叶很想告诉他她想他了，很想跟他说咱们和好吧，落在唇齿上的话就变成了：“其实……也没什么，我……我是想谢谢你。”

“嗯。”他惜字如金。

他的态度如此冷淡，令她不知所措，她没再说话，他也没开口。足足有半分多钟，最终还是年柏彦开了口：“还有其他事吗？”

“没了……”

那边直接掐断通话，连一句结束语都没有。

素叶呆愣了好久才反应过来是他挂断了电话，心凉了大半截。

在持续了两个多小时的会议后年柏彦终于宣布散会，许桐正好赶回公司，见大家都兴高采烈的，倍感奇怪。有员工忍不住告诉她，今年终于能够好好过个中秋节了，又补充，也不知道是哪位天使给年总打了个电话，年总心情大好。

许桐明白了。

年柏彦散会后直接回了办公室，许桐进来时他正跟客户通电话，简单聊完挂断后示意她上前。

“通知下去，中秋节过后的第一天公司所有高层管理人员开例会。”

许桐做好记录。

年柏彦叮嘱完这句话后就没下文了，许桐等了半天不见他开口，问：“没了吗？”

年柏彦疑惑地看着她。

“中秋节这三天，您的行程安排……”

“不做任何安排。”他翻开文件随口说了一句。

许桐大吃一惊，太阳打西边出来了？难得他给自己放了个假。

年柏彦从文件上抬头，若有所思，又很快埋首于文件中，却又似漫不经心地问了句：“从医院回来了？”

一向干脆的年柏彦从来不会问这么没水准的话，许桐忍着笑：“是。”

年柏彦翻文件的手略微停顿了一下。

“她瘦了好多。”

年柏彦抬头，皱眉：“你应该叮嘱她好好吃饭！”

“哦，有丁医生在她身边照顾着呢。”

“丁司承？你看见他们两个在一起了？”

“丁医生是林姑娘的男朋友，又是心理咨询师，他们两个在一起很正常啊。”于是她难得地看见年柏彦蹿起尴尬，想想人家毕竟是上司，不能太让他下不来台，补上了句，“但是，素医生也跟林姑娘一样瘦了很多，看样子也像是死过一回似的。”

年柏彦一言不发，眉头却皱得更紧，良久后他道：“手机订好了吗？”

“订好了。”许桐回答，“今晚下班之前就能送到，您放心，不会耽误中秋节。”

年柏彦靠在椅子上，眯眼盯着许桐，半晌后抬手指了指她：“你，赶紧给我嫁人滚蛋。”

“是，年先生。”

中秋，蟹肥菊瘦，空气中浮荡的都是甜甜的桂花香。放假第一天素叶就早早赶到医院，今天是林要要出院的日子，林父林母还是很讲究的，好人不能在医院里过节。丁司承比素叶还早到医院，等素叶进病房，丁司承已去办出院手续了。林母打了点早饭给林要要，边招呼素叶边喋喋不休地抱怨丁司承：“现在大献什么殷勤？我女儿这是没事，要是有事的话我肯定跟他没完。”

林父在旁皱眉对林母说：“女儿这不是没事吗，就别叨叨了。”林母便跟林父戗了几句。素叶也知道这老两口平时就爱拌拌嘴，也不能闹出太大乱子，便建议陪着林要要到花园走走，反正办理出院的人比较多，一时半会儿也办不完。

医院的花园中，出来散步的病患比前几日少了很多，许是身体差不多的全都出院回家准备过中秋了。找了个木椅坐下，正好太阳也已经出来了，金色的桂花在日光照耀下香甜的气息更浓，林要要挺喜欢这个味道，每次来花园都会盯着桂花看好久。素叶跟林要要简单地聊了聊，又不着痕迹地为她做了个心理测试，觉得她正在渐渐摆脱不良情绪，倍感放心。

手机响了下，素叶掏出看了一眼后叮嘱要要在原地等她，要要点点头。

花园中安静极了，林要要忍不住折下小小的一簇桂花捏在手里，捧在手心轻轻呼吸，桂花的香甜令她感到温暖。不经意起了风，披着的外套滑落在草坪上。

林要要弯身去捡，岂料有人比她抢先一步，肩头一暖，那外套又重新披在了她身上。她坐起，这才看清来者，是叶渊。

林要要没想到会是他，微怔了一下，然后敛下眼眸没说话。叶渊在她身边坐了下来，忍不住将她的手握紧：“冷吗？”

林要要呼吸之间除了桂花香还夹杂着男人清冽的剃须水气息，一慌，手抽回：“不冷。”

她没有表现出以往对他的厌恶和冷淡，这令叶渊多少受到了鼓舞。

“我听小叶说了，是你把我抱到医院的，否则我就有生命危险了，所以我要谢谢你。”

“我要的不是你的感谢。”

“你救了我，我很感激，如果能有什么方式报答的话我一定会去做，但不是要出卖自己的感情。”林要要咬了下唇，“对不起。”

他目视着前方，良久后才转头看着她：“你不需要做什么来报答我，我只要求你一样，你的命是我救的，所以从你被抢救过来的那天起，你这条命就已经是我的了，以后没我的允许，你没权利来处置自己的命，明白吗？”

林要要笑中略带苦涩：“死过一回的滋味很难受，我想我没勇气再死第二回了。”

花园入口处素叶静静伫立，看着落叶纷飞下坐在白色木椅上的男女。不知怎的，以前她老觉得林要要跟丁司承配得上郎才女貌二字，但她跟叶渊坐在一起像是比丁司承来得更赏心悦目。丁司承儒雅俊逸，像是童话中走出来的美男子，叶渊高大结实，更像是好莱坞电影中的英雄。

素叶突然觉得，其实林要要更需要个英雄。

丁司承来花园时看见这一幕后就要往前冲，素叶一把揪住了他。

“他怎么来了？”

素叶幽幽道：“你不在乎她，还不允许别人在乎了？”

丁司承噎住。

如果没有年柏彦，素叶绝对不会再踏进叶家半步，更别说一起过中秋。

化妆时间不长，试衣服却用了一个半小时，她要漂漂亮亮地出现在他眼前，让他的眼离不开她。

最后素叶终于敲定了穿着。打底是件圆领纯色小衬衫，配她在意大利买的一级羊绒浅灰色小短裙，薄丝袜，深姜色细腰带作为点缀，一件深秋流行的祖母绿羊绒大衣，再配有与腰带同色系遥相呼应的时装包，时尚而年轻。

她长发简单绾了几下，略显慵懒却妩媚，美丽的耳垂不戴任何饰品，颈部一条简约的锁骨链，只是偶尔的闪耀就会吸引目光。她站在镜子前，来回打量了好几番后才离开家。

在路上素叶给舅妈打了个电话，谎称自己要去朋友家，舅妈也没怎么怀疑，叮嘱了她几句要多穿衣服之类的话就挂断了。时间尚早，素叶一路开着车先是抵达了一家蛋糕店。慢悠悠地挑选了大半天，最终选了一块不太甜却看上去十分可口的蛋糕，结账时特意叮嘱蛋糕店员工，一定要包装得漂亮。

中秋月圆人团圆，叶家也从未像今天这般热闹过，管家和用人们忙得脚打后脑勺。

叶澜早早地就站在门口，见她来了蹿得老高冲着她打招呼：“可算到了，就差你了，大伯父还以为你不来了呢，已经叨叨好几次要给你打电话催。”

她心脏撞击了一下：“全都到了？”这一路上只要她一想到年柏彦，心脏就乱跳个不停。

叶澜点头。

“全都是叶家的人吗？”其实她很想问年柏彦到了没，但没好意思开这个口。

叶澜觉得她的问题挺可笑的：“当然了，过节嘛，肯定是一家人过了。”

素叶心里七上八下，万一他有事没来怎么办？

“姐，那个……素凯还好吗？”

原来殷切出来迎接她是有原因的，素叶斜眼看着她：“你想从我嘴里套情报？”

“素凯说你是跟我们一条战线的。”

素叶一愣：“他跟你说什么了？”

“说……”叶澜故意拉长了声音。

素叶停住脚步，看着她。

叶澜笑得诡异：“这样吧，你告诉我素凯怎么样了，我就也卖个人情给你。”

“威胁？”

“是利诱。”叶澜嘻嘻笑着。

素叶双臂环抱于胸，上下打量了叶澜好半天，良久后道：“素凯回家免不了挨舅妈一顿骂，但我觉得他没那么轻易改变主意，放心吧。”

她从叶澜的眼睛里真的读到了对素凯的关心和情愫，小女孩儿也长大了。

叶澜欢呼了一声，内心的喜悦和亢奋全都写在脸上。素叶没理会她笑得跟月季花似的，扯住了她：“你要卖给我的人情呢？”

叶澜的嘴巴差点伸进素叶的耳朵里：“未来姐夫他到了哦，人就在里面呢。”

一句话说得素叶蓦地脸红，嘴上却不饶人：“跟我有什么关系？”

叶澜追了上来：“咦，脸红了？”

“别瞎说。”

“没瞎说，你脸就是红了呀。”

素叶停住了脚步，奇怪地看着叶澜：“他可是叶玉的男人，你完全不在乎？”

“我在乎什么呀？我爱的是素凯又不是年柏彦。”叶澜故意叫出了他的名字。

这一声名字叫得素叶心脏跳得更快。“你明明知道我要说什么。”她补了句。

“我觉得他俩挺奇怪，再说了，之前在机场，哦，就是我被劫持那天，他看你的眼神跟看叶玉不一样。”

素叶心里的悸动翻江倒海，却还在装蒜：“那个时候？能有什么不一样的……”

“他的目光老是盯着你呀。”叶澜解释给她听，“上了车他不是坐前面嘛，我看到他把后视镜扳到了能看见你的位置。”

素叶呼吸急促。

进了叶家大厅，果真是井然有序的忙碌，管家连同用人们见到素叶后十分恭敬地打招呼叫着二小姐，客厅充满甜甜的桂花香，倒是有了家的味道。没看见年柏彦，只有阮雪琴在叮嘱着用人忙前忙后，见她来了后笑了笑：“你可来了，你爸都快望穿秋水了。”说完叫来管家，“赶紧上楼通知老爷，说小叶来了。”

管家赶忙上楼通知。

“来来来，喝点茶。”阮雪琴热情洋溢。

素叶半推半就也就慢慢地品着茶，对阮雪琴的热情漫不经心。

有人下了楼，是叶鹤城，素叶哼哈一声算是打过招呼。又过了一两分钟，只听到楼上传来了喜悦声：“小叶？”紧跟着是下楼的脚步声。

素叶抬头一看，身子僵住了，目光跃过了叶鹤峰落在年柏彦身上，一时间再也移不开眼。

看样子两人是刚在书房谈完事，年柏彦跟在叶鹤峰身后下楼，身影颀长结实。今天的他干净的白衬衫外套了件鸡心领的粉白色薄毛衫，搭了一条黑色带有零星白点的领带，外套一件黑色休闲款西服，下身是深灰色商务长裤，有亮色的打底不失俊朗，又有深色压阵，看上去英俊内敛。

好似一幕微光涟涟、秋影暗浮的电影画面。偌大的豪宅人影流动，只有他沉静如月，每下一步楼梯都如同踩在了她的心口上。她忘了动，亦忘了收回目光，只觉得指尖的茶暖在他目光的注视下徐徐流淌到心底深处，填补了太多日因这思念所滋生的苍冷和孤寂。

如果此生没有遇见年柏彦，如果此生就这样与他擦肩而过，那么她这辈子会不会平淡如水？人生是场没有回头路的旅程，她无法去想象，但既然上天安排了她与他的相遇，那么她就不愿失去，因为爱过年柏彦这样的男人，她难以想象再去与其他男子相处会怎样。

叶鹤峰的身影挡住了素叶的视线，笑里透着心疼："怎么瘦了呢？"

年柏彦看了她一眼，一言不发地坐在了她对面，拿过阮雪琴递上来的茶，悠自品尝。

他还是不理她吗？既然如此，为什么还一定要她来？手背一暖，是叶鹤峰攥紧了她的手，素叶这才反应过来，不着痕迹地抽出手："我没事。"

没有剑拔弩张和不耐烦，很显然叶鹤峰对她现在的表现十分满意，笑呵呵道："刚刚在书房我还在跟你姐夫担忧你不来呢。"

素叶心口刺痛了一下，姐夫……叶家人已经这么早就扣上所属权了。

如果这里不是北京，如果这里不是叶家，她一定会坐到他身边跟他说，别生气了别生气了……

但她什么都不能做，她保持了沉默，轻轻敛睫，余光只能扫到他放下茶杯的手指，修长且骨节分明，这手指曾经抚过她的眉眼，然后他说，叶叶，你很美。

叶鹤峰以为她是懒得多说话，笑说："今天备下的全都是你爱吃的东西，厨师都是外请来的，两个专做官府菜的大厨，一个从国外请来的大厨。"

不过一场家宴却请来了三位厨师，她的父亲还真是大手笔，是不是要她感激涕零？再开口，言语暗讽："有钱就是好，不过是家常便饭，搞得跟厨师争霸似的。"

叶鹤峰被她噎得尴尬。

阮雪琴被她这句话给逗笑了："你爸爸也是为你好，为了今天这顿饭，他早几天就在准备了，菜单改了一遍又一遍，就怕你不喜欢呢。"

藏在骨子里的攻击性一下子又跑出来了，素叶冷哼："如果真是为我好，那么凡事要征求我的意见才对，你精心准备的那些饭菜中说不准没一样儿我爱吃的！"

"小叶……"叶鹤峰欲言又止。

"我说得不对吗？你知道我喜欢吃什么不喜欢吃什么吗？"

“以官府菜和宫廷菜来说，你最喜欢吃谭家菜的佛跳墙和红楼菜的鸡髓笋，不喜葱姜味，不喜欢吃芹菜。”意外地，坐在对面的年柏彦开了口，轻抿了一口茶后探身放下茶杯又补上了句，“所以今天你父亲特意请来了谭家菜和红楼菜的大厨，又知道你最爱吃鹅肝，便又请来位法国厨师。”

素叶蓦地看向他，他目光沉稳地与她对视，一时间她竟不知道该如何接话了。

“小叶啊，我知道我这个做爸爸的不称职，连你爱吃什么不爱吃什么都不知道，这次还多亏了柏彦提醒。”

素叶听了愕然，他什么意思？

很快叶鹤峰解答了她的疑惑：“你去南非旅游的事我听柏彦说了，你一个女孩子怎么能去那种地方呢？幸亏柏彦去南非办事遇上了你，要不然出点事该怎么办？”

素叶一下子明白了，原来如此。

“是啊，如果你在南非没遇见柏彦，怕是早就遇上暴乱要求助大使馆了。”温柔如水的嗓音扬起，是素叶讨厌的声音，不消抬头去看都知道是叶玉。

她热情洋溢地贴着年柏彦坐了下来，顺势挎上了他的臂弯，目光却是对着素叶的：“也幸亏在南非的时候柏彦照顾了你几天，否则今儿怎么知道你爱吃什么不爱吃什么呢？小叶，你得谢谢你姐夫才行。”

素叶盯着年柏彦的脸，眼底近乎冒了火，不是说对叶玉没感情吗？

叶玉扭头看着年柏彦，似真似假地撒娇：“你知道我喜欢吃什么吗？”

年柏彦勾唇没说话。

素叶冷笑浮于面：“叶玉，你犯得着含酸捻醋吗？你可是未来堂堂总经理夫人，一声年夫人胜过所有。”

叶玉笑了，不咸不淡：“这倒是。”

年柏彦静静地看着这两个女人明枪暗箭，他一点都不担心素叶会吃亏，以她的伶牙俐齿，把人说哭都是小儿科。果不其然，素叶反击了，却连带着将年柏彦一并给卷进去：“不过也得提醒你一句，年夫人的头衔能不能扣在你头上还两码事呢，说不准你在这边心心念念，你的未来夫婿在那边却搂着别的女人夜夜笙歌。”

叶玉脸色一变，那边年柏彦无奈摇头。叶鹤峰将茶杯重重往桌上一放：“行了，开饭了。”

素叶第一个起身离开，年柏彦是最后起身的，一把扯过叶玉，压低了嗓音警告：“别挑战我的耐性。”

叶玉不疾不徐地笑了：“你不是也在利用我吗？刚才我挎着你，你怎么没挣脱？不就是想看看她的反应吗？”

年柏彦松了手："口舌之争你不是叶叶的对手。"

"那就看你向着谁了。"叶玉凑近他，"别忘了，在达成我心愿之前任何状况都能发生，我不想，你也不想。"

年柏彦微微含笑："你在威胁我？"

"不敢。"叶玉眼角眉梢温柔，却一字一句，"只是跟你学会了，为了保护自己的爱人在所不惜。"

走到餐厅门口的素叶回头看见这一幕，叶玉一脸温柔，年柏彦侧脸含笑，心一堵，扭头进了餐厅。

很难得地叶家上下全都凑齐了。一脸满足的叶鹤峰、笑脸相迎的叶鹤城、从容淡雅的阮雪琴、活泼的叶澜、温柔万千的叶玉、始终耷拉着脑袋一声不吭的叶渊，还有，终于露面的阮雪曼，听叶澜说她做美容的时候对护肤品过敏了，脸肿得跟包子似的。

她一脸不快地坐在叶鹤峰身边，完全视她素叶为透明。素叶也懒得搭理她，她被安排在叶鹤峰左手边，身边是叶渊，然后是叶澜和阮雪琴，右边第一位是阮雪曼，然后就是叶鹤城、年柏彦及叶玉。所以素叶一抬头就能看见阮雪曼那张面包脸，余光却能扫到年柏彦的方向。

手机振了一下，是叶澜，只有一句话：你觉得更像面包还是包子？原本素叶就憋着笑，被叶澜这么一刺激终于忍不住笑出声，快速回过去：像包子，酸菜馅的，老远就能闻到酸不溜秋的味儿。

于是，她听到了叶澜无法抑制的笑声。

阮雪曼一拍桌子："你们两个笑什么呢？"

叶澜忙说："我想到了可笑的事。"

"你呢？"阮雪曼将矛头指向素叶。

素叶才不惯着她，抱过来一份佛跳墙，慢悠悠地打开盖子，深吸了一口，头也不抬："我就是在笑你，怎么了？"

阮雪曼怒了，两只眼睛被肿脸挤得都快看不见了，还在努力睁着："没家教！"

啪的一声，叶鹤峰拍桌子发威，厉喝："还没丢够脸吗？你还让不让这个家好过了？先是背着我在南非做出了那种事，然后今天又像个泼妇一样疑神疑鬼，你还像是有两个孩子的妈吗？你让儿女们的脸面往哪儿搁？"

叶鹤峰的怒火来势汹汹令人不敢造次，餐桌都能抖三抖。他的话也成功引起餐桌上每一位的关注，纷纷停住动作看向阮雪曼，就连不吱声不吱语的叶渊也抬头，目光迟疑。

只有年柏彦神情依旧，修长的手指落在杯沿上轻轻敲动，有漫不经心之态。素叶看见这一幕，他敛着眼，眼观鼻鼻观心的，所以无法揣测他究竟在想什么。难道这件事是年柏彦主动和盘托出的？她不解了，他不是一个遇事张扬的人，就算有真凭实据是阮雪曼做的，那么依照他的性子，怕是自己出面摆平的概率更大一些。

正迟疑，就听阮雪曼近乎哭喊了："我跟你夫妻这么多年，还为你生了两个孩子，难道就换不来你一丁点的信任？南非的事我已经跟你解释了很多遍了，没错，我是听说小叶也去了南非感到奇怪，所以就找了人跟踪她和柏彦，但我只是找人跟踪他们，什么都没干哪！"

"你什么都没干？那柏彦受枪伤是怎么回事？"叶鹤峰越听越生气，厉吼。

"柏彦受伤的事我也是听股东们说我才知道的。"阮雪曼拼命解释，"我就只是花了点钱派人跟踪他们而已，见他们没什么越轨的行为也就作罢了。"

叶鹤峰气得胡子一颤一颤的。

"您好端端的跟踪他们做什么啊？"一直沉默的叶渊不着痕迹地看了一眼叶玉，见她也是一脸无奈，重重叹了口气，"这些都是我们的事，谁跟谁有缘走到一起都是注定的，我们晚辈的事您就别跟着瞎操心了。"

他不是聋子，年柏彦还远在香港意外地给他打的那通电话中，他听得出话里话外有对素叶的关心；他也不是瞎子，林要要被送往医院，年柏彦也来了医院，却明摆着是冲素叶去的。两个都是他的妹妹，他这团火发不起来，如果换个女人，他也会照着年柏彦的脸挥过去。

年柏彦说话了，就像是一个看够了热闹的人终于有了退场的决定："董事长，这件事怕是您多想了，照我看就是一场误会，至于我中枪这件事……"他微顿，目光却从素叶脸上不着痕迹地滑过，幽暗又有光亮，像涟涟的晨光又熹微如雾。"每次我去南非都像是死里逃生，习以为常，有利益自然就会有风险。"

"对对对，老叶啊，你看看，连柏彦都这么说了你还不相信我？"阮雪曼一下子找到了救命绳索，拼了命地把自己往无辜里摘。

叶鹤峰还想开口说什么，年柏彦又道："今天怎么说都是中秋节，别为些小事影响了团聚的气氛，事情过去了就过去了。"

他一句话结束了上述话题，其他人也纷纷劝说，叶鹤峰这才稍稍收敛了怒气。素叶没参与，对于这家人来说她原本就是个外人，说与不说没有太大区别，但在沉默间大脑也迅速捋清了几件事。

第一件事，是她误会了年柏彦，想来他并没有对父亲提及南非的事。

第二件事，她原以为父亲退居二线就彻底两耳不闻窗外事了，岂料姜还是老的辣。那么，他知不知道那一枪其实是年柏彦替她挨的？刚刚她仔细观察了一下，最后得出个结论，他极大可能并不清楚年柏彦中枪的真正原因；

第三件事，是有关贝拉的。年柏彦后来辞退了贝拉，原因就是她给阮雪曼通风报信。但从今天阮雪曼的反应来看，贝拉当时可能没有对她说出全部事情，如果阮雪曼知道她与年柏彦在南非同吃同住，依照她的性格一定不会善罢甘休。

第四件事，就是年柏彦，显然他在放烟幕弹。暂且不说阮雪曼究竟有没有派出那些杀手，至少他不希望有太多人参与进这件事。他是经常在南非游走的人，步步为营、精于算计，哪些人是冲着利益去哪些人是冲着他命去的，能瞒过他的眼睛？怕是他已经对这件事起了疑心，所以怎么可能风轻云淡一笔勾销？只有一种可能，他还在调查这件事。

无形的窒闷如秋夜霜雾悄然蔓延，她透不过气，筷子掉在了地上，弯身去拾，叶鹤峰赶忙道："别捡了。"又忙叮嘱管家重新换一套餐具来。

素叶已将筷子拾起，起身："不必了，我自己去拿，当是透透气。"

餐具有独立摆放的空间，还有专门负责清洗、管理餐具的用人，素叶从来不知道在北京这个寸土寸金甚至让人为之奋斗一辈子只想有个安所的地方，叶家却让餐具住上了自己的房子。她讽笑，手指抚过每一件餐具，或上好的黄花梨木筷，或优质的银器、奥地利奢华水晶餐盘、雕花精致的小勺……每一样都像是来自童话世界。

她长睫敛下，遮住眼底化不开的悲痛，她的母亲可能都不曾看过这些。素叶双手搭在餐具台上，痛像是长了无形的爪子，拼了命地往她五脏六腑甚至是血管里抓。

身后有脚步声，沉稳却悄静。

她余光扫到了那双男式皮鞋，一尘不染，黑色牛皮纯手工订制，他的皮鞋风格相似，不同的是质地，她曾笑他鞋子应该多种多样，他则回她，什么样的鞋子穿着舒服只有自己才知道。她很清楚，他明说皮鞋，却暗指他对一个人或者一段情的态度。

素叶没想到年柏彦会跟进来，众目睽睽之下他就这么堂而皇之，这算是他和她自冷战过后的单独相处吗？

"叫我来如果只是让我见证阮雪曼的无辜，那么你错了，我痛恨她，甚至恨不得她马上死在我面前，这种恨是铁定的事实。"

身后有短暂的沉默，很快他走上前，从她手中抽出筷子："你错了，我很不想你来叶家，尤其是这个时候。"

素叶愣了，看着他将筷子随意放到了一边，转过身面对着她。

"难道你没发现你父亲瘦了很多吗？他的身体一天不如一天。"年柏彦轻叹一声，"他一直很想见你，看看你好不好，这只是一个老人想见儿女的最平常的心愿。"

一丝从未有过的酸楚泛上心头，很难受，又有点说不清道不明。素叶讨厌这种感觉，冷哼："他的儿女那么多，就不差我这么一个了吧。"

年柏彦肃了神情，将她的脸扳了过来："你再痛恨，他也是你父亲，没有他就没有你。

他老了，没有那么多的日子来等你的原谅。你不能太刻薄，否则你会有后悔的那一天。”

他的气息明目张胆地钻进呼吸之中，素叶扭开了脸，他的手指滑落：“年柏彦，我不需要你的说教。我哪怕再刻薄，也分得清哪些人需要我的刻薄，哪些人不需要。”

素叶随便抽了双银质筷子欲要转身，年柏彦叫住了她，不知何时手里已多了一双黄花梨木筷子，递给她：“用这双吧，不会硌手，也不会烫嘴。”

两人同时回餐桌的情景引来不少目光，叶鹤城说话了，似笑非笑：“柏彦，小叶也不是小孩子了，换餐具而已，你不用陪着吧？”

面对叶家，素叶始终像个刺猬，哪怕是萤火般的力量也会殊死抵抗，所以容不得叶家人对她攻击一句，叶鹤城的话连带着将她一并卷了进去，所以触碰了她的那个点，只是刚准备反击却听年柏彦说了句：“我向来用不惯银筷子。”

轻描淡写的一句扭转了令人误会的局面，他顺势看了素叶一眼，眼神沉定，素叶读懂了他的眼神，似乎在告诫自己解决事情的办法未必只有剑拔弩张。

阮雪琴开口，冲着叶鹤城：“别有的没的乱说。”

“我不过就是开个玩笑。”叶鹤城赔笑。

叶鹤峰说话了，是对着素叶的：“刚刚是爸爸不好，叫你来家里吃饭就想着团团圆圆的，爸爸不应该在餐桌上提到在南非的事。”

素叶没滋没味地吃着东西，脑海中回荡着刚刚年柏彦对她说的那番话，抬眼看向叶鹤峰时眼睛着实刺痛了一下。她痛恨这个男人，痛恨这个抛妻弃女背叛婚姻的男人，痛恨这个让自己母亲等了一辈子寂寥了一辈子直到临死都没见到一面的男人。这股子仇恨早就蒙蔽了双眼，她一直将他视为仇人，却忘了原来仇人也有老去的一天。酸楚的滋味来得不清不楚，扰乱了她一向坚定的仇恨，深吸了一口气，她淡然回答：“无所谓，餐桌上的任何话题我都不感兴趣。”

她没再针锋相对，只是淡然处之，叶鹤峰舒坦了不少，紧跟着又说了好多话，言语间也越来越开心。

“尝尝这个，这道菜是爸爸特意命厨师准备的。”叶鹤峰夹了一口菜放在素叶盘中，“这道菜是爸爸有一次无意间吃到的，吃完就在想我的小叶肯定会喜欢。”

他还是将她当成了孩子，也许这么多年，她在他心里始终就是那个只会睁着大眼睛盯着自己的小女孩儿。素叶鼻头一酸，使劲攥了攥筷子，半晌后才品尝了一口，叶鹤峰问：“怎么样？好不好吃？”

“挺好的。”

“喜欢吃就多吃点。”叶鹤峰欣喜，拼了命地往她盘中夹菜。

素叶看着他两鬓的斑白，看着他因她一句“挺好的”而激动的神情，眼睛又刺痛了一下，低下头暗自深呼吸。

所有人也全都动了筷，不同于上次的家宴，这次餐桌上的话题轻松了不少。也许是因为叶鹤峰发过火，又也许真的是中秋圆月，大家都心照不宣说些无关痛痒的话，席间属叶澜最活跃，频频逗得大家开心。

素叶的心情也好了很多，直到——

叶玉温柔地为年柏彦添酒加菜，行为举止就如同恩爱的夫妻似的，而年柏彦自然而然地接受。心口上就像扎了根针，疼痛荡漾开来，其实她承认，叶玉比她温柔。

见她不再动筷，叶鹤峰关切地问："怎么了？"

她摇头，用筷子拨着盘中的菜，叶鹤峰笑了："你呀打小就不老老实实吃饭。"

叶鹤峰又开始回忆她小时候，素叶听着难受但也没吱声，直到叶鹤峰说到了一件事。"还记不记得你小时候最喜欢的一个小木马？红色的，手工雕的，你就是喜欢啊，看见了死活就不走非得要，但人家那个木马是不卖的，于是你就开始大哭，哭得我和你妈妈都没辙了，你就是——"

啪！

素叶将筷子重重放在了餐桌上："够了！我妈已经死了，你觉得回忆是件幸福的事吗？对我来说回忆就像毒药似的，每经过大脑一遍我就得中毒身亡一次！"

叶鹤峰，她明明是痛恨这个男人的，可为什么看见他憔悴清瘦的样子后心会这么疼？她开始愤怒，愤怒他为什么把自己弄得这么憔悴！愤怒他为什么原本就不舒服还不去医院！愤怒他为什么一定要叫她来叶家吃这顿饭！还有那个年柏彦，他凭什么？凭什么让她承受这一切？

叶鹤峰一时间不知所措："爸爸不是故意的，爸爸是……"

"我不想再听你说什么了。"见他如此小心翼翼，心底的酸楚终于像是开香槟瓶似的嘭的一声响迅速扩散开来，她的鼻子是酸的，蔓上眼眶也是酸的，胡乱抓过餐布擦了下唇，语气漠然，"我还有事，我先走了。"

她讨厌自己的心软，这样的自己实在令人厌恶！

Chapter 20

你家是盗皇陵的吗

▼

夜幕吞噬了天边最后一点的光亮，霓虹染亮了长街，车影纷沓好不热闹。

素叶静静地坐在大理石地面上，背靠着墙，双手环抱着双腿，透过落地长窗可看到被车影塞满的长安街和国贸附近的光亮。外面是热闹的，室内出奇地安静，静得只有她的呼吸声。

小木马的事她记得不是那么清楚了，具体的情节是听母亲后来提及的，当时她就是喜欢那个红色的小木马，在人家门口死活不走，甚至还把小木马揣兜里，母亲说她喜欢小木马的味道。后来叶鹤峰主动上门求了人家好几天，甚至要出钱买，但对方就是不肯相让，再后来母亲没办法就带着她去坐了次旋转木马，这才抚平了她那颗小小的受伤的心灵。

她不喜欢回忆，因为回忆太残忍。

今天中秋夜，没人加班，三十分钟前她瞒过了保安的眼睛，费了九牛二虎之力终于潜入了这座大厦，不是因为要看北京多么迷眩的小夜景，而是因为她能想到的唯一能等到年柏彦的地方就是这里，精石集团。

不知道等了多久，也许是几分钟，又或者是几小时，总之，时间失去了概念，渐渐地她困了，下巴抵在膝盖上。拐角的电梯发出轻微嘀的一声。素叶没在意，耳朵沉静太久了，反而不灵光了，又过了两三秒钟，突然有双男士皮鞋闯进了她下垂的目光中。

素叶愣怔，突然反应了过来，蓦地抬头，很快眼眶红了。年柏彦的脸颊被月光笼罩得温润如玉，一时间她忘了起身，仰头看着他。

年柏彦眸底愕然，隐隐浮动着喜悦，他也忘了下一步动作，足足有半分多钟才低低说了句：“你果然是在这儿。”

素叶的心开始了不规则的跳动，他的第一句不是“你怎么在这儿”，而是“你果然在这儿”，这说明什么？她不敢去深想，只觉得从这个角度看着他，是从未有过的幸福。

年柏彦探下胳膊圈住了她的腰，稍稍用了一点力，她被他拉起纳入了怀中。素叶的双腿有点麻，只能钩住他的颈部，全身心地靠着他：“我在等你，是你说的，你会找到我……”

他眼睛一眨不眨地凝着她，她的脸轻轻仰起，退去了平日骄傲的面具。见他紧抿着唇，她一时间又惊慌了，从旁边拿过一个精致的小盒子，边拆包装盒边道：“其实我是想给你送这个吃的。”

他这才看到，她手里捧了块小小的蛋糕，不由得愕然。素叶赶忙解释：“我知道你还生着气呢，人家都说吃甜食能使人消气，所以我买了这块蛋糕，你吃一块吧，吃完就不再生我的气了吧。”

年柏彦愣住了。

“你尝尝吧，其实不怎么甜的，我没有挑很甜的那种。”素叶翻出小勺子，切了一小块递到年柏彦唇边，满眼期待。

年柏彦张口，目光却不离她脸颊须臾。见他吃了，素叶笑了：“好吃吗？”

“好吃。”他淡淡回答。

她又喂到他嘴边第二口：“等你都吃完了，心情是不是就好了？就不再生我的气了？”

年柏彦吃了第二口。

“我知道那天我无理取闹了，其实我一点都不想跟你吵的，你走了之后我哭了好久，我——”

接下来的话被年柏彦突然落下的唇给堵住了，手一松蛋糕掉在了地上。他的吻突如其来，却又像是等待了太久，近乎蛮横霸道，像是发泄胸腔所有的焦急、等待、愤怒、关心，急切地碾开了她的唇，撬开了她的齿。

眼泪顺着紧闭的眼角滑落下来，然后，她觉得年柏彦的吻变柔和了，吻走她的泪水，滑于耳畔：“怎么这么傻？如果我一晚上都不来公司呢？”

“那我就等一晚上，一直等到你来。”她哽咽。

“傻瓜。”年柏彦将她搂在怀中。

她听到他的心跳声，与她的心跳频率是一样快的，怦怦直击双耳，她很怕只是一场梦。良久后年柏彦才放开她，低笑：“我真是好奇你没门禁卡是怎么偷溜进来的？”

“我想办法避开摄像头爬上二楼啊。”

年柏彦挺直身子看着她，一脸不可思议。

“珠峰我都征服过，爬楼算得了什么？”

年柏彦没料到她会这么说，忍不住笑了。

素叶惊奇地看着他：“你笑了？是气消了吗？”

“谁说我气消了？”年柏彦突然收敛了笑，目光严肃。

素叶的气焰矮了一截，看了看他，又看了看地上：“那个……蛋糕都掉地上了，没法儿吃了。”

年柏彦差点又被她逗笑，忍住了，从公事包里掏出一部手机直接塞她衣兜里，语气恶劣：“你给我听好了，这部手机再敢没电你试试！下次再让我找不到你，你就乖乖等死吧！”

他从未用过这种近乎孩子般野蛮的语气跟她说话，一直以来他训她都跟训闺女似的。素叶从兜里掏出手机，全新的一部：“我……我有手机啊……”

“不知道回家等我？转身走的时候挺大义凛然，脑子放哪儿了？当椅子坐了？”年柏彦粗声粗气，“从今以后不准给我断网，听见了吗？”

素叶咽了下口水：“不断网的意思是……”

“给我保持网络通畅！”年柏彦近乎咬牙切齿，“这样，我以后才不会像傻子一样到处找你！”

一句话让素叶动容。其实她有奢望年柏彦会找她，却也不及亲耳听他承认，鼻头酸了，扑到他怀里：“谁说你是傻子呀，你是最最英明睿智、最最温柔体贴、最最英俊不凡的年柏彦呀，你瞧，我在这儿你都能找到我呢。”

年柏彦看着跟他亲昵的女人，心像是被一只手轻揉了几下似的。他想念这种感觉，虽说他不明白找到她跟最温柔体贴最英俊不凡有什么关系，但不得不说，他需要她的小鸟依人，需要她对他的依赖。

素叶能感觉到他唇角松缓了，脸一个劲儿往他怀里钻，贪婪地重温他温暖的气息和给予她的安全感。还有淡淡的酒香，有一瞬的迟疑——他是中午喝的酒，怎么到了晚上酒气还这么重？仔细看他，又很清醒。

“你笑笑呗……”她伸出手指抵在他的嘴角往上戳，“你不笑的时候可吓人了。”

他目不转睛地看着她，唇角稍勾。素叶笑了，一下子搂住他的脖子：“你刚刚说你在到处找我是吗？”

“我懒得浪费时间在你身上。”年柏彦语气虽说恶劣，但怎么都像是气话了。

素叶轻轻扯住他的领带一角晃荡：“柏彦……”

“别以为说几句好听的话我就能消气。”

素叶干脆学了章鱼，死活黏在了他身上：“海上都生明月了，你就不能跟我共此时呀？”

一句话成功地令年柏彦彻底气消：“跟你共此时我会被气得少活好多年。”

素叶娇笑。

年柏彦才倒出功夫仔细打量她：“鞋呢？”

素叶顺着他的目光低头，抬首时略显尴尬：“那个，一只在爬楼的时候掉楼底下了，另一只，哦，在那儿呢。”她指了下不远处的角落里。

年柏彦终于忍不住笑了，将她圈回怀里：“你呀你……”

她只剩下傻笑。

“饿了吧？”

素叶在他怀中点点头，年柏彦放开了她，脱下外套铺到了地上：“踩着。”

素叶盯着地上的羊绒大衣，紧跟着拾起来抱在怀里：“你疯了，这么贵的衣服干吗扔地上？”

年柏彦二话没说从她怀里夺过衣服，再次扔到地上，令她裸着的双脚踩在大衣上，见她又要挣扎，喝道：“敢动试试！”

她不敢动了，直挺挺踩在厚实的大衣上，心如滴血，她仿佛看到双脚踩着的是铺在大理石上的厚厚几层钞票：“年柏彦，我会把你的大衣踩坏的！”

“踩坏了你再赔我一件。”年柏彦漫不经心说了句，四下看了一眼，不知道在找什么。

这话吓得素叶魂飞魄散，嗓子像是被人掐紧了似的尖细：“你这件大衣可能比我一年的房租还贵吧？年柏彦，我马上要交房租了！赔不起了！你这样会让我破产的！”

“给我闭嘴！”年柏彦朝洗手间方向过去，临进去之前威胁了句，“给我乖乖站在上面不准下来，否则赔我两件。”

一句话成功地令素叶闭上嘴巴。

没一会儿他出来了，手里多了卫生纸，清理干净了地面上的蛋糕，将脏的卫生纸扔进了垃圾桶。素叶赶忙从大衣上撤离，拾起衣服递给他。他没接：“替我拿着。”

她还没反应过来，年柏彦便将她打横抱起进了电梯。等快到低层时她才憋不住开口：“年柏彦……”

“嗯？”

“那个……”素叶抬眼看着他的下巴，方正性感，“新手机你是送我的吗？”

年柏彦低头看着她，她马上读懂了，谄媚起来：“原来真是送我的，这多不好意思啊，那么贵。”

“嫌贵？那算了，我收回来。”

素叶马上没出息地摆明态度：“都送出去的东西哪有收回的啊？我只是觉得得事先

说好了，手机是你主动送的，我可没主动要啊，千万别把我看得太贪慕虚荣了。”

“你是贪财，倒不虚荣。”

素叶笑得开怀了，也不计较他这么形容她：“这算是男朋友送女朋友的礼物吗？”

“你说呢？”

“那你是我男朋友吗？”

“你说呢？”

“我是要你说啊，年柏彦，我是你女朋友吗？”

“自己琢磨去。”

“喂，你的话我不懂啊……”

入夜的金融街少了白日的硝烟战火，多了静谧的璀璨。年柏彦带她来到了金融街唯一一座四合院里用餐。这家餐厅素叶曾经在杂志上看见过，被誉为北京最漂亮的一家餐厅，也是福布斯世界最贵餐厅排名第 18 位的新贵餐厅。

“中午你没吃多少东西，晚上多吃点。”年柏彦许是早就安排好餐点，省去了点餐环节。

素叶听着窝心，原以为他压根就没在意她吃了多少东西。

“我原本想着你送我部那么贵的手机，今晚怎么着也得请你吃饭了，但这个地方还是你请吧。”

年柏彦笑了：“别把自己说得那么可怜，在北京你的收入也算是金领了，这里的消费难不倒你。”

“那看跟谁比了，你个资本家就坐在我面前呢，我哪敢在您面前耀武扬威？”

“甘于向金钱低头了？”

“我一直在低着呢。”

很快，一个个精美的碟子端了上来，从最简单的老北京豌豆黄、杏仁酥、芥末墩等糕点甜点，再到山葵沙丹虾球、蒸鲥鱼、清酒鹅肝、牛仔骨、咸水角及必点的官府菜黄坛子，无一不精致到了极点。

素叶忍不住咂舌：“年柏彦，今晚还有别人吗？”

“只有我们两个。”

“我会吃成个胖子。”素叶抱怨，“最合理的膳食是倒金字塔结构，你帮我倒过来了。”

年柏彦拿起筷子，将鱼肚夹给了她：“没事，我不嫌弃。”

“你居心叵测。”素叶食指大动，大快朵颐。

年柏彦一个劲儿地为她夹菜：“慢点吃。”

素叶像是饿了几天的人了。这也难怪，自从冷战后她食不知味睡不得眠，怕是身体透支了也不清楚，直到与年柏彦重归于好，她的所有感官知觉全都回来了，最先跟她抗议的就是胃。

手机响了，素叶看到他将另一部手机也一并拿了出来放到桌上，觉得有点眼熟，仔细看去才知道，跟他送她的那款一模一样。

年柏彦接电话的时候她凑得离他更近，手指碰了碰那部手机，见他没有阻拦便明目张胆地拿在手里——功能跟她的那部一模一样，翻了通讯录，却只有一个联系人。是她，手机号码、办公室座机、电话号码……

素叶蓦地明白了，这是他新配的私人手机，又给她买了一部一模一样的，想着心头更甜了，不管他正在接什么电话，主动在他的脸颊上吻了一下。

年柏彦唇畔的笑容更深，腾出只手臂将她圈在怀里。呼吸间又是淡淡的酒香，素叶侧过脸找到了酒气来源，是他薄毛衫上的，衬衫领口也有，隐约可见酒渍，便觉得好奇了：一来叶家中午喝的是红酒，这分明是白酒的酒渍；二来年柏彦这人向来注重穿着形象，这样的一个人怎么会允许身上有酒渍？

伸手去碰，正在通话的年柏彦却拉过她的手于掌心间细细把玩。

通话的时间不算太长，通话结束后他略有所思。素叶敏感地察觉后问他怎么了，他摇头说没什么。两人用餐的气氛始终和谐，直到年柏彦再度提及中午的事，素叶唇角的笑渐渐隐去。

年柏彦夹了块虾肉放到她面前：“就算是判了死刑的人，也总要给他忏悔的机会，更何况对方是你父亲。”

“我不想提起那边不代表我可以放下仇恨，就算放下仇恨也不代表我会主动靠近。”素叶拨弄着虾肉，“中秋节原本就是团圆日，我对于那边来说始终就是外人，没了我，那边中秋会过得更开心。”

“怕是这个中秋就是叶家祸端的开始了。”

筷子在虾肉上停滞了一小下：“什么意思？”

“阮雪曼住院了。”年柏彦敲了敲手机，意为这是刚刚电话里的内容。

“这是叶家的祸端吗？我怎么觉得这是件令人愉悦和欢歌起舞的乐事呢？阮雪曼做的缺德事那么多，住院都便宜她了。”

“她吃了含有剧毒的豌豆黄，送进医院时生命垂危，下午近 5 点才抢救过来。”

素叶停下筷子，一脸的不可思议。她原以为阮雪曼不过是小打小闹，例如吃坏了肚子进医院之类的事，不承想竟然是中毒：“究竟是怎么回事？”

年柏彦道出她走后的事。

厨师上了豌豆黄，原本是每人一例的，但席间有几人没动，就余出来几例，阮雪曼向来喜欢吃这口，将多出的几例全吃了，结果就发生了中毒事件。叶鹤峰一怒之下报了警，警方初步分析，阮雪曼应该是误食了老鼠药才导致中毒，为此，警方开始盘查出入叶家的用人及外聘的工作人员。

这也是在素叶离席后他无法第一时间追出去的原因，等阮雪曼终于脱离了危险期，年柏彦叫来了许桐，叮嘱她万一有什么情况随时通知他。

素叶沉默，老鼠药？叶家不会有老鼠，又何来的老鼠药？

“下毒的人抓到了吗？”

年柏彦摇头。

“你怀疑有人蓄意下毒是吗？那么这个人的目标人物是谁？我觉得阮雪曼只是误打误撞中的毒。”

“这也是我最担心的。”年柏彦神情凝重，“能在叶家下毒，还神不知鬼不觉，怕是常年在叶家的人。”

素叶点头：“如果阮雪曼是倒霉中毒的那个人，那么真正应该中毒的人是谁呢？”

“当时我、叶玉、你二叔叶鹤城都吃了豌豆黄，相安无事，那么没吃的人有你的那份、叶渊、你父亲、你二婶阮雪琴及叶澜。”说到这里他停顿了一下，看着她，没继续说下去。

素叶却很快明白了，头皮一紧：“没吃的几人中，就只有他最有可能。”她口中的“他”指的是叶鹤峰，“有人要害他，但阮雪曼误打误撞吃了他的豌豆黄！”

年柏彦眉间凝固：“虽说这只是我们的分析，但极大可能是这样。”

素叶攥筷子的手使了劲儿，心里泛起说不清道不明的烦躁感。年柏彦看出她的情绪变化来，拉过她的手作为安抚：“在我看来，叶家表面平静实则暗流湍急，如果今天是你父亲中了毒，那么叶家不定会掀起怎样的风波，投毒的人一天没找到就多一天的风险。”

“不是有警察介入了吗？这种事也不是我们能预防得了的。”

“如果你不关心，心情就不用这么复杂了。”

素叶搂住了他的颈部，声音楚楚可怜：“反正都没出什么事，咱们就不要再说这个话题了好不好？我不想听到这些。”

从上了车，年柏彦就一直没问她想去哪儿，像是有目的地前行；她只觉得月色很美，夜色熏染，以为他不过是带着她游车河，便也没多问。对她来说，有年柏彦在身边，一切都是美好的。

前方红灯，车子缓缓停了下来，年柏彦转头看着素叶，车窗外虽是夜色弥漫，可他的眼前就像是有阳光刺穿了阴霾般明亮，使得他这阵子一直孤寂焦灼的心也跟着豁然开朗。

她低着头鼓弄手机，显然对新型手机的功能十分欣喜，随手抓拍了张月亮的照片后兴奋道："真是一分钱一分货，有了这部手机我都能成专业摄影师了。"

又对着年柏彦连拍了好多张："年柏彦，你好帅啊。"

"谢谢。"

"人长得帅就是好，都不用修照片。"素叶又举起手机打算多拍几张。

年柏彦笑着拉下她的手，语气宠溺："别闹了。"

"好吧。"素叶看了看前方路况，"这个时间还这么堵，年柏彦，不如咱们把车开到人少的地方，让我多拍几张夜景得了。"

"等你拍完照片再回家都第二天早上了。"

素叶叹息了一声，闷不作声，年柏彦问她怎么了，她伸了个懒腰："送我回家吧，我想休息了。"

其实很想问他，今晚我们要分开吗？你要不要去我家……但这些话不论哪一句说出来都觉得怪怪的，就好像是对他发出邀请似的。可她没那么多想法，只是单纯地想多跟他待一会儿，哪怕是喝喝茶聊聊天。她和他虽说是发生了关系，但谁也没规定这种关系要变成夜夜相陪。她明白，像他这种男人更需要独立空间，所以关于这一点她不想提出，也不能提出来。

年柏彦笑了笑："累了？"

素叶点头。

年柏彦没再说话，专心开车。前方的路口越来越近，直到年柏彦竟越过了它。素叶惊讶了一下："你开错路了，应该上辅路。"

"为什么要上辅路？"年柏彦明知故问。

"走那条路才能到我家啊。"

他笑了，腾出只大手掐了掐她的脸颊："宝贝儿，我可没打算送你回家。"

封闭的车厢，男人低沉磁性的嗓音，这句"宝贝儿"叫出来平添了许多暧昧。素叶听了抿唇笑了，他从没这么叫过她，心口莫名激动。

"那……让我猜猜你想去哪儿。"她凑近他，"还有什么好吃的？"

年柏彦一手握着方向盘，一手牵过她的手："没追求。"

"那你带我去哪儿？"

"我家。"

素叶一下子愣住。

这是素叶第一次真正感觉到差距，同样是四合院，同样是四角围成的天空，环境却相差这么大。舅舅家也是四合院，但与之相比就太大区别了。

素叶像刘姥姥进大观园似的东瞅瞅西看看，每到一处都叹为观止。北房、南座、东厢和西厢格局都非常规整，前院和内院之间设有以吉祥纹饰雕梁画栋的垂花门，仔细看上去竟都是加蓬的进口红木。偌大的庭院种植了海棠和玉兰，植物之间又开辟了人工水渠，里面饲养了美丽的锦鲤。四合院不宜高建，一层可休息、会客、用餐，还设有泳池，二层是卧室、书房为主，客房又设了四到五间，中庭之上有安装开合屋顶，这完全是优化空气之用。最令她崩溃的是，这么一座四合院竟有两部小型电梯，直达地下二层。

她以为叶家就够奢侈的了，没想到这座在外面看起来不显山不露水的四合院竟暗藏奢华。所以当他从身后将她搂住时，她恨得咬牙切齿："年柏彦，你是个奸商！为富不仁的奸商！我被你扣除的那些钱是不是都拿来添置房间摆设了？"

年柏彦没回答她的话，她话音刚落，他便毫无预告地吻上了她的唇，他的热情惊了素叶："年柏彦，你别……"

他没等她说什么，直接将她抱到了沙发旁，手臂一松，她就摔在了沙发上，年柏彦健硕的身子压了下来，动作跟以往相比粗鲁了太多，情人间的厮磨也带上了强迫的意味。

"你弄疼我了……"

"不喜欢吗？"年柏彦扯开领带，厮磨间衬衫的领口也松了，露出健硕的胸膛。

素叶被他眸底的暗光吓了一跳。他从来不是个猴急的人，他的动作也不像是急于泄欲，相反更像是掌控，似乎只有通过这种方式才能满足他内心深处的控制欲。素叶抵住他的胸膛："你别这样……"

年柏彦压下脸，嗓音是醉人的低沉："可是，我想这样。"

炙热的气息灼烧了她，连同他的话，他的唇时而阴柔时而疯狂，令她的心也跟着上下起伏不定。室内的灯光如鹅毛般轻柔，有淡淡的影子被拉长，摇曳在墙壁上。鹅黄的光，黑的影，男的伟岸，女的娇柔。

他看得痴，胸腔是急于呼出的渴望。低头，吻便贪婪，却不似刚刚的霸道粗鲁，相反绵柔如水，他和她还有一整晚寄于温存，所以他并不着急，他喜欢看着她像一尾渴水的鱼紧紧搂着他、绞紧他。

一场欢爱使素叶真气耗损，唯一的感官就是喘气，呼吸间有汗水、两人身上黏合一起的气息及男人雄性荷尔蒙的味道。

有手机铃声隐约入耳，很陌生的铃声。

"是你的响还是我的响？"

"你的。"年柏彦亲吻了下她的额头，翻身下床。

没一会儿他拿着手机进来，素叶看到的是一具活色生香的身体，顿时脸红耳红。虽说不止一次发生关系，但她始终还是不习惯正视他的身体，这也许就是帅哥的魅力，太帅了，女人跟他上床都会觉得不好意思。

赶紧翻过身去接过电话，男人也上了床，她又重新被他搂回到怀中，与他结实的胸膛相贴相靠，如铜墙般安全可靠。可电话里的气急败坏令素叶头发丝竖起。是舅妈。

“不是说跟那个年柏彦一点关系都没有了吗？”

她明显感觉到年柏彦的手指在她腹间停滞了一下，很快便一路向上，倏然用力揉捏，像是惩罚。她顿时矮了一截，一边是盛气凌人的舅妈，一边又是悄然漫上不悦的情人，她夹在中间左右为难，权衡之下她只能先顾眼前的，献媚般冲他笑了笑当作安抚，又忙投身到与舅妈的伶牙俐齿互搏的局面去了。

“小叶啊，你可不能骗舅妈啊，你到底跟年柏彦是怎么一回事？你的电话为什么一直打不通？还有你说你陪朋友过中秋，你哪个朋友？住在什么地方？真是你朋友还是你跟他在一起呢？”

“我怎么可能骗您呢？我的手机没电了，到了朋友家才充上电的，我这个朋友您没见过，是……”她迟疑了一下马上不着痕迹继续，“是我在国外的同学，她只身来北京，身边没亲戚家人的，又内向，不爱跟陌生人接触，所以我才来陪她的。”

“真的？”

“真的。”她铤而走险，“要不您跟她说两句？”

年柏彦用惊奇的目光打量着她，素叶却十分自信。她睁眼说瞎话的本事登峰造极，舅妈虽说平时耀武扬威，但不是一个真愿意给儿女添麻烦的人，所以越是这么说越是安全。

果不其然方笑萍嘟囔了句：“你这孩子，就拿这种话来激舅妈，舅妈还不是为你好？”

“哎呀，我当然知道舅妈您最好了。”

他将她的神情变化尽收眼底，这个女人，纵是平日再千变万化也不过是保护自己的面具，这些面具在外人眼中是性格跋扈、脾气怪异，可他能看到的是她最本真的样子。

“年柏彦呢？”舅妈不忘重点。

素叶千躲万躲还是没躲开这个话题，不消抬头也能察觉到男人正盯着她，但舅妈自然也是无法糊弄的，她深吸了一口气，“什么怎么回事啊，上次不是跟您说过了嘛。”

典型的四两拨千斤的回答。

奈何方笑萍不吃这一套：“你跟我保证过不再跟他有任何关系，但昨天他找家里来了。”

“八成就是为了让我去叶家吃饭呗。”素叶只好破釜沉舟，“您就放心吧，我和他真的没联系。”

腰间男人的大手倏然加重了力量，疼得素叶龇牙咧嘴。

“那好，如果你跟他真的断干净的话，中秋节过后去相亲。”

“相亲？您开玩笑吧？”

“你都二十八岁了，再不结婚生孩子我都没脸到你妈妈墓前拜祭。”

“舅妈，我——”

“你也别推三阻四的了，就这么说定了，相亲对象我都给你选好了，中秋节一过你麻溜儿给我见人去。”

“我不想……”

“不想？那你就跟纪东岩交往试试，虽说娃娃亲什么的不靠谱吧，但总要相处一段时间才能知道合不合适。又或者你就赶紧给我回家，别在外面过什么中秋节了，我给你好好讲讲女人怎么过才叫幸福！”

“好好好，舅妈，我去相亲，去相亲。”素叶最怕这招，一旦让舅妈打定了主意，那她今晚无论如何都不可能留在年柏彦这儿了。

“我跟你说啊，对方就是你刘阿姨她儿子同事家亲戚的儿子，比你大两岁，是本地人，公务员，有房有车的，这个职业好啊，旱涝保收生活稳定的。对方的照片我可看到了，小伙子长得挺精神的，你的照片我也给对方看过了，是人家小伙子亲自打来的电话，我觉得那小伙子是看上你了，我——”

“舅妈。”素叶越听心里越惶惶不安，赶忙打断，“这件事等我回去再聊好吗？我这边还有事先挂了啊。”

短短的几分钟，素叶却像是打了场仗似的身心俱疲，年柏彦大手一伸翻过她的身子，吻就霸道地落了下来。她没推开他，任由他肆意妄为，纤细的手指插进他浓密的发丝，温柔低喃着他的名字，有酸楚感正在膨胀，又有些无力，像是冥冥之中正在发生什么而她想要坚守在原地又被拉扯得东倒西歪似的。

疼痛令素叶倒吸了一口气，却咬着牙默默承受，很久年柏彦才放开她，嗓音低哑：“对不起。”

心像是有芽苗挤破种壳般，轻微崩裂地疼，他的这句对不起包含了他能说的和不能说的，她懂。她从未对他埋怨过，也从未觉得后悔过，因为对方是年柏彦，她一点都不觉得苦。

“别去相亲，再给我一点时间，算我求你。”

素叶紧搂他，用力点头。骄傲如他，如果不是万不得已，怕是不会用这种方式来请求自己的女人吧。

中秋夜，漫长得无边无际。素叶像是在坐过山车，而叶澜痛并快乐着。从医院出来后，叶澜借口说自己肚子痛让父母先走。

等父母的车子一开走，叶澜便从洗手间里钻出来，将卫衣的帽子往脑袋上一拉，快速离开了医院。一出医院大门，有辆车子恰好停下，她二话没说钻进了车子里，这才将帽子拉下重重喘了口气："累死我了。"

车子很快离开了医院范围，停靠在人少的辅路上后素凯才松了口气，熄了火，长臂一伸将叶澜搂在怀中。

叶澜情深低语："我好想你。"

素凯将她搂得更紧。

良久后两人才分开，素凯拿出个精致的礼品盒递给她，叶澜双眼如亮晶晶的星，好奇地问："送我的？"

素凯笑着点头。

她接过，天鹅绒质地的外观，手感极好，是一条精致的树叶形项链，没有夸张的宝石镶嵌，也没有多么璀璨奢贵的花样儿，却做工精细，款式独特。

"喜欢吗？"

叶澜连连点头，她是真喜欢这条项链，胜过她每一条钻石项链。素凯主动为她戴上，铸造精美的小树叶在她胜雪的颈部显得更具味道，他笑了。叶澜想到自己都没给素凯准备什么礼物，有点内疚，主动抱住了他，紧紧地。

素凯的心满满的，在她耳畔轻喃："什么时候带我去见你父母？"

叶澜僵直了一下，素凯敏感地察觉到："怎么了？"

叶澜耷拉着脑袋，良久后轻叹："现在还不行，我妈看我还跟看病人似的，我总要想办法说服她才行。"

"让我去说。"

叶澜的头摇得跟拨浪鼓似的："别看我妈平时不吱声不吱语的，实际上很执拗，我先从我爸身上下手吧，他最疼我，怎么着也会替我说话。"

素凯看着她，叹了口气。

"别这样嘛，再说了，阿姨和叔叔那边也不同意呢，你还得做他们的工作。"

"他们那边倒是好办，大不了生米煮成熟饭。"

叶澜脸红了："你瞎说什么呢？"

素凯笑中带着揶揄："我说的生米煮成熟饭的意思是，咱们先把结婚证领了，你想成什么了？"

叶澜惊呆了，良久后反应过来尴尬至极："我才没多想什么呢。"

素凯抿唇笑了。

"喂，素凯，你这算求婚吗？我可没说一定要嫁给你。"叶澜红着脸说。

素凯笑着没回答，伸手将她重新纳入怀中。

翌日是个大晴天，素叶从梦中醒来的时候闻到了桂花香，温暖香甜。

四合院的清晨很美，有鸟儿轻落海棠树上叽叽喳喳，站在庭院中，似乎能听到阳光照耀水池的声音，低头看过去方知是锦鲤在游走，一时兴起捡了几粒鱼食投下去，锦鲤们有条不紊地游上前吃食，那架势像是一个个贵族子弟似的保持着最优美的进食姿势和速度，不同于其他地方的鱼儿般争先恐后。她叹为观止，不由得感叹，果然什么主人养什么样的宠物。

餐厅和厨房是独立出来的，入眼的是张凸显京绣功夫的荷花毯，与餐厅棕黄色调相辅相成。素叶低着头，看着自己的脚丫子踩在上面心疼极了，真恨不得把这张地毯搬回家挂在墙上。

延展于地毯之上是皇家宫廷似的餐桌餐椅，竟一水儿的金星紫檀木所制，纹路似缎子般华美。咽了下口水，要是把这房里的所有紫檀家具卖掉她可发了，更别提古董摆设、字画巨扇、胧月宫廷纱灯……这个年柏彦，他是盗国宝的吧？

厨房有明艳的阳光，年柏彦正在做早餐，上身是件半袖圆领米色休闲衫，下身是条浅灰色薄款家居裤，他的发丝在阳光下被映得乌黑光泽，微微侧过的脸颊也陷在光影之中。他正在煮什么东西，有淡淡的热气圈在四周，让人惊为天人。

素叶倚靠在门边看着他，这样一个男人，常年跟石头打交道真是暴殄天物了。正想着，年柏彦转身看见了她："早餐马上就好。"目光却无法从她身上移开。

因为没带换洗的衣服，所以素叶不知从哪儿找了件他的白衬衫，胸前的扣子有一颗是敞开的，露出精致的锁骨，衬衫的下摆遮住了臀，却显得腿更为修长。

"妖精。"年柏彦低低地笑。

素叶上前搂住他，脸贴靠在他的后背上："你准备的什么早餐？"这种居家生活让她向往。

年柏彦边忙活边道："面。"

"面？"素叶惊叫，从他腋下钻了脑袋上前，"我最讨厌吃面了。"

"讨厌也得吃，有时候你太挑食了，这个习惯不好。"

"可是我不爱吃面已经二十八年了。"

“后半辈子可不止二十八年，我来慢慢改你这个毛病，总能改过来的。”

素叶一听，心脏不争气地蹿跳：“你真好。”

一大早便有女人在他后背上蹭来蹭去，他不跃跃欲试是假的，笑道：“觉得我好就回餐桌等着，别捣乱。”

“我哪捣乱了？”

年柏彦侧脸瞟了她一眼，她倏然明白，赶忙撤离。之前她之所以大胆是因为他们两人没有发生关系，但现在不同，年柏彦就如同尝了鲜肉的狼，破了禁忌他就不会再有所顾忌，如果他愿意，就会随时随地将她扑倒美餐一顿。

年柏彦笑容搁在唇畔，小东西学精了。

素叶走出厨房的时候下意识地回了下头，被阳光笼罩的男人高大健硕，那道悠闲的身影不知怎的就与脑海中蹿起的画面吻合。也有这样一幅画面，男人站在温暖的阳光里在准备精美的早餐，也是这样一个宁静祥和的环境。

是蒋彬！

素叶一时间迷惑了，他与蒋彬的背影似乎重叠在了一起，她分不清眼前的究竟是年柏彦还是蒋彬，亦分不清现在是现实还是梦境了。她陷入莫名的恐慌之中，像是忘记了一些事，是一些她和蒋彬之间的事，可就在刚刚，她开始记得蒋彬的确给她做过早餐……如果这一幕真是她和蒋彬之间发生过的，那么，她跟蒋彬的关系真的就那么简单吗？还是，其实她和蒋彬已经很亲密，却被她忘记了？

年柏彦将早餐端上餐桌，拉了把椅子在她身边坐下：“发什么呆呢？”

素叶这才反应了过来：“没什么，我是在想你们家祖先是不是盗皇陵的。”

年柏彦一时间没明白，素叶指了一圈儿：“光个餐厅就弄得跟故宫似的，年柏彦，做钻石是不是你的副业啊？”

年柏彦这才明白她的意思，笑：“房子里的很多东西都是老物件了，有的是父亲在世时收集的，有的是我从国外竞拍回来的。”

素叶盯着紫檀木桌面，摸了摸：“早餐放这上面真的糟蹋了。”

“小姑娘别活得那么现实。”年柏彦做好的面放到她跟前，“尝尝看。”

素叶半信半疑，见他信誓旦旦，只好动筷子。一吃不要紧，简直就是美味，她的双眼骤然亮了，冲着他竖起拇指。

“多吃点。”他笑着又分给她一些面。

这是素叶第一次吃早餐吃到撑，年柏彦解释说这道面是他在国外上学打工时学的，结合了中西方的精髓，入口弹滑，单从煮面到入口就要经过八道工序，惊得素叶直瞪眼。

吃完了早餐，素叶由衷地说了句："我觉得如果你破产了也不怕，你什么都不做，把这套宅子对外开放，每天光收门票钱就能养活你了。"

年柏彦被逗笑，隔着晨光凝视着她，素黑的长发，干净的白衬衫，眼角眉梢的笑都透着阳光的味道，慵懒又美好。这种女人更适合养在家里，不要她抛头露面了，许是一旦有了期待就变得贪婪，他竟没觉得这种念头有多荒唐，又或者有多自私，相反，他会感到莫名的兴奋。

他，不是做不到。

Chapter 21
比狠，谁都不是他的对手

▼

中秋节过后，北京开始了朝九晚五的拥堵，上班族又在无尽的忙碌和压力中开始期待即将开始的十一长假。

警方已经对阮雪曼中毒一事立案调查了，这些天进进出出叶家好不热闹，而阮雪曼每天疑神疑鬼的，连叶家都不敢回了，一会儿说闹鬼，一会儿又说有人要害她，干脆就在医院待着。叶渊请了一阵子的假，跟叶玉轮番照顾，并且把叶家的老管家也拎到了病房。素叶得知后冷笑，豪门太太就是身娇肉贵，住个院倒成居家过日子了，还不忘传召管家榻前伺候。

案子难查，因为当天所有人都很忙，很多口供都对不上，想去验指纹更不可能，叶家向来规矩多，用人们，尤其是厨房的人做事必须戴防尘手套。素叶觉得也不知道是不是老天的惩罚，叶家这次可真是方便了别人麻烦了自己。

当然，她没心思管叶家的事，也不屑去管，假期后，她每天忙得脚打后脑勺，方笑萍不停唠叨她赶紧相亲，素叶一拖再拖，后来干脆自拍了两张照片，PS了一脸痘发给舅妈，舅妈一看倒也真信了。

这阵子她和年柏彦都没怎么见面，各忙各的，但每天总会腾出时间通电话。中秋那两天的缠绵加速了她和他的热恋，他的电话明显多了，她的思念也加重了。

外界疯传叶鹤峰有退休的打算，便有专业人士开始分析，坐上第一把交椅的人八成就是年柏彦。但也有人否定，认为叶鹤峰极有可能调回自己的儿子坐镇江山，哪怕只是在公司挂头衔。

素叶不理会这些传言，但也明显感到年柏彦的忙碌，好多次她大晚上打给许桐，许桐都告知她年柏彦在开会。

每天晚上她都会在窗子前伫立，盯着楼下，希望突然看见他的车子驶进小区。哦不，他的车子太明显了，那么他可以换辆不起眼的车。

年柏彦没在夜里出现，却在一个阳光灿烂的午后突然造访联众，令素叶猝不及防。更令她尴尬的是当时正有位病患家属抱着大束玫瑰花单膝跪在她跟前求爱，年柏彦和丁教授正巧经过，身后还跟着许桐。

年柏彦双手插兜安静沉稳，丁教授迟疑："这是怎么回事？"

没等素叶回答，病患家属先发制人，起身竟一把拉住年柏彦："你们都是素医生的同事吧，都进来进来，我请你们做我的见证人。"

素叶的心都提到嗓子眼了，年柏彦依旧风轻云淡，让人看不穿他心中所想。

"素医生，你就接受我吧，我可以在你的领导和同事面前发誓，只要你跟了我，我一定会对你好。你不喜欢这束花不要紧，我今天还给你带了礼物。"众目睽睽之下他奉上了一条金灿灿的项链，可谓是金凤呈祥珠光宝气，璀璨的光源于项链中间那颗硕大的钻石，富贵得流油。

"这位先生，你送的项链太夸张了，不合适素医生佩戴。"开口说话的竟是许桐。

素叶看了她一眼，许桐也冲她淡淡笑了笑。

"素医生如果不喜欢我再换，一直换到她满意为止。我是真心爱你啊，我都向你同事打听清楚了，那天的那个男人不是你男朋友，你现在还单身。"

年柏彦的眉梢悄然染上阴霾。

许桐上前打量了一番："可真是下了血本，金是最好的金，钻石也价值连城了，真金白银地撒下来，这位先生看得出还真是用心。"这话却是说给年柏彦听的。

"那是那是，我可以把最好的东西都送到她面前，只要她能答应我。"

素叶的头筋跳着疼。

始终沉默的年柏彦竟意外开口，对着许桐："别在这位先生面前班门弄斧，我们走。"

素叶的心一落千丈，他就这么走了？

在丁教授看来，这一幕对外人来说挺丢脸的，在素叶耳边落下句："赶紧处理好。"

二十分钟后，求爱者还像条鲇鱼似的怎么赶也不走，李圣诞急得都要报警了。

"警察还能管得着我求爱吗？"他油盐不进，嬉皮笑脸。

素叶也知道报警无济于事，就算警察来了也只是规劝带走，第二天他还得来。

突然两名壮汉闯了进来，素叶循声看去吓了一跳，这两人的文身一直蔓到脖子，其中有个壮汉扛着个袋子，袋子里的东西还在动。

素叶见来者不善刚准备冲上前，就见壮汉将肩上的东西咚地摔在地上："素医生，你这次送来的研究对象条件还是不行，我们老板说了，最好是从正常人的脑子下手才有利于研究，这个人你送来的时候就是疯疯癫癫的。”

素叶一愣，这才看清楚袋子里竟捆着一个男人，嘴巴堵着叫不出来，这怎么回事?

“我们老板的意思是重换研究对象，当然，钱无所谓。”

求爱者已吓得跌坐地上，在旁的李圣诞悄悄移到电话旁准备报警。

“圣诞。”素叶最快找回冷静出声制止，脑子高速运转。

首先，她不认识这些人；其次，她从未给他们送过什么研究对象。但这些人明显是冲着她来的，难道……脑中灵光一闪，一个大胆的假设油然而生。清了清嗓子，她说：“没办法，只能再选了。”

“哟，这人不是个精神病啊？素医生，你的患者？偷听了这么多，干脆送给我们吧。”

求爱者吓得双腿都打战了，下一刻就冲出了房门。

“等等！”壮汉大喝。

他陡然顿步，吓得不敢回头。

“敢报警就弄死你，别以为我们找不到你。”

他战战兢兢点头，慌里慌张离开。

咖啡馆，这个时间人不多，环境安静。素叶身后是大片落地长窗，再后面枝头瑟瑟金叶，染了整条街道。

“没吓到你吧？”说话的是许桐。

素叶搅着咖啡：“如果没看见你的话，我真以为又招来了道儿上混的。”

“这样不好吗？至少他不敢再打你的主意了。”

“他会不会真报警？”

“他哪儿敢？避犹不及呢。”

“年柏彦怎么会认识这些人？”她有些排斥。

许桐却笑了：“做生意的，什么人不都得接触？那个跟你求爱的听说是个小老板，不找点狠角儿吓他能行吗？”

素叶明白这个道理，只是她突然觉得年柏彦有太多方面是她不了解的。

“这个时候，年总有些事不能亲自处理，你得理解。”

素叶明白，怎么会不明白。

“在精石，牵一处而动全身，有很多事不是他想要怎样就怎样，里面还牵扯了许多利益，如果精石只是叶家的产业倒也罢了，其中还包括年氏的股份，这也是年总始终在权衡的原因。”

素叶怔住，这是她从来不知道的事实，原来精石还有年氏的部分。

“年总做事一向稳操胜券，不过为了你他会频频出状况。”许桐似笑非笑。

素叶表示不解。

“阮雪曼中毒被送进医院那天，叶玉快被年总气疯了。”

“发生了什么事？”

许桐风轻云淡地跟她讲述了当天发生的事。

原来中秋节那天阮雪曼的确中毒不轻，经过抢救终于脱离了危险，在此期间，年柏彦打电话叫来了许桐。叶玉死活不让他走，年柏彦以还有工作要忙为借口急于脱身。叶玉当然不高兴，当场跟他起了争执。

“中秋节年总给自己放了三天假，哪来的工作？素医生，我知道他是想去找你。”

素叶的心脏突突地跳着，她完全不知情。

“我正想帮年总解围，正好有推轮车经过，叶玉直接拎过一瓶酒精递给年总，她跟他说，想走，除非把这瓶酒精喝了。”

“他……”

“他眉头都没皱一下，当着她的面儿竟给喝了。”

素叶近乎惊得起身：“他疯了？”

依照年柏彦的性子，如果真有人这么逼他，他定会做出来的。她恨不得去找叶玉理论一番，年柏彦是她素叶的男人，她叶玉凭什么这么为难她的男人？

许桐安抚了她的情绪：“我想当时叶玉不过就是不想让年总走，喝酒精这种事也不是她存心故意的，她肯定也没料到年总真喝酒精。”

“他喝了多少？”他胃不好，医用酒精怎么能说喝就喝呢。

“倒是喝下去几口，然后被叶玉夺了下来，我想她也觉得年总疯了。放心吧，年总出了医院后吐了不少，又喝了不少水，没事的。”

素叶当然知道他没事，否则那天晚上她会察觉出异常，那衬衫上的酒味，想来是叶玉夺酒精瓶的时候一来二去洒上去的。

掌心扣得痛到发麻，她看向许桐：“以后请你无论如何都要看住他，别让他再这么伤害自己了。”

许桐看了她半晌：“他有他的执拗，也有他的骄傲，能影响他决定的就只有素医生你了，所以，有件事我需要提醒你。”

素叶抬眼看着她。

“就算再心不甘情不愿，在外界看来年总就是叶家的准乘龙快婿，不管他与叶玉究竟是怎么回事，有些关系不是小孩子过家家说散就散了，看似一桩很小的事，却有可能引起致命的麻烦。素医生应该明白蝴蝶效应，对年总来说，真正能够威胁到他的只有效应原理而非叶玉本身，他现在做的，无非是想把可能发生的意外减到最少。”

许桐说得认真，素叶听得也认真，她明白许桐话中的意思，也明白她暗藏的担忧，转了下咖啡杯：“有句话你说错了，跟他在一起，我从来没有心不甘情不愿，哪怕到最后他做了最坏的打算。”

“最坏的打算？你是指什么？”许桐微笑。

杯中的咖啡早就凉透了，骨瓷杯身的冷令指尖失去了知觉，她敛睫：“例如，这辈子他都无法摆脱叶家乘龙快婿的身份。”

许桐吃了一惊，看了素叶半天才道：“哪怕是这样你也还爱着他？”

“只要他还爱着我。”素叶的眸底深处似有流星划过，微微闪亮，但也是她离开的时候，年柏彦不该为她背负太多。

秋季，天越来越短，下了班时天已黑了，今晚素叶没心思逛街，杜绝了纸醉金迷正浓的夜生活，在楼下的便利店随便买了两袋泡面。

家里有点冷，开了会儿空调，室内转暖她才慢吞吞去煮泡面，又想起年柏彦喝酒精的事，心里又酸又幸福。他就是个傻男人，她讨厌他这样。

泡面开了一半儿扔在那儿，她反倒不想吃了。素叶进了被窝，手机在手里摆弄来摆弄去的，始终没去拨通年柏彦的电话。也许再晚一些她才敢拨他的手机，回了北京，她清楚地知道两人的关系中她只能选择被动。

迷迷糊糊间门铃响了。素叶蓦地睁眼，这才发觉竟不知什么时候睡着了，看了看时间，快 10 点了。

竟是年柏彦。

他倚靠在门口，似慵懒又似倦怠，颀长的身子遮住了走廊大片的光，他还捧着一大束的花，竟是罕见的紫莲，一株株的含苞待放，精致漂亮。

“送给你的。”

素叶接过，入怀的是清雅香气：“你是专程来送花的，然后就走吗？”

“那你想让我马上走吗？”

素叶这才反应过来，拉他进来：“才不。”

房门在两人身后关上，顺势地，年柏彦连花带人一并搂入怀中，素叶有一瞬觉得像在做梦，当她最想念他的时候他就出现了。

“你怎么来了？”

年柏彦低头笑问：“我不能来吗？”

“当然能。”她遮不住喜悦，“只是你大半夜出现，又抱着束花，这的确不像你的风格。”

“喜欢这花吗？”

“当然。”她愉悦地亲了他一下，转身去插花。

她找了个透明的长脚花瓶，宽颈口，可容下大束的莲花。身后伸过男人的手臂，略带胡茬儿的下巴温柔地磨蹭着她的脸颊，低问：“胜过那个姓金的送你的玫瑰吧？”

素叶这才明白他突然送花的原因，转身搂住他的脖子：“你吃醋了？”

“有不要命的男人当着我的面向你求爱，你说我吃不吃醋？”

“那我又不爱他。”

年柏彦重重落下句：“缠着你，也是件令人厌恶的事。”

她笑看着他：“你都查出人家姓金了，是不是连带将对方祖宗十八代都查出来了？”

年柏彦似笑非笑：“敢打我女人主意的人，我总得先知道他几斤几两吧？”

“好啦，你都找人把他吓成那样了。”

“有些人总要给些教训才行，否则他永远不知道谁的女人不能碰。”

他的口吻很轻，可不知怎的有那么一丝阴凉轻悠悠地钻进了她心口，抬眼看着他，是她想多了吧。

“他肯定不敢再来了。”

他拉过她的手于唇间轻吻，又似随意地问了句：“谁假冒了你男朋友？”

“嗯？”素叶没反应过来。

年柏彦没重复问话，盯着她，目光沉静有力。她恍然：“是纪东岩英雄救美。”

“所以我才在餐厅见到你跟他吃饭？”这一次年柏彦结结实实地皱了眉。

“放心吧，我没给他乘虚而入的机会。”素叶压住了他的眉心，嘀咕了句，“别再皱眉了，你一皱眉很吓人的。”

年柏彦抓住她的手腕，低头啃咬了她的耳垂：“你是我的。”

她知道她是他的，能够成为他的，她是幸福的。

“柏彦……”

年柏彦抬眼。

她羞答答问了句：“你今晚还走吗？”

年柏彦唇角的弧度变得温柔：“不，今晚我留下。”

这种感觉真好，素叶一下子将他抱紧，满脸幸福。

缠绵过后，她绵软无骨地贴着他汗津的胸膛，一时间懒得不愿睁眼了。

“一起洗澡。”年柏彦压下脸，爱怜地低喃。

素叶却搂紧了他：“再让我靠一会儿。”

年柏彦便依了她。

又过了一会儿，她只觉得手心里多了一样东西，睁眼一看竟是两把电子钥匙。

年柏彦声音慵懒磁性："这是四合院的钥匙，你留下一把。"

"什么意思？"她的心不争气地乱窜了，这代表以后她可以随便出入他的地盘。

年柏彦笑看她："你明白我的意思。"

"不明白。"她美滋滋地摆弄着手里的钥匙。

他伸手与她手指交缠："家里的钥匙早晚要交给你，倒不如现在就给你，这样以后你再赌气走了，我也知道去哪儿找你。"

素叶的心跳更快，将钥匙还给他："不知道你在说什么。"

他顺势搂紧了她的腰，防止她乱动："你知道我在说什么。"将钥匙重新放到她手心，一并握住，"相信我，我想给你的还有更多。"

素叶紧紧攥着钥匙，巨大的喜悦和幸福在心底炸开。

"明天我要去外地出差，我不在北京的这段日子，你要乖乖的。"

"你要走几天？"素叶不舍。

他捋过她的长发："十一过后才能回来。"

素叶估算了一下，要那么多天啊……

"钥匙你收好，一把留给自己，另一把交给我弟弟。"年柏彦叮嘱。

素叶一骨碌坐起来："你弟弟？他回国了？"

"十一会回国。"相比她的激动，他的语气很淡。

素叶的兴致很高，毕竟是他的弟弟，她着实好奇："他回国你正好出差？不合适吧？"

年柏彦不明白她的话。

"难得家人团聚，你也不能以工作为重啊。"

"他都成人了，不需要我的照顾。"

"不用管他？"

"你想怎么管？"年柏彦饶有兴趣。

"至少去机场接他吧？"

年柏彦哭笑不得："他不是小孩子了。"

"可他不是常年在国外嘛，北京变化这么大，万一他找不到回家的路了呢？"素叶担忧。

年柏彦略微思考了下："那只能辛苦你了，许桐也不在北京。"

"放心吧，把你弟交给我绝对没问题。"素叶又赖在了他的怀里。

他将她搂紧，低吻她的唇梢，还未走，他就开始想她了："我弟弟性格乖张叛逆，如果惹得你不高兴，别放在心上，等我回来替他向你赔罪。"

素叶抿唇浅笑："我是心理咨询师，什么叛逆乖张的我没接触过？亲爱的年总，我要是治好了你弟弟的毛病，你可要付我一大笔费用。"

年柏彦唇角含笑："都是一家人还算得这么清楚？"

"谁跟你是一家人？"素叶轻轻"呸"了一声，手指在他胸口上打了个圈，"亲兄弟还明算账呢。"

"我的都给你。"年柏彦压下脸，借机占便宜。

"等等。你弟弟叫什么呀，我都还不知道呢。"

"柏霄。"

"柏霄……年柏霄，真好听的名字。"

年柏彦挑眉。

"不过我更喜欢你的名字。"她乖巧地送上红唇，与他热吻。

临近十一，天越发冷了，万幸阳光还是暖的，拨开云层，洒落一地金黄时像是碎了的金子。

林要要来找素叶时她正在上课，课题是"歇斯底里症中梦境的'后退'现象"，阶梯教室坐满了学生，除了本系的还有外系过来蹭课的。当然还是男同学居多，但自从全校师生无不知道素叶有几下拳脚功夫之后，爱慕她的也只能做仰视状了。

她讲到了记忆不容小觑的力量，又讲到那些源于童年时期，留在潜意识的记忆跟梦境的关系，当她讲到这里时，视线久久落在了"记忆"这两字上。台下叫了声素老师，素叶这才继续讲课。

就在这时她看到了林要要。她从阶梯教室后门进来，坐在后排的椅子上，冲着素叶笑。

素叶买了两杯热奶茶，一杯递给坐在草坪上的林要要，然后也坐了下来，冲着温暖的阳光轻叹："还是在这里晒太阳最舒服。"

以前上学的时候她俩经常在这里晒太阳，转眼这么多年过去，大家都踏上社会，回到母校才发现，自己依恋的依旧是上学时的自由自在和无所畏惧。

"这里一点都没变，只是自己老了。"林要要慵懒地眯着双眼。

素叶伸出胳膊搂住她："多愁善感，这可不像你啊林姑娘，怎么了？来学校找我就是为了蹭我的课？"

"别臭美了。"林要要笑着将她推到了一边，"我来是告诉你，我已经通过考核了，分数很高。"

“你太棒了，宝贝儿，让我亲一下。”素叶激动万分。

林要要无所谓，任由素叶在她脸上揩油，良久后她突然问：“你实话告诉我，我真的没什么问题吗？”

素叶捧着奶茶的手指僵直了一下：“你都通过考核了还能有什么问题？”

“丁司承看我像是在看病人，我已经出院了，他还让我服药。你知不知道他让我吃的是什么药？”

素叶当然知道，丁司承给她吃的肯定是抗抑郁的药：“你当时失血严重，当然都是补血的药。”

林要要若有所思。

“你跟丁司承他……”素叶迟疑地问了句。

林要要将奶茶放到一边，曲起腿，下巴抵在膝盖上：“我想经过这件事，我和他彻底不可能了。”

“有没有想过叶渊？”素叶突然问了句。

林要要目光一滞。

“人总要往前看的，丁司承这页你总要翻过去吧。”素叶声音很轻，鞋尖有一下没一下地轻碰林要要的鞋尖，“没错，叶渊的风评不好，但你住院那段时间我能看得出他的确关心你。”

“没得到总是好的，在女人面前他向来无往不利吧？”

“我觉得不像。”

“叶渊的花心是出了名的，你觉得我可能会喜欢这样的男人吗？”

“如果他对你是认真的呢？”素叶不赞同她的话，“要要，我是研究人心的，他看你时是什么眼神我最清楚。”

林要要低头盯着自己的鞋尖，半天不说话。有落叶飘落在两人中间，林要要拾起，摊手，风一吹叶子又被刮走了：“那你呢？是不是已经往前看了？”

素叶不明白她在说什么。

林要要抱着腿，盯着她：“你对蒋彬已经放下了？”

“我对蒋彬是内疚，没错，我是挺喜欢他的，但不是爱情啊。”

林要要看着她像是看着个陌生人：“当初你不是这么跟我说的。”

“我跟你说过蒋彬的事？”

“你没事吧？”林要要用奇怪的目光打量着她，“是你在电话里跟我说，你很爱蒋彬，他也很爱你，你们在一起很开心。你说，没有意外的话，你们两个会结婚。”

素叶惊住了，她竟一点都不记得跟林要要说过这些，后背一阵阵发紧，蔓延了全身，是不可控制的冰凉。

素凯这段时间连轴蹲点盯梢，带着一队人马成功捣搅一起富商色情吸毒派对，当场擒获涉案嫌疑人多达六十人，派对现场缴获冰毒3包、毒品氯胺酮10包、开心粉80包、大麻3包。除此之外，警局也成立了专案扫黄组，配合素凯共同进行现场擒获，来参加派对的均是外围女，如模特和二三线急于上位的小明星。

这一晚警局的热闹驱散了桂花香和早秋的薄凉。

近四天没合眼的素凯顾不上休息，又投身到了审讯环节。一手下敲门走了进来，在他耳边嘀咕了一句后，素凯不耐烦地问了句："什么人？"

手下压低了嗓音："说是澜澜的亲属。"

素凯一愣。

警局外是家咖啡厅，素凯经常喝这家的咖啡，所以对里面的环境轻车熟路，他上了二楼就看到一位妇人坐在那儿，穿着不显山不露水，黑发一丝不苟地盘在脑后，她慢慢地品着花茶，动作悠缓优雅，看得出是极有家教的女人。

待她看见素凯后，从容淡定地朝着他一伸手："素警官你好，我是叶澜的母亲。"

素凯伸手与她相握，如此近距离下便更加看清楚妇人的容貌，眉眼之间与叶澜相像，但她的眼神平静，不起一丝波澜。他是警察，自然长了双毒辣的眼睛，越是平静的女人就越是不简单。

"请坐。"阮雪琴优雅招呼。

素凯落座，店内服务生很快端上了他常喝的咖啡，待服务生离开后她开口："素警官怕是忙得几天都没合眼了吧，所以我今天来找你就开门见山，不浪费彼此的时间。"

"您说。"

"你也清楚我们叶家和你们素家有积怨，当然，这跟你和澜澜都无关，但是为了避免口嫌，我认为素警官以后还是离澜澜远一点，你们不能在一起。"阮雪琴还真是一针见血。

素凯淡笑："原来不管什么年代都有棒打鸳鸯的人。"

阮雪琴没料到他会说这话，微怔后开口："我是澜澜的母亲，所以会给她规划一条最适合她的路。"

"叶澜是人，不是小动物，她有选择幸福的权利。"

"澜澜是我生的，我对她很了解。"阮雪琴不紧不慢，语气却锋利，"她想要的就是简单安稳的幸福，能给她这种幸福的男人大有人在，而不是你素警官。当然，我不是否认你的人，我只是很不满意你的职业，听说你现在已经调回缉毒中心了，你的工作实在是太危险，我不想让澜澜过提心吊胆的日子。"

素凯不言语。

“澜澜年龄小，尚处于对爱情憧憬和盲目的阶段，说实话，你的确有吸引女孩子的资本，年纪轻轻就成为最有前途的警官，澜澜自然会对你迷恋，身穿制服的你们最能给年轻女孩子带来心理上的安全感和满足感。但是她没尝过生活上的艰苦，只是一厢情愿认为爱情是美好的，如果你喜欢澜澜，就应该断了她的这个念头。你很清楚你的工作性质，不知什么时候就会给她带来危险，一旦真有那天，别说是爱情了，就连性命都不保。”

素凯继续保持沉默，眼神凝重。

“除非你放弃做警察。”阮雪琴叹了口气。她也并非铁石心肠之人，这小伙子远比照片中还要俊朗英气，也难怪她的女儿会痴迷于他，这个素凯，身边怕是不止澜澜一人被他迷得神魂颠倒吧。

素凯皱眉：“放弃做警察？”

“没错，要么你放弃叶澜，要么你放弃做警察，你自己选吧。”

国庆终于大张旗鼓地到来，素叶婉拒了跟随舅舅和舅妈出国旅行，继续在拥堵的北京城留守，只为了迎接年柏彦的弟弟。

这天素叶提前二十分钟赶到机场，在星巴克买了杯冰拿铁悠闲地等待。因为没有照片，她特意做了个牌子，玫粉底色鲜艳抢眼，上面是“年柏霄”三个大字，下面标了句：Welcome Home。

就在她想着要以怎样的开场白面对即将抵达北京的年柏霄时，肩膀被人拍了一下，正巧一口咖啡进肚，她连连咳嗽，对方胳膊一伸，十分自然地将她搂在怀里。

她边咳嗽边拿眼睛瞟过去，对上了纪东岩的笑脸，一时气急：“你要谋杀啊？”

“哪知道你这么脆弱？”纪东岩拍了拍她的后背，“好点了吧？”

“离我远点就算你行善积德了。”

“别这么不近人情，你不想我，我还想你呢。”纪东岩语气慵懒随和，夺过她手里的拿铁竟直接喝了。

素叶反应过来时他已喝光了，强调：“纪大公子，第一，这杯咖啡是我喝过的；第二，你已经穷到跟别人抢咖啡的地步了吗？”

“一来，你男人抢了我的钻矿；二来，我喜欢吃你吃过的东西。”纪东岩效仿她的语气。

“恶心。”

纪东岩将空杯子扔进了垃圾桶，又攀上了她的肩膀：“别这么说我，我会伤心的。”

素叶懒得一遍遍对他强调什么叫作“男女授受不亲”，也随着他去了，反正这人没皮没脸惯了。

“你这段时间貌似不在北京。”

纪东岩笑看着她：“还算关注我，没让我太自作多情。”

“是啊是啊，我每天等你等得都望穿秋水了。”

“那让我亲一下。”他竟凑过来脸。

素叶没躲，只是拿眼睛睨着他：“这一秒你亲了我，下一秒我就能把你拉进欢乐谷信不信？”

纪东岩的嘴巴停在了她的耳畔，咬牙切齿：“素叶，你是心理医生应该很清楚，在患有恐高症这件事上，男人的比例原本就大于女人。”

“所以你要积极治疗，否则以后可能连下楼梯都害怕了。哦，我始终不明白你怎么不怕坐飞机。”

纪东岩没搭理她。

“所以你不是无可救药。”素叶用力顶了下他的肩膀。

他瞪了她一眼。

“言归正传吧，你怎么来机场了？”

“刚下机，顺便来接个人。”

素叶“哦”了一声，他拿过她身旁的牌子，啧啧：“幸亏他还能看懂自己的名字，否则一定会和你擦肩而过。”

素叶灵光一闪：“你不会是来接……”手指敲了敲上面的名字，“他吧？”

纪东岩点头。

素叶诧异，这个纪东岩和年柏彦明争暗斗的，怎么对年柏彦的弟弟如此和善？“你不会是想绑架年柏霄达到威胁年柏彦的目的吧？”

纪东岩冷哼：“他还关心他弟弟吗？怕是柏霄真被人绑架了他都不会皱一下眉。”

“怎么可能？”

“这是柏霄第一次回国，你能想象一个孩子自小在国外长大没家人陪伴的感觉吗？”

这番话令素叶愣然，她没想到这是年柏霄第一次回国。

纪东岩将接机牌放到了一边：“我还是那句话，年柏彦这个人，没你想的那么简单。”

“我从来都不认为他很简单。”她觉得有必要说明一下。

纪东岩摇头：“我的意思是，你压根就不知道他为了达到目的有多么不择手段。我承认在一些生意场合上我也卑鄙过，自私自利过，但年柏彦是狠到家的人，比狠，谁都不是他的对手。”

素叶不同意他的话：“纪东岩，你不能拿着生意场上的标准来衡量一个人。”

“星璀公司陷入经济危机这件事听说了吗？”纪东岩突然提及一件看似不相干的事。

星璀公司？素叶听着耳熟，一时间想不起在哪儿听到过。他慵懒地跷起了二郎腿，慢悠悠开口："星璀、虹光、美寰是三家娱乐经纪公司，其中星璀的规模最大，旗下签约了不少有名的艺人，其中包括白冰。"

她这才恍然大悟。白冰她再熟悉不过了，纪东岩和年柏彦这一对商业冤家破天荒联手投资影片，女主角就是白冰，这件事这段日子炒得很热，而白冰总三天两头借题发挥，放出点暧昧消息来，让媒体都纷纷猜测她与年柏彦和纪东岩的关系。对绯闻她是无动于衷，因为她清楚年柏彦和纪东岩是什么样的人。

"这三家公司的老板是同一人，你还认识，就是跪地送你玫瑰花大金链子的那个金老板。"

"金老板？"素叶惊愕，"金先生？"

"星璀公司这几年发展势头不错，但不知怎的，在短短这几日就接二连三受到重创，旗下艺人跳槽的跳槽，毁约的毁约，推广代理活动遭难，原本谈好的投资项目泡汤，公司股东纷纷撤资。"

素叶听着这席话背部发凉："你的意思是……"

"年柏彦突然转投其他产业，又将原本定的与某时尚杂志携手合作珠宝鉴赏会的安排取消，据我所知他又一向与银行那些人相交甚好，有意思的是，他的一个主意改变就会影响很多承接公司的运作，其中就包括金老板的星璀公司。"纪东岩似笑非笑地看着她，"素叶，你说这世上的事怎么就这么巧？"

当然不会这么巧，偶然太多了也就成了必然，她冷不丁想起年柏彦临出差那晚说过的话，他说，有些人总要给些教训才行……当时她听了这话不也觉得阴风阵阵吗？

"其实你明白我在提醒你什么，所以你也心里没底了不是吗？"

素叶的脊梁僵直。

"你是他的，他的无情是用在别人身上，你不再是他的，他的无情会用在你身上。"

"纪东岩你够了。"

纪东岩耸耸肩膀，拿过牌子："你就当我胡说八道好了，时间到了，柏霄该出来了。"话毕拥着她的肩膀一起起身。

素叶没拨开他的手，因为双腿有点软，许是坐久了。没错，是坐久了，她宁愿相信是这个原因。

接机处已站满了人，足足等了四十分钟，素叶急了："怎么回事？头等舱的人早就走没了。"

"你以为你接的是年柏彦呢？柏霄他刚从学校里出来，哪那么多闲钱坐头等舱？"

素叶愣住。

“出来了。”他冲着里面振臂一呼。

素叶也顺势看去，下一刻她很想打电话给年柏彦，问问他为什么从来没跟她说过，他弟弟竟然……这么年轻。

约一米八七的个头，慵懒的浅蓝色休闲衬衫，搭配一条做旧泛白的直筒牛仔裤，米色小牛皮机车靴，穿有深咖色外套，头戴一顶鸭舌帽，一副太阳镜遮住了他的眼，但从高挺的鼻梁和薄唇的轮廓不难看到与年柏彦相似的影子，给人的感觉却与年柏彦相反，整个人酷酷的。

他看见纪东岩，冲着这边招了招手，素叶看到周遭好多女孩子的目光全都落在他身上。

“纪东岩，你能先告诉我他多大了吗？”

纪东岩诧异地看着她：“你之前都不打听清楚？”

她叹了口气。

“年柏霄，二十岁，刚刚硕士毕业。”

素叶抚了下额头，二十岁……老天，她所有的准备计划全都要推翻，她要照看一个比年柏彦小十五岁的孩子吗？

正想着，年柏霄已上前，众目睽睽之下在围栏处大手一撑，整个人跃了过来走了捷径，然后一手将行李箱拎了出来，一气呵成的动作不难看出是经常锻炼的坯子。

“嘿，纪，好久不见了，你好吗？”他上前搂住了纪东岩，一口流利的英文。

纪东岩与他拥抱了一下，然后两人拳头对着拳头顶了一下。“当然。”他说，又退了一步打量年柏霄，“不错啊臭小子，长高了长壮了。”

年柏霄将太阳镜摘了下来，挂在了领口，如此一来素叶便将他的五官看得更加真切。他的眼睛漂亮极了，尤其是笑的时候，目光所传达出的感觉与年柏彦完全不同。年柏彦身上有着历经岁月洗礼的感觉，举手投足是宠辱不惊的沉稳淡定，当他平静而又沉默地看着你时，你会感觉到他的不怒自威；但年柏霄不同，他的眼眸清澈活力，不笑时很酷，桀骜不驯，一笑起来平易近人，没有久经商场的城府，也不会给人造成太大的心理压力。

“柏霄，给你介绍。”纪东岩热情洋溢地拉过素叶。

年柏霄却打断了他的话：“我知道你，素叶。”他只扫了她一眼，没有多余的目光落在她身上。

素叶一激灵，她的眼睛亮着呢，自然察觉出这个大男孩儿对她的敌意。敌意？她跟他素未谋面，他怎么会对她有敌意？

“你好，见到你很高兴。”她主动伸手与他打招呼。

年柏霄却没伸手，居高临下盯着她，半晌后看了纪东岩一眼，似笑非笑：“她究竟是我哥从哪里淘来的？个子矮得让我看不见。”

素叶没料到他会如此不客气，略显尴尬。相比年柏霄的身高，她素叶的确是挺娇小，刚刚能及年柏彦的肩头，而年柏霄跟年柏彦身高差不多，这么说她不公平。

纪东岩打着圆场：“别这么说，素医生专程来接你的。”

年柏霄甩了句：“二十八岁的心理咨询师，看着不像，挺年轻、挺漂亮的。”阴阳怪气说完这话后又勾起了纪东岩的肩膀，笑容重回脸上，“先去看死人还是先填饱我的胃？”

素叶愕然。

纪东岩笑：“随你。”

“走吧。”年柏霄拎起行李箱。

“我来吧。”素叶给出的解释是，这孩子认生。

岂料年柏霄竟一蹙眉，眼角眉梢尽是厌恶：“让开！”

“柏霄。”纪东岩看不下去了。

年柏霄盯着素叶：“你的任务完成了，可以跟他报告说我很平安，现在没你的事，离我远一点！”从见面到现在，他用的全是英文，每个字符崩落唇齿的感觉都远比中文来得不客气。

如果换作他人，素叶早走了，离开之前说不准会再狠狠地给对方个教训。但对方是年柏霄，年柏彦的弟弟，曾几何时她信誓旦旦地在年柏彦面前保证一定会照顾好他弟弟，所以哪怕为了自己的面子也不能打退堂鼓。

纪东岩挡在了他们两人之间，看向年柏霄，压低了嗓音：“你这么跟素医生说话太不礼貌了。”

年柏霄嘴角抽动一下，眼里是显而易见的不悦。素叶倒不抵触了，这个大男孩儿的情绪表达很强烈，即是最好攻心的人群，当然，立竿见影不可能。

“我已经答应你哥照看你，所以必须看着你回四合院才行。”她用中文一字一句道，相信他是能听懂的，因为刚刚纪东岩跟他说话的时候都是用中文。

年柏霄像是听到了笑话似的挑高了唇角，面部表情夸张：“纪，是我的耳朵出了问题吗？听听她用了什么词，照看？她在开玩笑吗？”

素叶将纪东岩拨开，抬头盯着他：“没错，是照看，如果你认为你的耳朵出了问题，没关系，我现在带你去医院。”

纪东岩不想看着气氛闹得这么僵，马上说：“要不先把行李箱放回四合院？”

年柏霄没说话，嘴紧抿，这般倒是与年柏彦有七八分相似了。她没退缩，目光始终与年柏霄相持。少顷，他意外说了句：“好，回去可以，但我要先喝杯咖啡，我渴了，有问题吗？”

“没问题。”素叶皮笑肉不笑，“美式？拿铁？卡布基诺？你想喝正宗蓝山在这儿不可能。”

“随便你买什么都可以。”

素叶去买咖啡了。

纪东岩看向年柏霄：“素医生她人很好，你不能这么欺负她。”

“你喜欢她？”年柏霄突然问。

“是，我喜欢她。”

年柏霄眉头拧在了一起：“她现在是脚踏两只船吗？我哥和你？”

“我追求她，但她没同意。”纪东岩好笑地看着他。

“她的眼睛长到天上去了，又或者，你没什么好利用的。”他毫不客气。

纪东岩哭笑不得。

等素叶拎着咖啡回来时，年柏霄正坐在行李箱上，一双大长腿慵懒自得地搭放在地，跟纪东岩有说有笑，室内的光线打落在他的发丝上，显得乌黑有光泽。他的发质跟年柏彦一样好，却比年柏彦的头发要长，前额垂落的发多少遮住了他的眼，后面微长的发扎了起来。仔细看那皮筋竟是粉红色的，许是他跟哪个女孩子讨来的，对于这等帅哥的要求，一般女孩子都无法抗拒。

“咖啡。”

年柏霄懒洋洋站起，伸手来接咖啡，她松手，他却故作没拿稳，紧跟着整杯咖啡全都洒她衬衫上了，素叶惊叫着后退了一步，纪东岩见状一把扯过年柏霄，皱眉：“你这是干吗？”

年柏霄却打了个口哨：“嘿，身材不错。”

她湿透的衬衫贴在身上，胸衣颜色都看得一清二楚，纪东岩脱下外套将素叶裹住，冲着年柏霄低喝：“闹够了没。”

周遭的人全都往这边看，指指点点。

年柏霄耸耸肩膀：“开个玩笑而已。”话毕弯身拾起空杯子去扔了。

纪东岩替素叶又紧了紧外套：“我送你回家换件衣服。”

“你陪着他吧，我也开了车，自己回去就行。”素叶压着气，从包里掏出一把电子钥匙，“把这个给年柏霄。”

“你真的没事？”

“他比那些精神病患者好对付。”

这句话正巧被扔完空杯子回来的年柏霄听见，眉头一挑，没等他说什么，素叶已转身离开。

“她说我是精神病？”

“行了。”纪东岩钩住他的脖子，“你也太不绅士了。”

年柏霄反手搭上纪东岩的肩膀：“我不明白，你为什么会喜欢上我哥的情妇？”

“柏霄，素医生不是你哥的情妇。”

“好吧，我们别再谈论她了，带我去见文佳吧。”

Chapter 22

我受够了这种日子

▼

素叶一回家就将身上的衬衫狠狠扔进洗衣机里，气得头都炸开了。臭小子，敢泼她一身咖啡，活腻了吧？她亲弟弟都不敢对她这么放肆！

在首轮与年柏霄的对决中，她竟惨败。当然，她将所有的罪过全都算在年柏彦头上，怪就怪他没事先告知年柏霄的年龄，她以为年柏霄怎么也是个性格稳定的男人，至少是跟她年龄相仿的。

不行，她得重新调整方案。

手机响了，是年柏彦。她接起，如同个受气孩子："柏彦……"

那边是温厚恬淡的嗓音："受委屈了？"

有了年柏霄尖酸刻薄的对比她才知道年柏彦有多好，这一刻她很想抱怨他弟弟有多可恶，但到了嘴边的话又被她硬生生咽了下去："什么委屈呀，人家是想你了。"

"我知道柏霄的脾气，他是不是为难你了？"

"没有，我和你弟弟相处得好着呢。"

"真的？"

"真的。"素叶躺在了沙发上，"话说，你弟弟长得挺帅啊，跟你太像了。"

年柏彦低笑："他是我弟弟，长得像很正常。"

"臭美。"素叶笑嘻嘻的，"对了，你弟弟是不会说中文还是不好意思说中文？"这怕是从小在国外长大又回国的人需要处理的问题。

"他能听得懂，但说起来会有些困难，我曾经给他请过六个中文老师，但他对中文还是一知半解。"

怕是年柏霄的叛逆心理在作祟了，她想了想，眼睛一亮："亲爱的，要是人家教会了你弟弟说中文，你能给我多少钱呀……”

年柏彦被她逗笑了：“价钱随你开。”

这下子素叶高兴了，年柏彦给予的金钱魅力大大消磨了她进门时的愤怒和委屈，看在钱的面子上她万事都能忍。

“那么，如果我对你弟弟稍微严格一些的话，你不会介意吧？”她得打个预防针，毕竟是人家的弟弟，这就好比让她看着别人家孩子，万一摔了碰了的她可不负责。

“就当是自己的弟弟。”年柏彦温和地授权。

两个人闲聊了会儿，那边传来许桐的声音，貌似是提醒他开会的时间到了，素叶有点不舍，年柏彦承诺会早点回，快挂断时她突然想起了金先生的事，多问了句：“星璀公司的事……是不是跟你有关？”

她以为年柏彦会否认，岂料年柏彦直截了当：“小惩大诫，否则他还敢骚扰你。”

“得饶人处且饶人吧。”她于心不忍。

年柏彦笑：“我有分寸，放心。”

午后的陵园有些萧瑟了，尤其是秋叶落索的时候。

年柏霄放上了大束白菊，然后坐在墓碑前盯着文佳的照片。他跟文佳接触的时间不长，当时他还很小，但还记得文佳跟大哥和纪东岩关系最好，对他也好，经常给他寄些有趣的书籍和玩具。

文佳出事那年他记得很清楚，那一年他同时失去了爸妈，他把自己关了起来，不去上课，也不见朋友，只想回国，想见大哥。后来大哥来了，却命令他继续留在国外学习，并且告诉他，是个男子汉首先要憋回眼泪，学会独立。

一晃多少年过去了，他学会了独立，却忘了亲情是什么滋味了。

“纪，我哥来过吗？”

纪东岩弯身拂去了零星落叶：“或许来过，我们从不会同时出现在这儿。”

“也或许，他一次也没来过。”年柏霄起身，双手插在牛仔裤兜里，冷哼。

“别这么说，这块墓地是你哥亲自选的。”

年柏霄笑了，伸手抚了抚墓碑：“嘿，文佳，你躺在昂贵的墓地里，灵魂得到安息了吗？”

纪东岩听出他言语间的冷讽，眼神无奈。

十一期间林要要每天待在家里，外面的人太多，去哪儿都不方便，再加上她要看精石最新上市的产品资料，而且素叶也给她推荐了好多电影，并勒令她看完后必须写观后感，这些电影都是跟励志有关的，她看得津津有味，一时间倒是安排得满满的了。

这天夕阳刚落，林要要正好写完了一部电影的观后感，门铃响了，她以为是丁司承来送药，不承想是叶渊。

叶渊的下巴和两鬓是青色的新生胡茬儿，看上去颓了好多，手里提着精美的礼盒。林要要听说了他母亲中毒住院的事，第一个念头就是他刚从医院出来。

叶渊问了句："不请我进去吗？"

她微微侧身："请进吧。"

叶渊进来后先将手里的礼盒递给了林要要："送叔叔阿姨的。"

林要要觉得挺不好意思的，跟他说父母外出了，示意他带回去给他母亲补身体。叶渊坚持让她收下，她盛情难却只好照做。

虽说他突然造访令林要要有些意外，但上门都是客，她备了茶、点心和水果。叶渊坐在沙发上，看着她："其实我来就是想请你出去吃晚饭。"

"哦，不用了，我减肥。"林要要想了个蹩脚的理由。

叶渊没揭穿她的心思，沉默了好一会儿，突然说："跟我在一起吧。"

林要要愣住了，没想到他还这么坚持。他看着她，眼神执着明亮。

"叶渊，我们做朋友吧。"她由衷地说了句。

"我不想跟你做朋友，只想让你做我女朋友。"

他近乎执拗到不讲理的地步，林要要拒绝得也干脆："对不起，我不能答应你，因为我不爱你。"

"无所谓，我爱你就行。"他盯着她。

闻言林要要有点哭笑不得："你从没被哪个女人拒绝过吧，所以你爱的不是我，你爱的只是征服对方的过程。"

她的话有理有据，中肯认真，叶渊听了竟一时间语塞。他不知道该如何跟她解释清楚心中的感觉，只好说："也许你说得对，但就算这样，你跟我试试又能怎么样？"

林要要对他的回答大吃一惊，什么叫试试?

叶渊的目光似游离又似认真："你说你不爱我，那么在相处过程中你压根就不需要付出，这样一来，就算试试你也没有任何损失。"

"你疯了？"

叶渊起身，走到她面前："我只想要你，你今天不答应我明天还会来，明天不答应我后来也会来，直到你答应我为止。"

他罩下来的身影成了压力，林要要一激灵后退了一步，他却朝前一步逼近，她再后退，他再逼近，她步步后退，他便步步逼近。直到她的后背贴在了墙上，前方他已挡住了去路。

她慌了神，语无伦次：“你……你这样强迫有意思吗？”

“我没有强迫你，要要，我只是在追求你。”

她瞪大双眼：“你分明就是在强迫。”

“好好好，就算我在强迫。”叶渊语气放轻，“你至少要给我一次主动放弃的机会吧？”

她没懂他的意思。

叶渊低头凝视她：“你说我爱的只是征服的过程，那么你倒不如让我无风无浪地征服，时间一长我不就腻了？你总拒绝我，这叫什么？好像是欲擒故纵，这么做不是让我更想征服你吗？”

林要要半张着嘴，貌似……他说得挺有道理。

“我这个人挺倔的，从小到大都是这样，没得到手的就会想方设法得到，你一天不是我女朋友，我就会多缠你一天，除非你结婚了。”叶渊抿唇含笑，“可事实上你不能马上结婚吧？就算凑合找个人去结婚，倒不如先凑合找个人谈恋爱。”

“……你这是歪理邪说。”

“我敢肯定，要不了多久你爸妈就得逼着你去相亲。”叶渊大有一副越挫越勇的劲头，脑中的细胞成批成批地活跃起来，继续攻心，“咱俩谈恋爱了，他们才不会逼着你这么做，哪怕你是拿我来应付你爸妈也好。”

“不行。”林要要总觉得这么做不对，“这样对你太不公平，而且我现在也不想谈感情。”

“我只是希望你能给我个可以名正言顺与你约会的身份，哪怕你心里不承认也无所谓。”叶渊双手搭在了她的肩膀上，言辞恳切，“就这样，还不行吗？”

林要要抬头看着他，头上的目光热情恳切，有一瞬心口像是被什么重重撞了一下似的。

“做我女朋友吧。”

林要要犹豫了，半晌后舔了舔唇：“那……你不能太干涉我的事情。”她纯粹就是不想让他死缠烂打下去，也许时间一长他觉得没意思了也就会从她的生活中消失了。

叶渊眼前光芒万丈：“你……你答应我了？”

“你……先答应我不会干涉我的事情，我……我就答应做你女朋友。”

“你放心，你不喜欢让我做的事情，我通通都不会做。”

林要要看着他，心里觉得怪怪的。这么多年她只接触过丁司承，一切的恋爱逻辑和习惯全都顺着丁司承的性格来，而今天她要面对另一个男人，虽说不爱他，但也赋予了他可以进入她生活的权利。这种感觉很奇怪，她总结不出哪里奇怪，总之就是奇怪。

“你不需要为我改变什么，我也不想干预你的生活，叶渊，我这么说你明白吗？”

叶渊光顾着高兴了，哪会在乎她说什么，点头："明白。"

"明白？"很难懂的吧？连她也不明白自己在说什么。

叶渊笑得有点合不拢嘴："现在你是我女朋友了。"

她想了半天，轻轻点头，这一刻也终于明白为什么感觉奇怪了，有点像是在菜市场买菜似的讨价还价。说老实话，叶渊的这种追求方式完全颠覆了她对恋爱的定义，她觉得恋爱是自然而然的，如流水般怡然，而不是像现在这样一二三说好了就是说好了。

叶渊的唇扬得老高，下一秒激动地将林要要搂入怀中，着实将她吓了一跳："叶渊，我……透不过气来了。"

"对不起对不起，我太高兴了。"叶渊赶忙将她放开。

她挤出一丝笑容。

"那么，我约你吃第一顿情侣餐怎么样？"叶渊小心翼翼。

林要要稍稍迟疑了一下："这顿我来请吧，你救了我，我还没好好谢谢你呢。"

叶渊情不自禁揽上了她的肩膀："你是我女朋友，我照顾你是应该的，还有，我没有让女人掏钱的习惯。"

林要要的心弦像是被一只手倏然拉紧，似乎一点回旋的余地都没有了。

素叶拎着一堆吃的驱车来到四合院，一进门就看到年柏霄懒洋洋地坐在客厅地上，正在歇斯底里地打游戏。

他许是刚起床不久，头发还乱蓬蓬的，全身上下只有一条白色休闲长裤，单从裸露的上半身来看已是很危险和充满诱惑的男人身材，蕴藏着与他二十岁的年龄不符的力量，只是他的肤色要比年柏彦白一些。

素叶经过他时问了句："吃饭了吗？"顺势扫了一眼墙壁上的大屏幕，这小子是随身带着游戏盘，年柏彦从没有打游戏的爱好。

正玩得起兴的年柏霄只拿眼睛扫了她一眼："我以为你不敢来了。"

"为什么不敢？"素叶没理会他的冷嘲热讽，走到他面前，他没吱声，头稍稍一偏继续打游戏。

素叶晃了晃手里的袋子："中餐，还是西餐？"

年柏霄眼睛盯着前方，手指头不停歇，视素叶为空气。

"或者你想出去吃也行。"她不厌其烦，"大董烤鸭怎么样？哦，要不便宜坊的烤鸭吧，或者四季也成，当地人喜欢去吃。"

还只是她自说自话，她干脆挡在了他面前："又或者你已经有想吃的东西。"

年柏霄啪的一下关了游戏，瞪着她："你知不知道你很烦？"

“从你的态度能看出来。”

年柏霄咬牙切齿：“我知道你在想什么。你讨我大哥的喜欢就在我身上下功夫，狠毒又智商有问题的女人！我不需要你的照顾，你可以尽情在我大哥面前告状！”

素叶看着他：“年柏霄——”

“打住！”他打断她的话，“千万别在我面前摆出一副你是‘心理医生’而我是‘问题儿童’的姿态，因为我也完全可以摆出一副你只是‘跳梁小丑’而我是‘旁观看戏者’的姿态给你。”

她哭笑不得。

“既然你很贪恋我大哥的钱，那为什么不直接跟他说？还要言不由衷地来做家庭保姆？”年柏霄如同连珠炮，“直率一点或许你会得到更多。我知道像你这样的女人想要什么，房子、车、能够保证你一辈子衣食无忧的靠山？哦，我记得我大哥还有处房产，已经给你了吗？如果你还没拿到手那么干脆朝他要好了，我听说北京的房价直逼巴黎。”

素叶从来都不知道年柏霄跟年柏彦在语言表达上大相径庭，年柏彦是沉默型，而他的弟弟，铁齿铜牙。但是，她如果怕了这个毛小子那就不是素叶了，待他说完后她淡淡补上了句：“或许，中餐和西餐你都不喜欢，打算减肥。”

年柏霄眼里是明显的恼羞成怒。

她冲着他轻轻一笑，打算坐回到沙发上跟他好好谈谈。岂料刚一迈步，年柏霄突如其来地伸了只脚横挡了一下，素叶一个没留神脚一绊，结结实实地摔在地上。

头顶是年柏霄恶作剧似的狂笑。

她在他的讥笑中站起身，深吸了一口气忍住膝盖火辣辣的疼，微微提高了声调：“好，我知道你想要什么了。”话毕一瘸一拐走出客厅。

年柏霄嗤笑，又拿过游戏遥控器。玩到最关键时，眼角似乎瞄到一人影，紧跟着一桶冷水夹杂着冰块哗啦啦地从头倒下来，下一秒他发出惨绝人寰的惊叫声，整个人像是坐在了弹簧上似的弹跳了起来：“八婆，你疯了？”

素叶将手里的桶扔到了一边，双臂环抱于胸前：“我突然觉得你应该更适合礼尚往来的相处方式，怎么样？这桶冰水能不能让你清醒点？”

年柏霄脸色铁青，冲着她扑过来：“我掐死你！”

他的速度挺快，可素叶抬手一反抓，死死扣住年柏霄的内关穴，一用力，他痛得哇哇大叫。下一秒她双手又一扣，扯过他的胳膊一个过肩摔，年柏霄就像是只沉重的麻袋被狠狠摔在了湿淋淋的地上。

“一个跟头换一个过肩摔，小子，你赚了。”她居高临下看着趴在地上的年柏霄，笑得诡异。

年柏霄摔得不轻，整个人倒在地上半天没起来，脸气得变形，盯着她狠狠道：“你别逼着我打女人！”

“你能靠近我再说吧。”素叶活动了两下手腕，“小样儿，姐像你这么大打遍天下无敌手的时候你还在喝奶呢。”

一句话彻底激怒了年柏霄，他怒吼着又冲着她扑过来，一下子扣住了她的肩膀，眉梢刚一放松，只觉得胳膊被人用力一抻，紧跟着整个人又被来了个过肩摔。这次他腹部着地，磕得肩头生疼，还没等反应过来，素叶一个反身用腿抵住他的后背，两手使劲一绞他的胳膊。

“放手！我的胳膊要断了！”他的下巴抵在地上怒吼。

素叶没对他手下留情，又狠狠用了力，这下子年柏霄近乎鬼哭狼嚎：“敢不敢再对我不客气了？”她腾出只手，冲着他的后脑勺猛拍了一下。

年柏霄挣扎了一下，结果又被素叶一个大力擒拿给瓷实地按在地上，他半张脸贴在地面上，疼得龇牙咧嘴：“不敢了不敢了。”

“老祖宗有句话说得好，叫作‘识时务者为俊杰’，小子，以后少在我面前没大没小的，否则就会受皮肉之苦，懂了吗？”

年柏霄气得眼睛都快鼓出来了。

“听见了没？”她上手拧他的耳朵。

“听见了！”他痛得眼泪都要下来了。

“还有，以后在我面前要说中文，明白了吗？”

年柏霄急了：“我不会说。”

“不会，还是不敢说？”

“我中文不好！那些音节和什么动宾主谓词组很麻烦！”

“看来学了不少嘛，我看你还是不敢说。”

“你说谁不敢说了？”

“你啊。”

年柏霄怒瞪着她，用中文骂了句：“王八蛋！”

“哟，说中文还挺好听，虽说吐字不是很标准。”素叶觉得年家儿女都天生有副好嗓子。

年柏霄咬得牙齿咯咯作响。

“我这个人很公平，平时谨遵老一辈与人相处的原则和标准，要么以德服人，要么以武服人，很显然你更喜欢后者。你是中国人，现在又在中国，不会说汉语哪怕是蹦着字儿说也得给我说，明白吗？”

他紧紧抿着唇。

“说话！”

“放开我，我的胳膊很疼！”

“这句话给我用中文说，说了，我就放过你。”

年柏霄急促呼吸，好半天才憋出了句中文：“放开，疼，手臂！”

素叶扑哧笑出声，见他也算是孺子可教，便先行放过：“手臂是书面语，你可以说胳膊疼。”

年柏霄狠狠剜了她一眼，起身，吃力地活动了下胳膊，看得出是有火不敢发。

“现在我问你，想吃什么？”她拉长了音。

年柏霄顺口以英文开口，刚冒出第一个字就见素叶扬眉：“小子，你是不是又想挨打？”

“我想吃北京烤鸭！”他双手攥拳，用蹩脚的中文一字一句地回答。

素叶笑了：“没问题，满足你。”

接下来这两天，素叶倒是跟年柏霄相处得不错。当然，这个“不错”是素叶自诩的，年柏霄虽说不像前几日那么冷嘲热讽，但也没主动到一拍即合，他不爱搭理她，不过素叶要是问他话，也会乖乖作答。

这天上午，素叶收拾好东西准备出门，刚下楼就听到有人敲门，开门后竟是三名身穿警服的人。带头的警员朝她亮了下警员证，语气威严：“是素叶女士吧，我们怀疑你与阮雪曼中毒一事有关，请你跟我们回警局一趟协助调查。”

阮雪曼在蛰伏了一阵子后终于配合警方“思考”，信誓旦旦对警方表示素叶有加害她的可能。

警方经过调查和盘问，的确有个名为小贾的用人看见素叶进了厨房，单独在里面待了几分钟，但有没有下毒就不清楚了。这个小贾在叶家待了好多年，兢兢业业，他表示素叶与叶家不合，又因为长辈的关系与阮雪曼针锋相对。

所以警察将素叶“请”到了审讯室，其间不允许保释。只可惜素叶铁齿铜牙，任警方如何盘问都只说，不知道、不清楚、不是我干的。

气得警察差点吐血。

原本想走走关系通知素凯，但想想这儿又不是他的管辖区，来来去去纵使搭上人情也未必换得回她的清白，再者素凯要是来警局，也就意味着舅舅和舅妈很快会知道她中秋的去向，素叶不想惹麻烦。

正想着除了素凯谁还能把她捞出去时，两名警员走了进来，带头的就是今天主动找上门的那名警官，姓刘，跟在他后面的是个女警官，做笔录的。

“怎么样素医生，还没想起投毒的具体细节吗？”

“你给我的时间太少，我还没编好一个完整的有关投毒过程的框架。”

“别耍花招，老实交代！”

“我没做过你让我交代什么？”

“中秋家宴那天，你是不是中途离开过餐厅去了厨房？”

“对。”

“你去厨房做什么？”

“换餐具。”

“叶家上有管家下有服侍在周围的用人，你偏偏不用，要自己去换餐具？”

素叶对上刘警官质问的目光：“我自己去换餐具还犯法吗？”

“你这么做的动机是什么？”

“没什么，就是喜欢自己去换餐具。”

“素医生，我希望你能乖乖配合我们，否则浪费的也只是你自己的时间。”

“配合你们什么？主动跟你们说毒是我下的，你们抓我好了。”素叶笑了，“是这样说吗？我这么说了你们是不是也可以松口气，终于抓到凶手可以结案了？”

刘警官蹙紧了眉头：“谁能证明你是清白的？”

素叶冷笑反问：“那谁又亲眼看见是我下的毒？”

她的伶牙俐齿令刘警官微微眯了下眼，改变了战略：“因为你母亲的缘故，连带着你痛恨叶家，尤其是痛恨阮雪曼，如果不是阮雪曼，你父母就不会分开，而你母亲也不会郁郁而终。所以这么多年来你都对叶家，特别是阮雪曼恨之入骨，始终伺机报复，对不对？”

素叶没作答。

“据阮雪曼说，你回国之后接二连三与她发生争执，甚至还主动勾引阮雪曼的女儿叶玉的未婚夫。阮雪曼因看不惯你的行为跑到办公室去理论，当时很多员工目睹了这一幕，从那天起你辞去精石集团心理顾问一职，实际上不过是掩人耳目，寻找更合适的机会进行报复。”

刘警官的声音慷慨激昂，咄咄逼人，但她早就对警方这种盘问方式有了免疫力：“刘警官，我觉得你不去写小说太可惜了，写侦探小说最能满足你这种天马行空的联想力了。”

刘警官脸色铁青地看了她一眼：“你曾当着很多人的面儿说巴不得阮雪曼早点死，这足以表明你对她恨之入骨，下毒，你是最值得怀疑的人选。”

素叶跷起了二郎腿，抖了抖脚尖，调侃：“现在警局又开始盛行屈打成招了？”

刘警官狠狠拍了下桌子：“素叶，你多少也算警察家属，思想觉悟怎么这么低？”

这个刘警官倒是把她的家底查了个透：“不好意思，我该说的都已经说了，如果刘警官觉得我冒冒失失地认了罪就叫作思想觉悟高的话，那么很抱歉，我就是个粗人。”

刘警官气得陡然起身：“好，那你就继续待在这儿给我想清楚！”

《中华人民共和国刑事诉讼法》第八十四条规定，公安机关对于被拘留者，应当在拘留后的 24 小时内进行讯问。在发现不应当拘留时必须立即释放，发给释放证明。而《中华人民共和国刑事诉讼法》第八十九条规定是，公安机关对被拘留者认为需要逮捕的，应当在拘留后的三日内，提请人民检察院审查批准。在特殊情况下，提请审查批准的时间可延长一日至四日。”

见他愕然转身盯着她时，她又补上了句：“你也说我是警察家属，怎么可能是法盲？你一没有确切证据能够证明我下了毒，二没有检察院的逮捕批文，凭什么把我带回警局？又凭什么把我扣在警局这么长时间？依照我国刑法标准，我充其量只是个嫌疑人，在你询问不出任何能够证明我有罪的证据后就应该立刻放了我！”

刘警官嘴角抽动了一下，良久后冷冷道：“那我就关你 24 小时！”

素叶笑了，少顷慢吞吞起身，伸了个懒腰，悠闲自得地走到单向透视玻璃前抬手敲了两下：“喂，我饿了啊，在没证据证明我是凶手前，你们要是敢不给我饭吃，我就控告你们！”

没一会儿，一份热气腾腾的叉烧排骨双拼饭端到了她面前。

吃得津津有味的素叶不知道，跟她一门之隔的房间里，正坐着年柏霄。

年柏霄今天算是倒霉了，先是无证驾驶，后是妨碍公共秩序。

其实说来他也挺无辜的，他只想找家餐厅吃点东西，不经意看到了车库里的车子，步子就迈不动了。全都是年柏彦的车子，其中一款是他最喜欢的跑车，他二话没说翻出了车钥匙，美滋滋地开车上路。却压根不知道，在北京这个地方开跑车是十分吃亏的。

当他加大马力穿街走巷时，最终被交警拦了下来，他拿出了自己的驾驶证，却被通知无效。向来没什么耐性的年柏霄便跟交警起了争执，本身中文就不好，很多意思表达不清楚，一时间鸡同鸭讲。

问话警官是个女的，二十六七岁，皱眉时挺严肃的：“你能说中文吗？”

年柏霄耸耸肩膀：“抱歉，我只能听懂中文。”

女警察直接用了英文：“你能听懂中文？高估你自己了。”

年柏霄疑惑。

“如果能听懂中文，就不会发生打人事件了。”

“我已经说过了，是那个交警先骂我的。”

“他骂你什么了？”

“骂我浑蛋。”

女警官敲了敲桌子：“在场所有人都能证明那名交警压根就没有骂你，他的原话是，你连最起码的道路交通规则都不清楚，还开着车瞎混什么？跟你口中所说的‘浑蛋’二字相差太远了。”

年柏霄眨巴了两下眼：“瞎混？”

女警官又用中文把这两个字重说了一遍，年柏霄的脸突然涨得通红。当时情况混乱，他只听到那个交警说了个“混”字，他以为他是在骂浑蛋！

“还有，你不知道你的驾驶证不能用吗？”

年柏霄眉头一耷：“现在知道了。”

“通知家属，交罚金，才能带你走。”

年柏霄脸一垮。

有人敲门，进来后对着女警官说了句：“年柏霄的家属来了。”

刘警官再次进来时，素叶正好将最后一块叉烧填进嘴巴里，冲着他竖起了拇指：“如果每天好吃好喝地候着，我也无所谓在这儿多待几天了。”

“你想在这儿过夜没问题，大不了我不眠不休陪着你。”

“谢了。”

刘警官眼珠子都快喷火了：“你到底从哪儿买来的药？”

素叶笑呵呵回答：“刘警官，你还是先问我有没有下毒吧。”

“你——”

“我压根就没下毒，又哪儿来的药？”想把她绕进去？难了点。

刘警官盯着她好半天才哼道：“真不愧是学心理的。”

“承让。”

有人敲门进来，在他耳边嘀咕了几句话，等那人离开后他不情愿说了句：“行了，出去签了字你就可以走了。”

素叶好半天才“啊”了一声。

“有人来保释你，并且可以证明当天你只在餐具间。”

走出审讯室，窗外已是黑漆漆的一片。素叶先是看见了正在签字的年柏霄，惊愕间又见一高大身影踱到了他身边，夺过他手里的笔，替他签了中文名。

她心口有烟花炸开，灼热绚烂。

是年柏彦。他看上去风尘仆仆，但魅力依旧。一件浅青色衬衫衬得他少了烟火气，配藏蓝色一颗扣商务西装，领带是同色纯色系，打理得一丝不苟，下身搭米色商务男裤，最外面是件及膝的驼色羊绒大衣。

待他签完字后也顺便看到了素叶，她站在原地没动，生怕一动就是幻觉。年柏彦看上去有些不悦，淡淡说了句："签字走人。"

她昏昏涨涨地签了字，然后跟年柏彦出了警局。年柏彦在前面走得很快，月光映亮了他的背影，高大而冷漠，像是一团抓不住的影子。年柏霄毫不客气地撞了她一下，一副看好戏的嘴脸："你果然是不省心的女人。"见素叶扬拳头，他赶忙用中文，"我的意思是，不是有句话，做什么甘同苦的，我你都进警局。"

素叶没搭理他，她心里正气着呢，年柏彦要么不回来，一回来就摆张臭脸给她看，凭什么呀，她又不是主动惹事的那个。再说了，又不是她打电话叫他来的，要不是素凯被调回缉毒大队了，他哪有机会在她面前炫耀他的人脉？正打算招辆车回家洗去晦气，便听年柏彦低沉地喝了一嗓子："上车！"

她顿步，抬眼去看不远处的年柏彦。他已站在车子旁，目光炯炯地看向这边，却是对着年柏霄的。素叶一时间觉得自作多情了，脚跟一旋刚要离开，又听年柏彦落下一句："你也上车。"这句话相比刚刚低柔了很多，她心口一活，十分没骨气地溜溜上车。

车上的气氛不算太好，这是素叶第一次见到年柏彦呵斥人，年柏霄也回击他，如此一来年柏彦变得更加不耐，语气凛然严肃了更多。这两人始终在用英文，其间没说过一个脏字，却句句听得素叶胆战心惊，心中暗叹这兄弟两人的关系竟恶劣到如此地步。最后是年柏霄的一句："我的事，跟你无关！"

她看到年柏彦眉头的戾气，下巴绷直，神情令人害怕极了，良久听他冰冷地对司机说了句："先送他回四合院。"

素叶坐在年柏彦身边大气不敢出。

等将年柏霄送回家后，年柏彦又命司机掉头去三里屯，素叶一听马上道："不用了，我自己回去就行。"

年柏彦没吱声。

倒是许桐转过头看向年柏彦："年总，这个时间饭局早就开始了，刚刚王局长打过电话，说已经到了酒店，您看……"

"先送素医生回家。"年柏彦再次强调，顺势牵过她的手于手中把玩。

许桐将这一幕不着痕迹地看在眼里，便给司机指路。

幽暗中素叶只觉得手心暖暖的，他的掌心宽厚有力，那些委屈似乎都因为他这么一个举动烟消云散了。

"你忙就别管我了。"

年柏彦转头看着她，窗外的霓虹映得他的眼深邃幽亮，如深不见底的潭水，却也柔和很多，不像在警局似的严肃。前方转弯，他顺势靠向她，低低落下四个字：“我不放心。”

她的心猛蹿一下。车子恢复直行，年柏彦也坐直了，不再看她，黑暗中却攥紧了她的手。

到家 8 点半，正值夜晚最绚烂时，连同她的心情，因为年柏彦回来了。翻出手机，一看方知忘充电了，家里座机好几个未接电话，都是年柏彦的私人号码。她愣怔了好半天，然后打通了许桐的手机，那边有或低笑交谈或大笑提杯的声音，没一会儿声音消失了，应该是出了包厢。

素叶问了句：“我耽误他的行程安排了吧？他临走时跟我说，会过了十一才回来。”

“是年总知道你被警方带走，才临时决定回北京的。”许桐没掖着藏着。

果然是这样。

“他怎么知道我被警方带走了？”

“年总给你打了好几通电话，从座机到手机都找不到你，我想他是着急了，具体怎么知道的我也不大清楚。你也别内疚，还有年总的弟弟都一并进了警局，我想年总不得不提早回来。”

素叶轻轻叹了口气：“我知道了，他喝酒了吗？”

“喝了，今晚饭桌上的人都挺重要的。”

“那……多帮他备点解酒茶吧。”

“我会的。”

挂了电话后，素叶发誓，从今以后再也不会让手机没电了。

应酬到了 11 点多才散，年柏彦喝了不少酒，上了车后整个人靠在车座上闭着眼，脸色略显苍白，许桐见状叮嘱司机先不要开车。

月光将年柏彦的那张脸刻画得清晰深邃，他一动不动，羊绒外套随意搭放在一旁，西装扣子是敞开的。良久后他睁眼：“怎么还不开车？”他扯了扯领带，眼角眉梢噙着醉意。

许桐转过身：“您是回四合院还是回休息室？”

年柏彦沉默，幽暗中他的眼忽明忽暗，像是雾气笼罩海面的灯塔，似近似远无法琢磨，许桐耐着性子等他的决定。

年柏彦沉沉开口：“太晚了，你直接回家。”

“那您……”

他重新闭上眼：“回三里屯。”

许桐看着年柏彦，内心掀起惊涛骇浪。她明白年柏彦今晚是想到素叶那儿，之前他不是没在那儿过夜过，但要么是他亲自驱车过去，要么是她送他过去。今晚，醉酒的年柏彦公然决定要司机送他去素叶家，这着实令许桐心有余悸。开车的是公司雇用的司机，年柏彦是想公开还是，只是因为喝醉了？

她无法揣测年柏彦在想些什么，便跟司机交代了一声，临走之前又叮嘱他明早5点钟左右再去小区接年柏彦。她知道每一次年柏彦去素叶那儿，第二天离开得都挺早，他是不想让周围邻居对素叶指指点点。

素叶正窝在床上看书时，楼下的门铃响了，披件睡衣下了楼，看了一眼门镜后大吃一惊，赶忙开了门。门外站着年柏彦，他一手撑着门框，外套搭在另一只胳膊上，领带也松松垮垮地挂脖子上。

“怎么喝了这么多？”她忙将他扶进屋。

“没事。”他靠着沙发，伟岸的身子全都陷了进去。

素叶接过他的外套，规整地放到一边，见他喝得脸都白了，解开他的领带：“你坐这儿乖乖的，别动。”

年柏彦点了下头。

没一会儿她煮好了解酒茶，手里多了条毛巾，给他擦了擦脸和手，温柔低语：“喝点吧。”

年柏彦懒洋洋睁眼，低低说了声谢谢后接过喝光，她打算给他再倒点水，他伸手拉住了她：“让我看看你。”

她无奈：“胃本来就不好，还喝这么多的酒。”

他笑了，一直蔓延入眼。这样的年柏彦慵懒、性感，像是一头温柔多情又危险十足的雄狮。

“我扶你回房休息吧。”

刚要动，他却加重了手劲，拉过了她的身子。浓郁的酒气和烟草味已经取代了他原本的木质香，在这样的深夜，突然造访的醉酒男人有些危险和不怀好意。

“柏彦，你醉了，好好休息。”素叶挣扎着想起身，下一刻却被压在了沙发上。

喝醉酒的男人格外沉，酒气喷洒下来，混着炙热沉重的呼吸：“亲爱的，我很想你，每一天每一秒都在想。”

“我也想你……”

年柏彦的吻游走在她的面颊、红唇及耳周，热情狂野，有些没轻没重，她被他的大手捏得生疼，他像是要将她活吞了似的彪悍。许久他箍住了她的脸，抬手摩挲着她的眉眼：“我受够了这种日子。”

素叶愣住。

“所以，我迫切想要你……”幽暗中他的深眸似醉似醒，“想要你做我年柏彦的妻子。”

素叶不可思议地盯着他，很想张口问他是不是真的，很想问他是不是因为喝醉了乱讲话，可话卡在喉咙里出不来。他从未跟她说过这种话，从未说过他想娶她。

一室流光，将她的脸映得婉约迷离，年柏彦眼中的女人醉人极了，欲望在酒精的促使下来得更加嚣张。她听到了他解皮带的声音，身体却软绵绵的动也无法动，直到他粗喘着气压了下来，她紧紧缠绕着他，害怕跌落进万丈深渊。

年柏彦如脱缰的野马，毫无松懈的迹象，素叶像一只待宰的小兔，被在她身上的雄性动物摆弄追逐，又如一片等待拓荒的土地，被一匹黑马野性地狂踏。

窗外还蒙蒙亮的时候，素叶被窸窣的声音吵醒了。迷迷糊糊中睁开眼，幽暗的光线里，年柏彦腰上只裹了条浴巾，头发还是湿的，水珠黏在他结实的肌理上。见她眼睛半睁半闭，他低笑，双臂撑在床边，俯下身吻了她的脸颊：“时间还早，再睡一会儿吧。”

男人的吻清晰而温柔，彻底让素叶苏醒了过来，她看了看时间，马上坐起：“你昨晚喝了那么多酒，今天这么早就走吗？”

“司机已经在楼下等着了。”年柏彦自然也不舍，搂了她一下后拿过衬衫套上。

素叶轻叹一口气，凑上前帮他系衬衫扣子，没说什么。

“以后性子别那么倔，警察问你什么你就照实回答，要不然受苦的只有自己。”年柏彦拢了拢她的长发，如同叮嘱个孩子。

素叶“嗯”了一声。

“还有，到精石继续上班吧。”

系扣子的手指停滞了一下，她愕然看着他。

“一来，我想让你帮着查查究竟是谁下的毒，你作为精石心理顾问的身份正好；二来……”年柏彦不疾不徐地接着系扣子，眼睛却不离开她须臾，“至少我可以天天看到你。”

她是挺想天天看见年柏彦的，但要她去查叶家的事……

“你相信叶家闹鬼吗？”年柏彦看出她的情绪变化，轻声问了句。

素叶摇头。

“你父亲说看见了你母亲，难道你不想查明真相？”

素叶迟疑了。

“听话，去精石吧，在我的地盘上起码警察不敢三天两头找你问话。”这是他想到的最直接的保护她的办法。

她看着他，当他扣好腰带后，她终于点头，这一次不是为了报复，而是真真切切为了他。年柏彦这才放心。等他在玄关穿鞋时，素叶看着他的背影轻轻开口："柏彦……"

他停下动作，转头看着她，笑问怎么了。素叶想了想，又摇头说没什么。

"我会打电话给你，不准手机没电。"

她点头。

"还有，"年柏彦想起了什么，又走到她面前叮嘱，"无论如何都不要去相亲，听到了吗？"

"知道了。"她拉长了音。

他轻笑，转身。素叶却从身后将他搂住，脱口问："你昨晚说过的话还记得吗？"

年柏彦转过身，抬手轻抚她的黛眉："我很清楚昨晚我对你做了什么、说了什么，从未忘记。"

Chapter 23
只怕她践踏了他的心

▼

已是霜露的季节，当晨光未及大地时，呼吸之间也是露珠的清甜。会馆这个时间人很少，一盏茶香，冲淡了窗外的寒凉。

叶玉为坐在对面的曲艺添了些茶水，动作轻柔，倒完茶水后小心翼翼地看了她一眼：“喝口茶吧，这是你最爱喝的。”

曲艺盯着杯中茶，茶尖儿翻滚着，舒展着，又像是陨落的生命在发出最后的绝响，扑入呼吸的是牺牲者的最后一抹清香。“为什么？叶玉，你一定要把我逼上绝路吗？”

叶玉手中的杯盖没拿稳，咣当一声掉在桌面上：“我没有把你逼上绝路啊，只是让你看清楚曾宇，让你知道男人都是不可信的。你也看到了，曾宇为了事业最终还是离你而去了不是吗？”

曲艺的脸色僵冷。

叶玉抓住了她的手：“我们以前不是很快乐吗？我和你之间不需要男人也能得到幸福啊。”

曲艺没收回手，不知是因最近的心力交瘁还是真对叶玉这番话心有恻隐。

叶玉的眼眶红了：“你应该清楚我跟年柏彦在一起是为了什么，我和他是假的，而你呢？你却真跟那个曾宇结了婚……”

“所以你就勾引他上床？”

“我跟曾宇那样，不过就是想让你知道男人没一个是可靠的。你压根就不知道曾宇有多会演戏。没错，第一次出轨他很内疚，可接着呢？是他主动来找我第二次第三次的，你知道吗，每次跟曾宇一起我都觉得恶心，恨不得一刀杀了他。”

“别说了。”曲艺收回手，攥了攥手指，“其实我很想在曾宇身上找回做女人的感觉，我害怕被人发现，可是我发现……我只是勉为其难地迎合。”

“那你……还会离开我吗？”

曲艺也红了眼：“你是叶家千金，到时候外界人会怎么看你？”

“我不在乎。”

十一过后素叶的工作安排又满了，与之前的排期一样，周一大学，周二周三联众，周四周五精石。

这一次，她重回精石的消息没有隐瞒舅舅和舅妈，终究是纸包不住火，被他们发现倒不如亲口告诉他们。舅妈方笑萍当然很不高兴，刚开始极力反对，后来素叶提及叶家闹鬼的事，方笑萍才稍有迟疑，舅舅沉默了很久才说了句：“你也老大不小了，自己的事自己拿主意吧，只有一个条件，不准再伤害自己了。”

素凯多少猜出她回精石的真正原因，没说反对也没说同意，只是眼神怪怪地瞅着她，她则给了他一个“同是天涯沦落人”的眼神。

而年柏彦那边，早已将她回精石的事告诉了叶鹤峰，他听了很高兴，但阮雪曼怒了。她从医院搬回叶家后就觉得事事不顺心，先是叶玉搬出了叶家出去单住，后又闻言素叶回到精石上班，一时间口出怨言，说素叶是扫把星，一回精石就搞得叶家鸡犬不宁。她始终怀疑是素叶下的毒，觉得她这次痛快答应无非是心里有鬼。

素叶回精石成了公司上下爆炸性的新闻，大家对当初阮雪曼大闹精石而后素叶辞职一事记忆犹新，流言蜚语自然是少不了。这段时间，年柏彦除了出差，只要在北京的话，晚上都会到她那儿去，尤其是周五，他会尽量不安排应酬，为的就是能和她一起回家。当然，他们不会一起出现在众人的视线中，她先离开公司，在超市买些吃的，他会到超市门口接上她。

有多少次素叶也邀请年柏霄来家里玩，或者希望三人一起过周末，但年柏霄每每都拒绝了，怪声怪气地说自己要陪女朋友，又或者是跟哥们泡吧。

素叶觉得年柏霄交女朋友是件好事，岂料年柏彦听后没有太多惊喜，跟她说，柏霄换女朋友比换衣服还频，后来她才知道，年柏霄是不想见到年柏彦。

“柏霄这次回国究竟是为了什么？不会就每天泡吧见朋友交女朋友吧？”素叶终于有一天忍不住问了年柏彦。

年柏彦的回答干脆利落：“不管他什么目的，既然已经毕业了，就得乖乖跟我回公司上班。”

如此强制和霸道的回答令素叶为柏霄的以后担忧。

转眼到了周六。年柏彦起床的时候，素叶迷迷糊糊地有点意识，等他冲完了澡回到卧室时，素叶已经醒了，挪了挪发疲的身子，睡眼惺忪地问：“今天你不休息？”

年柏彦顺势坐回床上：“你可以跟我一起去公司。”

素叶皱了皱鼻子：“我才不加班。”

“去公司你可以在旁边陪我，应该不会太长时间。”年柏彦提议。

素叶勾着他的脖子：“陪你去公司加班，我有什么好处？”

“你想要什么好处？”

她想了半天，眸底深处跃过一抹精光，笑脸相迎：“加倍付我加班费。”

“为什么要加倍？”年柏彦一猜她就不会提什么好条件。

素叶笑得谄媚：“陪人去工作比自己工作时过得更慢，心理的煎熬是双倍的，你说我这个加班费是不是得要多一点？”

年柏彦故作沉吟：“说得也对。”

“就这么说定了，加班费要当天结算啊，我马上冲澡去。”素叶看在钱的面子上变得欢腾，朝着他脸颊啪嗒亲了一口后奔向了浴室。

年柏彦哭笑不得。

十分钟后，年柏彦已经穿戴整齐，坐在衣帽间的沙发上翻看杂志等着素叶。因为这一阵子他经常来这儿过夜，所以也备了一些他的日用品及服饰在衣帽间，为此素叶狠狠控诉了他侵略空间的行为。当然，她表面是绝对的媚颜奴骨，私下却将他放有服饰的位置贴了好多粉红色的小玩偶挂件，乍一看粉红一片着实瘆人。

素叶刚出浴室手机就响了，是舅妈打来的，预感有点不好，接通后果然应验。舅妈开门见山就问：“今天周末了，总该有时间了吧？”

素叶觉得胸口有团东西在不停上涌，但还是压了下去：“您别老逼着我了，您看您把我逼得都不敢回去见您了。”

“让你相亲又不是让你去做压寨夫人，你只有嫁得好了，舅妈这颗心才能沉下来啊，等舅妈闭眼睛那天才好意思见你妈，知不知道？”

“哎呀，舅妈，等您闭眼睛那天我妈不定投胎多少次了呢，您就别想着阴间团聚的事了行吗？”素叶想起年柏彦的警告，打死她都不敢去的。

舅妈在那边不悦了：“说一千道一万你就是不去呗？”

“嗯，不去。”

紧跟着那边开始号啕了：“素秋啊素秋，你快来管管你宝贝女儿吧，就等着做老姑娘呢，死活就不听我的话呀……”

“……我现在真的不想谈恋爱。”

“我逼着你去谈恋爱了吗？就是要你先去看看，看不好就算了，看好了也算是齐活儿，但你这连见都不见算是怎么回事呢？”舅妈振振有词，“人蒋彬都说了，见到你照片就喜欢上你了，说什么都要见你一面。”

“哎呀，舅妈，我，等等……”素叶原本想要动之以情晓之以理，脑子一下子蹿过舅妈刚刚提到的名字，心里一哆嗦，“您刚刚说，对方叫什么？”

“蒋彬啊。”方笑萍重复了一句，又喋喋不休，“叶儿啊，我跟你说，那个蒋彬可真是个懂礼貌的孩子，前两天就提着礼品来家里看我和你舅舅了。我看着打心眼儿里喜欢，我就不信你见了不会心动，他跟你又年龄相仿，说话大方得体的……”

接下来方笑萍说了什么素叶一句话也听不进去了，拿着手机的手都在发麻，她似乎看见阳光下蒋彬的背影，背着行囊的背影、爬山的背影，远远地冲着她微笑，她看不清他的长相，却那么清楚地知道他在对着自己笑。脑海中又浮现出当时登山的画面，那道高大的身影就从她眼前像流星陨落山谷，渐渐地成为黑点，最后消失不见……

素叶进衣帽间的时候长发还湿着，披散肩头，神情恍惚，见状年柏彦起身来到她面前，轻捏她的下巴：“发生什么事了？”

素叶咬了咬唇，半晌后才道：“我没法儿跟你去公司了，刚刚洗澡的时候我才想起来今天约了……要要，要陪她逛街呢。”

“才想起来？”年柏彦半信半疑。

“哦，是我们早就说好的，我给忘了，对不起……”

年柏彦盯着她，深眸有阴暗不明的光亮跃过，转瞬即逝，令人无法察觉。很快，他笑了：“这有什么好道歉的，会逛一整天？”

“不不，我就是陪她买件衣服而已，她买完了我就去找你，不多逛。”

年柏彦掏出钱包从中抽出一张白金卡递给她：“自己也买点东西，好不容易休息了，玩得开心点。”

素叶哪会接他的卡？连连摆手：“我有钱，不用你的卡。”

年柏彦将卡塞进她手里：“拿着。”

“我真的——”

“听话。”

她只好接下来。

“想买什么买什么，中午吃点好的，别为了逛街随便对付一口。”他轻声叮嘱。

“知道了。”

送年柏彦离开后，素叶全身无力地跌坐在沙发上，目光呆滞地看着手中的白金卡。她骗了年柏彦，骗得心里十分不是滋味儿，他也是孤独的吧，所以在有了她相伴后才害怕孤独，才会要她相陪。但消失了多年又重新出现的名字，意外地成了她的相亲对象，光是这点就折磨得她无法平静。

不是她还眷恋以往的日子，亦不是她有多思念这个人，很多疑团都像是雾一样绕在她的脑子里久久不能清晰，不论她怎么试图捋顺都无济于事。她发誓她只想去看一下，只想解决心中的疑惑，不是想去相亲，也不是想去追述过往。

林母做了一大桌子菜，林要要帮忙打下手，叶渊早早地就到了林家，趁着林母做饭，他跟林父厮杀象棋。

林母从厨房探头看了一眼后笑容满面，边摘菜边对林要要小声道："看见没，叶渊就是会讨你爸爸开心，可比那个丁司承强多了，你什么时候见他陪你爸爸下过棋？"

要要不是不清楚母亲的心思，打从她住院起爸妈就挺喜欢叶渊的。这个周末，叶渊是以她男朋友的身份堂而皇之地来造访，结果乐得母亲早早儿地就去超市买菜，死活要在家做菜做饭，说什么一家人要好好团聚一下。她轻叹了一口气："妈，丁司承不是忙吗？"

"忙？这年头谁不忙？就看有心没心了。"林母将摘好的菜利落地放进洗菜筐里，打开水龙头，边洗边道，"他是大专家就没时间了？那咱们叶渊还是机长呢，论忙总比得过丁司承了吧。"

林要要不想谈这个话题，闷着头，将摘好的菜递给林母。

"他跟你求婚了没有？"林母突然问。

"啊？"

"啊什么啊。"林母冲着外面努努嘴，压低了声音，"叶渊，向你求婚了没有？"

她无语。

"从你住院的时候我就看出来他对你好，要啊，听妈一句话，你跟他在一起好过跟丁司承，妈是过来人，走过的桥比你走过的路还多，谁跟你合适妈妈一眼就能看出来。"

林要要一个头两个大，刚要回嘴，叶渊进来了，笑问有什么可以帮忙的。林母绝对不会做电灯泡，忙把手里的菜往林要要面前一放，笑着对叶渊说："你来得正好，还剩最后一道菜，你帮要要做吧。"话毕洗了把手走出厨房。

林要要无奈摇头，她的妈妈呀。叶渊上前从身后将她轻轻圈住，下巴抵在了她的头顶上："你教我，我来做。"

"不用了，你是大少爷，身娇肉贵的。"她想起了丁司承，这道菜是丁司承的拿手菜，在国外的时候经常做给她吃，她学会也是因为丁司承。她赶忙驱走了过往，抿唇轻笑，推开了叶渊。

叶渊摸了摸鼻子，他的确不会做饭，家里又有专门的厨子，而他在机场也有食堂，压根轮不到他动手，略有尴尬地凑近她："那我看着你做。"

"你出去吧，油会溅到你。"

叶渊死活不出去，林要要只好由着他："那……你帮我递调料吧。"

小小的厨房因多了叶渊显得拥挤，他倒是挺积极的，只是有很多调料他不认识，甚至连盐和味素都分不清楚，只能先尝过后再递给林要要。林要要哭笑不得："你可真是个大少爷。"

叶渊的脸竟然红了，不好意思地笑了笑。等两人做完最后一道菜后，叶渊主动端了出去，林要要跟在他的身后，刚迈出厨房就见叶渊停住了脚步，脊梁略显僵直。

她不解，伸头一看也愣住了。

门口竟站着丁司承，他不知道什么时候来的，总之，林父和林母的样子看上去也挺尴尬，而丁司承在见到叶渊后也愣住了。

咖啡馆最适合慵懒的周末，窗外或阴或晴都很好，点一杯咖啡，趴在原色宽大的木桌上任由思维发散。素叶来过这里不少次，因为离家近，有时候也会约林要要来这儿喝咖啡或吃午餐，她喜欢这里的环境。

但今天，素叶犹豫地在门口站了很久，反复思量下才硬着头皮进去，询问了服务生是不是有位蒋先生在，服务生笑着点头，说那位先生早就来了，桌子上放紫色小熊的那位就是了，靠窗而坐。

素叶顺势看去，还没上餐的桌面不算太多，所以零星地看到花花绿绿的小熊，靠窗的位置，纵排共有三个放熊的桌面，靠近她的是绿色小熊，中间的是红色的，最里面的……是紫色。

一个男人坐在那儿，正在翻看杂志，背对着她而坐。

素叶的心蓦地揪紧了，脚步有点发飘，离得越近，男人的背影就越发清晰。浅紫色白格子衬衫，于窗外淡淡偏移进来的阳光相抵，看上去清爽极了。在这样一个悠闲的周末，这男人不像是来相亲，更像是独自一人来这里品着咖啡，慢调消遣一天的时间。

素叶在他身后站立了一会儿，始终不敢判定眼前这个男人究竟是不是蒋彬。男人似乎察觉出什么，停下手中动作，回头，目光对上素叶时有一瞬是燃亮了："素医生吧？"

是一张年轻充满朝气的脸，眉目清朗，五官标准，长得说不上英俊，但笑起来如沐春风。说话间他就起了身，马上做出"请坐"的手势，身高一米八出头，不像年柏彦迫人的身高会带给她压力。

素叶的那颗七上八下的心终于在男人转头的瞬间如巨石般轰然落地，她很肯定眼前这个人不是蒋彬，虽说她记不起蒋彬的样子了，但至少还记得与蒋彬在一起时的感觉，那种感觉很微妙。

对面的男人落落大方："素医生你好，我是蒋彬，很高兴认识你。"他的声音很亲切，却令素叶冷不丁打了个寒战，脑海中似乎有一组画面闪过，画面中有个男人迎着阳光走到她面前，他说：素叶你好，我是蒋彬，很高兴认识你。

很快服务生端上了水果沙拉、一杯咖啡和一杯热茶，蒋彬主动接过，将热茶推到她面前："因为我不大清楚你喜欢喝什么，所以干脆先点杯红茶，天冷了女孩子喝点红茶好，不喜欢喝的话可以再点别的，但水果沙拉我想错不了。"

素叶干涩地说了声"谢谢"，将红茶抱在手心里，有温暖流淌，她竟不知道该怎么拒绝他了，抬眼看着他："那个，蒋先生……"

"叫我蒋彬就行。"

素叶张了张嘴巴，好半天才叫出这个名字："蒋……彬，我想咱们走个过场就行了。"

蒋彬笑了："我明白你的心情，其实我也不想相亲，只是家里人逼得太厉害了。"

"那我们……"她很想就这么散了，出了这个门她搭车去找年柏彦。

蒋彬好耐性，等着她说完。素叶深吸了一口气："其实不瞒你说，我已经爱上了一个男人，我想今天过后我们就不需要见面了。"

"我知道。"

素叶一愣。

蒋彬放下咖啡杯，看着她："但从那么高的山峰上掉下来，他不可能还活着。"

素叶的后脑像是被人狠狠拍过似的，蓦地起身，失声："你……"

周围的客人全都诧异地看着素叶，但她已经全然不顾了，盯着对面的男人如同盯着只怪物："你到底是谁？"

蒋彬示意她不要紧张，绕到她面前，将她按坐下来，他又回到了自己的位置上坐下。"当家人把你的照片拿给我看时，我就认出你来了，素叶，当时珠峰登山队的队长。"他声音悠慢，"我是无意中看到了尼泊尔当地的报道，报纸上有你的照片，所以印象十分深刻，报纸上刊登了你男友从山峰掉下来的事件。"

素叶警觉："你怎么会看到当地的报道？"

"因为当时我也在尼泊尔。"

"你在尼泊尔干什么？旅游？"

"我跟你一样喜欢登山，尼泊尔境内的山峰我基本上都已经征服了，除了马纳斯鲁峰，也就是你当时攀登的那座。原本我去尼泊尔是想攀登马纳斯鲁峰，岂料刚到尼泊尔境内就看到了有关你的报道，知情的当地人也跟我说马纳斯鲁峰出了事，警方封锁了周边，禁止攀登者近期前往，没办法，我只能选择回程。”

“你说你……喜欢登山？还去过尼泊尔？”

“是啊。”蒋彬笑道，“当看到照片上是你时，我觉得缘分真是妙不可言，所以，今天说什么我都得见你一面。”

“你那么爱好登山，为什么之前我没见过你？”这个圈子很窄，谁登上过哪座山峰，什么时间攀登的，大概攀登到了几米，相互一打听就知道。

蒋彬神情无奈：“我是独生子，我父母极力反对我去登山，这不，连工作都是他们给安排好的。在上学的时候我的时间还算是自由，但登山都是偷着去的，也不敢大张旗鼓，总是独来独往，直到现在我爸妈都不知道我征服过尼泊尔境内的山峰。今天如果不是你，换作其他相亲对象，我绝对不会跟她说我会登山的事。”

眼前的男人，跟她所认识的蒋彬有惊人的相似，她开始惶恐，太阳穴更是一鼓一鼓地疼。

“我们……之前有没有见过？”

“没有，怎么了？”

素叶的呼吸急促：“我男朋友他，也叫蒋彬。”

“这世间还真有这么巧的事？”

“他也喜欢独来独往的，所以跟圈子里的人都不熟悉。”

“怎么感觉像是在说我似的？”

连素叶也迷惘了。

“也许……”蒋彬看着她，目光灼热，“是缘分。”

素叶不明白他的话。

他轻轻笑了：“老天给了我和那个蒋彬那么多的相同点，原因就是让我再出现在你面前时，你会更容易接纳我。”

素叶愣愣地看着他，她相信缘分，可不是他口中说的这种。

窗外树影重重，年柏彦静静伫立，他离得她不算太远，沉默地看着窗内的她。秋风中他的身形高大挺拔，此时站得更加笔直了，隐隐中透着一股子沉沉的压力。半晌后他掏出手机，按下。而室内正头脑发蒙的素叶被突如其来的铃声给救了，她一激灵，接了手机。

“还在逛街吗？”

素叶竟有种偷奸被捉的感觉：“是啊。”

“只有你和要要？”

“对啊，早上出门的时候不是跟你说了嘛。”

“好。”

“嗯？”

“看好什么了？”男人的声音透过电波，沉沉的，又平静似湖面。

素叶心口紧得难受，为这种荒唐的借口和卑劣的撒谎行径：“正在逛着呢，还没选好，你……忙完了？”

“还在忙，先挂了。”

素叶觉得这谎撒得太辛苦。

叶渊临走时，林母催促着林要要下楼去送，她便一路跟着叶渊走到了停车场。月色很亮，映得她的脸庞有点泛白。

“我们去兜兜风？”叶渊牵过她的手，低声提议。

林要要半天才反应过来，摇摇头：“还是不去了。”

叶渊也没勉强，又说：“那陪我在车上说说话吧。”

这次林要要没拒绝。上了车，叶渊转身拉过她的手，叹了口气：“要要，你究竟在想什么？”问这话实属多余，他知道她在想什么，她在想丁司承！吃饭前丁司承的突然造访彻底打破了和谐的气氛，至少她脸上的笑容没了。丁司承没在林家逗留，他是来送药的。

叶渊清楚地看到她的目光始终跟随着丁司承，不曾转移过。丁司承是走了，她的心也丢了，他看在眼里，疼在心里。

林要要听他突然这么问，一时间有点慌乱：“没想什么呀。”

叶渊扳过她的脸：“我是你男朋友，有什么不开心的事要跟我说，知道吗？”

林要要轻轻点头。她是如此怜人，他便醉了，情不自禁低下头，唇贴近她的。她没来由地紧张，一下子别过脸。

叶渊没抬脸，始终保持原状看着她，再度将她的脸转过来，这一次吻如骤雨般落下，令她猝不及防。“叶……”她刚要大呼他的名字，他的舌却趁机钻了进来。

她像是被人钉在了车座上似的一动不动，紧紧闭着眼，睫毛颤抖。叶渊察觉出她全身的紧绷，放柔了力量，动情低语：“试着感受我一次，好吗？”

言语如磐石般重重撞击在她的心口上，她的手臂渐渐放松，紧攥的手指也松开……叶渊心疼地看着她，低下头，轻轻浅浅地与她的唇瓣相贴合相缠，她没反抗。他动了情，大手沿着她的腰肢上移，熟练缓慢却十分坚定地解开了她胸前的扣子。

“不——”她一把将他推开，紧跟着转身要开车门。

叶渊从身后一把将她搂住，一脸懊恼：“对不起对不起……我没想伤害你。”

林要要的身子抵在车门上，不停地摇头："是我不好……"

"不，是我太着急了，我答应要给你时间来适应的。"叶渊将她搂过来，声音无力。

中午素叶就赶到了精石，周末这里相比平时要安静很多，大多部门都休息了，只有零散的员工在加班。经过会议室时，她就看到许桐隔着门玻璃往里面瞧，悄声上前顺势看过去，这一看不要紧，着实吓了她一跳。

年柏彦坐在会议室里，两旁坐满了部门高层，许是文件不符合他的要求，他突然将手中的文件一甩，那文件狠狠砸在了一位经理脸上，紧跟着是厉喝声。所有在会人员大气不敢出一声，被文件砸脸的经理更是一脸惨白。

许桐没看见素叶，见她冷不丁探头才察觉到，吓了一跳："原来是素医生你啊，吓死我了。"

素叶看着奇怪："你怎么站在这儿啊？"

"我在犹豫要不要进去呢，你也看到了里面的情况，我真怕进去当炮灰。"

"他怎么了？"

"今天里面的几位经理也不知道犯了什么太岁，一个接着一个地挨骂，这已经是第五个了。"

素叶缩了缩头，晃了晃手中的礼品袋子："我还给他买了东西呢，看样子也不足以打消他的怒火。"

"连年总的弟弟都挨骂了。"许桐无奈，"今天年总也不知道中了什么邪火了。"

素叶惊愕，怎么还牵连年柏霄了？

许桐拉着她来到一边，压低了嗓音："一小时前年总的弟弟来公司，不知跟年总说了什么，年总原本就一肚子气，结果在办公室里就把他弟弟给骂跑了，素医生，你跟年柏霄接触过，看看能不能找到他，安抚一下他的情绪。"

"他没回家吗？"

"打过电话，不在四合院。"许桐语重心长，"其实年总挺关心弟弟的，可能是不知道如何表达。那孩子就一声不吭地跑掉了，年总嘴上不说，但我知道他挺担心的。"

素叶又朝会议室里看了一眼，年柏彦还在痛批手下，吓得她一缩头，冲着许桐点点头："行，我去找年柏霄，你帮我把这个给年柏彦。"说着把礼品袋交到许桐手上一溜烟跑了。

年柏彦开完会已是下午3点多了，回了办公室一身疲倦，许桐进来后他也没太多反应，头靠着椅背，合着眼，眉心蹙紧。许桐很少见他这样，一时间也不知道该说些什么，将东西放在桌上，帮他磨咖啡时就听他开口："是什么？"

“是素医生给您的东西。”

“她来过？”年柏彦语气稍有不悦。

“是，又去找您弟弟了。”许桐如实汇报。

年柏彦紧皱的眉稍稍松动，他伸手，修长的手指刚刚碰触到袋子时微微停了下，又收手：“那个人查出来了吗？”

许桐递上一份文件夹：“那人叫蒋彬，今年三十岁，未婚，目前在国土资源局分局工作。”时间太短，她只查了个初步。

年柏彦接资料的手没来由地抖了一下，资料啪地掉在了办公桌上，许桐愕然地看着他。

“出去吧。”良久后，年柏彦才淡淡说了句。

许桐心里没底，但也不敢多问什么，出了办公室。

室内，静得只有时针跳动的声音，一下又一下，朝着他的心口撞，生疼。过了两三分钟，年柏彦才缓缓翻开文件夹，里面是薄薄的资料介绍，还有两张照片，一张是他上午传给许桐的，另一张是证件照，上面的男人眉目清朗，眼角微微含笑。

他死死盯着照片，蒋彬？他年柏彦才不相信这世上有鬼神之说，又或者，从那么高的山峰上摔下来还能存活的奇迹！起身走到碎纸机旁，按下开关，那张薄薄的人物资料便被机器一点点吞噬，证件照上蒋彬的笑脸也被尽毁。

桌上的手机响了。年柏彦将最后一张纸也一并放进了碎纸机里，走到桌前接通电话，那端，叶玉的声音温柔诚恳：“柏彦，谢谢你。”

年柏彦知道她是指曲艺的事，说：“你在叶家没有实职，但有股份，公司每年的分红足够你衣食无忧。你我的关系解除后，我会给你办好绿卡，你先过去。至于曲艺，可以等风平浪静了之后再跟过去，我再安排一份工作给她。”

“真的？”

“我没有撒谎的必要。”年柏彦语气薄凉，拿起茶杯轻抿一口，“我只希望从今天起风平浪静。”

纪东岩给素叶提供的地址是一处废弃场，里面存放了不少汽车零件和破损的车壳。

秋风紧，吹得地面灰尘乱飞。她抬手遮眼，呼吸入肺的是残余的汽油味，刺鼻。年柏霄坐在不远的阶梯上，素叶惴惴不安的心才如释重负。鞋底踩上沙石的声音惊动了年柏霄，他转头，眉间有一瞬的惊讶和迟疑：“是我大哥要你来的？”

他的开场白虽不友善，但至少免去了她酝酿好久都觉得不妥的见面语，她在他身边坐了下来：“可想而知你还是希望得到你大哥的关注。”

一句话激怒了年柏霄：“胡扯！”

“这句话你如果能用中文骂出来会更解气。”

年柏霄憋得脸通红，气呼呼道：“你到底是怎么找到这儿的？”

“看来，你大哥也知道你会在这儿。”她含沙射影。

年柏霄眼底隐隐亮起的期待如烛火般倏然熄灭：“原来是纪东岩告诉你的，我还以为心理医生有多手眼通天。”

“别小瞧心理医生，至少我知道，其实你最希望的是你大哥告诉了我你的行踪。”素叶懒洋洋地伸了个腰。

年柏霄瞪着她，神情越发抵触和不友善。她却不以为意，小孩子嘛，脸皮都薄，被说中了心事难免会恼羞成怒。果不其然下一秒年柏霄爆发了：“你有什么资格对我说教？我大嫂？年家长媳？不要忘了，你是我哥的情妇，他才不会对你动真格的！”

素叶笑眯眯地迎上了他的愤怒，活动了下手腕：“年柏霄，英文说得挺爽啊，又忘了挨揍的滋味了？”

年柏霄冷冷地盯着她，如刀子似的锋利。她看得仔细，这孩子沉默示人时还挺像年柏彦的，活脱脱一严肃坯子。隔了好长时间他才操着蹩脚的中文道：“我怕你没有，我书上看过，不是对抗女人用来，是尊重的。”

素叶仔细捋了一下他想表达的意思，他大抵是想表达女人不是用来欺负的，而是用来疼爱的。

“虽然有些词翻译得不大准确，但孺子可教。”

“兔子可教？”

素叶忍不住笑出声来。

“什么？”他急了。

她近乎前仰后合了：“说你像兔子一样乖，很容易教。”

年柏霄狠狠剜了她一眼：“你这个女人很奇怪。”总算说了句完整的中文，他起身，拍了拍屁股上的灰尘就要走。

“喂。”

年柏霄转头皱着眉看着她，她冲着他一伸手。年柏霄眉头皱得更紧，但还是上前不情愿地搭上她的手：“麻烦！”

素叶穿的是高跟鞋，他的手劲又大，一个没站稳鼻子就撞在了他的胸口上，疼得她眼泪含在眼圈里。年柏霄没料到会弄疼她，一时间竟不知所措：“对不起、对不起。”

“你存心的是不是？就算讨厌我也不至于打击报复吧？”

年柏霄忙摆手：“不，我没有，我报复，不想你。”

她翻了下白眼，他的中文听得她脑仁疼：“总得将功补过吧？告诉我你为什么要来这儿。”

年柏霄紧抿着唇，不语。

“你很喜欢车，所以那天开着你哥的跑车上了街，结果被警察抓。”

年柏霄盯着她，不悦。见他不吭声，素叶耸耸肩膀：“好吧，既然你不想回答这个问题，那么我换个问题问你。”

年柏霄警惕地盯着她。

“你为什么回国？”素叶凑到他跟前，双臂交叉怀抱胸前，上下打量着他。

他看上去很烦躁。

“你回国却迟迟不肯进精石帮忙，看来不是跟工作有关。”

年柏霄的嘴巴抿得更紧了，好半天才恶狠狠地来了句：“你的鼻子假的不是，我不用负责！”

素叶反应了一下才知道他说什么，冲着他背影恶意大喊：“你怎么知道我鼻子不是假的？我告诉你啊，为了勾引你大哥，我花了大价钱整容！”

“八婆！”隔得老远，他态度恶劣地冲着她大喊，“不要脸！”

素叶发现他用中文骂人倒是挺溜，正要追上前继续消遣，手机响了，一看是年柏彦。接通后那头先开了口：“你二叔食物中毒刚被救护车拉走，来趟叶家，立刻。”

素叶赶到叶家后警方已经来了，正在做搜证和盘问的工作。阮雪琴、叶澜、叶鹤峰和叶渊这四人都不在，应该去了医院，阮雪曼坐在客厅的沙发上哭号：“这个家是怎么了？我们不能继续住了，好端端的房子闹鬼啊。”

素叶进门正好听到阮雪曼的这句话，也顺便看到了年柏彦，他一手插着裤兜，一手在讲电话，目光锋利地在警方正在盘问的用人间扫视，他的身边坐着叶玉，低声安抚着阮雪曼。阮雪曼看见了素叶，腾地一下站起身指着她大喊：“就是她，她这个狐狸精！你们快把她给带走，这个人就是个扫把星！”

阮雪曼呼天抢地的声音惊动了警方，也惊动了年柏彦，他扭头看见站在门口的素叶，对阮雪曼说了句：“她来正好可以证明她的清白。”

“她就是个妖精！就算这次的毒不是她下的，叶家的鬼也是她招的！”阮雪曼不依不饶。

素叶原本就不想来叶家，如果不是因为年柏彦，打死她都不会再过来，但听阮雪曼给她扣了这么一个大罪名，她反而不想走了：“没错，叶家的鬼就是我招来的，专门对付你这个老妖婆。”

阮雪曼气得脸都白了。

来叶家的路上素叶又给年柏彦打了个电话，将事情的始末大抵了解了一下，叶鹤城是在下午喝茶的时候昏厥不醒，医生判断是中了毒，跟阮雪曼住院的原因一模一样，但用人们都说闹鬼了。

其实素叶才不想管什么鬼神报复一说，叶家人怎么样跟她有什么关系？但年柏彦有句话说到了她的心坎上，那就是叶鹤峰说他见到了她妈妈，这件事多少让她吃了一惊。

是那个叫小贾的用人声称看见了鬼，素叶这几天把叶家用人的资料都背熟了，贾庆生，今年二十六岁，在叶家工作多年，两年前原本打算辞职，后来又打消了辞职的念头，他出了名的胆子小，但很勤快，吃苦耐劳。他战战兢兢说了所见所闻，原来有一晚轮到他值夜班，当他经过花园的时候看到了一个红影子，那影子朝着老宅飘过去，最后贴在了楼上的一个窗子上。他看得清楚，女鬼贴上的那间房就是叶鹤城的，当时他吓得屁滚尿流地跑开了，还摔了一跤。小贾将衣袖撸起来，指着胳膊肘上的一处擦伤："您看，胳膊都擦伤了。"

素叶看了一眼，目光从他手指上扫过时怔了怔。"这世上哪有什么鬼怪，以后不要瞎传了。"她淡淡说了句。

5点半警察走了。因为叶鹤峰他们都在医院，留在老宅的就是一屋子女人，所以叶家上下的事就全权听年柏彦安排。开餐时，年柏彦对她们几人说："警方为了避免媒体的大肆渲染，所以决定不封锁老宅，你们可以正常活动，但二叔的房间不要进去，已经拉上警戒线了。"

这一晚素叶留了下来。房间里有干净的柠檬味，在这样一个深秋，呼吸起来倒也舒畅，管家更换了床单被罩，不过在素叶眼里换与不换都没什么区别，只是从一床白换成了另一床的白，找不到回家的感觉。待管家打算离开时，素叶叫住了他，问他年柏彦在哪里。

管家没料到她会这么问，愣了一下，告诉她年先生在大小姐的房间里呢。等房门关上后她才软绵绵地倒在床榻上，她知道年柏彦不会跟叶玉怎么样，但心口总像是有把小刀在一点点割似的，有点痛，有点闷，有点窒息。拿过手机给年柏彦发了条信息：你在干什么呢？

过了五六分钟，年柏彦回复：在忙。

素叶盯着这两个字好半天，心里失望，他今天挺不对劲，先是跟年柏霄起了争执，再把公司高层骂了个狗血淋头，现在又不冷不热的，她怎么想都想不出自己哪里得罪他了，最后总结出了一点：一定是他怕叶家人起疑，跟她亲密无疑是给别人留下把柄。

想到这点心也宽了，她披了件衣服出了房间，准备去花园看看。

月色很亮，也很凉，铺洒在地面上的是一层银白色的光。叶家老宅取静雅之地，所以一入夜就格外安静。花园深处多露水，她的鞋子很快被打湿。不经意间瞧见沿着长阶走来一人，细细打量竟是小贾，闷着头，手里拿了只手电筒，见着素叶后吓了一跳。

在得知她去了花园后他十分惊讶，忙摆着手跟她说不要再去了，女鬼太吓人。素叶若有所思：“你说女鬼趴在哪扇窗子上？”

小贾用手电筒朝上照了照，指着其中一块玻璃，告诉素叶就是那儿了。素叶顺着光线往上望，那扇窗子黑漆漆的，像是潜伏在黑夜中的怪兽的眼，空洞而死寂，幽幽地折射着光的寒凉。

“除非我是真亲眼见到鬼了，否则一定是人在作怪。”她咬咬牙。

小贾吓得脸都白了，叫她不要乱讲话。

素叶回到房里，只点了一盏夜灯，微弱的光亮将她的影子扩散得无影无踪。调高了室内温度，没一会儿窝在沙发中的她便觉得暖和了很多。拉过个抱枕，她拿起人事资料看了一遍又一遍，总觉得什么地方怪怪的。

一个多小时过去，看得她眼皮都打架了，看来今晚是没什么事情发生了。素叶有点失望，将资料扔到一边，年柏彦也不知道睡了没有。房间有点热，她拿起遥控器打算将温度调低些，手陡然停住了。思维像是有一瞬被敲开了一个小口子，有点光偏移了进来，令乱成一团的大脑有瞬间的灵感闪过！

叶家老宅居住的人较多，年龄参差不齐，所以叶家每个房间里都是独立空调。今年是暖秋，白天有充足的阳光温暖室内，到了晚上室内的温度也不会太低，远远不像前几年的秋夜霜重。

晚餐过后她无意间听到管家在训斥一个用人，好像是那人进了叶鹤城的房间。用人很委屈，说只是把二老爷房间里的空调遥控器送进去，要不然二老爷回来找不到该发火了。在叶家最怕冷的就是叶鹤城，也就是说，他是最早开空调的人。素叶死死盯着空调，暖风从孔扇中排出来，房间的柠檬味道由此产生。

思路突然断了，很多零星碎片的东西粘连不上，素叶的眉头都快拧出花儿了，还是觉得哪点说不通，看来明天她要再多问些情况才行。

折腾了一晚上一无所获，素叶也累了，泡了个热水澡，出来后换了一次性睡袍，可刚进卧室就察觉有不同寻常的气流，头皮陡然炸开。借着昏暗的月光她瞥见一道身影朝这边过来，刚要喊，嘴巴便被一只大手给捂住。

“别怕，是我。”

素叶顿时像泄了气的皮球似的失去了反抗，当男人移开手时，她狠狠掐了他胳膊一下：“干什么吓我？”他洗澡用了陌生的浴液，多少取代了他身上原有的气息。

年柏彦压着她没动弹，她扭头，借着月光看着年柏彦的脸颊，低声抗议：“我还以为今晚你黏在叶玉房里了。”

“吃醋了？”年柏彦似笑非笑。

素叶觉得这个角度看他有点怪怪的：“懒得吃你的醋。”

年柏彦抽出胳膊，大半个身子压在了她的背上：“现在连醋都懒得吃了？”

“是啊，为什么要吃醋？”素叶身心愉悦，故意消遣他。

可年柏彦扳过她的脸：“你不是爱我吗？”

“别闹啦。”素叶轻轻笑着，他来得正好，有关叶鹤城中毒一事她还有疑问要问他。

年柏彦陡然加重了手劲，低低问：“那你想吃谁的醋？”她身上的浴袍带子松开了，他的手也顺势钻了进去。

素叶没料到他会在叶家这么大胆，捉住了他的手腕：“你疯了，会被人发现的。”

他的唇却沿着她的耳畔轻轻游走到红唇，类似耳鬓厮磨的温柔，又有点陌生的阴凉：“偷偷摸摸的不是更刺激吗？我以为你会更喜欢这样，还是你想要更刺激的？”下一秒他狠狠吻上了她的唇。

突如其来地碾下，绞疼了素叶的唇，眼泪差点掉下来。他不是没这样待过她，所以她尽量迎合，果不其然他放轻了动作，她低低地叫着他的名字，轻声说了句：“我爱你……”

男人的动作停住了，低头注视着她，那双深暗的眼眸阴晴不定。

“我知道你今天心情不好，你骂了公司很多高层，我都看见了。从回北京之后你的压力就很大是吧？有很多事需要你去处理，公司的、叶家的、你自己的和我的……”她抬手，手指轻轻插进了他的浓发里，“我不知道怎样做才能令你开心点，如果你喜欢这种方式的话，你能轻点吗？因为你真的会弄疼我。”

黑暗中，年柏彦静静注视着她，那双眼深沉难懂，良久后他低叹一声，将她搂在了怀中。素叶安静相靠，见他似乎平和了很多才出声问：“是因为叶家的事吗？”

年柏彦顿了一会儿说：“工作上的事。”

“我能开灯吗？”

年柏彦手臂一伸按亮了夜灯。灯光驱散了月色的清冷，不刺眼，素叶大半个身子都趴在他身上，情不自禁道：“我都想你了。”

年柏彦紧绷的眉梢这才稍稍舒缓，拂了她一缕长发，话里有话：“我还以为你不想我呢。”

“谁说的？我满脑子都是你。”见他说话了，素叶才敢谈笑风生，“人家今天还给你买了礼物呢，你打开看了吗？”

年柏彦这才想起许桐递给他的礼品袋，现在还放在他的办公桌上，想了想：“是什么？”

素叶心里有点犯嘀咕，他很少这样，以前给他买东西他都会很高兴：“等你自己去看吧。”

他没追问，大手绕到她的后脑：“做什么亏心事了？”

“啊？”第一个反应是年柏彦知道了上午的事，但转念想又觉得不可能，“拿人家的手短，钱是你的，我可不敢乱花，所以先要买点东西哄哄你这位财神爷，把你哄开心了，我以后才能财源不断。”

年柏彦淡笑，却心痛如绞，从什么时候起，他的女人竟能在他面前从容不迫地撒谎了？抬手轻抚她的脸，她的笑像是钩子似的钩疼了他的心，中间裂开了个口子，在滴血，也许她忘了，他是最了解她的，只有当她做了亏心事才会对他百依百顺。

“那张卡以后就放你那儿，想买什么就买什么，别心疼钱。”他从不怕她花他的钱，只怕她践踏了他的心。

素叶摇头：“我有钱。”

“让你拿着你就拿着。”

素叶不知他为什么反复不定，连连点头，又主动将他搂紧：“好，你以后可别说我是葛朗台啊，我会把你的钱包通通吸干。”

年柏彦看着她：“好。”他自欺欺人，就当上午的事从来没发生过，只要她在他身边，只要她说她爱他……他从来没这么窝囊过。

良久后素叶才敢言归正传：“来叶家后我觉得很奇怪。”

“哪里奇怪？”

素叶逐一捋清自己的思路。分析叶鹤城中毒一事，不得不先去思考阮雪曼中毒的事；那时候她分析的是，阮雪曼是误打误撞中的毒。

为什么这么讲？很简单，阮雪曼一旦毒发身亡，对任何人都没有好处，也就是说找不到最合理的受益人。叶鹤峰没必要毒死自己的老婆，就算他幡然醒悟觉得阮雪曼太过恶毒也不会这么做；那么就是为了阮雪曼手中的股份，纯粹是利益纠纷，这点她也分析过，更不可能，阮雪曼一死，手中的股份也不会流到外人手里，况且她的股份也没多少；纯粹是为了泄愤更不可能，阮雪曼平时是傲里傲气目中无人的，但如果没有深仇大恨，谁会搭上自己的性命来要另一个人的命？

所以素叶觉得凶手真正要杀的人，一定不是阮雪曼。她曾经以为凶手的目标会是叶鹤峰，没料到叶鹤城中毒了：“我很肯定，其实一开始凶手的目标就是叶鹤城。”

阮雪曼之所以会中毒，是因为她吃了不属于她的餐后点心，这对凶手来说绝对是个意外，但叶鹤城中毒就没那么简单了。叶家人有喝下午茶的习惯，叶鹤城最风雨不误，再加上他怕冷，下午茶更是必备。今天除了叶渊、叶玉不在家，阮雪琴出去购茶外，其余的人都在家，而且是在各自的房间里，所以用人绝对不会送错，也不存在谁到谁房间里去吃东西的现象，所以凶手的直指性很明显。

年柏彦赞同素叶的分析，白天警方已经对每个人进行调查，那几名外聘人员都是做室外工作，所以暂时可以排除，阮雪琴购回来的茶叶也被警方带走了，但他想不出阮雪琴有杀人的动机，所以最大可能就落在了用人身上。

“茶水里的毒是掩人耳目。”素叶提出了大胆的假设，“当然，我还得听听你的分析，因为我总感觉有什么地方是想不通的。”

叶鹤城跟阮雪曼中的毒是一模一样的，但临床反应不同，阮雪曼没有叶鹤城昏迷的时间长。

“叶鹤城不论喝茶还是喝水都有个习惯，那就是喝之前都要用唇去试试温度，他是个极重视养生的人，水太热不行太冷也不行。”年柏彦说出自己的推断，“而叶家的下午茶，杯子的大小、点心的数量、杯中茶水的水位都是统一标准的，所以当时他并没有喝茶，如果真是中毒的话也只是唇上的那一点点，照理说不应该昏迷这么长时间。”

这是他今天下午趁着警方不注意观察到的细节，可他不明白的是，叶鹤城如果不是茶水中毒，那么会是什么。

岂料年柏彦的这番话点醒了素叶，她猛地起身，脱口而出：“空调……”

年柏彦不解。她伸手在他面前扇动了两下：“闻到什么味道了没有？”

“柠檬味。”他刚进这个房间时闻到了这个味道，时间一长也就闻不到了，经素叶这么一扇动空气这才想起，他一直以为是空气清新剂。

素叶看着他，双眼一亮。

年柏彦一下子想到了关键：“有人在空调里动了手脚。”他之所以没想到空调，是因为一来他很少来叶家，二来他也没觉得冷，所以犯不上开空调，等真正冷的日子，老宅的地热系统就启动了，压根用不上空调。现在想想，能在空调中添加柠檬的香气，那么自然也可以释放毒气，而现在习惯开空调的就只有叶鹤城，今天，他又是独自在房间。

素叶用力点头：“只要我们现在去他的房间检查一下空调就知道了，说不定会查出线索。”

“叶鹤城房间里的空调在他出事后半小时就坏了，已命人搬走，现在再想找证据，不可能了。”

“事情真巧。”素叶更确信无疑了，怪不得晚餐后有用人想把空调遥控器放回去，应该是搬走空调的时候被警方搜查了一下，最后空调被搬走了，遥控器忘在了客厅里。

“如果照我们的分析，凶手应该是对电板电路很精通。”年柏彦若有所思。

“负责叶家电路电板维修的有五人，会不会是其中一个？”

年柏彦想了想：“贼喊捉贼？我觉得对方没那么大的胆量。”

素叶窝回床上，瞅着天花板，幽幽道：“我只怕，这个凶手的心理状况很危险。”

“为什么这么说？”

“如果凶手只是个用人，那说明他和叶鹤城早就结有梁子。叶家不轻易换新人，这些老人全都是在叶家做了至少三年，这人隐忍了多年，却又急着在这阵子接二连三下手，说明他已经开始焦躁，他想尽快解决这件事，尽快报仇。这种人平时跟正常人无异，心理却脆弱激进。我想我有办法试出谁是凶手，就算不能马上知道，也一定会有线索。”

“说来听听。”

“保密，而且明天你不能在叶家。”

“不行，你会有危险。”

“做测试不过就是个幌子，我很想看看有没有人会按捺不住露出马脚，你在的话我怕凶手会提高警惕。”素叶十分坚持，“我的直觉告诉我，叶家闹鬼和中毒事件一定是出自一人之手，这绝对不是巧合。”

年柏彦还是摇头。

“这样吧，明天我们随时保持联系，只要我发现苗头不对，就马上打给你。”素叶尽量说服他。

年柏彦知道拗不过她，只好点头，又补上了句：“下了班我会守在叶家附近，这样一旦有情况我会第一时间赶到，还有记住，明天我走后任何人都不能离开叶家，我已经叮嘱管家了。”

素叶不解。

“很简单，如果凶手要杀的是叶鹤城，那么一旦听说叶鹤城已无大碍一定会狗急跳墙，这样一来，凶手的尾巴就藏不住了。”

“没错！明天我会宣布叶鹤城已经醒了。”

Chapter 24
我要我爱的人高枕无忧

▼

翌日，晴天。素叶不知道年柏彦什么时候离开的叶家，许是天不亮就走了。泡了个澡，出房间时已是上午 9 点。吃早餐的时候，有了不愉快的小插曲。

“你有那么好心为叶家做事吗？还不是为了叶家的股份？你不用装了，我就明着告诉你，没错，你爸是给你留了股份，但你的那份要是想超过叶玉和叶渊，我是一万个不允许，就算按资排辈，哪怕是按照法律程序走，你的那份也是最少的。”阮雪曼咄咄逼人。

素叶没理会她，低着头吃早餐。叶玉碰了碰阮雪曼的胳膊，示意她少说两句，阮雪曼就嚷嚷起来了：“傻姑娘啊，就你天真，现在还不跟我站在一条线上，等着让对面的小狐狸精扫地出门吗？那丫头心眼儿坏得很，先是打柏彦的主意，然后又盯上叶家的东西，你可不能犯糊涂。”

素叶喝了一口牛奶：“是啊叶玉，不听老人言吃亏在眼前，我现在可是一只眼睛盯着柏彦，一只眼睛盯着叶家的财产呢。”

气得阮雪曼直骂她是狐狸精。

“承让承让，有您这只老狐狸精挡着呢，我的招数不过就是小儿科。”素叶说话间就吃了整只可颂，“您多有手段呀，当时孩子都有了，那叫一招制敌，论手段，我得跟您学学。”

将阮雪曼气个半死，素叶拿过用人递上来的湿毛巾擦了擦手：“叶鹤城已经没事了，他会配合警方调查这件事，而我，就在叶家调查这件事。”

“我二叔他醒了？”

“是啊，上天还真是照顾你们叶家，一个两个的都大难不死。”素叶走到她们身边的时候一勾唇，“调查很简单，不会让你们断胳膊断腿以示清白。”

阮雪曼盯着她的背影，气得全身直哆嗦。

午后，天气尚暖。叶家偌大个庭院里站满了人，全是多年服侍叶家的用人。阮雪曼和叶玉站在排头，自然是不情愿的，但无济于事，只要她们两个稍有异议，素叶就让她们去给叶鹤峰打电话，不跟她们多废话一句。

站在阶梯上的素叶像是训话官似的，背着手，来回地踱着步子。“管家现在给你们发的是专门测试罪犯心理的试题，大家可别小看这么一道试题，从试题里我就能知道谁是凶手！诸位，我是心理医生，你们任何人的心理变化，哪怕是最细微的心理变化都逃不过我的眼睛，我能从你们的答案里知道你们在想些什么！”

人们议论纷纷。

“你们要第一时间写出问题的答案，不准相互交流，不准交头接耳，不准偷看其他人的答案。”素叶严肃道，“每个人都必须得回答，不配合的直接送进警局接受调查！”

每人拿着一支笔，听了素叶这么讲后赶忙看题写答案。

“叶玉。”素叶突然喊了一声，“等其他人都答完了，你来收一下题纸。”

阮雪曼在旁不依不饶了：“你凭什么让我女儿做这种事？”

素叶高高在上，冷笑：“今天一切都得听我的，我让叶玉去收她必须得去收，否则就你阮雪曼代劳，没有多余人选。”

“素叶，你明摆着跟我过不去是吧？”

“没错，我就是跟你过不去。”

阮雪曼的眼珠子都快鼓出来了。

“好了好了，我去收。”叶玉妥协。

“叶大千金，收好题纸后麻烦你送到书房，记住了，将题纸码整齐了放进抽屉里。”

叶玉狠狠地剜了她一眼。

丁司承主动约了林要要。

“其实我就是想看你好不好，你也知道，我没法儿踏进你家的门，只能用这种方式来约你。”

“我很好，谢谢你。”

她的客气令他的心扯痛了一下：“要要，是我对不起你。”

“都过去了，我……没怪你。”

“那为什么对我这么客气？”

她抬头。

“你对我疏远了，是因为叶渊吗？”

林要要张了张嘴巴，半晌后又摇头：“不是的……”

她像个迷途的孩子，急于表达什么却又说不出来，丁司承心生怜惜，忍不住拉过她的手：“你这个样子比杀了我还让我难受。”

林要要想要缩手却被他攥紧，心里的沧海顷刻成了汪洋，曾经他也是这么紧紧攥着她的手，跟她说，这辈子他都不会再放手了。可是他最终还是放手了，不是吗？

现实永远比戏剧更精彩，就这么一幕好死不死地被叶渊瞧见了，还没等林要要反应过来，丁司承就挨了一拳。

桌子椅子全倒了，咖啡、果汁洒了一地，客人见到这一幕吓得纷纷离店。林要要惊愕地起身，不知道叶渊怎么会出现在这里。叶渊像是一头被激怒的兽，见丁司承已经倒地还不算完，大步上前将他揪住，紧跟着又是一拳，怒喝道：“你又来骚扰她干什么？”

咖啡店的经理急得团团转，服务生们也全都吓傻了。林要要想都没想一下子冲上前，紧紧抱着叶渊的胳膊，急声道：“叶渊你干什么？大庭广众之下干吗打人？快放开他！”

“你给我起开！”叶渊本来就在气头上，听她这么说更气不打一处来，一甩胳膊便将林要要甩到了一边。

林要要没站稳，一下子摔倒在地。丁司承一把推开叶渊，上前搀扶林要要，冲着叶渊大喝：“叶渊你疯了！”

叶渊一下子傻在原地，眼底充满懊恼。他在医院守了一晚上，原本是出来给大家买点吃的，等红灯时目光不经意间扫进了路边的咖啡厅，就这样，将坐在窗口处的男女看得一清二楚。他快步上前，一把推开丁司承，将她搂了过来：“我不是故意的。”

林要要看着叶渊，又看了看周围东倒西歪的桌椅，轻轻摇头：“你怎么能不分青红皂白打人呢？你又不是小孩子了。”

叶渊压了压气：“你还跟这种人见面干什么？”

林要要咬了咬唇，她也不想见面，但心始终驱使着她来见他。

“你的脚没什么事吧？”丁司承担忧地看着她。

叶渊吼了一嗓子，冲着丁司承：“她现在是我女朋友，轮不到你来操心！”

“叶渊，你能不能别这么不讲理？”丁司承上前，怒视着他。

叶渊原本就忍够他了，再加上一晚上没好好睡觉，人本身就容易急躁，听他这么说气得又抡起了拳头。

“叶渊你够了！”林要要冲上前挡在了丁司承前面。

叶渊不可置信地盯着她，指着丁司承：“你向着他说话？”

“我只是不想让你继续在这儿丢人现眼！”林要要心里乱糟糟的，“你不觉得你今天的行为太幼稚了吗？”

叶渊脸色铁青，一把揪住她的胳膊："跟我走。"

他的手劲太大，痛得林要要叫出声来。丁司承上前推开叶渊，冷喝："就算她是你女朋友，你也不能这么粗鲁！"

"要你管？"叶渊一手推搡着丁司承，一手还紧紧揪着林要要。

丁司承这次不相让了，两人扭打在了一起。

"哎呀呀，你们两位不要打了，再打我可报警了！"经理看着店里的餐具碎了一地，心疼地直叫唤。

奈何两个大男人谁都不让着谁，最后还是林要要大吼了一嗓子："够了！都住手！再不停手我就出门撞车！"

这句话吓得丁司承和叶渊全都停了手。叶渊一个激灵看向林要要："好好好，我听你的，要要……"

丁司承起身，擦了下嘴角的血，也一脸警觉地看着要要。良久后，林要要才有气无力地说了句："叶渊，你走吧。"

叶渊全身一颤："你说什么？"

"我们……不合适。"林要要攥紧了手指，颤抖着唇，"这段时间我尽量说服自己来适应你，来接受这个事实，但是真的很抱歉，我还是没法儿欺骗我自己。"

叶渊的牙根咬得咯咯直响，双眼都冒着火："林要要！你是有多下贱才想着要去吃回头草？"

林要要倏然抬眼看着他，不相信这句话是从他嘴里说出的。

丁司承皱紧了眉头："叶渊，你嘴巴放干净点！"

"有你说话的份儿吗？"叶渊恨不得一拳将他打成肉饼。

"对，我就是下贱。"林要要手指都嵌入了掌心之中，"你走吧，我压根就不值得你来爱，你完全可以找到比我好上一万倍的姑娘。"

叶渊死死地盯着她，良久后突然笑了："好。"他的眼阴凉得吓人，"林要要，我叶渊真是瞎了眼看上了你！我祝你们百年好合！"话毕掏出钱包，将里面的大钞全都拿出来扔在地上，怒气冲冲地离开。

林要要的身子摇晃了一下，脚踝的疼痛让她站不稳，丁司承接住了她："我带你去医院。"

她摇头，身心俱疲。

叶玉砸了二十多分钟的门，素叶才懒洋洋现身，打着哈欠："干什么火急火燎的？你赶着去投胎可别拉上我啊。"转身又打算回去补觉。

她的胳膊被叶玉一把拉住："你口口声声说来叶家是为了查线索的，怎么出尔反尔啊？"

素叶任由她扯着自己的胳膊："我怎么出尔反尔了？"

"你看看现在都几点了？这都晚上了！"

素叶这才看了一下时间，尖叫一声："怎么这么晚了？"

叶玉冷哼，盯着她。

"题纸！"素叶像火箭似的冲出了卧室。

书房。装题纸的抽屉是关着的。素叶上前时没立刻打开抽屉，上下左右看了一眼，然后从身上取出一小张类似白纸的东西，沾了沾抽屉的扶手，叶玉不解："你在干什么？"

"跟你说你也不能明白，把抽屉打开，题纸拿给我。"

"你支使我？"

"都支使过一次了，也不差第二次。"

"素叶你是个浑蛋。"

"谢谢赞誉。"素叶冲着她一伸手，"题纸。"

叶玉狠狠瞪了她一眼，打开抽屉，刚拿起题纸，令人惊悚的事情发生了，只见一道蓝光闪过，题纸竟自燃了，吓得她手一松，题纸掉落地上。素叶冲上前想把火踩灭，奈何火势十分奇怪，燃烧的速度极快，等火苗被踩灭时题纸只剩下三分之一了。

叶玉都吓傻了，素叶指着她："你完了，题纸都被你给毁了。"

叶玉看了看地上的一堆废墟，再看看素叶，脸惨白，摇头摆手："不……不是我……"一下子又反应了过来，"关我什么事？还不都怨你？你说你处理完手头上的事就来看题纸的，结果呢？要不是你贪睡，题纸能被毁吗？"

"你说这话不怕闪了舌头吗？是你没看管好题纸还怨我？"素叶将罪名扣她头上。

叶玉气极了："你什么时候说过让我保管好了？"

"这话还用叮嘱吗？你是负责收题纸的当然也要负责保管好，你长没长脑子？"

两人的争吵声惊动了其他人，也招来了阮雪曼，她一进屋就吓得哇哇大叫，素叶吊着眼儿盯着阮雪曼："成一堆灰了，拜你女儿所赐。"

"素叶，你别含血喷人！这件事跟我一点关系都没有！"

"你当我是变戏法儿的呢？我再有本事也不可能让它自燃吧？"素叶蹲下身仔细查看废纸，拨了拨灰烬，捻了捻手指。

"是鬼……"人群中有小小的声音传出来。

素叶抬眼看过去，是小贾，他死死地盯着地上的灰烬，脸色惨白，双手不停地搓动。她起身冷哼："我还不信了，如果真是鬼的话，它有本事就出来！"

全屋子里的人都跟着她的话哆嗦了一下，阮雪曼胆怯了，舔了舔唇：“……说不准真是鬼。”叶玉也紧张地咽了下口水，房间里人人自危。素叶出了房间拐进了走廊的尽头，拨了一通电话，对方接通后她压低了嗓音：“今晚就会水落石出。”

叶家喧闹了一天，终于也沉静了下来，快 12 点，素叶还没睡，她在耐心等待。又过了一刻钟，她调暗了灯，刚准备躺下就听滋啦一声，灯光晃动了一下却没熄灭，她一个利落翻身，蹑手蹑脚地出了房间。

房间在二楼，隔着栏杆，可以看到黑漆漆的一楼客厅，她记得清楚，回房之前客厅的灯还亮着。一步步下了楼梯，双脚觉得薄凉，突然有风拂过，素叶头皮一紧，顺势寻找，是厨房的窗子开了一条小缝。头晕了一下，素叶深吸了一口气，咬了咬牙走出厨房。上了楼，有冷气嗖嗖地抚过她的身体，伸手刚碰到房门，门却自行开了……素叶陡然停住了脚步，刚刚出卧室的时候她已经关紧房门了。

寒意沿着后背迅速蔓延，每一个毛孔都拼命张开，恨不得化作千手千眼来替她的大脑分辨房间里不知名的危险。有一瞬她真的害怕了，甚至想马上给年柏彦打电话，但这个念头被她狠狠压下了，就算真有鬼，她今天也要抓个现行。

卧室里的灯全部熄灭了——她离开时还亮着——伸手去摸墙壁上的开关，按了一下灯还黑着，她的大脑嗡的一下，两个念头窜了进来：第一，这房间里不止她一人；第二，有人拉了电闸。

素叶站在门口，一咬牙将房门关上并上了锁。警觉地查看四周，没有可疑的地方，头却越发昏沉，她坐在床上，尽量让自己的注意力集中些。地毯突然发出咯吱吱的声音，紧跟着觉得脚腕像是被什么东西缠住似的，冰冷得很，心脏陡然漏跳了一拍，双脚用力一踢，那东西就突然消失了。

她僵直在床上，双手死死攥着床单，借着虚弱的月光，她清清楚楚地看到有什么东西从床底下缓缓地爬了出来。是一团艳红色的影子，裙摆很长，水袖很长，那东西慢慢起身，头发很长，几乎拖到了地面。

室内的空气似乎一下子凝结了，素叶的喉咙像是被人掐住了似的，连喊都喊不出来。她眼睁睁地看着那东西转过身来，头一忽悠，前后都是头发，跟阮雪曼描述的一模一样。它伸出胳膊，是只惨白的胳膊，十根手指如枯树枝似的骇人，艳红的指甲像是血染似的刺眼，冲着她抓过来的瞬间，她看到了长发遮盖下惨白的脸，有一只眼珠还挂在眼眶里乱晃。

素叶一个避犹不及，脖子便被它狠狠掐住，它发出刺耳凄惨的尖叫，她几乎窒息，一把箍住它的胳膊内侧，微怔一下，很快反应了过来，腿猛地抬起击中了它的胸口。它闷哼一声，手劲松了不少，她趁机发起攻击，抱住了它的头，抬拳击中了它的太阳穴，那东西一声哼叫，一把将她推开。

“是谁？”这东西的手指冰凉，但胳膊内侧有温度，它是人，不是鬼！

对方见情势不对掉头往外跑，不承想门被反锁了，情急之下抓过桌上的水果刀冲着素叶扑过来，她闪身，对方扑了空，又反身朝她过来。门外响起纷杂的脚步声，她昏沉得厉害，眼前一花没有避得开，一道冷光闪过，下意识抬手去挡，紧跟着手腕传来尖锐的疼。千钧一发间有人踹开了房门，黑暗中是熟悉的低吼声：“叶叶！”

对方举刀的动作迟疑了一下，见情况不妙竟从窗子纵身跳了出去。素叶奋起直追，想都没想也跟着跳了下去。年柏彦扑到窗子前，一伸手没抓住素叶的衣服，外套一脱，当着身后一群人的面也跳了下去，惊叫声此起彼伏。

素叶落地时双手先着地，这是她常年攀岩学到的技巧，无论什么时候都不能让膝盖着地，再加上窗子前有一棵银杏树，别看像是摆设似的，却足以救命。她是瞅准了才往下跳，下落过程中脚尽量伸向银杏树树干，如此一来能缓冲下落的速度。而年柏彦是利用外套挂在树枝上的技巧，十分巧妙地落地。

二楼响起叶鹤峰威严的声音：“都给我下楼去追！”

素叶起身，却觉得身体越来越沉，双腿一软又瘫在了地上，手腕在流血，伤口很深，可她感觉不出疼。一群人很快追了出去，她被叶鹤峰拉了起来，隐约听见他在怒吼：“赶紧把医生给我叫过来！我女儿受伤了！”

她的鼻头一酸。

不远处一道尖锐凄厉的声音传来，她全身一颤，第一个念头就是年柏彦出事了。想都没想推开了叶鹤峰，拼尽全力往前冲，脚步踉踉跄跄。等跑到有光亮的地方时，这才看清是年柏彦死死按住了那只女鬼，声音是女鬼发出来的，刺耳而绝望，人们这下子也不怕了，纷纷上前按住了女鬼。

年柏彦这才发现素叶的不对劲，疾步上前，在她即将昏倒之前将她抱住，她无力地靠在他的胸口上，想说你没事真是太好了，可嘴巴一点劲儿都没有。

年柏彦二话没说扯开领带，缠住了她的伤口，只听有人惊叫了一声：“是小贾！”

“给我往死里打！”年柏彦怒喝。

“别……”素叶隐约看到他的神情冷鸷得骇人，挤出来一句，“别伤害他……”紧跟着眼前一黑，什么都不知道了。

素叶不知道睡了多久，昏沉间看到了很多人，还有铺着青石板的小镇，漫天飞的黄纸，在风中摇曳着发出幽幽冷光的白色灯笼，有个男孩子一直拉着她跑，小小的身体似乎有无穷的力量。

她看到自己摔了一跤，后面追他们的人就扑了上来。男孩子挺身而出，手臂却被扎伤了，鲜血直流，她吓得哇哇大哭，男孩子冲着她喊：快逃……

画面一转是白雪皑皑的峰峦，她嵌在半山腰，与不远处的那道身影相撞，轻轻一笑，但下一秒绳索就断掉了，可她竟没有悲伤，又觉得置身温暖之中，睁眼是一个宽阔的胸膛，她咯咯笑着：蒋彬蒋彬，你会永远这么爱我吗？

你会吗？那男人问。

会，只要你爱着我，我就会一直爱着你……

朦胧中又看到了一张脸，是年柏彦，他焦急而深情，唤着她的名字，然后又是纪东岩，跟她说你快醒醒，还有年柏霄吊儿郎当地问她："喂，素叶，你死了没有啊？"紧跟着伸手推了她一把。素叶陡然睁眼，窗外阳光明媚，一张俊脸近乎贴上她的，她歇斯底里大叫："啊——"

病床边的年柏霄捂住了耳朵，一下子离她八丈远。

时间倒回到素叶苏醒之前的两分钟。年柏霄好奇地看着她紧合的双眼："听说人在睡觉时眼珠子来回乱动是做梦的表现，是吗？"

有脚步声上前看了一眼，状似专业地下了定论："应该没错。"

"你猜她做什么梦呢？"年柏霄好奇。

脚步的主人耸耸肩膀，扭头看向坐在沙发上沉思的男人："你觉得她做什么梦呢？"

年柏彦从沉思中走出，没搭理纪东岩，目光落在年柏霄身上："离她远点，别碍着她呼吸。"

年柏霄不悦："我又没堵住她鼻子。"

"废什么话？"年柏彦目光一厉。

纪东岩唯恐天下不乱："年小弟，你的理解有问题，你哥的前半句才是重点。"

"纪东岩，你很闲是不是？"年柏彦将矛头指向他。

"被你抢了那么大一笔生意，你说我能忙得起来吗？"

年柏彦难得针锋相对："技不如人就勿多怨言，整天把丢脸的事挂在嘴里，你好意思说我还不好意思听呢。"

年柏霄还在研究素叶眼珠子乱动的现象，看得津津有味时素叶突然睁眼，紧跟着惊叫，下一秒是年柏霄被吓的惊骇声："你有病吗，见鬼也没见你喊这么大声？见到人反倒怕了！"

纪东岩和年柏彦停了争执，看向病床。

素叶茫然地看着四周，一时间分不清梦境与现实。年柏彦见她醒了，忙差使年柏霄去叫医生，他虽不情愿但还是去了。

“感觉怎么样？”年柏彦轻声问。素叶张了张嘴巴，喉头干涩发紧，说不出话来。

“素叶，我可真是第一天才认识你，光着脚丫从二楼跳下来抓鬼，你牛啊。”她顺着声音看过去，纪东岩背窗而站，脸陷在大片的光影中，他在笑。

她从未想过这两个男人身处同一处会风轻云淡，没有硝烟。难道又是在做梦？梦境太真实，现实太虚幻，真真假假，假假真真，一时间倒真的难辨。周围脚步声纷纷围上，眼前全都是白花花的褂子在飘。等医生做完检查后，年柏彦忙上前询问。

“已经没事了，就是注意伤口别碰水，脚伤按时上药就行。她之前吸入的迷烟会让她出现短暂的幻觉，对呼吸道系统有损伤，好在吸入的比较少，她现在顶多会觉得呼吸稍有不畅，吃点药就行。”

年柏彦这才放心，待医生走后他将她扶靠在床头，问她哪里不舒服，想不想吃东西，等等。素叶好半天才缓过劲，舔了舔干涩的唇：“不想扎吊瓶。”

纪东岩在旁忍不住乐了。

“不扎也得扎。”年柏彦故意板了脸。

素叶转头看向纪东岩，哑着嗓子：“如果你是我男朋友的话，会像他这样回答吗？”

纪东岩凑向她：“这个问题真棒，我就喜欢回答这种问题。”他笑得灿烂，“你要是我女朋友，我就哄着你扎完针。”

素叶鄙夷地瞪了他一眼：“两个都是一样的货色，这样吧，你要是现在就帮我把针拔出来，我就跟你在一起。”

年柏彦一脸无奈，纪东岩摸了摸鼻子，起身清了清嗓子：“你还是乖乖地把吊瓶扎完，那个，我还有事，我先走了。”

“至于吗……”

“为了不想扎针，连换男朋友这种事都能想得出来，素叶，你能有点出息吗？”年柏彦似笑非笑。

“你知道人体有自我修复的能力吗？针扎多了对人体不好，会把我身体的益生菌杀死……”

年柏彦没搭理她的喋喋不休，在她一番所谓的“人体自救”理论中默默地为她倒了杯水：“看来气管没事了，说话这么溜，喝点水润润喉吧女侠。”

一句女侠提醒了素叶，她一把揪住年柏彦的胳膊：“你有没有受伤啊？”

年柏彦命她先喝水，跟她说自己没事，然后又叹道：“你真当自己有九条命呢？从那么高的地方跳下来，还不穿鞋？”

“那点高度压根难不倒我，我常年攀岩，从高处往下跳或从低处往上爬时都会找到最合适的落脚点，这已经成本能了。你不懂，攀岩者会利用一切可以利用的东西，哪怕是特别细微细小的东西，来保障自己的安全。”

年柏彦示意她去看自己的脚。素叶瞄了一眼，上了药，刺痛，年柏彦叹了口气，拉过她的手腕，没说什么。

“对方真厉害，我千防万防都没逃得过。”素叶回忆起曾经发生的事情，唏嘘不已，“迷烟应该就是随风飘进来的，我以为会是在水里。”

年柏彦与她十指相扣：“是我疏忽了，当初就不应该答应你。”

“事情真相大白才是关键，我又没怪你。”她稍稍用了点力气，伤口不是太疼，“小贾怎么样了？”

“被关起来了，什么都不说。”

“我始终想不明白那些题纸无缘无故怎么就烧起来了。”

“是聚醚和二异氰酸甲苯酯的溶液。”年柏彦给了她答案，“我后来看到了书房的燃烧物，题纸上面被涂了特制的溶液，溶液中有易自燃的物质，其中就包括聚醚和二异氰酸甲苯酯。”

素叶在学校的时候就最讨厌化学，她知道他是理科出身，这点小儿科的东西难不倒他，但不表示他说的这些她都懂啊。

“说白了就是塑料的原料之一。”年柏彦尽量说她明白的话，“对方在特制这些自燃溶液时，特意将阻聚剂加量，如此一来就会使一些原料实现自行聚合放热、自燃等，当然，能够造成自燃还需要很多辅助的条件，当时书房的环境是最合适不过的了。”

素叶张大了嘴巴，好半天才道：“我看过小贾的资料，他父亲活着的时候就是在塑料厂工作的，难怪他会懂得这些。”

用试题来测试凶手，这也是当时素叶站在阶梯前故意将自己说得天花乱坠的原因，目的只有一个，给凶手的心理施压，赌他一定会对题纸下手。那么，短短的时间内要如何下手？这就需要在素叶身上动手脚，阻止她第一时间去看题纸，所以凶手一定会故技重施，在空调里做文章，但他不知空调的通风口早就被年柏彦给堵塞了，房间里之所以暖和不是素叶开了空调，而是开了一个小型的太阳能聚热器。

素叶昏睡是假的，实际上是要给凶手留下毁灭证据的时间。在这个圈套中最合格的配角就是叶玉和阮雪曼，从一大早宣布她们不准外出，到素叶命令叶玉去收题纸，两人已经憋了一肚子气，尤其是叶玉，她万不可能会对题纸善加保管。素叶谢天谢地叶玉这么做，否则保管妥当这场戏还怎么演下去？

题纸自动燃烧，加上阮雪曼的神神道道，更增加了诡异气氛，素叶当时的那句话是故意说的，话中的意思很明显，要她相信叶家闹鬼，除非是见到鬼。而就是在书房，素叶最终将目标锁定在小贾身上，趁着空当她给年柏彦打了个电话，一切都安排妥当。只是年柏彦没想到，素叶会逼得小贾跳窗而逃，当初的设定是把“鬼”引进房间，他们一起来个瓮中捉鳖。

“你一开始就怀疑小贾，为什么？”年柏彦问。

“我看到了他的一些异常，但现在还解释不通，只能说他的心理有问题。还有题纸虽是道具，但上面的问题的确是测试题，小贾的回答很怪。”

题纸上的试题只有一个：你梦见身边开了许多花，你醒来的时候发现一位漂亮的女子在亲吻你，手里摘了一朵盛开在你身边的鲜花，你起身杀了她，为什么？

“小贾的回答是，因为她杀了我，所以我要把她变成鲜花。”

年柏彦愕然：“这算是什么答案？”

素叶陷入沉思，是啊，这个答案到底想表达什么意思呢？

小贾被关进了看守病房。透过窗子，一身红衣的小贾坐在床边，正对着空气不知在比画什么，一举一动都透着诡异。警局的人越看越觉得瘆得慌，这也是他们把年柏彦叫来的原因。

年柏彦也看不懂，倒是素叶，站在窗子前观看了好半天，突然说了句：“他在描眉。”

一句话提醒了在场的人，果然越看越像。素叶拧紧了眉头：“怕是我轻看他的心理状况了。”话音刚落就见小贾起了身，脸上扬着笑，很甜蜜，甩了长长的袖摆，然后咿咿呀呀地不知道在唱些什么，那一头垂地长发是假的，被扔到了一边，一个男人惨白着脸，穿着宽大的红色长裙，在屋子里像女人一样跳舞，着实惊悚。

在场的人后背爬了冷汗。

素叶曾问过管家小贾两年前为什么要辞职，管家说当时小贾是准备结婚了，想婚后找点正经事做做，可提出辞职没几天他又继续工作了，后来听说他女朋友跟人跑了，婚也没结成。

想到这儿素叶问了句：“这个人两年前是不是报过案？”

“没错，他曾经报案说女朋友失踪了。”警察说，“可报案后第二天，他又跟警方说找到了，所以销了案。”

也许，他女朋友压根就没失踪——素叶有一个可怕的推断，说不定他女朋友已经死了。见警察盯着她，她提议：“去他家看看，不是叶家的宿舍，而是他在外面跟女朋友租的房子。”

“素医生，你的意思是……”

“如果推断没错的话，小贾现在的装扮一定是他女朋友的，他女朋友的离开给了他致命的打击，所以不知从什么时候起他开始模仿女友的样子和喜好。”

这种个案素叶不是没见过，一方不在了，另一方思念成疾心理发生了扭曲，例如会收集对方平时喜欢的东西、保留对方的物品甚至有的还模仿对方的样子、声音等，到了最后会一人分饰两个角色，始终相信对方还在。

素叶猜想，最开始小贾不是为了吓人，只是装扮成女友的样子来思念女友，岂料被阮雪曼撞见。但有一点需要推敲，小贾女友出事是在两年前，也就是说小贾维持这种状况有很长一段时间了，但为什么这段时间才被叶家人发现？更重要的是，为什么是在叶家被发现的？

当素叶回车上时，她对年柏彦说出疑问。年柏彦沉吟，提出大胆的推测："你怀疑他女朋友已经死了，小贾悲痛成疾才会发生心理变化，又经我们之前的推断，小贾的目标是叶鹤城，难道叶鹤城跟他女朋友的死有关？而他以女友的样子出现在叶家只有两种可能：第一，他是有计划地向叶鹤城报复；第二，他女友就是两年前的那一天出了事，他在叶家扮作女友只是为了祭奠。"

这个分析合情合理，素叶却觉得怪怪的："小贾的答案透露出一个很不寻常的心理状况，题目的前提是梦境，梦境中出现的很多符号都是有意义的，女人代表着爱情，鲜花代表了最亲密的人或者女人，小贾的回答却是'因为她杀了我，所以我要把她变成鲜花'，他一定不是随便乱讲的，围绕在他周围的鲜花如果暗喻他的女朋友的话，那么，他的潜意识认定的是他女朋友先杀了他……"

感觉有点乱，她又重新捋了下思路："当然，小贾是活着的，他女朋友没有杀了他，这一切都是他的潜意识，那么，这个杀了他还能有什么隐意呢？"

身边的男人缓缓地吐出了两个字："背叛。"

素叶一激灵扭头看向年柏彦，他目视前方，棱角沉雅的侧脸被淡淡的光线扫过时异常感人："一个即将结婚的男人，如果遭遇未婚妻的背叛，这种痛就好比杀了他一样。"

她张了张嘴巴，目光陡然一亮："对啊，我怎么没想到这一点呢？这样的话他的答案就顺理成章了！"

因为他女友背叛了他，幸福被夺走了，那么他就要将一切幸福都看作他女朋友。后半句的答案有点匪夷所思，但恰恰能暗示出他现在的心理状况，他抛下了未来的幸福，沉湎于过去，并把自己变成了他的女朋友，这就是梦境在现实中的反衬。

"难道正如他说的，他女朋友跟别的男人跑了？"绕了一圈又绕回了小贾给警方和管家所说的答案，那么与她之前推断他女友已经死了的情况不符。

年柏彦却想到了更深一层的："也许还有一种推断，小贾遭遇了背叛，杀了她，时间一长他的心理发生变化，他忘了她已经被杀的事实，报了警，却又以未婚妻已经跟别人跑了的理由销案，而他自己，潜移默化中将自己变成了他的未婚妻。"

素叶心生寒意，她觉得年柏彦的说法接近事实了。

事情已经到了只隔着一层窗户纸的地步，最终还是警方将这层纸捅开了。在素叶的建议下，几名警员赶到了小贾的出租房，询问之下邻居给出了一些讯息，说这个房子小贾已经租了四年多了，前两年有个女孩儿跟他一起，最近这两年没再见到那个女孩儿。还有一些老邻居跟警方投诉，说这两年来小贾只要一回家就叮叮咣咣地砸东西，吵得左邻右舍睡不着觉，物业找上门时，小贾是一万个赔不是，弄得邻居们也不好说什么了。

警方彻底搜查了一下小贾的房子，当砸开厨房中的那堵墙时，大家终于明白邻居口中所说的小贾叮叮咣咣的行为了。水泥墙里隐藏着一个小小的空间，里面有餐桌餐椅，餐桌上还摆放着两个碟子、两个碗、两双筷子，碟子和碗里的饭菜都已经发霉发臭，叽叽喳喳的有老鼠经过。

最令人震惊的是，一把椅子上坐着一具尸体，说尸体已经很夸张了，那尸体已成白骨，看坐姿和手骨旁散落的绳索，应该是生前或临死前被人捆绑在椅子上的，一把匕首掉在地上，警方上前搜证，匕首上面的血迹已经干涸……

死者叫蒋美云，与小贾同龄，四年前是一家商场的售货员，与小贾认识后相恋。她原本也是个本分的姑娘，一心只想着过平凡的日子，平日里喜欢听听小曲之类的，这在同龄女孩中着实少见。小贾很爱蒋美云，只要有时间就陪着蒋美云一起听戏，两人已经到了谈婚论嫁的阶段，却发生了令小贾生不如死的事。

当素叶拿到警方传过来的这份资料时唏嘘不已，资料上有两张照片，一张是蒋美云生前的，一张是从水泥墙背后挖出来的白骨。法医给出了死者证明，死者是两年前被杀，杀死蒋美云的就是小贾。

她不忍直视，将资料递给年柏彦："你说叶鹤城能承认吗？"小贾是凶手没错，但他的目标是叶鹤城，怕是叶鹤城也脱离不了干系。

"这件事已经惊动了你父亲，他不想承认都难了。"年柏彦将资料合上。

就在警方查出蒋美云的尸体时，年柏彦和素叶也接到了叶鹤峰打来的电话，让他们来一趟叶家。素叶知道一切都尘埃落定，但当初她查这件事是以为跟母亲有关，现在说白了是叶家自己的事，她懒得去听，留在车里等候年柏彦的消息。

三个多小时后年柏彦才回到车里。

"简单来说就是，叶鹤城抱着纯玩的心态跟蒋美云来了几场风花雪月，结果蒋美云当真了，也许是为了钱也许是动了真情，总之被小贾给发现了，小贾一不做二不休杀了背叛自己的未婚妻，然后伺机向叶鹤城报复，阮雪曼撞鬼那天是12号，蒋美云的生日。"

两年前，叶鹤城结识了蒋美云，那时候的蒋美云还是个思想单纯、整天沉迷于戏曲的姑娘，叶鹤城对她起了色心，先是强迫性地与其发生关系，而后生怕她报警又以金钱利诱。他懂得蒋美云这种女人，年轻貌美，怎能守得住贫困？果不其然，一来二去蒋美云就成了被他包养的金丝雀。其实他不爱蒋美云，更多的是追求刺激，更何况蒋美云喜欢一袭火红长裙，轻抚水袖为他唱一小段的戏，这种情趣不是阮雪琴可以比拟的。

可好景不长，小贾发现端倪起了疑心，蒋美云便跟他摊牌，说自己交到了有钱的男朋友，要跟他一刀两断。小贾那时候已经辞职准备结婚，一怒之下痛骂她一顿就走了。蒋美云没想到的是，叶鹤城已经对她厌倦，所以在她跟小贾分手没多久后他就处处躲着她。蒋美云哪会放手？干脆撕破脸皮，恐吓说如果不离婚，她就把昔日缠绵的视频发给媒体，让他身败名裂。

叶鹤城气结，扔给她一张巨额支票，警告她别闹了，可第二天他又觉得不妥，万一她真有视频呢？吓得一身冷汗的他又赶紧给蒋美云打电话，但怎么都找不到她。后来他听说小贾报警蒋美云失踪，之后又销了案，好像是说知道了蒋美云的消息，她是跟其他男人跑了。

叶鹤城觉着不对劲，但也没敢深想下去，他情愿相信蒋美云还有其他男人，她是真跑了。

素叶用筷子拨着菜："看来蒋美云肯定是留了视频的，警方后来没发现，八成是被小贾拿走了，所以他才知道一直以来跟蒋美云偷情的人是叶鹤城。"

她的猜测还是保守了些，如果小贾在蒋美云生日当天撞见了她的奸情，又听到了录音，那么他一定就是在叶鹤城走了之后绑走了蒋美云。一年多的时间里，足够让小贾的心理发生扭曲，他每天面对着仇人，面对着送了他一顶绿帽子的男人，报仇的念头越来越强烈，终于在两年后蒋美云生日那天，他开始向叶家人报复……

"小贾现在的情况很糟，他将自己分裂成两个角色，白天是他，晚上是蒋美云。"年柏彦说。

素叶以专业医生的角度回答问题："看情况小贾同时也患上了奥赛罗综合征。这种病状心理学上称为'病理性嫉妒综合征'，以怀疑配偶对自己不忠、以妒忌妄想为特征的精神科综合征。蒋美云的出轨使小贾的心理处于癫狂状态，其实他早就开始怀疑蒋美云有别的男人，但生性胆小懦弱的他敢怒不敢言，后来蒋美云对他坦白，他离去并不是因为想开了，而是在千方百计搜寻蒋美云出轨的证据，以致到了后来跟踪叶鹤城到了蒋美云的家，再将蒋美云绑架。"

"人性本恶，没有叶鹤城，蒋美云还是一样会变得贪婪。"

素叶不置可否，在这场悲剧中，她不想怀疑小贾，因为她看过小贾的资料，父母早亡，孤零零的一个人生活在这世上，真的很寂寞，可偏偏就让她看到了端倪。她看到小贾在显示伤口时那截如莲藕般白嫩的胳膊，还有他的指甲，指甲很显然是用洗甲水洗过的，其中一个指甲缝里还有未洗净的红色指甲油。

当时她迟疑过，身材瘦小的小贾怕是扮作女人也不会使人起疑，但她迟迟不去下这个定论，就是希望自己的判断错误。

“另外，你父亲收回了你二叔手上精石集团 2% 的股份，小惩大诫。”

素叶冷笑，错误已经造成，没收了股份有什么用？

“这 2% 的股份你父亲转给了你，我想相关法律文件很快就会下来。”

素叶慢悠悠开口，语气薄凉：“我不稀罕。”

年柏彦早就料到她会这样，也没多说什么，又转了另一个话题：“叶玉当着全家人的面澄清了跟我一直以来是假扮情侣的关系。”他想，她该在乎这个。

果不其然素叶震惊了，她以为叶玉只会当众跟年柏彦分手，怎么会把假扮情侣这件事给抖出来？半晌后她说：“太不可思议了。”想了想又言不由衷地说了句，“没有你的强压叶玉不会这么做，我是不是该夸你太狠？”

年柏彦拉过她的手：“交情归交情，权益归权益，我在能保证她的爱人前途无忧之前，先得保障我的爱人高枕无忧。”

她突然明白了，年柏彦所做的一切只想让她正大光明，她一阵窝心：“阮雪曼该疯了吧？”

“你父亲也怒了，这种事的确超出他的想象。”

他轻描淡写，素叶却能感受到叶家的那场风波。良久后他说：“我始终是个商人，一个商人最在乎的就是利益，我不会大发慈悲地替谁去安排未来，不过是在寻找最合适的机会将有利于我的筹码捏在手里。”

天际像是泼了墨似的，化不开地黑，星光被雾霾遮住，厚厚一层看不见丝毫的光，只有月光，努力地扯开丝丝缕缕的霾气，将清冷的光洒向人间。

素叶转头打量着他的侧脸，舔舔唇：“那……你以后能每天早点下班回来陪我吗？”

年柏彦低低吐出个字：“能。”

“那么，以后我们就可以正大光明地在一起了，是吗？”

年柏彦靠近她，轻喃一个字：“是。”

喜悦像是烟花似的在心头炸开，素叶一下子搂住年柏彦的脖子，这一刻她无法形容自己的心情，长期的期待终于变成了真实，她兴奋得不知如何是好。从今以后她可以光明正大地搂住他叫他的名字，可以在阳光下与他牵手，可以肆无忌惮地给他打电话撒着娇问他几点回家，又或者当家里什么东西坏掉时，她也可以跟年柏彦说，亲爱的，咱家什么什么东西坏了，下班回来要修一下哦……她太期待这样的生活，期待这样的年柏彦，只属于她一个人的年柏彦。

翌日，精石集团果真被曝出一则重大的消息，就是有关精石集团总经理、叶家准乘龙快婿与叶家千金搞乌龙一事。短短一个小时，各大门户网站开始转载，相关帖子的点击量惊人的高，消息中的照片拍得不是很清楚，只拍了年柏彦和叶玉的侧脸，中间是一道闪电图案，代表着两人的关系决裂。

近中午时年柏彦首次回应了消息，他承认这条消息是真的，而叶玉也随后做出了回应，说当初是为了避免重复相亲不得已想出的办法。他们的回答刚刚好，多了会让人起疑，不回答也让人生疑。

消息传得正热时，年柏彦就坐在办公室里，盯着办公桌上一个穿背带牛仔裤的小丑熊，6 厘米左右高，嘴巴很大，鼻头很大，这就是素叶那天送给他的礼物，奇奇怪怪的，一碰它就会滚来滚去地笑，笑得令闻者也跟着笑。她是嫌他平时的笑容少吗?

许桐敲门进来时，见他盯着那只熊看也没觉得奇怪，上前汇报："年总，媒体那边都没问题了。"

年柏彦稍稍点头，温凉地开口："舆论盯死了，不要太过。"

"您放心吧，都在控制之内。"有时候舆论不过是场自导自演的戏码罢了。

年柏彦点头，许桐办事他一向放心。

"董事长已经在来公司的路上，今天董事局的会议他老人家要亲自主持。"许桐面露忧色，看来时局有变了。

年柏彦却淡淡笑了："他是董事长，亲自主持会议没什么奇怪的。"

"是。"许桐摸不准年柏彦的心思了。

精石集团闹得沸沸扬扬时，素叶这边岁月静好。因为受伤的缘故，年柏彦特意请了个小保姆来家照顾。小保姆姓刘名雅，素叶就叫她小雅，二十刚出头，但已有三年住家庭保姆的经验了。小姑娘话少勤快，腼腆，素叶吩咐去做什么便去做什么，不像现在很多保姆喜欢闹闹脾气之类的。

门铃响时素叶正坐在地板上看书，小雅从厨房探头，素叶扶着沙发起来说："我去开门，顺便活动活动，你去做饭吧。"

一蹦一跳地蹿到了玄关，素叶腾出没受伤的手打开了房门，不承想却是年柏霄。他斜倚在门口，嘴里还嚼着口香糖，磨白泛旧的牛仔裤搭配半长军绿色带帽外套，随意挂了条浅色围巾，开门后就大摇大摆地进来，环视了下四周，吹了个口哨。

“太阳打西边出来了？没想到你喜欢串门子呢？”素叶哼笑。

年柏霄不明白串门子什么意思，一脸疑惑，素叶换了个问法：“你怎么找到我家的？”

“你家？是吗？”

素叶想了想：“你是想问这是我家吗？”

“不是疑问，反问！”年柏霄用蹩脚的中文，一脸鄙夷，“你，我哥的情妇，房子怎么你能出钱？”

素叶翻了下白眼，也懒得跟他解释说这是她真金白银租的房子，没好气地说：“是啊是啊，我就是吃你哥的花你哥的。小雅！”

小雅很快走了出来，素叶吩咐她去备些水果和糕点给客人。

“咖啡，我要。”年柏霄紧跟着又加上要求，“糖不要。”

小雅的脸一红，轻轻点头。

“谢谢你，小雅小姐。”年柏霄道。

待小雅离开后素叶纠正了他的用词：“在中国，尤其是北方城市，不要叫女孩子为小姐，会让人产生歧义。”

年柏霄一脸迷惑，但也懒得多问，冷嗤一声。

“你来我家是关心我的伤吗？”素叶一针见血。

年柏霄从裤兜里掏出个药水瓶，啪地放在茶几上：“纪东岩买的，拿给你拜托我。”

“他人呢？”

“出差。”

素叶点点头：“我会打电话谢他，另外，你裤兜里还有什么？”她一偏头，目光对上他的另一侧裤兜，里面鼓鼓的。

年柏霄好半天才将裤兜里的东西掏出来，原来是瓶云南白药。她抿唇一笑：“你买给我的？”

年柏霄别别扭扭：“还不想你死那么快。”

“哦。”素叶憋着笑，药水拿在手中抛了两下，“谢啦啊，托你的福，我会长命百岁。”

年柏霄瞪了她一眼。

“留下来吃饭吧。”

“我不吃，在你家。”年柏霄跷起了二郎腿。

素叶喝了口果汁，放下杯后淡淡说了句：“年柏霄，别以为我不知道你回国干什么。”

正晃着脚尖的年柏霄倏然停住动作，目光充满警觉。

“你喜欢赛车是不是？听说明年年初有一场方程式。”素叶笑盈盈对上了他的眼，“你很想参加？”

年柏霄陡然起身：“我的事，不要你操心！”话说完气呼呼离开了。

素叶没阻止他走，只是笑了笑。从他的反应不难看出，她猜测得八九不离十。

Chapter 25

我想去相信他一次

▼

很快又有消息转移了众人的注意，有媒体猜测叶家股份结构发生了变化，而叶鹤峰重新返回董事局的行为也令外界众说纷纭。也有达成一致的观点，例如年柏彦被叶鹤峰削了权，虽说总经理职位没有撼动，但已不再是只手遮天了。

紧跟着爆出的消息是，叶鹤峰之弟叶鹤城手中部分股份转让给了精石集团心理顾问素叶，于是素叶是叶家二小姐的身份也被挖了出来。

素叶的手伤和脚伤都差不多好了，第一时间恢复了上班的节奏。她不是没看见相关报道，也不是不知道自己的身份被曝光，联众心理机构，甚至是大学校园都有记者的身影，素叶没有躲躲闪闪，记者围上前她就大大方方地备战，当然她也不会满足记者们的好奇心，除了一句“无可奉告”外再无其他回答。

精石的股价也随着流言上上下下，如在海浪间漂荡的船，浮沉不定。但很快，精石集团联合国际知名杂志平台推出的圣诞新款着实璀璨了人眼，一件件新品都是出自南非新矿的杰作，一时间，精石成了人们津津乐道的热搜词。

纪氏不甘落后，也开始抢滩圣诞市场，利用电影上映档期为新品做足了宣传，白冰主动现身纪氏旗下高端珠宝会所玺汇，也赚足了噱头。纪东岩与国际展会签署了知名珠宝展，赢得了一席之位，其参展的作品便是当时在内蒙古竞投成功的繁花主饰，这一戏剧性转变令圈内人兴致高涨，因为大家都还记得当时纪东岩成功竞投繁花主饰后转手赠送了素叶，圈内人便猜想，纪东岩会不会再去上演珠宝献千金的戏码？

林要要敲开办公室门的时候，素叶第一个念头就是她是来问年柏彦的事，事实上林要要落座后的第一句还真是：你很早就知道年柏彦和叶玉是假的吧？

她来得也凑巧，赶上素叶处理完个案，正值下午 2 点多钟，是人昏昏欲睡的时候，素叶将办公室的门打开了一条缝，清风相撞，缓解了午后的倦怠。

“你的问话充满了肯定意味。”她为彼此倒了杯咖啡。

“因为我很清楚你不是一个没道德的女人，如果不那么肯定，你怎么可能跟他眉来眼去？”

“我是不是要为人生得一知己而干杯？”素叶端起咖啡杯，轻轻碰了她一下笑道。

林要要早就习惯她这副嬉皮的样子，白了她一眼：“还疼吗？”

素叶晃了晃手腕：“早好了。”她的手腕在阳光下是腻着眼的白。

“千金小姐就要有千金小姐的身娇肉贵，你倒好，吃苦耐劳的命，现在都是被人拉着掉进蜜罐里了，还急着工作干什么？”

“你来我这儿就是为了训我？”

林要要从挎包里掏出一张喜帖来，递给素叶：“今天来是给你送这个的。”

红色炸弹！

素叶看了林要要一眼后打开了喜帖，愕然地看着喜帖上的名字，惊叫：“你和丁司承要结婚？”

林要要点头。

“林要要你疯了？”

林要要眼神恬静：“我嫁给丁司承怎么就疯了？”

“一个害得你割腕自杀的男人，你还相信他能带给你幸福吗？”

林要要咬着唇，眼波微颤。素叶一时间觉得有气无力，有一口气憋在胸口，上不去下不来，她来拉林要要的手，只觉得彼此的手指都冰凉得吓人。“这世上又不是只有丁司承一个人，就算是其他男人也好过他吧？”

林要要眼眶红了：“我真的很想……去相信他一次。”

素叶握着她的手渐渐松开，虽然她很不赞同好友的行为，但也无权干涉她的决定。

安静的午后，沉浸在话题中的两个女人谁都没听到走廊的脚步声，男人经过素叶办公室时脚步迟疑了一下，很快就打算离开，可林要要的一句话飘进了男人的耳朵里。

“我没有怨恨过任何人，包括司承。所以小叶，司承也不是那么坏不是吗？否则你也不可能暗恋他。”

门外的丁司承一脸震惊，办公室内素叶也惊诧地看着林要要。

“有段时间我真的想成全你和司承，可后来我贪心了，我想拥有司承，想拥有爱情。”林要要的声音哽咽了。

这世上总有很多的选择，花花绿绿令人眼花缭乱，有些选择是坚定不移的，有些选择是万般迟疑的。在面对暗恋丁司承这件事上，素叶是后者，她无法彻底放下对丁司承的暗恋，又无法做到对他们两人的恩爱视若无睹，她怕失去与林要要这份珍贵的友情，又无法割舍丁司承的魅力。

直到现在素叶才终于承认，纵使林要要在感情道路上有多么一根筋，也好过她在感情上抉择时的犹豫不决。

“我承认暗恋过丁司承。”素叶深吸了一口气向她坦白，“但请你相信，我没想过去拥有丁司承。在我心里，导师永远就是导师，他就像一座远山，立在那儿让我看着想着，直到我遇上了柏彦。”

她的眼不知不觉盈着笑意：“我才知道原来世上还有这样一种男人，他会牵动我所有的情绪，让我想要不顾一切地靠近他，接触他，了解他。你相信吗，当我见他第一眼的时候就觉得像是认识了好久似的。”

“我明白。”

素叶看着她：“所以你一定要相信我，我对丁司承真的——”

“我相信。”林要要打断她的话，“小叶，我曾经对你说过，只要是你说的我都相信。”

素叶笑了，眼眶却又红了。

“干吗呀？我又不是兴师问罪来了。”林要要也受她感染，赶忙仰头止泪，见她如此，素叶又忍不住笑出声。

两人间的气氛起了变化，因为林要要相信素叶对丁司承真的放下了，虽说她不知道素叶与年柏彦未来的路会怎样，但起码素叶现在是幸福的。她又跟素叶说了去民政局登记的时间，就定在元旦，婚礼会在登记后的一个月。素叶问及了林父林母，林要要尴尬：“他们无法接受司承。”

这很正常。

素叶将她搂过来：“你一定要幸福啊。”

林要要重重点头：“我会幸福的，一定，我向你保证。”

门外，丁司承靠在墙上，嘴唇抿紧，眸底深处是沉默悲伤。

翌日，深秋的雾气笼罩了整个北京城，遮住了明媚的阳光，也覆盖了湛蓝如琉璃的天空。素叶治疗完一名患有臆想症的客户后正打算休息一下，李圣诞敲门进来跟她说丁医生来了，想见她。

李圣诞口中的丁医生就是丁司承，素叶听说了这段时间他会隔三岔五来辅助丁教授完成心理实验研究，也正是年柏彦当初投资的那个项目。项目具体要做什么，有什么重大的意义，对于素叶来说并不重要，她也没兴趣去了解。

丁司承进来时一身白大褂，亦如她第一眼见到他时的模样。他的白大褂似乎比任何人的都要干净，衬得他也异常清新俊逸。

“你给我打了几遍电话，是有话要问我吧？”都是聪明人，丁司承也不拐弯抹角，在她对面的椅子上坐下。

素叶看向他：“你到底想要干什么？”

丁司承知道她所指何事：“当然是想跟要要结婚，我还能干什么？”

“你曾经向她提出过分手。”素叶微微眯眼，字字珠玑，“男人和女人心理及情感的区分这个课程还是你亲自站在台上讲解的。”

“你想说什么？”他语气平静。

“一个男人不会无缘无故提出分手，一旦提出分手一定是经过深思熟虑的。”素叶皱着眉头，“尤其是你，丁大导师，你对自己的心理状况应该比谁都清楚，千万别告诉我，你当初提出分手只是随便说说。”

“当时我以为走不下去了，提出分手很正常。”丁司承起身，拿过纸杯为彼此接了两杯温水，再落座时眉梢沾染了一丝笑意，将其中一杯推给她，“人总要失去之后才明白自己想要什么，这也是我曾经教给你的道理。”

“你知道自己想要什么了吗？”素叶毫不客气。

丁司承喝了口水，若有所思，稍后回答：“是的。”

素叶将水杯拿到一旁，盯着他如同在审度罪犯，没错，丁司承现在在她眼中就是名罪犯，如果从此之后他不再招惹林要要也就罢了，但一个提出分手的男人在得知恋人割腕后又选择了结婚，那么她能想到的就只有一个原因。

“你对林要要心存内疚，所以你选择跟她结婚！”

丁司承停下喝水的动作，抬眼看了她一下。素叶觉得他的这一眼像是包含了太多内容，又似空白得一无所有，她看不懂他究竟在想些什么。

他将身子倚靠在椅背上：“不是你想的那样。”

素叶迟疑，沉默地转着手里的杯子，许久后开口：“那好，我问你最后一个问题，你还爱林要要吗？”

丁司承把玩着纸杯，目光在素叶脸上停留了良久。

“为什么不回答？你到底还爱不爱林要要？”素叶目光陡然肃穆。

丁司承将目光从她脸上抽离，敛下眉眼时淡淡笑了，轻声说了句：“爱。”

素叶一愣。

“我还爱着林要要。”他云淡风轻地重复了句。

素叶想从他眼睛里找出一丁点或撒谎或隐藏的情绪讯息，可她看到的就是淡定坦然的情真意切，她是不是应该相信他是真的？

丁司承说完后就保持了沉默，看向素叶的目光淡若云层之上的星光，心中却翻腾着巨大的悲哀。他该感叹天意弄人吗？还是情愿去接受有缘无分的说辞？他心中的女孩儿，这辈子注定了只能远远地看着，不能靠近，也不要去靠近。

有些人，也许遇上了就好，至于那永远都无法说出口的爱意，只能此生深埋心中。

转眼又是周四，以往素叶最期待的日子现在倒成了她最怕的，能够对漫天的绯闻做到视若无睹那是绝好的修行，但置身其中说一点不在乎也是自欺欺人。

冷气流的来临造成干冷的温度，风格外大，素叶换上件加厚的羊绒大衣钻进车里，忍不住瑟瑟发抖，她是踩着点到的精石，前台的姑娘比平时热情一万倍，途经的员工没一个不冲着她点头哈腰。她经过时，余光瞥到窃窃私语的影子，有那么几秒钟素叶很想闯进年柏彦的办公室说一句：“我不干了，你把我辞了吧。”

年柏彦不在，秘书回答说有市里领导来公司参观指导工作，年总与那些领导在一起。就这样浑浑噩噩地踩着时间过，又给员工做完了心理评估，接近 10 点半的时候，行政处一个电话将她叫了出去，于是她在走廊处见到了抱着大束花的男人。

是蒋彬，她没料到他会找到公司来。他将怀中鲜花递向她：“中午有时间吗？一起吃个饭。”

红得刺眼的玫瑰，她数不清是多少支，总之目光落下去宛若坠入血河，含苞待放得正好，枝干上的刺已被砍去，只剩下斑驳的伤痕。见他始终举着花也不大好意思，万般无奈只好接过：“上次我已经把话说得很清楚了，相亲是搪塞我舅妈，我有男朋友，我们不可能。”

蒋彬轻轻一笑：“我没娶你还没嫁，人总有追求幸福的权利吧？再说了，如果你舅妈赞同你现在的选择，又怎么会绞尽脑汁让你相亲呢？”

素叶被堵了一下：“你误会了，是我舅妈还不知道我的情况，稍后我会跟她解释清楚。”

“真的是一点机会都不给我？”

“感情这种事还是不要勉强了。”素叶觉得他也不是个胡搅蛮缠的人，说话自然客气。

蒋彬点头：“我知道了。”

素叶将怀中的花递回给他，蒋彬笑了，推给了她：“收下吧，实在不喜欢就摘了花瓣泡水喝，听说养颜。”

一句话逗笑了素叶。蒋彬离开的时候，从电梯里面出来一群人，素叶没抬头看，蒋彬进电梯时跟她说了句再会，她便礼节性回应，等转身抬眼，这才看到一群人中竟有年柏彦。

他站在不远处，在众人中看上去鹤立鸡群，他看着她，那双眼平静如深夜下的海面，宽阔广袤，无边无际的沉静。她心口微颤了下，隐隐觉得蒋彬和怀中大束鲜花出现得真不是时候。

年柏彦让她上前，她只好硬着头皮往前蹭，站定后只听年柏彦向市里领导介绍："这位是精石集团的心理顾问素叶，也是叶老的二千金，她所发表的心理课题论文在国际上获得不少好评，是心理学领域的专家。"

素叶惊讶于年柏彦以这般高姿态来介绍她，虽说他说得倒也不假。

有位领导笑着点头："年纪轻轻大有前途啊。"

"这位是市委刘秘书。"年柏彦向素叶介绍。

素叶赶忙伸手："您好刘秘书，经常在电视上看见您。"

刘秘书伸手与她相握："叶老有这么厉害的千金真是福气。"

素叶硬生生挤出微笑，她厉害是她的事，跟叶家有什么关系？

顶着叶家千金头衔的弊端终于显现出来了。素叶一向喜欢热闹，每周两天来精石上班，一到中午就会和一大群同事到餐厅用餐。但今天已到了中午还不见一个同事来敲门，更没有催促她的电话。

等她去了员工餐厅才发现，平日跟她走得近的那些同事早就来了，她们坐在一起，像平常一样摆了满满一桌子，唯独就缺了她。素叶上前跟她们打了个招呼，她们赶忙与她打招呼，诚惶诚恐，又似拘谨。素叶便明白了，寒暄两句后拿着餐盘走开了。

心情不好怕是美食可以缓解，素叶拿了不少，餐盘堆得满满的。可刚侧身餐具掉在了地上，她自顾不暇，这时有双光洁的商务皮鞋踩进了她的视线，帮她拾起餐具的是只男人大手。她看过去竟是年柏彦。他不需要应酬吗？

年柏彦不声不响地替她换好了新的餐具，顺手接过她的餐盘："坐哪儿？"

素叶随便指了个位置，这才看到偌大个餐厅，几乎所有员工的视线都投向这边，她尴尬小声地补上句："还是我自己拿吧。"

年柏彦没理会周遭的目光，径直走到她刚刚指的位置，素叶瘪瘪嘴，跟在他的身后，坐下后，年柏彦将餐盘放到她面前："想喝什么？"

素叶想了想："咖啡。"

年柏彦转身去拿了。趁机素叶扫了一下四周，那些目光无孔不入，见她抬头又纷纷落下，各自故作有说有笑了。

没一会儿年柏彦回来了，手里多了个餐盘，又顺便将杯果汁放到她面前，面对面坐了下来。素叶低低抗议了句："我要的是咖啡……"

"果汁有营养。"年柏彦拿起餐具，语气清淡，内容强势。

素叶不做无意义的挣扎："你怎么来这儿吃饭了？"

年柏彦看了她一眼，没作答。见他情绪不高她也不再多问，心里嘀咕着是不是他看到蒋彬误会了？又或者是觉得当着市领导的面儿失了上司的身份？

年柏彦用餐时向来安静，这么一来气氛更压抑了。她眼珠子忍不住往他餐盘里瞄，几大块现煎的鹅肝，外焦里嫩，明晃晃得诱人。不经意间想起第一次来精石那天，年柏彦的盘中也有两块鹅肝，馋得她直流口水。

正想着，却见年柏彦将盘中的鹅肝放到她的盘里，已是切好，以免她过多耗损受伤的那只手。

"想什么呢，赶紧吃。"

素叶瞪了他一眼："是你一直心事重重。"

年柏彦抬眼瞥了她一下，她赶忙低头吃鹅肝，只是鹅肝太滑，她一下没叉稳掉在桌上，沾了渍在袖口。她皱眉，年柏彦拿过纸巾十分自然地拉过她的手，替她清理袖口。素叶脸一红，想抽回手却听他说："别动。"

她不动了，任由周遭的目光投射打量。他的掌心很暖，指尖略凉，素叶悄悄打量着他，他垂眼，沉默地擦拭油渍，微低的脸颊线条硬朗分明，薄唇微抿，虽严肃却令人怦然心动。

油渍只剩浅浅的印子，他这才松手，手腕残留了他指肚的温度。

"下午 2 点参加会议。"年柏彦吃得不多，餐盘已经空了。

素叶正叉着块烤菠萝："要我参加？"

年柏彦给了她一个"当然"的眼神。

"我下午还有——"

"必须参加。"

素叶噎了下，年柏彦却起身端着空餐盘离开了。

主持会议的人不是年柏彦。叶鹤峰正襟危坐，他看上去比前两天瘦了不少，脸都凹进去了，两鬓又多了花白。素叶撇开眼不去看他，故意忽略掉心中异样却令她烦躁不安的感觉。

他的憔悴怕只是为了叶玉吧？乘龙快婿计划落空，掌上明珠又被人津津乐道，他们叶家何时这般被媒体渲染过？

参会的是公司高层领导，各自分摊着重要的运作环节，素叶像是个闲人。倒是叶鹤峰冲她开了口："身体怎么样了？"

素叶不难察觉来自四面八方深具内涵的目光，淡淡回答："好得差不多了。"

叶鹤峰这才放心，又询问了她的工作状况，她逐一回答，与叶鹤峰很明显的家人口吻相比，她更显得公事公办。

会议进行了近两个小时，叶鹤峰最后又交代了几句，之后将剩下的工作交给了年柏彦。待叶鹤峰离开后，年柏彦没有坐回到主席位上，简单交代接下来的工作安排，尤其是新品推出市场，各个部门的配合要求。

素叶想起媒体的推测，她不知道年柏彦的权力是不是真被架空了，那个空出来的董事长位置沉默而空洞，看得素叶心里发慌。

年柏彦交代完后宣布散会，素叶刚起身，只听他命令了句："素叶留下。"

直呼姓名令所有目光染了暧昧，素叶哀号，她又犯什么错了？很快，会议室只剩下她和年柏彦两个人。他坐在原位，眉眼的严肃匿影藏形，险峻凌厉之态微不可见。他把玩着手中的签字笔，开口时嗓音温厚恬和："你过来。"

素叶努力地想去鉴貌辨色，但走到他身边了，她还是无法获得讯息。手中的签字笔被年柏彦放下，椅子一转面向她："他是谁？"

素叶没有震惊，从与蒋彬见面被年柏彦撞见后她就想着要找个什么机会对他解释，午餐是个好时候，只是周围眼睛太多，好时候也被耽误了。"他……"她不能说是蒋彬，这个名字年柏彦很忌讳，再来他会顺藤摸瓜知道她相亲的事；跟年柏彦说实话？但对方挂上蒋彬的名字，任她怎么解释怕是年柏彦也不能相信吧。

"我的一个客户，是来感谢我的。"

"是吗？你的客户很执着，都追到公司来了。"他云淡风轻，看着素叶笑得恬谧的脸，见她再度自然地对他撒着谎，有好几次他都想狠狠掐住她的脖子，他想问她，素叶，你怎么忍心一次次地欺骗？

素叶敛着眼，隐隐觉得不对劲："其实……其实他在追我。你也看到了，他送了那么大一束鲜花给我。但我跟他说我有男朋友了，而且那束花我早就扔了。"

年柏彦耐性地听着她说完，一言不发，素叶心里开始打鼓。良久后他起身，抬手覆上了她的脸，再开口时柔和温宠："你的客户？"

有那么一刻她很想跟他说，不，他是蒋彬，但你别误会，他不是我认识的那个蒋彬……可她不敢冒这个险，她不想让他觉得她还想着蒋彬，她不想失去他："是啊。"

年柏彦唇角的笑隐隐僵住，下一刻蓦地箍紧她的后脑，抬高。素叶没料到他会有此动作，陡然惊叫，他却低头，不由分说堵上了她的嘴。

就在这时，会议室的门被人打开，紧跟着一声尖叫，是行政部小姑娘。素叶一哆嗦，年柏彦也停了动作，厉喝："出去，关门！"

素叶的脸却如刷了一层白浆似的，蹿过大脑的念头就是：完了。不是她完了，是年柏彦完了，虽说他和叶玉的事澄清了，也虽说经过今天的午餐流言蜚语又会多起来，但也好过两人接吻的画面被外人撞见。正惶惶不安时年柏彦捏起了她的下巴，命她对上了他的眼，他说："叶叶，别再见他了。"

素叶愣住。

"别再见那个男人了。"年柏彦将她搂过来，沉重的语气令人压抑。

"刚刚我们被人看到了……"

"看见了又怎么样？"年柏彦反问，"你不是爱我吗？"

她哑口，他的回答令她既兴奋又惶惶不安。

"我当然爱你，可我怕会影响到你。"

年柏彦的目光沉定，良久后说道："我在乎的从来都不是什么影响。"

他的话中有话，素叶听明白了，一个毫不相干的相亲对象，她是一步错步步错，她就不应该好奇去看。

她轻轻扯了扯他的领带："你生气了是吧？我答应你我不会再见他了，我已经跟他说清楚了，你放心。"

年柏彦低头凝着她，良久后将她搂紧。这就是隐忍的滋味吗？就算明知道她在欺骗，他还一次次地纵容？还一次次地去相信这是她的最后一次？

年柏彦接到叶渊电话时已是晚上 10 点，他这边也正好应酬结束，出了饭店就直接赶到了叶渊所在的 PUB 会所。

灯红酒绿的 PUB，吵闹的环境，热情洋溢的舞动身影，或璀璨或昏暗不明的闪灯。年柏彦推开包厢的门，一眼就瞧见了叶渊。两个女人风情万种地趴在他怀里，一个娇滴滴地喂他酒，一个拿着水果往他嘴巴里送，长桌上摆满了酒瓶，白的、红的，有空瓶，还有未开封的。

见年柏彦来了，叶渊摇晃着起身上前，拉着他一同落座。

"你来晚了啊，罚喝一杯。"叶渊推了只空杯子过来，拎起酒瓶子就要倒酒。

年柏彦伸手压住了杯口："不急，先告诉我发生什么事了。"叶渊是经常泡夜店不假，但这家伙似乎有很长时间没过这种生活了。

"什么发生什么事了？出来喝酒还不行吗？"叶渊拨开他的手，咕咚咕咚往杯子里倒酒，"陪我一醉方休，不会不给面子吧？"

年柏彦在饭局上就已经喝了些酒，原本不打算喝，但见叶渊这种架势也就罢了，端起了酒杯，"行了，算我自罚。"一饮而尽。

叶渊也干了一杯，拍着他肩头，冲着他竖起了手指，"爽快。"手一伸拉过一个女人往年柏彦怀里一推："今晚你的任务就是陪好年总，明白吗？"

女人顺着叶渊的推劲儿靠在了年柏彦的怀里，嗓音犹若夜莺般悦耳娇柔："放心吧叶少。”拿过酒杯，身子如蛇般柔软，“年总，这杯人家敬您。”

年柏彦没接杯子，蹙眉看向叶渊：“喝得差不多就回去吧。”

“怎么，你坐怀不乱呢？”叶渊醉眼带笑，“行了，别装了，你跟叶玉都是假的，跟素叶怎么可能来真的？你这个人哪，真真假假让人看不懂。”

年柏彦懒得跟醉鬼多费口舌，推开怀中女人送上来的酒杯：“你受什么刺激了？”

“刺激？”叶渊眉头一挑，“美酒、美食、美女供应不断，这才叫刺激。”说着搂过身边的女人，低头咬了她胸口一下，逗得她娇笑连连。

年柏彦一言不发，多少猜出叶渊的心思。

“别说我没想着你啊。”叶渊拿起酒杯又一饮而尽，倒酒时凑近年柏彦，指了指他怀中的女人，“这个留给你，新鲜美味。”

年柏彦连看都没看，拿起酒杯跟他碰了一下，既然他不说，他也不强迫。一瓶烈酒很快喝光，叶渊又开了一瓶，身边的女人赶忙给两人倒酒。终于等到叶渊耷拉着脑袋，一声不吭地坐在那儿的时候，他才问了句：“想说了吗？”

叶渊抬头，醉眼蒙眬地看着年柏彦：“你知道什么叫爱情吗？”

一句话，问愣了年柏彦。

“当你以为你很了解爱情的时候，其实都是狗屁！”叶渊醉了，说话也有点颠三倒四，“当你以为你能拥有她的时候，其实你不过就是个垫背的！”

年柏彦端着酒杯的手指僵直了一下，他知道这番话叶渊是说给自己听的，八成是为了林要要，但这话钻进他的耳朵里，就莫名地揪得心口生疼。不是他还不相信素叶，只是当他清清楚楚看到她对他撒谎时，这份爱的分量究竟有多重已成了质疑。换句话说，他年柏彦了解爱情吗？还是他自以为很了解，实际上一窍不通？

接下来的时间里，叶渊就开始唠唠叨叨地在年柏彦面前说林要要的事，他说他不懂爱情怎么就那么难，他不懂他都做了那么多还赢不了女人的心，他不懂她为什么还要嫁给那个男人。

年柏彦没安慰叶渊，原本他今天心情也不好，一来二去，倒是跟着叶渊喝了不少酒。直到凌晨 1 点多，叶渊才拍着年柏彦的肩膀，大着舌头：“我……我算是看清楚了，爱情这玩意谁主动谁就输了，我……我潇洒去，犯得上跟个女人耗一辈子吗？”

年柏彦靠在沙发上，晃动着酒杯，轻轻笑着。叶渊喝得也差不多了，搂过身边的女人摇摇晃晃起身：“那个留给你，可别吓着人家小姑娘啊……”话毕踉跄了一下。

身边女人赶紧将他搀扶，娇嗔：“叶少，您喝得也太多了。”

叶渊笑了，凑近她：“放心……喝得再多也没问题。”

“讨厌。”女人轻捶他一下。

偌大的包厢只剩下年柏彦和女人，他没动，闭着眼想要缓解一下醉意。

女人静静地看着身边的男人，头顶上旋转的光亮将他的脸颊映得棱角分明，醉酒中有致命的性感。她小心翼翼地攀上了他宽阔结实的肩膀：“您喝多了吧？头疼吗？”

年柏彦睁眼，借着光打量着眼前的女人。她还称不上女人，虽说精描细画，但还是盖不住她的青涩。她看向他的眼神有些胆怯，穿得很少，黑色抹胸短裙，短到稍稍一坐就能露出腿根儿。

见他睁眼了，小姑娘赶忙换上笑颜：“我送您回酒店吧。”她大半个身子都贴上他，饱满的胸磨蹭着他的胳膊、胸口……

年柏彦按了下发涨的太阳穴，顺势将她推开，一言不发地掏出钱包，将数张大钞放到桌上。女人默默收好钱，然后起身，当着他的面儿宽衣解带。小黑裙悄然落地，女性的胴体在昏暗的灯光中美不胜收，每一寸肌肤都透着年轻的活力，如夜色下盛开的昙花，娇嫩诱人。

第一眼见到他时她就认出了他是谁。近日沸沸扬扬漫天飞的绯闻男主角，只是没想到她不过是一个默默无闻的小模特，竟能见到真人。他跟其他男人看她的眼神不同，没有饥渴没有迫不及待，有的只是无法捉摸的沉静。

怀中是女人温软的身体，女人香混合着酒香钻进了年柏彦的呼吸中，黏成了胸口阵阵的酸痛。他微微侧头，沉寂薄凉的眼落在了她的脸上。她与他的目光相对，脸一红，只觉得整个人像是触电的感觉似的，心脏在这一刻也狂跳不止。

“今晚就让我伺候您吧。”她覆唇而上。

素叶接到电话后就急匆匆往PUB赶，按照包厢号找了上去，推开包厢门的一刹只觉得酒气扑鼻，年柏彦倚靠在沙发上，身边坐了个女人，正拿着毛巾轻轻为他擦脸。

素叶眯眼，打量着这个女人，年龄不大却生得丰满诱惑，身上衣裙凌乱，年柏彦的外套搭放在一旁，他身上的衬衫也略显凌乱，领口上沾染了口红。

素叶僵住，她知道爱上年柏彦这样的男人，这种场面迟早会遇上那么几次，她有想过撞见这种情景的场面，也觉得只要不是年柏彦主动的，她都会心平气和地接受，谁让她爱上了年柏彦？谁让她爱上了众多女人都会心心念念的男人？

可这一幕真实地发生时，她的胸口像是炸开了似的难受，一股无名之火冲了上来，下一秒大步上前，一把将那女人扯了起来：“你在干什么？”

那个女人没看见有人走进来，所以吓了一跳：“我……我……”

素叶狠狠剜了她一眼后在沙发旁坐了下来，轻覆年柏彦的脸，温柔低唤：“柏彦……”

靠在沙发上的年柏彦没有动静，眼皮微微波动，眉头蹙起，一旁的女人怯生生开了口：“他喝得很醉，走路都走不了了。”

素叶蓦地将头转向她，阴狠狠地说了句：“我长着眼睛呢！”目光不经意间扫到桌上的大钞。

女人当着她的面儿收好钞票，唇角微扬：“是年总给的钱，让我伺候他。”

“伺候”两个字暧昧非常，素叶听在耳朵里刺痛了一下，尤其是见两人衣衫凌乱，“伺候”这两个字还真是名副其实。

“伺候他？”素叶竟笑了，“你够资格吗？”

女人愣了下，紧跟着恼羞成怒“年总他很——”眼前多出了几张钞票，打断了她的话。

钱是素叶给的，她将年柏彦的钱包掏了个干净：“如果你伺候了他，那还真是辛苦了，他在床上可是个大胃口，怕是桌上那点钱还不够你买营养品补回体力的。拿上这些钱，忘了今晚发生的事，如果被我不小心听到关于今晚他醉酒的消息，小心我对你不客气。”

十足的威胁口吻，吓了女人一跳，她小心翼翼接过钱，又看了一眼沙发上的年柏彦。

“还敢看？信不信我把你眼珠子挖出来？”

Chapter 26

是我不想放手

▼

年柏彦醒来的时候已是早上 7 点，他破天荒地多睡了两个小时，怀里躺着素叶，酣睡正甜。头昏昏沉沉，昨晚的记忆也多少回来了些。

怀中的女人嘀咕了一声，脸在他胸前蹭了蹭，转眼又舒服地沉睡。年柏彦宿醉了一晚，大清晨醒来正值欲望强烈，一声嘤咛足以令他性起。素叶被他的新生胡茬儿给扎醒，蒙蒙眬眬睁眼，等反应过来后一把将他推开。

年柏彦从身后将她搂住，含笑："怎么了？"

"这话该我问你才对。"素叶转头，眉头皱紧，"昨晚为什么喝那么多酒？"

年柏彦靠在床头，长臂一伸将她捞入怀里："我充其量就是叶渊的陪客，倒是把自己给喝醉了。"

"瞎说，我没看见叶渊。"

"他风流快活去了。"

素叶嘴上任性："那你呢？就没风流快活？"

"我？"他微微挑眉，又恍然，"我没记错的话，是你接我回来的？"

素叶哼哼笑着："对啊，我亲自接年总您回的家。"

年柏彦见她笑得不对劲，问："然后呢？"

"聪明啊，知道我没说完话。"素叶贴近他，"你身边还有个风情万种的女人。如果不是她拿着你的电话打给我，我永远想象不到你枕着其他女人胳膊闭目养神是什么样子。"

年柏彦想跟她说那个女人不是他叫来的，想跟她说他醉了酒还是很想看见她，但话到嘴边迟疑了。她的态度漫不经心，又似笑非笑，他以为她会因为那个女人跟他大哭大闹，甚至会提出些无理的要求，但，她太过平静的态度让他受挫。

“是吗？”他压住了不悦，淡淡笑着。

素叶微微愣怔，垂下眼：“你觉得她很漂亮？”

年柏彦调整了下坐姿：“不。”

她眼中染上喜悦，却又听他补上句：“应该说她是年轻漂亮。”

素叶愣愣地看了他好半天，她想问他，那你是不是看上她了？可说不出来。其实她是个胆小鬼，就算在外人面前如何逞强如何剑拔弩张，实际上的她不过外强中干。有些无理取闹的话她可以在平时对他质问，可真到了这个时候她反倒不敢去问了。

年柏彦误会了她的沉默，伸手捏起她尖细的下巴：“如果我跟你说，昨晚我碰过她呢？”

素叶的眼波微微颤抖，良久后轻轻笑了：“你别闹了。”话毕下了床。

洗手池的镜子前，灯光映亮了素叶的脸，眼眶湿润的那一刻她打开水龙头低头洗脸，冰凉的水珠溅在肌肤上，击退了想哭的欲望。身后，是男人低沉熟悉的嗓音：“是不是我真跟其他女人上了床，你也像这样不在乎？”

素叶一个激灵，弓着腰，睁眼看着不断旋转的水流，喉咙像是堵住了似的，好半天才从嗓子眼里挤出一个字：“不……”

可没了男人的应答声，她朝洗手间的门口看去，哪还有年柏彦的影子？

浴室中的花洒被年柏彦开到了最大。他站在花洒下，水珠溅到了他宽阔结实的肩膀上，水流沿着他的喉咙不停往下冲，突出的锁骨、沟渠分明的胸肌、紧实的小腹，他仰着头，任由水珠疯狂地砸在脸颊上。

突然有双手臂从身后将他搂住，他全身一僵，刚要转身就听到素叶带着哭腔的声音：“年柏彦，你不打算要我了是吗？你为什么说她年轻漂亮？为什么非得要刺激我？为什么要说你碰过她？她有那么好吗？她比我好看吗？比我身材好吗？比我更爱你吗？”

她的盘问像棒槌似的狠狠砸在年柏彦的后脑上，他这才恍然反应过来自己做了什么事，马上转身。素叶仰着脸，透过水光看着他，脸上倔强又愤怒：“你怎么可以让她靠近你？你是我的男人，谁都不能碰你谁都不能摸你！年柏彦，你不能爱上其他女人，连喜欢都不行，连正眼看其他女人都不行！”

年柏彦见她真急了，心中又内疚又泛着暖，他承认自己有点变态，非得像个愣头小子似的刺激得她原形毕露他才满足开心。打算关掉花洒好好跟她解释，但素叶像头小狮子似的，情绪失了控，下一秒他就被素叶压在了墙上。

“你怎么不说话了？你为什么出轨？为什么背叛我？年柏彦，你怎么可以这么没良心？”

年柏彦刚要发声，素叶却扑上前，一下子咬住了他的喉咙。他吃痛了一下，想去推开她，她却放开了他，眼睛里噙满了水珠。

年柏彦赶忙哄劝："我错了，别哭了好不好？我怎么可能去碰其他女人？刚刚我只是故意逗逗你。"他以为她不会吃醋，没想到她吃起醋来还惊天动地的。

素叶推搡着他，含着哭腔："你骗人，你就是在维护那个狐狸精。"

"我连她长什么样儿都没记住。"年柏彦埋怨自己没事找事，好端端的招惹她生气干什么。

"那你还给她钱。"

"我是让她走。"

素叶眼睛又红了，拼命捶打着他。

年柏彦顺势搂紧她："昨晚我真的喝得烂醉如泥了，男人真正喝醉的时候什么都做不了。"

等从浴室出来后，年柏彦看到客厅多了只小铁桶，里面有件烧得只剩下半只袖子的衬衫，定睛一看，愕然，素叶解释了句："你昨晚穿的衬衫。"

他看出来了，只是不明白她为什么要烧掉。

"柏彦……"素叶搂紧他的脖子，头靠着他，"因为上面有其他女人的口红啊，我不能让其他女人的味道腐蚀了你。"说着又伸手朝下摸了摸，"如果有一天它也被其他女人污染了，我就把它给剪了，直接烧了。"

年柏彦吓得一脑门子汗。

素叶家遭贼了。

这是发生在周五的事，她下班回来后发现每个房间都惨遭毒手，被翻得乱七八糟。年柏彦赶到时警方正在做收尾工作，负责人上前问："是业主吗？"

沙发上素叶缩得像个蚕蛹，怀里抱着骨架断裂的白兰屏风，她听到了警方的问话，示意他点头。

"是。"年柏彦冷静地回了句。

警方说明调查情况，初步判定是盗窃案，对方撬门而入，大件家具、值钱电器等物品都没丢，唯一丢的就是抽屉里的两万多元现金，这是素叶平时花销用的，所以没存在银行。

现场扫不到鞋印和指纹，警方给出了两点分析，第一，可能是单独作案，盗贼只能拣方便携带的物品，如现金、首饰、手机等小件物品；第二，可能时间不允许，因为临近下班，盗窃者怕被发现赶忙逃窜。

年柏彦肃着眉眼环视了一圈：“楼道、小区和电梯里的监控录像都看过了吗？”

“盗窃者选择了盲点，不过我们会再调出影像资料查看。”

“不用了。”素叶重重叹气，“只是丢了钱，其他的什么都没丢，这件事就算了，我不想弄得整个小区人心惶惶的。”人心惶惶不重要，重要的是别再节外生枝。

“素女士，你这是在纵容犯罪。”

“只是个小案子。”素叶坚持。

一旁的年柏彦看得真切，拍板做决定：“我是业主，这件事必须查清楚。”

素叶一听急了：“他虽然是业主，但我是房客，我才有决定权。”

警方被她弄得无奈，一挥手：“得得得，搜证的资料我们先带回警局留底，你们商量个结果再通知我们。”

警察离开后，她像个泄了气的皮球瘫倒在沙发上，看着楼上楼下一团乱，发出绝望的哀号。年柏彦打了防盗门安装电话，然后撸起袖子收拾客厅。

素叶趴在沙发上没动弹，下巴戳在厚厚的抱枕上，眼珠子随着年柏彦的身影动来动去，半天后又哼唧了几声，像可怜的小狗。年柏彦扶正了倒地的柜子，转头看了她一眼。

“年柏彦，我要烦死了，别收拾了，先抱抱我。”

他停了动作，走上前，她伸手揪住了他的西装裤。年柏彦顺势坐下，手臂一伸，素叶就像个无尾熊似的往他怀里拱。

“这个房子不安全了，明天跟我回四合院。”

素叶摇头：“今天只是意外，如果小雅不是临时有事先走，盗贼也不敢进来。唉，也怨我，不逛街就好了。”

“你该庆幸房里没人。”年柏彦微微拉开她，“如果被你撞见了怎么办？对方万一狗急跳墙伤了你呢？”

素叶晃动了下手腕：“我有武功底子，不怕。”

“胡闹。”年柏彦这次真肃了神情。

素叶即使踌躇满志也只能闭嘴，眼观鼻鼻观心不去看他。年柏彦叹了口气：“你继续住在这儿，我的心就会始终悬着。”

她笑得谄媚：“房租我都交完一季度的了，现在走房东怎么可能退钱？”

年柏彦早就想到她这点鬼心思：“你损失多少我赔给你。”

“干吗便宜外人？”素叶一本正经地看着他，“年柏彦，刚刚警方问你是不是业主的时候我不是暗示你承认嘛。”

年柏彦等着她继续说下去。

“要你冒充业主就是怕警方联系到房东，当初她把房子交到我手里的时候那叫一个千叮咛万嘱咐，要我一定好好善待这套房子，弄得像嫁了个闺女似的。让她知道房子被盗，还不定怎么不依不饶呢，我可不想被她克扣押金。”

“都什么时候了，满脑子还想着你那点押金。”

“我都丢了两万了，总不能再把押金也扔了吧？”素叶一想起抽屉里的钱，心都碎成了玻璃碴儿。

年柏彦无奈：“既然你不想走，我也只能帮你多添置些安全系统了，尤其是防盗门，改成指纹锁。”

素叶吧嗒在他脸颊上亲了一口：“有你在身边真好，什么都不用操心。”

接下来的半小时年柏彦一直在收拾房间，素叶闲不住，他走到哪儿她就跟到哪儿，后来干脆从身后搂着他一步步地蹭，像个影子似的黏在他的后背上。年柏彦倒也没嫌烦，任由她搂着自己，他喜欢她这么贴着自己，这么依赖着自己，这样他觉得自己在她心里还是重要的。

拿起屏风时素叶从他身后探头：“这个屏风是不是没找对主人，怎么一而再再而三地骨折呀。”

“是你为了省钱选了个便宜骨架。”年柏彦侧头看她，“明天我联系一家，他家的骨架木质很不错。”

“很贵吧？”素叶拉长了声音。

“不需要你素大医生掏一分钱。”

“那多不好意思啊。”素叶笑得开怀。

翌日，天寒了许多，窗外的叶子已经落得所剩无几，偶尔一两只寒雀在枝丫间飞过，匆匆的身影也是瑟瑟发抖。但阳光还是好的，10点钟之后铺洒了满地，像是揉碎了的金子。

素叶没心没肺地一觉睡到天亮，出了卧室一瞧所有的家居摆设各归各位，着实让她叹为观止，小雅周六日不来上班，做这些工作的就只有年柏彦。

顺着香味钻进了厨房，年柏彦背对着她，餐桌上已有备好的饭菜，还热气腾腾的。他只穿了条睡裤，上半身裸着。懒猫儿似的从身后搂住了他：“什么时候收拾的房间？”

年柏彦为她盛了碗白粥后慢条斯理道：“昨晚你睡着之后。今早做了收尾工作。”

素叶感到窝心，她一点动静都没听到。

早餐她的胃口甚好，能跟心爱的男人共度周末是件幸福的事。她没问他这两天的安排，因为见他没急着出门，所以猜测应该没应酬，这么一想心里更高兴了。

很可惜一阵门铃声传到餐厅，素叶停了筷子，私心想着可别是什么熟人到访，她和年柏彦好不容易过个周末，小声道：“我当没听见吧。”

年柏彦被她逗笑："也对，否则会让人说你家里藏了男人。"

门铃不停地响，年柏彦还是放下了筷子起身，素叶马上拦下来，跑到玄关一看监控器，后背就噌噌冒了冷汗。方笑萍胖嘟嘟的脸近乎贴在屏幕上，清晰可见的还有她那白嫩的双层下巴，她身后站着素冬，天太冷，他穿得很厚实。

"谁来了？"年柏彦朝着玄关走过来。

素叶无力地飘出了句："舅舅和舅妈……"

年柏彦见她迟迟不按键倍感奇怪，伸手要去代劳："想什么呢？"

素叶一下子握住了他的手："不能开……不能开。"

年柏彦一头雾水，素叶推搡着他："赶紧躲起来，快。"

"啊？"

素叶拉扯着他到了客厅："卧室，你藏在卧室里应该没问题，舅舅和舅妈不会上楼。"

"为什么？"

"因为他们很尊重我的隐私。"

年柏彦语气不悦："我问的是，为什么要我躲起来？"

男人执拗了，那边门铃不停地响，一时间弄得她手忙脚乱："你先别问那么多了，总之躲起来就是了，你不能被我舅舅和舅妈看到，绝对不能。"

年柏彦整个人洇在光影之中，薄唇抿紧，半晌，转身上了楼。

方笑萍见到素叶的第一句话就是：你可吓死我了，家里怎么遭贼了？你有没有受伤？都丢什么了？这嗓音是方笑萍的特征，她的高音近乎在整个楼道里飘荡。素冬的第一句话也跟方笑萍大同小异，两人同时关心的是她有没有事。

素叶倒了茶水又拿了果盘，先安慰两人说自己没事，又简单汇报了下丢了什么东西。素冬听完后才放心地点点头，喝了口茶："只要人没事就行，钱财是身外之物，丢了就丢了。"

"是啊，破财免灾，你平平安安的就行了。"方笑萍也安了心，"只是丢了两万块而已，再赚就是了。"话虽这么说，但方笑萍心里跟明镜似的，素叶爱财如命，别说两万块了，就是丢了两千块都像是杀了她一样。

素叶连连点头："你们放心吧，我没事。"

"素凯今天到局里办事，正好看见那边在做你们这区的案件整理，就随口问了句，没想到问出了你家被盗这件事，要不是素凯告诉我们哪，我和你舅舅还蒙在鼓里呢。"方笑萍说着撸起袖子起身要帮忙收拾，吓得素叶蹿起来抱住了方笑萍，连连说不用。

"素凯说你这儿被小偷翻得乱七八糟的，你一人怎么能收拾完？"方笑萍推开她开始一间间巡视，喋喋不休，"要不说你个女孩子一个人怎么行？这要是家里有个男人的话多好？小偷还敢进吗？哪怕真是盗了，有了男人在身边也能帮你分担一下啊，欸？还挺整齐。”

素叶见她进了餐厅，全身一颤，方笑萍指指餐桌上的两套餐具：“来朋友了？”

素叶飞快闪出个借口：“啊，不是，我打算吃两份早餐来着……”

方笑萍的眼神竟变得悲悯，许是信了这个狗血理由，回了客厅第一句就是：“老素，赶紧把你的银行卡给小叶，孩子丢了钱可怜的呀，为了省钱连午饭都不舍得吃。”

素叶这才明白舅妈为什么用那种眼神看着她，素冬一听急了，赶忙掏钱包拿银行卡。

“不不不，这个我不能要。”素叶哪能要他们的钱，赶紧把卡往回塞。

“赶紧给我拿着！”方笑萍何其威武雄壮，快步上前把卡往她睡裤兜里一揣，力气大得差点扯掉她的裤子。

一张银行卡就这么推来推去的时候，就听一道嗓音落下来：“叔叔阿姨，叶叶的所有花销我会负担，你们不用担心。”

推搡争执的声音全都消失，只剩下墙壁上那只素叶在欧洲小镇淘回来的钟表走动的声音。年柏彦早已换好了西装裤和黑色衬衫，衬衫的扣子十分随性地解开了两颗，袖子松松地挽在了手臂上，看上去随意却不随便。

方笑萍指着楼上：“你……你……”又看向素叶，“他怎么会在这儿？你们不是断了吗？”

素叶惊得眼珠子都快掉出来了，一切都失去了控制，她不知道如何面对。年柏彦稳步下了楼，走到方笑萍和素冬面前，语气诚恳：“叶叶没想瞒着你们，她也想过跟我彻底断干净，是我没办法忘了她，是我不想放手。”

素叶看着他，他没有华丽的言语，也没有苦苦哀求，他是那么宠辱不惊、谦逊间又不失主动权的男人，这些话从他嘴里说出来胜过一万句的甜言蜜语。

素冬盯着年柏彦，良久后深吸了一口气压下怒火，看向素叶：“你过来。”

素叶知道舅舅生气了，也知道今天这件事是躲不过了，只好上前道歉：“舅舅，舅妈，对不起……”

年柏彦站在原地，看着她单薄的背影，心疼。

素冬声音缓慢沉重：“我现在要求你跟他分手，你就告诉我能不能做到？”

素叶愣愣地看着舅舅。

方笑萍走上前焦急地低语：“赶紧答应你舅舅，别再跟他搅和在一块儿了，他跟叶家那边的人弄得不清不楚的——”

“我不会允许叶叶离开我身边。”年柏彦替素叶做出了决定，打断了舅妈的话，又递给了她一个解释，“而且我只有她一个女人。”

“你……”方笑萍没见过这么大胆的男人，竟敢当着长辈的面这么说。

素冬怒视年柏彦：“你有什么资格要求我外甥女跟你在一起？”

年柏彦的态度不卑不亢：“我未娶，叶叶未嫁，这就是我的资格。”

素冬被他的话堵得哑口无言。

“舅舅，舅妈……”素叶声音很轻，还略带颤音，“我知道让你们失望了，但是我真的很爱柏彦，我……不能跟他分手，如果错过他、失去了他，我会一辈子都后悔的。”

年柏彦似惊似喜地看着素叶，他以为她会妥协，像从前一样。

“你——”素冬气得抬手。

年柏彦快步上前将素叶扯到身后护住，目光诚挚：“您想打就打我。”

“打的就是你，你以为我不敢打是吗？”方笑萍火了，攥紧拳头就冲着年柏彦过来。

打的力道不轻，连素叶都感觉到了，她想要或阻止或替他挨打，奈何他紧紧箍着她令她动弹不得，留了后背任由方笑萍打骂。素叶哭了，眼泪沿着脸颊直流，她又急又心疼，为舅舅和舅妈心疼，也为年柏彦心疼。

“够了！”素冬喝了一嗓子，将方笑萍拉了回来，一脸怒气。

一场呼天抢地终于结束了，年柏彦搂着素叶，见她还在哭，抬手为她擦泪。素冬不是没将他的神情看在眼中，沉了沉气，良久后才问：“年柏彦，你跟叶玉真没关系？”

“真的。”年柏彦回答。

“你爱小叶吗？”素冬又问。

素叶于他怀中抬头，泪眼模糊中她只能凝着他的下巴，年柏彦目光笃定：“爱。”

心中如万马奔腾，素叶紧紧攥着他的衬衫，手指用力得连心口都疼了，他从未将这个字说出口，今天就仅仅这个爱字，令她感动得一塌糊涂。

方笑萍气喘吁吁地站在旁边：“年柏彦，你怎么能够证明你的真心？”

素冬也在等着他的回答，年柏彦默了会儿，然后，在他们两人目光的注视下竟单膝跪地。

“柏彦！”素叶震惊了，想都没想也跪在了他身边。这么骄傲的男人，这么强势的男人，他的膝盖是何其珍贵。

素冬和方笑萍也没料到他会这么做，惊愕地看着他。年柏彦牵过素叶的手，看向素冬和方笑萍，目光肃严：“我恳请两位长辈将叶叶交给我，放心地交给我，我会对她好，这辈子都不会对她放手，哪怕以后再多风浪，我也会挡在她面前不让她受到一点伤害，请两位长辈相信我，这是我的承诺，绝不食言。”

素冬的脸绷得紧紧的，方笑萍僵住，眼睛都没眨一下。良久后素冬的目光落在了素叶脸上，素叶紧紧搂着年柏彦的胳膊，可怜巴巴，看着倒是令他于心不忍。

"小叶，这可是你自己做的决定，如果有后悔那一天……"

素叶摇头："不会有那一天，一定不会！"

素冬攥了攥手，眼神无奈，他们再勉强也抵不过她的那句：不想一辈子后悔。他看向年柏彦时目光严厉："我警告你，如果有一天你敢对不起小叶，我才不管你什么集团、什么身份，拼了我的老命也会跟你没完！"

年柏彦紧紧攥着素叶的手，没再多说任何有所保证的话："多谢成全。"

素冬和方笑萍走了，走之前素叶硬是把银行卡塞回给了素冬。

待一切都平静下来后，她搂紧他说："你不应该跪的……"

年柏彦却在她耳畔轻落了两个字："值得。"

从餐厅出来后，素凯将自己的外套披在叶澜的肩头上，叶澜的脸红扑扑的，她喝了点酒，出了门冷风过，她缩了缩脖子躲进了素凯的怀里，他顺势将她搂紧，三步并两步地朝着停车场走去。

上了车，叶澜拉住了他的胳膊："我还想喝酒呢。"

素凯不同意，执意送她回家。

"可我今天转正，而你又要走了，喜忧参半，就不能庆祝下吗？"叶澜眼神哀怨。

拜年柏彦所赐，叶澜尝到了什么叫作"一视同仁"，她在公司里兢兢业业不敢有半点马虎，但越是小心就越出岔子，上个月初她在鉴定文件中总结数据时点错了个小数点，结果年柏彦将她的领导狠批了一通，得知是她的问题，二话没说大笔一挥延后了她的转正期，所以到了今天才终于转正。

当她欢天喜地给素凯打电话时，却得知他即将被调离北京的消息，没说具体情况，但她有预感跟执行缉毒任务有关。

素凯安慰："我向你保证，再回来我就会调到其他部门。"

近年来金三角的贩毒运毒活动越发猖獗，从大片的罂粟花到成本极低的制造冰毒工厂，一批批或白粉或冰毒悄无声息地通过边境运送到中国各个地区，其中云南、甘肃成了重点稽查地。

当公安局长的人头被毒贩标价到上百万时，当他的家属人头也均被标价时，当又一名缉毒干警的遗体被护送回北京时，素凯就已经决定了向上头申请转行。

早年在云南他将生死看得很淡，隐藏身份接近毒贩，应该说他是整个警队中对云南边境最熟悉的干警。金三角的毒品想要入境，云南边境是首要之地，毒品流入国境会遇到三道防线的堵截：边境海关和边防部队巡逻，内线交通要道边防检查站；及省公安机关在出省的各机场、火车站、汽车站检查。但即使这样，从金三角流入我国的毒品，能堵截的也只占十分之一，所以需要他这种常年与毒贩打交道的干警，深入敌方腹地，直捣黄龙。

但他现在有点怕了，因为有了叶澜，因为他怕有朝一日某些毒贩的头领也为叶澜的那颗头颅标上价钱。他正准备转部门，然而上头给了他最后一个任务。

警方接到线报，常年活跃在金三角的大毒枭“堕天使”与云南边境将进行毒品交易。不管是贩毒圈还是警方，谁都知道“堕天使”的大名，他狠毒到了极点，又神秘到了极点，多年与警方斡旋始终从容脱身，没人见过他的真面目，他也不会现身交易现场。他是警方一直想要捕获的大鱼。

素凯知道“堕天使”的大名，曾有几次他卧底毒窝都跟“堕天使”的交易擦肩而过，有一次差点被他的人查出是卧底。“堕天使”有着庞大的组织，人脉更是盘根错节，所以这次听说“堕天使”会现身云南，运毒线路会途经北京，警方都在摩拳擦掌，云南省公安厅特意请求北京缉毒中心支援，两地配合缉拿“堕天使”。

素凯最终答应了，一来他的确想亲手去抓“堕天使”，二来他想结束这件事后安安稳稳与叶澜走完下半生。

这是叶澜第一次来到素凯的家。在她央着还要喝酒后，素凯将她带回了家。

三室两厅两卫的格局，在北京这片寸土寸金的地方着实是不小的奢侈。整片小区全是新开发的，所以楼盘也很新。家装干练简洁，一看就是男人住的地方。她换好了拖鞋，挨个儿房间参观了一番，啧啧称奇，然后说：“素凯，这里的生活气息很少啊。”

素凯从酒柜里拿出一瓶红酒和两只酒杯放在客厅的茶几上：“我不经常回家。”

叶澜来到他身边，慵懒地抱住他，笑问：“为什么？”

“有时候太晚了就直接回我爸妈那儿，去蹭饭方便。”素凯憨笑。

叶澜抿唇憋笑：“是啊，这就是你们单身男人的通病。”

酒色馥郁，叶澜对这酒赞不绝口，素凯对红酒没研究，只是说朋友送的酒。酒杯相撞时发出类似疼痛的声音，亦如叶澜心底的感觉，她一仰头，杯中空，良久问：“你能平安回来吗？”

“能。”

“一定吗？”叶澜眼眶红了，哽咽。

他将她搂过，一字一句：“一定。”

她将酒杯抵在了唇畔，低语喃喃：“这是你答应我的，你不能食言，千万不能食言……”

一场即将到来的离别，令两个人更珍惜在一起的时光。不知不觉两瓶红酒已见底，叶澜喝醉了，一会儿哭一会儿笑，一会儿又紧紧搂着素凯不放：“素凯，我的头昏沉得厉害，你的红酒果真是好的。”

素凯也喝了不少，靠在沙发上任由她趴在怀中，与她十指相扣，低低说了句：“今晚别回去了。”

叶澜从他怀中抬头，娟细的肌肤因酒精染上了桃花般的红晕。她的眼陷入了他的凝视之中，直到他的唇贴上了她的唇。她觉得头更晕了，下意识伸手触碰他的胸膛，只觉得手心下他的心脏也跳得快速有力。

耳畔是素凯低哑粗重的嗓音：“澜澜，可以吗？”

叶澜眼神迷惑，他的眼神跟以往都不一样，像是关了一头小小的兽，幽深得很。

他呼吸粗重，一张俊脸染上了情欲的味道，更明确地问了句：“给我，可以吗？”

叶澜蓦地明白了，脸更红，可紧跟着是手足无措：“我……我没经验……”

素凯忍不住低笑，唇轻轻落于她的发梢：“交给我。”

她怯生生抬眼看着他。

素凯正值热血方刚的年龄，又喝了点酒，怀中女人娇美青涩，他的气息越发粗重，二话没说将她抱进了卧室。

天际阴暗不明，有隐隐的光嵌入了最遥远的云端，像是迷雾吹过，素叶觉得寒凉，低头一看自己于高峰之上，悬于半空之中，不远处有人冲着她打手势，示意她将绳索放松些。她照做，男人很快追上了她的速度，与她肩并肩，透过镜子她看清了男人的样子。

柏彦？

惊愕间又摇摇晃晃进了一条深巷，她蜷缩在墙角，全身颤抖，她记不起自己为什么害怕，也记不起这是哪里，只觉得双脚火辣辣地疼，还有手腕。巷子入口有光亮，是一盏青灯，摇晃于夜风中。那青灯转眼就到了她面前，她看不清来者的样子，只看到那双落了些灰尘的皮鞋，不大，八九岁孩子的尺码。

抬手遮住青幽幽的光亮，这才发现自己的手指上都是伤痕，她听到男孩儿说，别怕，哥哥带你离开。有纷杂的脚步声由远及近，她的手被男孩儿紧紧攥着，她只能看到他的小小背影，穿得很整齐也很华丽，像个富家少爷……紧跟着是急促的声音：快逃！

素叶蓦地睁眼，细微的光线落入室内，静谧祥和，哪还有什么高峰和深巷？

年柏彦10点的飞机，他要飞往威尼斯参加一个重要的会议。素叶起床后为他收拾了行李，年柏彦准备早饭。

在备衣服的时候，素叶跑到了厨房，探出脑袋：“你想带哪套衣服？”

年柏彦头也没回：“你帮我备哪套我就穿哪套。”

“知道了。”素叶像火箭似的噌地没了影儿，一会儿又蹿了回来，“那衬衫呢？”

年柏彦十分好耐性地回答："你做主。"

素叶又点点头跑了，他有预感，她还得跑回来，果不其然，不到半分钟素叶又探头，嘻嘻地笑道："袖扣、领带也没要求吗？"

"没有，一切都听你的。"

等吃早餐的时候，素叶说："我额外帮你备了一套休闲服。"

"好。"年柏彦平和的时候向来好脾气，"不知道有没有机会穿。"

"哪能没机会呢。"素叶一脸狡黠，"你帮我买礼物的时候总不能穿得西装革履吧？"

"买礼物？"年柏彦憋着笑，"我可没承诺要给你带礼物。"

素叶抱着自己的碗蹭到了年柏彦身边："别人家的男朋友去国外都会给女朋友带礼物的。"

年柏彦故意逗她，伸手推开她："那你去找别人家的男朋友吧。"

"才不呢。"素叶紧紧搂住他的胳膊，仰着脸谄媚说，"谁有我的年先生好呀，我的年先生又英俊又潇洒，对女朋友还温柔体贴。"

"是吗？"年柏彦忍不住唇角微扬，"可据我所知，年先生的女朋友对他还颇有微词呢。"

"微词肯定会多少有一些。"素叶笑得狡猾，"我给你列了个单子，你买到就能堵住我的微词。"

年柏彦也不详问，无非是护肤品之类的，他也不懂这些，抬手蹂躏了下她的头："敢这么支使我。"

她美滋滋地黏着他："那人家不是你的女朋友嘛。"

"你哪是我女朋友？"年柏彦开着玩笑，"你都成我祖宗了。"

她乐出声，他冲着她一伸手。

"干吗？"

"钱。"年柏彦跟她逗闷子，"话说这种方式就叫作你口中的代购吧？把代购的钱给我。"

素叶白了他一眼："哪有帮人家带礼物还跟人家要钱的？"

"我记得上次你让同事代购护肤品，貌似给了钱。"年柏彦故作思考，"重要的是，那笔钱还是从我钱包里掏出来的。"

素叶成了鼻涕虫，黏糊糊地腻在他身上："咱俩什么关系呀，谈钱多见外？论私你是我男朋友，带礼物合情合理，论公你是我上司，赚得比我要多得多。我的那些东西也没多少钱，犯不上动用我的钱包。"

"那到什么时候才能动用你的钱包？"

“等买大件儿的时候。”

年柏彦“哦”了一声：“前阵子有个新楼盘不错，我看好了，素医生，这算大件儿了吧？”

“你讨厌……”素叶搂住他的脖子撒娇。

年柏彦爽朗地大笑。

午后的阳光尚算温暖，素叶看着窗外光秃秃的树干，一时陷入沉思。四季变换太快了，她还记得漫天红叶及黄金铺路的美景，怎么转眼冬天就压着秋尾巴来了呢？

素叶眼前出现一杯红茶，热气腾腾，沁着花香：“我以为你永远不会再踏进我的诊所了。”对面丁司承也放下一杯热红茶，坐了下来。

如果可能的话素叶的确不想再来了，她承认她挺记仇的，就算眼前这个身穿白大褂、长相俊美的男人曾经是她暗恋的对象，就算他现在对林要要如何如何好，也不会令她忘记林要要躺在满是鲜血的浴缸中的情景。

“我怀疑我的记忆出了问题。”她将杯子抱在手心中，“在北京我没有信得过的同行朋友或导师，只能来找你。”

这是年柏彦出差后她迫切想要解决的问题，之前她有意逃避或视而不见，但那晚的梦境太真实，真实到令她害怕。她当然不想跟别人分享她的梦境，因为一旦被定义为个案，这对于她的职业生涯是场灾难。

丁司承略感担忧：“说说看。”

素叶攥了攥杯子，如实道出情况。丁司承闻言后沉默了会儿，随手拿过几支笔：“什么颜色？”

“红、白、黑、蓝、紫。”

“7、15、36、27、38、50。”丁司承说得缓慢，“你重复时从后往前说。”

“50、38……27、36、15、7。”

“11+5-10 除二是多少？”

“3。”

丁司承接二连三问了素叶一些问题，她均回答得不费劲，丁司承话锋一转：“那么，在最开始时我给你看的几支笔分别是什么颜色的？”

素叶很快回答：“红、白、黑、蓝、紫。”

丁司承点点头，拿起杯子喝了一口茶，素叶急了：“这么说我的记忆没有问题？”

“从初步测试来看是没有问题，但也不排斥你的记忆有隐性疾病。”丁司承放下杯子，“因为你熟悉这项测试，在一定程度上已经有了心理准备。”

素叶明白他的话。

“最近多梦失眠吗？”

“已经好久没有做过噩梦了，只是偶尔。”

“有没有头晕恶心的症状？”

“你在怀疑什么？我难道是病理性原因？”

丁司承安慰：“你也是心理医生，应该知道要查明所有引发病症的原因才行。”

素叶轻轻摇头：“没有头晕的现象。”

“我建议你先去做一次脑扫描，如果排除生理病变，那我们可以采用心理干预。不要有那么大的心理负担，人的记忆出现减退现象很正常，关于这点你很清楚。”

“我不记得蒋彬也很正常？”素叶迟疑。

“蒋彬的死对你打击很大，当时你在电话里哭得快要断气。”丁司承心疼地看着她，“别忘了，大脑是有自我保护机制的，会自动屏蔽不幸或痛苦的记忆，但你的潜意识还在，所以冲击你现在的记忆，形成记忆混乱的假象。”

“可我记得蒋彬是怎么死的，难道这还不是最痛苦的吗？”

“也许……事情不是你想象的那样，说不准你记住的只是一部分悲伤。”

素叶闻言一激灵，指尖泛凉。

“你想梳理你的记忆，最合适的办法就是催眠治疗。”

素叶低着头思索了半天：“再让我考虑一下吧。”

“如果有需要，可以随时打给我。”

回联众的路上，素叶左想右想都觉得不对劲，拣了处能停车的地方熄了火，给舅妈拨了通电话。很快那边接通，方笑萍嘹亮的声音如同冲击波似的扑面而来：“你可别告诉我你要跟年柏彦结婚了，太快了啊。”

也幸亏素叶有先见之明，在接通的那一瞬将手机拉远，无奈地低号：“哪儿跟哪儿啊，想问您件正事。”

“问。”

“我很小的时候有没有发生过什么事？”

“你说呢？”

“不是我爸妈的事，例如走丢啊，遇上坏人差点丧命之类的事。”

方笑萍的大嗓门像是加了马达似的，又洪亮了一个等级：“什么走丢什么遇上坏人？你是不是跟那个年柏彦在一起之后患上被害妄想症了？我就说那个男人不怎么样吧，你瞅瞅你，这才几天就变得神神道道的。”

素叶开始后悔打这通电话，原本是抱着一颗惴惴不安的心，心心念念想着能从舅妈嘴里问出些她不知道的事情来，岂料舅妈心中沉淀的余火未消，但凡一丁点事都会扯到年柏彦身上。“行了行了舅妈，当我没问啊。”她决定选三十六计中的最后一计，赶忙挂了电话。她是怕极了舅妈的那张嘴，铁齿铜牙，能把死人都说得恨不得再死一次的那种。

不过经过方笑萍这么一通大声说号，她心中的疑云倒是散了。从方笑萍的话里，她听不出任何的隐瞒和迟疑，更重要的是她记事早，如果真发生过什么事的话，总会在脑子里留下痕迹吧？这样想着心宽了不少。

方笑萍挂上电话后一屁股坐在沙发上，心事重重，低着头，可爱的米其林轮胎也多了好几道褶。素冬正好进家门，今天他在潘家园淘了把古剑，一路都美滋滋地端详着，溜达到家门口市场，又破天荒地跟着一群妇女在青菜海鲜中挤来挤去，拎了一条近十斤重的鲜鱼回来，心情甚好。

所以见到方笑萍一脸苦恼，他亮了一下京剧腔：“啊，娘子，何等愁事烦上心头？”

要是搁平常，方笑萍见他一手举着古剑一手拎着十斤重的大鱼早就发飙了，但今天她可没这个闲情雅致，又重重地叹了口气，一脸的苦大仇深。

“怎么了这是？”素冬见状不对，将鱼和剑放到一边后马上过来。

方笑萍扭过头，目光呆滞地瞅着他：“刚刚小叶打电话来，她问我她小时候是不是走丢过或遇上过什么坏人？”

素冬一听噌一下站起身：“你不会跟她说实话了吧？”

“怎么可能？我傻了还是疯了我跟她说实话？她小时候的那件事我就打算烂到肚子里的！”

“没告诉她就好。”素冬头冒冷汗，抬手擦了擦，“她怎么会突然问这种话？”

“我也一直纳闷呢。”方笑萍一脸担忧，“老素啊，你说会不会是她自己想起来了？”

“想起来的话就不该是打电话问了。”

方笑萍烦躁地起身，在客厅里踱了两圈，突然又停住脚步，忧心忡忡：“你觉得那件事能瞒一辈子吗？”

这句话问得素冬全身发凉，久久回答不上来。

Chapter 27
我回来了

▼

纪氏旗下高端珠宝会所玺汇所展出的新品大有跟D会所针锋相对的趋势，一场新品发布会做得有声有色，不但请来了世界名模助阵，在媒体阵容上也属强强联合，加上纪氏今年更换了代言人，一时间吸引了大量同行和媒体的关注。

纪东岩出席了新品发布会，并在新品秀的最后走上了T台。素叶坐在台下，看着打扮得像只雄孔雀似的纪东岩，牙根儿都要酸倒了。当媒体问到纪东岩最担心什么的时候，素叶很想八卦一句：他有恐高症，连骑马都不敢。

新品秀结束后，素叶出示了玺汇的会员卡，朝休息室走去，推门的时候不承想撞见了女明星坐在纪东岩大腿上的暧昧一幕，恨不得挖掉自己的双眼："对不起对不起，我什么都没看见啊。"

刚准备关门，就听女明星开口了："纪公子，你的艳福真不浅。"

素叶放下手，见那女明星冲着纪东岩魅惑一笑："记得给我打电话哦。"

纪东岩微微勾唇，没婉拒也没应答，等人离开后他才说："好妹妹，帮我把窗子打开，乖。"

这句"好妹妹"叫得素叶差点把隔夜饭都吐出来了，将全身鸡皮疙瘩抖掉后才上前拉开窗子。纪东岩大口呼吸着新鲜空气："总算活过来了。"

"不至于吧纪公子。"素叶反客为主，拿了杯子，自顾自地倒了杯水，慢悠悠地坐在沙发上。

"我是差点被香水味熏晕。"

"我以为你意乱情迷了。"

纪东岩坐到她身边，长臂一伸将她搂入怀里："你进来得及时，要不然我就被那个女人迷奸了。”

“纪东岩，我今天也喷了香水，你不晕吗？”素叶故意消遣他。

纪东岩坏笑：“是吗？那让我好好闻闻，看看我会不会晕。”说着一张俊脸就往她怀里凑。

下一秒他的额头就被素叶的纤纤玉指给顶住了：“少占本姑娘的便宜。”

纪东岩松开她，潇洒慵懒地倚靠在沙发上：“你知道外面有多少姑娘巴不得让我占便宜吗？”

“那我去把你的代言人叫回来？”素叶说着要起身。

纪东岩伸手将她拉住：“别折腾我啊。”

“人家都恨不得撩开裙子了，纪少爷。”素叶打趣地扯住他的领带。

纪东岩抿唇，突然伸手这么一拉，她惊呼着跌进他怀里。“那我心里就只有你怎么办？”他似笑非笑。

“这话听得我太感动了。”素叶意外地没推开他，手指滑到了他的耳垂，脸上的笑魅惑万千。

纪东岩反倒一愣，没料到她会有这般举动。

“这张迷死人不偿命的脸哟……”素叶拉长了嗓音，下一秒手猛劲一拧他的耳朵，“可惜总是摆出欠揍的模样。”

纪东岩一声痛呼，赶忙求饶。

“纪东岩，你可是答应为我办事的，所以我才偷了半天闲来给你的新品秀捧场子，你倒好，完事了像只耗子似的人没了，害得我好找，结果您老先生在这里风花雪月。”

纪东岩连连呼“姑奶奶饶命”。

素叶这才松手，纪东岩捂着耳朵，瞪着她：“素叶，你手里的那张会员卡价值连城知道吗？”

“那又怎样？还不是你硬塞给我的？你以为你们争来抢去的那些破石头本姑娘稀罕？赶紧把柏霄叫出来。”

年柏霄赶到练车场时已是下午 2 点多了，纪东岩陪着素叶享受了一个多小时的冬日阳光，见他终于露面开始抱怨：“小少爷，你还知道来啊？”

年柏霄穿得很随意，圆领打底衫、夹克衫、灰蓝色牛仔裤配上深咖色骑士靴，看样子是打了一晚上游戏睡了颠倒觉。嚼着口香糖，他一屁股坐在草坪上，慵懒地倚靠在阶梯上：“你们叫我来这里做什么？”有第三人在的时候，他从来都不说中文。

练车场是一辆辆整装待发的赛车，赛车手们也开始陆陆续续上车练习。

“听纪东岩说你曾经还是名专业赛车手呢。”这是素叶好不容易从纪东岩嘴里抠出来的讯息，怪不得他会去那个废车场，原来他曾经在国外参加过比赛。

年柏霄眉头皱紧，一下子起身就走。素叶慵懒地开口，声音很大："年柏霄，缩头乌龟说的就是你吧？"激将法对于年轻气盛的年柏霄来说是最管用的招数，素叶次次用，年柏霄就次次中招。

果不其然，他去而又返，粗声粗气："你说谁是缩头乌龟？"

"咦？我还以为你会顶着个乌龟壳遁走呢，怎么又回来了？"

"你——"年柏霄气得脸煞白，好半天咒骂了句，"你这个坏女人！"

素叶没恼，起身，拍了拍沾在衣衫上的枯草："我说错了吗？你有赛车的天分，正因如此，G4 赛车组的教练才破格入选还不到赛车年龄的你。应该就是两年前吧，你参加了国际比赛，拿了不俗的成绩。怎么？现在连车都懒得碰了？你是懒得碰，还是因为你的肆意妄为害得你师傅从此废了两条腿，所以不敢碰车了？"

年柏霄所有表情在这一瞬都凝固了，突然他一声怒吼，冲着纪东岩就过来了："你没有权利跟这个女人说我的事！"

只可惜，对于纪东岩来说他还是年轻气盛，一个利落的擒拿手就将他制服，疼得年柏霄哇哇大叫。

"看不出素叶在关心你吗？小子，别不识好歹。"

年柏霄的侧脸压在草坪上，枯草扎得他皮肤生疼，他龇牙咧嘴地瞪着看热闹的素叶："她关心我？可笑！她是想讨好我大哥！"

素叶懒得跟他争辩，拣了块干净的地方坐下来。年柏霄跟大多数叛逆的孩子一样，内心深处都会埋藏着或多或少的秘密和心事，虽说相处时间短，但素叶清楚地知道像他这种性格的大男孩儿其实是很渴望受到别人的关注的。

想想年柏彦就知道了，父母早亡，长兄如父，所以他对年柏霄必然严格，听说年柏霄所学的专业、所考的学校都是年柏彦一手安排的，也就是说，年柏彦希望年柏霄按照自己的要求去做，而不听取他的任何想法。年柏霄年幼，他再挣扎也抵不过他大哥的财大气粗、人脉的四通发达，最后胳膊拧不过大腿，只能妥协。所以他压抑，他叛逆，他无法理解年柏彦的关心方式，正如年柏彦无法理解年柏霄渴望的那种关心方式一样。素叶很想推开年柏霄与年柏彦中间的隔阂，只是这孩子太别扭了，得用非常手段才能让他正视问题。

她开了口："别那么多废话，你到底去不去跑两圈？"

"不去。"年柏霄干脆利落。

"不敢？"

"不想去！"他一字一句。

素叶转头看了一眼纪东岩，纪东岩摆出一副爱莫能助的表情，她想了想又问：“你的意思是，你已经不喜欢赛车了呗？”

“对。”

“那你为什么回国？”

年柏霄噎了一下，没回答。

“你随身背的包现在还挂着G4赛车组的标志，你要是不喜欢赛车，干吗还留着那个标志？”

“这不关你的事！”

“前两天我看到了一则消息，原来G4组成员除了你之外都没换血，还是那群老队员，只不过其中有个队员的赛车报废了，被送到了废弃场，所以那天你才出现在废弃场是吗？”

年柏霄紧紧咬着牙：“素叶，我已经跟你说过，这不关你的事！”

“你这么轻易就放弃了自己的梦想，你师傅知道吗？”她淡淡地笑着。

年柏霄一下子被激怒了，冲着她张牙舞爪：“别再提我师傅！不准你再提起他！”

素叶似笑非笑。是纪东岩告诉了她，年柏霄的师傅是荷兰人，有着跟三毛丈夫荷西一样浓密的大胡子，是在国际上拿到不少奖项的职业赛车手，他看中了年柏霄的天分收他为徒，并破例让年柏霄加入G4团队。年柏霄在首次比赛中就取得了很好的成绩，令全组人都刮目相看，在接二连三的环线比赛中，年柏霄在赛车速度上已接近世界高手的成绩。

可就是这样，枪打出头鸟。在一次比赛中，G4外聘的技师在引擎上动了手脚，导致G4惨败，投资人大怒，G4名誉受损。年柏霄为了G4能够维持下去便去非法赛车，他是世界职业赛车手的徒弟，这种比赛当然不在话下，所以大笔大笔的资金就进了他的腰包。

这件事被他师傅知晓，痛斥了年柏霄，在职业赛车手眼里，只有站在阳光下以最正规的赛制比赛才叫赛车。年柏霄却觉得自己没错，他认为只要有了钱车队就有救，他们不用辛苦去拉赞助也能站上世界的舞台。

他成了地下赛车场的明星，来看他赛车的人越来越多，赌注也越下越大，可他忘了树大招风的道理，那晚赛车手们围堵了年柏霄的车，群而攻之，他差点被打死，他的师傅为了保护他废了两条腿。从那天起年柏霄退出了G4，再也不赛车了。

素叶问纪东岩后来的事情如何，年柏霄怎么从那群人手里逃出来的？纪东岩说了句，是年柏彦出面摆平了一切。素叶惊讶，再问怎么摆平的，纪东岩便不知道了。

素叶见年柏霄这般激动，笑了笑：“看来我是强人所难了。算了，每个人都有要去逃避的事情，不敢面对也是正常的。”说完转身走了。

年柏霄攥紧的大手青筋凸出，呼吸急促，突然冲着她的背影喝了句：“你有什么资格说我逃避现实？你呢？你不是也一样？”

素叶停住了脚步，转头。

年柏霄盯着她冷哼："你眼睁睁看着你男朋友从山峰上掉下去摔死了，所以，你再也没去登山。"

素叶僵住了表情，脊梁挺得很直。纪东岩赶忙打圆场："行了行了，不开心的事就让它烟消云散了吧，走，今天吃大餐，我请客。"

然而年柏霄不领情，见终于扳回了一局，眼中恶意横生："怎么不说话了？你不是很牛吗？"

"柏霄。"纪东岩见素叶脸色转白，低声喝他。

年柏霄冷笑："我说错了吗？中国是不是有句话叫作，己所不欲勿施于人？她自己都有问题，凭什么来管我？"许是太幸灾乐祸了，他竟然能用中文很完整地说出那句"己所不欲勿施于人"。

纪东岩还要开口，素叶走上前："你认为，我怎么做才叫有资格来管你？"

"除非你再去登山。"

素叶静静地看着他："也就是说，只要我敢去登山，你就敢去赛车，对吧？"

年柏霄抿抿唇，良久后像是下了很大决心似的点头："对。"

"好，一言为定。"

"谁反悔谁是狗！"

纪东岩无奈地看着这两人，像是看着两个正在掐架赌气的孩子。

就在素叶自虐般不停说服自己再次勇敢面对登山时，叶家再次成为焦点。

这要归功于一张张令人血脉贲张的"艳照"，照片的主人就是年柏彦和素叶。二人在床上的旖旎缠绵成了网络津津乐道的话题，艳照有计划地打包发出，然后又被网友们迅速转载、下载。而媒体跟风比较系统，照片上标有时间，也正是这时间，将素叶推向了道德的低谷——艳照拍摄的时间正是在年柏彦和叶玉解除关系之前。

素叶耷拉着脑袋窝在沙发里，下巴抵在抱枕上，目光呆滞发散。她至今都记不得自己是怎么从精石出来的，当那些艳照撞进她的眼时，她由惊愕再到惊恐，这种情绪就一直凝固了。她也不记得丁教授将她叫到办公室说了什么，总之她这两天不会再去联众，因为联众门口也守了很多记者。

林要要敲着键盘一下一下挺用力，良久后一声感叹："这些人都开始人肉你了，瞧见没，你的毕业院校和在国外上学的情况都被翻出来了，还有你的学生证呢。"

素叶的目光像是上了锈的发条，干涩地游移到电脑上，林要要愤愤念叨着："要是让我知道是谁干的，我非弄死他不可！"

素叶无力地飘出了几个字："楼下还有记者吗？"她做了逃兵，拔了电话线，关了手机，锁紧了房门，甚至拉紧了窗帘，成了见不得光的鼠辈。房门被敲响了好几次，有纪东岩的声音，有舅舅和舅妈的声音，有叶澜的声音，甚至还有年柏霄的声音，她通通自动屏蔽，视而不见。

林要要走到窗子前，将厚厚的窗帘撩开一条小缝，一脸愤恨："这些人都不用休息吃饭吗？这都多长时间了，还在下面守着！好端端的，家里怎么会有摄像头？"

素叶耷拉着脑袋没回应，心里明镜似的，网上的照片是他们自拍的，原本就是两人间嬉戏欢闹的举动，不承想今时今日成了攻击她和他的利剑。当时家里招贼后，她第一时间翻查了家中的相机，相机在，里面的照片也在，现在看来对方是拷贝了相机中的照片。原来盗贼的目的很直接，钱财丢失不过是掩人耳目。

手机响了，是林要要的，她起身接了电话，很快又返回来，碰了碰她的胳膊，用口型告诉她是年柏彦。

所有的麻木和无动于衷瞬间分崩离析，素叶夺过手机，如抓住了救命稻草，听到熟悉的嗓音后，眼泪簌簌落下。他的第一句话就是："别怕，我马上回国。"

林要要在旁叹气，递了几张纸巾过来，素叶接过，拼命按着双眼，没一会儿纸巾就被泪水浸透了。等结束通话后素叶才找到了魂，林要要无奈："身为朋友的我鞍前马后地伺候着都换不来你的反应，年柏彦只是一通电话就让你复活了。"

"他说他要马上回来啊。"素叶枕上了林要要的腿，轻声说了句。

林要要看着素叶的侧脸，心中明镜似的，她对年柏彦的感情已经深到了骨子里，也不知这究竟是好事还是坏事。正想着，却见素叶突然脸色一变，整个人猛地坐起，吓了她一跳。

素叶盯着电脑屏幕，怒火如同盛放的光焰在灼烧瞳仁，林要要被她的样子吓得不轻，顺着她的目光看过去。刚刚的帖子还没关，有一则消息跳了出来，下面已经跟了沸沸扬扬的评论。

竟是阮雪曼透过媒体公然挑衅，痛斥素叶和年柏彦艳照一事，言下之意很明确，事实上是年柏彦先劈腿于未来小姨子，她的女儿才不得已违心出面澄清关系。

别说素叶脸色难看了，就连林要要都怒了，将笔记本啪地一合："这招落井下石也太狠毒了吧？这件事一定要查，跟这件事有关的人一个都不能放过！"

只听一声脆响，两人循声看去，竟是小雅瑟瑟地站在不远处，她打翻了白粥，碗碴子崩了一地。林要要刚要开口训斥她的毛手毛脚，就见她扑通跪在了地上，哭了："素医生，你打我骂我吧。"

素叶愣住。

“那天家里被盗，其实……其实我早就知道的。”

“你把话说清楚。”素叶心中不祥。

小雅抹了一把眼泪，将事情一五一十说了出来。

原来，阮雪曼不知从哪儿知道了小雅，给了她一大笔钱，条件很简单，就是要小雅趁其不备时拍些年柏彦和素叶暧昧的照片或视频。

刚开始小雅死活不同意，她常年做保姆，对商场上的事一无所知，不认识阮雪曼，就连年柏彦是怎样的背景她都不清楚，直到她萌发了辞职的念头，所以又跟阮雪曼见了面。她坦诚自己没拍照片，但可以将那套房的钥匙配一套给她，至于证据什么的，进了房间总会找到的。阮雪曼当时就同意了，等拿到钥匙后就给了小雅一大笔钱，没过多久就发生了入室盗窃的事。

素叶呆呆地看着小雅，半晌后问了句：“你为什么想辞职？”

小雅泣不成声：“因为我一直很崇拜您和先生，我以为你们不是情侣就是夫妻，直到之前来过的那位年轻先生对您说话很不客气，我才知道原来你是……小三。”

“你说谁是小三？”林要要不悦，“一个没娶一个未嫁，他们俩在一起怎么就天理不容了？”

“我……我是到后来才知道实情的，但也晚了，照片什么的都曝光了，素医生——”小雅上前紧紧拉着素叶的衣袖，“我的工资都是先生开的，我真没想过要背叛你们，可当初我真以为你是个破坏别人家庭的坏女人，伤心之下才想着要辞职，但我辞职了总得生活啊，所以才走错了那一步。”

许久后，林要要看向素叶：“报警吧。”

素叶的牙齿咬得咯咯直响，脸色铁青：“今天我不给她好看就不姓素！”话毕抓起车钥匙就冲向玄关。

林要要措手不及，等反应过来时已经晚了，冲到门口却见门口还戳着两个人，神情惊愕。

“素叶去哪儿了？”纪东岩最先反应了过来，一把揪住林要要。

林要要的手腕快被他攥断了，痛得直皱眉：“八成是去叶家了。”

“她去叶家干什么？”另一个是方笑萍。

没等回答林要要，就见纪东岩变了脸色，二话没说冲向了电梯，方笑萍心中不详，赶忙随同。当纪东岩开着车跟方笑萍、林要要赶到叶家时，素叶已经和阮雪曼开战了！

叶鹤峰不在家，八成是艳照一事已涉及精石，公司的大小事令他分身不暇，所以他压根就没想到，他在公司面对枪林弹雨时，家中的院墙内大火正旺。不在家的还有叶鹤城，自从他的丑事被揪出来后，他就很少去公司，回家也不吱声，很多时候都待在茶馆里静心。

叶家的气氛这几日一直不好，压抑而沉闷，所以素叶的上门无疑给叶家添了动静，至少，她和阮雪曼的争吵声近乎掀开了房顶。

叶玉、叶渊和叶澜三人都不知道该如何劝，劝好了这个，那个又不算完，最后只能面面相觑。阮雪曼见家里闯进了外人，更是摆出女主人的架子，冲着素叶大喝："你还找帮手了？做了那么丢脸的事你还巴不得全家人支持你是吧？"

"要丢脸也是你丢脸！阮雪曼，你先是买通小雅，然后又跑到我家翻东西，你还好意思在你儿女面前假装无辜？"

"我买通了小雅不假，但我没去你家翻东西！"阮雪曼气得叉腰，"你爱信不信！"

"你没翻东西拿我家钥匙干什么？"素叶反唇相讥。

"我拿了你家钥匙就等于我偷了你的东西？"阮雪曼冷笑，"不要脸的小贱人，还敢到我们叶家叫嚣？你现在觉得丢脸了？那当初勾引男人的时候怎么想不到会有今天？"

素叶刚要反击，就听到方笑萍的一声怒吼："阮雪曼，你丫就一老贱人，还有脸骂别人呢？我非撕烂你那张臭嘴不可！"紧跟着一阵地动山摇，方笑萍圆滚滚的身躯如木桶一样冲了过去，几个快步就接近了阮雪曼，阮雪曼没料到她会冲过来，一下子没反应过来，头发已被方笑萍扯住。

"阮雪曼，这么多年我都忍着气呢，你先欺负我家素秋，现在还要欺负我家素叶？你当我们老素家真是吃素的？真当我们家没人了是不是？"方笑萍的大胖手像是熊爪似的，一掌掴下去，打得阮雪曼脸颊红肿一片。

阮雪曼自然不依不饶，反手也揪住方笑萍的头发，开始回骂。叶渊和纪东岩冲上前打算一个拉一个，奈何两位妇女都铁了心要一战雌雄，两个大男人拼尽了全力竟然没拉开。

林要要也冲上前，在与叶渊目光相撞的瞬间愣怔了数秒，然后马上拉架。直到方笑萍一个避犹不及挨了阮雪曼一个耳光，素叶疯了，红了眼冲上前揪住阮雪曼，喝道："你凭什么打我舅妈？"

素叶的参与也激发了叶玉，她二话没说蹿上前，横过手臂死死揪住素叶："你也没权利跟我妈动手！"

场面何其火爆！单是方笑萍和阮雪曼两个人大打出手就令纪东岩与叶渊两人招架不住，现在又多了素叶和叶玉。倒霉就落在了这俩男人头上，他们的脖子纷纷没逃过女人们的"九阴白骨爪"，纪东岩的脸还差点被利爪挠伤，幸亏他躲得够快。

林要要也不见得好过，能拉得开素叶就避不开叶玉，将叶玉推开素叶又像敢死队队长似的往前冲，幸好还有叶澜，冲上前与林要要配合，一个拉着一个，打架的人混成了一团，拉架的人也混成了一团。

偌大个客厅充斥着怒吼声、歇斯底里的谩骂声，管家急得团团转，见缝插针地道：

“太太，小姐，别打了！”只有一个人最安静，阮雪琴。她坐在茶案后，茶具不离手，眼皮都不抬一下。管家跑过来哀求：“您去劝劝大太太吧，这件事如果被老爷知道的话，还不定怎么动怒呢。”

阮雪琴的神情没有太大变化，微微挑眼，目光随意扫了一下不远处扭作一团的数人：“这个家，我说话向来是没分量的，所以劝不了。”

管家急得直跺脚。

“都给我住手！”

就在这时，扬起一道威严的声音。是叶鹤峰回来了，站在门口，皱着眉头看着眼前发生的一切，铁青的脸隐忍着愤怒。

两方阵营停止了战斗，方笑萍和阮雪曼看上去狼狈极了，两人的头发都乱蓬蓬的，脸也肿了，各自的脖子也被挠出好几条血道子。

方笑萍在见了叶鹤峰后二话没说冲上前：“叶鹤峰，今天你的亲生闺女被你带回家的那个不要脸的狐狸精欺负成这样，你到底管不管？你要是真被那个狐狸精迷住了就跟姑奶奶我说一声，我二话不说就带素叶走，从此以后她就没你这个爹，你也没她这个女儿！你对不起素秋也就罢了，现在连素秋的孩子你都保护不了，你算什么男人？算什么父亲？”

这辈子，叶鹤峰恐怕最亏欠的就是素家人，所以当方笑萍劈头盖脸地骂过来时他一声不吭，待她骂完后他将手中的拐杖递给管家，一步步走向阮雪曼。

“老叶，是他们闯到咱们家的，是——”

叶鹤峰一个耳光狠狠打在了阮雪曼的脸上。

阮雪曼跌坐在地上，捂着脸，嘴角都出血了，哭天抢地：“你还有良心没有啊？今天是他们冲上门找碴儿的，你就听方笑萍的一面之词，不分青红皂白地来打我？”

叶渊和叶玉见状赶紧上前。“不准扶！谁要是敢扶，都给我滚出叶家！”叶鹤峰厉喝一嗓子。

“爸，您怎么也得等事情查明白再发火吧？”叶渊毕竟是长子，别人不敢说这话，他还是有这个胆量的。

叶鹤峰颤抖地指着阮雪曼，看着叶渊：“你以为我打你妈是因为刚才打架的事？你自己问问你妈，她做了什么？”

叶渊一愣。

“老叶，你别听外人胡说八道啊，我做什么了你就这么对我？”阮雪曼不依不饶。

“你自己做过什么心里没数吗？别以为我查不出来！先前你怎么挤对小叶我就不说了，因为你怕她进了叶家分走叶家的财产！现在你开始玩狠的了对吧？柏彦和小玉的事你不服气，所以一直伺机报复，就等着有一天将我女儿置于死地对不对？”

“我怎么置她死地了？现在快死的人是我啊。”

“你还在这儿跟我装委屈？是谁前阵子找人跟踪小叶？是谁给了那个小保姆一笔钱的？你做了什么事别以为我不知道！

“盯着叶家的眼睛多了去了，我随便找哪个人都能问出你的行踪来！你行啊，我没想到你除了心肠狠毒和无理撒泼外还有入门行窃的嗜好！别说那些照片不是你散出去的，你处心积虑不就是等今天吗？否则你怎么在媒体面前叫屈？混账东西，就是因为你的愚蠢导致精石遭遇信誉危机，害得我心力交瘁！”

阮雪曼哭得更凶了，用力捶自己的胸口：“天地良心啊，这件事真不是我做的啊……”

“不是你做的？对，不是你做的，是你找人做的！”

“我也没找人来做这件事……”

“你的意思是我冤枉你了？你没跟踪过小叶、没打听她家保姆的情况吗？没拿人家的钥匙吗？”

阮雪曼抹了一把泪，豁出去了：“是，我承认我跟踪了素叶，我承认我买通了小保姆拿到了她家的钥匙，但我没行动！那把钥匙被我弄丢了，什么时候丢的我都不知道！

“我连她家都没进去过怎么会拿到照片？我在媒体面前叫屈又怎样？小玉是我的心头肉，凭什么那个年柏彦说甩了就甩了？这件事吃亏的还不是小玉？

“他们两个早就搞到了一起！这对我们家小玉不公平！你处处向着素叶那个丫头，就没想过小玉吗？老叶，今天叶家闹到这步田地，你以为你一点责任都没有？”

“你给我闭嘴！”

“我偏不！”阮雪曼红着眼，像个疯婆子似的指着素叶，看向叶鹤峰，“你怎么就不怀疑你女儿？这丫头为了报复叶家什么事没干过？你怎么不问问她心里那口气消了没有？她回国之前咱们叶家风平浪静的！艳照这件事不是只对她有影响，整个叶家也跟着受牵连，这就是她的目的，要死也得拖着叶家的人一起去死！”

“妈……”叶渊无奈。

“到了今天这个地步，我还有什么不敢说的？叶鹤峰，你自己摸着良心问问，这么多年你对我好吗？倒是我，就巴巴地守着你这么一个男人！是，你觉得对不起素秋，也在心里恨我，但在爱情面前哪个女人不自私？

“我承认我破坏了你和素秋，但我敢拍着胸脯说那是因为我对你有感情，你女儿素叶呢？她接近叶家的人就是要报复！你以为她是真感情吗？如果她那么有骨气的话就别住年柏彦的房子啊？连你都不知道吧，素叶现在住的房子就是年柏彦留给他弟弟的那套！”

方笑萍愣了，林要要愣了，纪东岩神情平静，似乎早就知道这件事。素叶脑子里嗡嗡的："舅妈，我们走吧。"

身后是叶鹤峰唤她的声音，疲累无力，还有阮雪曼歇斯底里的哭喊。她无力回头，其实她从一开始就知道，她在与叶家的博弈中从来都成不了胜利方。

素叶还是回了三里屯，虽说方笑萍百般不愿意。纪东岩成了护花使者，费尽心思躲开媒体，小雅也被素叶打发走了，结算工资时哭哭啼啼的。

她沉沉睡去，不知睡了多久，还听到了很多次敲门声，浑浑噩噩间又做了很多的梦，梦中人影纷纷，有她认识的，还有她不认识的，她也梦到了长巷里的小男孩，纸灯笼的光落在了他小小的肩头上，怎么都看不清他的脸……

她是被一只大手给抚醒的，修长的手指，略粗糙的掌心，熟悉的木质香，她睁眼，目光与头顶男人的瞳仁相撞，恍惚觉得自己还在梦里。

年柏彦脸颊压下："叶叶，我回来了。"

她的眼眶倏然红了，下一秒紧紧搂住他，眼泪浸湿了年柏彦的衬衫。他轻抚她的后背，等着她情绪稳定。他知道她害怕了，也在深深自责，他从未想过偶尔放纵的举动竟给她带来了无妄之灾。

年柏彦抽过纸巾为她拭腮边泪："对不起。"

"要说对不起的人是我。"从威尼斯到北京，最便捷的中转航程也至少要 12 个小时，也就是说，他放下电话就立刻安排回程了。

"现在开始什么都不要想，累的话就再睡一会儿。"

"你回来了，我就不睡了。"

"傻瓜。"

年柏彦回来，让家里多了主心骨。他话不多，也没提艳照一事，就跟平时出差回来一样，在冰箱里搜刮了食材，放在案板上思考做什么好。素叶从身后搂住他，年柏彦重重地说了句："到了什么时候都要好好吃饭。"

"嗯。"

年柏彦娴熟地打鸡蛋："先简单吃点。"

"嗯。"

也不知道吃的是哪顿饭，总之素叶吃得很香。年柏彦吃得不多，许是时间差没倒过来令他胃口不适。素叶将辞掉小雅的原因跟年柏彦说了。叙说过程中他一直沉默，听完后淡淡地笑："所以你忍不住跑去叶家了？"

"你知道了？"

"这件事还没来得及飘进我耳朵，但猜你的性子，也八九不离十了。"

素叶停下筷子，年柏彦笑：“吃饭吧，我没怪你。吃完了我们回四合院，简单收拾几件衣服就行了，以后要用的东西现买，我那边安全些。”

素叶抿着唇，低头的缘故，长发遮住了脸颊，良久后才哑嗓说：“这也是你的房子，不安全吗？”

年柏彦微怔：“你知道了？”

“这是阮雪曼做的唯一一件好事。”

年柏彦明白了：“我不是有心要瞒你，房子是我委托薛阿姨照看的，我也不知道她租给了什么人，直到第一次送你回来我才知道实情。你自尊心那么强，我怎么敢告诉你我就是房东？后来你离职了，我更不想告诉你实情，因为想着只要你住着我的房子，我就不怕找不到你，而且我一直觉得这不是什么大不了的事。”

“谁说不是大不了的事？”素叶咬牙切齿，“你知道我赚钱有多不容易吗？我这辈子最恨的就是败家子！”

他赶紧解释：“放心吧，你的房租都在卡里呢，一分都没动，本来也是要给你的。”他以为这番话后素叶会感动得痛哭流涕，岂料她的脸都近乎气得变形了。

“我的意思是，如果早知道这套房子是你的，我早就搬去四合院了，这套房子租给外人那是赚钱！你知道这个小区的租金涨成什么样了吗？像这套复式至少能租到两万二一个月了，咱们少赚多少钱？”

“这么说你是同意搬过去跟我一起住了？”

“傻子才有钱不赚呢。”素叶嘴快手快，几步冲出餐厅，“如果年柏霄住过来呢，正好我俩过二人世界，如果他不住进来，那就赶紧把房子租掉，一个月两万二呢，两万二啊大哥。”她当然没忘阮雪曼的话，嘴上贪钱不假，但内心愧疚才是根本，如果不是她霸占着房子，人家年柏霄早就住进来了吧。

年柏彦只觉得她像只白蝴蝶似的在眼前飞来飞去，他伸手还总抓不住她，只好忙不迭地应声。不得不说她是个神奇的女人，在金钱面前总会变成个钢铁战士，一改刚才颓废之态。

再躲避媒体记者也要经过停车场，那里已经守着乌泱泱的一大群了，素叶惊得瞪大了双眼，年柏彦用外套将她遮个严实，奋力拨开人群，艰难前行。

“年先生，您跟叶家二小姐究竟是什么关系？”“精石集团用人谨慎，你刚刚回国就能进入精石工作，决定权是在你父亲还是在年先生？”“你们俩是不是在叶玉之前就一直有来往？”

素叶气得挣扎了一下，奈何年柏彦收紧手臂，令她动弹不得，她看到一双双鞋子在他们面前拥来拥去，喉头一堵，鼻头发酸。面对记者们的刁难，年柏彦最多就是说一句，请让一让。

突然有尖锐的声音扬起，紧跟着素叶听到像是有什么东西打在年柏彦肩头上。

“臭不要脸的奸夫淫妇，从我们小区里滚出去！”“对，赶紧滚，别让整个小区的人都跟着你们丢人现眼！”“滚！”

有东西接二连三打在年柏彦的身上，素叶拼了命地想要伸出脑袋看清楚谁这么缺德，可他也拼了命地按着她。“柏彦！”她急得大叫。

“闭嘴。”年柏彦低低命令，拨开人群的手臂用了力气。

小区里突然冒出这么一群“伸张正义”的业主，成功地分散了记者们的注意，许是知道从年柏彦嘴里撬不出任何有价值的消息，所以大部分记者又围上了那些业主，七嘴八舌旁敲侧击。

前方的路好走了些，素叶抬头，透过衣缝瞧见不远处的那些大爷大妈，心寒到了极点。她不认识这些人，自认为没得罪过他们，可他们凭什么这么对待她？车门一关，年柏彦快速绕到了驾驶位，离开的瞬间有枚鸡蛋啪地砸在了车玻璃上。

年柏彦将车子拐进了一条僻静的胡同，停车，熄了火。

从上车到现在，素叶的心情就没沉定下来，脑子还丢在小区院内，不停地重复着鸡蛋、白菜和土豆砸向年柏彦后背的画面。正气愤，就听年柏彦淡淡开口：“纸巾拿给我。”

素叶拿出纸巾替他擦拭衬衫上的污渍，愤恨道：“我真想马上掉头回去跟他们吵个痛快。”

“不需要跟两种人浪费时间。”年柏彦松开了领带，抽出，卷起扔到后车座上，“一种是被利用的，一种是看热闹没事找事的。”

“我从来不知道还有这么闲的业主。”素叶又抽出几张纸巾，使劲蹭他的衬衫一角，咬牙切齿。

年柏彦冷静回答：“他们只是很不幸地满足了前后两个条件，所以你就算跟他们置气也无济于事。”

“你怀疑是谁？”

“看样子，你已经排除阮雪曼的嫌疑了。”

素叶将脏掉的纸巾装进小袋子里：“事后冷静下来我也想过，阮雪曼都承认了串通小雅拿了钥匙这件事，就没必要隐瞒艳照的事了吧？”

年柏彦若有所思：“也许，事情没那么简单。”

“你的意思是……”

年柏彦看着她，淡淡一笑，伸手：“纸巾给我。”

素叶交出纸巾，他接过，开门下了车。她木涨涨地看着他走到车玻璃前，用纸巾将上面的污渍擦干净，也推门下了车："话还没说完呢。"

"说什么？"

冬风吹过，素叶裹紧了衣服走到他跟前："你刚刚说事情没那么简单，然后呢？"

"没了。"

"啊？"

"上车，太冷了。"年柏彦推了她一下，"已经跟你说过，你现在要做的就是两耳不闻窗外事，别那么多好奇心。"

"可照片的女主人公是我。"她试着夺回主动权。

年柏彦见她冻得嘴唇泛白，拉开了副驾驶的门，命令："上车。"

问不出答案虽说心不甘，但素叶也绝对没有自虐的倾向，车外的冷风剥夺了她刨根问底的勇气，回到车上，暖风让她回了魂。年柏彦却伫立在车前没上车，她奇怪，偏头绕过他的背影一瞧，愣住。

胡同的入口不知什么时候停了辆车，车前站着的竟是叶鹤峰，寒风吹着他的头发，两鬓的白发略微凌乱，却也不失威严。他拄着拐杖，身后跟着两名保镖。

她心中敲起警钟，赶紧开门下车，却听他低低喝道："回车上去。"

"不。"素叶在他身边站住，如果真有什么事情发生，她也要跟他一起面对。

叶鹤峰微微转过脸命令了句："带小姐上车。"

身后的保镖二话没说蹿到了前面，年柏彦横过来一条手臂，挡在素叶前面。保镖们都认识年柏彦，一时间不敢轻举妄动。

"年柏彦，你想造反？"叶鹤峰怒了，拐杖重重地戳了一下。

素叶的心都跟着哆嗦一下。

"如果董事长信任我的话，公司的事我会解决，叶叶我也会保护好。"

"你拿什么解决？现在最好的方式就是你离我女儿远一点！"

年柏彦迎风而立："对不起。"

素叶的目光落在叶鹤峰身上，不知怎的，见他白发苍苍的，站在寒风中，心口像是被锋利的刀刃轻轻划过，然后疼痛无声无息地蔓延开来。

叶鹤峰盯着年柏彦良久，见他态度坚决，便看向素叶："你乖乖跟爸爸上车，我保证年柏彦在公司里的位置。"

一句话惊愣了素叶。

"这件事闹得沸沸扬扬，总得有人出面扛吧？你要继续跟他在一起，情况就会愈演愈烈，未来很多让人措手不及的状况都会发生，那么他又有什么资格再去坐精石集团总经理的位子？"

素叶只觉得头皮都开始嗖嗖冒凉风，叶鹤峰的话虽说残忍，甚至还有点威胁的意味，但她知道他说的每一句话都没错，年柏彦一旦再有把柄落在公司股东手中，那么他只能让出总经理一职。

"我知道你讨厌踏进叶家老宅的大门，所以爸爸今早给你选了套新房子，听话，从柏彦那儿搬出来住进新家，那个小区媒体进不去。"

"我……"素叶嘴唇抖了一下。她当然不想看到年柏彦的事业遇上危机，至今她都记得在南非时他是怎么取得钻矿的。那种惊心动魄的日子她只经历过一次就吓得魂飞魄散，而他多年行走南非，遇上了不知多少那样的风险，这是他热爱的事业，是拿生命来拼的事业，所以她怕了。

她朝前迈步，可下一秒年柏彦挡在了她的身前。叶鹤峰眉心不悦："年柏彦！"

年柏彦与叶鹤峰对视："对不起董事长，今天谁都别想把她带走。"

素叶愣愣地看着他，任由他牵过她的手走向车子，身后是叶鹤峰的高喝声："小叶，你要考虑好了！"

素叶再次停步，年柏彦拉开了车门，目光沉定地看着她，压低了嗓音："无论什么时候你都不会离开我，这句话是你对我说的。素叶，你必须说话算话。"

"可是……"

"没有可是，跟我走。"

素叶攥了攥手指下定了决心，转头看向叶鹤峰："小时候我没要过你的东西，长大后我更不会要。就算事情再糟糕，我都会和他在一起。"

"小叶！"叶鹤峰站在冷风中，又气又急。

素叶终于睡了个安稳觉，醒来时年柏彦早就出门了。吃早饭时，年柏霄一脸扭扭捏捏，昨晚这俩兄弟再起冲突，缘由是年柏彦断了年柏霄大晚上准备泡吧的念头，勒令他留在家中看书，最后争吵以年柏彦一个大耳光打过去结束，年柏霄挨了打丢了面子气得晚饭都不吃，素叶吓得魂丢了一半。

他闷不作声吃饭，素叶也没多说什么，心里惦记着年柏彦去了精石后会不会被股东们刁难，联众的工作一直停滞，大学那边替她教学的是她最讨厌的方蓓蕾，素叶可以想象她踩着高跟鞋，高傲地走进大学教室的样子。

吃完了早餐，素叶慵懒地窝在沙发上，百无聊赖，只能修理年柏霄了。"站住。"她懒洋洋拉长了音。

年柏霄扭头盯着她，她似笑非笑："干吗去？"

"补觉。"年柏霄从嗓子眼里挤出这两个字。

“从今天起我就得调整好你的睡眠时间，你是地球人，作息要跟人类保持一致，懂吗？”

“无聊。”

素叶指了指沙发对面：“过来坐。”

年柏霄没动弹。

“麻溜的！”她喝了一嗓子。

年柏霄不大能听懂这句话，但也懂她的意思，走上前坐在了她的对面，没好气地问：“干什么？”

素叶起身拎着医药箱和冰桶回来，年柏霄一脸警觉地盯着她。素叶从医药箱里拿出大包医药棉布，将冰块放进棉布里，裹成了个小冰包，朝着年柏霄略肿的脸压过去。

年柏霄条件反射地避开，素叶举着冰包没气也没恼：“躲什么躲？我还能害你吗？长兄如父长嫂如母，没听过这句话吗？”

年柏霄盯着她没说话，素叶拿着冰包轻轻按在了他的脸上，他哼了一声，许是太凉了，良久后说了句：“我不认识你是我的大嫂。”

“那个词叫承认。”素叶慢悠悠地纠正。

年柏霄撇了撇嘴，再开口：“我不承认你是我的大嫂。”

“你可以在我和不之间加个‘才’字，更能表达你的情绪。”她边揉着他的脸边道。

年柏霄盯着她：“我才不承认你是我的大嫂。”

“嗯，你前后说了三遍了，我知道了。”

年柏霄没料到她会这么说，一时间哑巴了，他原本就是想激怒她，跟她痛痛快快吵一架，借以发泄从昨晚就开始盘旋的愤怒和委屈，岂料她风轻云淡，弄得他反倒不好意思再无理取闹了。

室内陷入了安静，只有墙壁上的钟表一格一格跳动的声音。

素叶全部心思都用在他那张被打肿的脸上，心疼，这么张漂亮的小脸真是遭了罪，年柏彦也不怕一巴掌下去给他打毁容了。

年柏霄的眼睛是落在她身上的。说实话他从未这么近距离地打量过素叶，其实她真的挺漂亮，细白的肌肤如牛奶似的绵柔，离得如此之近她的脸竟看不出毛孔来，他敢肯定她没化妆，她的眼睛很大，瞳仁圆润深黑，眼白又是那么分明，深邃完美的人中，只是唇色不大好，粉白得失了血色。

她身上穿的是年柏彦的家居服，给他冰敷时，宽大的衣袖滑落到了手肘，露出一截胳膊，皮肤似贝壳般美润。他竟觉得全身酥麻，一种口干舌燥的感觉冲了上来，下意识地咽了下口水，试图缓解心中不知名的悸动。

“你说你是不是傻？你大哥打你，你就老老实实站在那儿让他打吗？”

见他不作声，素叶以为他不爱搭理她，倒也无所谓，反正她早就习惯他这种德行，自言自语：“你一会儿好好看书，别以为你大哥在开玩笑，他真的会抽查，你答不上来他会想着法子折磨你。”

在年柏霄洗漱的时候，素叶看到了他的书，都是有关企业管理方面和钻石相关知识的，原本她觉得年柏彦有点过了，毕竟弟弟不喜欢就不要强迫，但见书是放在枕头边上的，那一刻她改变了看法。

经过这么一段时间的接触，她看出年柏霄其实很崇拜他大哥，也尽量让自己做到最好，与大哥看齐。比如他学做中餐，仅会的那几样全都是年柏彦爱吃的；又比如她看见他是用筷子吃饭，说明他很想融进中国人的氛围来；再比如说他明明喜欢赛车，却硬着头皮看年柏彦要求他看的书，他明明不喜欢在大学时的专业却还是考出优异的成绩……

他还是个孩子，十足的想要去引起大哥关心的孩子。

素叶说话时会带动身上的芳香，刺激得年柏霄热血上涌，他皱眉，一把将她推开，蹿到了一边坐好。

“真是卸磨杀驴，翻脸不认人。”素叶将冰包扔进冰桶里，“不过也怪我，昨晚就应该提醒你用冰敷一下脸，现在只能慢慢等着消肿了。”

她这么一说，年柏霄心里反倒不是滋味，他开始为自己刚刚蹿上来的念头感到可耻。

“小朋友，不要把什么话都憋在心里头，人生苦短，有梦想就一定要去追，哪怕是从头来过也不算晚，要学会跟你大哥沟通。”

年柏霄沉默了会儿，没好气地说了句：“多管闲事，再说，等你登山后。”

“你的语法真是烂得可以，要么你就仔细听我怎么说，要么你就按照英语的语法给我翻译也行，不伦不类。”

年柏霄闷闷说了句：“假惺惺，你像陈平的大嫂。”

素叶纳闷了：“陈平？你的朋友？”

“是中国很老很老年代的名相。”年柏霄嗤笑，起身走了。

素叶想了半天才想起来：“你说的是辅佐刘邦的陈平吧？你牛啊，连这个都知道。”转念一想就笑了，臭小子，学会拐着弯骂人了。

精石集团对外宣称“年柏彦引咎辞职”一事多少冲淡了艳照绯闻，记者们又将目光从娱乐性转到商业性，纷纷开始猜测精石股价问题。对于媒体的旁敲侧击与同行的冷眼旁观，精石集团上下不做任何形式上的回应，就连早前对媒体配合有佳的阮雪曼也偃旗息鼓。

外人当然不知实情，是因为叶鹤峰拟订了离婚协议，阮雪曼不肯签字，叶鹤峰一怒之下想把她赶出叶府，叶渊和叶玉每天苦苦哀求，叶鹤峰原本是视而不见的，但想到精石正处于浪尖上，阮雪曼一旦出去，再被媒体利用生事那就得不偿失了，所以干脆将她关在老宅，让她大门不出二门不迈，等事情平息后再做处理。

素叶得知消息后心里明镜似的，年柏彦怎会引咎辞职？还不是她父亲把他推出去当替罪羔羊？越想越气，年柏彦却心平气和地告诉她，这样处理最好。

而目前，精石最大的敌人就是纪东岩。他全力以赴在股市上打击精石，并在接二连三的活动中抢得先机，丝毫不给精石喘息的机会。叶鹤峰是精石龙头不假，也得到了众多股东的拥护，但他的时代已经过去了，很多方式方法都不合时宜。

所以在叶鹤峰被纪东岩这个后辈连续撞击了几次后，他还是聪明地再次启动年柏彦在商场上运筹帷幄的能力，虽剥夺了他总经理一职，但将稳定股价一事交给了他。公司上下不知道实情，看着行政部将“总经理办公室”的牌子摘下时议论纷纷。有人说叶董事长太绝情，再怎么说年柏彦都为精石打过江山；也有人说是素叶太薄情，出了事连人影都见不到了；还有人说是年柏彦阴沟里翻船，经过大风大浪的男人却在女人怀里栽了，大有英雄难过美人关的感叹。

年柏彦对于这些纷扰没反应，虽说他不再是精石总经理，但一进公司照样会让员工敬畏。他的办公室没有变，只是门上没了头衔，因此方笑萍才能大摇大摆地进来而无须通报。

年柏彦没料到会有人进来，他还没习惯不通报不预约就见客的，但见来者是方笑萍，便也作罢。方笑萍没拐弯抹角：“小叶在哪儿？”手机打不通，住所又没人，她第一个想到的就是年柏彦。

“她跟我住在一起，很安全。”年柏彦回答。

“安全？”方笑萍冷笑，“别以为我不知道那天发生的事，小区里的管理员都告诉我了！你必须跟她分开！”

年柏彦没动怒：“木已成舟，事情都已经发生了，那么，我为什么要跟她分开？”

方笑萍被他噎了一下，皱着眉：“你到底是怎么想的？”

“叶叶必须跟我在一起，这就是我的想法。”

“然后呢？”

“然后？”

方笑萍怒了，一拍桌子："好你个年柏彦，小叶虽说是我外甥女吧，但也是我从小带大的，就像我亲生闺女一样，怎么着？你就想让小叶一辈子没名没分地跟着你？你要是有这种想法，还算什么男人？"

年柏彦看着她："您误会了，我会娶叶叶。"

方笑萍没料到他会这么坦白："那好，你打算什么时候娶她？"

不是她咄咄逼人，更不是她盼着求着让素叶嫁人，只是现在她每每看到那些流言蜚语就心疼，现如今她的想法就是，要在一起就赶紧结婚，不结婚就趁早拉倒。

年柏彦语气认真："请再给我一些时间，至少等风头过去，这样对叶叶来说也公平，不会遭人是非。"

方笑萍虽不愿意听到这番话，但一想他的话也没错："如果小叶在你那儿受委屈了，我绝饶不了你！"

年柏彦轻声回答："您放心。"

许桐敲门进来的时候，她进方笑萍出。她收拾了会客区的水杯："秘书处太势利了，客人都能随便进来。"

年柏彦没说什么。许桐回到办公桌前，将文件逐一放到他面前："这些都是纪氏近日在市场上的活动资料，听说纪东岩目前盯上了俄罗斯的一块钻矿，含量还不少。"

"失掉了南非的，拿俄罗斯的来补也不奇怪。只是，俄罗斯那边钻矿开采出的钻石质量不大适合纪氏珠宝。"

"那块钻矿目前还没放出太多消息，之前一直存放在一富商手里，可能是近两年生意不好做，对方决定拿出来拍卖了。"许桐分析着，"纪氏这次出手怕是早有准备，应该是了解钻矿的质量，否则怎么敢露出苗头？而且现阶段，纪东岩的任何举动都会给精石造成不小的麻烦，他何乐而不为呢？"

年柏彦若有所思。

"您看要不要提醒一下董事长？"许桐建议，"纪东岩这次摆明了是针对董事长重回董事局一事，怕是他有更大的野心。"

年柏彦没发表任何意见，敲了敲文件："送到董事长那儿吧。"

"嗯，好。"

"还有，"年柏彦补上了句，"传话出去，就说，如果纪氏有意开发俄罗斯钻矿，精石集团愿以技术团队鼎力相助。"

"啊？那董事长那边……"

年柏彦微怔，半晌后苦笑："我差点忘了。行吧，看董事长的意思，如果他同意，这句话尽快传到媒体耳朵里。”

“怕是董事长不会同意主动示好。”

“如果真是这样，我也无能为力。”

Chapter 28
我就最后一句话

▼

选购结婚用品是件要命的事，逛了一个下午，林要要的腿快累断了。咖啡端上来时她故意抱怨："要是小叶陪我逛街的话，说不准礼服早就选出来了，就你挑三拣四。"

丁司承喝了口咖啡，笑了："你总得穿得漂漂亮亮的才行吧？要不然别人会笑话我的。"

"我选的都很漂亮。"

"不用为我省钱。"

"那也不能乱花钱。"

"喝完东西去买了那件礼服吧。"

林要要龇牙，压低了声音："可那件太贵了。"

"就那件了。"丁司承拍板。

午后的阳光慵懒地洒进窗子，慢慢消散着浓郁的咖啡香，本是美好而又静谧的时光，却因为头顶上突然扬起的男人嗓音变了味道："这么巧。"

林要要抬头一看，是叶渊。他身边还站着个女人，一头热情洋溢的红色鬈发，上身黑色貂毛斗篷小坎儿，下身露出一截白色短裙，再下面就是裸露在空气中的修长大腿，手挎一只鸵鸟皮 Lana Marks 包。

不知怎的，林要要看着她身上的貂毛和Lana Marks，总能想到小动物被活剥皮的画面，忍不住打了个冷战。

"这么巧。"良久她回了句，目光落在叶渊身上。他穿得就极其随便，银灰色鸡心领的外衫，里配黑紫相间条纹衬衫，泛白做旧的牛仔裤，露出腰带上宽大设计的铜色腰带扣，浅色休闲鞋。

“方便聊两句吗？”叶渊主动发出邀请。

林要要看向丁司承，丁司承了然，起身轻声道：“完事打给我。”

“好。”

等丁司承走了，叶渊从钱包里掏出一张卡递给身边的女伴：“去买你喜欢的。”

“渊……”女伴不情愿地拉长了声音。

“听话。”

女伴拿过卡怏怏不乐地离开。

叶渊抬手叫来了店员：“一杯美式。”

没有奶油的衬点，杯中的咖啡色泽少了一份润泽，多了一份醇正，没了些许兼容，多了些许分明。就这样静静散发着咖啡豆被挫骨扬灰后的香醇，咖啡浮面还有零星泡沫破碎的声响，微不可闻，如一朵花在午后秘密绽放。

林要要先说了话：“其实，我一直想打电话给你。”

叶渊搅动了下咖啡，抬眼看了她一下，等着她继续说下去。

“我很想跟你说一声对不起。”

“然后呢？”

林要要看着他，嘴唇翕动两下没说话。叶渊放下咖啡勺，那勺子在精致的骨瓷盘中轻轻晃动了一下，勺子边沿的咖啡迅速凝聚到中间位置，光洁的两边反射出头顶的光圈。他哼笑一声，替她补上了一句：“然后，你应该改变主意。”

林要要不知道他要说什么。

“你应该爱上我。”他身子前探，“晚上睡不着觉的时候你难道就没问问你自己？”

“对不起。”她内疚。

“林要要，我救的是你的命，你就这么报答我？”

林要要声音更小：“对不起。”

“你的良心被狗吃了，还是被那个男人催眠了？”叶渊咬咬牙。

“对不起……”她低下头。

叶渊探手，捏起她的下巴：“你告诉我，他到底有什么好？”

林要要没反抗：“也许女人都怕改变，怕环境改变，怕身边的人改变，明知道不合适，明知道是错误的，还是愿意死守着现状不愿迈出全新的一步。因为女人年龄越大就越输不起，不敢尝试新的东西，只怕会有翻天覆地的遭遇。”

叶渊没料到她会这么回答，愣了一下，收回手。

“叶渊，不是每个女人都有勇气去尝试去改变，就像生活中很多明明不快乐的情侣和夫妻，只因为时间长了不愿分开。他们能够容忍今天重复昨天的枯燥无味，但无法去承受无法预知的变化。”

叶渊摇头：“我不懂。”

“那你知道为什么会有相亲吗？”

叶渊看着她。

“因为到了一定年龄，女人爱上的只是婚姻，而不是爱情本身，所以才有了‘为了结婚而结婚’这句话。”

叶渊似笑非笑：“你无非是想得到我的祝福。”

“我只想得到你的原谅。”

叶渊朝后一倚：“我救了你一条命，你没还，就等于这辈子你都欠我的，你让我怎么原谅你？”

林要要敛睫，神情寂寥。

叶渊也没什么好说的了，起身撂下了一句话：“你记住，你永远都欠我的，你踩着我的痛苦去够幸福，这辈子我都不会原谅你！”

男人的脚步声由近及远。

桌上的咖啡渐渐凉却，如早已空空如也的男人气息。又过了十几分钟，丁司承回来了，见她脸色苍白，担忧地问了句：“怎么了？”

林要要好半天才反应过来，摇了摇头。

“走吧，我们还有好多东西要买。”丁司承起身。

“改天吧，我有点累了。”

叶鹤峰听着工作汇报，头昏昏沉沉的，那些汇报钻进耳朵里就像是打了个转又出来了似的，在他脑中丝毫不留痕迹。就这样浑浑噩噩的，叶鹤峰感觉那些声音越来越远，连秘书敲键盘的声音都开始模糊。

有淡淡的芳香，呼吸间畅爽无比。他抬头，是女人的身影，周围像是笼罩了薄雾，那身影冲着他走过来，越来越近。直到那张脸终于透过薄雾，清晰可见。

是素秋！

“董事长！”

叶鹤峰一个激灵，再定睛一看，哪还有什么素秋？身边的秘书和周围的高层全都奇怪地看着他。

“您是身体不舒服吗？要不要叫医生？”秘书轻声问。

叶鹤峰深吸了一口气，摇头：“快到圣诞节了吧？”

“是。”

叶鹤峰陷入了沉思，思绪随着刚刚脑中的影像又开始飘远。快到圣诞节了，所以素秋，你是来怪我了吗？

“散会之后帮我订束白菊，下午所有的安排都取消。”

叶澜被上级骂得狗血淋头，只因她在给鉴定师打下手时拿错了一枚钻石，又送错了工具。

午餐的时候，叶澜简单点了点东西后就坐在了远离人群的角落里，没一会儿林要要端着餐盘走过来，在她对面坐了下来。叶澜抬头看了她一眼，然后闷不作声地扒拉着饭菜。

“上午的事我听说了。犯错误是难免的，你也不要太自责了，做咱们这行原本压力就大。”林要要安慰。

叶澜重重地叹了口气。

“出什么事了吗？”林要要平时跟她走得比较近，同在一个部门，对叶澜的性格也比较了解，她是个挺乐观的姑娘，平时很少唉声叹气。

“我挺担心的。”

“为了素凯？”

叶澜点头。林要要笑了笑：“我认识素凯的时间比你还要长，很清楚他在执行任务时的能力，放心吧，他一定会没事的。”

岂料这句话惹得叶澜红了眼眶：“不，现在就连缉毒中心都联系不上他了。”

林要要愣了一下：“是中心领导亲自跟你说的吗？”她觉得不大可能，这么大的事应该保密，叶澜怎么能知道呢？

叶澜摇头：“我一直联系不上素凯，就去了缉毒大队，找了他的领导也问不出什么。但我离开大队时经过了不知道是什么部门，听到里面有人说他们联系不上素凯了。”她流泪了，“是我亲耳听到的。”

林要要被她说得心里惶惶的。

叶澜使劲擦了把眼泪，突然语气坚决：“我已经决定了，去云南一趟。”

“什么？你不能去，你知道素凯在云南哪儿吗？你去了能保护好自己吗？就算素凯真的出了事，你去了能帮上忙吗？万一素凯是在紧急关头上呢？你去了岂不是给他添麻烦？”

叶澜坐在那儿又开始哭了。

“好了好了。”林要要拿过纸巾，边给她擦眼泪边安慰，“我能理解你的心情，但你现在不能自乱阵脚。你想想看，你一个手无缚鸡之力的姑娘只身去云南边境，多危险啊，万一找不到素凯，又在边境出点事怎么办？暂且不说你遇到毒贩，就说被国外边境巡逻的抓到也是个麻烦，最后对方告你个非法入境，将你圈禁，上了新闻头条，再让中国政府拿钱保释，你说你这不是给国家添麻烦吗？这种新闻例子还少呀？”

叶澜趴在桌上大哭。

趁着年柏彦出差的工夫，素叶连威胁加武力把纪东岩拉到了北京郊外。既然跟年柏霄打了赌，她总得去面对自己的心理难关。只是正值冬季，漫山的美景没了，不过攀到半山腰时一览众山小也不错。

准备装备时，纪东岩拿过两瓶水，一瓶扔给了素叶，看了正在勘察山形的蒋彬一眼，说：“来之前你可没跟我说还有第三者。”

“他攀岩和登山很厉害，只有你的话，我可不敢到户外。”素叶喝了口水。之前蒋彬打过无数次相邀电话，大有不死心之态，她千思万想之下决定将“约会”改成攀岩，蒋彬是攀岩老手，闻言后当然高兴，可他也万万没想到她会多带个人来。

纪东岩打量着她。

“干吗？”素叶睨着他。

“他刚才说他叫蒋彬，不会是你以前的那个吧？”

“同名同姓不行吗？”

“巧的是两人都喜欢攀岩和登山，更巧的是两人都喜欢你，别告诉我他没在追你。”

“所以才把你叫出来。”

“让我跟他决斗？小叶同志，你想跟我走也得选个我在行的项目吧？攀岩？我死定了！”

“别美了你。”素叶嗤笑，一伸手费力地钩住了纪东岩的肩膀，“今天叫你来是有两个目的。”

纪东岩等着她说。

“第一，我要克服心理这关，又不想让他有幻想的余地，所以一定要把你拉进来。第二就是，在我努力帮你治好你的恐高症同时，你也要成为我的同盟军。”素叶精打细算。

“你最大的能耐就是把所有有利于你的事都给扩大化，让旁人都恨不得谢主隆恩。”

“你有恐高症，要去面对才能克服吧？”

纪东岩妥协：“那好，同盟军是怎么一回事？”

素叶冲着蒋彬的方向看了一眼：“我总有预感，柏彦一定会知道他的存在，其实我跟他什么都没有，他是追求我不假，但我跟他说得很清楚，这次一起出来是没办法中的办法，不过有你在身边，至少东窗事发时你还能为我说句公道话。”

纪东岩撇撇嘴：“我就这点作用。”

蒋彬准备得差不多了，将两套工具拿了过来，他对纪东岩热情不起来，蹲下身，边替素叶检查工具边叮嘱。纪东岩在旁拍拍他的肩膀：“老兄，你要弄清楚了，第一次户外攀岩的人是我。”

蒋彬略有尴尬，素叶忍着笑。

“我给你们准备的是 Keith 的挂片，小叶，你用过这种挂片吧？”蒋彬问。

素叶点头。Keith 这款挂片采用钛金属制造，永不腐蚀，重量轻，极端寒冷、高温火烤都不损害其韧度和强度，也不会产生金属残留，品质相当高。

“现在这个季节，冰镐是重中之重。”蒋彬拿出备好的冰镐分发给他们两人。

纪东岩挥舞了一下，又拿在手里掂量了一下。

蒋彬看着他说：“这是攀冰和混合攀登冰镐，是采用最先进的材料和科技打造的攀登利器，最大的优势是拥有优异的重心分布，手感和稳定性极佳，也是世界上唯一一款从镐身到手柄整体采用 CNC 数字控制技术一体切削而成的混合攀登技术冰镐。当然，这个冰镐最适合陡峭的高难度冰壁，但考虑到你是第一次户外攀岩，安全最重要，所以这是你的必备工具，净重 560 克，不足以造成负担。”

“小叶，这款保护器会用吗？”蒋彬扬了扬手里的保护装置。

素叶看了一眼，摇摇头。纪东岩拿过来看了一眼，啧啧了两声：“这么细的绳子，能保护得了人吗？”

“这款保护器就是以超强著称的，半绳和双绳较细，非对称几何构造，能让攀登者攀得更快，下降得也更快。别看绳子细，但是采用高制动属性，可以保护领攀或提升两名随攀者。”蒋彬上前将保护器拉好，又告诉纪东岩和素叶这款保护器的用法。

纪东岩冲着他竖起大拇指，接下来的时间里，蒋彬详细地跟他讲解要怎么做。因为纪东岩是初学者，素叶又好久没实践过，所以蒋彬要求攀岩过程每一步都要慢，确定每个人安全时再进行下一步凿钉攀爬，蒋彬作为领攀会整体把控，确保随攀人员的安全。

准备攀岩了，素叶顾不上去看纪东岩的神情，顾不上他害不害怕。站在山脚往上看，久违感又回来了，与此同时，关于尼泊尔的记忆也接踵而来。

“深吸一口气，试着想想之前被你征服过的那些山峰。”蒋彬用力拍了拍她的肩膀。

她照做，这才看了一眼纪东岩，他的脸色也好不到哪儿去，攥了攥工具，她的心脏在狂跳。

作为领攀，蒋彬先行。冰镐凿在山壁上的声音一下下刺激着素叶，四年前，那个坠山的蒋彬也作为领攀先行，也是这样一声声地凿壁，听得她心惊胆战。

安全绳在素叶眼前晃了晃，她拉好绳子，浑浑噩噩地系好了安全扣。蒋彬不放心地看了她一眼，见她在打安全扣时手法依旧熟练，这才继续忙自己的，又叮嘱了纪东岩看他手势行事。

在人员距离上，素叶和纪东岩发生了点小分歧。纪东岩知道素叶对攀岩有心理阴影，作为同盟军同时又身为一个男人，他让素叶在中间，自己做队尾，这样可以随时观察素叶的情况。但素叶不同意，她觉得纪东岩是初学者，理应是重点保护对象，更重要的是他有恐高症。蒋彬发表了意见，他还是出于男性和女性角度考虑，要求纪东岩殿后。

野外的气温格外低，风也远大于市区。蒋彬在前方领路，在行动上放得缓慢，给了随攀的两人极大的缓冲空间。他每攀高一点都稍稍停下来，观察下一步最适合凿钉固定的位置。

素叶逐渐靠近了他。她穿了一身火红色的户外服，能抵挡风沙和寒冷，头上的蒋彬穿的是蓝绿相间的服装，她朝上看了一眼，那蓝绿色在阳光下发出耀眼的光泽，令她有一瞬的滞停。

“想什么呢？”纪东岩吼了一嗓子。

素叶一个激灵反应了过来，低头看了一下纪东岩，他虽说脸色苍白，但整体看上去还算可以，她冲着他打了个 OK 的手势，硬着头皮继续往上攀。

风越来越大，根据素叶的经验，估计还没到半山腰。前方的蒋彬速度放得很慢，她也不急着快，多年的职业习惯，她也知道自己的心理问题。渐渐地，开始有了感觉，她的手、她的脚，她吸入肺腑中的气息、她触碰山壁时的下意识动作……那些曾经陪伴和令她一次次取得傲人成绩的感觉又回来了，她稍稍加快了速度，亦如四年前的她。

蒋彬感觉到了她的速度，回头瞅她，给了她个禁止加速的手势。这个手势落在素叶眼中，心口猛地颤抖了一下，思绪瞬间被打断，蒋彬的那张脸意外地在她的视线中越来越模糊……

“小心！”

伴着纪东岩一声惊吼，素叶只觉脚一滑，身子猛烈地晃动了一下，紧跟着垂直摔了下去。她一声惊叫，两侧寒风划过她的身子，近乎将她身上的衣服都打透。

在坠落的瞬间，脑海中闪过几道光芒，她似乎看见了一张报纸，上面密密麻麻地写着什么，一段陌生的记忆蓦地闯进了她的大脑。下一秒只觉得腰被什么拦了一下，力道很大，紧紧缠着她。

“小叶！”头顶上是纪东岩焦急的嗓声。

是安全扣起到了重要作用，她悬在半空中，掌控生死的是那条淡黄色的安全绳。顺着绳子的一端往上看，是纪东岩在紧紧扯着绳子。他的脸色惨白得吓人，不知是因为恐高还是因为她的失足。

蒋彬也收紧了绳子，固定好纪东岩的位置，他看上去吓得也不轻，冲着素叶打了个询问手势。素叶脑海中的那段全新的记忆越发清晰，许多画面交织。纪东岩急了，大喊：“你怎么样？”

素叶试图去够山壁，但因为坡度而无法碰触，所以不敢轻举妄动，只是冲着上面比了 OK 手势。蒋彬给了纪东岩手势，纪东岩便按照他之前教过的方法利用双主绳下降。

素叶的身子也在一点点下降。多亏了蒋彬带来的最新装备，他们才节省了时间，避免了安全扣可能断裂的危险。

从医院出来后，纪东岩坚持将素叶送回家，蒋彬怏怏地离开。早早就接到通知的年柏霄敞开了大门，方便车子长驱而入。

纪东岩将素叶抱进卧室，年柏霄盯着素叶那只被纱布包裹着的脚，心里多少不是滋味：“你这个女人怎么这么麻烦？”

素叶没说话。纪东岩说：“我还是联系骨科专家帮你看一下吧，我怀疑那家医院的大夫不行，咱们至少得做个什么 X 光片什么 CT 之类的吧？”

“医生说我就是皮外伤，顶了天就是肌肉拉伤，骨头没事，放心吧。”

纪东岩还是不放心，但素叶坚持，他也就作罢。年柏霄送纪东岩出门，素叶静静地靠在床头，脑子却不曾安静过，像过火车似的轰隆隆直响，始终回荡着医生的那句话：素女士，CT 你不能做，因为你怀孕了。

她没告诉纪东岩和蒋彬怀孕的事，这件事发生得很突然，她一点准备都没有。她肚子里正在孕育着一个小生命，如同种子在泥土中悄然生了根发了芽是吗？她怀上了年柏彦的孩子？心脏狂跳，心底深处那股子莫名的情绪炸开，似紧张又似惊喜，似手足无措又似彷徨。她要怎么跟年柏彦说呢？第一句话要说什么？还是平铺直叙地告诉他：嘿，柏彦，我怀了你的孩子……

年柏霄敲了两声门，见素叶一脸呆愣，他双手插兜走上前，脸上略有别扭：“疼傻了吧？”

素叶的注意力这才从孩子转移到年柏霄身上：“你这个形容词用得怪。你能坐下来说话吗？脖子都快断了。”

年柏霄在床边坐下，盯着她的脚：“纪说了，因为我的事，你才受伤。”

“小子，别那么自作多情，我可没说去攀岩是为了你。”

“很严重？”

“不严重，放心吧。”

年柏霄冷哼：“我才没担心。”

素叶笑着看他，他就更不自在了，清了清嗓子：“你受伤，我遭遇，伺候你还要。”

素叶真是难以理解他的语言逻辑，恶狠狠道：“你现在是家里唯一的男丁，你不做苦工谁做？”

年柏霄瞪了她一眼，起身，等走到门口时才甩出了一句：“屁！还说自己是老将，一样摔断腿！”

“兔崽子，我只是擦伤了脚，什么叫摔断腿？脚和腿的概念你还分不清？”素叶冲着缓缓关闭的房门大吼了一嗓子。

门外，再无搭理她的动静，素叶将抱枕放好，整个人松软了下来。想想也觉得可笑，她攀岩多年，还从没像今天这么狼狈，连半山腰都不到她竟率先“阵亡”，营救她的竟然是有恐高症的纪东岩。

她想起摔下山峰的那一瞬，崭新的记忆又漫上了心头，好像是回到了尼泊尔境内，回到了那座被茫茫大雪覆盖的山壁，孤山之上却只有她一个人，脚一滑，整个人悬挂在了山壁上，维系她生命的就只有那一根细细的绳索。

素叶心有余悸，却深深不解，画面中怎么只剩下她一个人了？蒋彬呢？不过……素叶转眼就笑了，管他什么画面不画面的。她只知道老天爷还是眷顾她的，让她受了个小伤，目的却是让她知道自己怀孕了。

她开始筹划如何跟年柏彦报告这件事，手指头却比她的意识还要快，等反应过来时已经拨通了电话。那头响了很长时间，她的心情由开始的兴奋期待到渐渐失望焦躁，终于接通了，心又豁然开朗。

年柏彦的声音很低，素叶感觉到了他的疲累：“你在开会吗？”

“对。”

素叶内疚：“那……我能不马上挂电话吗？”

年柏彦那边默了数秒，很快听他对许桐吩咐会议暂停，然后听到了他的脚步声，又在一处安静的环境下停了脚步，素叶给他拨通了视频通话。

他应该是在休息室，周围是阴沉的光线，与她这边的阳光明媚形成鲜明对比。更令她大吃一惊的是，年柏彦看上去憔悴得很，脸颊瘦削，眼里还有血丝。

“你几天没休息了？”

年柏彦笑了笑：“我的样子有那么糟糕吗？”

素叶担忧：“出了什么问题？”

“没事。”

他向来是这样，似乎是天塌下来了也只会跟她说没事，但素叶知道一定是遇上问题了，要不然他怎么会彻夜不眠？想了想，她问：“你什么时候能回来呀？”

年柏彦沉默了会儿：“我尽快，好吗？”

以往他都会给出明确的回家时间，而到了那个日子，他从没一次食言。可这次他只跟她说了尽快，可见事情棘手。

见她不吱声，年柏彦误会了："生气了？"

"没有，我知道你忙。"素叶思来想去还是忍不住说，"其实我打电话来是想告诉你，我——"

"年总，股价又跌了！"是许桐急促的声音闯入。

她看到年柏彦神情转冷，微侧着脸："我知道了。"

她惴惴不安地看着年柏彦，隔着万水千山，也似乎被他的情绪感染。年柏彦将视线落回到她这边，语气稍稍压低："叶叶——"

"我知道你忙，我就最后说一句话。柏彦，我……我怀孕了……"说完这句话后她像是泄了气的皮球，全身无力，只剩下一颗心脏还在胸腔里怦怦乱跳。

手机那边的年柏彦明显愣怔，然后又听到敲门催促的声音，他郑重其事地看着她："我晚一点打给你，等我电话。"

通话结束后她抱着手机，像是被人抽了脊梁。她很想亲口问问他，柏彦，我有了你的骨肉了，你高兴吗？她还想问年柏彦的是，你知道我快过生日了吗？

叶渊到家已经半夜了，叶澜窝在客厅的沙发上，偌大的电视屏幕晃得昏暗的室内一闪一闪的，他没料到这么晚了还有人没睡，吓了一跳。见是叶澜，将包随便往茶几上一扔，慵懒地坐在了她身边。

"我还从来不知道你爱看枪战片。"

叶澜目不转睛地盯着大屏幕，上面正热火朝天地播放着特警大战毒贩子的电视剧。叶渊拿过湿纸巾擦了下手，拎了几颗葡萄塞嘴里："嘿，这拍得也太夸张了，个个跟钢铁战士似的刀枪不入，要真这么神的话中国早就没贩毒的了。"

这话惹得叶澜不爱听了，皱眉瞪了他一眼："你不用休息吗？"

"不好意思，我倒时差。"叶渊笑道。

叶澜不搭理他了，聚精会神地瞅着屏幕，看到紧张时忍不住攥了拳头。叶渊是个识相的人，在一旁也没再发表任何意见，等片尾曲响起的时候，叶澜才放松了精神："这编剧太牛了，能让你看得苦大仇深的。"

叶澜没吱声。叶渊也不困，挨个换台。

"哥，你去过云南吗？"

叶渊嚼着葡萄，点头。

"那地方不安全吗？"

"要分地方，大部分人旅游也不可能去还没开发的地方吧？相对来说云南还是比较理想、悠闲的地点，你只要别触犯他们的传统文化就没事，怎么？你想去旅行？”

叶澜嘟囔了句：“也不是，我就随便问问。”

“你要是真想旅行就走我的航线，有我看着你，你还安全些。”叶渊提出建议。

“国外的风景还不都是一样？”

叶渊挑眉：“真想去云南了？那我给你联系国内同事，飞云南线的。”

“哎呀，没有，我在精石都不到一年，连年假都没有的人怎么可能去度假呢。”叶澜起身，“行了，我困了，去睡了啊。”

叶渊一头雾水。

素叶足足等了一晚上的电话，睁眼时，就听到年柏霄用英文幽幽地说了句：“你看起来像是刚从幽灵界回来似的。”

素叶这才发觉自己在沙发上睡着了，睡着之前，她正在跟年柏霄看一部喜剧电影。

“我睡了很久吗？”她起身，身上被汗水打湿了。

“我看完两部电影了。”年柏霄懒洋洋地看着她，“你怎么这么能睡呢？晚上还睡不睡了？”

素叶也不跟他解释原因，单腿踩了地起身。年柏霄来扶她，她忙说：“打住，我还没糟糕到不能走路的程度。”

年柏霄无奈了：“不能安稳点？”

素叶在浴室里待了三十多分钟，刚开始年柏霄还在津津有味地看电影，可渐渐就分心了，浴室门一直紧闭，又等了十几分钟，他坐不住了，走到浴室门口敲了敲门：“你淹死了吗？”

里面半天才传出素叶的动静，声音很小：“柏霄，你把阿姨叫过来。”

阿姨？年柏霄皱皱眉：“你找阿姨干什么？”

“你别问那么多了，帮我把阿姨叫进来。”素叶有点着急。

“你是不是没包扎好伤口，进水了？”昨晚就是阿姨进浴室给她重新包扎的脚，为此他还倚在浴室门口嘲笑了她一番，说她那么大人了，洗个澡也不知道隔离伤口。

有声音传了出来，隔着浴室的门年柏霄仔细听了听，像是吹风机的声音。“你没事吧？”拿着吹风机吹伤口？

年柏霄觉得许是因为昨晚的嘲笑，素叶不好意思面对他才不吱声，里面没了水声，她八成早就洗完了澡，只剩下处理伤口的事了，他哼笑一声，直接推开了浴室的门：“有什么不好意思的？平时都是你——”

正在梳头发的素叶听见动静后转头看了一眼，没料到年柏霄会闯进来，愣住，下一秒惊叫出声。年柏霄也反应了过来，一张俊俏的脸蓦地通红，赶紧关上门，冲着里面不停地道歉："对不起，我不是故意的。"洗完澡的她裹了条宽大的浴巾，姣好的身材闯入了他的眼。

素叶好半天才平复下来："阿姨呢？"

"她……她卖菜了。"一惊吓，年柏霄还说了中文。

素叶无奈地翻了下白眼："是去买菜了吧？"年柏霄向来分不清买和卖这两个字。

"啊？啊，对对对，她去买菜了。"

素叶艰难地蹦到浴缸旁，拿过被汗水打湿的家居服看了看，实在是没办法对付着穿出去，只好硬着头皮道："你帮我拿套换洗的家居服吧。"

"啊？啊，好的。"

素叶找了根皮筋将还湿着的长发随便扎了起来，没一会儿就听到敲门声："拿来了。"

素叶蹦到了门边，打开一条小缝，一套家居服递了进来，她接过，手指不经意间碰到了年柏霄的手指。他倒吸了一口气，手一松，素叶眼明手快，一下子接住了马上要着地的家居服。

"对不起……"年柏霄再次道歉，声音慌乱。

素叶不知道他怎么又道歉了，也没细想，说了句没事就关紧了门。浴室外，年柏霄的心像是被猫爪子轻轻挠了一下似的，他不知道自己这是怎么了，他和素叶不是没有过肢体接触，她经常暴力对待他，他也没有过这种感觉。

正想着，浴室的门被推开了，素叶从里面蹦出来，乱蓬蓬的马尾在后脑勺上也跟着一上一下。

年柏霄上前搀扶："刚刚，对不起。"他脸有点红，"我……我以为你穿好了衣服，当我没听见水声时，然后，我以为你的伤口出了问题，当我听见了吹风机响，你在吹干伤口。我……我想帮忙，你别误会。"他头一次用中文说了这么长的句子，很吃力，语法结构有问题，但足以表达清楚他的想法。

素叶也觉得挺尴尬，可作为他的长辈她也不能太斤斤计较，一挥手："哎，没多大点事，我没怪你。"

年柏霄扭头看着她，目不转睛。

"我真没怪你。"她重申了一遍。

"哦，哦。"他赶忙转移了目光，其实他觉得她的脸漂亮极了。

素叶在年柏霄的搀扶下走到客厅，就看到了年柏彦从电梯里走出来，整个人怔住。眼前的男人像是从她的思念中走出来的，蓝灰色高领毛衫，烟灰色西装长裤，很随意地搭了条黑色围巾，手臂上搭着与围巾同色的长款羊绒大衣，手里除了公事包外还拎着几个礼盒似的东西。

他看上去风尘仆仆，眉梢还带着疲倦，却在见到素叶后唇角扬起了笑，然后大踏步朝她走过来，脚步带风，将手里的东西往茶几上一放，二话没说就把她抱了起来。等素叶反应过来时双脚已腾空了，下一秒她就搂住了他的脖子。年柏彦看上去很兴奋，抱着她在原地转了好几圈。

站在旁边的年柏霄心里多少不是滋味，突然开口："她脚上有伤。"

年柏彦微怔，将她放下，这才注意到她有一只脚缠着白纱布，眉头一蹙："怎么回事？"

素叶抢先回答："不小心擦伤了，医生说没伤到骨头，不信你问柏霄。"话毕她转头看向年柏霄，给了他个警告的眼神。

年柏彦抬眼看着年柏霄："擦伤？"

年柏霄张了张嘴巴，扫了素叶一眼，然后嗯了一声。素叶可不管那么多，心底的兴奋劲儿还没散呢，愉悦地搂住了年柏彦的脖子："你怎么回来了？"

年柏彦被她这么一搂，倒是多少放松了盘问的心思："你说我怎么回来了？"

素叶抿着唇不说话，却从他深邃的瞳仁里捕捉到了喜悦，那光亮如似火骄阳，灼亮了他的表情，弱化了他眉心之间的倦息。

"那你……高兴吗？"

年柏彦忍不住将她拉入怀中："高兴到疯。"

她扑哧笑了。

"什么时候知道的？"

"昨天。"

年柏彦含笑："医生说有多大了吗？"

素叶眨巴了两下眼，没明白。

年柏彦提高了声音："我的意思是，我的孩子现在有多大了？"

突如其来的高声调不但吓了素叶一跳，还令正在没滋没味吃着薯片的年柏霄惊住了。

"我……我不知道啊……"

"不知道？"

素叶机械性地点点头："昨天只是知道了，其他什么的，我都不清楚。"

年柏彦将车钥匙扔给年柏霄："你来开车。"

年柏霄一愣。

年柏彦将素叶抱起："咱们马上去医院。"又对着年柏霄道，"路上慢点开，她怀孕了。"

“啊？”

带着个孕妇去医院做检查，无疑是场保卫战。素叶成了闲人，忙的是年柏彦和年柏霄两人，尤其是年柏彦，充分发挥了一竿子插到底的精神，生怕年柏霄问错了什么耽误事，凡事亲力亲为。

忙活了一下午，该检查的都检查了，最后令年柏彦笑得合不拢嘴的就是医生的那句：“恭喜你，你做爸爸了，胎儿是正常在子宫受孕。”

回到四合院，年柏彦便吩咐阿姨改变饮食搭配，又将进门时拎的盒子通通交到阿姨手里，素叶这才知道那些都是他从外地带回来的补品，弄得她哭笑不得。北京这么大个地方什么东西买不到？年柏彦思来想去还是觉得不放心，大晚上的打电话托朋友又找了三个专业月嫂，这个举动倒是吓坏了素叶，只觉得他太夸张。

吃晚饭时，年柏彦授予阿姨家庭管理的大权，三个月嫂来家后让她统一管理，协调好三人之间的工作分配。

“有没有什么特别想吃的？明天让阿姨做给你吃。”年柏彦夹了块虾段放到她碗里。

素叶半天没想出有什么特别想吃的东西。

餐厅墙壁上的电视是开着的，不知是哪个台在放节目，年柏霄在嘟囔。年柏彦不知道他怎么了，看了他一眼。素叶偷笑，轻轻碰了碰年柏彦：“你弟弟现在处于疯狂学习汉语阶段，别打扰他。”

年柏彦这才想起个细节来，年柏霄这小子似乎在面对素叶时说汉语，跟他谈话时还是用英语，心中感叹素叶还是很有说服力的。

屏幕上出现了一盘饺子，貌似是在评比各个地方饺子的口味，年柏霄停下筷子，咽了下口水：“好吃不过饺子，好玩不过嫂子。”

素叶愣了。年柏彦脸色陡然一变，啪地将筷子拍在桌上：“你说什么？再给我说一遍！”

正在看电视的年柏霄吓了一跳，好半天才发现年柏彦是冲着自己发火，一头雾水：“我说什么了？”

“你——”

“柏彦柏彦。”素叶赶紧扯住年柏彦，生怕他再像上次似的一巴掌打过去，“我来说，你误会了。”

年柏彦目光腾着怒火，但还是听了素叶的劝，年柏霄顿生委屈：“我犯什么错了？”

素叶示意年柏霄别紧张，清了清嗓子道：“你刚才那句话在哪儿学的？”

“网上。”年柏霄有点不悦。

“那你说说看，这句话的意思。”

要他在年柏彦面前卖弄中文，他多少有点别扭，又改成了英文：“我凭什么要听你的话？”

年柏彦眉心一皱：“说！”

年柏霄更委屈，他觉得自己就是一个在路上闲逛的人，无缘无故被人打了一拳。素叶生怕他心生叛逆，放轻了语气：“我想听听你是怎么理解这句话的。”

“烦死了。”年柏霄也没胃口吃东西了，没好气地说，“饺子很美味，嫂子很好玩。”

“混账的东西！”年柏彦忍无可忍，下一秒起身。

素叶一把搂住了年柏彦的胳膊：“他不是那个意思。”

年柏彦脸色铁青，看向年柏霄冷喝：“小小年纪不学好，你一天到晚就学些乱七八糟的东西！”

“汉语你们让我学的！”年柏霄也火了。

素叶觉得头晕目眩，赶紧调节：“柏霄我问你，你明白后半句话中的‘玩’是什么意思吗？”

年柏霄虽说叛逆，但也敏感，见年柏彦如此动怒，又听素叶这么一问，也多少察觉出不对劲来，迟疑：“不是说嫂子有意思？”

素叶知道年柏霄的思维逻辑：“你的意思是 interesting？”

“NO！”年柏霄许是想发泄一下心中的闷气，恶狠狠道，“你很好玩的意思就是你很 funny！”

“无所谓啊，差不多都一个意思。”素叶这下子放心了，但基于对他负责的态度，她觉得还是有必要纠正他的理解。“你得知道，在中国人眼里，这个‘玩’字有很多解释，尤其是你说的那后半句话中，‘玩’就不是你说的那个意思了。”

年柏霄百无聊赖地瞅着素叶。

素叶知道他表面不在乎，但实际上会一字不差地听进去记在脑子里：“这个‘玩’字不是 interesting 或 funny，而是……”

年柏霄不解地看着她。年柏彦替素叶说了她不好意思说出口的词：“有 sex 的含义，好听地说表示 coitus，不好听叫作 fuck！”

年柏霄一愣。

年柏彦阴沉沉地盯着他，一字一句问：“你是这个意思吗？”

“不不不！”年柏霄满脸通红，赶紧起身冲他们两人拼命摆手，“我……我不是这个意思，对……对不起——”竟慌乱地逃了。

素叶叹了口气：“你看你也不问青红皂白的，他怎么可能会有那个念头呢？”

“他敢对你有半点念头，我打断他的腿！”年柏彦皱紧眉头说了句。

“你弟弟长了张中国人的脸，但实际上还是个香蕉人，他已经进步很大了，要鼓励他。”

年柏彦将一杯温水放在她面前，没说什么。素叶喝了口水润了润嗓子：“那……明天就让阿姨包饺子呗。”

“还说？”年柏彦想起就心有余悸，“不能为那个小子求情。”

她轻轻绕上了他的脖子：“是我想吃了还不行吗？”

年柏彦微微扬眉，似笑非笑。

“还有……”素叶轻轻贴着他的唇，“肚子里的孩子也想吃。”

这一招着实管用，年柏彦缓和了眉间的纹路，低笑：“好。”

素叶笑着抱住了他，突然想到他为了年柏霄的那句话大动干戈，那就意味着他已经默许自己是年柏霄的大嫂了……她的脸又红了，这个年柏彦什么意思呀。

Chapter 29

我有权让你死不瞑目

▼

素叶发誓自己没有偷听人讲电话的习惯，只是这男人睡着睡着就不见了，她能不着急吗？书房里有光亮，她是顺着光线蹦过去的，隔着一条门缝，她看到年柏彦正在里面打电话，所以其实这也不算偷听。

年柏彦压低了声音，但情绪似乎不悦，时不时声调会提高，所以素叶听了个一知半解。她听到年柏彦对那边说："董事长，您这么做不合适。"

那边不知道说了什么，年柏彦的表情很不耐烦："纪东岩打压精石股价，我们完全可以在股市上以牙还牙，但您想动他在俄罗斯的钻矿，这件事绝对不能做。"

素叶心里七上八下的，看来叶鹤峰是想出手对付纪东岩了。

年柏彦在劝说叶鹤峰，声音越来越压抑："纪东岩不是傻子，他不可能留那么大的空隙给精石钻，董事长——"

他的话被打断，通话就结束了，叶鹤峰没让年柏彦说完最后一句话。

门外的素叶呼吸急促，她一直忍着不去看新闻，不去关心窗外事，所以并不知道精石目前是个什么状况，更不知道纪东岩对精石动了多少手脚。

这件事其实跟她无关，她心疼的，就只有年柏彦一个人而已。

林要要接到叶渊电话的时候，恰巧到了中午，叶渊让她出来一趟。林要要有点为难，跟他说下午还要上班。

叶渊在电话里的声音冷冰冰的，说了句："我就在你们楼下，下来吧。"

楼下不少餐厅，林要要按照叶渊给的地址找过去，刚进门就看到了他。这是家主营西班牙菜的餐厅，装修以白色为主，倒是铺天盖地的浪漫。叶渊择了一处靠窗的位置，大老远就冲她打招呼。

林要要脚步顿了下，因为她看到叶渊对面坐着一女人，鬈发披肩，穿着甚是讲究。女人也顺着叶渊招手的方向看过来，很温婉柔和的模样，跟叶渊以往交往的女人不同，这个一看就是富家小姐，身上带着那么一股温室花朵的劲。

林要要走上前，叶渊将自己的位置让给林要要，自己坐到了富家小姐身边。“给你们介绍一下，她是席溪。”又看向席溪，“她叫林要要。”

席溪主动伸手示好：“你好。”

林要要也客套地伸手问好，只是席溪这名字一从叶渊嘴里出来她就有印象了，她没见过席溪本人，却也知道她有个富可敌国的父亲，他们席家与精石有生意上的往来，林要要是做鉴定的，经常也会接触到席家的订单，所以对席家多少有些了解。

听说席家就这么一个女儿，早年送去国外读书，学习成绩优异，是校内出了名的好学生。她的课余活动也很丰富，贵族运动一样不落，去年又参加了什么选美大赛，看来现在是大学毕业回国了。这样面对面，林要要觉得这个席溪长得还挺好看，皮肤白皙，发丝娟细，她身边坐着叶渊，与他高大的身影相依偎，两人倒是挺配。

与此同时席溪也在暗自打量林要要，长得洋气却不妖气，眼睛微微上扬时很漂亮，许是穿着职业装的缘故，她看上去干练很多，只是脸色有点苍白，有点我见犹怜。

林要要不清楚叶渊打电话叫她下来的目的，疑惑地看着他。叶渊为她点了杯咖啡，懒洋洋说了句话，却是对席溪说的：“我这个人没正儿八经谈过恋爱，她以前陪过我，你不是想要了解我吗？问她。”

一句话说愣了席溪，也说愣了林要要。

“叶渊，你……”林要要没料到他会这么做，既尴尬又羞怒，太过分了吧？

叶渊却笑了：“我说错了吗？你不是我前女友吗？”

林要要被噎了一下，这个倒是事实。

席溪仔细打量着他们两个，多少从他们两人的眼神里读出些讯息来，笑着缓和了气氛：“我看林小姐还在上班呢，要不先让她回去吧。”

林要要找到了台阶：“是啊，我还有事，我先——”

“这不是中午了吗？”叶渊打断了她的话，抬腕看表，“你反正是要吃饭的，跟谁吃不是一样？”

大庭广众之下，林要要也不便跟叶渊争论，只好强忍。席溪自然不想好好的相亲被一个前女友给毁了，礼貌站起：“我突然想起来今天还有事呢，叶渊，要不咱们下次再约？”

“别别别。”林要要赶紧站了起来，“你别误会，我不在这儿吃。”

“好啊。”叶渊意外地也起身，冲着席溪礼貌性地笑道，“我们下次再约。”

席溪含笑的脸抽动了一下，点点头，离开了。优雅的高跟鞋声消失后，林要要才看向叶渊：“你这是什么意思？”

叶渊看了她一眼，坐下来拿过刀叉：“什么什么意思？你不也看到了吗？相亲。”

“我知道是相亲，但你把我扯进来干什么？”她实在想不通，为了羞辱？他没达到目的啊，也没那个必要。

叶渊停下动作，看了她良久：“你不来，她怎么走？”

林要要这才明白他的意图，简直哭笑不得，末了她说了句：“你不想见她有很多办法，何必拿我当挡箭牌。”

“错。”叶渊冷笑，“我还真是想从你嘴里听听你对我的介绍。”

林要要一时间无语。

自从多了三个月嫂后家里就热闹了起来，阿姨拿出了管家的架势，小月嫂刚到家她就发挥了老人的权威，挨个将工作分配得稳稳妥妥的。

年柏霄自从在餐桌上说了那句不该说的话后，每每见到素叶就脸红尴尬，甚至提出要搬去三里屯，被素叶给制止了。她觉得好不容易跟年柏霄建立了良好友谊，一旦搬走，想管他就难了，她决定，在孩子落地之前一定要捋顺年柏霄和年柏彦之间的关系。

当然她今天有点闷闷不乐，只因为已临近生日，家里没有人提及。其实也不怪年柏彦，她也从未告诉过他她的生日是几号。可是她不说，他不会问呀？素叶来了倔脾气，将怀里的抱枕往旁边一扔，吓了月嫂一跳。

“你不能这样的，早孕时候的情绪波动会很大，但你要学会控制。”

素叶听着心烦，抓起个苹果。

“等等。”一旁负责素叶起居清洁的月嫂见了上前，拿过热毛巾为她擦了擦手，“你抓完了抱枕又吃苹果很不卫生的。”

素叶皱眉，干脆苹果也不吃了。

“要不我们做早孕操吧，今天还没做呢，要是被先生知道了又该担心了。”还有位月嫂是负责素叶孕期和孕后体态管理的。

素叶一个头两个大，正好看见年柏霄吊儿郎当地从屋子里走出来，马上冲着他叫：“你快过来。”

“干什么？”年柏霄停住脚步，不敢上前。

“你赶紧过来让我打你一下。”

下一秒年柏霄已脚底生烟溜之大吉。

素叶哀号了一声，还没等哀号完，阿姨拿着手机走过来了："你的电话，记住，别打太长时间。"

素叶接过来，听见的第一句话就是：小叶，出大事了，你赶紧上网看看。

林要要口中的"出大事了"，绝对不是空穴来风。当素叶不顾阿姨和月嫂的反对，穿越困难重重万水千山打开网页后一看，着实是吓了一大跳。

同样是一张张照片，叶玉成了主角，跟她同为主角的竟是曲艺。满屏幕乱飞的标题都是统一的：叶家再爆丑闻，叶家千金假恋一事终于真相大白。

素叶飞快地扫着网页，瞪大了双眼，对着手机说了句："假的吧？"

"她和曲艺你之前一点都不知道？"

"曲艺的老公不是曾宇吗……"素叶说到这儿，后脑像是被人狠狠敲了一下似的，嗡的一声，她想起了叶玉的林林总总，尤其是那一次她在办公室里质问年柏彦为什么那么对她时，她听到曲艺和曾宇的事那么激动……所有的顺向思维开始来了个大逆转，素叶终于明白了。

那么，年柏彦知不知道这件事？

"不过也挺好，真相大白，没人说你是第三者了。"林要要松了一口气。

素叶整个人像截木头似的盯着电脑上的照片。

"这件事会是年柏彦做的吗？"林要要一针见血。

"怎么可能？"素叶下意识反驳。

"我也只是随口问一嘴，你也别太敏感了。"林要要笑道，"总之你现在解放了，我比什么都高兴，对了，明天你生日怎么着？"

"不知道呢。"素叶现在没心思放在生日上了。

"年柏彦不陪你过的话，晚上我去找你，一起去舅舅、舅妈那儿。"

素叶不假思索："嗯，好。"

她快放下电话时林要要又补问了句："哎，对了，刚刚谁跟你说要你别打太长时间的电话？谁啊？连电话都不让你打？"

"没谁，你听错了。"素叶哪有工夫跟她解释自己怀孕的事？搪塞过去后就掐断了通话，然后整个人泡在电脑前，任由书房外的人咚咚砸门，还听见年柏霄在外面不悦地大吼："你再不开门我踹门了啊。"

素叶顾不上那么多，飞速地狂扫页面，下一秒书房的门就被年柏霄踹开了。她惊了，不知是因为房门巨大的声音还是照片的内容，她觉得是后者。

精石彻底乱成了一团，记者们近乎将楼底包围，逼得大厦不得不调动全部保安来保障大厦人员不受干扰。宣传部、公关部、企划部甚至是市场部都纷纷接到媒体的电话，这些人无孔不入，只要能跟精石联系上的电话都打了个遍。

叶鹤峰气得留在了叶家，一团糟乱全都落在了年柏彦身上。所以许桐敲门进办公室的时候，正好见年柏彦在打电话，对方应该是名记者，她听到年柏彦平淡如水地说了句，对不起，无可奉告。许桐不知道年柏彦心里是怎么想的，她刚知道叶玉这件事后吓得不轻，可想而知叶老爷子得气成什么样。

“包装好了吗？”年柏彦淡然地问了句。

许桐将一枚精致的首饰盒放到了他的面前：“一切都是按照您的要求去做的。”

年柏彦拿过首饰盒，打开，似有万丈光芒散开，于他的唇角和眉心间。首饰盒中静静躺着一枚罕见的渐变色钻石戒指，硕大的原石被打磨成了富有生命的钻石，远远地就能看见边棱折射的光源。

许桐记得这颗罕见的原石，是年柏彦第一次接手钻矿时挖掘出来的宝贝，因为石体比较罕见，所以一直以来都被外界惦记，这么多年来，想出高价购买这块原石的人不计其数，但年柏彦始终压着不出手。

这颗原石在打磨之前就被专业人士烙上了珍贵的印记，那么不起眼的时候，那些火眼金睛的人就看出了它的独特之处。年柏彦多年接触原石，一上手就能知道哪个珍贵哪个一般，他将原石起名为 Hecate，这在希腊语中翻译为“赫卡忒”，是希腊神话中的魔法女神。

现如今 Hecate 终于面世，年柏彦亲手为它打磨，花费了大把的时间，每一次研磨都小心再小心。刚开始许桐不知道他要干什么，还以为他打算推出 Hecate 来拯救精石的股价，但他打磨完后又亲自设计了戒托，从材质到样式都亲力亲为，最后就连包装盒都要亲自设计，许桐终于知道了年柏彦的心思。

那个戒圈的尺寸完全是按照素叶的手指来做的，她知道年柏彦是老手，只消看人的手指就能准确判断出对方戴几号的戒指。那一晚上的工作量大得吓死人，许桐想想就觉得年柏彦是个不折不扣的魔鬼，等以后有机会她一定要跟素叶控诉年柏彦的罪行，为了他的幸福，多少员工跟着加班加点遭殃吃苦?

“您现在如果求婚的话，叶玉的消息就压下来了。”许桐试探性说了句。

年柏彦淡淡笑了：“叶玉的消息不出来，我和叶叶的艳照还在沸沸扬扬。”

“您……”

“你怀疑是我做的？”年柏彦拿过绒盒里的小布，轻轻擦了擦那枚绚烂的钻石。

“不。”许桐马上回答，“只怕这件事会被有心人利用炒作，叶玉这件事闹得不小。”

“暗箭伤人避无可避。”年柏彦大有放任自流的态度，“对方帮我，我欢迎，毁我，我奉陪。”

许桐一听这话也明白了他对这件事的态度，背后的人看似帮忙，实则扩大矛盾，而年柏彦显然想要利用这件事达到保护素叶的目的，忍不住问一句：“您……真要这个时候结婚？”

“当然。”年柏彦笑了，“不结婚，怎么办准生证？我可不想让我的孩子一生下来就成黑户。”明天是极佳的求婚日子，是她的特殊日子，在未来也是他们共同的特殊日子。

“啊？”许桐惊叫了一声，一改平日的冷静。

诧异间桌上的电话响了，许桐见年柏彦的心思全放在戒指上，赶紧上前拿起电话。电话那端有点着急，许桐说了句：“您稍等，”然后扣住话筒，压低了声音：“年总，是叶渊。”

年柏彦接过了电话，刚“喂”了一声，那边叶渊的声音像是霜打的茄子，憔悴嘶哑：“来趟叶家吧，出事了。”

平安夜，北京没下雪。

墓园里摇曳着白菊的气息，可在素叶闻上去，只有死亡和安息的气息。这一天她独自来了，没有年柏彦，因为他一整夜都没回来，应该是在处理叶玉的事。

从小到大，素叶来这里的次数屈指可数，几乎是每年来一次，每次都是她的生日，她母亲的忌日。她不敢来这里，因为只要看到墓碑上的那张照片，她就不得不面对母亲已经离开的事实。

她喜欢自欺欺人，这是打小就落下的毛病。

照片下已有了一大束马蹄莲，安静地躺在那儿，花蕊有些许枯黄，花瓣的卷边已有了死亡的味道，看来是前几日就送来的，知道母亲喜欢马蹄莲的人，除了她，就只有他了。

素叶怀里紧紧勒着花束，紧抿着唇盯着墓碑上那束鸠占鹊巢的马蹄莲。冬日虽灿，风起却寒，吹乱了她的长发，地上的枯叶哗啦啦地从她大衣的衣角扫过。她眼底的悲哀无法匿藏，那些深刻在脑海中的记忆一桩桩一幕幕地呈现，像是一颗颗毒瘤似的，平时看似销声匿迹，实则病毒暗自扩散。

素叶走上前，弯身拾起那束马蹄莲，一甩手，枯萎的花朵便挣脱了精心的装束，四散在寒风之中。她蹲身下来，将怀中的一束马蹄莲轻轻放在墓碑前，抬眼看着墓碑上笑容嫣然的母亲：“是他来了吧？”

回答她的永远都是沉默，素叶深吸了一口气，方才缓解了眼睛的酸胀，拿出一条手帕，抬手轻轻擦拭墓碑上的照片。

“我还是无法原谅他的。”她敛下睫毛，“可能……我不知道怎样去原谅一个人。”

因为叶鹤峰最终的选择，导致她的母亲卧病在床。她不是不记得母亲离开的那天，甚至她到现在还记得那天的天气，连空气中的味道她都无法忘记，那一天，空气中是甜甜的奶油蛋糕味和死亡味在胶着黏合。

因为那一天是她的生日，也因为，那一天是她母亲离开的日子。

烛火熄灭的瞬间，母亲的头就静静地靠在了她瘦小的肩头上，一动不动，那只跟她一起握着刀叉的手缓缓滑落。她没有哭，只是颤抖着小手轻轻挽过母亲那只干枯的、毫无知觉的手，小声地说，妈妈，您还没祝我生日快乐呢，先别睡呀……

其实吹到最后一根蜡烛的时候她就知道母亲已经离开了，因为吹蜡烛的气流只剩下她的，小小的，微弱的，毫不起眼。可她宁愿相信母亲是睡着了，一直睡到了现在。

素叶的眼眶红了又红，湿了又湿，始终不肯落下一滴眼泪来。她想告诉母亲的还有很多，例如她遇上了年柏彦，虽然前方障碍重重，虽然她在学习如何去爱一个人时爱得磕磕碰碰，但她还是想爱下去。又例如她想告诉母亲，她也做了母亲，那个小小的生命正在她肚子里孕育着，成长着，她不知道自己会是怎样的一个母亲，也不知道自己会不会是个合格的母亲，但她要感谢她的母亲，能将她带来这个世界，即使恨着痛着，也是有收获的。

身后有脚步声，地上的枯叶被碾碎，发出微弱的绝唱。

她转身，迎着阳光的男人发丝健康而光泽，像是拢了细碎的金子，映出了令人移不开眼的脸部轮廓。他上前将手中的大束白菊轻轻放在了碑前，又恭敬地弯身鞠躬。拜祭完后他轻叹：“叶叶，你不该把你父亲拜祭的东西扔掉，你不该这么任性。”

素叶像是从梦中走出来似的，神情不解而迷离，答非所问：“柏彦？你怎么来这儿了？”

他穿的还是昨天从家离开时的那套，看起来比前几日还要疲累倦怠，眼睛里有血丝，新生的胡茬儿从棱角有型的下巴蔓延到了两腮。

“你像极了你母亲。”他轻声道。

素叶不可思议地盯着他：“你还没回答我的问题呢。”

“今天不是你生日吗？”这一次，年柏彦给出了正面回答。

他的话轻描淡写，却掀动了她心底深处的那一角，揉了几缕暖风进去，然后冰冷的心有了温度。“你怎么知道今天是我生日？”她知道这句话问得矫情又俗套，既然他能找到这里就说明他是有办法知道的。

年柏彦抬手，修长的手指轻轻摩挲着她颈部的钻石项链：“这枚钻石上的腰码数字是你选择的，如果我没猜错的话，前面是我的生日，后面是你的生日。”

她轻喃："我以为你不会注意到……"

年柏彦将她搂在怀里，大手轻扣她的后脑，下巴抵在了她的头顶。素叶靠着他，温暖渐渐包裹了全身，她喜欢这样的一个他，就这样无声无息地找到了她，没有大张旗鼓，没有气急败坏。然后再无声无息地将她拉到怀中，轻轻地将她那颗孤寂淡凉的心焐热。

素叶拉着他的手来到素秋的墓碑前："妈，他就是年柏彦，孩子的父亲。"

年柏彦凝视照片中的素秋，再度轻轻鞠躬："谢谢您将叶叶带给了我，这辈子我都会好好待她。"

素叶湿了眼睛，良久后她上前，轻轻从身后将他搂住："谢谢你。"

"还记得我之前跟你说过的话吗？"他转身，居高临下与她对视着，"任何人都要在人生的道路上停顿下来，然后修订自己，那么你呢？"

素叶愣住。

"你有没有想过要重新修订自己的人生呢？"

她嘴角的笑匿藏了，看着年柏彦："你想说什么？"

"去看看你父亲吧，他住院了，可能快不行了。"年柏彦字字清晰。

铺天盖地的冷意袭来，令素叶忍不住裹紧了身上的外套，她大口地喘着气，满腔的寒意。很快她别过眼，用力拉着他往前走："咱们回舅妈家吧，他们都等着我们呢……"

年柏彦看着倔强的素叶，心疼得像被刀子割过似的。素叶紧紧抿着唇，每走一步，眼神中的愤怒就多一层。终于她停住了脚步，对着年柏彦大喊："我为什么要去看他？今天是我的生日，他怎么就不来看我？他记得今天是我的生日吗？"

年柏彦沉默疼惜地看着她。素叶冲着他劈头盖脸地怒吼，情绪十分激动："我今天已经很难过了，为什么要提到他？他是死是活跟我有什么关系？他不是有老婆有孩子吗？我算什么呀？我算他什么人啊？"

年柏彦心疼难忍，一伸手将她紧紧搂在怀中。素叶终于哭了，哭得很委屈："他不是个好父亲……这天底下没有一个父亲会在女儿生日这天住院的……没有！"

他情愿她大哭一场，也好过在心里压着忍着。这么多年她一直强颜欢笑，一直将自己伪装成刺猬，他很想亲手拔掉她身上的刺，只是这样她会疼。

病房外全都是叶家的人。远远地就能听见阮雪曼哭天喊地的声音，然后是叶玉的抽泣声。叶渊面前的烟灰缸都已经满了，他跟年柏彦看上去一样憔悴，胡子拉碴的。叶鹤城一家也来了，他闷头坐在沙发的角落里抽烟，一声不吭，阮雪琴的脸色也不大好看。

年柏彦带着素叶推门进来时，阮雪曼停了哭声，冲着这边喊："谁让你来的？你有什么资格来这儿？"

素叶的目光一冷。

叶玉突然发了疯似的冲过来，一把扯住素叶："是你干的对不对？现在你的目的已经达到了！你已经成功地毁了我！毁了叶家！你来这儿是想看什么？还想看我爸怎么骂我打我？晚了！他昨天看到你发的那些照片后已经气得进医院了，现在就躺在里面，生命垂危！"

年柏彦眉头一皱冷喝："你闹够没有？"手一伸将素叶拉到了身后。

"年柏彦你装什么好人？你这个伪君子，浑蛋！我和曲艺的事从头到尾就只有你知道，这件事是你策划的对不对？当初你答应我什么？你怎么能出尔反尔？"

站在年柏彦身后的素叶恍悟，原来年柏彦很早就知道叶玉的事。年柏彦隐隐动怒，良久后才压下不悦："骂完了吗？骂完就给我让开。"

"你想让她去见我爸？休想！"

阮雪曼也来劲了，哭喊着上前推搡着年柏彦："滚！你们两个给我滚！"

年柏彦始终护着素叶，一手拨开了阮雪曼，声音沉沉的："让开。"

"你想进去看老爷子，行啊，有能耐你就打死我！"阮雪曼冲着他怒喝，"你不是很厉害吗？你用几张照片就能把老爷子气得只剩下半条命，你干脆也弄死我吧！"

叶澜紧紧拉住了阮雪曼："是大伯想见我二姐啊，昨晚您不是也听见大伯说了吗？您就让我二姐进去吧，让大伯见见二姐。"

"不让！我绝对不会让这个小贱人进去见他！"

"大嫂！"一直闷声的叶鹤城起了身，"都什么时候了，就别闹了。"

阮雪曼气得直哆嗦，回到沙发上呜呜痛哭起来。素叶一直靠着年柏彦，手紧紧攥拳，年柏彦伸手搂过她，给了她最大的安慰："进去看看你父亲吧。"

素叶盯着病房紧闭的门，不知怎的心中就开始莫名恐慌，熟悉的死亡气息扑面而来。她的心口一紧，下意识地抓紧了年柏彦的手："陪着我。"

"放心。"

两人正打算往里进，就听到里面传出嘀嘀的声音，素叶愣了一下，一直在抽烟的叶渊发了疯似的跑向门外，歇斯底里地大喊："医生！"

医生和护士很快冲进了病房，开始新一轮的抢救。

"怎么会这样？"素叶双腿都软了。

"你父亲他昨天心脏病复发。"年柏彦沉重地告知。

素叶这才明白年柏彦为什么一晚上没回家，年柏彦先拉着她坐到了一边，她的手指冰凉得吓人，年柏彦开始后悔了，他后悔答应叶鹤峰将素叶带来。

十几分钟后医生推门出来了，身后跟着护士，阮雪曼最先冲了上去："医生，我先生他……”

医生摘下口罩，看了一眼围上来的叶家人：“对不起，我们已经尽力了，你们还有什么话想跟叶先生说就请尽快吧。”

悲剧，当你沾染了它，无形之中就成了跟随你左右的、时刻准备掐死你让你陪葬的怨灵，然后，在你的生命里就出现了不能承受之重的，这种东西就叫作生不如死。素叶的悲剧从未结束过，从她出生到母亲离世，再到现在。她以为只要坐在阳光下就能驱散阴霾，却不承想原来阴霾从未被驱散，只是匿藏在一个她看不见的角落中汇集成海，最后将她反噬。

所以当她看见病床上躺着的奄奄一息的叶鹤峰时，心底深处那种被她压抑了多年的熟悉的惶恐终于破壳而出，无孔不入地钻进了她身体的每个角落。

阮雪曼等一群人全都围了上去，叶渊作为长子坐在了床头，紧紧攥着叶鹤峰的手，叶玉哭得最凶，嘴里始终就一句话，爸，对不起。只有素叶静止未动，站在离病床几步远的地方，不靠近，却看得见叶鹤峰那张苍白的毫无血色的脸。叶鹤峰的声音很小，与平时洪亮嗓门的他判若两人，他不再是硬朗的、坐在董事局位置上打拼江山的开拓者，而成了一个彻彻底底风烛残年的老人。

他对着叶渊叮嘱了几句，又心疼地看了看叶玉，最后混浊模糊的眼睛落在了不远处的素叶身上。素叶想移开目光，眼眸里却无法抑制地湿润了，叶鹤峰笑了，张了张嘴巴，使了大劲也没发出多大的声音，他在叫她，甚至十分用力地朝她伸手。

她身子僵直，死攥着年柏彦的衣角，年柏彦揽住了她的腰，低语：“上前去吧。”

叶渊在一旁说：“小叶，过来。”

她走上前，如此近的距离，她更能闻到死亡将至的气息。

“小……叶。”叶鹤峰的手还在艰难地伸着，想握她的手。

素叶看着那只干枯的老人手，鼻腔的酸胀和心底的愤恨搅和在一起。她很早就忘了父亲的手是怎样的，曾经在梦中，她不止一次梦见叶鹤峰回来了，将她抱起高高举过头顶，小小的她在他头顶上欢快地喊着，爸爸、爸爸……曾经在现实中，她也不止一次坐在校门口的花坛上等待，希望叶鹤峰能像其他小朋友的爸爸一样突然出现在自己面前。

她自认为要求不高啊，只希望叶鹤峰能接她放学回家一次，能让她大大方方地拉着叶鹤峰的大手，自豪骄傲地跟那些骂她是野孩子的小朋友说，这是我爸爸！她只想要个平凡普通的爸爸，能够每天陪着她、让她看得到摸得着的爸爸，而不是那个只能在电视上、报纸上看到的赫赫有名的企业家爸爸。

皮肤叫嚣着疼痛，这种痛让她有了意识，手指松了又攥，然后再慢慢松开，最终还是握住了叶鹤峰的手。心头猛地一颤，悲凉如洪水袭来。他的手已不再是她想象中的温厚温暖，它冰凉僵硬，消瘦的骨骼近乎硌疼了她。

“你……终于来看爸爸了，你能来……爸爸，真高兴啊。”

她一句话也说不出来，喉咙像堵住了似的。

叶鹤峰说得吃力，攥着她的大手却格外有力气，似乎是将全身的力量都用来抓紧她：“我……不是一个称职的爸爸，所以很想补偿你，却总是……事与愿违，你相信我，我一直是疼爱你的。”

“您别说话了。”她想哭。

叶鹤峰见她开口了，欣慰，又转目看了眼叶玉、叶渊，一字一句叮嘱：“记住，不管发生什么事……你们三个都是亲兄妹，不能相互伤害，叶渊……你是长子，是大哥，要保护好你的妹妹们。”

叶渊用力点头：“爸，您放心。”

叶鹤峰的目光扫了全屋一圈：“我……要交代几件事。第一，我名下财产要依照遗嘱分配，任何人……都没权利干预和更改；第二，公司以董事局意见为重，所有人员……的职位安排都依照董事局安排，叶渊、素叶二人以……精石股东身份回精石，有权参与精石的每一项业务；第三，叶玉……马上出国；第四，我与……阮雪曼正式解除婚姻关系。”

“老叶——”

“妈！”叶渊赶紧扯住了阮雪曼。

这些话耗尽了叶鹤峰所有力气，他歇了好久，目光落回到素叶脸上：“每次看见你，我就像看见了你母亲一样，她……还在等着我。这阵子……我经常看见她，我知道……我可以去陪她了。”

素叶紧紧咬着牙。

“我死后，记得……要把我跟你母亲葬在一起……”叶鹤峰攥着她的手更加用力，放轻了声音，“我对你母亲……深爱依然。”

素叶的眼泪终于下来了，下意识抓紧了叶鹤峰的手。

“小叶啊，你靠近点，爸爸……有话要对你说。”

素叶凑上前，身子压下，叶鹤峰扯着她的手，示意她再近些，素叶将耳朵贴在了叶鹤峰的嘴旁。他干涸的嘴唇翕动，用两人才能听见的声音在她耳边说了几句话，素叶的眼眸震荡了一下，等她直起身，神情有些许恍惚。

“原谅爸爸吧……”叶鹤峰吃力地笑着，“这么多年了，你一直不肯喊我爸爸，小叶啊……我想听你叫我一声爸爸。”

素叶哑着嗓子，哽咽，拼命摇头：“我……我不要原谅您。”因为原谅他他就会释怀，他释怀了，是不是从此以后就把她扔下了？像母亲一样？

叶鹤峰嘴巴张了张，眼神悲哀，素叶痛苦地看着他：“爸……在我原谅您之前，您不能走，我还没原谅您！”

“傻孩子。”叶鹤峰笑了，一滴眼泪从眼角滑落，洇在了枕头上，他满足了，轻拍她的手背，“你跟你……你妈妈一样啊，倔……”

素叶的眼泪像是断了线的珠子。

“很抱歉啊小叶，在今天……让你面对这个样子的我。”

她隔着蒙眬看着叶鹤峰，叶鹤峰看着她，眼里的宠溺更深：“孩子，生日快乐……”

素叶震惊，她没料到叶鹤峰会记得今天是她的生日。

最后，年柏彦留在了病房，叶鹤峰吩咐。

“我阻断了纪氏在俄罗斯发财的计划，但……也正如你之前跟我争执过的，我的确中了纪东岩的套。”

“纪东岩做事我很了解，俄罗斯钻矿质量我也很了解，质量虽好，却不适合纪氏。他不顾一切想要投矿，表面看像是为了打压精石股价所做的疯狂选择，实际上是想要冻结精石的资金链。他真正的目的还是在南非，如此一来，精石便没有精力跟他在南非周旋。”

叶鹤峰看着年柏彦，突然冷笑：“所以……你打算跟纪东岩合作了？”

年柏彦淡淡说了句：“没有。”

“你的心在蠢蠢欲动。”叶鹤峰目光寒凉，“你不是很希望与纪东岩合作吗？甚至还想对外宣布精石会全面配合的消息！”

“这只是在非常时期选择的非常手段。”年柏彦不动声色，“董事长，是你误会了。”

“有件事，怕是我误会不得。”

年柏彦抬眼看着他，叶鹤峰伸手，在他手背上重重拍了拍，艰难地喘息了一下：“你，这么多年在精石，是为了报恩，还是为了报仇？”

年柏彦的目光滞了几秒。

“回答不上来了？那你总能告诉我，你弟弟……为什么跟你针锋相对吧？你心里明白，明白！”

“董事长，你想说什么？”他的语气始终恭敬。

“其实……你早就知道年叶两家当年并购的情况，是不是？”叶鹤峰一字一句问。

“那时候我虽然人在国外上学，但已经懂事了。”年柏彦起身为他又盖了盖被子，语气虽风轻云淡，话中内容却令人震惊。

“你果然知道……”叶鹤峰的气息发急。

年柏彦重新坐下："当年的经济危机让年家翻不了身，我知道我父亲低下身段来求你帮忙，你帮了，不是吗？"

年叶两家一直是合作伙伴，只是当年的一场灾难席卷了年家的生意，当时资金链严重断裂，周转不灵，他的父亲想到的救星就是叶鹤峰，希望叶鹤峰能够伸出援助之手拉年家一把。叶鹤峰是个生意人，自然不会做赔本的买卖，他同意拿钱出来帮助年家避难，但同时也提出了个条件。

那就是，这笔钱他不是借给年家的，而是注资，说白了，他是想利用这次机会收购年家。这么做在现今再正常不过，但在当时作为合作伙伴来说，这分明就是一种趁火打劫的行为。

年家的情况迫在眉睫，年父只好同意，但在合同修订上提出硬性规定，那就是，他的儿子年柏彦要在公司占有一定的股份。叶鹤峰在生意场上不择手段，但不代表他是个卑鄙小人，他同意了年家的这个要求，履行了承诺。

"当年收购你们年家，我承认，手段很卑劣，但……我也要吃饭，要发展……"叶鹤峰歇了一小会儿，又继续道，"这么多年，我培养了你，就是心存希望，希望你能全心全意为精石，为叶家……"

"所以，你想让叶玉嫁给我，只为让我安心地为叶家效劳。"年柏彦拿过水果刀，慢慢地削着苹果。

叶鹤峰盯着他："你今天跟我说句实话，你对精石……是不是有企图？"

"精石的一半是年家的，你觉得我会不会有企图？"年柏彦反问。

叶鹤峰呼吸加促："那你为什么还要跟……叶玉分手？"

"她的情况特殊，我和她的婚姻早晚会出问题。"年柏彦低着头，手上的动作不紧不慢。

叶鹤峰全身都在发抖："所以……你盯上了小叶？"

年柏彦削苹果的动作顿了一下，但很快又继续，苹果皮被他削得那么薄那么长，薄得近乎透明，长得近乎拖地，这代表着他内心极其强大的镇定，丝毫不见慌乱，只能说明，要么他无愧于心，要么他有恃无恐："你可以这么想。"

"你……"叶鹤峰残弱的、颤抖的声音在房间里造成不了太大的影响，他太虚弱了，虚弱到连质问年柏彦的力气都没了。

跟他同样没有力气的，还有素叶，她紧紧贴着观察室的墙壁，整个人像截木头似的一动不动，连关节都僵硬了。年柏彦，是镌刻在她心底最重要最唯美的三个字，每次从唇齿间念出这个名字，她的心都会轻轻晃荡一下，就如同一只小小的船，匿身于涟漪的水面。就算有人跑过来不断地告诉她，年柏彦不是你心目中的那片湖，他远比平静的湖水危险，他是广袤难测的海面，而你这条毫无抗击打能力的小船早晚会被海浪席卷。

她不信，因为她是那么深信深谙难懂的年柏彦，会为了她而变成温和的湖，安安静静的，永远不会将她伤害。但有一把剪刀硬生生戳中了胸口，然后毫不留情地将她穿膛破腹，原来纪东岩说的从来都不是玩笑话，是他说的，素叶，等你爱到最后才会发现自己是个傻子！

叶鹤峰费尽力气揪住了年柏彦：“你……同时毁了我两个女儿！”

“我父母郁郁而终，何尝不是两条人命？”由于叶鹤峰突然的动作，水果刀不小心划伤了年柏彦的手，血从手指上流了出来。他却不为所动，将苹果放到一边，轻轻擦拭了一下血，继续道，“还有柏霄，他最痛恨叶家，现在也连带痛恨我，只因为我还在给逼死父母的人卖命。”

叶鹤峰的手指抖得更加厉害。

“哦，想起了一件事。”年柏彦按着伤口，“素叶怀孕了。”

“年柏彦！”叶鹤峰用尽全力喊出他的名字，“你想拿着孩子做文章？不行……你不能这么做！”

年柏彦看着叶鹤峰：“孩子生下来姓年，不姓叶，董事长。”

叶鹤峰的愤怒已化作粗喘，在拼了命地与命运抗衡：“你要让叶家人……再也没有立足之地？你……你想彻底让精石扣上你们年家的名字……年柏彦，你不能这么狠！”

年柏彦看着叶鹤峰，眉梢之间如同瓦上冷霜，他咬牙，近乎一字一句道：“叶鹤峰，我再狠能狠过你吗？叶家是凭着阮家才在金融危机中站住了脚，你利用阮家的势力吞并年家的时候留过情面吗？我父亲临死之前也是这么痛苦和担忧吧？我还记得他在病床上是怎么哀求你的，你呢？留过情面吗？”

那是他亲眼看见的一幕，父亲临终前紧紧扯着叶鹤峰的手，声嘶力竭地要他发誓，要他无论如何都要保证他们母子三人衣食无忧，无论如何都不能让他们无依无靠。叶鹤峰当时就站在床前，一句话没说，一句承诺没允，最后父亲带着遗憾离去。

叶鹤峰出资供他们兄弟二人上学，其目的是什么年柏彦心里一清二楚。父亲死后，叶鹤峰对年叶两家的企业进行了大刀阔斧的合并改革，坐上主席位的第一天就将不利于自己的势力肃清，原本是年家的老股东都不得幸免，而阮家的势力，随着精石的成立也彻底被叶鹤峰清扫出门。

那段时间，叶鹤峰对他们母子三人不闻不问，直到母亲病重，也直到叶鹤峰不经意间发现了年柏彦对钻石最敏感的切割和发现能力，从那天起，叶鹤峰才将他视为己出。

叶鹤峰躺在床上，伸出颤抖的手指向他：“好，好，我总算明白了……年柏彦，你扪心自问，如果没有我的话，还能有你们兄弟二人吗？”

“叶鹤峰！”年柏彦双手搭在病床上，指间的血洇了床单，犹若雪地里绽放的红梅，脸色铁青寒凉，“我有权让你死不瞑目，你懂吗？”

他的声音如同困兽，双眼因愤怒而变得骇人，叶鹤峰从未见过这般被激怒的年柏彦，盯着他残喘，突然他全力抓住了年柏彦，可终究还是没能道出一言，那只手就失去了力量，像是一阵风，吹熄了他生命里仅存的一点光亮。

监控器中，那道代表着生命气息的线拉直。

年柏彦倏地闭眼，许久才又睁开，刚刚还充满痛楚的眼，变得跟枯井似的寂寥沉默。他恨不恨叶鹤峰？他恨！恨得杀了他都不痛快，但他感不感激叶鹤峰？他感激，因为的确没有叶鹤峰就没有他和年柏霄。他有那个能力去仇视，可惜他已经身心俱疲，没人会相信他从一开始就放弃了仇恨，连他自己都不相信。这原本就是一笔真假难辨的糊涂账，即使他算得再清楚，糊涂的还是旁人。

他坐回椅子上，擦净了手上的血，拿起水果刀继续削那个苹果，那长长的果皮终于断掉落地，就像是叶鹤峰的生命终究走到了尽头，只是他还有句话没来得及告诉他：他年柏彦还没窝囊到利用女人来成事的地步。

将削好的苹果放在了叶鹤峰的床头，再开口同以往般恭敬："董事长，我和叶叶马上要结婚了，希望你在天之灵能保佑我俩，这是你对她和对我最大的补偿。"

他抬手合上了叶鹤峰的双眼，然后拉高了床单遮住了他的脸。做完这一切后走出病房，他目光淡然地看着叶家人："董事长走了。"

一时间，哭泣连天。

只有站在落地窗前的素叶没哭，她甚至都没有回头，与那些呼天抢地的声音相隔甚远。年柏彦走上前，在她身后停住了脚步。

素叶凝着远方的目光很空洞，如洪荒的宇宙，流转着千年万年的无声无息，良久后开口："他走得安详吗？"

"很安详。"

"谢谢。"

林要要放下手机后一脸震惊，呆坐在沙发上好久。

方笑萍拎着个礼盒来到客厅，欢天喜地的，坐下后迫不及待地打开："要儿啊，你看我买的这件羊绒大衣怎么样？小叶肯定会喜欢吧？这孩子打小就喜欢白色，这件白色羊绒大衣我可是看了很长时间了，贵着呢，商场说是什么名牌的，反正我也不懂。但你别说，这一分钱就是一分货，价钱好的东西手感就是好，瞧这质量，人家售货员都说了，叫什么一颗钻级别的羊绒。"

林要要一点反应都没有。

素冬举个勺子从厨房里探出头："这都几点了，你赶紧打个电话催催那孩子，怎么还不回来？还有那个年柏彦，他不是说今晚也过来吗？看看他们两个在没在一起，这都等着给小叶庆生呢。”

“哎呀，催什么催，这两人肯定在一起呢，想都不用想。”方笑萍嘟囔着把羊绒大衣放回礼盒里，伸手拿起座机。

林要要这才有了反应，伸手拉住了方笑萍：“阿姨，别打了，今晚小叶不回来了。”

“啊？这孩子怎么回事啊？”

“小叶刚才来电话说，叶鹤峰过世了。”

方笑萍倏然瞪大了双眼。

Chapter 30
这样的人才叫可怕

▼

素叶静静地坐在车子里，目光始终盯着逐渐闪耀的光，她的眸与夜同样深邃。她在想，今晚夜空中会不会多一颗星。因为母亲离开时，她就发现夜空格外地亮，她深信是母亲化成了星星，照亮她的头顶，令她不再孤单。那么从今晚开始，母亲也不会再孤单了，因为她终于等到了可以同样化作星辰的男人。

阮雪曼阻止她去太平间，素叶没跟她发生口角，转身出了医院。

一杯热牛奶递到了她的面前。

素叶没动弹。

“喝点吧。”身边的年柏彦轻声哄劝，他没急着开车。

她摇头。

年柏彦将牛奶放下，横过手臂牵过她的手：“我知道你没心思过生日，但舅舅和舅妈家总要去的，至少要当面交代一声。”

素叶沉默地目视前方。

“叶叶，”年柏彦扳过了她的脸，命她看着他，“人死不能复生，我们总得往前看往前走。”

素叶看着他的脸，突然问：“你爱我吗？”

父亲在她耳畔落下的话现在还是很清晰，他说，小叶啊，你爱他，就要承受他的一切，你有这个心理准备吗？她知道父亲话里有话，当父亲将年柏彦留下时，她就知道自己应该怎么做了。

她不敢去相信从一开始自己就成了猎物，成了年柏彦眼中可以拿来做后备力量的猎物。她以为自己手段很高，成功地将他诱惑，实际上他不过是步步为营，引她入梦罢了。

他说他动了心是假的，在千灯镇长街上的相遇是假的，在床上时浓情蜜意是假的。那么南非呢？她以为总是真的吧？可在南非，他又何尝没利用过她？她视而不见，只因他豁出命为她挡了那颗子弹，如今她才知道，也是假的。他是个执着而狠心的男人，执着狠心到不惜伤害自己来达到目的。

素叶不知道此时此刻问他这句话到底是为了什么，也许只想看他如何继续撒谎下去。

年柏彦微怔，然后说："是的。"

他低头，薄唇覆上了她的唇，素叶没有躲闪，闭上了眼。

年柏彦，谢谢你到了现在还这么用心骗着我，谢谢你让我知道了，原来男女之间除了感情外，还有种最噬骨的情感叫作欺骗。

叶鹤峰的离世成了商界最大的新闻，原本这一消息应该盖住叶玉的绯闻，但两个事件离得太近，近到就是前后脚，所以网上炒得沸沸扬扬的就是一种判定，他们认定了没有叶玉的绯闻就没有叶鹤峰的死，换句话说就是，叶玉是导火线，叶鹤峰是被这个消息气死的。

叶家的焦点居高不下，叶家人无一幸免地被媒体缠身。而叶家内部也乱成了一团，以前叶鹤峰活着的时候，叶家最起码能保持平静，可一离世，那些暗涌激流开始跃出海面。

叶家发生的天翻地覆的变化，表现在各人在精石股份的持有量上，律师公布完叶鹤峰的遗嘱后，叶家就开始了全新的洗牌。

叶渊作为叶家长子，在原本股份的持有上添了叶鹤峰的其中一部分，继承了叶家在国外的三处房产及 D 会所股份的持有权，成了精石最大的股东，在董事局具有行使和罢免权。第二大股东成了素叶，她不但有前后两次增加的股权持有量，还继承了叶家老宅及国外一处房产、D 会所部分股份持有，再加上叶鹤峰之前转到她名下的新居，一时间身价倍增。

年柏彦股权持有量降为第三，他因和叶玉解除了关系，所以在叶家遗嘱分配上不沾任何关系。叶鹤城排在年柏彦之后，他拥有精石和 D 会所的部分股权持有。通过遗嘱来看，D 会所由以前年柏彦的一家独大被稀释成权责分开。

叶玉除了之前持有的股份外，也继承了国外一处房产、精石入驻各大商场的经营管理权，阮雪琴和叶澜作为叶鹤城的家属，手中也持有少量的精石股份。除了董事局外姓股东外，手中还持有精石股份的是年柏霄，当然，他手中主要是年家的股份。

在遗嘱中没得到任何好处的是阮雪曼，手中精石股份被稀释，在叶家各处房产的继承上不占分毫。

这一次她聪明地没大哭大闹，叶鹤峰虽然废了她的权利，但保障了叶渊在叶家及精石的地位，她的儿子无论是在叶家还是在精石都是最大赢家，再加上叶玉手中也有部分行使权，这令她多少心理平衡点。

宣念遗嘱时年柏彦没露面，他始终留在公司。律师宣读完毕后，叶渊就行使了对精石人员的调配的权利，他恢复了年柏彦在精石的总经理一职，全权打理精石上下的所有事务。

叶渊是了解自己的，他对精石的运作一点都不了解，对钻石行业又不感兴趣，而精石这两年的合作伙伴、营销渠道全都是年柏彦铺开的，换句话说，都是年柏彦在一手掌控这些人脉资源，他想插进去也不大可能，别人未必认他这个新老大。

更重要的是，这两年年柏彦提拔了不少年轻的董事，替换了叶家部分人马，精石的高层、D 会所的高层大部分也都换了血，也就是说，年柏彦的人无论在精石还是在 D 会所都无处不在。最后一个重要考量是，叶鹤峰生前动用了大量资金与纪东岩抗衡，结果反被套住，资金链冻结无法运作，导致公司陷入艰难的运营之中，叶渊只能借助年柏彦的力量来摆平一切。

媒体声称，精石进入了“全新”时代。

这个“全新”指的就是叶渊和年柏彦，商界也在翘首，观察这位新主席和重新上任的总经理会在市场上有哪番作为。其实他们更热衷于猜测的是，年柏彦有没有可能取而代之坐上主席一位。面对外界的猜测和质疑，年柏彦没做任何回应，叶鹤峰辞世后他就重回公司主持大局，连续召开从董事局股东到总部及分公司的高层领导会议，全面应对资金链冻结一事。

素叶越发懒了，胃也难受，电视上播报有关精石的新闻，她看着心烦，刚准备换台，方笑萍端了一盘干果上前，啧啧了两句：“我看哪，这精石早晚会落到年柏彦手里。”然后瞅了她一眼，“你这大早上来了就这么坐着，不吱声不吱语的，怎么了？年柏彦欺负你了？”

“没有。”素叶将苹果放下，整个人窝躺在沙发里。

“你瞧你，一点血色都没有，白得跟小鬼儿似的，怎么搞的？”方笑萍又问。

素叶一直没把怀孕的事告诉方笑萍：“天太冷了，我一到冬天不就这个样子吗？”

“今晚就住下吧，我给你煲点汤补补，你看你啊，瘦得只剩一把骨头了。”

素叶笑了笑没说话。素冬从厨房出来了，在沙发另一头坐下：“你是打算回精石还是怎么着？”

“不知道。”

“精石现在乱糟糟的，你不回去是对的，再说了，还有年柏彦盯着呢。”方笑萍说。

素叶翻了一下身，抓了一把干果。

“你拿了叶家的股份，早晚也得回精石，否则会落人话柄。”素冬皱着眉头。

“我压根就不想要那些东西。”

方笑萍一本正经地看着她：“不要也是你的了。”

“对我来说那些东西没用，说不准我会捐给慈善机构。”这是素叶想到的最好办法。

“行吧，一切在你，最重要的是你开开心心的。”在素冬的眼里，素叶始终就是那个长不大的孩子，才不是什么叶家的股东。

这句话说得素叶想哭，点点头。

素冬瞅着电视机，良久后叹了句：“这个年柏彦哪，不简单。”

“那还用你说，咱们小叶看上的男人怎么可能是普通人？”方笑萍的态度倒是转变挺快的，“再说了，年柏彦发展得越好，才越能保障咱们小叶的生活，女孩子啊就是在家安安稳稳相夫教子。”

“舅妈，您别乱讲了。”素叶一听这个话题就心烦。

方笑萍见素叶的情绪不对，提高了警觉：“怎么个意思？你们两个什么时候结婚？年柏彦跟你提结婚的事了没？”

素叶一个头两个大，将干果皮扔到了一边。方笑萍皱眉：“没提吗？他年柏彦可是在我面前信誓旦旦保证会娶你的。”

会娶她？素叶很想冷笑，可所有的力气全都化作了荒芜，击落在空空荡荡的胸口上，无法产生回音。她对于年柏彦来说还那么重要吗？娶她，无非就是锦上添花，为他能够在精石呼风唤雨添砖加瓦；不娶，他也损失不了什么，依照这两天年柏彦在精石大刀阔斧的架势，他在精石早就有了不可动摇的地位。

“您就别操心我的事了——”话说到一半儿，她冲进洗手间。

“怎么了这是？”

洗手间里水龙头哗哗淌着水，水花四溅，遮住了素叶干呕的声音。酸水呛了她的气管，鼻头发酸，眼眶也酸涨了，难受得想死。她漱了漱口，掬了把凉水洗了把脸。

“小叶？”

隔了好久素叶才关上水龙头，擦干了脸：“来了。”

开门对上方笑萍关切的目光。“没事，刚刚吃干果吃到一个坏的，苦死了。”素叶尽量挤出一丝笑。

方笑萍这才放心，将手机递给她：“找你的，都打了好几遍了，我看你一直不出来才接的。”

素叶看了一眼手机，是年柏彦。心洒上了一层阴霾，手指连着手心都疼。

那边男人问：“怎么去舅妈那儿了？”

素叶将洗手间的门关上，站在镜子前看着自己，镜中的眼睛一丝光彩都没有，只有如煤炭般死气沉沉的黑：“我不能到我舅妈家吗？”

“我没怪你，我只是怕你出事。”

“怕我出事，还是怕孩子出事？”

年柏彦哄劝：“我都担心，别闹小孩子脾气了。”

素叶没再吱声。

“乖乖在舅妈家等我，下了班我去接你，我已经让黄埔会那边准备了你最爱吃的餐点，晚上我们过去。”

“你不用来接我了，我自己过去。”素叶语气清淡。

“不行。”

“年柏彦，你还没权利限制我的自由吧？”

年柏彦又被她噎了一下，良久后道：“你现在怀孕了，是非常时期，我不是限制你，而是担心你的身体。这样吧，你不想让我去接，让月嫂带你过去。”

“我说了不用！”素叶陡然提高了声调。

手机那边沉默了好久，最后妥协。

素叶惨白着脸开了洗手间的门，方笑萍见她神情不对，担忧地问：“又怎么了？跟年柏彦吵架了？”

素叶摇头，一句话没说。年柏彦这三个字落在她耳朵里像是压过的磐石，令她透不过气来。

阳光洒了大半进来，又被纱幔过滤成了柔软的细金，暖洋洋地铺在地毯上。

年柏彦锁紧了眉头，盯着手机一脸不解。许桐一直等着年柏彦打完电话后才上前提交文件，整个过程她看得很清楚，那张一贯严苛的脸在通话时流露出了男人柔情的一面，他对着手机说话的声音很轻柔，充满耐性和宠溺，只是，怎么一放下电话就眉头紧锁了呢？

“素叶她……没事吧？”

年柏彦没说话，还在沉思。许桐诧异，走上前：“年总？”

他这才反应了过来，接过文件，翻开。许桐看得仔细，足足有一分多钟了，他一页文件都没看完，她聪明地保持缄默。又过了一分多钟，年柏彦还是一页文件都没翻，许桐忍不住提醒了句：“年总，这份文件投资部那边还等着要呢。”

年柏彦回了神，看了一眼许桐，又看了看文件，沉吟了片刻：“文件先放这儿，我签完让秘书送过去。”

“好。”

等许桐走到门口时年柏彦叫住了她，她返回来，等着年柏彦的吩咐。年柏彦看上去有点迟疑，但还是开了口："你知道叶叶怀孕了吧？"

许桐点头："所以恭喜您。"

年柏彦应付似的点点头，叹了口气："刚刚，她在电话里很急躁。"

许桐毕竟跟了年柏彦这么多年，一听这话就明白了他的担忧："我听说怀孕的女人都会发生心理变化。"

"正常吗？"

许桐笑道："咱们公司设计部的小王刚怀孕的时候情绪也是多变，素叶刚做妈妈，对自己身份的变化和对未来都充满了不确定性和恐慌，这都正常，再加上叶老先生刚刚离世，素叶心情不好也能理解。"

年柏彦一听这话心才放下。见他松了眉头，许桐也终于放心，看了一眼被他搁置的文件，硬着头皮再次提醒了句："年总，您还是尽快审核那份文件吧，投资部都要急死了。"

年柏彦见许桐一脸的担忧，一时间倒有点哭笑不得。"今晚的鲜花都订好了吗？"他重新翻开了文件，把玩着签字笔问。

"已经订好了，按照您的要求下午5点钟左右会送到黄埔会的包厢，工作人员都在配合打理呢。"

年柏彦又叮嘱了句："不要玫瑰，叶叶不喜欢。"

"明白。"许桐心里明镜似的，先是亲手打磨了钻石戒指，后又是花海烛光晚餐，八成就是求婚了。

素叶从舅妈家出来后回了三里屯，路过联众心理的时候迟疑了一下，却始终没上楼看看。她回了家，推门进去的时候才倏地想起，这也不是她的家，是年柏彦的房子。

午后的阳光拥挤着闯进室内，明灿的光亮晃得素叶要抬手遮住眼才行。房里是淡淡的清香，一切都还保持着那天年柏彦将她带走时的样子，保洁阿姨甚至连桌上她摆放的干花都还保留着。

是一些干枯的雏菊。

年柏彦不是个浪漫的人，送花次数屈指可数，她倒是自娱自乐喜欢上了娇嫩的小雏菊，没事会买上一两枝放在家里。后来她发现，雏菊成了干花更好看，于是又多了一件趣事。

直到现在素叶才明白，其实她喜欢的不是雏菊，而是年柏彦随时随地将她放在心上的那种被珍惜的感觉。她从来都不否认爱情是美的，即使她已遍体鳞伤。她相信爱情本身，只是，她已经不再相信带给她爱情的那个男人了。

她将干花扔进垃圾桶里，结束了一份曾经誓死都要去细心呵护的决心。只是当她走到白兰屏风前，铺天盖地的悲伤蓦地袭来。手指穿透阳光的阻隔，覆在了白兰花瓣上，那栩栩如生的花蕊在她指尖跃动：相逢正遇素锦年华时，未晚。

中国文字的优美大抵就在这儿吧，几个单字组合，却成了最令人感动的句子，不用念，单单只是看着就美。

好一个素锦年华，好一个未晚。

年柏彦，你处心积虑步步为营，什么事情对你来说算是晚的呢？

叶澜回到老宅时，正遇阮雪琴和阮雪曼在争吵，竖着耳朵听了一番才知道，大抵就是为了这座老宅的事。因为叶鹤峰在遗嘱中已经声明了老宅的归属，所以在叶鹤峰出殡后，他们一家就打算搬出老宅。

当然也有提前搬走的，例如叶渊，也例如叶玉。叶渊有自己的住所，叶澜知道，但叶玉具体搬到哪儿住了她就不知晓了。

阮雪曼死活都不搬走，虽说离婚协议已生效，但她就是来了个一哭二闹三上吊，死守着这座老宅不离开，而阮雪琴原本也是好心提醒，却触了阮雪曼的敏感点，就这样大吵了起来。

叶澜一个头两个大，等阮雪曼气得上了楼后，她赶忙上前安慰母亲，又询问什么时候搬家。

阮雪琴是个很能控制情绪的女人，压了气后说了句："你爸的意思是再等等，要看素叶什么意思，如果她不想要这个房子，我们就从她手里买回来，省得搬来搬去的麻烦。"

叶澜点点头，想了想："妈，现在记者都像疯了似的缠着咱们家的人，我想……到外地去散散心，顺便躲记者。"

"你现在还有心思散心？就算出去，也得等明天你大伯出完殡。"

叶澜一听这话觉得有戏，挎着母亲的胳膊，马上说："我知道，明天那么重要的事我怎么敢缺席呢？我的意思是葬礼完事后，马上要元旦了，我正好出去躲躲。"

"你打算去哪儿？"阮雪琴有点不放心。

叶澜眼珠子转了转："去香港，一个朋友家，元旦前后香港到处都在打折，我就当散心了。"

阮雪琴叹了口气："行吧，出去躲躲也行，只是到了地方后要每天给我来电话报平安。"

"知道了。"叶澜靠在阮雪琴身上。

她的心，却早飞到了云南。

素凯，现在一切都乱了套，只希望你能平安无事，请一定要在云南等着我。

在一座城，有的人绕来绕去总也不能相见，一转身就是一生；有时候明明是南辕北辙，不想见的人却狭路相逢，怎么避都避不开。

例如，白冰。

自从与年柏彦在一起后，素叶就觉得遇上明星的概率越来越大，就像此时此刻，她逛个商场都能遇见这个女人。

从上次年柏彦在南非成功投到钻矿，又跟那个叫原森的商人打了个无本的赌约赢了后，精石便在原森的 BRIGHT 全球高档商场成功入驻，其中一家就设在北京。

素叶是无意间才进了这家商场，只是源于安静。岂料二楼很是热闹，打远就看到了不少媒体记者，刚准备脚底抹油溜走，就听有记者挤着人群高声问："白冰女士，你今天为什么会出现在精石旗舰店呢？"

她一愣，打眼看过去才看见被人群包围着的女人。

今天的白冰穿得休闲，鸭舌帽，一套粉红色卫衣卫裤，没了大屏幕上的艳丽妖娆，多了几分清纯净透："很简单，我只钟情于精石一家的首饰哦，我是精石的粉丝嘛。"

素叶冷哼一声。

有人调侃："如果你现在告诉年先生，他会不会赶过来？"

"这个啊……"白冰拉长了声音，"这好像是我和他的私事哦。"

"透露一下吧白冰女士，还有这段时间叶家接二连三的事，你知情吗？"

"是啊白冰女士，你之前一直说跟精石关系不错，现在精石有了这么大的动静，给点内幕吧。"

白冰掩唇，笑得格外大家闺秀："你们别这样，我只是来买东西的，别把我想成年先生身边的女人嘛。"

打发了记者，白冰刚回休息室，没承想会看到素叶，一时间愣住了。

素叶早就点好了咖啡，坐在沙发上等她，见她进来了，冲着沙发对面指了指："累坏了吧？坐下来休息一下。"

白冰很快泛笑，一如面对媒体时的优雅。

"我们好像并不熟。"

素叶笑了："除了叶家大少爷，我就是精石最大的股东，在这里碰到我很意外吗？"

这个白冰她早就看不顺眼了，从千灯镇开始，有多少次她在接受媒体采访时都有意无意地将话题扯到年柏彦身上，引得媒体猜测纷纷。那些风言风语也会钻进素叶的耳朵里，真当她是聋的？她不相信白冰不知道她是谁，否则在说出那句"我们好像并不熟"时怎么会那么没底气？

白冰岂能听不出她语气中的挑衅：“是吗？我对商场上的事一点都不了解。”

素叶没咄咄逼人，将一杯咖啡推到她面前：“新出炉的摩卡，对于我和你的萍水相逢，够了。”

白冰没动杯子：“不好意思啊，我不喝咖啡的。”

“我都不在乎，你在乎什么？”素叶拿着小勺轻轻搅动了一下面前的咖啡。

“做演员的，管住自己的嘴才能管住自己的身材。”

“就算你瘦成了闪电，怕是年柏彦也不会回心转意吧？”素叶突如其来地说。

“你什么意思？”

“这里只有我们两个，你不用怕被人挖到什么八卦消息，说说吧，你和年柏彦的事。”

白冰没料到她会这么说，目光变得不自然：“什么叫我和年柏彦的事？”竟也不怕胖了，拿起杯子喝了口咖啡，咖啡入口才反应过来，又放下杯子。

素叶将她的行为举止看在眼里，淡淡笑了：“你可以跟我讲讲，你成为年柏彦情人的前后经过，比方说，你们俩是从什么时候开始的，又因为什么闹掰的。”

白冰全身颤了一下：“你怎么知道这件事的？是柏彦跟你说的我俩以前的事？”

一句话，听得素叶心底一凉，不过是她的猜测，不承想真的套出了这两人的关系。

素叶不是没注意白冰平日的言行，为什么她会那么肆无忌惮地提及年柏彦，甚至有意误导媒体？她不止一次看到有消息暗称她的幕后金主是年柏彦，以白冰今时今日的地位，如果以法律的手段来让污蔑者闭嘴轻而易举，可她偏偏就纵容对方的胡言乱语，正常吗？

她不想问及年柏彦以前的事，而年柏彦在被她逼问是否有情人后沉默的态度表明，他以前少不了女人。放在以前，她可以全心全意地来爱这个男人，只要他爱着她；但如今前提没了，她最起码要抓住那唯一的公平吧？

白冰也意识到自己失言了，清了清嗓子：“柏彦知道你来找我吗？”

“你想让他知道？”素叶冷笑。

白冰有点急了：“当然不想。”

素叶精明，白冰也不傻，她知道刚刚一失语就成了千古恨，如果再被年柏彦知道这件事，恐怕这娱乐圈都没有她立足之地了。

“说吧，我有大把的时间听故事。”素叶优哉。

白冰迟疑：“你还真想知道啊？”

“你不说也行，我直接去问他，你都松口了，谅他也不敢瞒我。”

这番话足以在白冰面前彰显她在年柏彦心中的位置，白冰无奈：“我的确是年柏彦的情人，我指的是以前。”

素叶面无表情，五脏六腑却像有无数根针扎着似的疼。

“我……和年柏彦在一起了三年，应该算是他情人中时间最长的一个。”白冰艰难地开口，“但柏彦是我的第一个男人，我是死心塌地地跟着他。”

白冰慢慢地喝着咖啡，跟素叶讲述她和年柏彦的事。

她认识年柏彦的时候，他还没回国。当时她是奔着一姐妹到的国外，原本想着出去开开眼界，玩一段时间就回国，等到了国外，她认识了一些朋友，都是做生意的，平时带着她吃吃喝喝倒也痛快。

她是在一次商宴上认识的年柏彦，只是那么一眼心就沉沦了。

那时候的年柏彦还不像现在这么严肃，刚在精石分公司崭露锋芒，那场商宴中，他成了众多女人眼中最优秀的男人。她的一位朋友在银行工作，正好与精石分公司有合作关系，便拉着她主动搭讪了年柏彦，与年柏彦握手的时候，她紧张得大气不敢出。

“我和年柏彦再见面就是一年后了。”白冰接着道来。

那一年，白冰事业发展得十分不好，多次试戏碰钉子，要不然就遇上骗子，无奈之下她只好去做模特，四处接秀来走，不管什么，只要能赚钱她就不挑。因为她身材高挑，人长得又漂亮，很快被一个经纪人看中，签下她，带着她走秀。

那位经纪人是模特圈的老手，也是周旋在众多男人之间的花蝴蝶。后来有一天她找到白冰，给了她一大笔丰厚的酬劳，白冰不明就里，经纪人笑着跟她说，要她今晚跟着姐妹们到指定的包房，陪陪几位大人物。

白冰这才反应过来，拒绝，说自己只走台不陪客。经纪人不高兴了，说了狠话，意思就是如果她今晚不去，以后就不要在模特圈里混了。白冰无奈之下只好答应，只是，当晚她硬着头皮跟着一群姐妹推开包厢的房门时，不承想第一眼就看见了坐在沙发里的年柏彦。

“年柏彦是个有魅力的男人，所以在人群中才会那么显眼。”白冰的唇角有一点点咖啡沫，乍一看像是某个牛奶广告中嘴巴两边沾了两道牛奶的代言人，但她很快拿过纸巾优雅地擦去。

放下纸巾时，素叶看到她的蔻丹，是扎眼的红，与她今天的一身粉成了最失败的配搭。可白冰的注意力不在她染了多么失败的指甲上，纤指轻轻一扬，别了一缕头发于耳畔，继续讲述她和年柏彦的点点滴滴。

那一晚，整个包厢的男人中就数年柏彦最安静。

光怪陆离的灯光在头顶不怀好意地闪耀，每个光圈落下来，不经意扫到哪个男人脸上，都是大胆放纵且情欲外泄的笑，白冰和一群姐妹被这群男人挤在中间，一瓶瓶的烈酒摆满了长桌。

只有年柏彦慵懒地陷在沙发里，自顾自地喝酒，他明明是攒局者，自己却落个清闲。白冰的心思全放在年柏彦身上，忽略了要陪的客人，连拒了客人好几杯酒后终于把对方激怒。那经纪人二话没说一巴掌就打在白冰脸上，骂话之难听令她恨不得开窗跳下去。客人再想为难她时，一直沉默喝酒的年柏彦意外地替她解了围："好了，犯了错误骂几句就算了，继续喝酒，别扫了大家的雅兴。"

聚会散了后她追上即将上车的年柏彦，他看着她，充满疑惑，问了句："你是……"

白冰自认为是个不折不扣的美女，一直以来都受男人目光的追随和关注，但年柏彦的态度令她受了伤。她跟他说自己就是刚刚那个包厢里的模特，然后又说一年前就见过他。但显然年柏彦对她没什么印象，白冰最后搬出了她那位银行的朋友，年柏彦才恍悟。

看着年柏彦若即若离的身影，白冰心底的爱慕更甚，她大胆地扯住了他的胳膊，做出了这辈子最大胆的事，她对他说："年先生，我……想跟你。"

年柏彦不解地看着她，白冰说出了自己的目的。她想跟着他，因为刚刚在包厢里她已经激怒了经纪人，再也无路可走了。

年柏彦看了她良久，然后问她："你知道跟我意味着什么吗？"白冰说知道，她只想跟着他，不在乎以后怎么样。

那一晚，奠定了她和年柏彦的关系，确切来说是奠定了年柏彦与她的情人关系。这三年来，她在年柏彦的帮助下发展得越来越好，从模特圈成功转到影视圈，一步步实现她想成为一名家喻户晓的明星的梦。

"从一开始他的态度就很明确，他告诉我，我和他之间只是各取所需，我只是他的情人，没资格干涉他的任何事。"白冰苦笑，"他是最令人着迷的男人，同时也是最无情、最没心的男人。"

素叶的手指颤抖了一下，她没料到白冰也会用"没心"来形容年柏彦。

"我知道像年柏彦那样的男人身边不可能只有我一个女人，主动往他身上扑的女人太多了，在他眼里，我也是她们中的一个。"

白冰抬手用力搓了搓脸，舒缓了一下僵硬的脸部。

"年柏彦是工作狂，如果工作和女人要他选，他一定是选择前者忽略后者。他对女人没什么耐性，最厌恶的是女人没事找事无理取闹，所以我告诫自己要在他面前乖乖的，要听话，不要说令他不高兴的话，不要做令他不高兴的事。"

素叶从白冰口中，似乎看见了一个陌生的年柏彦。

"可是啊，女人就是贪心。"白冰自嘲地笑了，"时间一长我就以为自己在他心里应该多少有点分量了，我做得最错的一件事就是太想把他占为己有。可年柏彦那三年里始终都是不温不火不亲近不疏离的态度，我和他见面，每次都是他指定的酒店房间，他从来没带我到过他家，他也从来不在我家过夜。我受不了这样，也受不了那些主动跟他示好的女人，我开始吃醋，开始妒忌，开始疑神疑鬼。总会趁他不备偷看他的手机记录，查他的通话记录，他只要不跟我联系的时间稍微一长，我心里就开始没着没落的。

“我忍不住在他工作时间打了他的电话，跟他说我想他。可年柏彦动怒了，我忘了他最讨厌工作期间被人打扰。他不再跟我有任何形式上的联系，足足有三个月，到最后我实在熬不住对他的思念，主动打电话给他，跟他道歉，不停地道歉。

“后来他终于来了，见到他的那一刻，我觉得自己是最幸福的人，可就是幸福让我昏了头，我在保险套上动了手脚。”

素叶惊愕地看着白冰，白冰也盯着她，一字一句道：“没错，我想给他生个孩子。我爱他，这跟他有钱有地位无关，我只想给这样一个男人生孩子。我以为只要有了孩子他就一定会珍惜我，毕竟我在他身边这么多年。

“可这件事被他察觉了，那天晚上他的态度冷得吓人。他跟我说，白冰，我看你是真忘了自己的身份了。说完这句话后他就离开了。”白冰哽咽了，“他是真的跟我断了关系，让秘书给了我张支票，还有一个电影女主角的戏份。那段时间，我像疯子似的期盼着能再见到年柏彦，希望他能够回心转意，但他就这么绝情，走了就是走了。

“不过我还要感谢他最后给我留的那个机会，如果不是那个角色，我现在可能早就打包回老家了。之后这几年我用尽了手段往上爬，一步步走到今天这个位置。今年，我和年柏彦才算是有了真正意义上的合作，却不承想你成了他身边的女人。”

“素医生，你是不是觉得自己很幸运？”白冰抑制住眼角的湿意，嘲讽地看着素叶摇摇头，“你错了，因为在年柏彦心里，任何事任何人都比不上他在事业上的野心，他所做的一切都是为了他的前途。你可以想想看，他都能用跟叶玉假恋这种事来站稳在精石集团的位子，还有什么是他做不出来的？

“我的噩梦就是爱上了不该爱的男人，那么素医生你呢？精石的大部分江山都是他打下来的，你觉得他甘于只做个总经理？你怎么知道叶家这前前后后所有发生的事不是他一手策划的？先别急着否定我的话，因为你不得不承认，年柏彦除了是个商业奇才外，还是个深谙人心的男人，谁都不知道他真正的心思，谁都不敢保准能猜中他的心思，就是他这样的人，才真正叫作可怕。”

房间里没有开灯，路灯的光晕透过落地窗闯进了幽暗的卧室。素叶坐在床上看着窗外，双手抱着膝盖，长发垂落时脸颊被衬得越发青白。

年柏霄在门外咚咚咚砸门，一副不客气的态度：“有什么事？不要想不开！”

素叶抿着唇不吱声。砸门声越来越大，末了她才冲着房门喊了一嗓子："让我安静地待一会儿。"

门外没了声音。

她没什么想不开的，她想得很开。只是直到现在她都不明白自己找上白冰的目的是什么，她到底想要在白冰身上得到什么？

白冰问了她一句，你相信年柏彦是爱你的吗？她笑着回答，这跟你没关系。

没错，她和年柏彦的爱情，原本就是两个人的事，他们两个人的事跟其他人有关系吗？素叶一直觉得爱情是件挺简单的事，在这条路上，她只要爱着他，他也爱着她就行了，可走着走着，怎么就疲累不堪了？

她压根就不在乎白冰有多可怜，她恨不得一巴掌打在白冰脸上，狠狠说一句，活该，谁让你主动送上了门。

对于这件事，她心里难过，但能理解，正如她有一段不敢去碰触的往事一样。最起码她知道年柏彦这个人不是个终日在女人堆里寻欢作乐的男人。可恰恰是这点，素叶才有了迟疑，她情愿年柏彦处处留情，像叶渊一样，也不愿他一点情都没有。这很可怕。

心底始终有两个声音在抗争。

一个声音说，素叶，你别傻了，你不是心理咨询师吗？你要凭着自己的感觉去相信年柏彦啊，相信他是爱你的，当天也许只是个误会。你扪心自问，他平日对你不好吗？你病了他都会放下工作从外地赶回来陪你，他为了你不惜背负骂名，你受伤了他比谁都紧张，你犯错了他比谁都严厉，只怕你行差踏错；你怀孕了，他高兴地抱着你恨不得满屋子乱飞，这样一个男人，你还需要怀疑吗？

另一个声音说，素叶，你醒醒吧，你的眼睛没有毛病吧？你没七老八十耳朵不灵光吧？年柏彦当着你父亲的面儿说了什么你不是不知道，你揣着明白装什么糊涂？你以为你在他心中是独一无二的？那么我告诉你，所有受过伤害的女人都以为自己在另一半心里是独特的。他对你从一开始就处心积虑，他知道叶鹤峰放不下你，知道你才是对他最有帮助的那一个，所以，他为了自己的利益跟你演场戏有什么大惊小怪的？这场戏码也许就是打算跟你演一辈子，因为只有押中了你，他的前途才会更加畅通无阻，他吞精石才更名正言顺。

这两个声音不停地在素叶脑中争吵、碰撞，她快疯了。她分不清年柏彦是真还是假，也分不清这条爱情道路上的是是非非，这就好比她之前接手过的一个病案，那个人做梦的时间远长于普通人，他每次从梦中醒来的时候都分不清梦境和现实。

卧室的门被一把钥匙打开，外面的灯光从门缝里挤了进来。

有熟悉的脚步声踩过来，沉稳有力，她不消回头也知道是他回来了。肩头一暖，她被带进了一个结实的胸膛里，他的领带还没有解开，领带夹还在，微微硌疼了她的后背。

“我在黄埔会等了你一个小时。”头顶上年柏彦的气息温凉，落在她耳畔的薄唇也卷了室外的一点冷，“怪我，我不应该由着你的性子，应该去接你。”

素叶凝视着窗外的月光，半晌后突然说：“叶玉这件事，以你的能力其实是可以压下来的吧？”

他没责怪她平铺直叙甚至是态度冷淡的问话，将她的身子扳过来：“叶叶，这件事已经过去了。”

年柏彦这种规避的态度令素叶皱了眉：“这件事是不是过去了跟我问你的是两码事，你在逃避什么？”

年柏彦没恼：“我不是在逃避，只是不想让你继续再想这些事。”

她想抽手时他却加重了手劲：“听我说叶叶，我知道你现在难过，你糟糕的心情和不耐烦的情绪我都能理解。但是人总要往前看，你始终站在原地，那么你的心情就始终不能平复。”

“年柏彦，你想去做的事，十有八九是胸有成竹，是可以达到目的的。当初艳照被曝光，你在外地无暇顾及，但即使那样你也能将伤害减到最低。叶玉这件事就在你眼皮底下发生，我不相信你一点办法都没有。这件事你不管不顾，目的是什么？”

素叶盯着他的眼睛：“第一，可以将艳照一事取而代之；第二，可以完全澄清你的自由；第三，也是最重要的，你可以利用这件事来打击叶家。就算坐在主席位上的那个人不被气死，你也能成功地让他在董事局颜面尽失，谁手中持有多少股份根本不重要，重要的是谁能真正坐稳第一把交椅。”

年柏彦的目光变得严厉，素叶迎着他的目光，一字一句问：“现在，你还要跟我说你没能力压下来这件事吗？”

他沉默了好一会儿，然后看着素叶说：“这件事，我没能力压下来。”

素叶的心蓦地沉到了谷底。

“叶叶，”他强压着心头的烦躁，尽量让自己的语气轻柔，“我没有三头六臂，我也是个普通人，也有做不到的事。”

年柏彦的烦躁来源于素叶的一针见血。没错，叶玉这件事他是有办法压下来的，就算不能完全扑灭舆论，但至少可以让它不那么铺天盖地。

但他凭什么这么做？他不是不清楚幕后黑手的别有用心，这世上没有人无缘无故来帮你扫平障碍，所以此人必有所图。

他年柏彦不是神，他也有私心，他的私心正是如素叶说的一箭三雕。可最后一点她说得也对也不对，事实是，叶家的后代的确没有开拓市场的能力，叶鹤峰一离世，扔下了资金冻结的烂摊子，她素叶也好，叶渊也罢，哪个有能力出面摆平？他要保的是年家的东西，怎么可能让叶家人一手葬送？

但他从没想过拿这件事来除掉叶鹤峰，叶玉这件事爆出来，令他惊喜又令他担忧。惊喜的是，这件事的确可以除掉眼前的两大心病，担忧的是，背后之人的居心叵测。他原本想着在事态发展到一定程度时加以控制，如此一来全部的事情就会无声无息地解决，只是正如他刚刚对素叶所讲的一样，他没有三头六臂，他无法做到像神一样不出丝毫纰漏，就在他为精石资金链累得焦头烂额时，叶鹤峰这边又出了事。

素叶静了好一会儿，才淡淡地笑了："所有人都看在眼里，在你被他罢免了职位后，你和他的争执已经不是一次两次了，那么我是不是可以认为，他已经成了你在事业发展道路上的一块绊脚石？"

年柏彦这下子皱紧了眉："你就是这么想我的？是不是在你心里，我就是一个为了达到目的可以不择手段的男人？"

素叶毫不犹豫地蹦出了一个字："是。"

周遭的空气一下子凝固了。年柏彦的脸色很难看，攥了攥手指，手背上的血管凸出。良久后他起身，走出卧室时房门砰地甩上，卧室里一震，素叶感到一阵阵的冷，她蜷紧了身体。

客厅沙发上，年柏霄正叼着只苹果看电视，年柏彦一脸愠怒地经过他身边，抄起外套，甩了一句："给我盯紧她，不许她迈出四合院半步！"

年柏霄手里拿着遥控器，看到年柏彦正推门打算出去，他没说话，又将视线落回到电视上。可房门半天没有合上的动静，年柏霄抻着头往外瞅，见他还在原地站着，不知道在想什么。

年柏霄咬了一口苹果，嘎吱嘎吱嚼得细碎，思考着他大哥在思考什么。能有半分钟的光景，年柏彦又返回来了，年柏霄嚼着苹果，目光一直追随着年柏彦到了沙发上。

他坐了下来，在离年柏霄能有五六人远的位置，将外套随便往沙发上一搭，颀长的身形深陷于沙发里。年柏霄心里也猜出了七八分，虽说他并不知道卧室里究竟发生了什么事。

年柏霄没跟年柏彦说话。

年柏彦也没搭理年柏霄。良久后他探身从茶几下面拿出烟盒，叼了根烟在嘴里，啪的一声，打火机蹿出小小的火苗，映亮了他眉头间的愁绪。

年柏霄扭头看着他，目光不经意地扫到了年柏彦随便扔放的外套，衣兜里露出精致的小盒一角，梦幻的紫配高档天鹅绒的细黑带，可见送礼物之人的用心。

烟雾从年柏彦薄唇中徐徐吐出，虚化了他的眉眼，只不过抽了一口又摁灭在烟灰缸中。

又过了能有三五分钟的样子，他起了身，经过年柏霄身边时甩了句："回你的房间睡觉去，都几点了！"

年柏霄觉得自己是无辜中枪，才10点多钟，这叫晚？

卧室的门再次被推开时，走廊的光聚拢在素叶身上，她还保持着刚刚的姿势，纤细的身影，披肩的长发，那瘦削的肩头小得近乎不见。年柏彦叹了口气上前，"叶叶，我向你道歉。"他伸手轻轻拥她入怀，低头轻声哄劝，"洗个澡，早点休息，好不好？"

素叶靠在他的怀里，他的胸怀宽广结实，像是这世上最安全的港湾。有好闻的木质香，又有极淡的烟草味，不仔细闻都闻不到，与他的体香配合得刚刚好，温柔又不失刚烈。

她意外地没有再针锋相对，轻轻点了点头。年柏彦笑了，她的脸白净得惹人怜爱，他情不自禁低头，亲了亲她的脸颊。她没拒绝，任由他的唇落下。当男人的唇游移到她的唇角时，她开了口："我需要你帮忙。"

年柏彦止了动作，看着她。

"我想拿回他的骨灰，这件事，只有你才能帮我。"

年柏彦默了片刻："好。"

Chapter 31

祭奠失去的最好方式

▼

翌日，叶鹤峰出殡。

这一天，天空像是蒙了纱，风吹过时惨兮兮，无孔不入地钻进衣服里，枯草矮矮，水纹不安地晃动，凄离的叶子在地面上哗啦啦直响。

来参加叶鹤峰葬礼的人不少，商界各路人马纷纷到场，一水儿的黑色着装，打眼看过去，像是阴天下的海面，黑色、沉寂，压得人心发慌。

阮雪曼坐在沙发上死死地抱着骨灰坛，哭得像个泪人儿似的，叶渊哄劝："参加葬礼的人都来了，咱们别错过下葬的时辰。"

阮雪曼一听哭得更大声，像是盯着杀父仇人似的盯着素叶："我就豁出去让全场人笑话也不能把你爸交给她！"

叶鹤峰的离世令阮雪曼没了主心骨，她痛恨他的无情，也痛恨他在临死之前做出的决定，尤其是要跟素秋合葬。她生怕素叶会来索取骨灰，所以在下葬之前就瞒着所有人将叶鹤峰的骨灰从殡仪馆带回了老宅，当年柏彦带着素叶来叶家时，阮雪曼已经如临大敌。

素叶走上前，冲着她一伸手："骨灰给我。"

"你死了这条心吧，我是绝对不会让他跟你妈葬在一起的！"

叶玉含泪上前，她对素叶和年柏彦已然不满，自然不会替他们说话："今天是我爸的葬礼，请你不要捣乱！"

"叶玉！"叶渊皱着眉喝了句，然后看向阮雪曼，"妈，这是爸的遗愿，当时在场的人都听见了，您不能让我爸走得不痛快吧？"

"他走得不痛快？我管他走得痛不痛快？我只知道他从来都没在乎过我痛不痛快！"阮雪曼哭得鼻涕眼泪一大把，"他想跟那个女人在一起，休想！"

“现在殡仪馆那边是二叔他们在盯着，时间一长，来宾都该怀疑了，您还是别耽误时间了。”叶渊真是没辙了。

“我不管，反正到了现场所有人都知道你爸的骨灰要运到别处，与其到那儿丢人，倒不如我就在家死守着你爸的骨灰！”阮雪曼说到底是咽不下那口气。

一直沉默的年柏彦终于开口，干脆利落：“葬礼正常举行，我们也不会对外公布骨灰转移下葬的事。叶夫人，董事长在临终前说得很清楚，他要与素秋同葬，我们这里的任何一个人都没资格反对这件事。”

“我是他的太太，我怎么就没资格？”阮雪曼怒气冲天。

年柏彦淡淡回答：“从法律程序上讲，您已经不是了。”

阮雪曼一时间找不出反驳的理由，干脆撒泼：“年柏彦，你想带走他的骨灰，除非把我一块儿烧了！”

素叶站在旁边忍无可忍，上前就来抢骨灰坛，阮雪曼原本就抱得紧，见她来抢抱得更加瓷实，哭着叫骂。叶玉一把将素叶推开，愤怒：“你少碰我爸和我妈！”

素叶一下子没站稳，身子晃了一下，年柏彦迅速伸手稳稳地搂住了素叶，眼里不悦，冲着叶玉冷喝一嗓子：“你再敢动她一下试试？”

叶玉从没见年柏彦这样过，傻愣住了。

阮雪曼的满腔怒火终于找到了发泄口，冲着年柏彦开始使劲：“你个忘恩负义的东西，再怎么说叶家都对你有恩，没有叶家你能有今天？你现在胳膊肘往外拐是吧？你以为你翅膀硬了？我告诉你，你想在精石一手遮天还嫩着呢！精石最大的股东是我儿子，不是你年柏彦！所以不管是精石还是我们叶家的事，你都没资格插手！”

素叶再次冲了上去，年柏彦一把将她扯住，素叶转头瞪着他，咬牙切齿：“年柏彦，你答应了我什么？”

年柏彦不松手，语气放低：“我答应你的事，你放心。”

阮雪曼突然将骨灰坛举过头顶，叶渊愕然：“妈，您要干什么？”

“我就算把这坛骨灰给砸了，也不会把它给你们！”阮雪曼歇斯底里。

有团烈火于素叶眸底深处燃烧，这辈子她最讨厌的就是被威胁，年柏彦拉着她的手劲不小，因为只有这样才能阻止她在下一秒像喷射机似的冲向阮雪曼，来个两人一骨灰同归于尽。

他看向阮雪曼：“阮夫人，你觉得现在叶家的负面消息还少吗？”

阮雪曼死盯着年柏彦。

“你把骨灰砸了可以，想继续争吵大闹也无所谓，但参加葬礼的宾客都陆陆续续到场了，时辰快到了却不见主人家，这件事传出去对我年柏彦没什么影响，对素叶更没影响，有影响的是精石，也是你儿子叶渊，他们会纷纷指责他作为长子的不孝，没有在吉时将老人送走。”

年柏彦字字干脆，说得阮雪曼一时哑口无言。

“按照董事长的遗嘱，他的骨灰一定是要与素秋合葬在一起，砸了骨灰坛又怎样？你现在这么做只会让叶渊为难。”

阮雪曼眉目松动了一下，叶渊马上劝说：“您还是将骨灰给小叶吧，爸都不在了，我们要尊重他的遗愿才行啊。”

“你们说得轻巧！”阮雪曼的牙齿咬得咯咯直响，“骨灰给她？葬礼那儿怎么交代？还有墓碑呢？难道要他在两个墓园同时有墓碑吗？这种事怎么能瞒得过外界？一旦被人知道了，我们叶家的脸还往哪儿搁？”

年柏彦说：“葬礼那边已经有备用的骨灰坛，空的骨灰坛会葬在叶家选定的墓园，墓碑也立在叶家墓园里，真正的骨灰交给素叶，那边不会显示董事长的名字。两全其美，既不影响叶家声誉，又没有违背董事长的遗愿。”

阮雪曼冷笑：“你以为她能同意？”

年柏彦看向素叶，用眼神询问她的意思。素叶沉默了一会儿，淡淡回了句：“这些形式上的东西我不在乎，我想我妈也不在乎。”

年柏彦看向阮雪曼：“那么，交出骨灰吧。”

阮雪曼依旧紧紧搂着。

“妈，时间真的来不及了。”叶渊走上前，趁机将她搂着骨灰坛的胳膊给拉下来，小心翼翼的，生怕她再一松手或改变了主意真打碎了这坛子。

阮雪曼也知道什么叫作大势已去，她再不甘心也无法改变事实。事实就是叶鹤峰的心这辈子都不曾在她身上停留过，他的心里就只有一个素秋，他记得的永远是跟素秋的那一段阳春白雪。

叶渊一颗悬着的心终于落地，将骨灰交到了年柏彦手里，压低了嗓音：“来参加葬礼的宾客大多数都是精石的合作伙伴，很多商界的人我都不认识，还得麻烦你必须在场。”

年柏彦将骨灰又交到了素叶手中，看向叶渊语气淡然：“放心吧，我会出席。”又将素叶拉到一边，“我已经让柏霄去阿姨的墓地了，你先去跟他会合，我处理完叶家的葬礼马上就去找你。”

素叶盯着手里的骨灰坛置若罔闻，她唯一的感觉就是骨灰坛好轻好轻，明明是那么有分量的大活人，怎么成了一堆骨灰后就轻若鸿毛了呢？人活着的意义是什么？为了利益斗得你死我活的意义又是什么？富翁也好，乞丐也罢，最后不都是一样要剩下这分量极轻的骨灰吗？

年柏彦不知道她在想什么，心生担忧："叶叶？"

素叶抬头看着年柏彦，他重复了刚刚的那番话，她点点头。不知怎的，年柏彦总有种不好的预感，想了想又强调了一句："一定要等我回到墓园再下葬。"他怕她性子倔，自己再动手弄碑座的事，万一伤了怎么办？本来孕妇就不宜参加葬礼。

"我知道了。"

年柏彦见她承诺了，才放心。阮雪曼在叶玉的搀扶下先出了门，叶澜经过素叶身边时悄声说了句："姐，如果一会儿我能脱身的话就去找你，我过去帮你。"

"谢谢。"

叶渊上前拍了拍素叶的肩膀，从衣兜里拿出一把小钥匙，金色的，递给了她："这是咱爸书房暗柜上的钥匙，是他住院当晚叮嘱我，要我找到给你的。"

"是什么？"

叶渊摇头："咱爸只交代让我把钥匙给你，里面放着什么东西我就不知道了。"

素叶轻轻捻着钥匙的棱角，硌得手指生疼。

叶家的葬礼声势浩大，素家的也不算无声无息。年柏霄接到电话后直奔素秋的墓园。另一边林要要也急匆匆往墓园赶，途中接到了丁司承的电话，林要要询问他要不要来墓园，他思量了许久后说："我还是不去了，你也知道现在小叶对我有意见。"

林要要自杀一事彻底给他和素叶的关系来了个分界岭，再加上在治疗林要要抑郁症的方式上两人发生了分歧，虽说后来素叶也找过他询问记忆方面的事，但很明显，素叶已经不再像以前那样信任他了。

他不是有心逃避，一来他手头上的事情的确多，脱不开身，二来两个老人合葬这种事说白了都是件伤心事，他真怕到时候看见素叶悲伤的样子，自己再忍不住做出些什么举动来。

林要要也不强求他，顺了他的意思。

"还有伴娘的事，怕是小叶已经没心思了，你看看要不要再找其他姐妹。"

在婚礼的安排上丁司承尊重林要要的决定，主婚礼放在北京，方便男方及男女双方的同事和朋友，然后会在林要要的老家宴请亲戚，如此一来方方面面都照顾得到，为此林父林母早早就赶回老家安排宴请的准备工作了。

林要要也明白："这件事我会尊重小叶的意见，不过十有八九得重新安排。其实也不着急，婚礼还早着呢，现在又不需要守孝三年。"

丁司承没有反对，叮嘱了几句后挂断了电话。预约的车子已经到了，林要要上了车，不知怎的就想到了叶渊，他今天也会很悲伤吧。

叶家的葬礼进行到一半时，年柏彦接到了年柏霄的电话，声音很急，他倏地变了脸色，随后打了几通电话，没人接听。他开始惶惶不安，冲着正在进行家属谢礼的叶渊过去，一把揪住了他的衣领："你到底交给了素叶什么钥匙？"

现场大部分人都认识年柏彦，谁都没料到他还有情绪波动的时候，诧异地冲着这边行注目礼。

"我真不知道那把钥匙是做什么用的。"叶渊一头雾水。

阮雪曼耳朵尖，警觉地问："什么钥匙？"

当所有人的目光都落在自己身上时，年柏彦才意识到刚刚的行为有失理智，压住心头不悦，调整了呼吸，松开了叶渊的衣领。

"出什么事了？"叶渊问。能让年柏彦都变了脸色的事，一定不是小事。

年柏彦答非所问："后面的事你盯着，我有事得先离开，抱歉。"

叶渊看着他匆匆离去的背影，着实开始担心了。

素叶没在墓园出现，年柏霄实在等不及了才给年柏彦打了电话。年柏彦火急火燎赶到墓园时山上的风异常大，吹得人心发慌。许桐见他来了赶忙上前："年总，这里任何一个人都联系不上素叶，怎么办？"

年柏彦最怕的就是素叶出事，这一路上他都在担心，按照素叶离开的时间来计算，她应该早就到墓园了，他自责，他就不应该让她一个人走！

素冬和方笑萍也早早地就来了，又带来了几个民工，就等着素叶带来叶鹤峰的骨灰后撬开碑座合葬。岂料左等右等，等来了许桐，又等来了跟年柏彦长得很相似的年轻大男孩，据他说他是年柏彦的弟弟年柏霄。等来了所有该来的人，就是独独不见素叶。

方笑萍着急忙慌地上前问："小叶呢？你到底找没找到小叶？"

年柏彦内疚："您放心，我一定会找到她。"

方笑萍一听这话就疯了，她将最后的希望都压在年柏彦身上，听他这话的意思就是还没找到："她会不会出事了？墓园这条路发生过很多起交通事故，小叶她会不会——"

"不会。"年柏彦斩钉截铁地打断了方笑萍的话。

"那怎么办？现在怎么办？"

年柏彦的心像是被绳子勒住似的，紧紧的，呼吸不畅。他抬腕看了一眼，从素叶离开叶家到现在有三个小时了，三个小时，什么事情都可能发生。

"许桐，继续打电话，继续给我找！"

空气渐渐薄凉，那厚重的雾霾一层裹着一层地加重，在山脉间、在一座座墓碑间，如死寂的湖水，厚重。半小时里，年柏彦和许桐各自分工，绞尽脑汁尽最大可能来寻找素叶的下落，手机从未停歇，一通一通电话，一遍一遍询问。

素冬也没闲着，把能想到的人全都打电话咨询了个遍，方笑萍始终摆脱不了素叶出事的预感，跪在素秋的墓碑前不停地祈求保佑。

林要要也打电话问了所有能问的同学、同事，均未果，她都快急疯了。年柏霄刚回国不久，没什么人脉，而且他的交际圈与素叶是两码事，所以在这件事情上他压根就帮不上忙，只能沉默地在一旁等候。

请来的民工不知道发生了什么事，对于他们来讲，发生了什么事都不重要，重要的是他们能不能赚到这笔钱。几人原本还都规规矩矩地站着等待，后来着实累了，靠着一棵歪脖子树有一搭没一搭地聊天。

手机铃声再次响起，只响过一声，年柏彦就赶忙接通，站在高高的台阶上，盯着远处雾霭下的山脉，忧思占据了眉心。“好，麻烦你了徐队，行，拜托了。”简单寒暄了两句后，他使劲揉了揉紧皱的眉心和酸涨的额角，像是有一根钢丝缠住了他的脑神经，一跳一跳地疼痛。

许桐见年柏彦这般神情后也猜出了七八分：“徐队那边也没任何消息？”

年柏彦放下手机：“从市区到墓园的监控摄像头不齐全，尤其是通往墓园这边的路没设置监控设备，徐队负责的片区没找到叶叶的下落，他只能再通过其他同事扩大其他片区的搜查，调出从叶家老宅开始的全部监控录像。”

“这需要很长的时间。”她不得不提醒一句。

年柏彦沉默，良久后说：“只要她平安无事，等再长时间也无所谓。”

刚刚通电话时他反复看着不远处的山脉，不停地屏蔽着大脑中一次次蹿上来的恐惧。那段山路没有任何监控设备，那就意味着就算素叶出了事，他也不会第一时间知道。他陷入莫大的惊恐中，他害怕素叶真的连人带车翻下了山谷。

方笑萍突然像是想起了什么似的，马上从地上爬起来：“小叶一定是被人绑架了！”

年柏彦闻言陡然转身。

素冬一把拉住了方笑萍：“你瞎说什么呢？”

“我没有瞎说！”方笑萍甩开素冬的胳膊，焦急地盯着年柏彦，“一定是阮雪曼派人绑架了小叶！她这辈子都恨素秋，能那么心甘情愿地成全他俩吗？她交出骨灰只是在你们面前演戏，实际上她已经派人绑架小叶，夺回骨灰坛了！”

素冬皱着眉头：“你一天到晚能不能想点好的？”

方笑萍没理会素冬，一把抓住了年柏彦的胳膊：“我求求你一定要把小叶救出来，现在叶鹤峰死了，那个女人还不定会对我们家小叶做出什么事呢。你找人去把阮雪曼抓了，逼她说出小叶的下落。”

“您先冷静点。”许桐上前劝说。

方笑萍眼眶红了：“出事的是小叶，我怎么能冷静啊？”

年柏彦任由她死死揪着自己的胳膊：“您放心，我已经找警察来帮忙了，警方初步排除了她被绑架的可能。”

“真的？”方笑萍含泪看着他。

“真的。”不管他有多么着急，不管他有多么焦虑和恐慌，至少在此时此刻他要说服自己保持冷静和理智，如果这个时候连他都乱了阵脚，那么这群人会更不安定，尤其是方笑萍。想了想，他再次掏出手机，“我打个电话给离境处，先别急。”

他走到了一旁，拨了一串号码：“王主任你好，对，我是柏彦……”

许桐拉过方笑萍冰凉的手攥紧，安慰：“放心吧，年总一定会找到小叶的。”

许桐知道年柏彦是做了好几手的准备，怕素叶被人绑架，所以他找了警局的人帮忙，怕素叶出交通意外，所以他找了交通队帮忙，现在他打给离境处，是想知道素叶有没有离开北京的可能。

人情搭得越来越大，动用的人脉也越来越广，他的这通电话，也意味着要麻烦更多人来地毯式搜索素叶可能离开的途径，从机场到公路，再到铁路。果不其然，年柏彦在给离境处打完电话后，又连着打了两通，她知道对方，有铁路办事处的人，也有负责公路运输的人。按理说，这些事是应该吩咐她去做的，但现在年柏彦竟亲自刷脸求人，看得出他内心的焦急。

接下来的时间就是等待，几人又回归到了沉默，只能听见寒风在呼呼作响，吹得人脸生疼。

民工们终于坐不住了，其中一个走到年柏彦身边，小心翼翼问：“先生，你看咱们几个什么时候动工啊？我们哥儿几个这一天可不是接你们这一家呢，再等下去，这时间上……”

年柏彦原本就心烦，听他这么一说后，整张脸都像涂上蜡似的僵硬，许桐刚打算好言几句，就见他掏出钱包，将里面的大钞都拿了出来：“拿上这些钱，老老实实地在旁等着！”

几人又对着年柏彦点点头，没那么着急了。年柏彦没搭理他们拿到钱后的殷勤，站在素秋的墓碑前，重叹。他从不相信鬼神之说，活人祭奠死人，求的不过是个心理安慰，人死如灯灭，活着的时候都无法帮助你太多的人，死后就能有通天的本领了？但今天他在心中默默恳求素秋的保佑，恳求素叶能够平平安安地回到他的身边。

碑座很干净，周遭的荒草也被收拾得无影无踪，他想起平安夜那天，素叶站在墓碑前的一幕，心一疼。可紧跟着脑中闪过一道光亮，像是烟花炸开，他眼睛微微一眯，一个大胆的想法产生！

“你们几个，过来。”他转身，冲着不远处的力工喝了一嗓子。

力工们以为可以开工了，赶忙拿着工具上前，素冬几人不知道年柏彦想干什么，纷纷上前。

年柏彦指了指碑座：“这个位置，撬开。”

所有人都愣住了。力工倒是不惊讶，他们原本就是来帮忙殡葬的，也没觉得年柏彦的行为奇怪，其中一人上前，拎着工具就要动手。素冬一下子推开了力工，盯着年柏彦怒喝：“你干什么？”

许桐也很不理解年柏彦的行为，轻声道：“年总，素医生还没到，撬墓的话至少要等叶老先生的骨灰拿来才行啊。”

年柏彦置若罔闻，冲着力工喝道：“还愣着干什么？撬开！”

“不准撬！”方笑萍一下子挡在了墓碑前，双臂一伸，“不把话说清楚谁都不能动这里一下！”

“我怀疑这里根本就是一座空墓。”

众人大惊，方笑萍的惊叫声更大：“不可能！”

素冬也摇头：“素秋是我们亲自下葬的，这里不是空墓。”

“是不是空的只要撬开就能一清二楚。”年柏彦态度坚决，“我必须证明这里是空的，才能找到素叶。”

“你什么意思？”素冬一惊。

年柏彦盯着墓碑上的照片：“如果排除了意外和绑架的可能，叶叶为什么不急着赶到这里？中国人很讲究下葬的时间，她虽说在国外生活了那么多年，但老祖宗的传统她绝对不会忘，而且现在需要合葬的又都是她最重要的亲人。”

素冬眸光一怔：“但如果小叶真是出了意外呢？”

“所以，我才更要看看这里面到底是不是空的！”

墓园中的所有人都沉默了，或许他们都被年柏彦这个大胆的想法给镇住了，年柏彦没有耽误时间，一挥手，就命力工动手。

没一会儿就听见倒吸凉气的声音：“先……先生，你看……”

年柏彦走上前一看，眉头皱紧，素冬他们几个也赶紧上前。方笑萍尖叫了一声：“怎么会是空的？素秋呢？她的骨灰怎么不见了？”

碑座下是空空如也的坑位，哪还有骨灰坛的影子？素冬一个趔趄：“不可能……”

年柏彦蹲下身，摸了摸坑位里的泥土，又捏起一小点捻了捻，远比外面的泥土湿润得多，又仔细打量了一下坑位，没有一点印记，这说明骨灰坛不是最近才被转移的。

叫来了其中一位民工，询问了他的意见。那民工也蹲身下来，看了看泥土，又拿出工具测量了一下碑座的情况，反复端详碑座边沿，最后给出个结论："碑座上产生的痕迹可不是新的，很陈旧，上十个年头绝对有了。"他们是跟丧葬打交道的人，很多内行的东西一看就明白了。

年柏彦紧紧皱着眉头，他猜到了这里可能是空的，但没想到这里竟空了十几年之久！

素冬怒了："一定是叶鹤峰干的事！"十几年这么久，除了叶鹤峰还能有谁？

方笑萍也跟着痛骂叶鹤峰，又怀疑现在叶鹤峰和素秋的骨灰全都落在了阮雪曼手里，只有年柏彦是冷静的："跟叶鹤峰无关，拿走骨灰的人是叶叶。"

"什么？"素冬和方笑萍惊叫。

林要要听了后觉得匪夷所思，摇头迟疑："怎么可能是小叶？这里空了十几年了，又不是刚刚才清空的。"

"十七八岁的孩子足可以做这件事了。"年柏彦目光沉凉。

"难道，素秋阿姨还有其他的墓地？"林要要迟疑地假设了一下。

年柏彦起身，拍了拍手上的泥土："我想，骨灰应该是一直存放在某个殡仪馆里。"

这么推断也不是没有根据。北京的墓园有多少个他心中有数，距离市区有多远、要走多长时间的车程他不是不知道，素叶一直待在他的身边，如果素秋换了个墓地的话，素叶每次去探望至少要花上大半天，她没有那个时间。而她又必须能够随时探望，只能说明骨灰就在市区，那么，殡仪馆是最好的存放地点。

素叶为什么要这么做？年柏彦突然恍悟，也许，她早就打算等叶鹤峰百年后将他和素秋合葬在一起。想到这儿他才深深感叹素叶的心思，他以为她就是个走一步看一步从不盘算的人，照这么看来，她心中也有个算盘，而这个算盘竟打了十多年之久！

"难道我们要一家一家的殡仪馆去找？"一直保持沉默的年柏霄终于开口了，他很少来这种地方，也不明白这里面的规矩，他唯一拜祭过的除了父母就是文佳。

年柏彦默了会儿："再或者，她将骨灰放在了……寺庙。"转头看向素冬，"素阿姨信佛吗？"

素冬点了头："对，素秋后来是居士，总会去寺庙烧香拜佛，她做了不少善事，还经常去放生什么的。"

年柏彦点点头，他推翻了之前的判断："应该是在寺庙。"北京的寺庙远比墓园近得多，也方便素叶抽时间拜祭，再者他也听说居士百年后可以将骨灰存放在寺庙，倾听佛音登极乐世界。之所以会想到这点，是因为年柏彦记得素叶对四合院的紫檀十分懂行，当时他还好奇她年纪轻轻懂这么多，她告诉他是舅舅教的，然后又补上了句："我妈就很喜欢这种紫檀，说这样的料子做成的念珠很珍贵。”

“那我们接下来要怎么办？”素冬急了。

年柏彦正要回答，手机响了，他接起：“王主任。”

那边的声音很急，他的脸色突地变了一下。所有人都心惊胆战地看着年柏彦，生怕这通电话会带来什么不好的消息。只听他说了句：“好，我知道了，麻烦你了王主任，我们改天再聚。”

夕阳斜落时湖面甚好，微波粼粼，折射出艳红的光亮。这个季节来旅游的人不多，所以少了很多在断桥之上拼命挥舞剪刀手合影留念的游客。

被染红了的湖面，木船悠悠荡漾，摇橹的船家说：“现在新西湖没什么游客，安静得很哪。”见船上的姑娘不吱声，他也不再说话，船只悠缓地向深处游走。

素叶坐在船尾，目光像这西湖的水面般死寂，夕阳不仅染红了水面，也染红了她的双眼。越朝深处就越是寂静，岸边的榕树遮了光亮，有一团团黑魆魆的影子，像鬼。

她打开随身带来的白瓷坛，坛中的骨灰便顺着船游的方向一路撒向湖心。她沉痛地趴伏在船边，妈，他终于实现他对你的承诺了。

就在她出国前，也就是在十年前，她背着舅舅和舅妈找人撬开了母亲的墓地，拿走了母亲的骨灰，供奉于寺庙之中。母亲半生信佛，她孤独一生，素叶不想在她死后也只能凄风苦雨独自面对山林。

供奉于寺庙最大的好处就是方便她随时探望。所以当她回北京后，那家寺庙也就成了她常去的地方，以母亲的名义添点香油钱。叶鹤峰出殡之前，素叶抽空去了趟寺庙取走了母亲的骨灰，静候叶鹤峰出殡的那一天。

就算叶鹤峰没有之前的遗嘱，素叶也决定要他跟母亲合葬，她没有依照年柏彦的吩咐赶往墓地，当然，她无法提前告诉舅舅，这是她精心筹划十年的计划，不能跟任何人说。她搭乘了最近一趟航班直飞杭州，为了方便携带，她将父母的骨灰混合在了一起。

在她很小的时候，她就喜欢上了那句“春风不解江南雨，笑看雨巷寻客尝”，在她的印象中，江南烟雨，烟花三月是人间胜景。再后来，她就从母亲口中学会了一首首关于江南的诗。

她会坐在舅舅家门前的槐树下背诵“江南可采莲，莲叶何田田”，也会在小伙伴们中间炫耀一句“正是江南好风景，落花时节又逢君”，然后故作懂得“醉舞春风谁可共，秦云已有鸳屏梦”的诗情画意，再伤感“江南相思引，多叹不成音”的情愫。

杭州是父母定情的地方，也是他们在一起生活过的地方，父亲也承诺了母亲，他们以后会在杭州长久地居住下去……所以后来母亲一直在等，等着他实现承诺的那一天，从生，到死。

她从未踏足过杭州，如果来到杭州，定然是让父母团聚的那天。这一天，她来了。

之后素叶来到了上天竺寺，白衣观音起源的地方。它隐藏于林间山谷，相比北方，寺宇壮丽，正如古人所赞的一样，万竹参霄，碧荫数里，寂然空谷，唯闻泉声。

超度的时间很长，她虔诚地跪拜在佛堂中央，头顶是鎏金光照的佛祖。六七个僧者在方丈的指引下将她围在中央，口中不断念着往生咒，她一遍一遍地磕头，为父母，为孩子。

离开幽胜的龙井，她一路打车到了早前联系好的医院，小腹已经攥劲儿地疼，身体忍不住发抖，北京的冬天在杭州蔓延了，风吹进了她的心窝，寒凉。

主任是个来自美国的妇科专家，标准的金发碧眼，笑起来很阳光，从深麦色的肌肤可以看出她经常锻炼、喜欢海滩阳光，见到素叶后就立刻为她安排了病房，轻声安慰她说："不会痛的。"

"我不需要麻药。"

主任听了惊愕："你要知道你的身体已经很糟糕了，我不明白你的决定。"

素叶缓缓道："我就是要选择一种最痛的方式。"

最痛，才是祭奠失去的最好方式。

年柏彦抵达杭州时天色已晚，他步履匆匆，走出闸口时有人接机。

那人见了年柏彦后十分热情，双手与他紧握："年总，真是好久不见了，我们许部长一听说您来了杭州高兴坏了，他现在人在上海，正往回赶呢，应该一个小时后就到杭州了，在电话里千叮咛万嘱咐一定要我先招待好您。"

"先替我谢谢许部长，我来的目的已经跟许部长说了，怎么样，在杭州找一个人需要多久？"年柏彦长话短说。

在墓园，他接到了王主任的电话，王主任通过查询交通监控终于锁定了素叶的消息，年柏彦二话没说飞往杭州，岂料登机后遇上空管，航班延误。

接机的男人想了想："今天是周末，所以找人的话会比平常要多耗时两三个小时，年总，许部长的意思是明天一早他就安排人全城监控搜索，您看现在都这么晚了，许部长已经在四季酒店给您订好了房间，今晚还要宴请您呢。"

"宴请就不必了，无论多晚都没问题，麻烦你现在就安排人手找人。"

男人点头，他也生怕会耽误这位年总的事，能让他们上头这么重视的人他可得罪不起。

"那许部长那边……"

"我亲自打电话跟他说。"年柏彦干脆利落。

“那您跟着我回单位吧，我马上安排人手。”

夜深了，素叶静静地躺在病床上，洗手间里，还有她刚刚洗过手后没有拧紧水龙头水流滴落的声音，她想起了林要要自杀那一天，她的血是不是也是这样一滴一滴地砸在浴缸中的水面上？

房里没开灯，只有透过窗子洒进来的月光，那月光散发出银子般的色彩，薄凉的不单单是它的光亮，还有月光本身的温度。

素叶看着天花板，一遍遍数着上面的灯泡，穿着病服的她，脸上一点血色都没有。她紧攥着一个红艳艳的小木马，马背上还有活灵活现的鬃毛，柔软地扎着她的手心，除了小木马，在她的包里还有一把钥匙和一个日记本。

她要感谢叶渊，给了她这么一把钥匙，是藏于书房里的一只柜子的钥匙，打开的瞬间，素叶惊呆了。柜子里面每一层都整整齐齐摆放着小木马，每一只木马都活灵活现，不重样，或颜色或表情。

素叶拿过第一只小木马，是红色的，与记忆中的小木马重叠了，她开始怀疑这木马是不是她小时候喜欢的那只。还有一本叶鹤峰的笔记，第一页就写道：小叶，我最疼爱的小女儿，希望你能喜欢爸爸精心为你准备的，却从来没勇气送到你面前的生日礼物。

她这才知道，这些木马是叶鹤峰每一年都亲手做给她的生日礼物，就只有第一只，她手中拿的这只，是从当年那个说什么都不肯售卖的邻居手中出高价买回来的。

也许谁都不知道，在素叶的心中只藏了一只小木马，连她自己都不清楚为什么会痴迷于小木马，也许只因为它的可爱和呆憨，也许是因为她想抓住曾经拥有的快乐。

那一天的阳光她永远记得，枝叶刚刚抽芽，绿得那般纯粹。她心心念念的父亲，那个只出现在报纸和电视上的父亲，像神祇似的出现在她面前，然后妈妈笑着对她说，小叶，快叫爸爸。

爸爸这个词对素叶来说并不陌生，而眼前这个高大俊逸却有些忧郁的男人她也并不陌生，很多夜晚她都看见妈妈翻着相册，如数家珍似的指着照片上的男人跟她说，他就是爸爸。

那本相册是妈妈最珍贵的宝贝。

那一天，她在父母的陪伴下骑上了美丽的旋转木马，在一圈圈的旋转中，她看到了站在围栏外的父亲母亲，他们两人是那么般配。

那一天，母亲笑得很美，大片的白兰花在她的身后绽放，她的长发绵软如黑缎，衬得她的眉眼越发温柔，而父亲，那个高高在上的男人，他含着笑，看向母亲的目光那么温柔，当母亲额前的一缕长发被风吹乱时，他伸手，自然而然地替她别于耳后。

后来，她执意要去玩旋转木马，因为她觉得只要坐上木马，她的父亲就会出现，可母亲告诉她，父亲不会再来了。

木马承载了她太多的期许，有些期许太美，就变成了遥不可及的梦。那一本日记里，记载的都是父亲和母亲的故事，他们如何相识，如何相恋，又如何期许终生，最后又怎样分离。日记中，父亲用了“撕心裂肺”来形容他与母亲及她的分离，纸上还依稀可见斑驳的影子，是泪痕。

后来，她在日记中看到了“杭州”二字，父亲的笔迹苍劲有力，感叹：“投老残年，江南谁念方回？东风渐绿西湖岸，雁已还有未南归。最关情、折尽梅花，难寄相思。”

原来父亲记得对母亲的承诺，他心心念念的江南，只因一个素秋填了太多相思和忧愁，而母亲何尝不相思？她清楚地记得母亲曾经写下的那句“入我相思门，知我相思苦，长相思兮长相忆，短相思兮无穷极，早知如此绊人心，何如当初莫相识”。

她实现了父母的愿望，却独留世上学着怎样将一个人深留在心中却又不受伤。她尝尽了相思苦，如同她的母亲。

不知什么时候睡去，也不知自己睡了多久。素叶觉得自己睁开了眼睛，在她眼前的是一条繁华的大街，车影纷沓，霓虹闪耀，来来往往脚步匆匆，只有她一个人静静地伫立在人流之中。

很快地，她看到了对面的男人，跟她一样静立街头。他穿着黑色长款大衣、深灰色衬衫和黑色西装长裤，那么枯燥的颜色在他身上却丝毫不显得呆板，人群中他的身形高大挺拔，宽阔的肩膀，伟岸的胸膛。

他冲着她伸出双手，那手掌宽大温暖，骨节分明，她没来由地喜悦，迫不及待地跑向他。他紧紧搂住了她，低低地叫着她的名字，然后问她：“你在等我吗？还在等着我吗？”她毫不犹豫地回答：“是的，我一直都在原地等着你，从未离开过。”

他笑了，却笑得那么忧伤。

她的泪水滑了下来：“你知道吗，我做了一场噩梦，梦见你在尼泊尔登山时坠下了山谷，我很伤心，就这样一直过了好多年，我都无法得到你的消息，你失踪了，不见了。噩梦醒来的感觉真好，你还在，还活生生地在我面前。”

他吻了她的额头，她闭眼，额头上轻柔温热，却很快有湿润滑过脸颊，她愕然，伸手触碰却是泪水，再睁眼时发现他已转身离去。

“蒋彬——”她拼命地喊着他的名字，于人群中追寻他的身影，可他很快就被人群湮没，消失再也不见。

素叶蓦地睁眼，眼前只有微弱的光线，身体僵直得如同木板，神经似乎还停留在梦中的世界，跟着他的身影渐行渐远，连腮边已坠了泪水都浑然不知。

空气中流窜的熟悉气息惊醒了她，她猛地清醒，被坐在床边的男人身影吓了一跳！

惊叫声从喉咙里拼命挤了出来，梦境中的身影与眼前的男人重叠在一起，她突然从床上坐起，借着窗外稀薄的光亮努力打量着眼前的男人。

男人沉默地坐在床边，安静地等着她的惊叫声停止，昏暗的光线中，那张脸一丝笑纹都没有，唇际到下巴的弧度平缓流畅，却因薄唇的微抿而显得锋利。他眼睛一眨不眨地盯着她瞧，明明是有光映入了他的眼，可她依旧看不透他的眼神。

她不知道他怎么找到她的，也不知道他什么时候进的病房，更不知道他在她的床边坐了多久，这样的相遇令她措手不及。

床边的男人开了口，声音低沉："醒了？"

窗外闪过一束强光，太阳终于从天际线蹦了出来，她更真实地看清了他，他看上去很疲累。

"你怎么找到这儿的？"素叶的情绪已恢复了平静。

对于年柏彦来说，素叶的这句话形同虚设，没有任何意义，不管他是怎么找到这里来的，他还是真真实实地坐在了她的面前，所以他置若罔闻，颀长的身子探向她，拉过了她攥着红色木马的手，与她十指相扣。他像在隐忍着什么，低声问她："睡得好吗？"

素叶没有回答，相比他，她显得残忍而无情，年柏彦紧紧攥着她的手，抿唇看着她，像是在期待着她更好的回答，又像是在逃避着什么。病房里陷入了安静，良久后她开口："你想要知道的，只是我睡得好或不好？"

窗外初升的光移到了年柏彦的脸上，他的眸里有暗光浮动，他问："我的孩子呢？"他强调了这几个字，来宣告孩子的所属。

素叶抽出手，虚弱地走进了洗手间，年柏彦下意识起身，心中不祥的预感越发强烈。她从洗手间出来后就再也没有力气多走一步了，靠在墙上，后背的衣裳被汗水打湿，冰冷地黏在身上，如同置身寒冰之中。

他接过她递上来的器皿。

"年柏彦，这就是你的孩子。"

年柏彦的手一抖，器皿从指缝间落下，那小小的一团血肉早就黏在了器皿上，无声无息地跟着翻滚。他踉跄了一下，脸色惨白："不可能……"

素叶神情木然地看着他："它就是你的孩子！"

年柏彦连连后退了几步，像是被人残忍地抽去了脊梁骨，毫无预警地将他的尊严击得粉碎。

有护士推门而入，房间里的一幕令她起了疑，小心翼翼地问："素小姐，你没事吧？"

年柏彦蓦地回头嘶吼了一声：“滚出去！”

他转过头的瞬间，素叶才看到他的眼已猩红，看上去杀气腾腾，令人不寒而栗。小护士被他的样子吓得魂飞魄散，哆哆嗦嗦地一溜烟跑了出去。

“为什么？”他咬牙切齿地盯着她。

天知道为了找她，他近乎把北京城和杭州市翻了个遍，最后一路追到了这家医院。而护士的一句“她想药流所以留院观察”，令他大惊失色，他认为是护士搞错了，护士翻了翻住院名单说，没错，就是姓素的女士预约了我们妇产科主任。

年柏彦自认为活这么大什么大风大浪没见过，他已经过了手忙脚乱的年纪，这么多年的商场争斗，他早就练就了一颗百毒不侵的心和泰山崩顶都面不改色的冷静，可听到这席话就惊恐了。

他坐在她的床边，等着她醒来，他开始自欺欺人，希望她醒来时会笑着告诉他，放心吧，宝宝没事。

他伸手想去碰碰她，近在咫尺却停住了动作，他怕惊醒了她，然而她急切地叫了声，蒋彬！

他胸口生疼，原来她始终不曾忘了那个男人，那个令他深恶痛绝却无力寻找到的男人！

她醒了看见他，眼里有明显的惊恐。他没看错，是惊恐。他看过太多这样的眼神，往往都是他的竞争对手最后被逼得走投无路时流露出的眼神。他肆意地享受着这种眼神，无视他们的绝望，可最后，他竟然在自己女人的眼里看到了这种神情。

她就像刽子手似的挖出了他的心，狠狠摔在地上，用力踩上去，一点一点地碾碎，他却还死抱着一丝希望，只因为她的那句：“柏彦，我爱上你了，怎么办？”可她不仅手持尖刀刺穿了他的心脏，还杀了他的孩子，血淋淋地放在他面前，彻底击垮了他的骄傲和自信。

素叶艰难地弯身，拾起器皿，走到他面前，将器皿轻轻塞进他的衣兜里，一字一句地告诉他：“因为只有这样，咱们俩才能不拖不欠。”

他蓦地伸手掐住了她的脖子：“素叶，你好大的胆子！”

素叶没有挣扎，她能感觉大动脉因血液不流通而聒噪得乱蹦，手无力地垂搭着，另一只手却始终攥紧，那小小的药片也早就被汗水打湿、融化。

呼吸越来越艰难，她的耳朵都能听到心脏在胸膛中乱蹦的声音，大脑里的情景不受控制地走马观灯，最后定格在某一个阴霾的午后，医生的办公室里。

她无力地坐在医生对面，看着单子上的两个数据，一个是黄体酮，还有一个是人体绒毛激素。她颤抖着声音问医生，为什么这次的数据跟上次检查的差不多？没什么数据有增长？

直到现在，她耳边还回荡着医生的话："这个孩子，你保不住。"

"医生，我求求你，不管怎样都要保住我的孩子！"

"可是，从前后检查的数值来看，你的孩子已经……所以你要尽快处理。"

"现在医学这么发达，我……医生……"她像个溺水的人。

"其实你的体质不适合怀孕……"

她不知道自己是怎么从医院走出来的，只记得那天的风格外的大，像刀子似的刮着她的脸。她拒绝了医生的建议，手里紧紧攥着的是自欺欺人的保胎药，她在期盼着某个时刻那些代表着孩子生命力旺盛的数值能够成倍成倍地增长，然后医生告诉她，素小姐，我们之前的检查结果出了错误，你的孩子很健康。

可一天叠着一天，直到在杭州已经出现了流血症状时她才不得不面对这个事实，那就是不管她有多努力，不管她要怎样诚心叩拜，她跟这个孩子都已经无缘。她不忍心让孩子在最后一秒的时候接受冰冷的手术刀，她怕刀子划过它的尸体时，它会在梦中哭着跟她说，妈妈，我疼……

是的，她不能让它疼啊，它是她的心头肉，正如她在她母亲的心里一样。

可她还没来得及吞掉那片药时，它便无声无息地从她身体里流走了，她痛得万箭穿心，她的手指沾满了血，孩子的血。

头顶上男人在愤怒地低吼，问她为什么要这么做，有什么权利这么做。

她的唇翕动，再也无力多吐出一个字来。她看到那个叫阮雪曼的女人上门跟母亲争吵，指着母亲鼻子尖骂狐狸精；看到她骑在旋转木马上，愉悦地笑着，她的爸爸妈妈微笑地看着她，眼里心里就只有她；她看到了小小的自己执拗地要那只红色的小木马，任爸妈如何哄劝都不行，然后父亲敲开邻居家的门；她看到了一条长巷，摇晃着白色灯笼，有个小男孩拉扯着一个小女孩拼命地跑，后面有一群人在追；她看到她鼓足了勇气来到叶家，踮着脚试图去够那门铃，只可惜她个头太矮了，她只能砸门，拼命地砸叶家的门……那个怒骂她母亲的女人出来了，一脸厌恶地看着她，如同看着一个上门讨饭的乞丐。那个女人告诉她，她父亲是不会去见她母亲的；她看到躺在病床上的母亲，又看到了年柏彦，晨光中的年柏彦，深夜中的年柏彦，无论哪一个他，都令她眷恋不已……

她才知道，她在近三十个年头中像是演了一场电影，在濒临死亡的时候镜头一一浮现，她好累，所以艰难地吐出了句："年柏彦，你……杀了我吧……"

眼前一片黑暗，有个声音急急地闯入，愤怒焦躁："年柏彦你疯了？！"

Chapter 32

谁当真谁就输了

▼

叶澜到达芒市已是晚上 6 点多了，通往瑞丽的班车停止运行，要早上才有，原本想着租辆车直奔瑞丽，但又怕独身一人，赶夜路还不定会遇上什么事，不得已只能在芒市停留一晚。

芒市，滇西边境的小城，就像书中介绍到的那样，恬淡清静、从容不迫地存在着。她脚下的芒市没有想象中的破烂不堪和秩序混乱，相反民风淳厚，透着一股子舒服劲。这里少了北方城市的寒凉，日落得较晚，所以当叶澜一路寻找在网上预订的客栈时，天际还有温暖的霞光倾斜下来，洒在长长的青石子路上。

穿行在这座城市里时，她抬头总能看见一座伫立在山顶的金塔，夕阳西下时那座塔金光四射，如普照世人的佛光。后来她问了客栈老板，老板笑着跟她说，那是当地的勐焕大金塔，坐落在芒市东南部海拔 1079.6 米的雷牙让山顶，进塔参拜都是需要脱鞋的。叶澜决定在离开芒市之前入乡随俗一次，她没有宗教信仰，但在充满信仰的城市她想祈求素凯的平安。

次日她告别了客栈老板，从芒市搭上顺风车一路途经腾冲，又开了三个多小时，来到了与缅甸仅有一江之隔的瑞丽，这就是她偷听到的素凯所在的地方。

瑞丽不同于芒市，山坝间、村寨里乃至道路两旁都种满了榕树，或独树成林或相连成片，许是这里最大的特色。曾经素凯跟她说过瑞丽，她也听年柏彦提及过这里。精石是以钻石为主，从原料的采集到独立设计出货，都有固定的渠道。钻石为主要首饰，在镶嵌工艺上却不能只以钻石独立成品，其中还要涉及很多辅助物料，如金、银、宝石、珍珠，而年柏彦提及瑞丽，是因为这里盛行翡翠交易。

赌石是瑞丽的文化，源远流长，正所谓“一刀生一刀死，一刀穷一刀富”，说的就是这里。

因为年柏彦对所有采集的物料都要求严苛，他为了搜集最好的翡翠，曾来过瑞丽。她听说早年的时候，年柏彦在这里赌石成功，一刀切下后毛石内翡翠质量极佳，他将翡翠用在了钻石项链的设计上，那条项链才得以高价售卖，成功地推进了精石在内地的市场。

当然她对赌石没什么兴趣，对那些价值连城的翡翠不动什么心思，她只想在这座城市找到素凯，她能感觉到他就在瑞丽。

正值村寨炊烟时，是柴火的香，入鼻清淡，有孩童在她身边跑过，嘴里嚷嚷着她完全听不懂的话，对她这个外地人丝毫不好奇，这种边境小镇不乏外地人。石子路在她脚下踩得咯吱咯吱地响，幸好穿的是平底鞋。正值村寨炊烟时，是柴火的香，入鼻清淡，有孩童在她身边跑过，嘴里嚷嚷着她完全听不懂的话，对她这个外地人丝毫不好奇，这种边境小镇不乏外地人。

石子路在她脚下踩得咯吱咯吱地响，幸好穿的是平底鞋，远离人群的时候，她的余光扫过了一辆车，那辆车跟着她。叶澜的心哆嗦了两下，加快了脚步，她听到车轮轧在石子上的声音，刺耳非常，她干脆改成了跑，后面的车加足了马力，直到在她面前猛地停住。很快车门打开，从里面跳出几个人来，将她带上了车。

素叶有了意识的时候，第一个反应就是她已经死了。

有泉水轻轻流淌的声音，很微弱地在她耳畔盘旋，呼吸之中有淡淡皮革和松香木的味道，有点熟悉又有点陌生。

喉咙很痛，伸手去碰，颈部一圈火辣辣地疼。她想起昏迷前年柏彦冰冷地掐住她的脖子，眼眸里的愤怒几乎要将她挫骨扬灰，她深信他的确是想杀了她，后来房门被推开，是纪东岩闯了进来。

他说，这是他的家，她现在已经回了北京。

素叶不记得纪东岩是怎么把她带回的北京，也不知道他是怎么摆脱了年柏彦，她坠入了无边的黑暗，再睁眼就已在这幢通体白色设计的房子里。她没来过纪东岩的家，从不知道原来他的家干净得吓人。

她依偎在窗前，腿上放着叶鹤峰留下的日记，目光呆滞地看着花园美景。清晨的阳光喜人，她却感受到了苍凉，冬日的阳光，再温暖也是薄凉的啊。有敲门声，她没动静，开门声很轻，然后有脚步声过来。

她很想跟身后的男人说，我终于知道你为什么那么喜欢凑热闹了，因为你的家太安静。

“吃点东西吧。”纪东岩的声音温和。

素叶一点都不饿，她只想回家，想离开这里，可是，她要往哪儿走?

见她一动不动，纪东岩在她身边坐下，跟她一起看着窗外的晨光。良久后，他的目光落在了她的脸上，抬手将她额前的发丝轻轻别于耳后："医生建议你要多休息，你现在很虚弱。"

她颤抖了一下，纪东岩于心不忍，长臂一伸将她圈在怀里。晨光闯了进来，将两人的影子拉长，就这么安安静静地叠在一起。

过了能有十几分钟的光景，素叶才开口，声音干涩："送我回舅舅家吧，我已经没事了。"纪东岩做事周全，听说在回京的途中就给舅舅一家打了电话。

要是以往，她打死都不会回舅舅那儿，她喜欢跟人分享快乐，但从不习惯跟人袒露痛苦，从母亲离世后她就明白，痛苦这种事能越少人承受就越好，何必拉着别人一同悲伤？

纪东岩一口否决："不行，你现在走我不放心。"

"我真的没事。"

纪东岩依旧不同意。

"那么，你总要上班吧？"

纪东岩笑了："我现在正跟年柏彦打持久战，这个疯子。"

素叶的心咯噔一下。

"小叶，"纪东岩看向她，目光柔和怜惜，"就算你再不想连累我都已经晚了，所以你就心安理得地住在我这儿，等身体恢复得差不多了再走，我不拦你。"

她脖子上还留着瘀青，他不敢想象如果当时再晚一分钟赶到的话素叶会不会真被年柏彦掐死。当时是年柏霄通知他的，年柏霄像是预感到会出事似的给他打了个电话，通知他说，年柏彦赶往了杭州。

在杭州，他想找素叶困难了点，但想打听到年柏彦的下落那就易如反掌了。

当时医生和护士来了一大群，那个被年柏彦吓得落荒而逃的护士甚至还报了警，素叶失去意识时，警方带走了年柏彦。他永远记得年柏彦临离开时看他的眼神，像刀子似的。他知道凭年柏彦的人脉很快就能从警局里出来，他便带着素叶赶紧离开了杭州。

回到北京的素叶，身体状况极差，她昏昏睡睡个不停，然后又是高烧不退又是说胡话流泪，纪东岩请了家庭医生24小时照看。

"年柏彦对你做了什么？"

"没事，他只是不服气我把你带走吧。"纪东岩轻描淡写。

真实情况是，年柏彦回京那晚就主动狙击了纪氏，在股票市场上发了一次狠招，他只顾着照看素叶，却忘了盛怒之下的年柏彦会做出攻击性的举动，来得猝不及防，让他毫无准备。他从没见年柏彦这么失去理智过，利用商场这个战场，来对他发出私人的、攻击性的报复，他也没料到依照精石现在的状况，竟还能跟他周旋。

素叶二话没说挣扎着起身，纪东岩一把拉住了她：“真要斗的话，我未必会输。”

她摇头，这不是她要的结果，她只想找个安静的地方，不想被人打扰，也不想去打扰到谁。

纪东岩没给她太多说话的机会，将她抱回床上：“我有大把的时间盯着你，不要有那么多的想法，也不要有那么多的顾虑，你在我这儿安心地养着，只要求你一点，对自己的身体负责。”

“我——”

门铃声打断了素叶的话，纪东岩叮嘱：“躺下，好好休息。”

开门的时候，阳光正浓。年柏彦高大的身影近乎撑满了门框，光影流转于他的脸上，眼眸沉冷遂凉。纪东岩没感到奇怪，挡在门前，双臂交叉环抱胸前：“年柏彦，这貌似是你第一次登门造访，真是稀客。”

年柏彦与纪东岩的目光相对：“素叶呢？”

“怎么？没弄死她你觉得心里特不平衡是吧？用不用我再借你把刀？”

年柏彦没接他的话，再次问：“素叶呢？”

纪东岩沉默，他一把推开纪东岩闯了进来。“你带不走她。”纪东岩在他身后说了句。

年柏彦没理会他的话，长腿三步并两步冲上了二楼，纪东岩并不着急，慢悠悠地在后面跟着，看着他一间房一间房地找，他就不信，在他眼皮底下他年柏彦还敢对素叶动手？

直到年柏彦推开了走廊尽头的那扇门，素叶被站在门口的男人惊到了。

年柏彦在看见她的瞬间，那双眼变得更加沉凉，他二话没说闯进房间，近了她的床前，大手一伸，纪东岩疾步冲上前，一下子将她挡住，钳制住年柏彦的行为：“你想干什么？”

“滚！”年柏彦毫不客气。

纪东岩怒瞪着他：“这是我家，该滚的人是你！”

年柏彦手臂使劲一抬，挣脱了纪东岩的钳制，冷笑：“你现在还有心情管别人的事呢？”

“小叶的事就是我的事。”纪东岩毫不退让。

两人的争执令素叶的头更疼，她有气无力地扯了扯纪东岩的衣摆：“我的事我自己解决。”

纪东岩的暂时离开令房间剑拔弩张的气氛平缓了些，周遭有薄凉的温度，她知道，这股子寒是从年柏彦身上散发出来的。素叶眼也不抬：“年柏彦，你恨我我很清楚。”

有些话该说有些话不该说她清楚地知道，当有了目标有了梦想，将未来还视为朝阳时，她会想尽办法解决困境，但当她看到疮痍满目，在经受一次又一次的打击离别后，她还有再去期盼的能力吗？就算她是个心理医生，她也没那么大的能力来承担上天给她关上那一扇扇窗的打击。

她觉得自己就像只鵸鵌，那只《山海经》中居住在翼望山的怪物，长着三个头，六条尾巴，每天都在嬉笑，它虽然是个怪物，却没长怪物的本事，有太多人惦记着它的肉，因为鵸鵌的肉是可以吃的，吃了就不再做噩梦，甚至也不会得抑郁症。

她就是那只鵸鵌，如今，她想吃了自己的肉，这样的话就会睡得好，但是她做不到自我安慰，医者不自医，这就是她的悲凉，所以她情愿借助别人的手来将自己拆骨剥皮。她不会傻到在这个时候去问年柏彦，像这样的一个我，你还爱吗？还能接受吗？爱与不爱已经不重要了。

她和年柏彦之间永远隔着个精石，有了利益的纠缠，她永远不知道他究竟是真还是假；年柏彦和她之间永远隔着一个孩子，这个孩子是她的痛亦是他的结。对于他来说，他想要的就是理所应当要去拥有的，他忽略了对方的意愿，不管是在事业上还是在男女之间的关系上。实际上这种人并不会认为自己无情，他觉得这是再正常不过的相处方式。而她，暂且不管这段感情是真还是假，倒是敢肯定一点，对于他那些旧情人来说，她应该算是他付出精力和时间最多的一个。

“为什么？”他冰冷地问，这是他迫切想要知道的答案，他想不通，好端端的她为什么要这么做。

“我累了，事到如今，我和你没有继续下去的必要了。”

“你什么意思？”他咬牙。

素叶笑了：“其实阮雪曼说得没错，一直以来我都是在利用你打击叶家，我痛恨她夺走了我的一切，也痛恨叶鹤峰对我母亲的背叛，更痛恨明明我也是叶家千金却只有叶玉才有资格顶着叶家的头衔，她可以轻轻松松地上名校，因为她有个有钱的爸爸，而我想要考进名校只能靠自己努力，因为我那个有钱的爸爸眼里心里就只有狐狸精的女儿。

“我永远忘不了我母亲闭上眼的那一天。我回国的目的就只有一个，就是要让叶家分崩离析，就像当初我的家一样。所以我必须找个能够陪着我演场大戏的人。当我知道你就是精石总经理，是阮雪曼夸赞个不停的乘龙快婿时，我就知道你是最佳的人选。”

年柏彦盯着她：“这些话，在你第一次跟我分手时就说过。”

“欲擒故纵。”素叶唇角有一点苦笑，“阮雪曼带着叶玉来公司闹事，如果那个时候我再不以退为进，怎么能让你相信我？我要打击叶家，最重要的就是要找到最有力度的人配合我演戏，那么年柏彦，如果我不在你身上下功夫，不让你彻底相信我，我怎么能实现计划？”

年柏彦的牙根咬得咯吱响：“千灯镇的重逢呢？”

“是假的。我跟你提出分手也好，交出我砸车的资料也罢，一切都是我想赢得你的信任，其实很简单，你是那么骄傲的一个男人，怕是没有女人会跟你主动提出分手，我交出资料替你解决麻烦，然后再跟你分手，目的就是让你舍不下我，回头找我。可后来你真的放手了，那段时间我就开始调整我的计划，从千灯镇开始。”

年柏彦攥紧了拳头：“你跟我去南非呢？”

“假的，因为我必须有足够的时间来让你我的感情升温，跟你去南非是最好的方式，那里不会有人打扰。”

“回北京所发生的一切呢？”

“假的，我真心做的就是依照情况来一步步实施我的计划，我没那么大的能力搞垮叶家，但你有。”

“我从来不知道你还有未卜先知的能力。”

“不是未卜先知，我只是顺着剧情发展随时调整计划而已。”

“这么精于算计的人，怎么又会累？”年柏彦一字一句问，“你走到今天这个地步，怎么又放手了？”

素叶觉得倦怠，倚回了床头，答非所问：“你知道出殡那天叶渊让我看到了什么吗？那把钥匙让我看到了好多木马，我从小到大最想拥有的木马，被叶鹤峰高价买了回来，然后，他在我每一年生日时都亲手做了只木马给我，马背刻上对我生日的祝福。

“其实你说得对，人这辈子总要停下来修整自己的人生才能继续走下去，只可惜在报复的这条路上我越走越远，最后发现自己一点都不快乐。

“我真那么希望叶家分崩离析吗？真那么盼着叶鹤峰死吗？我在那些木马前哭了很久，最后终于明白，其实令我执着的不是对叶家的仇恨，而是自小就缺失的父爱。没错，我现在后悔了，如果我不那么执拗，如果我可以早点想通这个道理，也许……”她深吸了一口气，舒缓了哽咽的嗓音，“他也好，我也罢，都不会徒留遗憾。”

有些话似真似假，说得太过云淡风轻，连她这个当事人都分不清真假了。她痛恨叶鹤峰是真，始终伺机报复是假；她去千灯镇之前放弃了报仇是真，将年柏彦视为棋子是假；仇恨过后的空虚是真，精于算计是假；这番话说得情真意切是真，表现出的决绝是假。

“所以年柏彦，我累了，也想放弃了。”素叶轻轻攥着手指，指尖微凉，那个小小的胚胎当时就在她的这只手中，凉凉的，失去了温度，所以直到现在，她的指尖还是凉的。

年柏彦在沉默的时候脸色苍凉得吓人：“它是一条生命！你怎么忍心？”

“当一个人在仇恨中长大，生命就变得不那么重要了吧？年柏彦，这个孩子来得很意外，如果我真想怀你的孩子又何必去避孕？你应该知道我并不想要孩子。我不想以后再跟你有任何的牵连，如果有了孩子，我还怎么重新开始我的生活？”

年柏彦的身影压了下来，大手按在她头上，倏地一扣，她不得不仰着头直视他的眼，她看到他的眸底深处像是有片暗黑的海，涌动着，她能感觉到他指尖的冷，她的脖子又开始疼了。

他一字一句问："你为了报复，情愿跟我上床？"

"跟你上床不是件委屈的事，说实话，你真的是个能令女人痴迷的男人，更重要的是，不跟你上床，你又怎么会把心放我身上？"

他的手劲加大了，眯着眼："在香港的时候我问过你，是你那么情真意切地告诉我，我能相信你！"

那一场对话有多么逼真，逼真到他竟然信了！

……

"我只是担心未来太多的滋扰会令你主动离开。"

"不会的。"

"叶叶，我能相信你吗？"

"能。"

……

他信得彻底，虽然他明知道她的承诺来得那么直接那么不欠考虑。

素叶闭了一下眼睛，再睁开时才缓解了眼眶的酸楚："不好意思，我对你说过的话太多了，我已经不记得了。"

"你说过你爱我。"

素叶笑得清淡："年柏彦你醒醒吧，你爱我我爱你这不过就是应景的话，这种游戏谁当真谁就输了。你是精明的商人不假，但别忘了我是个心理咨询师，想让对方信任我很容易，你对我而言，不过就是份个案而已。"

他挺直了身子，捏住了她的下颌，她一切都在做戏，他却将一切当成了真的。素叶强忍着下巴的疼，与他对视。她清楚地看到了凝聚在年柏彦眸底深处的黑暗消失了，那张铁青的脸也恢复了一贯的平静，他松开手，一如往常似的不动声色。

他说："素叶，我年柏彦，你还真未必玩得起。"

当他的手搭上门把手时，素叶淡淡补上了句："年柏彦，我爱的人始终是蒋彬。"

年柏彦的脚步停顿了一下，攥了攥门把手，然后出了门，咣的一声，房门被他愤怒地甩上。

素叶那颗近乎凋零的心随着关门声也终于哀声落地，应声而碎，她松开了一直紧攥着的手，手心里全都是冷汗。这原本就是一场饮鸩止渴的大梦，现在梦终于醒了，她却毒发身亡。

良久后房门被缓缓推开，纪东岩站在门口，目光复杂，她没吱声，拉过抱枕搂在怀中。

“他走了。”纪东岩说。

素叶十分安静：“我知道。”

“很抱歉我听见了你们的谈话，房门没有关严。”

“你想问什么？”

纪东岩眉心微微蹙起：“你刚刚说的只是气话，对不对？”听在耳朵里的话太真，真到令他也迷失了判断的标准，所以他要看着她的神情，看她有没有撒谎。

素叶将枕头收了收，语气清淡：“不是气话，我是真的跟年柏彦说了实话。”

“你接近他只是为了报复叶家？从一开始到叶鹤峰去世？”纪东岩不可置信地看着她。

“现在，你知道我是什么样的女人了吧？”

纪东岩愣怔地看了她半天，然后走上前于她身边坐下：“你不应该是这种女人。”

“是啊，我本不应该是这种女人，但叶家对我所做的一切，让我不得不成为这样的女人。”

云淡风轻的话，疲倦悲凉的神情，纪东岩看了素叶好久，试图从中找出一丝破绽却未果，又迟迟不肯为自己看到的和听到的下判定。

“现在养好身体才最关键。”纪东岩放轻了语气，有很多话他不想再去问，比如她怀孕这件事，从严格意义上来说这是她的私事，她不想说他便不问。

素叶在他的搀扶下躺了下来，静静地注视着天花板，无声无息。纪东岩没离开，为她盖了盖被子。

“对不起，是我连累你了。”

是她激怒了年柏彦，这个后果应该是她来承担才对，不应该是纪东岩，他是无辜的。

纪东岩探身，两条胳膊支撑在床前，完全将她罩在自己的身影下：“你错了，这是我乐意见到的。”

素叶没料到他会这么回答，愣住。

他低低地说：“我很想去感受一下保护一个人的滋味，小叶，我愿意为你这么做。”

“纪东岩——”

“我知道你想说你和我是好朋友。”纪东岩打断了她的话，“但是，如果在这个时候我真的卑鄙地乘人之危也不算过分吧？”

素叶赶忙起身：“有关这件事我必须跟你说清楚，我没想——”

“好了好了，这么激动干什么？”纪东岩伸手安抚着她，“我要真做你男朋友的话，有那么糟糕吗？”

他试图缓和气氛，不承想却见她点点头。纪东岩无语，又备受了打击，语重心长地问：“你说你不爱他，这句话是真的吗？”

“是，我不爱他。”

纪东岩又问：“那你能爱我吗？”

她对上了他的眼：“我也不爱你。”

“如果你就是个没心的女人，那我也愿意去尝试。”纪东岩直截了当。

“这又是何必呢？”

“人生在世总要赌一把吧？”

素叶苦笑：“纪东岩，在南非时你已经在赌场里输过了。”

“真正的赢家都是从输开始的。”纪东岩不疾不徐地接招。

“说实在话，我现在还在心疼你输的那一大笔钱，你知道，在中国很多偏远地方的孩子都上不了学。”

纪东岩微微一怔：“小叶，别转移话题。”

素叶叹了口气：“好。”

“其实，你跟我在一起也不错啊。”纪东岩一本正经地说，“我吧，虽然比你大出几岁，但事实证明咱俩是可以玩到一起去的，像上次攀岩，我不也是朽木成了精华？还有，我这个人事业心一般，工作对我来说只要能保证衣食无忧就行了，最重要的是活得开心。我喜欢旅行，这点又跟你不谋而合。在男女关系上我这个人挺自律的，虽说有那么一点小风流吧，但不下流。我不是个无所不能的人，但也是能给你带来安全感的人。

“当然了，我也有缺点，我怕高，不过你似乎纠正了我这个毛病，至少家里的灯管坏了我敢上去修。哦，我还怕老鼠，可我住的这个地方没有老鼠。”

素叶愕然地看着他：“你还怕老鼠呢？”

纪东岩的神情略显尴尬，清了清嗓子：“男人怕老鼠也不是什么丢脸的事吧？”

这倒不丢脸，只是觉得有点怪，她想象不出来纪东岩被老鼠追着跑是怎样的情景。

“可我会做饭，这点能够弥补我怕老鼠的缺陷。”他赶紧将话兜回来。

“其实怕老鼠不是缺陷。”她有必要提醒他一句。

纪东岩却较真了，松开她站了起来：“那是你没见过像猫一样大的老鼠，我见过！”紧跟着就开始手舞足蹈地形容那只老鼠有多大，在什么情况下与他不期而遇，然后他见了老鼠是什么反应，老鼠见了他又是什么反应。

素叶看着他比画，十分夸张，她忍不住笑了，很快又红了眼。纪东岩见状吓坏了：“对不起对不起，我没想弄哭你。”

素叶哽咽了，忍不住伸手搂住了他："纪东岩，你真的很好，能够认识你真好。"她感谢他没有打破砂锅问到底，宁可像个小丑似的逗她开心。

纪东岩见她哭了倒也放心了，总好过她的平静沉默，搂着她坐下来，叹了口气："我还以为你想通了，要做我女朋友了呢。"

她哭，一句话说不出来，他只好在旁递纸巾。等素叶情绪稳定下来了他才道："要不然你嫁我得了，你总得嫁人吧？嫁谁不一样要嫁？再说咱俩还订过娃娃亲呢。"

素叶抽泣着问："娃娃亲是你编的吧？"

"天地良心，咱俩真订过娃娃亲，我要是撒一点谎天诛地灭。"纪东岩信誓旦旦，"其实咱俩结娃娃亲这件事很简单，就是我父亲当年通过年柏彦的父亲认识了叶鹤峰，那时候叶鹤峰还不是精石主席，在一起吃饭的时候又认识了你母亲，得知你母亲怀孕了，然后就订下了娃娃亲。"

素叶摇着头，红着眼睛："那不算。"

"怎么就不算了？口头承诺也算承诺。"

素叶含着泪："纪东岩，你是我最重要的朋友，这辈子都是，我可以丢掉很多人，但你这个朋友我不想丢掉。"

"我不明白，为什么你就不能接受我？"

"因为，其实你和他是同一种人。"

纪东岩一愣。

"能跟年柏彦周旋这么多年的人会是个简单的人吗？"素叶真诚地看着他，"我想跟你这样的人交朋友，而不是做情人。"

纪东岩挑眉："我跟年柏彦是两种人。"

"你和年柏彦，都不是简简单单的人。"

纪东岩张了张口，半天说不出话来。她靠在床头，轻声道："能做朋友，挺好，真的。"

叶澜醒来的时候，窗外的天色很昏沉，看不见明灿的阳光和碧蓝色的天空，只能看见风呼呼地吹着外面的小旗子乱飞。

但她所处的房间是不错的，窗明几净，床榻舒适，应该是家酒店。叶澜赶紧检查了一下自己，从头到尾摸了个遍，她生怕是遇上那种贩卖器官的坏人，把她的肾割走去售卖。

身上没有伤口。

她走到窗前看了看，外面倒是挺荒凉的，除了大片的榕树还是榕树，她不知道这是什么地方，但应该是罕无人烟，至少从她醒来到现在，窗前没有途经的人。

难道，是毒贩？

这俩字一经大脑就如同雷管炸开似的，惊得她全身毛孔都张开，血液都倒流了。完了，如果对方是毒贩怎么办？难道素凯的身份曝光已经被毒贩给杀了？否则他怎么一点动静都没有？然后毒贩伺机报复，知道她是素凯的女朋友所以打算对她下手？

叶澜一腔悲愤，如果素凯真惨遭不幸，如果将她关在这里的人真是毒贩，她拼了这条命都要弄死一个替素凯报仇！这么想着心里就不害怕了。

门外有动静，有人在说话，又有脚步声。叶澜心里咯噔一声，视线迅速地在房间里扫，落在不远处的一个长颈木雕花瓶上的时候停住，心生一计。

脚步声在门前停住，门把手缓缓转动。

叶澜扬起了手里的木雕，只等着对方推门进来时给予致命一击，她曾经听素叶说过，人在面临危险时所激发出的爆发力是极强的，这一下很重要，关系到她能不能虎口逃脱的问题。手里的木雕很有分量，应该是实木，这打下去的力道不轻，打在人脑袋上会不会令对方丧命？

正在迟疑间房门就开了，一只男人的脚先迈了进来，紧跟着是半个身子。

叶澜只看到一个高大魁梧的身影走了进来，心里紧张极了。她从来没有袭击过人，也从来没经历过这种场面，只想着电视里的人在遇上坏人时都能潇洒地举起手里的武器，但轮到自己怎么就不行了呢？

她手臂抖得厉害，举高的木雕像是有千斤重，怎么也无法冲着那人的后脑砸过去，这时男人突然转过头，她的危险意识这才被点燃，大叫着，举着木雕就冲向了那男人。

男人轻而易举接住了木雕，手劲一紧将木雕夺了下来。

没了武器傍身的叶澜像被人拆了翅膀的鸟儿似的惊恐无力，双腿一软瘫在地上：“我……我警告你，你要是敢对我做什么的话，我……我一定饶不了你！”

男人许是没料到她会吓成这样，上前一步，她吓得频频后退，惊叫：“不准过来！”

男人赶紧停住了脚步：“我不是坏人。”

“坏……坏人都不说自己是坏人！你要不是坏人的话，我怎么会被无缘无故带到这里？”

男人见她太紧张了，干脆作罢，什么都不说，蹲在她的对面，看着她。

“你……你这么看着我干什么？你到底是什么人？抓我来这儿要干什么？我……我可警告你啊，我……我什么都不知道，你抓了我也是白抓！”她这才看清对面的男人，长得挺男人气的，浓眉朗目，看着不大像是个大奸大恶之人。

男人笑得爽朗，起身：“你就是素凯的女朋友吧？”

叶澜警觉。

“我是素凯的同事。”男人自报家门。

叶澜盯着他，神情迟疑。

“叶小姐，我们带你回来实在是迫不得已，请你放心，我们没想要伤害你。”男人心平气和，语气很轻，“请你跟我来吧，是我们队长要见你。你不是要见素凯吗？”

叶澜一听这话后马上跟着他离开了房间。

Chapter 33
这样才能证明自己活着

▼

许桐敲门进来的时候，看见年柏彦倚在办公椅上睡着了。

窗外的光很淡，恰好到处地映着他在睡梦中还深锁着的眉心，领口的扣子敞开了两颗，领带也松松垮垮地被扯开挂在脖子上，这样的年柏彦看上去很疲倦。

许桐不清楚发生了什么事，他从杭州回来后就像变了个人似的，比以往更沉默寡言，所有的时间都用在对付纪氏股票上。

她上前，将年柏彦随意扔在沙发上的外套挂好，又看了看周围弧形落地窗外的光亮，便想着把纱帘放好。手刚碰到纱帘时年柏彦睁了眼，手指还猛地颤抖了一下。她明显看到他刚醒时的迷茫，透着惶惶不安，宽阔的额头有汗珠，她猜测他是做了一个噩梦，但是谁给他带来的噩梦许桐就不清楚了。这样彷徨无助的年柏彦她还是头一次见到。

年柏彦慢慢适应眼前的光亮，许桐迟疑："年总？"

"几点了？"

"快 9 点了。您昨晚又没到休息室里睡？这样不行，您的身体会吃不消的。"

年柏彦没理会许桐的关心："纪氏那边什么情况？"

"还没松口。"

"继续。"

许桐迟疑："年总，现在媒体对咱们盯得还很严，而且股东那边也有异议了……"

"无所谓。"年柏彦手指在桌上敲了两下，"你只要记住，让外界知道我们还有存活的资金链跟纪氏抗衡时，精石的股价才有回升的希望。"

"我明白了。"就目前精石的状况，只有不断地传出利好消息才能稳定人心，精石和纪氏在股市上的博弈看似一场无厘头的争斗，但对于那些等着落井下石的人来说是绝佳的反击。

“年总，之前跟您说过的有关中国经济人物评选一事您考虑得怎么样了？电视台那边一直在等着您的回复呢。”

年柏彦沉吟片刻，若有所思地点头。

“那好，我稍后就回复电视台。”许桐记下。

年柏彦看上去无精打采，扯下领带扔到了办公桌上，许桐将这一切都看在眼里，心中诧异。她这么多年待在年柏彦身边，对他也了解些，她的这个上司一向是视工作为生命，以往不是没有连轴忙碌过，一星期没怎么合眼的时候也不是没有过，现在他有点不耐，看得出心思不全都在工作上。

见许桐没离开，年柏彦问：“还有事吗？”

许桐欲言又止。

“说吧。”

“那个……叶玉来了，她说想求您帮忙。”

年柏彦不耐地说了句：“跟她说，我很忙。”

许桐恭敬地说：“我也是这么跟叶玉说的，但她似乎真的很着急，说今天一定要见到您，还说，她会一直在公司等着，一直等着您忙完也没关系。”

年柏彦的眉心沉冷了不少，良久后起身：“让她一小时后进办公室等我。”

“是。”

“等等。”他顺手拿过一张便笺纸，写了一串地址交给许桐：“找个有经验的保姆。”

许桐接过便笺纸看了一眼，奇怪：“让保姆去这儿？”

年柏彦眼神沉寂：“对。”

“是，我这就去办。”

叶澜跟着那个自称是素凯同事的男人上了楼，原以为会见到素凯，岂料，朝她走过来的是一位看上去四五十岁的中年男子，个子挺高，身体挺壮，虽说穿着便装，但眉宇之间流露出的浩然正气不容忽视，方方正正的脸也十分严肃，一看就是不普通的人。

“叶小姐，这位就是素凯的顶头上司宋兵，宋局。”

叶澜上下打量了他一番。

宋兵是多年从事侦查工作的老干部了，一见她这情况是明显的迟疑，笑着掏出工作证亮了一下：“叶小姐你好，我是宋兵。”

叶澜拿过他的工作证，看了看，又摸了摸，小心翼翼地问：“这……不会是仿的吧？”

身边的男人扑哧一声乐了，宋局也没料到她会这么说，愣了一下然后哈哈大笑，打趣道："你见过有仿这个的吗？"

"这年头什么不能仿啊？小到发票，大到红头文件的。"叶澜嘀咕了一句。

"小姑娘很有意思。"宋局没有动怒，指了指身后，"我的工作证能作假，那身后的这些作不了假。"

叶澜这才注意到他身后的一幕，有个人正守着一台电脑，盯着屏幕，表情严肃。

"这是……"

宋局收了笑，一脸严肃："我们要确保每一个替国家做事的线人的安全。"

叶澜眸光一震："那素凯呢？"

"放心，他很安全。一个小时前素凯将影像资料传送给了我们。"宋局说道。

"一个小时前？那现在素凯人呢？"

宋局冲着里面一伸手："叶小姐，请借一步说话。"

里面是个小单间，像是休息室。

"卧底是项很危险的工作。"待她坐下后，宋局给她倒了一杯水，坐在她对面，"你想象不到这项工作的艰辛，很多像素凯这样有经验的警员都熬不住，要么被毒贩拖下水，要么被对方杀了，要么就是自杀。虽说我们做好了准备，尽最大可能对卧底进行保护，但难免还是会出现状况，这就要求卧底人员不但有十足的经验，还要有在不被对方发现的情况下传递给我们表示他尚且安全的讯息的能力。"

叶澜紧张地点点头。

"至少现在能够肯定素凯是安全的，前一阵子失去联系是因为素凯的联络器出现了问题，他是个很聪明也很有能力的警员，想方设法又跟我们联系上了，所以请你放心。"

叶澜舔了舔唇："那你们绑架了……哦，不是，是把我带到这里来……"

"很抱歉我们邀请你的方式粗暴了点，其实将叶小姐请到这里来的目的就是想要找个安全的地方告诉你，我们会尽快安排你回北京。"

"啊？"她没打算走啊。

"素凯对我们一队人来说十分重要，我不能让他心有旁骛。"宋局直截了当。

"我来这儿就是想看看他安不安全……"

"你的心情我理解，但叶小姐，你留在这儿的确帮不了什么忙，而且还有可能给素凯造成不必要的麻烦。"

她明白这点，但是……"我能不能看他一眼，就一眼。"

"不行。"

她噎了一下。

"明天一早景龙会亲自送你到机场。"宋局将门外的景龙叫进来，叶澜抬头一看，就是刚才的那个男人。

“素凯什么时候才能回北京？”

宋局摇头：“很抱歉，我无法保证这个时间，也许很快，也许要几年。”

叶澜知道自己的这个问题等于白问。

“如果你真心为了素凯，那么就赶紧离开，不要让他分心。”宋局见她犹豫，倒也能理解，想了想，“这样，你以后可以跟景龙联系，他是紧盯素凯这条线的警员，能透露的消息他是可以跟你说的。”

叶澜一听这才放了心，看向一边的景龙，“麻烦你了。”

景龙笑起来很洒脱：“应该的。”

“我能再问个问题吗？”叶澜迟疑地看着宋局。

宋局点头。

“跟素凯在一起的那个女人……是谁？”

宋局是聪明人，笑了：“小叶啊，别胡思乱想，你只要明白素凯是在工作就行，尽快回北京，明白吗？”

叶澜听了心里多少不是滋味，但也明白有些话怎么问也问不出答案，只好强忍着心里的不舒服点点头。

一个小时后，年柏彦从休息室里出来，洗漱完的他稍稍驱走了眉梢的倦怠，换了件黑色的衬衫，配了条深灰色的西装长裤，没系领带，衬衫的扣子敞开了两颗，袖子也挽在胳膊肘上。

办公室的会客厅里，叶玉等候多时了，听见休息室有动静，朝这边看了一眼，手抖了一下，年柏彦看上去比以往冷漠了很多，像个陌生人。

“有什么能为你效劳的？”年柏彦在她对面坐了下来。

秘书端了磨好的黑咖啡，放在面前，咖啡的香醇盖住了叶玉面前玫瑰花茶的芬芳。

叶玉开门见山地说：“我想知道，我要怎样做你才能放过我。”

“什么意思？”

“事到如今你就别装了。”叶玉冷笑，“你放出我的事不就是想要今天这个效果吗？”

年柏彦抿了口咖啡，黑咖啡的苦在口腔中迅速扩散：“许桐跟我说，你来找我是寻求我的帮助。”他放下杯子轻描淡写地回了句，言下之意就是直接入正题，别那么多废话。

叶玉毕竟跟他相识一场，对他是否不耐还是能听出来的：“我希望你能高抬贵手，放了我和曲艺。”

“怎么，现在你和曲艺还那么受关注吗？”

“年柏彦你心知肚明！”

“很抱歉，你们的情况我真的不关注。”

叶玉努力压下怒火：“行，我就当这件事不是你做的，看在朋友一场的情分上，我能不能请你帮个忙？我知道你有能力摆平这件事，最起码不要让那些记者天天守在曲艺家门口，让她出不了门啊。”

年柏彦面色平静，可语气冷讽：“你们叶家人没有一点生活自理能力吗？除了公事，我是不是还要负责你们的吃喝拉撒睡？”

叶玉紧紧咬着嘴唇。

“你知道你父亲在董事局的这几天给我带来多大麻烦吗？”年柏彦明显不悦，“他的一个错误决定导致精石出现严重的资金链冻结，你知道这意味着什么吗？意味着那些秃鹫早就在头上盘旋，就等着精石咽气的那一刻俯冲下来拆骨入腹。”

叶玉打了个寒战。

“所以，你现在还要跑来告诉我，你担心的只是你和曲艺那些无聊的个人问题？”年柏彦语气寒凉，“你们叶家从上到下究竟能做什么？如果有一天精石被人吞了，谁还在乎你的死活？现在记者搭理你，因为你是叶家大小姐，等没人搭理你那天，你就算是在大街上脱光了衣服裸奔都上不了头条！”

“我知道精石离不开你，这个道理叶家上下没人不懂，所以叶渊才把大权交到了你的手上。”叶玉哀求，“算我求你了，帮帮我们，你帮了我也是帮了你自己啊，这种事毕竟对精石一点好处都没有。”

年柏彦看着她，渐渐地眼神恢复了冷漠：“我可以帮你，但我有什么好处？”

叶玉一怔，脱口：“为了精石……”

“说实话，你和曲艺的事对我来说造成不了什么威胁，别忘了，精石三分之二的市场渠道都是我铺的，你以为我救精石就只能靠平息你和曲艺的事？”

叶玉一时间答不上来，她知道凭着他的能力救精石于水火并非难事，也知道刚刚那么说只能激得他更加不高兴，咬了咬牙：“我知道我求你帮忙必然要付出代价，就算我再不在乎叶家的头衔，为了曲艺，我也要保障我的利益，我可以让出手中一部分的股份作为交换，条件就是，你必须完全压下这件事，必须保证我和曲艺平安无事。”

“你要把叶氏的股份让给我？”年柏彦哼笑。

叶玉深吸了一口气，重重点头：“对。”

“怕是你父亲知道了这件事都能给你托梦，骂你是败家女。”年柏彦不咸不淡地说。

“我……我只让百分之一。”

“我要收你两个点。”

“什么？”叶玉猛地从沙发上站起，“那你……”

“没错，我手中持有叶氏两个点的股份后，加上我年家的，就可以形成跟叶渊相互制衡的局面。”年柏彦接过她的话，身子倚靠着沙发，“所以你想好了，这股份让还是不让。”

叶玉盯着他：“你现在已经是精石总经理了，叶渊的主席一职也不过就是个头衔，他不能回来跟你争精石，你这又是何必呢？”

年柏彦拿过烟盒，点了根烟，深吸吐出：“我说收你两个点不是跟你商量，如果不是看在多年情分上，如果不是还想为你保留叶家大小姐的身份，我会要你全部的股份。所以叶玉，我给足了你面子，你没有跟我讨价还价的余地，要么你从我这里走出去，继续过你担惊受怕的日子，要么你就留下股份，用手里的利益来为曲艺换个安稳环境。”

她眼前的茶凉了，玫瑰花的香气也转冷，沁着淡淡的烟草味，呼吸间心里凉飕飕的：“你可真是步步为营啊，你利用我和曲艺的关系成功地扶摇直上，现在又盯上了我手中的股份，这都是你算计好的吧？”

年柏彦吸了口烟，没迎合她的话：“我只是想提醒你，这种事多拖一天，你还有曲艺就多受一天的折磨。我不着急接手你的股份，你自己回去好好想想。”

“我还有的选择吗？”叶玉盯着他一字一句道，“我同意，但你别忘了，现在精石的股价很不稳定！”

“我会按照高于市面 10% 的价格收购你手中的股份，这样你该放心了吧？”年柏彦不疾不徐。

叶玉使劲咬了咬牙：“好。”

年柏彦起身走到办公桌前，按下电话键：“进来一下。”

很快，许桐敲门进来了。

“按照她的要求拟一份股权转让合同，送到律师那儿。”

许桐微怔两秒：“好，我立马去办。”走到会客厅，“叶小姐，请。”

叶玉的拳头都能攥出血来，起身扯过挎包，经过年柏彦身边时落下了句：“年柏彦，你会遭报应的，一定会！”

许桐心惊地看着这一幕，赶忙跟了出去。

烟灰缸里的那根烟燃成了半根，烟头的火光由猩红成了隐隐的光亮，烟丝幽幽地游走，如抽丝剥茧，在空气中发出微弱的、细不可闻的燃烧声。

年柏彦站在落地窗前，双手揣兜，居高临下地看着脚底下的车水马龙，那繁忙的街道，来来往往的人群，这世上的每个人都在奔着自己的目标前行。他也一样，这条路对他来说是条不归路，没有回头的可能，只能不停地往前走。他已经习惯了这样，习惯了为了已经拥有的寻求一分保障，又为即将拥有的争取绝对的控制权。

因为只有这样，他才能证明自己活着。

素叶离开了纪东岩那儿，虽说纪东岩万般不愿意，但她总黏在他家也说不过去。当然，她也不可能去林要要那儿，马上就到她登记结婚的日子了，她去也是给要要道喜的，哪有在人家大喜的日子里给人家添堵的？所以当林要要打电话给她时，素叶笑着对林要要说："我挺好的，真的。"

她觉得自己的撒谎能力挺强的，因为，连她自己都开始相信她接近年柏彦是有目的的。

她暂时住在了素凯家，面对舅舅和舅妈的担忧，她一来告知自己很好，二来说她已经将父母的骨灰供奉到佛堂，避开了湖葬一事，舅舅和舅妈听了之后这才放心。

元旦的团圆饭素叶是跟舅舅和舅妈一起吃的，席上她笑得很开心，只是话不多。方笑萍张罗了一桌子的菜，还皇恩浩荡地破例让素冬喝了白酒，素冬乐得眼睛都眯成了一条缝，端着小酒杯吸溜个不停。

"你这孩子就是倔，这大过节的你把柏彦叫来多好？要不然他也一个人过，家里就咱们三个人，素凯那小子还没回来，凑个麻将桌都凑不齐。"方笑萍吃到半途又开始喋喋不休。

素叶张了张口，好半天才说："其实我和他——"

"小叶啊，你赶紧给他打电话吧。"方笑萍没听清素叶蚊子般的声音。

素叶愕然于舅妈欣然接受年柏彦的架势，再看素冬，他也冲着她点头，催促她打电话。

这个电话，她是绝对不可能打的，道："他也要跟他弟弟过节的，就别打扰他了。"

"嘿，你这孩子，这叫什么话？什么叫别打扰他了？搞得他像外人似的，两人都要结婚了还讲究这么多。"方笑萍大嗓门，"两个大男人过节能怎么好好过？来我们家多好。"

"舅妈，您就别指着再多来两个人陪您搓麻将了，我不会打，我想他和他弟弟也不会。"她想告知真相，但大过节的要怎么开口？而且这件事怎么跟舅舅、舅妈说都要好好想想。

"也是啊，人家是海外长大的孩子。"方笑萍笑道，"没事，我教他们，柏彦那么聪明，他弟弟也不能笨了，麻将什么的一学就会，再说了，他娶了你就是咱们家的女婿了，以后逢年过节的总得陪着我这个舅妈打打麻将什么的吧？"

"舅妈，年柏彦他……他挺忙的。"素叶好不容易才吐出他的名字，呼吸间如锯子划过鼻腔。

方笑萍这才恍悟："也对，精石现在乱七八糟的。"然后又成了语重心长，"小叶啊，我之前一直反对你跟柏彦在一起，但自从合葬那件事后我就对他彻底改观了。你都不知道他找你找得快疯了，那个紧张劲我和你舅舅都看在眼里，那天亏得有他在，要不然我和你舅舅都不知道怎么办好。要不说啊，女人再能干也得有个男人靠着，你看柏彦，一听你在杭州二话没说就飞过去找你了，挺好的。”

素叶的心又在滴血，洇开，蜿蜒成泪。

素冬点头同意：“你说这是柏彦，换了其他人能有那么四通发达的人脉第一时间找到你吗？”

“哎呀，你们别老提年柏彦了，吃不吃饭了啊？都凉了。”

方笑萍拿筷子敲了敲她的碗：“都什么时候了还年柏彦年柏彦地叫，你这孩子一天到晚地不长心，现在还连名带姓地叫他。柏彦是个成功的商人，外形条件又好，往他身上扑的女人多了去了，你别一天没心没肺的。”

素叶低着头闷声答应着，再开口时转移了话题：“素凯这段时间有消息吗？这次他不会一走又是好几年吧？”

素冬抿了一口酒：“一切安全，前段时间联络出了问题，可把我们担心死了，幸好叶澜把消息告诉了我们。”

素叶惊讶：“叶澜？”

方笑萍咂了咂嘴巴：“你还不知道吧，她在云南呢。”

“啊？她一个人去的云南？”

“好像是她自己去的。”

素叶震惊，这个叶澜胆子也太大了，做这种事竟然也不跟她商量一下，万一出事了怎么办？

方笑萍叹了口气：“说心里话，叶澜还真是好姑娘，只可惜啊，她是叶家的孩子。”

素叶很想跟舅妈说其实无妨，可话在嘴巴里打转吐不出来。

真的无妨吗？

她感觉就算父亲不在了，素家和叶家也始终都有一条鸿沟，想要填平这道鸿沟谈何容易！就好像她和年柏彦之前，明明就是面对面站着，却无法融入彼此的世界，隔在他和她之间的不再是一道鸿沟，而是万水千山。

从舅舅家出来后素叶就回了素凯那儿，天黑时有人敲门，她以为是舅妈又来唠叨什么了，想都没想开了门，岂料门口站着的是年柏霄。

他斜靠着门边，外面穿了件短款黑色夹克，里面套了件白色帽衫，仍旧是泛旧牛仔裤，马丁靴，斜背着一个深蓝色学院包，利落的短发，配上帅气的墨镜，嘴里嚼着口香糖：“嘿，最近过得好吗？”

素叶有一瞬误以为看见了年柏彦，一时间站在门口，不出声。

年柏霄摘了墨镜往胸前一挂，诧异得眉头都竖起来了，伸手在她眼前晃了晃。素叶这才反应了过来：“哦，进来吧。”

年柏霄看了一眼客厅，干净得近乎都能当镜子使的地面，又看了看自己的鞋，优美的英文裹着磁性的嗓音一并出来了：“我还用脱鞋吗？我的鞋子穿上很费劲。”

“不用。”在四合院都不见他脱鞋进门，来这儿还装文明了。

年柏霄就大摇大摆地进来了，四处打量，吹了个口哨：“不错啊，格局很好。”这次见面，他对她在态度上倒是客气了很多。

素叶也懒得纠正他用中文了，见他晃来晃去的直头疼，便叫他坐下，端了果盘给他：“你怎么找到这儿来了？”

年柏霄拿过纸巾擦了手，拿过一个山竹，手指稍稍用力掰开：“我找了纪东岩，纪东岩说你到了舅妈家，我又找了舅妈，你舅妈好热情啊，二话没说就告诉了我地址，甚至把这里的钥匙都给我了。”说着吃了一瓣山竹，山竹的酸刺激得他龇牙咧嘴。

“给了你钥匙？”老天，舅妈这是搞什么？

年柏霄懒洋洋地从裤兜里掏出钥匙，在她面前晃了晃：“要我带给我大哥的，说你一人在这里她不放心。”

“给我。”素叶吓了一跳，赶紧夺钥匙。

年柏霄一口吞了剩余的几瓣山竹，似笑非笑：“不给他了？”

素叶将钥匙收好后盯着他：“你不会不知道我和你大哥已经分手了吧？”

“从他的神情我看出来了，但他没跟我说，既然你这么说了，八成就是真的。”

“我一直在利用你大哥，所以我就是你口中的那种女人。”

“你利用我大哥跟我有什么关系？”

素叶愣住。

“素，你要知道，我大哥是我大哥，我是我，你俩之间发生了什么事跟我一点关系都没有。”不自觉间他对她的称呼有所改变，不再像以前那样“喂”“喂”地叫她。

素叶垂眸：“你不是一直觉得我是你大哥的情妇吗？”

“事实上你把我大哥给耍了。”年柏霄憋着笑。

“你看上去挺幸灾乐祸的？”

年柏霄两手一摊，不说话。

“你恨叶家的人？”素叶冷不丁问了句。

年柏霄倒是实在：“不喜欢，很不喜欢。”

“因为你父母？”

年柏霄想了想：“更因为他，我不明白，他为什么还要替精石卖命。”

“所以，连带着你就恨你大哥？”

“不，我恨他，有其他的原因。”

素叶瞧着他，等着他说下去，奈何年柏霄没有告诉她的打算，问：“那孩子呢？”

“我为什么要留着你大哥的孩子？”素叶的声音发冷。

“换句话说，我大哥知道你打掉他孩子的事了？”

素叶沉默。

见状年柏霄也能猜出大致的情况了，摇头：“你这么做……怎么说呢，在国外是犯法的。”

“你错了，在国外还没有胎心之前是不犯法的，有了胎心做掉才叫犯法。”

年柏霄无奈：“好吧，我说不过你。”

“你可以讨厌我。”

“我一直都很讨厌你，所以，再讨厌也讨厌不到哪里去了。”

年柏霄拿了个橘子，几下剥皮后塞了大半在嘴巴里，看得素叶心惊胆战的：“你怎么像从难民营里出来似的？”

“人生在世，活好眼前才是关键，有的吃就吃，有的玩就玩。”年柏霄起身，手一扬，橘子皮准确无误地投进了垃圾桶里，冲着她一扬手，“走吧。”

“走？”往哪儿走？

年柏霄上前拉过她的手臂，改成了中文：“人生得意须尽欢，这句话说得对不对？”

“对是对，但，你和我好像都不怎么得意吧？年柏霄，你用错境遇了。”

“管他呢，我们喝酒去。哦，你的身体不允许，这样吧，就当陪我喝酒，你喝……嗯，牛奶吧。”

素叶这时候哪有心思出去？摇头。

“如果你的情绪很糟糕，倒不如发泄出去。”

素叶迟疑：“你等我，我换件衣服。”

年柏霄给她比画了下 OK 的手势，“喂——”他又叫住了她，“要不你把这房间的钥匙给我吧？万一你想不开玩自杀什么的，我就不用破门而入了。” 素叶拿着钥匙，晃了晃：“这把钥匙，我敢给你，你也未必敢接着。”

“为什么？”

素叶指了指墙上的照片：“知道我弟弟是干什么的吗？”

“听说过，警察。”

“确切来说是扫毒的。”素叶晃荡着钥匙，“这里很危险，说不准哪天就被毒贩打击报复给炸了。”

年柏霄咽了一下口水：“我突然觉得……还是你收着钥匙比较安全。”

素叶抿唇，进了衣帽间。年柏霄拿起个相框，看着照片里身穿警服的素凯，啧啧摇头："这么帅的男人，跟毒贩打交道真可惜。"

林要要这阵子心里总是惶惶不安的，不知是为了什么，离登记的日子越近，心里就越是没底。她本想约素叶一同逛街，买点结婚用的东西，又想到素叶情绪欠佳，也就算了，她办的是喜事，而素叶的爸爸前阵子刚过世，她怕素叶多想。

天黑得很快，从商场出来后已是长街霓虹。元旦期间各个商家都在做活动，周遭的打车环境很糟，林要要拎着大包小包站在街头，看见辆空的出租车过来后拼命挥手。

车子倒是停了下来，可没等她迈步，后面突然蹿过来个小伙子，一下子抢着上了车，她气得直跺脚，冲着车窗里面喊了句："你丫个娘炮！"

小伙子不动声色，掏出镜子整理了下被风吹乱的头发，出租车司机给了林要要一个爱莫能助的眼神，脚一踩，车子走了。

林要要气得直哆嗦，正准备掏手机叫车，又一辆车无声无息地滑到她身边，定睛一看，这车子有点眼熟。

车窗缓缓落下，露出叶渊憔悴不堪的脸，他停了车，打开车门下来："你提了这么多的东西，他怎么没来接你？"

林要要没想到能碰见他，迟疑地回了句："他还有个客户，走不开。"又叹了口气问，"你最近怎么样？"

董事局大换血，眼前这个男人成了精石的第一大股东，但又将实权交给了年柏彦，现在看来这阵子他也没去航空公司上班，叶家的变故对他打击不小。

叶渊没回她的问话，伸手来替她拿东西："我送你回去。"

"不用了。"她觉得他现在应该好好休息，都这样了还开车？

叶渊目光很淡："这个时间很难打到车。"

"真的不——"

叶渊却没理会她的话，拎着她的东西转身走向车子。她没办法，只好跟在他的身后。周遭也有些等车的小姑娘，齐刷刷地冲着她这边瞧。

叶渊将东西通通放到后备厢，然后上了车，等她系好安全带后发动了车子。

一路前行，离开了繁华区。路灯染了涔凉，一个光圈一个光圈地打落在车窗上，像是时光游走，令人恍惚。车厢里很沉闷，叶渊不说话，林要要也不知道该说些什么安慰他，让他节哀顺变吧，总觉得这话说出口挺假的。还是叶渊首先开了口，他说："还有两天你就登记结婚了，恭喜你要要。"

林要要觉得这种话从一个刚刚丧父的人口中说出来她承受不起，但还是尴尬地接了声谢谢。

就这样，车子朝着她家的方向驶过去，可在转弯处叶渊突然放缓了车速，最后停了下来。

林要要不解，转头看着他。叶渊的手搭在方向盘上，低垂着头，侧脸的轮廓异常分明，良久后他无力地说了句：“要要，我很不好。”

林要要的心口不知怎的就揪了一下：“董事长的事……我们做员工的知道了都挺伤心的，我不知道该怎么安慰你，只希望你能振作起来，毕竟日子还得过下去。”

如果换作素叶，她怕是也不知道如何安慰，但她会搂着素叶，任由她落泪。可素叶没给她这个机会。

叶渊紧紧攥了下方向盘，转过脸，目光落向她：“别这么急着回家，陪我喝点酒去，行吗？”

林要要的嘴唇翕动了两下，她不是很想去，酒吧那种地方她只跟素叶去过，所以心无旁骛，她还从没跟个男人去过酒吧，所以不知道他能喝到几点。如果换作平常她是会断然拒绝的，但叶渊近乎哀求的口吻和憔悴的眼神令她心生恻隐，一时间不忍拒绝了。

想起还欠着他一份救命之恩，她点头：“但是，你不能喝太多。”

叶渊二话没说发动了车子，车头一掉，往相反的方向去了。

Chapter 34
你藏了个重大的秘密

▼

入夜的工体北门聚集了太多的年轻男女，来消遣年轻的资本。素叶跟着年柏霄找了个隐蔽的散台，音乐震耳欲聋，她觉得头昏脑涨。年柏霄很讲义气地给了她一瓶牛奶，她诧异，他大声道："是我从外面买回来的，代价是，要在这里多花几百块来消费套餐。"

很快，服务人员将酒和小吃端了过来，两瓶洋酒，四瓶啤酒，外加一个小果盘。

"你根本就喝不完，说好了啊，我不请客。"

"等你掏钱，黄瓜片都凉了。"年柏霄说了句中文。

素叶纠正："那叫黄花菜都凉了。"

"无所谓了。"年柏霄手上的动作也快，几瓶酒全开了。

"你疯了？"

"别浪费良辰美景。"

事实证明，跟年柏霄来这种地方挺堵心的，素叶始终不明白这么混乱的灯光下怎么还有姑娘能眼睛那么尖，短短一个小时里，已经有十几拨姑娘端着酒主动上前。

年柏霄浪子情怀，对于投怀送抱的小姑娘没有婉拒，她们敬酒他就喝，但一等姑娘发出邀请，他二话不说就搂住身边的素叶，笑嘻嘻地看着那些姑娘："不好意思，我有女朋友了。"

素叶的脸被姑娘们如刀子般的眼神刺成了筛子，等姑娘们走后，她盯着他："你拉我来这里的目的是逗我开心吗？我看你是想在我面前证明你有多么大魅力吧？"

年柏霄笑道："我真心陪你。"

素叶对他这种"诚恳的解释"打了个折扣，因为这句话还没凉透，他就冲到了舞池中去，热情如火的小姑娘个个往他怀里面扑。他的舞跳得很好，那张棱角分明的脸，含笑的唇，有一瞬让她看成了年柏彦。

这个时候，怕是年柏彦怀里也不乏温柔乡吧，她招来服务生要了一杯温水，缓解由心蔓延到胃的疼痛。

接下来的时间里，素叶打发了不下五拨人，年轻的、老的，帅气的、秃顶的……直到遇上了最难缠的。三个流里流气的小子，其中一个身上还有文身："美女，一起吃个夜宵怎么样？"

素叶皱眉："别烦我。"

"脾气不小啊。"小伙子不怒反笑，"有什么不开心的事跟哥说说。"

"滚！"

"哥瞧上你是给你面子，别敬酒不吃吃罚酒。"小伙子扯住了素叶的胳膊，顺势把她往怀里带。

舞池那边，年柏霄穿过舞动的人群，途经散台时抄起了一个酒瓶子。

"你大爷的！"

酒瓶子在这人的头上开了花。对方应声倒地，捂着头，一脸愣然，在看明白怎么回事后勃然大怒，指着年柏霄："你找抽是吧？"

其他两个同伴冲了上来，年柏霄跟他们大打出手，倒地的小伙子也冲了上来，抄起个酒瓶子就要往年柏霄脑袋上砸，可下一秒他又挨了一酒瓶子，这下子倒在地上起不来了，捂着流血的额头哇哇大叫。

年柏霄一看，竟是素叶，手里还攥着半截碎酒瓶。

"臭娘儿们，你找死啊——"

绚烂的灯光相互交织着快速旋转，舞池和散台中俊男美女的脸忽隐忽现，大家都太嗨了，谁都不会注意另一角已经起了争执，只有周边散台客人发出了尖叫声，但很快就被震耳欲聋的音乐压下。

年柏霄一个箭步冲上前，只是他忘了自己曾经是素叶的手下败将，还未等他摸到对方的衣角，就眼睁睁地看见素叶揪住了那人的衣领，一个利落抬腿，膝盖狠狠地顶在对方的小腹上，趁着他弯腰的空当，她又是一拳打在对方的脸上。

那人身子一晃撞到了邻桌，惊得客人纷纷逃窜。与此同时，素叶又一个闪身躲过了第三个红衣男人的进攻，酒瓶子从她头顶上擦着发丝扫过，她反手扯住他拿酒瓶子的手臂，一抬脚狠狠踹在他的肚子上，红衣男人捂着肚子倒在地上。

刚刚撞到邻桌上的男人再次发起了攻击，像只被激怒的野兽似的冲着素叶扑过来，素叶眼角扫过，一闪身，手一抓，男人还没反应过来就被她来了个过肩摔。

年柏霄捂上了双眼，他算是看明白了，她完全将这仨小子当成了发泄包。当保安冲着这边挤过来时，年柏霄二话没说拽着她就跑。

工体来来往往泡夜店的年轻人不少，挡住了保安四处寻找的视线。年柏霄窜到车尾伸头看了一眼，松了口气，坐在地上，半天后转头盯着她，乐了："你真厉害。"

素叶瞪了他一眼："你还是个男人啊？打架的时候你跑哪儿去了？戳在一边就跟个木头似的，不知道的还以为你是看热闹的呢。"

"上帝做证，我是真想帮你，但事实上你一个女的能顶三个男的，我上前不是帮倒忙吗？万一你打得兴起误伤了我怎么办？"

"狡辩！"素叶嘟囔了一句，揉了揉发疼的手腕，起身拍了拍身上的浮灰，"走吧。"

年柏霄跟着她一路走到车子前："嘿，你心情好点了吗？"

素叶看了他一眼，恶狠狠地扔出两个字："更糟。"

林要要将叶渊一步三挪地搬回他家时已经快午夜了，累得差点吐血。

从酒吧出来后，叶渊走路就发晃，他无法开车，也死活不让代驾来开他的车，林要要无计可施，只能凭着自己三脚猫的开车功夫将他运回了家。这片小区管理森严不亚于皇宫内苑，保安盯着她盘查了好半天，那眼神堪比大内高手，最后还是叶渊懒洋洋地亮出了小区的停车证才让他们入内。

"你怎么样？"她站在沙发前，扒拉了他一下。

叶渊迷迷糊糊地睁眼："我没事，谢谢你啊。"

见他还有意识，林要要这才放心："没事就好，你早点休息吧，我回去了。"

刚拿起包，就听叶渊小声说了句："能帮我煮点解酒茶吗？我头疼得要命。"

林要要转头看了一眼墙上的时钟，略有为难，但见他一脸的难受也有点不忍心。

"保姆要天亮才能来。"他倚靠着沙发，头歪向她这边。

林要要心生恻隐："厨房在哪儿？"

叶渊冲着厨房的方向指了指，林要要将挎包放到一边："你先坐这儿等一会儿。"

他仰头靠着沙发，目光直视天花板，呼吸间有女人身上淡淡的芳香，很温暖很柔和，他染醉的瞳仁一缩，唇角微微上扬。

很快，林要要端着一碗煮好的解酒茶走了出来，小心翼翼地放在茶几上："稍稍凉些再喝吧，太烫了。"抬手捏着耳垂。

叶渊被她的举动逗笑了："烫着你了？"

"没事儿。"林要要拿起挎包，"你慢慢喝，喝完就早点休息吧。"

"急什么？你进门连口气都不喘，不累吗？"

"太晚了，我得赶紧回家了。"

"等我一会儿，我把解酒茶喝了。"

林要要听了这话不解，叶渊叹了口气：“你的东西还在后备厢里，不要了？”

她这才想起自己的那堆东西，想了想，建议：“如果你信得过我的话，可以把车钥匙给我，我取完了东西再把钥匙给你送上来。”

叶渊抬眼看着她：“我不是什么洪水猛兽吧？让你多陪我一会儿这么困难？”

“你误会了，我是看你喝了那么多的酒，上楼下楼太麻烦。”

叶渊没多说什么，倒了杯温水给她：“你先喝点水歇会儿，我喝完解酒茶陪你一起下去。”

林要要见他态度坚决，也不好推辞，拿过杯子喝着水等他。叶渊一小口一小口地抿着解酒茶，不紧不慢地，然后坐在她身边，慵懒低语：“这么晚了，他连一个电话都没打给你，难道他不担心吗？”

林要要的心咯噔一下，身上的血液像是滚烫的水，迅速在身体每一处流窜，男人的气息夹杂着淡淡的酒香，凝成了难以言喻的气味，充塞了她的呼吸，让她的心跳加快。

“今晚别回去了，”叶渊说着，手臂老练地圈住了她的腰，“留下来，陪我。”

男人掌心的温度烫了她的腰，她的心像是被人从嗓子眼里揪出来了似的，呼吸更加急促，头有一瞬昏沉——我这是怎么了？一把推开：“那些东西等改天有时间再取吧，太晚了，我要回去了。”

起身时脚步踉跄了一下，被叶渊顺势搂住，她的心猛然一跳，无力地靠在他的怀里。

林要要的嘴巴里干得要命，站也站不稳，用尽全力将他微微推开，转身朝着门口的方向摇摇晃晃走过去，手刚碰到门把手，双腿一软就瘫在了地上。

这么一摔，她再也站不起来了，大理石冰凉的温度刺穿身体。他在她面前停住脚步，毫不费力地拦腰将她抱起，她看不见叶渊的眼，手臂无力地垂落，任由他将自己抱进了卧室。

景龙将叶澜送到机场时，机场外的阳光正浓。叶澜对景龙谢了一路，待登机牌拿到手后，她轻轻说了句：“真想见到他啊。”

景龙笑了笑说：“你的心情我理解，但不要再有下一次了，这样会给我们增加很多工作压力。”

叶澜不解，景龙对她解释了一番，她这才恍悟，原来素凯每次执行任务之前都提出一个条件，就是要上头无论如何都要保护好他家人的安全，而这次素凯多给了一个名字，就是叶澜，怪不得她离京就被发现了，原来一直有人在暗中保护她。

“素凯会知道我来过云南了吗？”

景龙回答得干脆：“他不会知道。”

叶澜心里不是滋味，哦了声，也就没再说什么。

“你想让他分心吗？”

叶澜摇头。

正往前走，叶澜一个分心撞到了迎面的人，挎包落地，她低着头连连道歉，弯身去拾，被撞的人比她动作快，替她拾了包。

“谢谢，啊——”叶澜惊叫一声。

拾包的不是别人，正是令她心心念念的素凯。喜悦如烟花在心头炸开，一扫一路来的担忧、紧张和彷徨不安。

可眼前的素凯像是变了个人似的，干净的白T恤衫，配着一条简单经典的直筒牛仔裤，穿着上倒是没什么，但额前的那一小撮金发刺眼极了，更让叶澜接受不了的是他的刺青，蜿蜒了整条胳膊，嘴里叼着牙签，痞里痞气的，他身边还有个女人。

“小姐，你的包，抱歉。”他语气清淡得一丝感情都没有。

叶澜的心一下子坠入了谷底，摔了个七零八碎，肩头却忽地一暖，转头，搂上自己的竟是景龙。他伸手接过素凯手中的包：“这位先生对不起，我女朋友胆小，见不得文身。”按在她肩膀上的手指微微加了点力道，有提醒的意图。

叶澜这才恍悟，一下子扑到景龙怀里：“吓死我了。”她这个沉不住气的性格，差点露出了破绽，幸好有景龙在，要不然会出大事。

“亲爱的，你吓到人家小姑娘了，咱们回家吧，人家的脚都要累死了。”

身后是那个女人甜腻腻的声音，听得叶澜心口钻痛，她叫素凯亲爱的……

很快，他走了，就像个陌生人与她擦肩而过。逆着光，叶澜看见素凯离去的身影越发模糊。

景龙放开了她：“该过安检了，走吧。”

叶澜点头，她觉得当素凯擦肩而过时，自己像是丢了件很重要的东西。

翌日，晨光绚烂得喜人。卧室的门虚掩着，里面有微弱的光线洒出。女人的胸衣、内裤扔在榻上，除了散乱的衣物，还有满地的卫生纸，垃圾桶中有用过的避孕套。

窗外不知是什么传来一声响，一下子将女人惊醒，她蓦地睁眼，许久后一些记忆如走马观花全都蹿了出来。昨晚的一切让她迷恋、疯狂不已，叶渊也彻底撕掉了优雅的外衣，在她身上纵情发泄他的欲望。

他是个骗子，他压根就没醉！

叶渊冲了澡，腰上裹了条浴巾，进了卧室后笑道：“醒了？”

她咬着牙，怒瞪着他。

林要要不可置信地看着叶渊，他怎么可以卑鄙到这个程度？

“怎么了？昨晚你不是也挺快乐的吗？”叶渊顺势坐下，搂着她，修长的手指忍不住又徐徐往下。

林要要的脸唰地惨白，全身颤抖：“叶渊，我要告你！”

“告我什么？别浪费时间了，没人会信你的话。好好看看你自己的心，一切都是你想要的。”

“你……卑鄙！”

叶渊笑意更浓：“放心，卑鄙的还在后头。”

林要要愣住，不知道他这话的意思。门铃就在这时响了，叶渊笑着起身：“给你个惊喜。”

林要要心中升起不祥的预感。

好一会儿，脚步声传来，她骇然，刚扯过被子，房门就被推开了，门口的男人在见到房里的一幕后脸色铁青，林要要万念俱灰。

身后跟着慢悠悠的叶渊：“把她接走吧。”

丁司承的拳头越收越紧，青筋凸起：“叶渊，你这个浑蛋！”他转身就冲着叶渊挥起了拳头。

叶渊接住了他的拳头，手臂一用力，将丁司承按在墙上：“我这个浑蛋可是让你的女人快乐了一整晚，丁先生，怕是你从来没让她享受到那么大的刺激吧？”

丁司承将他推开，一拳打在叶渊脸上：“浑蛋！”

“够了！”林要要歇斯底里。

丁司承和叶渊同时住了手，林要要蜷得像个虾米，脸色苍白得吓人，她哭喊了一声，紧跟着软绵绵地倒下，再无知觉。

叶玉因为股权转让一事成了董事局最微不足道的一点火苗，她有投票权和倡议权，却也不过是沧海一粟。而年柏彦水涨船高，不仅是他，连同从不迈进精石大门的年柏霄也身价大增。

年柏彦活脱脱像个机器人，开会、应酬、商洽、亲临原石现场、审核式样设计、公司人员调配、市场销量审核、一线城市市场的深度开发与合作、各个项目的投资管理、股票市场的资本运作等等，每一天都忙到凌晨一两点钟，三四个小时的休息后又投身于忙碌。许桐也跟着遭了殃，一份份文件批下来，一趟趟行程压下来，她已经透不过气了。

许桐怀疑这两个人应该是分手了，因为年柏彦不再提素叶，不再使用那部私人手机，还有那枚钻石戒指也连同私人手机一并扔进了抽屉里。

素叶做了一个很长的梦，惊醒时，窗外的灿烂令她彷徨不安的心有了安慰。温暖的阳光透过纱幔洒了一屋子，白色的地板上染着光晕，几株油绿的盆栽置于花架上，枝叶上还缀着晶莹的水珠。

素叶抬手拭汗，一拢头发，手蓦地停住，抓过床头的镜子，镜子里的她是齐耳短发。她一时间迷惑，又笑了，她都分不清梦里梦外了。趿拉着拖鞋，她站在厨房门口，看着被光影笼罩着的男人，上前从背后将他搂住。

男人边炒菜边笑道："日上三竿了才起床。"

"你怎么来了？"

"我不来你吃什么？"男人说话间已炒完了一道菜，关火，转身笑看着她。

素叶捧住了他的脸，目不转睛地盯着他。

"怎么了？"

素叶看着他英朗的五官："我梦见自己变得特别漂亮，还有好多人追我。"

他捏了捏她的脸："现实中就只有我这个傻瓜。好了，去洗漱，开饭了。"

"蒋彬……"

男人看着她。

"你会不会觉得我很平凡？我长得不漂亮，工作也一般。"

"又在胡思乱想了，咱俩马上就要结婚了，我对你永远不会厌烦，相信我。"

"我梦见咱俩攀岩的时候你掉下山崖失踪了，足足四年都没有你的消息，很多人都说你死了。"

"傻瓜。"蒋彬笑了，"这件事怪我，如果上次去尼泊尔时我仔细检查一下安全绳就没事了，当时绳索确实有点松，但还好我只是受了一点小伤，你肯定是往心里去了，所以在梦里才会担心，放心吧，我不是答应你不再去攀岩了吗？"

素叶轻轻点头，良久后道："人的梦可真奇怪，有时候就跟真的似的。我梦见后来又发生了好多事，梦见自己是个精神分析师，和另一个男人恋爱了，然后还有钻石珠宝之类的，总之，记不大清楚了，后来我和他分手了……"

蒋彬为她盛了一碗饭："那个人叫年柏彦？"

"你怎么知道？"素叶惊奇，她醒后忘了梦中不少情节，但"年柏彦"这个名字记得很牢。

"今早我进你卧室浇花的时候听见你叫这个名字。"蒋彬略有怨怼，"你这样可不行，我才是你未婚夫，你总在我面前提另一个男人的名字我会吃醋的。"

"做梦而已，那么认真干吗？"她拿过纸巾擦了擦手，"我觉得梦里的我挺好的，人漂亮，工作能力又强，按收入来说也能算是北京的金领。"

"你现在教书育人不好吗？"蒋彬给她夹了菜，"快点吃，吃完了咱得去商场转转，选点爸妈喜欢的礼物。”

“选礼物？”

“今天是你爸妈，也就是我准岳父岳母的结婚纪念日，你昨晚跟我说想给爸妈选份有意义的礼物，忘了？”

素叶这才想起：“那得赶紧吃。”

蒋彬看着她，笑容纵容。

“啊，对了，”素叶扒拉了两口饭，“在梦里可不吉利，我梦见我妈在我很小的时候就离世了，我爸早就娶了别的女人，是个大豪门，后来我爸也去世了，我把我爸和我妈的骨灰撒在了西湖里。”

“当时没有环保局的人来找你开罚单吗？”

“讨厌，我在跟你说梦里的事呢。”素叶夹了一口菜，“要是这话被我爸妈听见了非得气疯不可，这老两口可是彼此的初恋，从相识牵手到现在，感情还那么好，真令人羡慕。”

午后的阳光更暖，正遇打折季，素叶在人群里挤得焦头烂额，最后幸得蒋彬出手相救才脱离人群。她拎着大包小包，咬牙切齿：“这什么情况啊？挺高档的商场怎么弄得跟动物园、批发市场似的？”

蒋彬无视她的牢骚，笑道：“等我，我把车开过来。”

商场的车位全都被占满了，他的车只能停在对面。素叶站在马路边，看着蒋彬朝对面走过去。就在这时，一辆闯红灯的车突然蹿了出来，冲着蒋彬就撞了过去。

“蒋彬！”

素叶蓦地惊醒，额头上全是冷汗。她一动不动地躺在床上，看着天花板，整个人还陷在梦境之中。

梦中的蒋彬跟年柏彦有着同样的身高，梦中的她是个再普通不过的女人，好像是个教师，遇上了喜爱攀岩的蒋彬，然后跟他相恋了，而她的父母都健在，就是普普通通的夫妻，退休在家。

手机哇啦哇啦乱响，素叶没理会，心底蜿蜒开来的感觉着实可怕，这一次她看得清楚，梦中的蒋彬就是年柏彦的长相，丝毫不差。

手机铃响了一遍又一遍，素叶接了手机，是李圣诞，开口就是：“下雪了！终于下雪了！素医生，你在外面吗？好美的雪啊！”

素叶有将李圣诞从手机眼里揪出来然后大卸八块的冲动，从牙缝里挤出以下的话：“你给我打电话就是为了告诉我下雪了？”

李圣诞许是听出她的不高兴，马上解释：“当然不是，素医生，你怎么还没来所里啊？所长一上午来了好几次，让我给你打个电话问你的情况呢。”

素叶这才想起，之前请假她只请到了元旦，现在也到了该上班的时候：“帮我跟丁教授请个假，我有点不舒服，明天去单位。”

“你哪里不舒服？要不要我陪你去医院查查？”

“不用了，有什么事我再打给你。”

“那行，有事的话一定要跟我说啊。”李圣诞千叮咛万嘱咐。

素叶在床上坐了好一会儿后才缓过神来，下了床拉开窗帘，映入眼的果然是皑皑白雪，敞开了一点窗，空气迅速钻进来，冰凉。

素叶在冷风下倒是清醒了不少，到床前拿过手机拨了串号码，对方许久才接通，含含糊糊，还没睡醒。

“年柏霄，有事请你帮忙，办完了再睡。”她直截了当。

那边懒洋洋：“什么事啊？”

“我还有东西在三里屯的房子里，钥匙被我放在四合院了，你帮我拿出来。”她出来得匆忙，很多衣服和用品还留在那儿，她不方便打电话给年柏彦，只能求助年柏霄。

“你就回四合院来拿吧，我大哥都好几天没回来了。”

素叶迟疑了一下：“我还是不去了，你拿给我。”

“嗯……好吧。”

“下午三点在朝阳门见吧。”

“行……”年柏霄拉长了音，“顺便请我吃大餐。”

“没问题。”

下雪的北京城无一例外堵了车，再加上是元旦过后的第一天，畅通了几日的街道再一次被堵得水泄不通，车辆一串接一串被甩到了远方，一路飘红的尾灯，个个顶着小白帽叫嚣着刺耳的车鸣声缓慢爬行。

素叶选择了绿色出行，一路倒着地铁到了朝阳门，从地铁站出来时，她才觉得自己像活过来了似的，铁皮包裹着的狭小空间里，人与人之间的距离空前接近，因为零距离接触，她甚至都不用伸手够扶手，身上的大衣都快揉成了抹布。

没走多久，素叶就意识到自己穿少了，平时是开车出行，受冻也就是家里到车上那点距离。今天她特意换上了长靴抵御寒风，搭配那件舅妈给她做生日礼物的米白色大衣，结果冷风夹杂着雪花扫在她的脸上，顺着领口拼了命地往里面钻，冻得她瑟瑟发抖。

幸好丁司承的诊所离地铁口比较近，进了大厦，暖风迅速驱走了寒凉，素叶那张被冻得惨白的脸才恢复知觉。

丁司承对于她的主动上门没表现出太多的意外或惊喜，他看上去很憔悴，眼睛里还泛着血丝。素叶误以为他是因为结婚的事忙前忙后弄得身心疲惫，所以没往心里去。她先问了林要要的情况，这两天她打给要要的时候发现要要总是无精打采的，生怕两人出了什么问题。

丁司承说一切都好，可能是这几天忙着结婚，要要太累了。她又问他们领证了没有，丁司承稍稍迟疑了一下，点点头说，领了。素叶说了几句恭喜的话，决定明后天找要要聚聚，她还为要要准备了一份结婚大礼。说完了私事，她便说明了上门的目的，她希望丁司承能为她做一次催眠治疗。丁司承在排除她是器质性疾病后同意了，叮嘱助手在两个小时之内不见客。

素叶刚开始很紧张，倚靠在长椅上总是进入不了状态。

“小叶，我是你的导师，现在又是你的治疗师，你要从心里接受我、信任我，否则我无法进入你的潜意识。”丁司承靠近她坐着，语气轻柔。

素叶深吸了一口气，轻轻合上双眼。

当她按照指令从催眠状态中醒来时，窗外的雪下得更大了，丁司承将录音输入电脑中，脸色凝重，她见状后心生不妙：“我……究竟怎么了？”

丁司承接了两杯水，其中一杯放到她跟前：“你之前有没有接受过其他人的催眠治疗？”

“当然没有。”她觉得不对劲，“我有什么问题吗？”

丁司承拉了一把椅子，在她对面坐下：“小叶，你对蒋彬的死仍旧耿耿于怀。”他将电脑的录音截取了一个时间点，点击播放，里面是他们两人的对话声。

“你朝着那束光走过去，慢慢地，你透过光看到了什么？”

“我……看到了一个人。”

“男人还是女人？”

“男人。”

“你认识他吗？”

“是……蒋彬。”

“他长什么样子？”

“他……个子很高，笑起来很好看……”

“他跟年柏彦长得一样吗？”

“年柏彦……是谁？”

素叶听了目瞪口呆。

“你怎么与蒋彬认识的？”

“我……”录音里，她的声音停顿了十几秒钟，然后缓缓地说，“我们……从小就认识。”

“邻居？”

录音里再次沉默，素叶知道这是她的潜意识发生了阻滞，这个时候就需要治疗师进行引导，录音里的丁司承开口：“那好，我们回到你的小时候，你沿着长长的隧道继续往前走……慢慢地走，前方很黑，你在寻找出口……”

“我看到了一个小姑娘。”

“还看到了什么？”

“一群狗在追那个小姑娘。”

“你看到的那个小姑娘多大？”

“大约……四岁的样子。”

“她现在在做什么？”

“拼命地跑，很害怕……”

“你可以上前去帮她。”

“有个小男孩在帮她，他拉着她跑……”

“那好，你跟上他们，尽量看清楚他们的模样。”

录音里沉默。

“看清楚了吗？”

“小姑娘是我，小男孩是……蒋彬。”

“你们就是从那时候认识的？”

“是的……”

“后来一直在一起？”

“不，他很忙……”

“他喜欢攀岩？”

“是的。”

“除了攀岩外，他是做什么的？”

“他……是个钻石商。”

录音戛然而止。

录音外，素叶指着电脑：“蒋彬……怎么成钻石商了？”

“你在潜意识中已经将蒋彬和年柏彦混为了一个人。”

“怎么可能？”

丁司承叹了口气：“我怀疑你的记忆出了问题，这就好比一台程序混乱的电脑，需要重新梳理才行。”

“这……”

“记忆会出错，潜意识却是最真实的，因为你的记忆出现了问题，所以导致在潜意识提醒你的记忆过程中出现了混乱，这也是你逐渐分不清梦境与现实的原因。”

“我为什么记不起蒋彬的样子？”

“很正常，蒋彬的死对于你来说是个致命的打击，也许你们之前的感情真的很好，所以你压根就不接受他的死亡，而年柏彦的出现恰恰满足了你记忆上的空缺，你将年柏彦的样子挪到了蒋彬身上，这是从心理角度来说的需求和满足，你的大脑机制自动屏蔽了蒋彬的样子，是一种正常的生理保护。”

“难道我和蒋彬从小就认识？怎么我不记得？”经常出现在她梦中的小男孩就是蒋彬？

“不，小叶，一个人的心理防御能力很强时，潜意识有可能也会被蒙蔽。”丁司承否定了她的假设，“我能做的只是从你的潜意识中将最真实的部分剔出来，但是这需要时间。”

素叶轻轻咬着唇。

“我的建议是，你先放下手头的工作。”丁司承起身回到了电脑前，为她建了份个人档案，“你的情况不适合再继续接个案，因为我怕时间一长，你的情况越来越严重，而且我希望再为你做一次深度催眠治疗，今天到了中度，最后你的潜意识排斥得很厉害。”

“这说明什么？”

“说明你的大脑深处藏了一个重大的秘密，这个秘密也许就是导致你现在所有问题的关键。”

素叶听得心惊胆战。

丁司承看着她，严肃认真地说：“你放心，我会尽全力帮你。”还有一个最可怕的情况他没对她说，那就是他怀疑素叶的记忆被人篡改过。

怎样才能证明你在这个世上存在过？

你的记忆，就是证明你来过的最好方式。不管是好的坏的、悲的喜的，这些经历化作回忆，一格一格将你的记忆填满，你的人生才会丰富多彩。记忆就好比能够证明你身份的户籍，没了记忆的你就成了十足的黑户。

素叶不乏会接触到这样一些人，他们或记忆减退或记忆丧失，他们的焦躁和惊恐她都看在眼里，也许这世上有太多人忽略了记忆，但从事他们这行的人才最明白记忆的弥足珍贵。

素叶不知道自己怎么从丁司承那里走出来的，包里还放着丁司承给她的治疗副本。她觉得人世间的事真真假假也就罢了，怎么连自己的记忆都能出错？如果是这样，是不是就意味着连她自己都欺骗了自己？

就这样，她一路走到悠唐广场。冷风袭过时打了个寒战，然后一辆车缓缓停在她的面前，车窗落下，竟是年柏彦的脸，他淡漠地看着她道：“上车。”

素叶像一截木头似的戳在原地，风呼呼地吹，乱了她的发。

年柏彦见她半天不动弹，浓眉一皱，开门下了车，绕到副驾拉开车门："上车！"

他下车的时候雪下得正大，锃亮的皮鞋踩在雪地上发出吱嘎吱嘎的声音。这个男人素来偏爱深色，今天的他穿了件短款的黑色商务大衣，里面是件深咖色毛衫，搭配了一条银灰色围巾，下身修长的黑色西装长裤及黑色商务皮鞋，这样一个他看上去越发英挺，连素叶都能听见经过的小姑娘在窃窃私语，说那个男人好高好帅啊。

她双手冻得失去了知觉，下意识揣进大衣兜里，使劲攥了攥，年柏彦的车她万万上不得："不好意思，有约了。"

年柏彦站在原地，看着寒风中她瑟瑟发抖的背影，眉头皱得更紧。

进了悠唐，快速地找了家咖啡厅，素叶第一件事就是打电话，那边刚刚接通，她就劈头盖脸地骂过去："年柏霄，你丫找抽吧？我让你来送钥匙，怎么是你哥来的？你人呢？"

岂料手机那边一个劲地叫屈："我真不是故意放你鸽子，为了今晚那顿饭我也得去啊。"

"还嘴硬？来的是你哥！"她边搓着冻得发凉的腿边咬牙切齿道。

年柏霄急得一口美腔都变得尖细了："我找了半天钥匙都找不到，后来才知道钥匙在我大哥手里，你说我能怎么办？我想要拿回钥匙，结果他说他给你送去。"

素叶不知道为什么，心脏跳得厉害。

"你见到他了？钥匙给你了吗？"年柏霄追问。

素叶被他问得心烦："你觉得我和他还能有什么话说？见面只有尴尬。"

侍应生端了咖啡过来，杯子刚放下，素叶只觉得眼前的光线被挡住了大片，一抬眼，愕然发现是年柏彦坐在她的对面。手一抖，咖啡杯咣当一声落在碟盘上，滚烫的咖啡溅在手背上，她惊叫了一声，电话那头的年柏霄吓了一跳，问她怎么了。

"没事，先挂了吧。"她掐断了电话，心有余悸地看着对面的男人。

年柏彦顺手拿过一张纸巾递给她，她接过，擦净了手背上的咖啡渍。年柏彦开了口："没事吧？"

"没事。"她没料到他会这么问，愣了几秒补上两个字，"谢谢。"

年柏彦抬手招来侍应生，点了杯咖啡，没一会儿咖啡端了过来，黑咖啡，一直是他的口味。不知怎的，素叶想到了在南非的那次，他说她的咖啡凉了，将他的咖啡换给了她，她笑着说她的很甜，未必适应他，他说他的很苦，但她必须去适应。曾经发生过的一切历历在目，现在却物是人非。

素叶有点坐立难安，刚打算拿包起身，就见年柏彦放下了咖啡杯："我送你回三里屯。"

“不用了。”素叶条件反射地脱口而出，“我……已经找到房子了。”

年柏彦将身子靠在椅背上，意味深长：“房东盯着房客收拾东西，这是减少损失的最佳方式。”

她真想很有骨气地对他说一句“我不要那些东西了，你爱怎么处理就怎么处理”，但那屋子里有很多东西都是她从国外淘来的，扔掉了那些，相当于扔掉了她的全部家当。

正迟疑间，就听年柏彦补上了一句：“我只是今天有时间，过了这个村没这个店，素叶，你今天不拿走你的东西，明天我就全都从楼上扔下去。”

“你太过分了！”

年柏彦未怒，平静地看着她：“你已经跟我分手了，所以你怕什么？我不可能对你做什么。”

素叶听他这么说，不安的心才平静下来，因为她知道不管年柏彦这个人怎样，他的一诺千金还是可信的。

当年柏彦打开房门时，素叶看到了落地窗外雾蒙蒙的霞光。曾几何时，她在这里观赏落日，便会忍不住给年柏彦发条信息，告诉他日落的感觉糟糕透了。那时候，无论他在哪儿，无论在做什么，都会第一时间回复信息：“没关系，总会有日出，我还在你身边。”

年柏彦走到沙发旁坐下，他不知道她在想什么，只觉得夕阳的余晖洒在她脸颊上是集可爱、美丽于一身，他厌恶这种注视，却又控制不住注视她。这个女人，纵使她的心肠再如何狠若毒蝎，他都不得不承认，她的美足以令男人折腰。

“我收拾东西要很长时间，你先忙你的事，等我收拾完了打你电话，你再来检查一下。”在他的注视下，她不知道自己能不能泰然自若地收拾东西，只怕会抖出太多的回忆，在这个男人面前溃不成军。

年柏彦无视她的建议，淡若清风地说了句：“今天我有大把的时间。”

素叶知道他是故意的，一扭头上了二楼。

年柏彦像木雕似的坐在那儿，楼上隐约传来她的脚步声，应该是在衣帽间收拾她的衣服，他的心口像是被重锤狠狠地砸进去一枚长钉，扎得直疼。她正准备逃离他的世界，每收拾一样东西，这里有关她的气息就少一点，直到人去楼空。

天际线拖着最后的余晖，如数倾泻在不远处的白兰屏风上，那荌白色的花瓣也染上了鲜血般刺眼的红。年柏彦走到屏风前，伸手轻抚了屏风上的花瓣，似乎就看见了千灯镇中的素叶。

长巷之中，他站巷头，她站巷尾，他不想问她来千灯镇做什么，也不想知道她准备待多久，他只知道那一眼过后就要紧紧牵着她的手。

在那座刺绣的宅院，她坐在藤椅上乖乖地等着他，清风拂过，吹落了数朵琼花，有整朵琼花落在她的怀中时，她的唇眼染上了比琼花还要美艳的笑，耀得人心发暖，他想要她成为他的女朋友，这是他的期待。他这个人向来不信什么缘分，只因为素叶，他开始相信缘分的存在，可万万没想到，原来连千灯镇的相遇都是人为的，他还能相信什么？

“年柏彦。”楼上是素叶的声音，清淡陌生的。

年柏彦转身，抬头看着她，她以前不是没有连名带姓地称呼过他，但绝不像今天这么带有距离感。

“我跟你说实话吧，我的东西太多了，今天肯定收拾不完，你把钥匙先留给我，我保证不会拿走你的任何东西，包括你买给我的那些东西。”

年柏彦的脸色沉得可怕：“买给你的就是你的。”

素叶摇头，那么多东西，她想拿也拿不走，一段关系既然结束了，那么总要断得干净吧。她下了楼，抱着盒子去拾掇摆放在客厅的小玩意儿。

身后，年柏彦的嗓音淡淡扬起：“我可以把钥匙留给你。”

素叶的动作停滞了一下，转头盯着他，隔着微弱的夕阳光线，年柏彦的眼黑暗无边：“只要你重新回到我身边。”

素叶的呼吸一滞，他说这句话时面色平静、字句清晰，不像是在开玩笑。

“我已经说过了，你我之间就是一场等价交换的游戏。我不会回到你身边的，你死心吧。”

身后是男人上前的脚步声，没等她反应过来，腰就被年柏彦的手臂钳住，下一秒她被他扳了过来，紧跟着他压下脸狠狠吻上了她的唇，唇齿都用了力，她紧抿着唇，不让他的唇舌进来。她的行为激怒了年柏彦，大手倏然用力，扣得她后脑勺麻酥酥生疼。

“不……”她艰难地发声。

很快，他长驱直入，拉扯着她的舌根都疼得要命，他的领带夹硌疼了她的锁骨，怕是已经破了，头被迫仰着，后脖颈酸疼得要命，她终于发起攻击，狠狠咬了他的唇。

年柏彦闷哼一声，一把推开了她，血从他的唇角溢出，猩红。

不好的预感像是藤蔓爬满了整个心脏，她有点害怕这样的年柏彦：“我已经说过了，我压根就没爱过你，你这么强人所难有意思吗？你有你的生活，我也想过我平静的日子，很难吗？”

他站在那儿一动不动，任由血蜿蜒而下，盯着她，脸色很冷。素叶不敢与他直视，快步走到沙发旁抓起挎包：“我的那些东西你爱怎么处理就怎么处理吧。”

快步从他身边走过，却觉得颈后一凉，眼角余光瞥见年柏彦倏地手臂一落，颈部一痛，她眼前一黑就什么都不知道了。

丁司承敲开了林要要的房门，她站在门口，像个木头人，丁司承心疼地说了句：“我能进去吗？”

林要要迟疑了好久才松开手，他进来，随手关上了门。林要要整个人蜷缩在沙发的一角，丁司承靠近她坐下，她往回缩了缩。

“要要，我们马上去登记结婚。”

从叶渊家回来后，她整日把自己关在家里，他来陪她，她却害怕他的碰触。在准备登记的那一天，林要要终于跟他说了一句话：“司承，我们分手吧。”

丁司承恨不得杀了叶渊那个浑蛋，但现在最重要的就是林要要，他担心她会旧病复发。

林要要整个人的精神差到了极点：“我不能跟你结婚，我已经不能跟你结婚了。”耳边还回响着那晚叶渊落在她耳边的话，他说：“林要要，你觉得你还能跟丁司承像什么事都没发生过吗？我警告你，你要是敢跟他结婚，婚礼那天我就敢在大屏幕上放今晚咱俩缠绵的照片！”

丁司承脸如死灰：“叶渊什么目的你我都清楚，难道你就任由他得逞？我们照旧结婚，他是没有办法的。”

林要要无法说出叶渊手中握有艳照一事，这种事不怕一万就怕万一，一旦他真有那些东西呢？叶渊并非她想象的那么温良，婚礼当天那么多嘉宾会来，到时候她爸妈的脸往哪儿搁？还有丁司承和他父亲，他们在社会上都有一定的名望，也会被叶渊的行为毁掉。

“要要！”丁司承一脸痛苦，“我不会嫌弃你的，我发誓。”

“司承，分手吧。”天底下没有任何一个男人会不在乎这种事，叶渊亲手建立了一堵墙，结结实实地挡在她和丁司承之间，她无法逾越，他更不能过来，因为她和丁司承最终会输给时间。

丁司承见她态度坚决，心如刀割，无奈之下只好先行离开，等出了林要要的家门后，他在楼下的丁香树下站了好久，近乎石化的时候，他才硬着头皮给素叶打了通电话，他是走投无路才会想着假手于人。他有点紧张，说老实话，他不知道该怎么跟素叶说这件事，毕竟始作俑者是她同父异母的哥哥。

岂料，语音提示对方已关机……

一年一度的经济人物评选，实际上就是一场商界大亨云集的宴会，年底了，独乐乐不如众乐乐的道理谁都懂。

晚宴所在的会所，将上海最美的外滩夜景尽收眼底，衣香鬓影，推杯换盏，优雅的小提琴乐声如涓涓细流在宴会厅每一个角落流淌。被评选出的十大经济人物像是众星拱月，年柏彦最为夺人眼球。

“看见没？今年评选的十大经济人物之中数他的年龄最小，却能与父辈级的商业大鳄们相谈甚欢，他的本事可真不小。你想要接近这样的男人，得好好下下功夫。”白冰优雅地抿了一口红酒，目光紧紧追随着不远处谈笑风生的年柏彦。

她是随赞助商来的，也顺便带来了安静。

安静穿得如同她的名字一样，静谧不招摇，干净素雅的白色礼裙，长发简单绾起，露出精致的小耳垂，只是双眼泄露了太多情绪，从入场后，她的视线就没从年柏彦身上离开过，她想起那晚在包厢里醉酒的年柏彦。

“冰姐，今晚没见他带女伴，是不是跟那个叶家二小姐分手了？”

白冰对前来跟她打招呼的女人假模假式地笑了笑：“怎么，你还想着做他女朋友吗？”

安静的脸唰地红了：“我没那么想。”

“能待在这种男人身边，别奢望着要什么名分，你把关系看淡一点，投入感情少一点，这样到最后你才不会受伤。”

安静痴痴地看着年柏彦，棱角分明的侧脸是岁月赋予的平静沉稳，他这个年龄刚刚好，千帆过尽又非垂暮之年，事业有成、人脉发达却依旧做事干脆。

“冰姐，你觉得他会记得我吗？”那晚发生的点点滴滴她都如数家珍，小心翼翼地保存在记忆的最深处，每当她想他的时候就会偷偷拿出来，每一个细节都回味一遍。

“不会。”

安静的眼神受了一抹伤，看着白冰。白冰换了一杯香槟给她：“像年柏彦那样的男人太清楚自己要什么了，如果他喜欢你，他会给你机会让你去接近他，甚至他主动接近你的可能性更大。安静，自从那晚后，他主动联系过你吗？”

安静给自己找了个台阶：“那是因为他没有我的电话号码。”

白冰哼笑：“他想找你的话，还用得着电话号码吗？”

安静的脸红一块白一块，十分尴尬，她知道白冰的话不假，刚刚那句话连她都觉得是个十分蹩脚的借口，舔了舔唇，放低了身段：“那……我该怎么办？”

“你急什么？今天最重要的是让他对你有印象，最起码下次见到你能认得你。”白冰看着她叹气，“你呀，真是个傻妹子，明知道是悬崖还往前冲。行吧，谁让你叫我一声姐呢，想办法帮你就是，至于成不成就看你的造化了。”

宴会进行到一半的时候，年柏彦出去了，接通了一直振动的电话。

“先生啊，那个小姐都快把家里的东西给砸没了，脾气太大了，我有点扛不住了。”

“东西砸了再买。”

“我的额头都被她打伤了，先生……我拜托您再找一个保姆吧，那个小姐我真伺候不来。”

年柏彦沉了沉气："她吃饭怎么样？"

"一直不肯吃饭。"

年柏彦沉默了会儿："我会安排人过去，这两天看住她。"

他又第一时间给许桐去了电话："重新找个保姆，不要找在普通家庭做过的，告诉对方，不论采用什么手段都要给我保证她的饮食营养。再安排个家庭医生过去。"

宴席上，年柏彦喝的酒不多，别人端杯向他敬酒时，他只是象征性地抿一口，直到最后伸手盖住了杯口，淡淡笑道："酒就喝到这儿吧。"

换作其他人，断断是不敢这么说的，毕竟这是与人结梁子的行为，但年柏彦笑谈中却是认真，敬酒的人也不好再勉强。

"年总……"白冰带着安静上前，手里举着杯子。

年柏彦抬眼看过去。

"上部电影票房大卖，庆功会您没去，我都遗憾死了，今天总算见着面了，这杯酒是一定要敬的。"

"心意领了，酒就不必喝了。"年柏彦照旧不买账，封了酒杯。

白冰了解他的脾气，这种情况下，她再死皮赖脸地纠缠敬酒也没什么意思，赶忙招呼安静上前："那部电影在开拍的时候不是出了点小意外吗？您可能不知道，当时有个配角是临时换的，之前原本定的是这个妹妹，可惜这姑娘当时合约没到期，不敢接别人家的戏，现在想想还真是耽误了进程，所以我现在特意带着她过来跟您赔罪呢。"

年柏彦看了安静一眼，眸光无丝毫波澜，安静被他看了一眼后只觉得全身酥麻，一时竟结结巴巴："年……年总……您好，我……我叫安静。"

年柏彦点了点头。

"小姑娘单纯得很，胆子又小，换作其他演员，宁可毁约也得来演戏啊，安静这丫头可不敢，要不现在早红了，小姑娘挺有前景的，演戏不错。"白冰为安静拼了命地锦上添花。

年柏彦笑而不语。

白冰给安静递了个眼神，安静举着杯子，怯怯道："年总，这杯我敬您……祝愿您……生意越做越大。"

话音刚落，席间有人笑了："小姑娘是第一次来这种场合吧？敬酒词生疏得很哪。"

安静脸红了。

"行了，行了啊，我可警告你们几位，不要欺负我这个安静妹子。"白冰跟其他几个商界人士打情骂俏。

年柏彦没有太多表示，只是淡淡说了句："谢谢。"

安静却叫来侍应生吩咐了一句，没一会儿，侍应生就端了一杯白水上前，安静将白水放在年柏彦面前：“酒喝多了伤身，您喝这杯白水，酒我干了。”话毕，将杯中酒一饮而尽。

席间有人叫好，年柏彦看着眼前这杯白水，安静的话让他想起了素叶，每每他应酬到很晚回家时，她都对他近乎咆哮：“年柏彦，你是不是觉得自己的命挺长的？”

“年总……”安静不知道他在想什么。

年柏彦这才回过神，端起白水，说了声“谢谢”后抿了一口，当作回礼。

“看看，还是小丫头想得周到。”白冰心里是酸的，毕竟眼前也是跟她有过关系的男人，他在她心里其实还是很重的，但她知道年柏彦的心思不在她身上，还能怎么办？只能在旁笑着说：“下次再合作的话，您可得记着点安静，小姑娘出来闯荡不容易呢。”

安静紧张地看着年柏彦，年柏彦面色始终未见改变：“希望有机会合作。”听上去却更像敷衍的官话。

宴会结束的时候，许桐亲自开车来接。这个季节，上海的温度高于北京，年柏彦出来的时候，外套搭在胳膊上，许桐上前顺手将外套接了过来。

“一切都安排妥当了？”年柏彦跟上前打招呼的人道别后，问许桐。

许桐点头，末了小心翼翼问了句：“素医生是……在那儿度假吗？”

年柏彦的脚步停顿了一下，很快朝车子走去，没回答她的问题，许桐聪明地闭上嘴。身后有人叫住年柏彦，气喘吁吁。

许桐第一时间回头，瞧见一身白色礼裙的姑娘抱着个保温壶朝着这边跑过来，年柏彦也停了脚步。

安静的脸绽放喜悦，视许桐为空气，径直走向年柏彦，将保温壶递给他：“这是我让厨师给您准备的解酒茶，您在车上喝点吧。哦，这个解酒茶挺好的，不仅解酒，还能消除疲劳。”

年柏彦若有所思，良久后接过，安静心花怒放，可下一秒他就顺手递给许桐：“拿去喝了。”

许桐岂会不明白年柏彦的心思，笑着接过保温壶：“谢谢年总。还有……请问小姐怎么称呼？”

“安静。”

“挺好听的名字。”许桐温婉有礼，“那就谢谢安小姐了。”

安静一脸尴尬：“不客气……”

抬眼见年柏彦上了车，她愕然心惊，头一热，又跑上前，拉着车门：“年总，您……路上注意安全。”

年柏彦目光极淡，点头，许桐经过安静身边的时候好心提醒了一句：“安小姐，你还是回宴会厅吧，你穿得太少了，在这儿站久了会感冒的。”

车子离开后，安静还站在原地久久不动。

纱卡在卧室打完电话出来时，素凯正跷着二郎腿在沙发上看电视，她着迷地看着他的侧脸，良久后上前，软软地靠在他怀中：“你还爱看《憨豆先生》？”

素凯目光没离开电视机，伸手将她搂住：“谁规定我不能看《憨豆先生》？”

“阿峰……”纱卡撒着娇，“人家要你看我嘛。”

素凯转过头看着她，纱卡忍不住亲了一下他的唇：“下个月，除了我之外，毒和杀都会赶到越南，我们会在那里接一批货，到时候你要陪着我。”

素凯不动声色道：“我去方便吗？”

神秘莫测的大毒枭“堕天使”的爪牙分布很广，但他手下有三个最得力的助手帮他运作所有贩毒的事，这三人分别是魅、毒、杀。

杀是助手之中年龄最大的，阴狠毒辣，强制性贩卖毒品，金三角很多人不敢不给他面子。毒，听说三十刚出头，是剑桥高才生，主要负责毒品集团的制毒环节，是一顶一的制毒高手。而魅就是眼前的纱卡，三个助手中唯一的女性，二十四岁。她没有杀那么出色的身手，也没有毒的制毒本事，最大的特点就是交际。魅，顾名思义，魅惑，她是出了名的交际花，也是最常露面的一个，所以素凯很快找上了她。

纱卡纤纤玉指在他胸口上轻轻一戳：“傻瓜，前两天要是没有你帮我放风，我早就被警察毙了，我的命都是你替我抢回来的，当然是自己人了。”

素凯笑了笑：“我只是怕给你找麻烦。”

纱卡挑眼瞧他：“那你就告诉我，你爱不爱我？”

素凯眼前闪过叶澜楚楚动人的模样，心揪痛了一下，很快浅笑：“你说呢？”

“坏蛋。”纱卡搂住他，“人家的心现在就系在你一个男人身上了，所以你不能跟我说那么见外的话，这次你就陪我一起去嘛。”

“好。”素凯答应，又问，“交易时只有你们三个？”

纱卡歪头：“你想见‘堕天使’？”

素凯回答聪明：“我想混这行的没有不想见‘堕天使’的吧？”

纱卡笑了：“连我们三个都不知道‘堕天使’的真正面目呢。”

素凯心中一惊：怎么会这样？

“不过你放心，‘堕天使’什么都知道，你救了我，他也一定会知道的，我想总有一天你会见到他的。”

（未完　待续）